La maison des regrets

Du même auteur aux Éditions LOGIQUES

Adèle et Amélie, roman

Les parapluies du diable, récit

Les bouquets de noces, roman

Un purgatoire, roman

Marie Mousseau 1937-1957, roman

Et Mathilde chantait, roman

L'ermite, roman

Pauline Pinchaud, servante, roman

Le rejeton, roman

Denis Monette

La maison
des regrets

ROMAN

Les Éditions
LOGIQUES
QUEBECOR MEDIA

LOGIQUES est une maison d'édition agréée et reconnue par les organismes d'État responsables de la culture et des communications.

Nous remercions le Conseil des Arts du Canada, le ministère du Patrimoine canadien et la Société de développement des entreprises culturelles du Québec pour leur appui à notre programme de publication.

Gouvernement du Québec. Programme de crédit d'impôt pour l'édition de livres. Gestion SODEC.

Nous reconnaissons l'aide financière du gouvervement du Canada par l'entremise du Programme d'aide au développement de l'industrie de l'édition (PADIÉ) pour nos activités d'édition.

Toute ressemblance avec des personnes vivantes ou ayant existé, des lieux ou des événements actuels ou passés, est pure coïncidence.

Révision linguistique: Francine Fleury, Bianca Côté, Corinne De Vailly
Mise en pages: Roger Des Roches – SÉRIFSANSÉRIF
Graphisme de la couverture: Gaston Dugas
Photo de la couverture: Collection personnelle de l'auteur
Photo de l'auteur: Guy Beaupré

Distribution au Canada:
Québec-Livres, 2185, autoroute des Laurentides, Laval (Québec) H7S 1Z6
Téléphone: (450) 687-1210 • Télécopieur: (450) 687-1331

Distribution en France:
Casteilla/Chiron, 10, rue Léon-Foucault, 78184 Saint-Quentin-en-Yvelines
Téléphone: (33) 01 30 14 19 30 • Télécopieur: (33) 01 34 60 31 32

Distribution en Belgique:
Diffusion Vander, avenue des Volontaires, 321, B-1150 Bruxelles
Téléphone: (32-2) 761-1216 • Télécopieur: (32-2) 761-1213

Distribution en Suisse:
Diffusion Servidis s.a., route des Jeunes, 4 ter, C.P. 1210, 1211 Genève 26
Téléphone: (022) 342-7740 • Télécopieur: (022) 343-4646

Les Éditions LOGIQUES – Division des Éditions Quebecor Média inc.
7, chemin Bates, Outremont (Québec) H2V 4V7
Téléphone: (514) 270-0208 • Télécopieur: (514) 270-3515
Site Web: http://www.logique.com

La maison des regrets

© Les Éditions LOGIQUES, 2003
Dépôt légal: Premier trimestre 2003
Bibliothèque nationale du Québec
Bibliothèque nationale du Canada

ISBN 2-89381-889-7

À mon père qui,
de l'au-delà,
me regarde écrire... parfois.

Prologue

— Vous êtes certain que la maison sera prête pour le début de mai?

— Sûr et certain, maître Nevers, répondit l'entrepreneur à l'avocat. Je pourrais même vous assurer qu'elle sera habitable pour le 15 avril, mais j'aime mieux pas m'avancer. On a encore la peinture de la galerie à faire, le ciment du trottoir, la pelouse... Pis là, avec l'hiver qui finit pas...

— Oui, je sais, février ne nous a pas épargnés, mais avec mars qui vient... De toute façon, prenez le temps nécessaire, je la veux impeccable, cette maison.

— Pour ça, vous n'avez rien à craindre, monsieur l'avocat, on voit à tout mon frère et moi. Pis des maisons comme celle-là, on n'en bâtit pas à tous les coins de rue. À c'prix-là surtout! Mais ça va être du solide! Le bois est de meilleure qualité de nos jours, les tuyaux aussi... On est en 1940, Monsieur Nevers, pas en 1920! Pis ici, à L'Abord-à-Plouffe, près du bord de l'eau, ça va avoir l'air d'un château! Avec le terrain que vous avez, vous serez pas dérangé par les voisins; la plus proche maison, c'est la p'tite bleue en haut de la côte pis y'aura pas grand bruit qui va venir de là, c'est la maîtresse d'école, mademoiselle Cardinal qui l'habite. Une vieille fille qui vit toute seule. Mais vous allez être assez loin de l'église par exemple, c'est pas…

— N'allez pas plus loin, je ne suis pas venu vous rencontrer pour avoir l'historique de l'endroit. Je suis renseigné sur tout ce dont vous me parlez, l'institutrice incluse. Tout ce qui me préoccupe, c'est de savoir si la maison sera prête à être habitée au mois de mai.

— Pour ça, vous pouvez compter sur nous, Monsieur… pardon, maître Nevers, peut-être même un peu avant si la neige fond assez vite avec le printemps.

— Merci, ça ira, et téléphonez-moi dès que tout sera au point pour la dernière inspection. Je dois maintenant y aller, je n'ai plus de temps à perdre, on m'attend pour une réunion.

Sur ce, Germain Nevers tourna les talons, sauta dans sa luxueuse voiture et reprit la route jusqu'au pont Lachapelle qu'il emprunta pour regagner Montréal. La maison serait prête! C'est tout ce qui comptait! Surtout pour la quiétude de Luce, sa fille aînée, handicapée, qui, de son fauteuil roulant, pourrait jouer du violon à longueur de journée sans déranger le voisinage. Luce qui, à vingt-cinq ans depuis janvier, blonde comme les blés, belle comme un cœur, avait été confinée à sa chaise roulante après avoir vaincu de justesse, à l'âge de seize ans, une forme de polio virulente qui lui avait finalement tout redonné, sauf l'usage de ses jambes. Luce qui jouait Paganini comme seul un ange aurait pu le faire. Luce, l'adorée de son père qui la comblait de son affection malgré son vilain caractère. La très hautaine mademoiselle Nevers qui méprisait sa mère parce qu'elle fumait comme une cheminée tout en buvant son gin qu'elle camouflait dans son *ginger ale*. Luce qui, de son fauteuil, donnait des ordres à sa cadette de dix ans de moins qu'elle, parce qu'elle pouvait se servir de ses deux jambes et qu'elle était aussi blonde et aussi jolie qu'elle. La douce et pure Camille qui, avec ses quinze ans atteints le 12 février, faisait soupirer bien malgré elle, tous les garçons de son âge de la rue Marquette où la famille habitait. Camille qui étudiait dans un collège privé dans le but d'être un jour enseignante. Camille qui peignait déjà des toiles superbes. Des oiseaux de préférence, des oiseaux de toutes les couleurs, inertes sur des branches ou aux ailes déployées dans de sublimes envols. De jolis tableaux qui ornaient les murs de la maison à revenus que l'avocat possédait depuis son mariage. Mais les garçons avaient beau tourner autour d'elle, elle se montrait désintéressée. Elle n'avait été victime, à ce jour, que d'un seul baiser furtif dérobé sur ses lèvres à son insu. Le baiser volé d'un garçon qui avait parié avec ses copains qu'il parviendrait à l'embrasser. Un baiser si fugitif qu'elle n'en saisit aucune essence, pas même l'effleurement de ses lèvres sur les siennes. Pas même le goût de menthe qu'il dégageait de sa bouche pour la circonstance. Luce, quant à elle, n'avait jamais vu le moindre garçon lever les yeux sur elle. Sur son fauteuil, oui, sur ses jambes inertes, oui, mais jamais sur son doux visage ou sur sa bouche sensuelle. Parce qu'une «infirme» en ce temps-là, en ce début de la Seconde Guerre mondiale, aussi jolie fut-elle, n'avait rien des filles qui dansaient le *jitterbug* comme Betty Grable, tout en imitant les coiffures hautes à chou frisé de Lucille Ball.

Germain Nevers rentra chez lui le soir venu et, attablé avec sa femme et ses deux filles, il leur annonça:

— Je suis allé voir la construction, la maison sera prête pour le début de mai. Vous pouvez commencer à ranger, ramasser, entasser et emballer.

Sa femme, tout en se versant du potage qu'elle avait préparé, lui dit:

– Une maison que je n'ai même pas vue! Est-ce possible?

– Voyons, Jeannette, tu as vu le site, tu semblais enchantée…

– J'ai vu l'endroit, j'ai vu le bas d'une côte, j'ai vu un terrain plat, j'ai vu la rivière, mais je n'ai pas vu la maison, Germain! Tu ne m'as même pas consultée pour l'intérieur, pour les divisions, pour la décoration. Je vais entrer dans cette maison comme si on l'avait achetée toute faite! Tu sais, moi, notre demeure actuelle ne me déplaisait pas du tout.

– Nous sommes trop près des voisins, il y a trop de bruit, on en a discuté maintes fois. Des locataires en haut, des déménagements assez souvent, d'autres locataires, le bruit de la rue Mont-Royal tout près. Non! Moi, j'en ai assez d'être entouré de la plèbe! Je suis un avocat, Jeannette, pas un barbier! Cet environnement ne convient pas à mon statut professionnel. Il me faut vivre sainement, en pleine nature, pour pouvoir supporter le quartier des affaires de la rue Saint-Jacques le jour venu. Comprends-tu? On a peine à s'entendre parler ici et Luce ne peut pas jouer de son violon à sa guise, les gens soupirent de mécontentement.

L'aînée, qui n'avait encore rien dit, demanda subrepticement:

– Et là-bas, je présume que je pourrai en jouer à volonté?

– Bien sûr, ma fille, j'ai choisi pour toi la chambre du bas donnant sur la rivière. De plus, la véranda est juste à côté avec le même panorama. De l'eau, la paix à l'infini, Luce!

– Ce qui veut dire que je jouerai pour les canards et les poissons s'il s'en trouve, papa?

– Allons, ne deviens pas sarcastique, Luce. C'est pour toi que j'ai choisi ce lieu paisible. Pour toi et ta musique.

– Je ne dérangeais pas ici, papa. Vous saurez que plusieurs personnes de la rue s'arrêtaient pour m'entendre jouer.

– Je sais, quelques personnes, Luce. Des dames âgées, un vieux professeur de musique et quelques jeunes mamans qui me disaient que tes petits concertos endormaient leur bébé. Tes *Berceuses* surtout.

– Il y avait au moins ces gens-là, papa! Là-bas, si j'en juge…

– Tais-toi, Luce! fustigea sa mère. Ce n'est pas toi qui auras à souffrir le plus de cet isolement. Pense aux autres, pense à moi, ta mère, qui devrai monter une côte à pied pour se trouver une coiffeuse ou pour faire ses emplettes. Il n'y a rien dans ce coin-là! Ne t'imagine pas que nous serons en plein cœur de L'Abord-à-Plouffe, ma fille, nous y serons à l'extrémité! Là où il n'y a rien, pas même une église en vue!

– Pour ce que vous faites de dévotions… murmura Luce.

– Tu sauras que je vais à la messe tous les dimanches, moi! Camille aussi!

– Que de paroles inutiles, rétorqua son mari, nous avons une voiture.

– Oui, quand tu es là, quand tu n'es pas en voyage et que la voiture est immobilisée. Je ne conduis pas, moi, Germain! De plus, j'avais quelques amies…

– Qu'il me fera plaisir de te voir quitter! répliqua son mari.

Parce que les deux amies de madame Nevers, la femme de l'avocat, étaient des femmes sans classe et sans manières qui, comme elle, buvaient et fumaient tout en jouant au poker. La seule idée de les savoir loin d'elle avait pesé dans la balance lorsque Germain avait décidé de traverser la rivière et de s'installer là où les tramways de la rue Saint-Laurent et même les autobus ne se rendaient pas. Et comme Jeannette ne savait pas conduire, elle serait désormais confinée à ses tâches ménagères tout en surveillant Luce et sa «chaise». Et elle boirait sans doute moins, la Commission des Liqueurs étant située à des milles de leur nouvelle résidence.

Jeannette Duret qui n'avait jamais aimé Germain Nevers et qui l'avait épousé naguère, parce que son père l'avait poussée dans ses bras. Fille d'un ferblantier qui bouclait à peine ses semaines, elle était amoureuse d'un couvreur de toitures lorsque son père mit un frein à sa fréquentation à la suite de la demande du futur avocat. Germain Nevers avec qui elle n'était sortie qu'une fois à force d'insistance et qu'elle n'avait pas aimé parce qu'il avait, dès le premier soir, tenté de la tâter, malgré l'air snobinard qu'il affichait. Mais son père lui avait dit: «Passe pas à côté d'ça, toi! C'est un maudit bon parti! Son père est en foin pis lui, avocat dans pas grand temps, ça s'prend, ça! Y'a ben assez d'ta sœur Yvette qui a marié un tout nu pis qui crève de faim avec lui pis leurs trois enfants dans les Maritimes! Fais pas comme elle, bâtard! C'est la chance de ta vie qui passe!» Jeannette avait regardé sa vieille mère qui, dans sa berceuse, le tricot à la main, ne disait rien. Néanmoins, elle savait fort bien que Germain Nevers n'en voulait qu'à son corps parce qu'elle était bien tournée et qu'elle était plus qu'attirante avec ses lèvres rouges et ses cheveux blonds lui retombant sur les épaules. Elle sentait que ce n'était, de la part du futur avocat, qu'un amour charnel. Elle n'était pas de son rang, elle n'avait pas son instruction, sa famille n'avait pas d'argent… Elle se plia quand même aux désirs de son père et accepta d'épouser Germain Nevers dans la plus stricte intimité. Et ce mariage quasi secret était de mauvais augure, les parents de Germain refusaient d'assister à l'union de leur fils unique avec une fille de basse classe. Ils avaient même refusé de rencontrer leur future bru et la mère de Germain mourut avant même de poser les yeux sur sa première petite-fille. Le père survécut, rencontra finalement sa belle-fille, mais ne fréquenta pas son fils et sa famille. Et il partit rejoindre sa défunte épouse quelques années plus tard. Jeannette ne s'était pas trompée, Germain ne l'aimait que pour son corps. S'il était très porté sur la chose, voire pervers pour un type bien élevé, Jeannette, elle, restait de glace dans ses bras tout comme dans son lit. Ce qui avait fait dire à un membre de la famille de l'avocat qui les avait eus à l'œil: «Je crois qu'elle a écarté les jambes que deux fois avec lui. La première fois pour lui donner un enfant et, dix ans plus tard, sans doute saoule et à moitié endormie, sans penser qu'elle allait encore procréer.» Ce qui n'était pas loin de la vérité. Jeannette avait vite refroidi les ardeurs de son mari et ce dernier, ne pouvant soutirer les faveurs sexuelles auxquelles il s'attendait de sa légitime, se mit à s'entourer de maîtresses attitrées ou pas qui, elles, le rendaient heureux à… tour de bras! Donc, mariage tortueux. Il ne l'aimait plus, elle ne l'avait jamais aimé. Mais, pour les enfants, pour leurs filles adorées, pour l'aînée qui avait vu sa vie basculer, ils s'enduraient comme le faisaient pour d'autres raisons de nombreux couples d'antan. Sachant qu'il la trompait sans que cela la dérange, Jeannette reporta son affection sur ses filles et s'engourdit dans l'alcool, les calmants et la cigarette. Sa mère était décédée, son père avait suivi et sa sœur, Yvette, qui n'avait plus donné signe de vie depuis qu'elle vivait dans les Maritimes, n'avait que posté une carte lors de la mort de son père qu'elle détestait. Depuis, plus rien, le vide total. Jeannette n'entretenait plus aucun lien avec sa sœur qu'elle imaginait décédée, alors que l'autre se posait peut-être la même question à son égard. Bah! qu'importait donc Yvette, son mari et sa marmaille. Pour Jeannette, c'était son sort qui se jouait en ce moment. Désormais, avec le dépaysement, ses

amies éloignées, il ne lui resterait plus que ses «paradis arti-
ficiels» pour meubler son ennui. Très peu attirée par sa fille
aînée malgré son handicap, peu encline à se pencher sur elle
parce que Luce, altière comme son père, la regardait parfois
de haut, elle se réfugiait dans sa solitude et, souvent, ivre de
son gin, grillant cigarette sur cigarette, elle se berçait en écoutant des disques de Reda Caire. Jeannette Nevers, usée par les
excès, vieillie prématurément, s'était rapprochée davantage de
Camille qui, parfois, lui disait gentiment: «Maman, vous ne
devriez pas fumer autant, vous toussez, c'est mauvais pour
votre santé.» Sa chère petite Camille qui, à table ce soir-là,
avait pris son courage à deux mains pour dire à son père,
après les jérémiades des autres:

— J'aurai à faire un long parcours pour le collège, je crois…

— Je t'y conduirai chaque matin, ma fille. Tu verras, ça va
aller.

— Mais lorsque vous vous absentez, papa? Vos réunions à
l'extérieur…

— On prendra des arrangements avec des taxis, Camille.
Ne t'en fais pas, ton père a pensé à tout. Ne suis-je pas avocat? Et puis, de l'autre côté du pont Lachapelle, il y a un autobus qui conduit au tramway. C'est sûr que ce sera un peu
plus long qu'avant, mais moi, à ton âge…

— Ça va, n'allez pas plus loin, papa, j'ai compris, je suivrai.

— Et comment que tu suivras! Vous allez tous suivre! Croyez-
vous que j'ai investi une telle somme dans la construction de
la plus belle maison de L'Abord-à-Plouffe pour faire face à
des hésitations?

Camille baissa les yeux, Luce haussa les épaules, et madame Nevers, dépitée, heureuse ou pas, n'avait guère le choix.
Les dés étant jetés, elle fit la moue et écrasa son mégot dans
l'un des huit cendriers de la salle à manger.

Première partie

La famille Nevers

Chapitre 1

Depuis un an, presque jour pour jour, la famille Nevers habitait dans sa très belle résidence du bord de l'eau, à L'Abord-à-Plouffe. L'adaptation n'avait pas été facile et la mère, après un dur et triste hiver à boire plus que de coutume, regrettait encore sa maison de la rue Marquette et ses amies de «cartes» qu'elle n'avait pas revues. Elle avait même refusé de leur divulguer son nouveau numéro de téléphone. Pour elle, il était préférable de couper les ponts, de s'oublier les unes les autres, car se parler et ne pas se voir, c'était plus lamentable que de se perdre complètement de vue. Or, seule avec Luce à longueur de journée, Jeannette avait davantage noyé son ennui dans le gin qu'elle faisait venir d'un chauffeur de taxi de la place. Germain, qui avait espéré la voir diminuer de boire vu la distance entre elle et la Commission des Liqueurs, s'était vertement fourvoyé.

L'arrivée des Nevers dans ce quartier, dans cette maison de riches, avait piqué la curiosité du voisinage tout entier, les gens du cœur de la ville inclus. De partout, on venait voir la maison. On ne descendait pas la côte, bien entendu, mais on regardait, on prenait même des photos. Ce qui avait fait dire à

Luce: «Et c'est papa qui prétendait que nous aurions la paix ici?» Mademoiselle Cardinal, la plus proche voisine, avait tenté d'amadouer Jeannette Nevers, mais sans succès. La femme de l'avocat, distante avec tout le monde, n'avait que faire de cette maîtresse d'école un peu trop curieuse. L'institutrice avait entendu le violon de Luce vibrer jusque dans les remous de la rivière. Elle aurait aimé descendre, l'écouter jouer pour elle, mais face à la froideur de la mère, elle préféra s'en abstenir et garder à son tour ses distances. Néanmoins, Camille la saluait lorsqu'elle descendait la côte, et Germain Nevers lui souriait en inclinant de la tête lorsqu'il passait devant sa maisonnette au volant de sa luxueuse voiture. Peu à peu, mademoiselle Cardinal avait engagé la conversation avec Camille qui trouvait l'institutrice fort sympathique. D'autant plus que cette dernière avait appris de la bouche même de la jeune fille que celle-ci se destinait à l'enseignement tout comme elle. Elle lui avait exprimé le désir de rencontrer Luce, de lui parler, de l'entendre jouer. Elle lui avait même dit un jour:

— Vous savez, Camille, je connais la musique et j'ai reconnu *Caprices pour violon seul* de Paganini que votre sœur interprétait hier dans la véranda. Je donnerais je ne sais quoi pour qu'elle vienne se produire à l'école. Tous les professeurs seraient ravis et nous pourrions inviter tous les intéressés de la grande musique.

— N'y comptez pas, Mademoiselle Cardinal, Luce ne viendra jamais.

— Et pourquoi? Comme c'est dommage…

— Parce qu'elle est handicapée, invalide, prisonnière de son fauteuil roulant.

L'institutrice en fut estomaquée, navrée même, et comprit le désarroi de la musicienne. Elle tenta d'ajouter que l'état de Luce ne causerait aucun inconvénient, mais Camille l'interrompit:

– N'insistez pas, je vous prie, vous ne connaissez pas ma sœur. Jamais elle ne se produira en public d'un fauteuil roulant. Elle est orgueilleuse, elle a une fierté démesurée.

– La pauvre enfant… Comme elle doit être malheureuse. Et cet handicap, il est de naissance?

Camille lui raconta brièvement la maladie qui l'avait clouée à ce fauteuil tout en ajoutant:

– Elle s'y est résignée avec le temps, mais elle n'a jamais vraiment accepté son état. Son sort l'a rendue distante, peu sociable, pas facile d'approche.

– Comme votre mère?

– Heu… non, comme mon père. Ma mère n'est que timide, elle.

– Et vous, Camille, avez-vous d'autres talents que celui des études?

– Bien… Je ne sais si c'est un talent, mais je peins.

– Vous peignez? Et vous ne m'en avez encore rien dit? Quelle belle humilité! Vous peignez quoi? Des paysages?

– Non, des oiseaux… Des oiseaux de toutes les couleurs et ce ne sont pas les espèces rares qui manquent par ici. Avec la rivière, les arbres, j'ai déniché des oiseaux que je n'avais jamais vus en ville. Un geai bleu, une sittelle…

– Comme c'est intrigant… Aurai-je l'honneur de voir ces petits chefs-d'œuvre un jour?

– Voilà un bien grand mot pour mes quelques coups de pinceau, mais si cela vous fait plaisir, je vous offrirai volontiers une toile.

– Vraiment? Quelle amabilité! Pourrai-je la choisir lors d'un vernissage privé?

– Je ne comprends pas… Que voulez-vous dire?

– En descendant chez vous pour y contempler vos tableaux.

– Heu… non, je préfère vous en offrir un de mon choix. Je suis assurée que, de cette façon, mon plus bel oiseau sera dans votre maison.

Quelque peu contrariée d'avoir échoué à deux reprises dans sa tentative de s'immiscer dans l'univers des Nevers, mademoiselle Cardinal répondit:

– Vous avez sans doute raison et votre don n'en sera que plus cher à mon cœur.

Camille allait partir et, se ravisant, elle toisa l'institutrice du regard:

– Une faveur, je vous prie. Au sujet de ma sœur, je vous demanderais d'en garder le secret. Du moins pour quelque temps… Luce n'aimerait pas apprendre qu'on sait qu'elle est en fauteuil roulant, vous comprenez?

– Bien sûr, mon enfant. Vous pouvez compter sur mon entière discrétion.

Puis, prenant ses affaires et fixant de nouveau la vieille fille, Camille ne put s'empêcher de lui dire:

– Je ne sais trop comment… Je vous regarde, vous portez des lunettes, et j'ai l'impression que vous m'observez que d'un œil… ajouta-t-elle en riant.

Ce à quoi l'institutrice répondit sèchement:

– Évidemment! Celui de gauche est un œil de vitre!

Camille aurait voulu s'étouffer avec sa salive. Mal à l'aise, elle tenta de s'excuser, mais l'institutrice, retrouvant son aplomb, lui dit:

– Ne rougissez pas, Camille, je ne me sens pas insultée. À chacune ses failles, n'est-ce pas? Je préférerais dire qu'il est artificiel ou de verre, mais comme on dit «un œil de vitre» dans le langage courant… Vous comprenez? De toute façon, on ne peut pas toutes avoir votre beauté, ma chère.

Camille, se demandant si le ton était sympathique ou cynique, préféra lui sourire et s'engager dans la côte sans se retourner.

Deux jours plus tard, d'une langue vinaigrée, celle de mademoiselle Cardinal, tout L'Abord-à-Plouffe ou presque, savait que la fille aînée de l'avocat était handicapée. Pire, paralysée, à la merci de sa mère pour tous ses besoins de propreté. Ce qui, sans qu'on le sache, se révélait exact. Mais, personne à partir du banquier jusqu'au garagiste, n'osait parler à Germain Nevers quand on le croisait, de «l'infirmité» de sa fille. Ce n'est que six mois après leur arrivée, alors que madame Nevers avait appelé un taxi pour se rendre chez la coiffeuse, que le chauffeur lui avait dit: «C'est vous, la mère de la fille en chaise roulante? Paraît qu'a joue de la musique? Moi, j'suis nouveau dans l'quartier.»

Luce avait trouvé la maison fort jolie, bien agencée, digne du rang de son père. Madame Nevers… un peu moins. Elle n'avait pas prisé que son mari, en plus de la décorer à son goût, la meuble en entier de ce qu'il avait pu trouver de plus coûteux sur le marché. Elle qui aimait son premier vaisselier, elle qui s'était habituée à son fauteuil de velours rouge vin dans lequel elle buvait son… *ginger ale*. C'est avec regret qu'elle dut se départir de tout ce qu'elle avait, même son lit confortable de… chambre à part. Germain avait accepté que sa femme et ses filles ne gardent que les objets de valeur sentimentale. On avait donc gardé le piano droit sur lequel personne ne jouait, à moins qu'un invité, de temps en temps… Camille avait conservé toutes ses toiles, ses livres ainsi que ses magazines américains. Luce, tout ce qui l'entourait depuis des années et, madame, ses bijoux, ses fourrures, un portrait de son père et de sa mère, ses disques de Reda Caire, des romans de Magali, d'autres de divers auteurs populaires, rien de plus. Car, madame Nevers n'était pas du genre à s'attacher, selon elle, à des futilités. La maison entière affichait des teintes de beige et de brun. Les tapis, les tentures, les tapisseries, les meubles… Et ce, du grand salon jusqu'à la véranda! Tout était beige et brun. Des couleurs chaudes, selon l'avocat, faisant fi du faible de Jeannette pour le rose et le lilas. À l'extérieur, du jaune, du vert, du beige et des chaises de rotin. Mais le coup d'œil était impressionnant, grandiose. Une maison neuve et de prix comme on n'en voyait guère dans les parages. Sans oublier le quai et la chaloupe pour le justifier. Camille n'avait rien dit. C'était beau, c'était enviable, mais c'était triste. Parce qu'elle ne s'était jamais sentie aussi seule que dans ce coin perdu. Elle regrettait même les garçons de son âge de la rue Garnier, mal élevés, voleurs de baisers. Aucune amie en vue, que sa sœur, sa mère et la vieille institutrice d'en haut. Puis, ce long parcours chaque jour auquel elle avait fini par s'adapter avec joie. Parce que, de l'autre côté de la rivière, c'était la ville, le collège, les amies dont Marthe, et les sourires de certains garçons. De retour chaque soir, c'était le cafard. Et davantage les fins de semaine quand il pleuvait. Parce qu'il n'était pas normal pour une fille qui s'en allait sur ses seize ans, d'avoir pour seule évasion, les adagios que Luce faisait vibrer des cordes de son violon.

L'Abord-à-Plouffe, de village en 1915, était devenu une ville au gré du temps. Mais pour Jeannette Nevers, c'était encore «la campagne» lorsqu'elle songeait à Montréal, à sa rue Marquette, à ses restaurants préférés de la rue Mont-Royal et à ses grands magasins de la rue Sainte-Catherine. Ce n'était certes pas dans son petit patelin qu'elle pourrait trouver les dernières nouveautés de Dupuis & Frères et aller voir, avec ses amies d'antan, le film le plus récent de Fred Astaire. Prisonnière de «son île» comme elle appelait son site, elle en était réduite à regarder les vagues, les remous, les canards, les nageurs des alentours et les canots, elle qui n'aimait pas l'eau. Fort heureusement, elle avait encore à sa portée, par le biais de l'épicier, *La Patrie* et *Le Petit Journal* qu'elle achetait chaque fin de semaine. L'épicier! Jérôme Ruest! Un brave type d'environ trente ans qui tenait commerce avec sa sœur, Yolande, non loin de la côte du bord de l'eau. Le seul épicier-boucher en vue, mis à part ceux qui se trouvaient au cœur des affaires. Jérôme Ruest avait pris la relève de son père à sa mort et faisait marcher le commerce avec Yolande, une célibataire tout comme lui, qui s'occupait de la caisse, des commandes téléphoniques et du crédit alloué à certains clients. Une épicerie avec le logis juste au-dessus où leur vieille mère, qui s'occupait du ménage, habitait avec eux. Jérôme Ruest, ni beau ni laid, charmant, sympathique à souhait, bien bâti, cheveux noirs luisants, la lèvre sensuelle, une rose tatouée sur un biceps, souvenir de ses quelques mois dans la marine à dix-huit ans. Madame Nevers avait été ravie de l'accueil des Ruest lors de sa première visite. Pour eux, c'était la cliente inespérée. Bien nantie, donc pas de crédit, et commandant les meilleures denrées, les viandes les plus chères, des cigarettes au «cartoon» et toutes les friandises possibles. Lors de la livraison de la première commande, Jérôme fut très impressionné par la maison, par le luxe, par le quai, la chaloupe, la balançoire dernier cri et la véranda. Mais la deuxième fois qu'il livra sa marchandise, il resta bouche bée devant la jolie blonde qui, de son fauteuil roulant, avait levé les yeux sur lui. Des yeux gris perle! Un regard qu'il eut peine à soutenir, mais lorsqu'il voulut y répondre par un sourire, la jolie blonde détourna la tête. Il était revenu à l'épicerie complètement chaviré et avait dit à Yolande: «Écoute, j'pense que j'viens d'croiser la femme de ma vie!» Ricanant, elle lui avait répondu: «Qui? *La Belle au bois dormant*?» Les yeux ailleurs, il avait murmuré: «Non, non, j'fais pas d'farces. J'ai vu la fille de l'avocat pis j'suis tombé par terre!» Yolande, amusée mais fort occupée, lui lança: «Jérôme! Ravale ta salive! J'l'ai vue la p'tite! Elle a tout juste quinze ou seize ans!» Lui, encore sous le choc, lui répondit: «Non, pas elle, Yolande, j'l'ai vue aussi la p'tite dont tu parles. Pas elle, l'autre, sa sœur pas mal plus vieille pis belle à faire tomber à la renverse!» Yolande Ruest, affairée dans ses comptes à balancer, lui demanda: «Pourquoi on l'a pas encore vue ici, celle-là? T'es sûr que c'est la fille de la famille et non pas de la visite?» Jérôme, songeur, murmura pour qu'elle seule l'entende: «Non, c'est leur fille, mais tu la verras pas ici parce qu'elle est infirme, Yolande. Elle est en chaise roulante. J'sais pas c'qu'elle a eu aux jambes, mais belle comme ça…»

Luce avait certes aperçu l'épicier venu livrer la commande. Elle avait vu ses yeux rieurs, ses biceps dont celui tatoué, le hâle du soleil d'été sur son visage, sa carrure, ses belles manières… Elle s'était aussi rendu compte de l'effet qu'elle avait eu sur lui. C'était, d'ailleurs, la première fois de sa vie qu'un homme la regardait dans les yeux avant de fixer son fauteuil. Mais elle s'était dérobée à son sourire. Elle aurait voulu être hautaine, lui laisser sentir la différence entre son monde et le sien, mais une certaine pudeur l'avait retenue. Parce que Jérôme Ruest dégageait de tout son être la bonté même. Et elle n'avait perçu aucune pitié dans ses yeux, aucune compassion dans le regard qu'elle avait fui. C'était comme s'il avait souri à une fille qui se tenait debout sur ses deux jambes. Flattée d'abord, intriguée par la suite, elle avait pourtant dit à sa mère: «La prochaine fois qu'on viendra livrer la commande, dites-le-moi, maman. Je ne tiens pas à ce qu'on me voie.» Sa mère, une fois de plus, avait hoché la tête. «Aussi orgueilleuse que son père», songea-t-elle, alors que Luce, encore décontenancée, ne voulait, à aucun prix, en arriver à être… intéressée.

Elle prenait soin de sa personne, brossait sa longue chevelure blonde, déposait un peu d'ombre sur ses paupières, un tantinet de rouge sur ses lèvres, pour être présentable même si personne ne venait. C'était un rituel avant de prendre son violon et le placer sous son menton, l'archet très haut dans sa main droite. Puis, elle jouait les yeux fermés, passion dans l'âme, *La Berceuse de Jocelyn* de Godard, *Sweet Dreams* de Tchaïkovski et *Pavane pour une infante défunte* de Ravel. Elle puisait également dans les œuvres de Fauré, de Mozart, Schubert et Brahms. Bref, tout ce qui permettait à son violon de vibrer au même diapason que son cœur. Elle jouait durant des heures. Pour sa mère qui, souvent, s'endormait dans un fauteuil, le verre sur la table. Pour des voisins éloignés que l'écho des sons atteignait et, plus près, tel que prévu, pour des canards qui se rapprochaient du quai et des oiseaux qui, les uns sur des branches, demeuraient silencieux et pantois, alors que les autres aux couleurs plus vives, émettaient leurs plus beaux sons en harmonie avec ceux du violon. Fatiguée, Luce déposait son instrument et se détendait en écoutant de la musique classique à la radio. Ou, dans une brève échappatoire de sa musique, on pouvait la surprendre à feuilleter des revues françaises auxquelles elle était abonnée. Des revues sérieuses qui traitaient de tout ce qui se passait dans le monde, la guerre incluse, sans oublier, de temps en temps, de parler d'amour, de vie à deux et d'aborder quelques vagues notions de sexualité. Ce que toute jeune fille se devait de savoir, disait-on. Des sujets que

Luce redoutait, non par pudeur, mais pour éviter d'avoir mal, d'en être blessée.

Jeannette et Germain Nevers s'étaient rendus à la messe à l'église Saint-Maxime. Un lieu sacré qui datait de 1928 et qui, encensé, laissait dans l'âme une spiritualité dont l'odeur s'ancrait au cœur. Les paroissiens, la première fois, les avaient dévisagés de la tête aux pieds. On savait qu'il était avocat, qu'il était riche et que sa femme, distante et froide, n'avait pas le sourire facile. C'est à peine si le curé réussit à lui dessiner un petit pli au coin de la lèvre, en tentant un brin d'humour avec elle. Le dimanche suivant, c'est sur Camille que les yeux se posèrent. Une belle grande fille, presque femme, avec des cheveux blonds jusqu'aux épaules, une taille de guêpe, et un parfum suave qui enivrait son entourage. C'était, on ne pouvait le nier, la plus belle fille de la paroisse et, à la sortie de l'église, sur le parvis, quatre ou cinq garçons, cigarette aux lèvres, complets soyeux, passablement beaux, se disputaient un regard d'elle. Elle les vit et ne les vit point. Malgré tout, elle avait remarqué d'un vif coup d'œil, un superbe blond aux yeux bleus d'environ dix-sept ans, qui la regardait cavalièrement. Sans être voyou parce que bien habillé, il n'avait pas l'air tout à fait bien élevé. Mais c'était le plus insistant de la bande, le plus adroit, le plus rusé, le plus direct, puisqu'il réussit à attirer le regard de Camille sur lui, en laissant tomber volontairement son trousseau de clefs sur le ciment.

Camille Nevers qui étudiait assidûment à Montréal ne s'était fait aucune amie dans son nouveau «patelin». Comme elle avait Marthe en ville, une fille de son collège, il lui arrivait souvent, avec la permission de son père, de séjourner chez elle les fins de semaine, d'aller au cinéma ensemble, et de rire et s'amuser, loin de la rivière, des canards et du quai. Camille, jeune et rêveuse, ayant son idole de l'écran, nul autre que le séduisant Errol Flynn, duquel Marthe lui disait: «Il est bien trop vieux, il est marié, je ne comprends pas ton engouement!» et Camille lui répondait: «Avec lui, je ferais des folies! As-tu vu ses yeux, Marthe? As-tu vu ses mains?» L'autre quasi scandalisée, lui rétorquait: «Camille! Imagine si ton père t'entendait!» Et toutes deux pouffaient de rire. Lorsque Camille apprit par le magazine *Photoplay* qu'Errol Flynn divorçait de sa femme, l'actrice française Lili Damita, elle en sauta de joie. Elle en fit part à Marthe au bout du fil qui lui répliqua: «Tu vois bien qu'il doit avoir un sale caractère! C'est la deuxième fois qu'une femme le quitte!» Mais, Camille, dans la candeur de ses quinze ans, s'imaginait au bras de ce bel homme qui avait deux fois son âge et qu'elle avait admiré dans les films *Captain Blood* et *The Private Lives of Elizabeth and Essex,* l'histoire d'amour de la première reine d'Angleterre et de son comte favori, qu'elle condamna à mort malgré elle. Camille en avait pleuré, le drame l'avait bouleversée, mais c'est lorsqu'elle vit Errol Flynn dans la peau de *Robin Hood* qu'elle en tomba amoureuse. Pas amoureuse folle, elle était quand même consciente de l'impossibilité de son fantasme, mais l'acteur qui fit souffrir tant de femmes dans sa vie allait rester, à tout jamais, le «favori» de Camille.

Germain Nevers, lui, se contentait des gros titres de *La Presse* quand il rentrait du bureau pour se joindre à sa famille. Il mangeait, marchait quelque peu jusqu'au bord de l'eau et revenait s'asseoir dans la véranda, où Luce et lui causaient durant des heures. L'hiver venu, il se réfugiait parfois dans son bureau et là, calé dans son fauteuil de cuir rigide, coussins dans le dos, il se plongeait dans la lecture des poèmes les plus purs. Il ne dédaignait pas Nelligan, mais sa préférence allait à Paul Morin et ses *Poèmes de cendres et d'or*, ainsi qu'à son *Paon d'émail*. Il aimait aussi se retremper dans les grands procès de l'histoire, analyser les faits et tenter, par ses déductions, de sauver une tête depuis longtemps décapitée. Déformation professionnelle, sans doute, maître Nevers était un avocat de la défense. Puis, près du feu alors que Jeannette dormait profondément dans sa chambre «à part» au second étage, il se risquait dans *Le livre ouvert* de Paul Éluard. Mais, sa plus grande détente, c'est Luce qui la lui procurait lorsque, câline, elle s'approchait de lui pour l'apaiser d'un mouvement de *L'oiseau de feu* de Stravinski, ou d'une *Gymnopédie* d'Érik Satie.

Un an déjà que la famille Nevers faisait partie de L'Abord-à-Plouffe sans, toutefois, s'être rapprochée des paroissiens ni des voisins, dont mademoiselle Cardinal. Madame Nevers allait à la messe chaque dimanche avec son époux et leur fille, mais fait étrange, elle ne communiait jamais. Ce qui avait fait naître quelques ragots de la part des dames patronnesses. On se demandait si la femme de l'avocat n'était pas, par hasard, protestante. Peut-être venait-elle dans leur église seulement par politesse, ou dans le but précis d'éviter le fiel de certaines mauvaises langues? Sûr qu'on se questionnait, d'autant plus qu'elle n'adressait la parole à personne, et qu'elle ne répondait aux salutations que d'un très léger signe de tête. Camille, qui n'avait jamais porté attention à ce détail, la questionna un certain dimanche.

– Vous ne communiez jamais, maman? Pourquoi?

– Tiens, tiens, tu as vu certains regards de grenouilles de bénitier sur moi, n'est-ce pas?

– Oui, malgré moi, maman. J'avoue que je n'avais jamais remarqué…

– Eh bien! Je vais te le dire, ma petite fille! Je ne communie pas, parce que je ne me confesse pas! Je ne suis jamais allée à confesse et ce n'est pas aujourd'hui que ça va changer. Moi, dire à un homme, un étranger, ce que je peux avoir fait de mal, merci, pas pour moi! Qui sont-ils ces hommes avec une soutane pour que je leur dise tout ce qui me chicote? Quand je sens que j'ai quelque chose sur la conscience, j'en parle avec Dieu, pas à des prêtres qui, pour la plupart, se permettent de faire des farces plates avec les paroissiens!

– Mais, ce sont quand même les représentants de Dieu sur terre…

– Foutaise, Camille! Le bon Dieu n'aurait jamais choisi de tels idiots pour le représenter! Les prêtres, c'est du monde imposé, pas choisi, pas élu. Prêtre, c'est un métier payé, logé, blanchi, nourri!

– Maman! Vous exagérez! Pourquoi aller à la messe, alors?

– J'y vais pour le bon Dieu, ma fille, j'y vais pour la Sainte Vierge, j'y vais pour sainte Thérèse et j'y vais pour faire plaisir à ton père. Imagine! La femme d'un avocat qui ne pratique pas! Surtout ici, dans un patelin! À Montréal, il m'arrivait de sauter des dimanches et personne ne s'en apercevait, mais ici, à la campagne… On remarque même le chapeau que je porte d'une fois à l'autre! Ah! je te dis…

– Ne vous emportez pas, maman, j'ai compris. À chacun ses dévotions, à chacun sa ferveur. Mais… mais pourquoi tous ces lampions que vous allumez?

– Je les fais brûler pour mon père, Camille, pour ma mère, et pour ton père aussi. Je les offre au ciel pour que le bon Dieu, chacun leur tour, sauve leur âme.

Juin 1941, par un dimanche ensoleillé, Jérôme Ruest, aux prises avec ses élans amoureux envers Luce, avait dit à sa sœur:

– Cet après-midi, mine de rien, j'vas aller faire mon tour dans l'bout des Nevers. On sait jamais, tout d'un coup que j'la croiserais?

– Voyons, le frère, tu m'as dit qu'elle sortait jamais, qu'elle était toujours dans la véranda! Tu vas quand même pas forcer sa porte, non?

– Sûrement pas, mais si j'rencontre son père ou sa mère, j'vas leur demander la permission d'aller lui parler. Bien habillé, poli, j'pense pas qu'leur fille refuse de m'adresser la parole.

– Ben, fais à ta tête, mais moi, j'trouve ça s'imposer, mon p'tit frère. Pis, c'est pas tout à fait not' monde, c'te famille-là!

– Parce que le père est avocat? Voyons donc! On est aussi respectables qu'eux autres, Yolande. J'suis commerçant, j'suis à mon compte, j'ai de l'argent… Pis, même si j'parle pas aussi bien qu'lui, j'sais m'présenter, j'suis bien élevé, j'ai quand même été à l'école. Pis, sans nous autres, où c'est qu'ils achèteraient leur épicerie, les Nevers? On est importants pour eux, tu penses pas? J'leur donne les meilleures coupes de viande…

– Oui, oui, j'sais, va pas plus loin pis vas-y donc su'l bord de l'eau si t'en as envie! Mais t'as besoin d'avoir une bonne raison, parce qu'en bas d'la côte, après leur maison, c'est la rivière. Pis c'est privé, Jérôme! Comment tu vas faire?

– Ben… j'sais pas, on verra bien, j'vas m'débrouiller.

Les mégères du coin rouspétaient parce que la pinte de lait était rendue à douze cennes et que le timbre-poste était monté à trois cennes. Ce qui n'empêchait pas Jérôme Ruest de reluquer la Chevrolet Master de l'année, qui se vendait mille cent sept piastres. Il aurait voulu impressionner les Nevers, mais avec le *truck* à entretenir, la maison, son salaire et celui de sa sœur, sa vieille mère à sa charge, ce n'était guère le temps de jouer les trop bien nantis. Son commerce commençait à peine à faire des bénéfices et, avec le crédit, les comptes impayés des familles nombreuses, le budget serré des chômeurs, les profits étaient souvent rongés par les pertes. On parlait de tout et de rien à L'Abord-à-Plouffe comme à Montréal et partout en province. On craignait de plus en plus la montée en flèche d'Hitler, on avait peur de la guerre, l'armée allemande envahissait maintenant la Bulgarie et la Yougoslavie. Alors, dans les maisons où la radio était souvent fermée, on préférait lire les journaux, éviter les premières pages et discuter de théâtre ou de cinéma. On parlait du film *How Green Was My Valley* qui avait remporté l'Oscar de l'année. On admirait Gary Cooper et Joan Fontaine qui s'étaient mérité les Oscars destinés au meilleur acteur et à la meilleure actrice et, Marthe, l'amie de Camille, lui avait téléphoné pour lui dire que Greta Garbo, en pleine gloire, se retirait du cinéma à l'âge de trente-six ans. Ce qui avait fait dire à Camille: «Tant pis pour elle, d'autres vont prendre sa place. Puis, en autant que ce ne soit pas Errol Flynn...» Marthe, ricanant, lui avait répliqué: «Ah! toi! Comme s'il n'y avait que lui à Hollywood!»

Jérôme Ruest, bien habillé, cravate nouée, faisait mine de vérifier un fil sous le capot de son camion, juste en haut de la côte, pas loin de la demeure de mademoiselle Cardinal. L'apercevant de sa fenêtre, la vieille fille à l'œil de verre lui avait lancé:

– Tu es en panne, Jérôme? As-tu besoin de quelque chose?

– Non, non, rien de grave, Mademoiselle Cardinal. Un fil qui s'est mêlé dans un autre et que je tente de remettre à sa place. Belle journée, n'est-ce pas? Vous allez sûrement profiter du soleil...

La vieille demoiselle était sortie pour lui faire un brin de causette, ce qui l'arrangeait, ça lui permettait d'étirer le temps, de jeter un coup d'œil en bas chez les Nevers. Il avait cru apercevoir la mère sur le quai, dépliant sa chaise, avec ce qui lui semblait être un journal à ses pieds. Puis, par bonheur, le père qui, décontracté dans sa tenue, s'apprêtait à monter la côte à pied. Se débarrassant de l'institutrice en faisant mine de remonter dans son camion, il attendit que l'avocat s'approche alors que mademoiselle Cardinal refermait la porte de sa petite maison.

– Tiens! Bonjour, Monsieur Nevers! Belle journée pour prendre l'air, n'est-ce pas?

– En effet, mais vous, vêtu comme un homme d'affaires… Si nous n'étions pas un dimanche, j'aurais parié que vous alliez aux noces!

Jérôme Ruest éclata de rire de la remarque un tantinet drôle, puis, avant que l'avocat s'éloigne, il lui lança d'une traite:

– Pour être honnête avec vous, Monsieur Nevers, je me suis bien vêtu dans le but d'avoir une brève rencontre avec votre fille, Luce.

Étonné, fronçant quelque peu les sourcils, l'avocat revint sur ses pas et lui dit:

– Ai-je bien entendu? Avec Luce? Mais vous ne la connaissez pas à ce que je sache… Une brève rencontre? Pourquoi? Luce est…

– Oui, je sais qu'elle est en fauteuil roulant, je l'ai vue à deux reprises en venant livrer la commande et je crois qu'elle sait qui je suis. Et son état ne me dérange pas, j'aimerais la connaître, je suis seul, je suis libre, je suis un bon garçon et je n'ai pas de mauvaises intentions, ajouta Jérôme en s'efforçant de bien parler pour ne pas déplaire à maître Nevers.

Flatté de constater qu'un homme s'intéressait à sa fille handicapée, l'avocat resta quand même sur ses gardes.

– Ma fille n'est pas très sociable, Monsieur. Elle peut même se montrer antipathique. Vous savez, elle n'a jamais accepté son état, elle s'est toujours cloisonnée, elle ne vit que pour sa musique…

– Oui, je sais, je l'ai entendue, c'est beau ce qu'elle joue. Mais j'aimerais quand même tenter ma chance. Avec votre permission et celle de votre femme, bien entendu.

– Donc, si je déduis, vous êtes ici cet après-midi dans le but d'une rencontre immédiate. Et vous croyez que Luce en sourira?

– Non, pas immédiate si elle ne veut pas, mais si vous alliez lui parler… On ne sait jamais, on peut être chanceux des fois.

– Lui dire que vous êtes en haut de la côte et que vous aimeriez descendre bavarder avec elle?

– Vous avez les mots qu'il faut, vous. J'savais pas comment l'dire, mais c'est ça. Juste bavarder, la connaître, me présenter à elle.

– J'avoue que vous avez du culot, Monsieur Ruest, et comme vous vous êtes rendu jusqu'ici, je vais redescendre, je vais lui présenter votre demande, mais je ne vous promets rien.

– J'en demande pas plus, moi! Rien qu'ça! Juste un premier pas, pis si ça marche pas, j'insisterai pas pis j'vas r'tourner chez moi, répondit Jérôme en retrouvant son vocabulaire coutumier.

– Dans ce cas-là, si vous voulez patienter, faire les cent pas, Monsieur…

– Non, appelez-moi Jérôme, j'suis trop jeune pour être monsieur Ruest.

– Alors, attendez-moi ici, Jérôme, je verrai ce que je peux faire, mais ça risque d'être long. Il me faut en discuter aussi avec sa mère.

Germain Nevers redescendit la côte, causa quelques minutes avec sa femme sur le quai et regagna la maison. Tout cela sous les yeux de mademoiselle Cardinal qui se demandait ce qui se passait, voyant l'épicier faire le pied de grue à côté de son camion. Luce, le violon à ses côtés, était plongée dans une revue française. Lisant un article sur la musique baroque de Bach jusqu'à nos jours, elle n'entendit pas son père entrer et sursauta lorsque celui-ci lui murmura:

— Je ne te dérange pas, ma fille? Tu lisais? C'est intéressant?

— Oui, assez, répondit-elle, tout en repliant le magazine sur ses genoux.

— Écoute, j'arrive à l'improviste, mais c'est le hasard qui m'amène jusqu'à toi. J'étais en haut de la côte, j'allais faire une marche, lorsque je suis arrivé nez à nez avec Jérôme Ruest, l'épicier.

— Et puis? Qu'est-ce que le hasard vient faire…

Son père l'interrompit pour lui dire sans le moindre détour:

— Il est encore là, en haut, il aimerait te rencontrer, te connaître, Luce. Il voudrait descendre bavarder avec toi, si tu veux bien.

— Papa! Vous n'êtes pas sérieux? Un épicier? Moi, qui…

Puis, elle s'arrêta net. Elle venait, dans sa fierté, de se rendre compte que, dans son état, on ne pouvait jeter la pierre. Se ressaisissant, elle murmura à son tour:

— Je n'ai pas envie de le connaître, papa. Je ne suis pas sur mes deux jambes. Est-il aveugle, celui-là?

— Non, il sait, et ce n'est pas par compassion qu'il s'intéresse à toi, Luce. Pas un type de sa condition. Les gens simples sont les plus francs, les plus intègres. Il aimerait te rencontrer, causer…

— Pas moi, papa! Je n'ai rien à lui dire! J'ai mon violon, ma vie…

— Luce, je t'en prie, ne sois pas si réticente. Ce brave garçon n'a que de bonnes intentions et si son approche ne te convient pas, tu n'auras qu'à t'en défaire. Le recevoir ne devrait pas être si pénible. Il a mis son plus bel habit et c'est un type bien élevé. On ne rabroue pas ainsi quelqu'un qu'on ne connaît pas.

– À vous entendre parler, papa, on pourrait croire que vous voulez me jeter dans ses bras!

– Loin de moi l'idée, ma fille, je t'aime beaucoup trop pour ça, mais un brin de causette, une tasse de thé, des amabilités, ça n'engage à rien… Mais si tu n'y tiens pas, je n'insiste pas. D'ailleurs, Jérôme m'a fait promettre de ne rien précipiter. Je vais donc remonter la côte…

Germain Nevers allait sortir lorsque sa fille lui lança:

– Non, attendez, papa! Camille est en ville chez son amie Marthe, maman est sur le quai, alors, comme ça risque d'être bref et discret, dites-lui de venir et de m'attendre dans la véranda, le temps de me donner un coup de peigne. Dites-lui, par contre, que l'entretien risque d'être de courte durée.

L'avocat remonta la côte, avisa Jérôme que Luce acceptait de le recevoir, mais sans ajouter que le temps alloué serait de courte durée. Il laissait à Luce le soin de mettre un terme, si l'intérêt n'était pas partagé. Il savait que, malgré son handicap, sa fille aînée n'avait pas un cœur de marbre et, qu'au fond d'elle-même, elle était sans doute flattée de cette approche quasi inespérée.

Jérôme, fou de joie à l'idée d'être reçu par la blonde musicienne, descendit la côte comme un gamin l'aurait fait. Ce qui intrigua davantage mademoiselle Cardinal qui le surveillait de sa fenêtre, de son œil droit encore alerte sous ses petites lunettes. Discret, sans faire de bruit pour ne pas déranger madame Nevers sur le quai, il grimpa tout doucement les quatre marches de la véranda, poussa la porte moustiquaire et, gêné, confus d'être seul, prit place sur une chaise de rotin dotée d'un coussin vert. Il attendit environ sept minutes tout en inspectant les lieux, en regardant les tableaux sur les murs dont l'un, une reproduction d'un artiste dont il ne pouvait déchiffrer le nom, laissait voir une jeune fille jouant du violon devant une assistance, au siècle dernier. Une odeur de lavande envahissait la pièce et, tentant d'apprécier une sculpture abstraite en acajou, il sursauta lorsqu'il entendit les roues du fauteuil passer du tapis au bois franc de la véranda. Luce, cheveux épars sur les épaules, lèvres rouges, paupières légèrement ombrées de bleu, le regardait sans lui sourire. Vêtue d'un blouson bleu ciel à manches longues et d'une jupe marine, elle avait laissé choir sur ses genoux et ses jambes, un châle de dentelle beige, comme pour dissimuler son handicap. Se rendant compte qu'elle ne disait rien, qu'elle attendait sans doute un mot de sa part, il lui sourit, s'avança et lui tendit la main avec grâce.

– Je suis enchanté de faire votre connaissance, Mademoiselle Nevers. Je suis Jérôme Ruest, l'épicier, celui qui vient souvent ici...

– Oui, je sais, je vous connais, Monsieur Ruest. Et, à ce que mon père m'a dit, vous désirez me parler? À quel sujet, je vous prie?

– Heu... pas seulement vous parler, mais vous connaître si ça vous chante. Je suis libre, vous aussi, peut-être qu'en jasant...

Luce l'avait examiné des pieds à la tête. Assez grand, bien bâti, elle le trouva élégant, elle aima son sourire et, regardant ses cheveux noirs quelque peu embroussaillés par le vent, ses yeux bruns et profonds, son nez droit, son menton carré, sa bouche charnue, elle dut s'avouer que Jérôme Ruest était un homme fort séduisant. D'autant plus qu'il dégageait une odeur d'eau de toilette agréable et qu'il avait eu la main chaleureuse lors des présentations. Se demandant pourquoi il pouvait être encore libre à son âge, elle se promettait bien de l'interroger, si le sujet venait effleurer la conversation.

– Belle journée, n'est-ce pas? Vous ne sortez jamais? Un si beau quai…

– Non, j'ai horreur des moustiques, je n'aime pas le vent et le bruit des vagues finit par m'ennuyer. De la véranda, je goûte quand même à l'été.

– C'est sûr, tout est ouvert. On entend même votre violon d'en haut.

– Cela vous ennuie? Est-ce trop fréquent?

– Non, non, au contraire, Luce! Heu… je veux dire, Mademoiselle…

– Ça va, allez-y pour le prénom, sinon je risque d'avoir l'air de l'institutrice, lui répondit-elle avec, enfin, un sourire.

Rassuré, Jérôme ajusta sa cravate et, plus à l'aise, lui rétorqua:

– Bien, dans c'cas-là, j'aimerais bien que vous m'appeliez Jérôme. Moi aussi, je préfère le p'tit nom au «Monsieur» long comme le bras!

Elle sourit une fois de plus et, avant qu'elle ne réplique, il lui demanda:

– Si ça vous l'dit, j'aimerais bien ça vous entendre jouer. N'importe quoi! J'm'y connais pas! Mais le fait que ça serait pour moi…

– Aimeriez-vous boire quelque chose? Une tasse de thé? Un jus de fruits?

– Va pour le jus de fruits, mais j'voudrais pas vous déranger, j'pourrais aller l'chercher et vous l'servir.

Luce sourcilla et Jérôme s'en aperçut. Il venait de faire une gaffe! Une bévue! Il se rendit vite compte que la jeune femme ne voulait pas d'aide, et encore moins de compassion. Le regard hébété, il lui dit avec chaleur:

– Vous savez, j'ai pas dit ça parce que vous êtes dans un fauteuil roulant, Luce. J'ai juste voulu être galant. Mais j'ai oublié qu'on ne fouillait pas dans la glacière des autres. Excusez-moi, il m'arrive de perdre mes bonnes manières...

– Ne vous en faites pas, j'ai compris, lui répondit Luce d'un ton rassurant.

Puis, d'un tour ou deux de roues, elle se rendit à la cuisine et revint avec un plateau sur les genoux contenant deux verres bien remplis, des serviettes de papier et quelques biscottes. Habile, elle déposa le tout sur la table de rotin et, à l'observer sans trop le laisser voir, Jérôme se rendit compte qu'elle avait appris à se débrouiller seule depuis longtemps. Elle lui tendit le verre, recula quelque peu, s'empara de son violon et entama avec talent une douce musique qui le cloua sur place. Les yeux rivés sur elle, sur sa main longue et blanche qui glissait sur l'archet, sur sa chevelure qui retombait sur sa poitrine, sur ses yeux clos par l'émotion qu'elle ressentait, il se sentit frémir. Une main sur le verre, l'autre sur le cœur, Jérôme était amoureux d'elle. Il l'écoutait religieusement. On aurait pu entendre une mouche voler. Lorsqu'elle sillonna les dernières notes pour ensuite laisser retomber son violon, elle ouvrit les yeux, le regarda et soupira.

– C'est... c'est beau, j'trouve pas les mots. Vous jouez comme... comme un ange...

– C'est de Mozart, ça s'intitule *Une petite musique de nuit*. C'est tout en douceur et ça se prête très bien au violon.

– Jamais j'oublierai cet air-là, répondit Jérôme. Vous pouvez continuer si vous l'voulez. Vous jouez si bien... Vous avez appris?

– Pas tout à fait. Oui pour les gammes, pour la forme, mais autodidacte dans ma façon d'interpréter, de sentir ma musique.

Jérôme, dépassé par le terme employé et la signification symbolique du second verbe, se sentit mal à l'aise et, regardant la revue déposée sur la table, il lui demanda:

– Vous aimez lire aussi? Je reçois des magazines à l'épicerie. J'pourrais vous en apporter…

– Non, merci, c'est gentil à vous, mais je lis peu et je ne suis abonnée qu'à cette revue française.

– Comme vous voudrez, mais dites-moi, vous aimez le cinéma?

– Non, pas vraiment, je n'écoute que des concerts à la radio.

– Mais les restaurants, les bons repas, vous aimez ça?

– Écoutez, Jérôme. Si vos questions ont pour but de m'inviter à sortir, vous perdez votre temps. Je ne sors pas en public. Je reste chez moi, je fais tout de la maison, je ne sors que pour aller chez le médecin deux fois l'an, vous comprenez? Alors, inutile de me proposer quoi que ce soit. Et si vous comptez sur une fréquentation, oubliez-la, je n'en ai pas l'intention.

– Pourquoi? Est-ce que j'suis si désagréable? On pourrait…

– Écoutez! répliqua-t-elle sèchement, je suis handicapée, infirme si vous saisissez mieux! Ai-je besoin d'ajouter quoi que ce soit?

– Non, pas vraiment, parce que ça m'dérange pas, moi, que vous soyez dans une chaise roulante. J'suis prêt à la pousser, à vous sortir, à vous faire vivre autre chose, à voir la vie d'une autre manière. J'vous force pas, Luce, mais vous m'plaisez et ce n'est pas votre infirmité qui va m'empêcher d'penser à vous.

Constatant qu'il était sincère, qu'il avait les yeux quelque peu embués, c'est elle qui fut prise de compassion. Elle qui s'était méfiée de sa pitié à lui. Pas tout à fait désintéressée par l'homme, elle lui répondit d'une voix attendrie par l'aveu:

– Je veux bien vous revoir, Jérôme, mais ici, pas ailleurs. Nous venons à peine de nous connaître. Ne tentez pas de m'apprivoiser, j'ai un côté sauvage qui n'est pas prêt de se dissiper, mais, si vous désirez revenir…

– Là, vous m'rassurez! Juste à penser que j'peux vous intéresser! Bien sûr que j'veux revenir et passer l'été dans la véranda si vous l'voulez!

Dans son ardeur, il lui prit la main et la serra dans la sienne. Il aurait voulu effleurer son front, ses cheveux, de l'autre, mais il s'en abstint. Tout doucement, Luce retira sa main et, replaçant le châle sur ses genoux, lui dit avec délicatesse:

– Vous seriez aimable de partir maintenant, je me sens lasse, je n'ai pas l'habitude de parler aussi longtemps. Je pense qu'une courte sieste me fera grand bien. Mais, ne craignez rien, nous allons nous revoir et c'est moi qui vais vous téléphoner. Cela vous va?

– Et comment donc! Quand vous voudrez, j'vas attendre avec impatience. Ce qui m'empêchera pas d'vous sourire quand j'viendrai livrer la commande.

Luce lui tendit la main encore une fois et Jérôme, discret, s'éloigna sur la pointe des pieds pour ne pas déranger madame Nevers, assoupie dans sa chaise longue sur le quai, le verre vide à ses côtés. Le suivant des yeux, ne le voyant plus, Luce laissa échapper un long soupir. Le premier de ce genre depuis des années. Elle ne savait trop pourquoi, mais Jérôme lui avait laissé une douce impression. Elle le revoyait comme si elle l'avait dessiné dans sa tête et elle se surprit, dans ses méandres, à figer son regard sur ses lèvres. Des lèvres qu'elle aurait souhaité effleurer des siennes si seulement… Puis, fermant les yeux et les rouvrant, elle se dirigea vers sa chambre et jeta son châle sur le lit. Face à son miroir, enlevant le rouge de ses lèvres, effaçant le bleu de ses paupières, elle ressentit un étrange malaise. Se pouvait-il qu'un homme, un assez bel homme s'intéresse à elle? Infâme question pour une fille qui, hélas, depuis longtemps, avait oublié à quel point elle pouvait être belle. Le soir venu, sa mère, cigarette aux lèvres, les yeux appesantis par le gin, ne lui posa aucune question sur sa rencontre. Son père, plus intéressé, plus inquiet, lui demanda en se penchant vers elle:

– Et puis, comment est-il?

– Bien.

Rien de plus, rien de moins, mais Germain Nevers venait de comprendre que sa fille bien-aimée n'avait pas été ennuyée par l'entretien improvisé. Au point que Jérôme avait passé pas loin d'une heure à ses côtés. «Bien», avait répondu Luce, que cela, mais le père avait senti que l'espoir avait jailli du fauteuil depuis longtemps inerte, de sa fille. Plus tard, au retour de Camille de son séjour chez Marthe, sa mère lui dit:

– Ta sœur a passé l'après-midi avec l'épicier. Elle a même joué pour lui. Je pense qu'il en est amoureux.

– Pas vrai! Mais c'est génial, maman! Luce va enfin changer d'air!

– Camille! Ne sois pas vilaine… Ta sœur a des barrières, des limites.

– Oui, je sais, mais ça ne l'empêcherait pas d'être heureuse si elle était moins orgueilleuse. Elle n'est pas la seule femme en fauteuil roulant, j'en rencontre fréquemment. Des femmes et des hommes qui ont accepté, avec le temps, leur handicap. C'est là son problème, maman. Luce n'accepte pas sa paralysie pas plus que son fauteuil et c'est ce qui la cloisonne. Je ne m'intéresse pas à la psychologie pour rien, tu sais. Si elle acceptait davantage son état, elle deviendrait plus combative et, par le fait même, plus affable. Elle pourrait même se produire à la radio ou en spectacle avec son violon. Mais non, elle préfère ne pas sortir de sa tour d'ivoire…

– Au moins, il y a de l'espoir. Là, avec ce type qui s'intéresse à elle.

43

– Oui et il n'est pas mal, vous savez, je l'ai vu à plusieurs reprises et il a un genre. Ce n'est pas Errol Flynn, mais ça vaut John Garfield…

– Toi et tes acteurs, Camille! Rêveuse comme ça ne se peut pas! À certains moments, tu causes comme une femme accomplie et, deux minutes plus tard, tu redeviens la gamine avec son cinéma! Pas facile à suivre…

– Mais non, maman, je vous taquine tout simplement. C'est vrai que j'ai deux personnalités, mais à mon âge, j'ai encore le droit de m'amuser, non? Et là, vous montez vous coucher, n'est-ce pas?

– Non, pas tout de suite. Je vais fumer une dernière cigarette. Monte, toi, repose-toi, tu me sembles fatiguée. Tu étudies beaucoup, tu sais.

– Oui, je monte, je suis crevée et j'ai une dure semaine devant moi. Bonne nuit, maman.

Camille monta tout doucement et, restée seule, Jeannette Nevers s'alluma une cigarette et versa deux onces de gin dans son verre de *ginger ale.*

La comédienne Marcelle Lefort avait été couronnée Miss Radio et, l'apprenant à Luce, madame Nevers s'était fait répondre: «C'est qui celle-là? Une autre héroïne de vos romans-savon?» Parce que Jeannette Nevers, pour tuer le temps à L'Abord-à-Plouffe où elle n'avait aucune amie, s'était rapprochée de la radio où l'on présentait chaque jour, sous forme de feuilletons, *Un homme et son péché, Vie de Famille* et *Les secrets du docteur Claudine,* entre autres. Puis, les chansons de Jean Lalonde, un artiste qui gagnait peu à peu le cœur des Québécoises. En 1941, la mode était au béret et au chapeau cloche. Camille, optant pour le béret, avait le doux profil d'une Michèle Morgan en herbe.

Jérôme Ruest revint plus d'une fois visiter celle qu'il appelait sa «bien-aimée». Pour lui plaire, il s'était procuré des disques sur lesquels on jouait les œuvres de Paganini. De cette façon, il avait l'impression de connaître davantage l'univers de Luce. Lorsqu'il la visitait, c'était dans le petit boudoir du premier plancher qu'elle le recevait. Un boudoir avec un tourne-disque, un divan sur lequel, parfois, elle prenait place à ses côtés. Avec son aide qu'elle ne refusait plus désormais. Et, de plus en plus, après n'avoir eu la main que sur son violon, l'autre sur l'archet, elle acceptait de la glisser dans celle de Jérôme qui, conquis, disait à qui voulait l'entendre, qu'il fréquentait sérieusement Luce Nevers, la fille de l'avocat. Elle mit du temps à lui accorder un premier baiser mais, chose faite, elle s'en trouva ravie. Elle avait même senti un doux frisson lui parcourir l'échine. Jérôme Ruest embrassait merveilleusement bien. Pour elle, du moins. Car, comment pouvait-elle comparer quand il était le premier à poser ses lèvres sur les siennes puis, à entrouvrir tout doucement la bouche? Pour Luce, tout n'était que préambule alors que, déjà, elle l'aimait. Il souhaitait la présenter à sa vieille mère, à sa sœur Yolande, mais Luce refusa de sortir et de se rendre chez lui malgré ses instances. Et elle n'accepta guère plus que Yolande vienne chez elle. Jérôme qui ne la contrariait jamais, fit en sorte de l'excuser auprès des siens jusqu'à ce que leur fréquentation soit plus intense. Intense? Pas encore, puisqu'il n'avait pas réussi, en dépit de l'intérêt qu'elle lui portait, à glisser un doigt ou deux dans son corsage. Pas plus que Luce qui n'osait le moindre geste, pourtant, souvent imaginé. Elle se retenait, elle le retenait. Pudiquement? Peut-être, mais surtout parce qu'elle savait que, rendue trop loin, impotente, elle allait rougir de honte de son incapacité.

Le mardi 18 novembre 1941, Émile Nelligan décédait après des années d'internement dans un asile. La névrose ayant fait place à la folie, on ne parlait presque plus de lui, lorsque son nom refit surface à l'annonce de sa mort. Germain Nevers en fut affecté. Il possédait l'œuvre complète du poète et se complaisait souvent à réciter à Camille *La romance du vin* ou *Soir d'Hiver*. Faute de Nelligan, l'avocat allait jeter, tout entier, son dévolu sur Paul Morin, son préféré. Puis, le 7 décembre, les Japonais attaquaient par surprise Pearl Harbor. Une catastrophe pour les États-Unis. La peur au ventre, les Canadiens craignaient de plus en plus l'appel sous les drapeaux. Une fin d'année triste, morose, avec la photo d'Hitler dans tous les journaux. Luce, frileuse, emmitouflée dans un châle, attendait la visite de Jérôme. Ce dernier, de plus en plus empressé, amoureux fou, avait fini par la convaincre de se tutoyer tous les deux. Chez elle, avant la tombée de la première neige, devant elle, les mains dans les siennes, ses yeux noirs dans ses yeux bleus, il lui avait demandé à brûle-pourpoint:

– Luce, je t'aime. Veux-tu m'épouser?

– Non!

Chapitre 2

Assez frisquet, ce dimanche 8 février 1942. Camille était allée à la messe avec ses parents et, de retour, avalant vite un léger dîner, elle rechaussa ses bottillons, enfila son manteau de drap à capuchon, et monta la côte avec un grand carton sous le bras. Elle sonna à la porte de l'institutrice. Celle-ci, méfiante, regarda d'abord par la fenêtre avant de lui ouvrir.

– Camille! Quelle belle surprise! Entrez! J'ai du thé chaud…

– Je ne resterai pas longtemps, Mademoiselle Cardinal, j'ai des études pour l'après-midi, mais le temps d'une tasse de thé? Sûrement!

La jeune fille se défit de son manteau, de ses bottes, puis installée dans la cuisine de la vieille demoiselle, elle lui dit en lui remettant le grand carton:

– Depuis le temps que je vous promettais une toile, la voilà!

Estomaquée, pimpante et rougissante, la vieille fille balbutia:

– C'est pour moi? Vrai… vraiment pour moi? Quelle délicatesse!

Puis, dénouant les ficelles et retirant la toile du carton qui la protégeait, elle s'exclama, les yeux rivés sur le chef-d'œuvre:

– Pas possible! Quel superbe oiseau! Un cardinal rutilant de feu!

– N'est-ce pas l'oiseau prédestiné pour vous, Mademoiselle Cardinal? Il y a longtemps que je mûrissais le projet. Je me disais qu'une femme avec le nom du plus bel oiseau d'Amérique, méritait certes d'avoir ce passereau sur son mur. Et je ne l'ai pas peint dans son envol, mais calme, posé, à votre image.

– Je ne sais comment vous remercier, Camille. Quel talent vous avez! Cette toile que je vais faire encadrer ne quittera jamais mon salon, je vous l'assure! Et quelle coïncidence! Mon divan tout comme le fauteuil, sont d'un rouge ardent. Voyez! Ah! Camille, c'est le plus beau jour de ma vie, j'en suis émue, chavirée… Il y a belle lurette qu'on ne m'avait offert un si beau présent.

Camille avala sa tasse de thé et, se relevant, s'apprêtant à partir, elle fut retenue par le bras de la vieille demoiselle.

– Déjà? Vous pourriez rester, nous pourrions causer.

– Mais, les études, vous comprenez…

– Bien sûr! Que je suis bête! Une enseignante devrait savoir que les études passent avant tout. Votre mère va bien? Votre père…

Se rendant compte que l'institutrice voulait fouiner dans la vie familiale, Camille se hâta de se vêtir et, ouvrant la porte, lui répondit avec un sourire:

– Oui, tout le monde va bien, Mademoiselle Cardinal, ma sœur aussi.

– Dans ce cas-là, saluez-les de ma part et merci encore. Si je m'attendais à cela…

La fin de semaine suivante, Camille avait invité Marthe à passer les deux jours de congé chez elle. Au grand désespoir de Luce qui la trouvait commère et qui avait peine à subir son rire strident. Devant sa mauvaise humeur face à la venue de l'amie de la cadette, madame Nevers lui avait dit:

– Écoute, Luce, tu n'es pas seule dans cette maison et ta sœur a aussi droit à ses divertissements. Marthe est sa seule amie et elle la reçoit constamment chez elle. De plus, est-ce que ta sœur se plaint de ton violon, elle? Tu as beau bien jouer, mais à longueur de journée, ça peut finir par être agaçant, tu sais!

À ces mots, Luce avait vivement reculé jusqu'à sa chambre avec son fauteuil, puis, faisant volte-face sur ses roues, elle était entrée en refermant la porte bruyamment derrière elle. Son père, qui avait assisté à la scène et qui semblait désolé pour son aînée, avait dit à sa femme:

– Tu n'aurais peut-être pas dû, Jeannette…

Ce à quoi elle avait rétorqué:

– Laisse faire, je sais ce que je fais! Ce n'est pas parce qu'elle est handicapée qu'elle va tous nous mener par le bout du nez! Et n'oublie pas, tu as deux filles, mon mari, pas seulement celle que tu plains depuis des années. Deux filles, Germain! Et Camille a autant droit à tes sourires et tes largesses que Luce qui profite de…

Elle s'était arrêtée, puis, se ravisant, elle termina en disant à son mari:

– Ce n'est pas parce que la petite est sur ses deux jambes qu'elle va sans cesse plier pour celle qui ne l'est pas. Ça, non!

Germain Nevers n'avait rien ajouté. Malgré sa préférence pour son aînée à cause de son état, il adorait Camille dont il était très fier et qui se destinait à une belle carrière. Il ne s'était jamais arrêté sur les toiles de la cadette comme il pouvait le faire pour l'archet du violon de l'aînée, mais ce n'était pas de la mauvaise volonté. Germain Nevers avait eu bien du mal à composer avec l'immobilité de Luce depuis sa maladie. Autant de mal qu'elle en avait encore, à s'accepter, inerte dans ce fauteuil, elle qui dépendait de tous.

Luce épluchait un magazine lorsque Marthe sonna et que Camille s'empressa d'aller lui ouvrir. Madame Nevers, s'allumant une cigarette, avait demandé des nouvelles de ses parents à la jeune fille, avant de s'éloigner à la cuisine pour y préparer le souper. Luce avait tout juste jeté un regard sur la visiteuse et ce, sans le moindre sourire. Elle avait même répondu à son «Bonjour, Luce, ça va?» par un signe de tête, rien de plus. Marthe s'était à peine installée avec Camille dans le boudoir à deux pas de Luce qui lisait, qu'elle lança à son amie:

– C'est de valeur pour la pauvre Carole Lombard, tu trouves pas? Mourir bêtement dans l'écrasement d'un avion. Moi, quand j'y pense, j'en ai des frissons. Imagine! Si belle, si jeune, en pleine gloire! On en parle partout depuis que c'est arrivé et tout le monde veut voir ses films maintenant!

– Oui, c'est triste, répondit Camille. Et quand je pense à son mari…

Luce, qui avait écouté la conversation, lança d'un ton narquois:

– Et son pauvre mari, c'est Errol Flynn, Camille?

– Non, Luce, Carole Lombard était la femme de Clark Gable! Mais, on sait bien, à part Paganini, toi… Et puis, si tu restes au boudoir pour nous épier et être désagréable, on peut fort bien se passer de ta présence!

Luce, rouge de colère, fit pivoter son fauteuil et se rendit jusqu'au salon où son père se trouvait, le journal entre les mains.

– Petites sottes! cria-t-elle, pauvres idiotes! Se pâmer devant des acteurs et pleurer la mort d'une actrice que personne ne connaît! Elles devraient plutôt étudier leur grammaire si elles veulent devenir institutrices!

Germain Nevers, déposant son journal, regarda sa fille et lui dit:

– Luce, je t'en prie, laisse-les, c'est de leur âge.

Surprise de constater que son père se rangeait du bord de la cadette, elle lui répliqua:

– Ah! tiens! Depuis quand approuvez-vous toutes ces sornettes, papa?

– Ce n'est pas une question d'approuver ou pas, Luce, mais dans une société tout comme dans une maison, il faut vivre et laisser vivre…

– Vivre? Vous appelez ça vivre ce que je traverse? C'est vivre que d'être confinée à un fauteuil et de jouer du violon pour tuer le temps? Un violon qui semble taper sur les nerfs de tout le monde?

– Luce! Pour l'amour du ciel! Quelle mouche t'a donc piquée?

En le regardant, rageuse, rouge de colère, une larme au coin de l'œil, elle se dirigea en droite ligne vers sa chambre et s'y réfugia en silence. Germain Nevers, resté seul, était songeur. Son aînée n'était plus la même depuis quelque temps. Pourquoi? Il se grattait la tête sans se douter que les sautes d'humeur de Luce venaient du fait que Jérôme se manifestait de moins en moins depuis qu'elle lui avait refusé sa main. Il était revenu certes, mais pas sur le sujet. Moins ardent, un peu plus distant, il écoutait encore *Une petite musique de nuit* de Mozart qui le chavirait, mais ses sentiments semblaient avoir perdu de leur intensité. Pourtant, il aimait Luce. Il l'aimait même profondément, mais il avait du mal à accepter ce rejet de sa part, lui qui était prêt à lui décrocher la lune. Et il ne pouvait s'imaginer que ses rêves comme ses espoirs allaient être brisés, anéantis. Pas encore… Pas une fois de plus. Pas après… l'autre.

À la Saint-Valentin, Luce reçut une douzaine de roses rouges du fleuriste local, avec un petit carton sur lequel elle put lire: «Avec amour. Jérôme». Et, en post-scriptum: «J'aimerais te voir demain, si possible.» Camille ne passa aucune remarque sur le présent, de peur de s'attirer les foudres de sa sœur et madame Nevers, sans lui demander quoi que ce soit, disposa pour elle les fleurs dans un long vase de cristal. Germain Nevers n'avait pu, lui, s'empêcher de lui dire: «C'est un brave garçon, un cœur d'or. De nos jours, les hommes galants se font de plus en plus rares.» Luce n'avait rien répondu, mais elle avait été touchée du geste. Si seulement sa famille savait pourquoi Jérôme gardait ses distances. Si seulement elle avait eu le courage de se confier à son père et lui dire qu'elle avait refusé la demande en mariage de l'épicier. Sans doute, aurait-il compris, lui, le malaise qu'elle ressentait? Mais non, orgueilleuse à outrance, cachottière de surcroît, elle avait gardé pour elle les affres de la mésentente. Comme de coutume. Parce que, selon elle, personne n'était apte à comprendre. Pas même son père qui, pourtant, la portait sur la main. Et encore moins sa mère qui, selon Luce, se foutait d'elle comme de… sa dernière chaussette!

Néanmoins, à l'insu des siens, elle avait réussi à joindre Jérôme au bout du fil et à lui dire: «Oui, viens demain soir, mes parents s'en vont souper au restaurant avec Camille. Je serai seule.» Ce qui raviva l'espoir dans le cœur de l'épicier qui dormit mieux cette nuit-là. Le lendemain, dimanche, la journée fut longue pour Jérôme qui attendait avec impatience que le soir vienne. Sa vieille mère, l'observant, lui avait dit:

– T'es pas pareil comme d'habitude, mon gars. Y'a-tu quelque chose qui t'chicote?

Sortant de la lune ou des nuages, Jérôme lui avait répondu:

– Hein? Quoi? Non, tout est correct, la mère. J'avais juste la tête ailleurs.

Puis, à l'heure convenue, endimanché, un sourire franc aux coins des lèvres, il sonnait à la porte des Nevers. Luce, affable, assez aimable quoique froide, le fit passer au salon et, la regardant, Jérôme se rendit compte qu'elle n'avait fait aucun effort de coquetterie pour la circonstance. Enroulée dans un châle noir, les cheveux épinglés en chignon, aucun fard, les paupières lourdes et pâles, les lèvres naturelles, elle n'avait pris soin que de poser les roses en vue pour amoindrir le plus léger désaccord.

– Merci pour les fleurs, ce n'était vraiment pas nécessaire…

– Pour moi, oui, et j'suis content de m'retrouver ici, Luce. J'pensais qu'tu m'boudais ou qu't'avais plus envie de m'voir. Je m'demandais…

– Cesse de te poser toutes ces questions, Jérôme. C'est plutôt toi qui as pris tes distances. Le froid qui sévit entre nous vient de toi.

– Ben, s'faire virer comme je l'ai été, ça r'froidit, tu trouves pas?

– Je n'ai fait que répondre à ta question, Jérôme. Négativement, certes, et sans explications, mais que veux-tu, je n'ai pas l'habitude de prendre des détours. Je manque de tact… Et puis, n'en parlons plus, veux-tu? Puis-je t'offrir un jus de fruits, un verre de bière?

– Va pour la bière, j'en ai besoin pour revenir à la charge, je veux dire, pour aller au fond des choses.

Luce lui servit une bière et, avant qu'il puisse prendre le contrôle de la situation, elle le désamorça d'une question.

– Comment se fait-il que tu ne sois pas marié à ton âge, Jérôme?

– Heu… ben, c'est simple, j'ai jamais trouvé la perle rare. Avant toi, j'veux dire…

– Jérôme! À d'autres! Tu as très belle apparence, tu plais sans doute à bien des filles, tu as eu vingt ans, vingt-cinq ans… Ne viens pas me dire que je suis la première femme dans ta vie!

– Non, c'est vrai, j'en ai connu… Mais j'étais pas intéressé. J'avais le commerce de mon père, la mère à ma charge…

– Mais ta sœur était là, Jérôme, plus vieille que toi, plus apte à prendre sa mère en main. Non, toi, tu me caches quelque chose.

– J'te cache rien, Luce, j'ai rien à dire sur mon passé. Avant toi, je n'ai eu… Et tu m'as jamais rien demandé, Luce.

– Je n'ai eu…? Quoi, qui, Jérôme? Je te le demande ce soir.

– Ben, si c'est l'cas, je vas te l'dire, j'vas m'ouvrir. C'est si loin tout ça… Pis, pour c'que ça va changer maintenant.

Luce porta le verre de jus à ses lèvres et Jérôme, calant sa bière, la cravate dénouée, assis face à elle, la regarda et lui dit:

– Ça va m'faire mal une fois d'plus, mais j'vas t'dire c'qui m'tiraille encore, Luce. C'est vrai que j'ai été amoureux d'une autre avant toi. Une seule, Luce! J'avais vingt ans, j'travaillais pour le père, pis elle, une fille d'la place, j'la voyais passer chaque jour sur son bicycle. Un soir, j'lui ai demandé son nom, son âge, pis on a commencé à s'fréquenter. Elle était belle, elle était fine, ma mère me disait que ça m'ferait une bonne femme, qu'elle avait d'l'allure pis du charme.

– Tu dis toujours «elle», Jérôme. Elle avait sûrement un prénom…

– Oui, excuse-moi, c'était Aline. Pis elle avait dix-huit ans quand on a commencé à sortir ensemble. Un an plus tard, on s'fiançait à Noël pis on comptait s'marier à l'automne de l'année suivante.

Jérôme s'arrêta, baissa la tête, devint muet et Luce intervint:

– Et après? Qu'est-ce qui a fait que tu ne l'as pas épousée?

– J'l'ai perdue, Luce. Ma fiancée est morte avant d'avoir ses vingt ans révolus. Aline a été emportée par une pneumonie double, une grippe terrible qui a mal viré. Faut dire qu'elle était frêle, qu'elle avait pas une grosse santé, mais de là à mourir dans la fleur de l'âge, comme disait ma sœur... Tu t'imagines ma peine?

– Oui et excuse-moi, Jérôme. Je n'aurais pas dû insister, je suis désolée. Tu n'as pas à poursuivre, tu sais. Tu n'as pas à raviver...

– Maintenant qu'j'ai commencé, j'vas terminer si tu l'veux bien. J'ai été à terre, j'ai été déprimé un bon bout d'temps, mais avec le magasin, la mort de mon père, les responsabilités, j'ai fini par passer à travers. Yolande m'a beaucoup aidé, tu sais. Sans elle, j'me serais pas rétabli si vite. Pis là, j't'ai tout dit, Luce. J'pense pas avoir à rajouter d'autres choses.

– Peut-être en ce qui concerne ce tourment, cette cruelle épreuve, mais après, Jérôme, après Aline, tu as dû en avoir d'autres?

– Plusieurs mais pas une, Luce. J'ai eu des blondes de courte durée, mais pas une que j'ai aimée. Des filles que Yolande me présentait pour me faire oublier Aline. Pis, c'est pas que j'étais accroché à la mémoire de l'autre, c'est que j'trouvais pas, y'en avait pas une à mon goût. J'ai laissé passer les années, j'ai attendu pis, un beau jour, tu m'es apparue, Luce. Aucune femme depuis Aline n'avait réussi à me jeter par terre, mais toi, dès que j't'ai vue, j'ai fondu, j'ai craqué. Et j'ai cru...

– Je sais ce que tu as cru, Jérôme, et j'en suis navrée. Moi aussi, j'ai eu un vif penchant, j'ai même éprouvé des sentiments...

– Que tu n'ressens plus, Luce?

– Ce n'est pas ce que je veux dire. Je les ressens encore, mais depuis le jour, depuis ta demande, je m'efforce à les effacer.

– Pourquoi? J't'aime, moi, Luce! Pis ma demande tient encore!

– Voilà où je veux en venir, Jérôme. Si j'avais cru un seul instant que nos rencontres allaient prendre un tel essor de ta part, je me serais abstenue de te connaître. Je ne pensais jamais que…

– Tu m'aimes pas! C'est ça, hein? Tu m'aimes plus!

– Écoute Jérôme, il n'est nullement question d'amour ou pas dans ce que je vais te dire. Mais là, écoute-moi bien, ne m'interromps pas. Je ne serai jamais ta femme, Jérôme, ni la femme d'un autre homme. Jamais je ne me marierai, tu comprends? Je suis handicapée, impotente, paralysée, Jérôme. Et ce, jusqu'à la fin de mes jours! Que tu m'aimes ou que je t'aime ne changera rien. J'aurais souhaité que la relation tout comme les sentiments perdurent, mais comme tu n'as pas joué le jeu et que tu es devenu trop vite sérieux, je n'ai pas eu d'autre choix que de te refuser comme je l'ai fait.

– Mais pourquoi, Luce? Nous pourrions être heureux ensemble, nous pourrions faire une belle vie, voyager. Ça m'dérange pas, moi, qu'tu passes ta vie dans une chaise roulante. J'te l'ai déjà dit, ça va faire partie d'mon amour de chaque jour. Pis, des enfants, j'y tiens pas tant qu'ça, Luce. On peut vivre à deux… Tu serais pas la première infirme à s'marier, y m'semble!

– Non, Jérôme, non! Et ne prononce plus jamais le mot «infirme», ça me fait mal jusque dans l'âme. On dit de plus en plus «handicapées» pour les personnes confinées ou atteintes de… Et je te le répète, non, Jérôme. Jamais ne ne t'épouserai, jamais je ne ferai vivre à un homme le quotidien que je traverse. Tu as beau dire, beau faire, mais viendra le jour où, l'amour éteint, tu regarderas mon fauteuil d'un autre œil.

– Pourquoi es-tu toujours rabat-joie, Luce? L'amour éteint! Tu crois pas au bonheur éternel, toi? Tu penses que…

– Je ne pense rien, Jérôme, je constate, je sens, je vois, je vis, moi. Et je suis réaliste de surcroît. Je sais qu'un jour…

Mais, trêve d'explications, c'est inutile, je te dis non à tout jamais, Jérôme. Et, quitte à te blesser davantage, j'aimerais que nous cessions de nous voir, tous les deux. C'est peine perdue, c'est malhonnête de ma part, inutile de la tienne.

– Tu veux vraiment qu'on s'quitte? lui demanda Jérôme en prenant sa main dans la sienne.

Se dégageant brusquement, de crainte de ressentir un émoi, Luce lui répéta, sans ménagement cette fois:

– Oui, définitivement! Et je ne veux plus que tu reviennes, Jérôme. Je ne veux plus que nos regards se croisent. Je demanderai à ma mère de faire livrer sa commande autrement.

– Je t'ai raconté ma douleur avec Aline pis là, sans même en tenir compte, tu laisses la vie m'poignarder une autre fois. Pire, tu l'aides! Parce que, Aline, elle avait rien provoqué, elle.

– C'est assez, Jérôme! Ça risque de friser le ridicule, ce mélodrame!

Offensé par la dernière phrase, blessé dans sa fierté, dans son amour, il se leva et, à son tour, lui dit brusquement:

– Si c'est comme ça, j'ai compris, je m'en vas, Luce, j'insiste pas! J'suis pas l'genre à m'traîner aux genoux d'une femme! J'suis un homme, j'ai une colonne, j'me tiens debout...

Se rendant compte qu'il venait de la «massacrer» sans l'avoir cherché par ces dernières paroles, il tenta de se confondre en excuses, de lui prendre la main:

– C'est pas c'que j'ai voulu dire... C'était pas pour toi que j'disais ça, Luce...

Le repoussant gentiment, reculant son fauteuil, elle lui répondit sans hausser le ton:

– Oui, je sais, ce n'était pas volontaire. Mais là, pars, ne te retourne pas et ne reviens pas. Notre histoire prend fin ce soir, c'est fini. À vie, Jérôme.

Jérôme Ruest ne revint plus chez les Nevers livrer la commande. Moins chagriné de la perte de Luce qu'il l'avait été de celle d'Aline, il se mit martel en tête de ne jamais se marier et de ne plus laisser son cœur battre pour une femme. Il se promettait même, lors de petits déplacements, de satisfaire ses pulsions dans des maisons closes. Échaudé à deux reprises dans ses romans d'amour, une fois par la main de Dieu, l'autre, par l'indifférence d'une handicapée, il ne voulait plus jamais avoir à souffrir d'avoir aimé. Madame Nevers, qui connaissait la cause de son désarroi et de son mutisme, se montra fort compatissante envers lui, mais sans pour autant dénigrer sa fille ou émettre le moindre commentaire sur leur rupture. Désormais, pour la livraison des denrées, c'était un garçon du voisinage que Jérôme rémunérait de quelques sous, qui descendait la côte avec sa «barouette» pour aller livrer la boîte remplie de sacs chez les Nevers. Un garçon joufflu d'environ treize ans que Luce avait aperçu, ce qui lui confirmait que Jérôme respectait le pacte de ne plus la revoir.

La guerre faisait rage à l'étranger et les Américains s'enrôlaient de gré ou de force dans l'armée, pour vaincre le nazisme de plus en plus menaçant. Les gens sortaient peu, épargnaient leur argent, entassaient à la banque ou dans des bas de laine au cas où… Malgré tout, au grand soulagement de Marthe et Camille, Hollywood octroya ses Oscars. Greer Garson rafla celui de la meilleure actrice pour son rôle dans *Mrs. Miniver* qui remporta également l'Oscar du meilleur film. Cependant, quelques mois plus tard, aux guichets des cinémas, c'était le film *Casablanca* avec Humphrey Bogart et Ingrid Bergman qui attirait les cinéphiles. Soudain, la conscription déchira le pays et ce fut la panique. Au Québec comme ailleurs et, dès lors, ce fut la course contre la montre pour un mariage rapide.

Les hommes célibataires voulaient des femmes, des enfants, des dettes, n'importe quoi, pour éviter d'être appelés sous les drapeaux. Plusieurs se cherchèrent des malaises, des «infirmités», des anomalies, pour une dispense inespérée. C'est ainsi que le cordonnier, Honoré Poiron, un veuf de trente-deux ans, sans enfant, désespéré, s'était présenté un soir au domicile de mademoiselle Cardinal. Se jetant à ses genoux, il l'avait suppliée de devenir sa femme, elle qui rarement avait été courtisée dans sa vie. Scrupuleuse quoique flattée, elle lui avait répondu:

– Monsieur Poiron! Voyons! J'ai cinquante-quatre ans!

– Qu'importe! Vous me sauveriez la vie, Mademoiselle Cardinal. Et ce sera que pour la forme, j'vous promets d'vous respecter, de pas vous toucher.

– Mais le mariage est un engagement, Monsieur. Un engagement sérieux.

Ce à quoi le pauvre cordonnier avait répondu:

– Ben, j'disais pas ça pour vous choquer, moi! Si vous voulez qu'ça soit sérieux, j'demande pas mieux que d'faire la chose, moi. Pis vous serez pas déçue, ma femme de son vivant s'en plaignait pas, ajouta-t-il en riant.

Insultée, se voyant dans le lit de ce mufle plus jeune qu'elle, elle riposta:

– Elle en est morte, aussi! Je parle de votre défunte femme, Monsieur Poiron! Et à votre âge, en pleine forme, avec une femme de mon âge qui n'a jamais…

– J'vous apprendrai! Vous allez voir, vous allez pas l'regretter!

– Je voulais dire «qui n'a jamais songé au mariage» Monsieur Poiron! Pas à ce que vous pensez! Puis, non! Je regrette, mais je ne peux pas être votre bouée de sauvetage. Cherchez ailleurs!

– J'voudrais bien, mais elles sont toutes prises ou promises! Pis Yolande Ruest m'a refusé avec sa tête dure! Vous étiez la quinzième sur ma liste! Mon dernier espoir…

Deux fois plus outrée d'être son «ultime» bouée, mademoiselle Cardinal lui indiqua la porte en refusant net sa requête. Gémissant, pleurant presque, elle l'entendit de sa fenêtre lui crier:

– Vous aurez ma mort sur la conscience, Mademoiselle Cardinal! Vous vous pardonnerez jamais d'avoir laissé les Allemands m'garrocher dans leur four crématoire!

Elle se boucha les oreilles, ferma les yeux, et pria le ciel pour que rien de tout cela ne lui arrive. Puis, apaisée, se remettant de son émoi, elle s'imagina dans ses bras, le soir des noces, le lit défait… Et, honteuse de ses mauvaises pensées, elle égrena son chapelet.

Les jeunes gens se mariaient à la hâte, les couples sans enfant procréaient et, face à l'enrôlement obligatoire qui venait même si le Québec s'y opposait, Honoré, pour y échapper, s'était tiré une balle dans le pied. Ce qui avait fait dire à Luce lorsqu'elle l'apprit: «L'imbécile! Le fou! Perdre volontairement l'usage d'un pied, alors que je donnerais tout pour en avoir un qui fonctionne. Il mériterait que la gangrène le ronge jusqu'au tronc!» Des hommes se cachaient dans les bois, d'autres s'en dispensaient avec de faux papiers de médecins, attestant d'un mal incurable, quelques-uns, plus douillets, plus lâches, se suicidaient ou disparaissaient sans laisser de trace, alors que d'autres se réfugiaient dans l'engagement religieux afin d'être épargnés de la guerre et… des femmes! C'était vraiment la cohue! Luce, pensive et repentante en ce temps où la frayeur régnait, songeait à Jérôme qu'elle aurait pu sauver du service militaire. Sans perdre pour autant sa fierté, mine de rien, elle avait dit un jour à sa mère:

– Heureusement que Jérôme avec son commerce, sa mère, a été épargné…

Madame Nevers, déposant sa cigarette, lui avait répondu sans sourciller:

– Non, il n'a pas été épargné, Luce. Mais en brave qu'il est, il n'a pas cherché à se soustraire à sa patrie, lui. Il s'est enrôlé dans la marine et, dès la semaine prochaine, c'est l'embarquement, le départ.

Luce, blanche comme un drap, mal à l'aise sans trop le démontrer, avait détourné la tête pour que sa mère ne discerne pas son chagrin. Puis, dans sa chambre, le violon dans une main, l'archet dans l'autre, elle joua *Une petite musique de nuit.* Pour lui! Avec, sans que personne ne la voie, une larme sur la joue.

Puis, vint le rationnement du beurre, du sucre et de l'essence. Germain Nevers, avocat de prestige, aimé de tous, rentrait toujours avec, pour Jeannette, du beurre frais, alors que la margarine devenait de plus en plus populaire dans les familles moins privilégiées. Yolande Ruest, sœur de Jérôme, qui tenait le commerce avec un boucher temporaire, gardait toujours plus de sucre pour les Nevers que pour les autres clients. Sans doute parce que Jérôme, qui lui écrivait, lui demandait de ne pas priver Luce, de faire en sorte qu'elle ne manque de rien. Mais Yolande, n'ayant jamais vu ni connu l'aînée des Nevers, celle qui avait rejeté son frère, aurait certes préféré leur allouer seulement le strict nécessaire. Mais il y avait l'autre, la petite sœur, si fine, si gentille. Et puis, madame payait rubis sur l'ongle, alors que la plupart des clients lui remettait un billet d'un dollar de temps en temps. Le crédit illimité, la crise, le chômage, les hommes au loin, Yolande fit de son mieux, mais dut restreindre son inventaire, incapable de payer elle-même

les marchandises. Temps durs pour les pauvres, craintes ina-
vouées de la part des riches. Malgré le rationnement et le
manque d'argent d'un bout à l'autre de L'Abord-à-Plouffe,
Jeannette Nevers continuait d'étendre son linge sur la corde
sans trop s'en faire. Deux cartouches de cigarettes étaient en
permanence dans son armoire, du gin dans le bas de son vaisselier et une caisse de *ginger ale* au pied de l'escalier. Camille
peignait des oiseaux sur des branches et Luce ne jouait plus
Une petite musique de nuit par respect… pour lui. Elle avait
opté, temporairement, pour des essais d'hier, comme la *Berceuse op. 57* de Chopin ou l'*Air de la suite No 3* de Bach, dont
elle avait gardé les feuilles de musique.

Germain Nevers, faisant mine d'être détendu malgré la menace qui pesait sur l'univers, avait délaissé les œuvres de Paul
Morin pour se plonger dans *L'Étranger*, un roman d'Albert
Camus qu'on venait de publier, pendant que Marthe téléphonait régulièrement à Camille pour l'entretenir des plus récents
ragots du cinéma. En vacances toutes deux en cet été 42, elles
se voyaient de temps à autre, mais moins fréquemment qu'en
périodes scolaires. Un matin de juillet, elle lui annonça au bout
du fil:

— Camille! Cary Grant vient d'épouser Barbara Hutton,
l'héritière des magasins Woolworth! Il se place les pieds,
celui-là!

— Voyons, Marthe, c'est elle, la chanceuse! Elle épouse un bel
homme, un acteur… Et je parierais qu'il est aussi riche qu'elle!

— Sûrement pas! Car, si c'était le cas, il en aurait choisi une
autre! Tu sais, la Barbara, c'est loin d'être Paulette Goddard!

— Qu'importe… En autant qu'ils soient heureux. Moi, ce
qui commence à me déranger, c'est de voir comment ils divor-
cent facilement, ces gens-là. Aucun respect pour les liens sacrés

du mariage. Même Errol Flynn! Une femme n'attend pas l'autre! Il commence à me décevoir de ce côté-là, lui, Marthe.

– Allons, menteuse! S'il quittait sa femme pour toi, Camille Nevers, tu t'en plaindrais? Tu l'as dans la peau, ton Errol Flynn!

Camille éclata d'un rire franc et sonore qui fit dire à Luce:

– Tu te crois seule dans la maison? Encore une idiotie de Marthe, je suppose? Allez-vous finir par mûrir un jour? On dirait deux gamines!

Camille ne l'écoutait pas et, d'un potin à l'autre, Marthe lui raconta tout ce qu'elle avait lu dans le plus récent numéro du *Modern Screen*. On prétendait que Clark Gable ne se remettait pas de la mort de sa femme, Carole Lombard, même si toutes les starlettes étaient à ses pieds.

Camille était la seule à se baigner dans la rivière des Prairies. Bonne nageuse, elle n'allait cependant pas loin; elle craignait les remous sournois. Par une belle journée d'août, vêtue de son maillot vert d'une seule pièce et sans bretelles, les épaules bronzées, les cheveux épars, elle s'empara de la chaloupe et dit à sa mère qui semblait sommeiller dans sa chaise longue: «Je vais longer le bord, je vais aller fouiner chez les voisins, je ne serai pas loin.» Mais elle se risqua plus loin que prévu et, dans un tournant, aperçut un canot qui se dirigeait en droite ligne sur elle. Deux garçons étaient aux rames et Camille leur cria:

– Prenez garde! Vous foncez sur moi! C'est une chaloupe neuve!

Le canot se rapprocha davantage et Camille, apeurée et furieuse, retrouva sa quiétude lorsqu'elle reconnut sur le deuxième petit banc de bois, le beau blond du parvis de l'église, celui qui avait laissé tomber ses clefs par terre. Le premier, ne connaissant pas Camille, lui dit:

– Pas laide, toi! Es-tu perdue dans l'coin? J'peux t'montrer l'chemin…

– Laisse faire, j'la connais, lui intima l'autre.

Puis, s'approchant de la chaloupe, presque côte à côte, il lui dit:

– Toi, c'est Camille, hein? Moi, c'est Yvan! Y'est à peu près temps qu'on s'rencontre. Depuis l'temps que j'te regarde passer…

– Contente de vous connaître. Oui, je vous ai déjà vu.

– Ben là, arrête même si t'es ben élevée pis dis-moi tu. J'ai juste dix-neuf ans, tu sais. Pis toi, j'sais pas…

– J'ai eu dix-sept ans en février. J'habite en bas de la côte.

– Oui, j'sais, lui répondit Yvan. La fille de l'avocat. Celle qui vient pas à l'école par ici. Celle que personne connaît en ville, parce qu'a sort pas d'son coin.

– C'est pas vraiment gentil… lui reprocha Camille, tout en resserrant ses cheveux pour en faire une longue queue de cheval. J'étudie à Montréal pour être institutrice et je ne connais personne ici. Et ce n'est pas parce que je suis la fille d'un avocat que je suis différente des autres.

– Non, non, c'est pas c'que j'ai voulu dire, lui rétorqua Yvan, de ses yeux gris comme un jour de pluie. J'voulais dire que si j't'avais vue plus souvent, j't'aurais invitée à sortir. T'as-tu quelqu'un? J'arrive-tu trop tard?

– Non, je n'ai personne, mais j'ai beaucoup d'études…

– Juste une fois! Dis-moi pas non, j'attends depuis longtemps…

L'autre ricanait, mais ne s'interposait pas. De toute façon, le premier à l'avant du canot déplaisait fortement à Camille. Mais l'autre, le «mal élevé» avec ses cheveux blonds enduits de *Wildroot Cream Oil,* ses yeux pâles, sa bouche sensuelle… Camille sentit un béguin lui taquiner le cœur et, le voyant debout dans l'eau, tentant d'éloigner son canot de la rive, elle remarqua son corps bronzé, ses jambes droites, sa poitrine glabre, son maillot noir passablement ajusté. Encerclant sa queue de cheval d'un ruban pour mettre en évidence ses seins pas tout à fait volumineux, elle lui répondit en souriant:

— Oui, je veux bien, mais pas n'importe où et pas en dehors de la ville.

— Écoute, j'ai mon char, j'pourrais aller t'chercher et on irait au restaurant. Ensuite, une petite balade pas loin...

— Ça pourrait peut-être aller, mais donne-moi un numéro où je pourrais te joindre. Je ne voudrais pas que tu arrives chez moi sans prévenir. Il faut que j'en parle à mes parents d'abord, tu comprends?

— Aucun problème!

Et le jeune homme, qui n'avait pas de crayon, griffonna à l'aide d'une allumette fraîchement éteinte, son numéro de téléphone sur un morceau de carton. Camille le mémorisa, mais le garda quand même au fond de sa chaloupe. Elle ne savait trop pourquoi, mais son flair lui disait que ce garçon n'était pas ce qu'il y avait de plus «catholique». Beau certes, mais il avait dans le regard quelque chose de pas honnête quand il regardait une fille. Camille avait senti qu'il la déshabillait des yeux. Peut-être était-il un coureur de jupons? Un aventurier qui allait d'une fille à l'autre? Elle ne savait trop, mais ce garçon dont elle ne connaissait que le prénom l'attirait. L'appel de la chair? Peut-être. Car, depuis le baiser dérobé en ville, aucun gars n'avait obtenu la moindre faveur de Camille. De retour au quai, elle ancra la chaloupe et monta sans réveiller sa mère qui ronflait dans sa chaise, un verre vide à ses pieds. Rentrant sans attirer l'attention, elle s'assura que Luce était dans sa chambre, son père dans son bureau, et s'empara du téléphone pour dire à voix basse à Marthe:

– J'ai rencontré un garçon! Il m'a invitée, il est beau, il est blond, il a dix-neuf ans.

L'autre lui demanda quelque chose que Camille ne comprit pas:

– Quoi? Ah! son nom? Heu… Yvan… j'sais pas qui! lui répondit-elle, en s'esclaffant.

Quelques jours plus tard, n'écoutant que son bon cœur, Camille téléphona à Yvan dans le but de lui dire qu'elle acceptait la sortie proposée. Le jeune homme, fou de joie, lui avait dit:

– Tu vas voir, tu le regretteras pas.

Puis, avant de raccrocher, elle lui demanda:

– Tu as un nom de famille, j'espère?

Il ricana et lui répondit:

– J'pensais te l'avoir dit… Mirand, Yvan Mirand au complet. Veux-tu savoir l'histoire de ma famille, aussi?

Camille, ne prisant guère la remarque, lui répondit:

– Bien sûr! C'est normal, non? Mais ça peut attendre, Yvan. Quand on se verra…

Elle avait raccroché et se demandait déjà si elle avait pris la bonne décision en donnant suite à son invitation. Cet Yvan Mirand lui semblait rustre, mal parti dans la vie et sec avec ses réponses saccadées. Elle aurait préféré rencontrer un garçon plus doux, plus gentil, plus suave, mais c'était ce drôle de «voyou» qui l'attirait. Sans doute parce qu'il était beau et que, rêveuse à dix-sept ans, elle laissait le physique l'emporter sur la façon d'être. Ce qui avait fait dire à Marthe au bout du fil:

– Comme ça, tu as accepté de sortir avec ton Tarzan!

Camille, dépitée, lui avait rétorqué:

– Ce n'est pas juste son apparence qui m'attire, tu sauras! Et puis ne commence pas à jouer les jalouses, Marthe! Yvan a des amis et qui sait si l'un d'entre eux…

Mais son amie la plus chère avait répliqué sèchement:

– Je n'ai pas besoin de gars, moi! Pas plus que j'ai besoin d'une idole de cinéma, comme toi! Et tu sauras, Camille, que je suis loin d'être jalouse comme tu le dis! Des garçons, si j'en voulais…

Camille, constatant qu'elle l'avait blessée, lui répondit tout doucement:

– Fâche-toi pas, Marthe, excuse-moi, je disais cela sans le penser. Tu ne vas tout de même pas me bouder pour une si petite remarque, non?

Camille avait prévenu ses parents qu'elle allait sortir avec un garçon rencontré alors qu'elle ramait dans la chaloupe et qu'il faisait du canot avec un copain, et son père s'en était vite alarmé:

– Mais, tu ne le connais pas, ce garçon-là! On ne sort pas avec le premier venu, Camille. Je te croyais plus avertie.

– Écoutez, papa, Yvan Mirand ne tombe pas des nues, je le connais, je l'ai vu maintes fois, il est souvent sur le parvis de l'église après la messe. Il m'invite au restaurant, papa, pas en voyage! Et puis, à dix-sept ans, il est temps que je commence à rencontrer des garçons.

Sa mère qui n'avait rien dit jusque-là, intervint discrètement:

– Elle a raison, Germain. Une fille de son âge n'a pas à être sous les jupes de sa mère. Pas avec son éducation et ses bonnes manières. Il faut lui faire confiance, ta fille a quand même un bon jugement.

– Sans doute, mais que fait son père, Camille? Connais-tu sa famille?

– Non, pas encore, mais nous allons sûrement en discuter au restaurant.

– Bien sûr, répondit la mère. Voyons, Germain, tu ne penses tout de même pas qu'on passe la famille au peigne fin avant même de connaître le fiston, non? Toi, on dirait que tu es encore en 1920!

Luce qui, du boudoir, avait tout entendu, rétorqua à sa mère:

– Papa n'a pas tort, maman. C'est vous qui êtes trop ouverte au soi-disant progrès. Un gars qu'on ne connaît pas…

– Toi, mêle-toi de tes affaires! scanda Camille, rouge de colère.

– Allons, allons, les filles, ça ne va pas recommencer… intervint calmement le père. Et Camille a raison, Luce, à chacune son cheminement. Camille n'est pas intervenue lorsque Jérôme et toi…

– J'aurais bien voulu voir ça, moi! À son âge! Voyons, papa, j'ai dix ans de plus qu'elle! Il y a une marge, non?

– Non, Luce. Pas quand il s'agit de ses sentiments, de ses loisirs, de ses convictions. L'âge n'a rien à voir dans l'accomplissement personnel. Que ce soit toi ou elle, je serai toujours…

Mais l'avocat n'avait pu poursuivre, Luce avait violemment refermé la porte pour ne pas en entendre davantage. Seule, elle ruminait, elle rageait. Parce que son père était de moins en moins à genoux devant elle et ses caprices. Germain Nevers avait fini par comprendre qu'il avait une autre fille.

Le soir suivant, alors qu'Yvan Mirand sonnait à la porte des Nevers, Camille, prête, coquette dans sa robe de mousseline blanche, les cheveux blonds sur les épaules, tentait de surmonter son anxiété. Germain Nevers avait certes regardé de travers ce garçon qui, une main dans sa poche, la cigarette aux lèvres, lui avait tendu l'autre main sans même dire «Enchanté, Monsieur», ce qui avait déplu à l'avocat. Dévisageant le jeune homme, il remarqua que, quoique beau, Yvan Mirand avait les traits durs. Madame Nevers le salua brièvement, leur souhaita une agréable soirée et retourna à ses chaudrons. Luce qui l'avait aperçu de sa chambre dont la porte était entrouverte, le toisa de la tête aux pieds. Il avait belle allure, bonne carrure, mais elle n'aima pas ses yeux qui, trop pâles, ne témoignaient d'aucune expression. Camille le suivit, descendit les marches, fit le tour de la voiture et prit place à ses côtés. Luce, de sa fenêtre, avait remarqué qu'il ne lui avait même pas ouvert la portière. Après leur départ précipité, elle s'empressa de dire à ses parents:

— Il n'a pas de manières, son Yvan! C'est un rustre! D'après moi, il n'est pas allé à l'école longtemps! Et j'imagine sa famille…

Germain Nevers, regardant sa femme, avait ajouté:

— C'est vrai qu'il n'a rien d'un gentleman. Plutôt fripon, le petit gars! De plus, il a les traits durs; il me fait penser à ceux que je défends en cour pour leur éviter la prison.

Jeannette Nevers, l'oreille collée à sa radio, un verre à la main, le cendrier plein, n'avait fait aucune remarque sur le garçon. Exaspérée, Luce lui avait crié du boudoir:

— Et vous, maman, vous ne dites rien? La brebis dans la gueule du loup et, de votre part, pas un mot, pas même un doute!

Madame Nevers, délaissant son verre, en levant les yeux sur son mari et son aînée répondit calmement:

— Ton père aussi avait un petit côté fripon à son âge, n'est-ce pas, Germain? Les traits moins durs, peut-être, mais les deux yeux grand ouverts… Tu t'en souviens, mon mari?

Puis, quittant Germain, mal à l'aise, de son regard narquois, elle ajouta en posant les yeux sur Luce:

— Je fais confiance à ta sœur, moi. Camille a du cran. Elle ne se laissera pas berner par le premier venu. Et là, si ça ne vous dérange pas, ton père et toi, j'aimerais écouter mon programme.

La voiture d'Yvan venait de remonter la côte et Camille remarqua que le jeune homme était beaucoup plus propre de sa personne que de sa voiture. Sur la banquette arrière, elle avait pu apercevoir deux paquets de cigarettes froissés et deux bouteilles de bière vides qui se trimballaient au moindre mouvement brusque. La voiture n'était pas du dernier cri, mais confortable. Empruntant la route principale, Yvan, la regardant, lui dit:

— Tu peux t'asseoir au milieu, juste à côté d'moi. J'te mangerai pas, crains pas.

Il avait dit cela d'un ton calme, sans sourire, la cigarette au coin gauche de sa lèvre dure. Camille se rapprocha et, la sentant contre lui, il lui prit la main tout en tenant le volant de l'autre. La jeune fille, conquise par son audace, nota qu'Yvan dégageait une agréable odeur.

— Quelle est l'eau de toilette que tu portes?

— J'sais pas, ça s'appelle Monsieur de... De j'sais pas quoi, c'est à mon frère pis j'lui en pique quand j'sors avec une belle fille.

— Parce que je ne suis pas la seule, à ce que je vois.

— Non, j'ai eu d'autres blondes mais ç'a pas duré... Mais là, j'suis libre, j'sors jamais avec deux filles en même temps.

— Que fait ton père dans la vie, Yvan?

— Y'est mort depuis dix ans. Ma mère est restée veuve avec quatre enfants sur les bras, quatre gars. Y'a Gérard, le plus vieux, pis moi, pis après, deux autres morveux qu'on fait vivre. C'est pour ça qu'j'ai commencé à travailler jeune. Là, j'suis mécanicien au garage Flibotte en plein cœur de la ville, pas loin d'l'église. C'est l'boss qui m'a tout appris, j'connaissais rien avant. Y'a-tu d'autres choses que tu veux savoir, Camille?

— Oui, ton frère, le plus vieux, il n'est pas marié?

– Non, y'est accoté avec une fille qui vient de Saint-Jérôme. Y veulent pas s'marier, y sont bien comme ça. Pis sa blonde trouve qu'y boit trop. C'est vrai qu'y lève le coude souvent pis qu'y devient violent, mais la mère les garde quand même, elle pis lui, pour l'argent qu'y rapportent. Sa concubine lave la vaisselle au restaurant.

– Là où nous allons ce soir?

– Non, non, a travaille Chez Pit, un trou à hot dogs pis à patates frites l'aut' bord du pont. Moi, j't'emmène au Lutin Vert, le p'tit restaurant français qu't'as sûrement vu en allant à messe. C'est plus cher, mais rien d'trop beau pour la fille d'un avocat.

– Yvan! Ne parle pas comme ça... Je n'aime pas les comparaisons. Ce soir, je suis une petite amie comme les autres. Oublie mon père.

– Juste une p'tite amie? Pas même ma blonde? J'te plais pas?

– Oui, bien sûr, mais c'est notre première sortie...

– T'as raison, Camille, j'vais trop vite, j'perds les pédales.

Ce disant, il serra sa main dans la sienne et, la regardant, il lui offrit un sourire divin. Et elle le trouva encore plus beau! Parce que, souriant, ses yeux gris devenaient des étincelles. Plus encore, des étoiles! Et naïve quoique méfiante, Camille ressentit pour lui un étrange malaise, un quelque chose qu'elle ne pouvait identifier... Un soupçon d'amour, peut-être?

Ils mangèrent copieusement, il but une bière ou deux même s'il n'en avait pas l'âge, et Camille termina avec une tasse de thé et une crème caramel. Les yeux dans les yeux alors qu'il grillait sa cigarette, il lui dit:

– Maudit qu't'es belle! J'te r'garde! T'as pas d'défauts, tu sais!

– Yvan, ne parle pas si fort, on nous écoute... Et puis, je suis bien ordinaire, j'ai juste dix-sept ans, encore adolescente...

— Wow! Ça va être quoi quand tu vas être une femme complète?

— Je vais sans doute ressembler à ma sœur. Elle a beaucoup de classe...

— Oui, je l'sais, j'en ai entendu parler, mais j'l'ai jamais vue. Pourquoi qu'elle est sauvage comme ça? Parce qu'elle est en chaise roulante? C'est pas la seule au monde. Pis, paraît qu'elle pis Jérôme Ruest...

— Oui, mais c'est fini, Luce ne le voit plus, il ne vient même plus...

— Ça s'comprend, y'est dans la marine! Y'est pas prêt d'revenir, lui!

— Et toi, Yvan? Ça ne te fait pas peur d'être appelé, d'être enrôlé?

— Mon tour va venir pis j'aurai pas l'choix, mais pour l'instant, comme j'suis soutien d'famille, on m'a descendu au bas d'la liste. J'espère juste que c'te chienne de guerre va finir avant qu'mon nom sorte du chapeau! Mon frère, Gérard, est encore plus sur le nerf que moi, y'a peur de son ombrage quand y'est pas saoul, celui-là. Pis, vu qu'sa concubine veut pas s'marier, ça l'aide pas pantoute, ça. D'un autre côté, comme 'est stérile, ça mettrait pas mon frère en sûreté pour longtemps.

Camille jeta un coup d'œil sur l'horloge du restaurant et dit à Yvan en enfilant sa veste blanche:

— Il faut que je rentre maintenant, j'ai promis à mon père qu'à neuf heures...

— Oui, j'ai entendu, mais c'est d'bonne heure en maudit, ça! J'aurais aimé qu'on roule jusqu'au prochain petit village, qu'on s'arrête...

— Non, je préfère rentrer, Yvan. La prochaine fois, peut-être?

– Parce que tu veux qu'on sorte ensemble? T'acceptes? *Steady*?

– Non, pas à ce point, mais donnons-nous la chance de mieux nous connaître. Une autre sortie n'engage en rien. Ensuite, nous verrons bien.

Yvan emprunta la grande route et, soudainement, bifurqua sur une route secondaire. Camille, surprise, voulut le réprimander mais, immobilisant la voiture, Yvan l'attira contre lui et approcha ses lèvres des siennes.

– Juste un baiser, juste le goût de tes lèvres, de ta bouche, murmura-t-il.

Sans trop savoir pourquoi, l'odeur de son eau de toilette sans doute, Camille se laissa prendre la nuque et ne résista pas lorsqu'il approcha sa bouche de la sienne. Lèvres contre lèvres, elle ferma les yeux et les rouvrit vite quand elle sentit sa langue en quête de la sienne s'infiltrer. Sous l'emprise, sous le charme, elle se laissa aller pour, un instant plus tard, se dégager et lui dire en s'essuyant la bouche de son mouchoir:

– Ramène-moi à la maison, Yvan. Il faut que je rentre, le temps passe…

– Qu'est-ce que j'ai fait? T'as pas aimé ça? J'embrasse mal?

– Non, non, mais ramène-moi, il fait déjà noir, j'ai promis…

– C'est bon, j'te ramène, mais pourquoi qu'tu m'as repoussé comme ça?

– Pas repoussé, Yvan, je t'ai juste rappelé à l'ordre. C'est notre première sortie et je ne veux pas m'engager sérieusement. Tu es le premier garçon avec lequel j'accepte de sortir.

– C'est vrai? T'en as jamais eu un autre avant moi?

– Non. J'ai pris mon temps, je voulais en avoir envie, je voulais choisir.

Ravi d'être l'heureux élu de la plus belle fille de la paroisse, Yvan Mirand retrouva le sourire et ne tenta plus d'apprivoiser, d'un geste ou d'un baiser, celle qui venait de «le choisir». La déposant à la porte de sa demeure sans même descendre pour lui ouvrir la portière, il lui dit bonsoir et lui fit promettre de ne pas trop le faire attendre pour une prochaine rencontre. Rentrant chez elle, face à sa mère qui lui souriait, Camille s'empressa de lui dire pour que les autres entendent:

– Vous savez, maman, c'est un joli restaurant, Le Lutin Vert.

– Et lui? Il est bien? Il a été agréable? de la questionner sa mère.

– Oui, très gentil. D'un milieu modeste, il va sans dire, il a perdu son père en bas âge, mais il a le cœur sur la main. Il est soutien de famille, il s'occupe de ses petits frères avec le plus vieux, Gérard, qui vit avec une femme…

– Et que fait-il dans la vie, ton chevalier servant?

– Il est mécanicien chez Flibotte. Il gagne bien sa vie.

Le père avait sourcillé, Luce avait souri de méchanceté et seule la mère, compréhensive, trouva les mots pour lui dire:

– Ce qui compte, ma fille, c'est qu'un homme ait du cœur au ventre. Il se débrouille bien? C'est déjà bon signe. C'est même respectable.

Personne n'ajouta rien et Camille, pressée de regagner sa chambre, monta le long escalier sans jeter le moindre regard à Luce. Elle sentait que sa sœur n'attendait que cela pour la toiser d'un sourire narquois. Seule entre ses murs, un disque de Perry Como en sourdine, Camille revoyait sa soirée, les yeux gris de son ami, ses épaules carrées, son sourire, son drôle de débit. Puis, dans la voiture, l'odeur de son eau de toilette dans son cou et le baiser… Et c'est entre le rêve et la déception qu'elle ferma les yeux alors, qu'en bas, Luce vénérait Chopin sur son violon.

Le lendemain, lasse de sa sortie qui l'avait tenue en haleine, Camille avait attendu que sa mère s'absente pour des courses, que son père soit parti pour Montréal et que Luce pratique sa musique, pour téléphoner à Marthe, sa seule amie. Cette dernière, ayant fait la grasse matinée, se remettait de ses trop longues heures de sommeil avec un bon café. Prenant place dans le gros divan du salon, elle dit à Camille avant même que cette dernière ne puisse placer un mot:

— Toi, tu m'appelles pour me parler de lui! C'est ça, hein?

— Oui, mais tu pourrais commencer par me dire bonjour et me demander de mes nouvelles. En voilà des manières!

— Bon, ça va, oublie vite les manières et dis-moi si tu es amoureuse ou pas de ton beau blond aux yeux de... de poisson!

— Marthe! Tu ne l'as aperçu qu'une fois! Yvan a les plus beaux yeux gris de la terre! Je te défends de te payer ainsi sa tête!

— Tiens, tiens... mademoiselle est amoureuse. Une seule rencontre et...

— Arrête ou je raccroche! Si tu n'es pas intéressée, dis-le-moi, mais cesse ton cynisme, Marthe! Tu es mon amie ou pas?

— Bien sûr, Camille, et excuse-moi, je me suis levée du mauvais pied, j'ai trop dormi, le chien a fait ses besoins dans la maison... Bon, revenons à toi et dis-moi ce que tu penses de lui après ce premier tête-à-tête.

Camille lui narra sa sortie en débutant par le charmant petit restaurant français, le plat qu'elle avait choisi, la crème caramel et, ensuite, lui parla de lui, de son arôme, de son habit soyeux, de sa main bronzée et chaude, de sa poitrine rassurante lorsqu'elle s'y était blottie. Puis...

— Puis, quoi?

— Une petite déception, Marthe, une seule, mais je ne peux m'y faire...

— De quoi s'agit-il?

– Bien… Yvan a une vilaine habitude, un tic, devrais-je dire. Il se mord constamment l'intérieur des joues.

– Et puis? C'est pas pire qu'un gars qui se ronge les ongles!

– Non, Marthe, ce n'est pas pareil, c'est…

– C'est quoi?

– Bien, après la soirée, lors du premier baiser, j'ai reculé.

– Pourquoi?

– Parce que… parce que sa bouche goûtait le sang.

– Ah! Camille! Je n'ai pas encore déjeuné!

– Je m'excuse, mais il fallait que je te le dise. Il aurait voulu récidiver que j'en aurais été incapable.

– As-tu dit qu'il se mordait l'intérieur des joues, que ça?

– Il se mord… il se mange le dedans des joues. Est-ce plus clair?

– Oui, je saisis et je te comprends, mais comment as-tu pu goûter comme tu le disais en ne posant que tes lèvres sur les siennes?

– C'est qu'il… Aussi bien être franche, il a forcé mes lèvres de sa langue.

– Camille! Ce que tu me décris là, c'est un *french kiss,* non?

– Oui, si tu veux, et je n'ai pas résisté. Je voulais savoir…

– Camille! Une première sortie! Un *french kiss* le premier soir! Jamais j'aurais pensé que toi… Ce n'est pas un péché mortel, je le sais, mais quand on est une fille bien élevée… Tu aurais dû le repousser!

– Oui, je sais, mais je ne l'ai pas fait parce que j'avais envie de me rendre jusque-là et qu'Yvan semblait y tenir, lui.

– Bien sûr, un gars! Et pas la croix de saint Louis comme on dit! Tu ne connais rien de son passé, Camille! Tu t'embarques, je crois…

– Tu te trompes, Yvan m'a tout dit de sa famille, de sa jeunesse.

– Alors, tu l'aimes ou pas, ton Tarzan? Si oui, comment vas-tu régler le problème de ses baisers sanguinolents?

– Marthe! Je n'ai pas à te répondre et, pour la seconde fois, ne l'appelle pas «mon Tarzan»! Yvan n'est pas un voyou ni un gars imbu de lui-même. C'est un gentil garçon qui n'a pas eu de chance.

– C'est ça! Fais-en donc un ange à présent! Fais-en donc ton Errol Flynn, Camille! Parce que si ça continue comme ça… Aïe! Es-tu là? Camille! La ligne est morte!

En effet, parce que Camille, insultée et consciente de la jalousie de son amie, lui avait raccroché la ligne au nez. Brusquement! Sans gants blancs!

Luce, n'ayant aucune nouvelle de Jérôme, inquiète, avait dit un jour à son père:

– Je sais que tout est fini entre Jérôme et moi, papa, mais si vous montez jusqu'à l'épicerie, demandez donc à sa sœur s'il lui a écrit, parlé… Je serais navrée qu'il lui soit arrivé quelque chose. Avec toutes ces bombes, les sous-marins torpilleurs, ces braves en plein océan… Satanée guerre! Salaud d'Hitler!

– Ne t'emporte pas, Luce, nous n'y pouvons rien. Pense plutôt à ceux qui vivent sous l'occupation. Nous sommes privilégiés d'être encore libres et, dans toutes les églises, on prie pour le salut de la patrie. Et, sois rassurée, si je monte la côte en après-midi, je ne manquerai pas de m'informer auprès de mademoiselle Ruest du sort de son pauvre frère.

Au même moment ou presque, le téléphone sonna chez les Nevers. Jeannette s'empressa de répondre et cria à sa cadette qui était sur le quai:

– Camille, c'est pour toi! Marthe est au bout du fil!

La jeune fille revint vers la maison, mais sans se hâter. Elle avait encore, sur le cœur, les méchancetés de son amie.

– Oui, allô, je t'écoute.

– Camille, ne me dis pas que c'est la fin de tout pour nous. Pas après toutes ces années d'études ensemble, pas après toutes nos confidences…

– Je te ferai remarquer que c'est toi qui l'as cherché, ma chère.

– Oui, je sais et je m'en excuse mille fois. J'ai eu tort, j'ai été vilaine à ton endroit. Sauras-tu me pardonner, Camille? Je suis si seule sans toi…

– Bon, ça va, mais ne t'avise plus de…

– N'ajoute rien, je te le promets, je te le jure!

– Alors, on se voit quand, toi et moi? Parce que moi aussi, je n'ai que toi pour amie, Marthe. D'amie de fille, bien entendu.

– J'ai saisi la nuance, Camille, et sois sans crainte, je ne te questionnerai plus sur lui. Tu m'en parleras si tu veux, mais de ma part…

– Nous n'aurons pas à en parler puisque je n'ai pas revu Yvan depuis notre première sortie. Non pas que c'est fini entre lui et moi, mais je lui ai demandé d'attendre un peu, de me laisser passer les dures premières semaines de cours qui nous attendent. Je le reverrai, j'y tiens, mais pas avant la fin de septembre.

– À ta guise, c'est toi qui mènes, mais, dis-moi, ça te plairait de venir passer la fin de semaine chez moi? Nous pourrions aller voir un bon film, flâner au restaurant et puis…

– Et puis quoi? As-tu perdu ta langue?

– Non, je la retrouve… Et puis, j'ai quelque chose à te dire, à t'apprendre plutôt. Si tu savais comme le monde est petit! Mais il me faut te le dire, je ne peux garder cela pour moi.

– Bien, là tu m'intrigues… Ça te concerne ou…

– Non, c'est plutôt toi que ça concerne, Camille, mais viens, éloigne-toi de la maison pour quelques jours, ça te fera grand bien.

– D'accord, j'arrive, c'est vrai que j'ai besoin de changer d'air, mais tu me rends soucieuse avec ce que tu as à me dire. Tu es certaine de ne pas pouvoir amorcer le sujet au bout du fil?

– Camille! Voyons! C'est extrêmement confidentiel. Arrive, je t'attends.

Germain Nevers avait déposé sa fille à Montréal en se rendant à son bureau et, Camille, ayant fait le trajet par la suite en utilisant le tramway, descendit là où Marthe l'attendait.

– Contente de te voir! On commence par quoi? Le cinéma?

– On va commencer par aller dîner quelque part si tu le permets, je n'ai presque pas déjeuné, mon père avait un rendez-vous de toute urgence.

Les deux jeunes filles optèrent pour un restaurant à prix modiques du centre-ville et, après avoir mangé à leur faim, elles se rendirent rue Sainte-Catherine et entrèrent dans le premier cinéma en vue, histoire de tuer le temps. On y présentait le film *I love you again* avec Myrna Loy, une comédie banale qui ne retint l'attention ni de l'une ni de l'autre des deux copines. Sortant du cinéma, Camille suggéra à Marthe de trouver un petit restaurant, de siroter un *Ice cream soda* et de bavarder toutes les deux. Aussitôt dit, aussitôt fait, mais dans cette cabine capitonnée de cuir rouge, à l'écart des autres, Camille commanda à son amie:

– C'est ici que tu me révèles ce que tu as à me dire, Marthe. Je n'attendrai pas une minute de plus pour des confidences qui me regardent.

– Camille! Tu n'es pas sérieuse? Pas ici! Il y a du monde…

– Personne ne va nous entendre si tu baisses le ton, Marthe. Allons, je ne suis pas venue de l'autre côté de la rivière pour voir un film ennuyant et ne placoter avec toi que de futilités.

– Ce qui veut dire? Si je comprends bien, sans cet aveu que j'ai à te faire, tu ne serais pas venue! Donc, je n'en vaux pas la peine!

– Ne recommence pas tes jérémiades, Marthe, on a déjà réglé nos différends et tu sais très bien que je suis très souvent chez toi. J'y suis presque plus souvent que je peux être chez moi. Seulement, voilà, cette fois, je suis venue à vive allure, intriguée par «le secret» que tu tiens à me dévoiler. Alors, je n'attendrai pas une minute de plus. Je veux savoir, Marthe! Mets-toi à ma place!

– Oui, tu as raison, mais ça me rend mal à l'aise de te dévoiler certaines choses. J'ai peur que tu m'en veuilles par la suite. Je ne sais pas comment tu vas réagir, Camille, mais moi, j'aimerais que ma meilleure amie me dise ce qui se passe… Ça me rendrait service.

– S'il te plaît, arrête de te justifier et dis-moi ce que tu sais et que tu me caches sans doute depuis longtemps…

– Pas depuis longtemps, Camille. Je viens tout juste de l'apprendre.

– Apprendre quoi?

– Bien… C'est au sujet de ton père. J'ai peur que ça te fâche…

– Allons, parle, ne me fais pas languir. Mon père, dis-tu?

– Oui, ton père, Camille. Il a… il a une maîtresse, il entretient une femme depuis longtemps, si tu veux le savoir. Et je ne te rapporte pas de sornettes, parce que cette femme, c'est la voisine de l'une de mes tantes qui habite un quartier chic. La femme en question, dont j'oublie le prénom, connaît tout de ta famille. Ton nom, celui de Luce, son handicap, le déménagement à L'Abord-à-Plouffe et même la relation amoureuse entre Luce et Jérôme Ruest. Ton père lui raconte tout, Camille. En plus d'être sa maîtresse, elle est sa confidente.

Camille, qui avait quelque peu tressailli sous le choc de la nouvelle, se ressaisit et demanda sans sourciller à son amie:

— Elle a quel âge, cette femme?

— D'après ma tante, entre quarante et quarante-cinq ans. Et ça me revient, elle se prénomme Odile et elle est rondelette! Je pense même qu'elle est d'origine française.

Camille, peinée, chavirée pour sa mère, baissa la tête et, sans condamner son père, se contenta de murmurer à son amie:

— Au moins, c'est une femme mûre, pas une jeune fille. Presque de son âge, mon père a cinquante ans.

— Tu ne t'attendais pas à cela, je crois. Tu n'aurais jamais pensé...

— Oh, si, j'y ai souvent pensé, Marthe. Depuis le temps que mes parents font chambre à part et que mon père ne fait que tolérer ma mère... Et même si j'aime maman de tout mon cœur, elle n'a jamais rien fait pour tenter de se rapprocher de lui. Je sens qu'ils ne s'aiment plus depuis longtemps. Se sont-ils seulement aimés naguère? Je n'en sais rien, mais je crois qu'ils se sont endurés, Marthe. Pour leurs enfants et là, ils s'endurent encore pour Luce qui, sans eux, se sentirait perdue dans son état. Je te remercie de me l'avoir confirmé, mais plus j'y pense, moins ça me surprend. Mon père a un statut qu'il aime afficher, mettre en valeur. C'est sans doute avec cette femme qu'il voyage lorsqu'il s'absente pour des semaines entières. Je ne peux pas le blâmer, il a droit à sa vie, mais ce que je ne lui pardonne pas, c'est de tromper ma mère à son insu. J'ai horreur des infidélités de la sorte. S'il avait eu, au moins, le courage de tout lui avouer. Ah! les hommes! Tu vois pourquoi je suis réticente avec Yvan? Je suis incapable de lui faire confiance, Marthe. Et avec ce que tu viens de me dire, ma méfiance ne va guère se dissiper.

— Tu ne m'en veux pas, au moins?

— Non, je t'en aurais voulu d'avoir gardé tout ça pour toi. C'est de mon père qu'il s'agit. Je ne vais pas en faire un drame, mais je ne vais pas laisser ma mère être cocufiée comme la dernière des dernières.

— Tu ne vas quand même pas le lui dire, Camille?

— Oui, mais avec ménagement, car maman ne mérite pas un tel outrage.

— Camille! Tu vas engendrer un drame! Pour l'amour de Dieu, laisse ça mort! Pense à Luce, à ton père, à la famille. Et pense à moi qui risque d'être pointée du doigt! Ton père va me détester jusqu'à la fin de ses jours...

— Je verrai ce que je ferai, Marthe, mais chose certaine, je retourne chez moi dès demain.

— Tu es venue pour la fin de semaine! Tu m'avais promis...

— Oui, mais c'était avant de savoir ce que tu viens de m'apprendre. Là, Marthe, que ça paraisse ou pas, l'aveu m'a bouleversée. Je vais passer la nuit chez toi et rentrer à la maison demain. Moi, quand je suis fébrile, il me faut aller au fond des choses. Et comme mon père repart pour deux jours demain... Tu vois? Il part un dimanche! Comme si on partait seul un dimanche! Et ce n'est pas la première fois! Mon Dieu que j'ai été naïve, et ma pauvre mère qui croit encore à ses «voyages d'affaires», comme elle dit!

— Donc, tu restes ce soir, cette nuit et demain, tu repars. Je me sens responsable, tu ne peux pas savoir...

— Allons, Marthe, tu n'as rien à te reprocher, tu m'enlèves une épine du pied, je n'aurai plus à me questionner, à m'imaginer des choses. Et là, comme il fait encore beau, viens, allons faire un tour au parc Lafontaine. Crois-tu que la gondole est encore en service à la fin de septembre?

De retour chez elle, peu bavarde, l'air songeur, Camille regardait à peine sa mère et encore moins sa sœur. Madame Nevers, constatant que quelque chose n'allait pas, demanda à sa cadette:

– Tu te sens bien, Camille? Je te trouve pâle. Tu as bien dormi?

– Oui, maman, je suis juste un peu lasse. Marthe parle tellement.

– Ah! celle-là! lança Luce du vivoir. Une vraie pie! Et avec une voix aiguë à rendre sourd! On dirait une souris prise dans une trappe!

Camille la regarda d'un air bête et Luce, intimidée, referma la porte du vivoir. Restée seule avec sa mère, elle entendit cette dernière lui dire:

– Bon, moi, je vais aller lire mes petits journaux sur le quai.

– Voyons, maman! C'est frais, le vent souffle! Vous allez être malade!

– Mais non, ma fille, le soleil est encore chaud. Et puis, regarde, avec un châle de laine de cette dimension, aucun danger.

– Bien, si vous le dites… Je peux vous accompagner?

– Heu… oui, mais pourquoi? Il est rare que tu viennes sur le quai.

– Oui, je sais, mais j'ai à vous parler, maman, j'ai à vous causer.

– Alors, viens ma fille, mais apporte ta chaise, il n'y a que la mienne sur le quai, les autres sont rangées pour l'hiver.

Jeannette précéda sa fille et en profita, avant qu'elle n'arrive, pour se verser deux onces de gin dans sa boisson gazeuse préférée. Puis, s'allumant une cigarette, elle allait se plonger dans *La Patrie* lorsque Camille arriva avec sa chaise et un chocolat chaud.

– Vous alliez lire! Je vous dérange, n'est-ce pas?

– Mais non! Et qu'est-ce que tu as de si important, toi? Une permission, je suppose?

– Non, maman, et ce que je vais vous dire risque de vous faire de la peine.

Jeannette Nevers s'alluma une autre cigarette avec le mégot de la première et, avalant une bonne gorgée de son «remontant» lui lança:

– Dis ce que tu as à dire, Camille. Pour que quelque chose me dérange, tu sais…

– Il s'agit de papa, il…

– Allons, parle! Il ne va pas bien et il me le cache?

– Non, maman, papa vous trompe, il a une femme dans sa vie.

Fermant les yeux, repliant son journal et s'appuyant sur le dossier haut de sa chaise, madame Nevers laissa échapper un soupir et dit à Camille:

– Oui, je sais, tu ne m'apprends rien, ma petite. Ton père a une maîtresse depuis sept ans, une supposée Française qui, paraît-il, le comprend. Il m'a tout avoué, tout dit dès la minute où elle est entrée dans sa vie.

Camille, stupéfaite, perplexe, regardait sa mère la bouche ouverte.

– Et vous me dites cela sans broncher, maman! Ça ne vous fait rien?

– Que veux-tu que ça me fasse, Camille? Depuis le temps…

– Mais au début, maman, quand il vous l'a annoncé… Ne venez pas me dire que vous avez fermé les yeux, que vous avez plié…

– Oui, Camille, j'ai accepté qu'il ait une maîtresse, parce que je ne voulais plus de ton père dans ma vie. Et là, aussi bien te le dire, je ne l'ai jamais aimé. On m'a jetée dans ses bras, j'en aimais un autre… Puis, avec les enfants, Luce et plus tard, toi, j'ai pris mon mal en patience et je me suis repliée sur moi-même.

– Pourquoi ne pas l'avoir quitté, maman? Vous auriez pu refaire votre vie et lui, la sienne?

– Parce que le divorce, ce n'était pas respectable il y a vingt ans, ma fille. Surtout pas pour un avocat! Ton père aurait souhaité qu'on se sépare au moment où il a rencontré l'autre, mais je lui ai mis des bâtons dans les roues, je suis restée, je n'ai pas bougé, et l'état de Luce a fait le reste. Je ne l'ai pas quitté parce que je ne voulais pas que l'autre s'en empare.

– Mais, puisque vous ne l'aimiez pas?

– Qu'importe! J'étais et je suis toujours sa femme, la mère de ses enfants. Il m'a voulue? Il m'a ravie à un autre en affichant un diplôme à mon père? Tant pis pour lui! Il va m'avoir pour la vie, Camille, et l'autre, sa Française, ne va rester que sa maîtresse vieillissante tant que je vivrai. Ton père croyait pouvoir tout se permettre, mais il a échoué sur le plan de sa liberté. Tu vois? Je ne le dérange pas, il est parti avec elle pour deux jours. Comme toujours! Mais là où je le dérange, c'est qu'avec elle, même dans son euphorie, il ne se sentira jamais libre. Et comme Luce ne jure que par lui, ce n'est pas moi qu'il trompe, mais la confiance aveugle de sa fille aînée. Handicapée de surcroît! Son empêchement, ce n'est pas moi, Camille, c'est elle, ta sœur. Car, si Luce savait qu'il a une maîtresse, c'est elle qui lui ferait une crise. Assez mal pris, ton père, ma fille. On ne peut pas être toujours gagnant.

Constatant qu'il y avait beaucoup d'amertume dans les paroles de sa mère, Camille lui demanda avec délicatesse:

– Si vous ne l'aimiez pas, maman, si vous ne l'avez jamais aimé, pourquoi m'avoir eue dix ans après Luce? Pour elle, je peux comprendre, mais…

– Ne te casse pas la tête, ta naissance a été un accident, un pur accident, Camille, même si je t'aime de tout mon être. Il est évident que je ne voulais plus avoir d'enfant de lui, je lui ouvrais à peine les draps quand il se glissait dans le lit. Mais un soir, alors que j'avais pris un verre de trop, moi qui ne bois jamais, j'ai senti mes jambes fléchir et il a réussi à me séduire. De belles paroles, de fausses promesses et, un mois plus tard, j'étais enceinte. Je lui en ai voulu, je l'ai haï, mais je me suis consolée avec l'enfant que je portais. Je me disais que ce bébé allait me donner tout l'amour dont j'avais besoin et que je ne ressentais pas avec lui. Voilà ce qui explique ta naissance tardive, ma fille.

— Je suis heureuse de vous avoir apporté cette joie, maman, mais là, vous n'êtes pas plus heureuse que vous l'étiez avec lui. Vous êtes seule, vous n'avez plus vos amies, vous n'avez personne…

— J'ai mes enfants, Camille. Toi en particulier que je sens plus près de moi. J'ai aussi Luce avec tout le dévouement que je peux lui donner, même si son affection est moindre à mon égard. Et j'ai très bien apprivoisé la solitude. Tu vois? Mes journaux, mes disques préférés, mes cigarettes, le bord de l'eau… Je ne suis pas à plaindre, Camille. Prie plutôt pour ton père.

Après ce flot de confidences, Camille se sentit vraiment plus à l'aise, quoique désarmée devant le sort de son père qui, selon elle, payait chèrement le fait d'avoir épousé sa mère, presque de force, pour la ravir à celui qu'elle aimait. La sortant de sa rêverie, Jeannette Nevers lui dit:

— Ne te tracasse pas avec cela, ma fille, tu n'as qu'à agir comme hier, comme depuis toujours avec moi ou ton père. Mais j'avoue que je suis heureuse que tu partages ce secret avec moi. Dorénavant, je me sentirai moins seule dans ma bulle. Et s'il te plaît, dis à ton amie Marthe d'être discrète sur ce qu'elle sait. Pas pour moi, bien sûr, mais pour ton père qui croit que seuls le ciel et moi sommes au courant de son histoire.

Soulagée, Camille embrassa sa mère sur le front et regagna la maison. Restée seule, madame Nevers replongea dans sa lecture tout en versant d'un flasque qu'elle cachait dans son grand sac de paille, deux nouvelles onces de gin dans le même verre. Elle qui, selon elle, ne buvait… jamais! Une dépendance qu'elle était incapable d'avouer à sa fille. Parce que l'alcool était devenu pour elle, depuis que son mari avait Odile, sa plus grande compensation d'avoir fait de son mariage un cuisant échec.

L'automne semblait vouloir céder sa place à l'hiver. Camille avait repris les études de plus belle et ses loisirs s'écoulaient entre Marthe et… Yvan! Ce dernier, de plus en plus épris, était revenu à la charge maintes fois, mais Camille n'avait accepté qu'à deux reprises de sortir avec lui. Elle le regardait, elle le trouvait beau mais, quand, sans même s'en rendre compte, il se mordillait le creux des joues, elle détournait la tête. N'osant encore lui dire qu'il devait se corriger de cette fâcheuse manie, elle refusait les baisers, se contentant d'effleurer ses lèvres des siennes. Passionné, il s'était questionné; il s'était même emporté, mais elle lui avait dit: «Je regrette, mais je n'embrasse pas la bouche ouverte.» Ce qui l'avait décontenancé, lui, réputé pour séduire les filles d'un seul trait. Comment pouvait-il, après un tel refus, tenter le moindre geste sur son corsage ou glisser sa main sur sa cuisse? Mais, aussi mal servi pouvait-il être par la blonde déesse, il l'aimait à s'en rendre malade. Parce qu'elle était belle! De plus en plus belle et de plus en plus femme avec les hanches bien dessinées. Et elle, un tantinet amoureuse, pas follement, avait peine à se rapprocher, à se blottir dans ses bras. Parce que, tout contre lui, sans même l'embrasser, alors qu'il lui parlait de près, son haleine dégageait une odeur de sang coagulé.

Tel que demandé par Luce, Germain Nevers était monté un certain vendredi après-midi jusqu'à l'épicerie des Ruest. Attendant qu'il y ait moins de clients, il avait demandé à Yolande, discrètement:

– Et votre frère? Aucune nouvelle, Mademoiselle Ruest?

– Non, aucune, et ma vieille mère passe des nuits blanches à l'attendre. Elle fait des neuvaines à sainte Thérèse, elle prie la bonne sainte Anne, elle fait brûler des lampions à saint Joseph, mais en vain. J'ai peur qu'y lui soit arrivé quelque chose... J'ai beau écrire aux autorités, m'informer, j'reçois aucune réponse. S'il était mort, on l'aurait su, Monsieur Nevers. Dans ces cas-là, on nous avise. À moins qu'y soit dans un hôpital, sans papiers, sans rien...

– Écoutez, si d'ici janvier, rien ne vous parvient, je vais m'en occuper. Je suis avocat et il y a de ces lettres qui ne restent pas sans réponse.

Yolande Ruest le remercia, impatiente d'en avertir sa mère qui dormirait sûrement mieux, sachant cela. Puis, de retour à la maison, Germain Nevers avisa sa fille de la situation qui lui répondit simplement: «Merci, papa.» Mais, seule dans sa chambre, angoissée jusqu'au cœur, la violoniste se tordait les deux mains de douleur. Si seulement elle l'avait épousé? Elle seule aurait pu le sauver! Si seulement elle avait fait fi de sa fierté... Mais non, et ce, malgré un sentiment caché et de fortes émotions. Seule dans sa chambre alors qu'à la radio, Bing Crosby chantait son *White Christmas* qui traversait les continents, Luce Nevers, la rage dans l'âme, la larme à l'œil, se culpabilisait. Parce qu'elle voyait Jérôme quelque part, les bras tendus vers elle, appelant à l'aide, alors que figée dans son fauteuil, elle ne pouvait rien faire, rien dire, se détourner, fermer les yeux et pleurer.

Chapitre 3

Malgré les ravages de la guerre à travers le monde, l'année 1943 continuait sa course sur les continents tout comme au Québec où Marthe, avide de petites nouvelles concernant les étoiles de cinéma, avait dit à Camille: «C'est Jennifer Jones qui a remporté l'Oscar de la meilleure actrice pour son rôle de Bernadette Soubirous à l'écran. Si tu savais comme je suis contente! La Bernadette qui a vu la Vierge!» De plus, elle lui avait annoncé que Rita Hayworth avait épousé Orson Welles, ce que Camille savait déjà, et que le film *Casablanca* qu'elles avaient vu ensemble, avait remporté l'Oscar de la meilleure production. Mais, ce qui avait le plus peiné Camille, c'est lorsqu'elle apprit que son idole, Errol Flynn, allait peut-être sacrifier sa petite moustache, parce que les moustaches, en pleine guerre, étaient associées au fascisme. Elle se l'imaginait sans sa «marque de commerce» et se demandait s'il allait la troubler autant qu'avec sa tête de mâle accompli dans son rôle de Lord Essex, alors qu'on lui tranchait pourtant la tête... et la moustache avec! Pour madame Nevers, rien qui ne la surprenne ou la chavire. Elle écoutait toujours ses «romans-savon», les chansons de Jean Lalonde, de Charles Trenet, et elle avait été ravie qu'Yvette

Brind'Amour soit élue Miss Radio. Le lait était monté à treize «cennes» la pinte, mais elle ne s'en faisait pas pour autant, car ce qu'elle buvait plus «fréquemment» coûtait beaucoup plus cher. Mais, la pire bévue était survenue un soir où, Marthe, remplie de bonnes intentions, avait dit à Luce, alors qu'elle était en visite chez les Nevers:

— As-tu entendu la dernière, Luce? Je parle de dernière découverte, évidemment! Les scientifiques ont inventé la striptomycine, un antibiotique contre la tuberculose!

— Et puis? Qu'est-ce que tu veux que ça me fasse? riposta l'autre.

— Bien, je me disais... Peut-être que... Peut-être que pour ta maladie...

Entrant dans une rage peu commune, Luce lui avait rétorqué en criant:

— Idiote! Pauvre idiote! La tuberculose, c'est une maladie des poumons, rien pour te clouer dans une chaise roulante! Qu'est-ce que tu penses que ton antibiotique va faire pour les paralytiques? Et ça veut devenir enseignante! Plus niaise que toi...

Mais elle n'avait pas poursuivi, Marthe venait d'éclater en sanglots. Ne sachant trop comment réagir, Luce poussa son fauteuil jusqu'à sa chambre et s'y réfugia en refermant la porte derrière elle. Restée seule avec Camille et madame Nevers, Marthe leur confessa entre ses sanglots entrecoupés:

— Je n'ai pas dit ça pour mal faire, moi. J'étais bien intentionnée... Peut-être que j'aurais dû m'informer davantage, voir plus loin que le bout de mon nez.

— Non, tu n'as pas à te sentir coupable, Marthe, lui répliqua madame Nevers d'un ton rassurant. Luce est insupportable de ce temps. Et même si le remède eut été bénéfique pour elle, elle t'aurait envoyée paître. Elle a un sale caractère, elle est contrariée à la moindre allusion à son état et je pense que son Jérôme...

– Oui, ajouta Camille, c'est lui qui la rend nerveuse et irritable. Mais c'est de sa faute à elle, maman! Elle n'avait qu'à répondre à ses avances! Là, elle l'a perdu et je suis certaine qu'elle s'en repent.

– Chut! Pas si fort, elle n'est pas loin et les murs ont des oreilles, tu sais. S'il fallait qu'elle t'entende, vilaine comme elle l'est depuis quelque temps.

Marthe s'était essuyé les yeux et, regardant Camille, lui avait demandé:

– Qu'est-ce que nous allons faire ce soir? Les cinémas sont inexistants dans ton coin, il n'y a que le restaurant, la salle paroissiale…

– Ne t'en fais pas, j'ai des magazines à te faire voir, j'ai reçu des photos de… Faudrait pas que Luce m'entende, Marthe, elle me fait une crise chaque fois que je reçois des photos de mon idole par la poste. Elle m'a dit que c'était devenu un fantasme et, qu'à force de me pâmer devant Errol Flynn, aucun garçon ordinaire ne m'intéresserait.

– Tu as pourtant Yvan. Est-elle au courant?

– Oui, mais elle n'en pense rien de bien, elle le trouve arrogant, mal élevé, sans manières. Elle dit que j'ai trop d'éducation pour lui.

– Bah, de la jalousie pure et simple.

– Je ne crois pas, Marthe, Luce n'est quand même pas de mon âge. Et le «trop d'éducation» mis à part, elle n'a pas tout à fait tort pour le reste.

– Tu ne l'aimes plus? Tu l'aimes moins… C'est ça, hein?

– Je ne le sais pas, Marthe. Peut-être que oui… Mais, tu sais, il ne s'est rien passé d'intime entre nous, pas même un geste incorrect. Pourtant, quand je le regarde, j'en ai envie, je fermerais même les yeux… Mais je me demande si je ne suis pas tout simplement en quête de «la découverte», tu comprends?

Tant qu'à tout apprendre, mieux vaut que ce soit avec un beau gars, tu ne trouves pas?

— Est-ce si urgent pour toi, Camille? Parce que, si jamais tu te rendais jusque-là avec lui, ça pourrait te causer de sérieux ennuis, non? Et puis, beau gars ou pas, Luce a raison, il y a les manières, l'approche…

— Oui, je sais et c'est ce qui m'arrête, Marthe. Parce que dès qu'il parle, je sens quelque chose de dur dans sa voix. C'est sec, c'est rude, ce n'est pas suave. Et ses yeux gris quand il me regarde… C'est drôle, mais je n'y vois que du vice, pas de l'amour, et c'est ce qui fait que je ne me décide pas.

— Il y a aussi ses baisers…

— Oui, ne t'en fais pas, je ne les oublie pas, je les évite. D'ailleurs, j'ai l'intention de l'affranchir, de lui dire d'arrêter de se mordre, de…

— Donc, il t'intéresse encore, ton Yvan, à ce que je vois!

— Oui… et non! Je ne sais plus, je suis mêlée, mais je t'avoue que je me sens moins intéressée qu'avant. J'annule des sorties, je trouve des prétextes… Je verrai… Mardi, on doit aller au restaurant ensemble.

Le temps était plutôt gris en ce début de juin et Camille qui voyait les vacances venir avec soulagement, commençait sérieusement à se demander si elle avait vraiment envie d'être enseignante. Elle était soucieuse, jongleuse même, mais que pouvait-elle bien faire d'autre? Être infirmière ne l'attirait pas, secrétaire encore moins et elle n'avait pas envie, malgré sa passion pour le cinéma, de devenir comédienne. Bref, tout ce qu'elle aimait passionnément, c'était peindre, s'installer au vent, découvrir des oiseaux coutumiers ou migrateurs et les immortaliser sur des toiles qu'elle empilait dans une armoire. Sauf celles, bien entendu, qu'elle offrait parfois. Comme le cardinal de mademoiselle Cardinal ou les mouettes en vol pour Marthe. Sa mère, pour sa part, avait orné le mur de la véranda d'un tableau illustrant un très beau canari sur le perchoir de sa cage. Camille le lui avait offert avec plaisir et ravissement. Mais son père, tout comme Luce, ne s'était jamais intéressé à son talent. D'ailleurs, l'un comme l'autre n'avaient aucune attirance pour les oiseaux. Luce lui avait dit un jour en la regardant peindre:

— Si seulement tu peignais des fleurs, des paysages, des êtres humains, peut-être serais-je intéressée à t'en demander un pour ma chambre.

— Peut-être, hein? Surtout si c'était une jeune fille à son violon!

— Va donc au diable, Camille! Continue à peindre tes stupides oiseaux sur des branches! De toute façon, ça doit plaire à Marthe, ce genre, non?

— Cesse de t'en prendre sans cesse à elle, Luce! Marthe te vaut cent fois!

— Ah! oui? Parce qu'elle va enseigner une deuxième année, je suppose? N'importe qui peut faire ça, Camille! Même mademoiselle Cardinal qui le fait avec un œil de vitre! Pas besoin d'être un génie…

— Pourquoi es-tu si méchante, Luce? Depuis quelque temps, tu es pire que jamais! Est-ce le fait de ne pas avoir de nouvelles de Jérôme?

— Sale petite garce! Je te défends de me parler de lui!

Madame Nevers, qui avait entendu la riposte de Luce s'avança, secoua le fauteuil roulant de sa fille et lui dit, furieuse comme on ne l'avait jamais vue:

— Ne t'avise jamais plus de traiter ta sœur de petite garce, Luce! Je te préviens! Car, même dans ton état, je ne t'épargnerai pas d'une gifle! Je ne te demande pas de t'excuser, tu ne le feras pas! Orgueilleuse comme ton père! Aucun remords, aucune conscience! Mais ne traite plus jamais Camille de la sorte et change d'air, Luce, ou reste dans ta chambre! On n'a pas à vivre tes frustrations sans cesse! On est là nous aussi, on vit, on respire, Luce!

Cette dernière, ébranlée par la remontrance de sa mère, lui rétorqua en pleurant:

– Oui, mais je suis handicapée, moi, confinée…

– Depuis dix ans, Luce, pas depuis hier! Et nous avons usé nos genoux à chercher à te plaire, à te faire oublier… Mais là, finie la compassion! De ta part, c'est de la manipulation, ma fille!

Froissée, hébétée sans son père pour la défendre, elle pivota dans son fauteuil et rentra dans sa chambre en claquant la porte derrière elle. Camille, stupéfaite, attendrie, murmura à sa mère:

– Vous n'y êtes pas allée de main morte, maman…

– Non et elle peut se compter chanceuse de ne pas l'avoir eue en plein visage, ma main! Il y a des limites à tout vouloir mener dans cette damnée maison! Elle est peut-être confinée dans son fauteuil comme elle le répète depuis dix ans, mais moi aussi je suis confinée entre ces murs. Je n'ai pas demandé à venir mourir d'ennui ici, moi! Tu sais ce que je veux dire, n'est-ce pas? Et je n'en fais pas un drame, j'accepte mon sort, moi!

En ce mardi tant attendu, la voyant prendre place à ses côtés, Yvan avait dit à Camille:

– Sais-tu qu't'es d'plus en plus belle? Pis d'plus en plus femme?

– Est-ce là tout ce qui t'intéresse, Yvan? Que mon apparence?

– Ben non, mais ça s'remarque, t'es habillée à la dernière mode, tu sens bon…

– D'accord, ça va. On va manger où ce soir? Encore au Lutin Vert?

– Non, j'ai déniché un autre restaurant juste de l'autre côté du pont, pas loin du parc Belmont. Ça t'intéresse, ce coin-là?

– Plus ou moins, c'est bruyant, j'aimerais mieux un endroit plus discret.

– Ben, dans c'cas-là, on va monter dans l'Nord, y'a plein d'restaurants en chemin. T'auras juste à m'dire où arrêter.

Camille hocha la tête, ne répondit pas, regardait ailleurs.

– T'as pas l'air dans ton assiette, toi! Y'a-tu quelque chose qui marche pas?

– Non, non, ça va, c'est juste qu'une fois par mois, pour les filles… lui mentit-elle, pour lui faire perdre l'érection qui se dessinait déjà.

Décontenancé, sourcillant, se mordillant le creux de la joue, il lui répondit:

– Pis y fallait qu'ça tombe à soir. Pas chanceux! Pis là, avec ton humeur…

– Va pour l'humeur, mais pourquoi dis-tu «pas chanceux», Yvan? Croyais-tu que c'était ce soir, la nuit de noces? Pensais-tu vraiment que j'allais me soumettre à tes avances?

– Non, pas à c'point là, pis prends pas l'mors aux dents, j'voulais juste dire qu'y aurait pu y avoir un commencement. Tu sais c'que j'veux dire… On n'est plus des enfants, on n'est pas pour s'tenir juste par la main jusqu'à vingt-cinq ans, tu penses pas?

– Je ne pense rien, Yvan… Et regarde, le petit restaurant de bois rond qu'on vient à peine de dépasser. Ça semble gentil, discret…

Yvan recula la voiture de quelques tours de roues et entra dans l'allée menant au stationnement où quelques autos étaient déjà garées. Regardant la petite maison de bois rond, il put lire sur l'enseigne: À la Soupière et, plus bas, repas complets.

Camille et lui entrèrent et l'endroit, plus ordinaire que prévu, semblait décent et sympathique. Yvan avala une bière avant de commander et, repas terminé, café servi, il dit à Camille:

— Tu sais, la blonde de mon frère, Gérard, eh ben, elle a pris l'bord.

— Ah! oui? Pourquoi?

— Parce qu'y la traitait durement pis qu'y buvait d'plus en plus. Y'a fini par la tapocher, a lui a garroché un cendrier dans' face, ma mère a crié, le quartier a été ameuté pis c'est moi qui les ai séparés. Pis j'ai guetté Gérard pendant qu'La Fouine faisait ses valises.

— La... quoi?

— La Fouine! C'est comme ça qu'on l'appelait dans' famille, parce qu'a l'avait l'nez fourré partout, même dans le livre de banque de ma mère. Ça fait qu'a l'a pris l'bord pis qu'Gérard est allé s'dégriser jusqu'au lendemain. En s'levant, y'a cherchait, y s'rappelait à peine c'qui s'était passé, pis quand la mère lui a dit qu'La Fouine était partie avec son *stock*, y'a levé les épaules, pis y'a dit: «Qu'a l'aille au diable! A m'faisait chier! Pis j'en ai une autre en vue! La Francine, la fille du barbier. Ça fait longtemps qu'a m'fait d'la façon, celle-là!» Ma mère lui a crié: «Pas celle qui sent la transpiration pis qui a la face pleine de boutons, Gérard?» Pis mon frère y'a répondu: «Oui, la mère, pis c'est bon signe! A doit sûrement mieux s'faire aller dans l'lit qu'La Fouine!»

Yvan avait éclaté de rire et Camille, sérieuse, les sourcils froncés, lui dit:

— Tu devrais surveiller ton langage, Yvan. Tu utilises des termes qui me gênent. Je ne viens pas d'un milieu où il est de coutume...

— Camille! T'as quand même entendu ces mots-là! Tu sors pas d'un couvent!

– Non, c'est vrai, mais ce n'est pas une raison pour ne pas faire attention quand tu me décris ce qui se passe dans ta drôle de famille.

– Drôle de famille… Pourquoi?

– C'est différent de chez moi, voilà. Et tes propos à voix haute en plein restaurant… Nous ne sommes pas seuls ici.

– Pis, t'as-tu vu? Le gars de l'autre table a ri quand j'ai dit…

– Ne le redis pas! Ça va, j'ai remarqué, Yvan. Et c'est ce qui m'a gênée. Sa femme nous regardait, elle, d'un air plutôt moqueur.

– Ben non, tu t'en fais pour rien! Tout l'monde parle comme ça. Pis là, on peut-tu partir? On va pas moisir ici jusqu'à demain.

– Non, tu as raison, d'autant plus que je ne veux pas me coucher tard. J'ai un peu mal à la tête.

– À cause de tes règles? T'as pas d'pilules? Ma mère en prend, elle.

– Yvan! Je n'ai pas besoin de tes conseils, je sais ce que j'ai à faire, voyons! Viens, partons, l'air me fera du bien.

Ils reprirent la route et, avant d'arriver à L'Abord-à-Plouffe, Yvan s'arrêta sur une route secondaire, histoire de tenter un peu sa chance, de fureter dans le corsage de sa petite amie. Camille qui persistait dans le fait qu'elle ne se sentait «pas bien» tenta de repousser légèrement sa main bronzée, mais au contact des doigts sur un sein, elle se retint, le laissa poursuivre, ressentant par le geste, un léger frisson. Yvan, tout en lui jouant dans les cheveux, avait ensuite saisi la main blanche de sa compagne pour la glisser sur son pantalon, dans l'entre-jambe, où sa braguette s'était légèrement ouverte sous la «pression» de son désir. Camille, découvrant de la main le durcissement du sexe de l'homme, l'effleura par la suite, inti-midée, du bout des doigts. Juste assez pour sentir son ardeur de femme se troubler… Juste assez pour ne pas être tentée de tout prendre et de s'abandonner. Retirant brusquement sa main, se dégageant de la sienne qui, de plus en plus à l'aise, se baladait d'un sein à l'autre, elle reboutonna sa blouse, s'écarta de lui et, retrouvant son côté de la banquette, collée contre la porte, elle lui dit:

– C'est assez pour ce soir, Yvan. Je ne veux pas aller plus loin.

– Camille! C'était pas déplaisant… Pis, on aurait pas pu aller plus loin, tu peux pas… Mais le jeu de mains, la mienne, la tienne, les caresses, c'est un bon commencement. J'aurais pu t'apprendre p'tit à p'tit c'que tu peux faire avec un gars même quand t'es dans…

– Arrête! Ne va pas plus loin, Yvan! Je ne suis pas du genre à apprendre les mystères de la vie dans une auto! Je n'ai pas été élevée de la sorte, moi!

– Je l'sais, mais là, ça s'en venait, t'étais moins rétive…

– Ne parle plus de ça, n'ajoute rien! On dirait, qu'avec toi, c'est animal!

– Correct, ça va, j'dis plus rien, t'es pas dans ton assiette et pis avec… Mais là, si t'étais fine, juste avant qu'on reparte, un p'tit bec, un vrai bec comme l'autre fois. Tu sais c'que j'veux dire?

Il tenta de l'attirer à lui et de l'embrasser à bouche que veux-tu, mais elle le repoussa, ce qui l'irrita fortement.

– Qu'est-ce qui s'passe? J'fais-tu si dur? À moins qu't'aies peur d'une langue! Si ça continue, j'vas finir par penser qu't'es une sainte nitouche!

– Avant de penser quoi que ce soit, Yvan, il serait bon que tu m'écoutes. Ce que je vais te dire ne va pas te plaire, mais si nous sommes pour nous revoir, mieux vaut être franc l'un envers l'autre.

– Ben… vas-y, j't'écoute!

– Je ne t'embrasse pas, Yvan, du moins pas comme tu le souhaiterais, parce que tes baisers ne sont pas invitants. Ils goûtent…

– Quoi? J'me lave les dents!

– Ils goûtent le sang, Yvan, parce que tu te manges sans arrêt le creux des joues. Tu entretiens sans doute cette habitude depuis longtemps.

Choqué tout en étant mal à l'aise, il lui répondit:

– Oui, j'ai toujours fait ça! Depuis que j'suis jeune, pis y'a jamais personne qui me l'a reproché! J'ai eu ben des blondes, tu sais!

– Je n'en doute pas, mais là, avec le temps… De toute façon, ça ne me plaît pas ce goût âcre qui vient de ta bouche. Désolée…

– Désolée *my eye*, Camille! Parce que ça dérange pas Éléonore…

Il s'arrêta net, il venait de se vendre, il rougit, détourna les yeux.

– Éléonore? Ce qui veut dire que tu sors avec une autre en même temps que moi? Une autre plus facile, je suppose? Une fille qui s'accommode du goût du sang coagulé comme du reste? ajouta-t-elle, interrogative et en colère.

– Ben, c'est pas *steady*, c'est juste de temps en temps, elle pis moi.

– Malhonnête en plus! Deux filles à la fois et je parierais tout ce que j'ai que la chère Éléonore ne sait rien de moi!

– Ben, un fou dans une poche!

– Ramène-moi, Yvan. Tout de suite! Ramène-moi jusque chez moi et, dès demain, oublie-moi. Ça se termine ce soir, toi et moi!

– Aïe! Tu pourrais passer l'éponge… J'étais pas sûr que tu voulais vraiment d'moi, c'est pour ça que l'autre était encore dans l'décor…

– Bien, là, tu la mettras à l'avant-scène, parce qu'il va te rester juste elle pour que tu lui apprennes ce qu'on peut faire avec un homme, quand…

– J'ai rien à lui apprendre! Ça paraît qu'tu connais pas Éléonore, toi!

Lasse, épuisée par l'argument, déçue de celui qu'elle aimait jusqu'à un certain point, elle le pria de ne plus rien lui dire jusque chez elle et, la voiture stationnée devant sa porte, elle lui avoua avant de sortir:

– Il ne faudrait quand même pas se quitter dans l'amertume, Yvan. De toute façon, ça n'aurait pas fonctionné, toi et moi. Nous n'avons rien en commun, nous sommes trop différents l'un de l'autre.

– Éléonore ou pas, j'savais qu'ça finirait, toi pis moi, Camille. Mon frère me l'avait dit que j'perdais mon temps avec la fille d'un avocat. Pis y'avait pas tort quand y disait que j'étais pas d'ton rang, qu'tu viserais plus haut. Y s'est pas trompé, t'as jamais voulu venir chez nous rencontrer ma mère.

– Tu as tort pour ta mère, Yvan. J'aurais aimé la connaître. C'est plutôt Gérard que je n'voulais pas rencontrer. Avec tout ce que tu me disais de lui et de sa concubine… Mais nos désaccords n'ont rien à voir avec mon «rang» comme il dit, ou le fait que je sois la fille d'un avocat. N'ai-je pas accepté de sortir avec toi à première vue? Je ne suis pas snob, tu sais…

– Non, pas toi, mais ton père pis ta mère…

Camille regarda sa montre, ne releva pas sa dernière remarque, et sortit de la voiture en lui disant:

– Merci pour la soirée et toutes les autres, Yvan, et bonne chance dans ce que la vie t'offrira. Elle…

Il la regarda froidement, ne la laissa pas terminer, et démarra en trombe tout en se disant intérieurement: «Va au diable, maudite fraîche de la ville! Pis tu vas pas m'manquer! J'commençais à en avoir plein mon casque de tourner autour du pot sans rien avoir… Pis mange d'la chnoutte avec le creux d'mes joues! Éléonore m'embrasse à pleine gueule, elle!»

L'automne avait été pluvieux, grisâtre et, par un rare jour ensoleillé, Germain Nevers s'était fait un plaisir de ratisser les feuilles tombées de ses érables et de les brûler en tas sur le bord de la rivière. Luce, de sa fenêtre, lui souriait. Elle aurait tant aimé l'aider, non pas pour lui plaire, mais pour pousser le râteau qui lui semblait un jeu d'enfant. Tout était au beau fixe chez les Nevers. Camille étudiait sans relâche avec Marthe, et les deux copines passaient les fins de semaine chez l'une ou l'autre selon le cas. Camille n'avait pas revu Yvan. Elle l'avait certes croisé en allant à la messe, mais elle avait évité tout regard de sa part. Puis, elle l'avait aperçu au volant de sa voiture, Éléonore à ses côtés, en route pour les voies secondaires, là où se cachaient des passants, les amoureux. Éléonore qui, vêtue comme une fille de rue, avait fait murmurer à Camille: «En plein celle qu'il lui faut! Celle qui ne lui refusera rien!» Mais cela dit sans animosité, car son cœur ne battait plus pour Yvan Mirand depuis fort longtemps. Elle n'avait pas oublié ses gestes osés, c'était tout de même lui qui l'avait initiée aux menus plaisirs charnels, mais tout cela était maintenant derrière elle. Et Marthe, qui avait appris que Camille lui avait reproché ses baisers sanguinolents, n'en revenait pas encore. Quelle audace de la part de son amie! Jamais elle n'aurait cru que Camille eût pu blesser qui que ce soit, même si cette dernière l'avait fait avec délicatesse, avec doigté, sans penser que ce reproche l'avait heurté. Mais, au fond d'elle-même, Marthe était heureuse de cette rupture. Yvan Mirand, selon elle, n'arrivait pas à la cheville de Camille. Une si éblouissante jeune fille avec un truand! Camille Nevers qui, avec sa grâce et sa beauté, pouvait séduire les fils de juges les plus fortunés.

Début décembre cependant, ce n'est pas le fils d'un juge ni un médecin en devenir qui s'inclinera devant elle pour l'inviter à sortir, mais un étudiant tout comme elle, un futur enseignant qui la reluquait depuis quelque temps. Marthe lui avait chuchoté lors d'une sortie en groupe:

– Il ne te quitte pas des yeux, Camille.

– Qui ça? questionna naïvement la jeune fille.

– Bien, lui, voyons! Toujours lui… Bernard Hulie.

– Tu t'imagines des choses, Marthe, il ne m'a jamais adressé la parole.

Et c'est pourtant ce jour-là, en revenant de la sortie en groupe, que Bernard Hulie avait engagé la conversation avec elle pour finir par lui dire:

– J'aimerais beaucoup vous inviter à sortir si vous êtes libre.

– Heu… je ne sais trop, je ne sais pas, le temps des fêtes s'en vient…

– Oui, je sais, mais une sortie, un film de votre choix, un musée, une pièce de théâtre… Une seule soirée pour mieux vous connaître, Camille. À moins que vous soyez déjà engagée…

– Non, ce n'est pas le cas, c'est le temps qui joue contre nous. De plus, je n'habite pas Montréal, vous savez.

– Oui, je sais, mais je pourrais me déplacer. Mon père a une voiture…

– Non, ce n'est pas la peine, nous trouverons… Tiens! Pourquoi pas la semaine prochaine après le dernier cours du vendredi? Ça vous irait?

– Bien sûr, lui répondit-il de son plus merveilleux sourire. Je viendrai vous attendre à la fin du cours, nous irons casser la croûte, je connais un endroit sympathique pas loin d'ici. Et je vous reconduirai jusque chez vous.

– Ce ne sera pas nécessaire, je passe le samedi chez Marthe, vous n'aurez qu'à me déposer à sa porte. Ce n'est pas très loin du collège.

Ils se quittèrent, il semblait fou de joie et Camille le regardait s'éloigner, tout en le détaillant de la tête aux pieds. Grand, costaud, les cheveux courts et noirs, presque ras sur le crâne, il avait l'air d'un boxeur. Les yeux comme des charbons, le nez épaté, la bouche charnue, il n'était pas laid, Bernard Hulie, mais pas tout à fait joli. Un bon garçon sans doute. Un fils de bonne famille. Il avait de belles manières, il la vouvoyait, il était déjà homme du monde, mais quelque chose la dérangeait... Il avait environ vingt ans, il était charmant, elle le suivit des yeux jusqu'à perte de vue et elle soupira sans le moindre engouement, elle n'avait rien ressenti. Du moins pas encore... Lorsque Marthe, la rejoignant, lui dit avec des étincelles dans les yeux:

– Là, tu parles! Bernard Hulie! Son père est sénateur, Camille! Un fils unique qui habite Côte-des-Neiges! C'est pas Yvan Mirand, ça!

Camille, doublement déçue d'apprendre que son prétendant n'était pas un gars bien ordinaire, mais un fils de famille aisée, avec un père sans doute plus riche qu'un juge ou un médecin, avait fait la moue. Puis, entendant prononcer le nom d'Yvan dans les propos de son amie, elle sortit de ses gonds:

– Ah! je t'en prie, ne me parle plus de lui! Ne le ramène plus sur le tapis! lui signifia-t-elle, impatientée.

– Comme tu voudras, Camille, ne t'emporte pas, mais ne viens pas me dire qu'un gars comme Bernard Hulie ne t'intéresse pas! Ce n'est pas à moi que des choses comme ça...

– Arrête, Marthe! Tu m'embêtes avec tes comparaisons! J'ai accepté de le voir, de sortir avec lui, mais n'en fais pas un plat pour autant et ne saute pas aux conclusions. J'ai accepté parce qu'il a insisté et qu'il aurait été impoli de me défiler, mais…

– Mais quoi? C'est de l'or en barre, ce gars-là!

– Peut-être, Marthe, pour toi, lui répondit Camille, de guerre lasse. Moi, je ne le connais pas. On verra, il semble gentil, il est poli…

– Et beau gars, tu ne trouves pas?

– Heu… sans doute, je l'ai à peine entrevu, on a si peu causé…

Et Camille quitta son amie en prétextant une course pour ne pas reprendre le débat et lui dire que Bernard Hulie, aussi éduqué, aussi bien nanti pouvait-il être, n'avait pas dans les yeux tout comme dans son allure, la sensualité d'Yvan.

C'est à contrecœur et à reculons que Camille attendit en ce vendredi que Bernard Hulie vienne la chercher à la porte du collège qu'elle fréquentait. Vêtue plus que modestement pour une sortie, elle avait mis un peu de rouge à lèvres, rien d'autre. Elle ne savait trop pourquoi, mais la soirée ne laissait rien présager de bon pour elle. Une luxueuse voiture s'immobilisa et Bernard en sortit prestement pour lui ouvrir la portière. Peu habituée aux galanteries, elle se sentit mal à l'aise d'être traitée avec autant de révérence et prit place sur la banquette, constatant que le jeune homme était bien éduqué. Néanmoins, elle se rendit compte, à ses côtés, que Bernard ne dégageait aucune senteur particulière. Aucune fragrance, pas la moindre eau de toilette; elle qui avait un faible pour les odeurs musclées avec un zeste de citron, comme celle d'Yvan lors de leurs brèves rencontres. Cet arôme auquel elle avait failli céder un certain soir et qui avait pour nom – elle l'avait finalement appris – Monsieur de Givenchy. Bernard Hulie, gentil, affable, lui parla avec éloquence des études qu'ils faisaient en commun. Dans l'enseignement! Avec la même passion! Dans l'intérêt des enfants qu'ils auraient à instruire! Puis, il lui demanda la permission de la tutoyer, ce qu'elle accepta de bon gré. Il lui avoua avoir vingt ans et elle lui répondit qu'elle en avait dix-huit. Ils parlèrent de choses et d'autres, très peu de leurs parents et, contrairement à Yvan, il ne lui fit aucun compliment sur sa personne, sur sa taille fine ou ses cheveux blonds, qu'elle avait laissé retomber sur ses épaules. Bernard était plutôt du genre intellectuel, sérieux, peu porté sur les banalités et dépourvu d'humour. Et ce n'était sûrement pas à lui que Camille aurait parlé d'Errol Flynn! Monsieur vivait davantage pour le théâtre que pour le cinéma, Shakespeare en particulier, un peu de Molière qu'il qualifiait de fumiste, quelques pièces d'ici, et ses préférences en musique s'alignaient beaucoup plus sur les œuvres de Beethoven et Bach, que sur les étoiles de la chanson américaine que Camille écoutait souvent avec Marthe.

Le restaurant était huppé, guindé, et Camille se sentit mal à l'aise d'être là avec sa jupe marine, une blouse blanche, une veste de laine, un imperméable beige, bref, son attirail de la semaine lorsqu'elle se rendait au collège. Lui, veston de qualité, chemise blanche, cravate de soie, pantalon noir, était conforme aux normes de cet endroit où les serveurs portaient des gants blancs. Camille s'excusa un moment, se rendit à la salle des dames, remonta ses cheveux en chignon qu'elle encercla d'un ruban de velours noir, puis, fouillant dans son sac, elle trouva une ombre à paupières bleue qu'elle appliqua et des boucles d'oreilles en forme de papillons qu'elle vissa à ses lobes. De retour, Bernard, la regardant, lui dit: «Quel changement!» et elle lui répondit évasivement: «Je ne m'attendais pas à un endroit aussi chic mais, fort heureusement, j'ai toujours dans mon sac quelques petits éléments qui me permettent d'être à la hauteur. Et, comme tu vois, j'ai rangé ma veste de laine dans mon sac d'école!» lança-t-elle en riant. Ce qui provoqua un léger sourire de la part de Bernard.

Noël approchait à grands pas et, sur les recommandations de ses parents, Camille avait invité Bernard à venir souper à la maison le jour de Noël. Ce qu'il s'était empressé d'accepter, trop heureux de faire la connaissance de l'avocat très en vue dont son père lui avait parlé. Le samedi 25 décembre, c'est avec des poinsettias pour madame Nevers et un cognac de qualité pour le père, que Bernard Hulie se présenta à la maison du bord de l'eau de L'Abord-à-Plouffe. Camille s'était habillée «très jeune fille du monde» avec une jolie robe de soie d'un rose tendre, un collier de perles, les cheveux remontés et, à ses petits pieds de Cendrillon, de jolis souliers à gros talons comme ceux que portait Claudette Colbert dans ses films. Madame Nevers accusait un brin de coquetterie avec du fard aux joues, les cheveux poivre et sel dans une jolie mise en plis, une robe neuve de dentelle avec une broche sertie de petits diamants sur l'épaule. L'avocat était on ne peut plus impeccable et Luce, dans son fauteuil, avait évidemment jeté un châle sur ses jambes, mais elle avait endossé une ravissante blouse de soie verte et s'était coiffée avec deux tresses remontant sur le dessus de la tête. De plus, pour une rare fois, elle s'était parée de longs pendants d'oreilles constitués de fines chaînettes avec une perle au bout de chacune. Bernard Hulie, un peu intimidé par tous ces regards posés sur lui, avait rompu la glace en entamant une longue conversation avec Germain

Nevers sur les éventuelles élections. En plein le sujet pour mettre Camille hors d'elle. Puis, avec Luce, il avait causé de musique, de Paganini, des œuvres de Satie et, elle, voyant qu'il appréciait vraiment la grande musique, s'empressa dès le repas terminé de lui interpréter des *Berceuses* à faire bâiller d'ennui la pauvre Camille. Bernard discuta de littérature avec madame Nevers qui ne connaissait, à vrai dire, que Paul Féval et Magali, mais qui faisait mine de s'intéresser aux derniers romans d'auteurs français dont elle ignorait même les noms. Tous eurent droit à l'éloge que Bernard Hulie fit de son père, le sénateur, et à quelques bribes courtoises, gentilles, concernant sa mère. Il parlait, parlait, parlait… au point que Camille en fut étourdie. Et à la toute fin de la soirée, comme s'il l'avait involontairement oublié, il sortit de sa poche un petit écrin de velours rouge qu'il remit à Camille avec ses souhaits. À l'intérieur, une chaîne en or avec une petite croix filigranée, estampillée 14 carats. Un cadeau joli, gentil, savamment choisi, bien pensé, quoi! Mais un présent qui n'avait pas fait sauter Camille de joie. Il partit après avoir embrassé Camille sur la joue, remercié madame Nevers de son délicieux souper, Luce de son récital, et après s'être incliné, bien sûr, devant l'avocat qu'il admirait déjà. Dès la porte refermée sur lui, Germain Nevers était conquis, Luce en était plus que ravie et, Jeannette Nevers, en brave mère, avait admis qu'il avait du savoir-vivre. Seule Camille n'avait rien dit et, dans sa chambre, devant son miroir en dénouant son chignon, elle avait haussé les épaules.

Le 28 décembre, c'était au tour de Bernard d'inviter, par téléphone, Camille à réveillonner chez lui pour le premier de l'An afin de lui présenter ses parents, ses oncles, ses tantes, les amis de la famille, la colonie du sénateur, quoi! Dès le premier coup de la sonnerie, après avoir répondu, monsieur Nevers s'était empressé de dire à sa fille: «C'est lui, c'est ton Bernard au bout du fil!» «Ton Bernard» s'était-il écrié, elle qui ne l'avait vu que deux ou trois fois, incluant le souper de Noël chez ses parents. Prenant le récepteur et poussant du pied la porte du boudoir, elle l'entendit lui dire:

— Je suis heureux de te trouver chez toi, Camille. Le jour de l'An s'en vient et comme tu m'as fait l'honneur de me présenter aux tiens… Et de là l'invitation pour le réveillon qu'elle écouta sans l'interrompre. Cela fait, il ajouta élégamment:

— Il va sans dire que je passerai te prendre, Camille, ton père n'aura pas à se déranger. Et, j'allais l'oublier, quelle charmante famille que la tienne. Ta mère, ta sœur musicienne, j'en parlais à papa…

— Oui, j'imagine et je te remercie pour tous ces égards, Bernard, mais pour ce qui est du réveillon du Nouvel An, il ne faudrait pas compter sur moi, j'ai un empêchement, je ne serai pas là.

— Voyons, Camille… Quel empêchement? Est-ce trop indiscret…

— Non et aussi bien être franche avec toi, je n'ai pas l'intention de poursuivre la fréquentation. Nous ne sommes pas faits l'un pour l'autre, Bernard, nous n'avons rien en commun sauf notre cheminement dans l'enseignement, ce qui ne peut justifier une relation.

Penaud, interloqué au bout du fil, Bernard Hulie balbutia:

— Il faut nous donner du temps, Camille, on vient à peine de se connaître. Je ne sais encore rien de toi…

— Justement, Bernard, et ça ne semble pas important pour toi. De toute façon, inutile de porter des jugements, je préfère mettre un frein immédiatement à cette relation sans ouverture. Je n'ai… je n'ai aucune attirance, aucun sentiment pour toi, Bernard. L'amitié, bien sûr…

– Alors, si tel est le cas, mieux vaut ne pas poursuivre, Camille. Moi, j'éprouvais des sentiments pour toi, mais si ce n'est pas réciproque, tu as raison, mieux vaut cesser avant d'en souffrir.

– J'espère que tu comprends… Que tu ne m'en veux pas… J'aimerais qu'on reste amis, Bernard, qu'on cause de temps en temps…

– Non, désolé Camille, mais je n'ai pas l'habitude de jouer le rôle de l'ami avec une personne que j'aime. Mieux vaut ne pas nous revoir et garder un bon souvenir de notre brève fréquentation. Offre mes vœux du Nouvel An à ta famille et dis-leur que j'ai été heureux de les rencontrer et d'avoir été l'invité de leur maison. Puis, sois heureuse avec celui qui te conviendra, Camille.

– Toi aussi, Bernard, et je suis navrée, je m'en excuse encore.

N'entendant rien au bout du fil que le souffle du jeune homme, Camille se risqua:

– Es-tu encore là? Est-ce que je parle toute seule?

– Non, j'y étais, Camille, mais là, je n'y suis plus.

Et il raccrocha tout doucement, ce qu'elle fit à son tour, tout bonnement.

Le lendemain matin, au bout du fil, une Marthe éplorée lui disait:

– Tu es folle ou quoi? Tu as rompu avec le meilleur parti…

Mécontente d'avoir été réveillée puis apostrophée par son amie, Camille lui répondit brusquement:

– Est-ce qu'il t'arrive de te mêler de tes affaires, Marthe? Ai-je des comptes à te rendre? Vas-tu finir par sortir de ma vie, toi?

– C'est vraiment là ce que tu veux, Camille? Que je sorte de ta vie, que je te laisse en paix, que je m'efface?

– Pas tout à fait, je t'aime bien comme amie, mais sors de ma vie intime, Marthe! Laisse-moi décider seule de mes désirs, de mes penchants et de mes amours. Je n'ai pas besoin de conseillère!

Offusquée une fois de plus, Marthe avait raccroché. Elle ne comprenait pas que la «tête de linotte» de Camille ait pu repousser un Bernard Hulie, après avoir été plus que patiente avec un voyou de la trempe d'Yvan Mirand. Elle en était, non seulement outrée, mais foncièrement choquée.

Le premier de l'An s'en venait à grands pas et, dans ses préparatifs, dans ses achats de dernière heure, Jeannette Nevers avait demandé à Camille:

– As-tu besoin de quelque chose pour agrémenter ta robe du Nouvel An? Un bijou, peut-être? Je descends en ville avec ton père… Il te faudra être à la hauteur chez les Hulie, ma fille.

– Ne vous cassez pas la tête, maman, je n'y vais pas, je me suis décommandée. Je vais passer la nuit du réveillon ici.

Germain Nevers et Luce s'étaient regardés, bouche bée. Jeannette, pour sa part, peu surprise, connaissant sa fille, avait murmuré:

– Une relation qui prend fin avant d'avoir commencé… Eh bien!

– Oui, maman, et c'est beaucoup mieux ainsi, ça évite bien des drames.

L'avocat qui la regardait, hébété, retrouvant l'utilité de sa langue, lui lança à la volée:

– Comment as-tu osé? Comment as-tu pu faire ça sans m'en parler, Camille? Bernard Hulie! Le fils d'un sénateur! C'était inespéré…

– Je pense être assez grande pour savoir ce que j'ai à faire, papa.

– Heu, oui, bien sûr, mais c'est un si bon garçon, un si beau parti…

– Il n'y a pas que cela dans la vie, papa. Il y a la complicité, les affinités…

– Vous voyez bien qu'il n'y a rien à faire avec elle, papa! tonna Luce de son fauteuil. On lui offre un prince et elle préfère, j'en suis sûre, son crapaud qui travaillait chez Flibotte! Elle l'a laissé, on le sait, mais je parierais que ce truand-là et elle avaient des affinités comme elle dit! Et elle a dû virer Bernard sans la moindre délicatesse!

– Luce! Encore une fois, tu ne te mêles pas de tes affaires! lui cria sa mère.

Ce à quoi, l'aînée répondit:

– On sait bien! Avec vous, maman, Camille n'a jamais tort! Votre petit trésor! Tout ce qu'elle dit, c'est de l'or…

– Tais-toi, n'ajoute rien, tu es très mal placée pour juger qui que ce soit, toi! Crois-tu avoir eu plus de délicatesse avec Jérôme, Luce?

– Maman! Comment osez-vous? C'est un reproche, hein? Vous l'aviez sur le cœur et vous ne m'en disiez rien! Ah! papa, sans vous…

Et Luce, une fois de plus, regagna le boudoir en claquant la porte derrière elle. Dans le lourd silence de la pièce, on se regardait sans rien dire et, Germain, voulant trancher, dit à sa femme:

– Je te trouve dure avec Luce, Jeannette. Tu es sans merci pour elle.

– Tu crois? Il faudrait peut-être que tu lui apprennes qu'elle n'est pas seule dans cette maison, que nous y vivons aussi Camille et moi. Et comme elle t'écoute, toi, on peut sans doute espérer, qu'un jour, elle soit bien élevée notre aînée. Car, pour le moment…

Germain ne l'écoutait plus. Regardant Camille, il revint à la charge:

– Si seulement tu avais fait un effort, ma fille. Le jeune Hulie, c'est prometteur, tu sais. Et je trouve qu'il a fière allure.

– Dites donc, papa, êtes-vous en train de me jeter à tout prix dans ses bras?

Il allait répondre lorsque Jeannette ajouta d'un trait:

– Comme mon père l'a fait pour toi, Germain? Vois où on en est aujourd'hui… Est-ce là ce que tu désires pour ta fille? Un mari de force qui un jour, blasé de ne pas être aimé, trouvera ailleurs sa raison d'être? Oserais-tu souhaiter à ta fille une vie comme la mienne? Si tel est le cas, sois assuré que je serai toujours là pour lui éviter cette erreur.

Camille allait sortir, les laisser remettre les pendules à l'heure seuls, lorsque sa mère lui cria:

– Non, Camille, reste! C'est plutôt lui qui devrait sortir et aller réfléchir.

Germain Nevers ne se fit pas prier pour s'esquiver et se rendre dans son bureau, sans même s'arrêter au boudoir pour consoler son aînée chérie.

Restée seule avec sa mère qui la regardait avec tendresse, Camille lui demanda:

– Il y a des choses que vous désirez savoir ou mettre au point, maman? Je suis prête à y répondre.

– Une seule, ma fille, une seule. Pourquoi as-tu laissé tomber Bernard aussi brusquement?

– Parce que je ne l'aimais pas, maman… Je ne l'aurais jamais aimé.

En 1944, alors que l'on sentait déjà que la guerre tirait à sa fin, Jérôme Ruest venait d'être rapatrié au grand bonheur de sa sœur Yolande. Toutefois, au grand désespoir de cette dernière comme de ses amis et ses clients, il avait été amputé d'un bras à la suite d'un torpillage qui avait failli lui coûter la vie. On l'avait recueilli telle une épave au large de l'océan avec plusieurs autres, déchiquetés, morts, agonisants ou, comme lui, affreusement mutilés. Voilà pourquoi on avait perdu sa trace, les marins n'avaient aucun papier sur eux lorsqu'ils furent en lieu sûr, en Angleterre. Là où Jérôme perdit le bras gauche lors d'une intervention chirurgicale, la gangrène étant trop avancée. Celui sur lequel une rose était tatouée. Puis, après moult recherches de la part de sa sœur, elle finit par le joindre au bout d'un fil sur un lit d'hôpital d'où il apprit que Yolande avait eu la lourde tâche d'enterrer sa vieille mère toute seule. Ce qui le chagrina beaucoup, mais sa sœur le consola en disant: «Elle était devenue sénile, je ne pouvais plus la garder, elle est morte à l'hospice. Pis, t'en fais pas, le père va prendre soin d'elle de l'autre côté.» Remis de ses émotions, il lui annonça qu'il revenait au pays sans pour autant lui dire, pour ne pas l'alarmer, qu'il avait perdu un bras. Yolande pleura à chaudes larmes lorsqu'elle le vit revenir avec un membre en moins, la manche gauche de son veston au vent et ensuite dans sa poche, lorsqu'il s'en rendait compte. Mais Jérôme l'avait rassurée en lui disant: «Ne t'en fais pas, j'vais m'débrouiller, il me reste l'autre et comme j'suis droitier, j'peux dire que l'bon Dieu m'a aimé.» La nouvelle avait fait le tour de la paroisse et s'était rendue jusque chez les Nevers au bas de la côte. La mère et le père en furent navrés, Camille avait été peinée, et Luce, se sentant quelque peu responsable, avait une fois de plus, frémi de tout son être.

Rome était maintenant aux mains des Alliés et Hitler avait failli être assassiné par des officiers allemands. On sentait que le vent tournait et que le nazisme allait finir par être vaincu, surtout après le débarquement prévu des Alliés en Normandie. Malgré tout, la terre tournait et, loin des tumultes, les gens vivaient au jour le jour, pas encore tout à fait sûr de la chute du despote cruel. Vu la rareté des tissus, les robes pour dames étaient sans manches, lançant ainsi la mode des épaules dénudées, les chapeaux étaient minuscules et, dans la mode masculine, les petites vestes sous le veston tout comme les rebords des pantalons étaient interdits pour épargner les tissus. Madame Nevers avait été enchantée du choix de Sita Riddez au titre de Miss Radio, monsieur Nevers attendait le nouveau roman d'Albert Camus, *Caligula,* et Camille, sans négliger ses études et criant moins sur les toits son adulation pour Errol Flynn, avait été ravie d'apprendre que ce dernier venait de terminer *Uncertain Glory* aux côtés de la jolie Jean Sullivan, film qu'elle se promettait d'aller voir dès sa sortie en salle. Franklin D. Roosevelt avait été réélu à la présidence des États-Unis, ce qui rassura Germain Nevers, et Marthe, la fidèle amie de Camille, avait chuchoté à cette dernière au bout du fil: «Tu as entendu parler du roman *L'amant de lady Chatterley* qui a fait scandale et qui a été à l'index durant des années? Crois-le ou non, mais j'ai mis la main dessus! Une amie de ma tante me l'a prêté, je l'ai lu et ce n'est pas piqué des vers, Camille! Je doute fort que ta mère apprécierait les descriptions assez osées avec le garde-chasse, mais si toi, tu veux le lire…» Ce à quoi Camille avait répondu: «Non, Marthe, je n'ai pas le temps de lire actuellement et, à vrai dire, cette histoire impudique ne m'intéresse pas. J'ai la biographie de l'impératrice Joséphine à lire et je n'ai pas encore trouvé le temps. Et puis, je peins des oiseaux…» Marthe, déconcertée, lui avait répondu: «Ça paraît que tu n'as pas d'amoureux en ce moment, toi! Quand tu es seule, quand tu ne sors pas avec un gars, tu es vieille fille comme ça ne se peut pas! Arrange-toi pas pour devenir ennuyante en tout cas!»

Son abonnement ayant été interrompu en ce temps des hostilités, Luce feuilletait un vieil exemplaire de sa revue française préférée, lorsque sa mère, revenant de l'épicerie, gentiment lui dit:

– J'ai vu Jérôme Ruest, Luce. Il s'est informé de toi.

– Ah! oui? Comment va-t-il? Il peut… Il peut s'occuper…

– De son commerce? Bien sûr! Il a repris, non sans peine, sa hachette, la scie et ses couteaux pour la coupe des viandes et Yolande se charge de la paperasse, des dettes et des comptes à recevoir. Jérôme s'applique donc à faire d'une main ce qu'il faisait de ses deux mains, mais avec l'aide de sa sœur dans cette longue adaptation, il va sans dire.

– Alors, tant mieux pour lui, la vie continue, il va s'en remettre.

– Sans doute, Luce, parce qu'il accepte, lui, de ne plus être…

– Maman! C'est une flèche directe, n'est-ce pas? Vous dites cela…

– Non, non, pas pour toi, je n'y avais même pas pensé, mentit la mère. Je songeais à d'autres marins, d'autres soldats… Au fait, il aimerait te revoir, Luce, venir jaser avec toi, ne serait-ce qu'une fois… En ami, peut-être?

– Heu… je ne sais pas, maman. Tout est fini entre nous depuis longtemps, je ne voudrais pas qu'il tente de raviver ce qui s'est éteint.

– Donc, si je comprends bien, tu préfères que je lui dise de ne pas se présenter. Libre à toi, Luce, je vais le faire. Il m'a d'ailleurs priée de ne pas insister.

Madame Nevers allait s'éloigner lorsque sa fille la retint par ces mots:

– Non, dites-lui de venir en autant que ça n'engage à rien de part et d'autre. Dites-lui, qu'en ami, je veux bien… Une fois, du moins.

Luce avait cédé parce qu'elle voulait se déculpabiliser face à tout ce que Jérôme avait vécu depuis qu'elle l'avait rejeté. Surtout du fait qu'il ait perdu un bras qu'elle aurait pu lui sauver si elle l'avait épousé alors qu'il l'aimait à s'en damner. Le revoir, c'était une certaine façon de lui demander pardon, sans pour autant avouer ses fautes. C'était se rendre compte s'il lui tenait rigueur, s'il la tenait responsable. Bref, Luce Nevers, atterrée depuis la triste nouvelle de l'amputation du bras de Jérôme, voulait pouvoir s'en laver les mains et relever la tête.

C'est par un beau dimanche de juillet que Jérôme se présenta chez les Nevers en après-midi. Luce avait elle-même fixé le jour et l'heure, sachant que Camille serait chez Marthe, son père en voyage «d'affaires» à Montréal et sa mère, dans sa chaise longue sur le quai, ses cigarettes dans son étui, un verre à la main et la biographie de l'acteur Douglas Fairbanks dans l'autre. Jérôme se présenta vers deux heures et frappa discrètement à la porte de la véranda de la spacieuse demeure. Luce, du boudoir, l'invita à entrer, à se mettre à l'aise, ajoutant qu'elle allait être là dans une minute ou deux. Et de la courte distance qui les séparaient, elle avait aperçu Jérôme, plus bel homme qu'avant son départ, avec la maturité de ses trente-quatre ans révolus. Elle avait remarqué sa veste de coton, de laquelle, du côté gauche, rien n'émergeait, pas même un crochet comme elle l'avait imaginé. La manche vide était même enfoncée dans la poche de la veste. Dans la main droite, Jérôme avait quelques fleurs sauvages en bouquet, ce qui gêna Luce qui ne souhaitait aucun geste élégant de sa part. Pourtant, elle avait laissé retomber ses cheveux blonds épars sur les épaules, elle s'était maquillée, avait appliqué un rouge à lèvres grenat et arborait de délicates roses de cuir tressé à ses lobes d'oreilles. Jolie, blouse blanche au cou retenue par un camée ivoire, elle avait jeté, comme de coutume, un châle beige sur ses genoux. Mais elle était si belle, si divine, dans cette angélique tenue, que Jérôme retint son souffle lorsqu'elle fit irruption dans la pièce, pour lui tendre sa main blanche.

— J'suis heureux de t'revoir, Luce. T'as encore embelli, c'est pas croyable, et j'imagine que tu joues encore du violon… J'ai pensé souvent à toi là-bas…

Mal à l'aise de cet accueil quasi langoureux, Luce reprit le dessus et lui dit:

— Je suis désolée de ce… Je veux dire, ton bras. Quelle malchance.

— Si on veut, mais je m'débrouille, tu sais. L'important, c'est d'être revenu en vie. Si tu savais comme j'en ai vu mourir… Des hommes mariés avec des enfants, Luce. Je trouvais même injuste de survivre, moi, seul, sans attaches…

— Le destin est le destin, Jérôme, on n'y peut rien. Et puis, sans attaches n'est pas tout à fait vrai. Je regrette pour ta vieille mère, mais tu as encore ta sœur, Yolande…

— Oui, si tu veux, mais c'est pas c'que j'voulais dire. J'pensais à ceux qui étaient attendus par leur femme, leur fiancée, leur amour. Moi…

L'interrompant brusquement, elle lui demanda pour changer de sujet:

— Ta sœur va bien? Elle a dû être heureuse de te revoir, n'est-ce pas? Si seulement la guerre peut finir… Avec ce qu'on entend à la radio… Heureusement, j'ai ma musique, car je serais déprimée si j'avais, comme ma mère, l'oreille collée à tous les bulletins de nouvelles.

– Elle semble pas déprimée pour autant, j'l'ai vue sur le quai, elle m'a fait signe de la main. Elle lisait, prenait du soleil, elle avait ses cigarettes, sa limonade. J'l'ai pas trouvée en peine, moi.

– C'est parce qu'elle est froide que ça ne paraît pas, mais elle est très nerveuse intérieurement. Elle a peur que les Allemands arrivent par la rivière!

Elle éclata de rire et Jérôme put constater la blancheur de ses dents et quelques étincelles dans ses yeux. Dieu qu'elle était belle quand elle riait, Luce Nevers! Mais, diable que c'était rare!

– Je peux t'offrir un verre, Jérôme? Une bière, un jus de fruits?

– Comme j'peux voir, rien n'a changé, Luce. Et j'imagine que c'est le même bon jus d'fruits aux pommes mélangé avec de l'ananas. Tu sais, rien ne change à part nous. Pour le mieux en c'qui t'concerne, mais n'empêche qu'on avance en âge tous les deux. Le temps passe…

– Pour tout le monde, Jérôme. Personne n'y échappe, c'est la seule justice.

– Oui, mais y'a peut-être des choses qu'on peut améliorer, des façons d'voir qu'on peut changer. Moi, le destin, j'veux bien y croire, mais…

– Mais quoi? Qu'est-ce que tu pourrais tant changer, toi?

– Pas rien qu'moi, Luce, toi aussi. Comme le fait de pas vieillir seul…

– Bien, libre à toi, moi ça ne me dérange pas de vivre seule. J'y suis habituée depuis quatorze ans…

– Pas habituée, Luce, entêtée à le faire, parce que si tu voulais…

– Non, Jérôme, ne recommence pas! Ne reviens pas sur ce qui est mort!

– Mort? J'suis en vie, Luce! Toi aussi! Pourquoi s'tenir tête? Et là, regarde-moi, j'ai perdu un bras, j'ai une infirmité moi aussi. Pis, peut-être plus visible que la tienne, Luce! Alors, toi, tes jambes, moi, mon bras, tu penses pas qu'à deux…

– Deux éclopés? Deux handicapés ensemble? Non, merci, Jérôme! Je ne tiens pas à ce que les gens nous regardent comme des bêtes de cirque, moi! J'ai ma fierté et, si toi, tu as perdu la tienne, il va te falloir regarder ailleurs pour une vie à deux. Et ce n'est pas parce que je suis infirme que je vais m'habituer à en voir un autre chaque jour, Jérôme! J'ai assez de mon image à supporter!

Voyant qu'il avait blêmi, qu'elle l'avait terriblement blessé, elle ajouta:

– Ce n'est pas exactement ce que j'ai voulu dire, Jérôme.

– J'ai compris, j'suis pas fou, j'suis pas né d'la dernière pluie, tu sais. Tu n'voudrais pas avoir à regarder un moignon chaque soir, j'ai saisi, j'te comprends, parce que c'est pas c'qu'y a d'plus beau à voir. Mais j'te ferai remarquer que j'm'avance pas comme ça parce que j'ai perdu un bout d'bras pis qu't'as plus l'usage de tes jambes. J't'ai fait la même demande avec mes deux bras y'a pas si longtemps, pis tu m'as refusé d'la même façon. Mais là, j'pensais pas qu'tu pouvais être méchante en plus. Parce que parler d'éclopés pis d'cirque, même si tu parles pour deux, j'le prends pour moi, Luce! Parce que toi, dans ton fauteuil de luxe avec un châle en dentelle jusqu'aux chevilles, c'est pas répugnant pour personne, ça. Mais, un manchot, un estropié, ça on r'garde ça d'travers en maudit! Tu devrais voir les p'tits gars qui viennent à l'épicerie. Il leur arrive de s'pencher pour essayer d'regarder dans ma manche de chemise! Le spectacle, à c'que j'vois, semble assez repoussant…

– Jérôme! Je t'en prie! Tu vois? Je savais que notre rencontre tournerait ainsi! Tu avais dit à ma mère que tu venais en ami et voilà, qu'après trente minutes, c'est encore une déclaration!

– Parce que je t'aime, Luce! Est-ce si difficile à comprendre? Je t'aime et j'sais que j'te suis pas indifférent, autrement, t'aurais pas accepté de m'recevoir...

– Tu t'imagines que...

– Non, laisse-moi finir, Luce, laisse-moi juste me vider le cœur. Je t'aime, tu m'aimes, et si t'étais pas si fière et si têtue, ça ferait longtemps qu'on filerait le parfait bonheur tous les deux. J't'ai aimée telle que t'étais, j'ai voulu t'marier, pis tu m'as rejeté parce que t'as cru que j'le faisais par pitié. J'me suis effacé, j'ai accepté d'm'enrôler pis l'bon Dieu m'a fait perdre un bras pour me garder en vie pour toi. J'ai cru, j'te l'jure, j'ai cru, Luce, que mon amputation allait m'aider à conquérir ton cœur. J'étais même content, à bord de l'avion, de revenir avec un bout d'bras pis un moignon, parce que j'pensais que c'était l'ciel qui l'avait voulu. Je m'voyais m'avancer vers toi, te serrer sur mon cœur et te dire: «Viens, on va s'arranger pour être heureux tous les deux.» J'pensais que l'bon Dieu avait tout planifié pis, qu'ensemble, avec compréhension, avec affection, on pourrait s'aimer jusqu'à la fin d'nos jours. Tu vois, Luce? J'avais l'cœur plein d'bonnes intentions pis là, une fois de plus, tu m'repousses! Pis pas pour moi, pas parce que j'suis manchot, j'penserais pas, mais parce que toi, t'es encore dans ta maudite chaise pis c'est ça qu'tu prends pas, Luce! Pas vrai? J'aurais perdu un œil, les deux oreilles... J'serais revenu avec juste un tronc que j't'aurais pas fait flancher! Parce que dans ta vie, Luce Nevers, y'a toi, rien qu'toi, personne d'autre! Et, pire que ça, sur tes deux jambes, tu m'aurais même jamais reçu avec mes deux bras parce que là, j'aurais pas été d'ton rang, d'ta classe! D'un bout à l'autre, n'importe comment, j'étais perdu… J'viens d'en avoir la preuve, Luce, pis j'ai plus rien à dire.

– Alors, va-t-en, Jérôme, et ne reviens jamais! Tous ces reproches, toutes ces accusations… Je les ai reçus comme des dards! Va-t-en, vis ta vie, laisse-moi continuer la mienne et, surtout, ne me reproche pas d'avoir perdu un bras à cause de moi…

– Non, Luce, jamais, parce que c'est le ciel qui l'a voulu, pas toi. Le ciel qui, pour une fois, s'est juste trompé d'chemin dans ses indications.

Luce détourna la tête et attendit que Jérôme passe la porte de la véranda pour laisser échapper un soupir de soulagement. Oui, soulagée d'avoir entendu de la bouche de Jérôme qu'elle n'était pas responsable de la perte de son bras. Ayant fait la sourde oreille ou presque à sa longue tirade, elle n'attendait que le moment d'être absoute de toute faute dans l'accident de l'autre. Que cela! Bien sûr qu'elle l'avait aimé naguère et qu'elle ressentait encore…. Elle n'osait se l'avouer. Bien sûr qu'elle n'était pas faite de bois et qu'elle aurait sans doute apprécié se blottir contre son cœur. Mais pas au détriment de son orgueil face à ses jambes inertes qui ne la suivraient pas. Et c'est pourquoi, seule dans son boudoir, aucune larme sur les joues, libérée de sa culpabilité, les fleurs sauvages éparpillées sur le plancher, elle put reprendre son violon et interpréter de son archet soumis, *Souvenir d'un lieu cher,* un adagio de Tchaïkovski.

1945 et le billet d'autobus avait grimpé à six sous, au grand désespoir de Marthe qui peinait à joindre les deux bouts. D'une famille modeste, elle devait maintenant travailler les fins de semaine pour défrayer ses études de plus en plus onéreuses, en fonction des étapes. Elle avait déniché un emploi de caissière dans un cinéma de la rue Sainte-Catherine, ce qui lui permettait de voir des films gratuitement, quand elle en avait le temps. Mais ce boulot ajouté à ses études ne lui permettait plus d'inviter Camille les week-ends, pas plus que de se rendre à L'Abord-à-Plouffe comme c'était le cas, lorsque venait son tour. Loin l'une de l'autre, les deux amies conversaient quand même au bout du fil et c'est ainsi que Marthe apprit de son amie que Joan Crawford avait remporté l'Oscar de la meilleure actrice pour son rôle dans *Mildred Pierce*. De son côté, madame Nevers, plus portée sur les vedettes locales, avait été ravie d'apprendre que la comédienne Janine Sutto avait été élue Miss Radio. Cependant, la grande et heureuse nouvelle de 1945 était certes la fin de la Seconde Guerre mondiale. Mussolini et sa maîtresse, Clara Petacci, furent exécutés, Hitler se suicida avec Eva Braun qu'il venait d'épouser, et l'Allemagne avait capitulé. Mais ce fut aussi en cette année, triste nouvelle, que le président Roosevelt décéda après avoir tant lutté pour la paix. Mais, comme tout semblait vouloir rentrer dans l'ordre et que les soldats revenaient au pays pour y retrouver femme et enfants, c'était l'euphorie. La paix! La liberté! Pour tous! Enfin! Camille apprit avec regret la mort de madame Mirand, la mère d'Yvan. Ne l'ayant pas revu et n'ayant jamais rencontré sa mère, elle lui fit quand même parvenir un message de sympathie pour lequel elle ne reçut aucun mot de remerciement. Puis, peu après, on l'informa que les fils Mirand avaient quitté L'Abord-à-Plouffe pour s'installer à Montréal. L'aîné, Gérard, avec une autre concubine, et Yvan, avec Éléonore qui ne se plaignait jamais de rien et qui était enceinte de lui. Camille en fut navrée… pour lui! Yvan, malgré sa lèvre dure, avait pesé fort dans le cœur de la fille de l'avocat et il ne méritait pas, selon celle-ci, une telle gueuse comme compagne de vie. Et sans être jalouse de ladite Éléonore, Camille se rendit compte, qu'avec le départ d'Yvan, s'envolaient en même temps, avec lui, quatre saisons de son adolescence, ainsi que le souvenir d'un tout premier amour.

Maître Nevers, de son côté, avait quelques ennuis d'argent. Son bureau d'avocat n'avait guère été achalandé durant ce temps de la guerre. Les hommes étant au loin, moins de méfaits, moins de procès. Et les femmes, aux prises avec le rationnement et les enfants, avaient rangé dans un tiroir leurs mises en demeure diversifiées. Même les mieux nanties, par mesure de prudence, avaient préféré attendre avant de recourir à un avocat pour les libérer de leur mari. Car, maître Nevers, durant la guerre, s'occupait de tous les problèmes, celui de l'auteur d'un vol à main armée comme des chicanes de clôture. À de bas honoraires, évidemment. Et comme Odile s'ajoutait à son «budget», il lui arrivait d'avoir à emprunter pour garder le statut de «parvenu» dont il était pourvu. Or, malgré ses revers temporaires, quelque peu déprimé, découragé, Germain Nevers voulait en finir avec ce mariage qu'il traînait derrière lui depuis plus de trente ans. Il voulait être libre, respirer, ne plus voir le visage indifférent de Jeannette quand il rentrait le soir. De plus, poussé par Odile qu'il aimait et qui menaçait de le quitter, l'année de la fin de la guerre était, pour l'avocat, celle de son plus violent combat. Un soir, à la grande surprise de ses filles, il dit à sa femme:

– Que dirais-tu d'aller souper au restaurant demain soir?

Surprise, ahurie tout en gardant son calme, elle lui répondit:

– Où ça? Au Lutin Vert? À moins que tu aies une meilleure idée.

Elle avait répondu cela sans sourciller, sans regarder ses filles qui n'en croyaient pas leurs oreilles, car elle savait que cette invitation cachait quelque chose de louche. D'autant plus que son mari l'avait invitée devant Luce et Camille. Louche et sournois à la fois, comme s'il avait voulu que les enfants assistent au préambule de cette histoire. Pour ne pas avoir à tout leur expliquer un peu plus tard, le moment venu.

– Nous irons à Montréal, Jeannette. J'ai à parler d'affaires avec toi.

– D'affaires! Et avec moi! Depuis quand, Germain, un samedi soir?

– Jeannette, je t'en prie… Accepte ou refuse, je n'insisterai pas, mais ce ne sera que partie remise. De plus, de telles allusions devant tes filles…

Luce, plus curieuse qu'intéressée, avait dit à sa mère:

– Allez-y, maman! Acceptez! Depuis le temps que vous passez vos samedis sur le quai! Allez-y, ne serait-ce que pour la sortie. Pour une fois…

Camille, pensive, ne disait rien. Elle regardait son père avec méfiance, sa mère avec tendresse. Et c'est à cause de ce doux regard que Jeannette répondit:

– Très bien, nous irons, Germain. Où bon te semblera. Je serai prête.

Les tendances de la mode féminine allaient, cette année-là, aux robes ajustées à la taille, aux poignets et au cou, ainsi qu'aux souliers à talons plats. Madame Nevers qui affichait encore une taille enviable, s'accommoda très bien de ce nouveau style, tout comme des chaussures qui, selon elle, allaient être d'un bon confort, mais Camille, plus jeune et plus coquette, ne délaissa pas pour autant ses talons hauts. C'est donc soignée de sa personne, coiffée, parfumée, une cigarette à la main, deux onces de gin dans l'estomac, que Jeannette se glissa aux côtés de son mari dans sa luxueuse voiture. En cours de route, pour dissiper un certain malaise, on parla de tout et de rien. De la fin de la guerre, bien entendu, de Shirley Temple qui, à dix-sept ans, se mariait avec le jeune acteur, John Agar, un propos qui ennuya l'avocat, peu porté sur le vedettariat. Il préféra bifurquer et lui parler de Jean-Paul Sartre qui publiait son roman *Les chemins de la liberté*. Ce qui ne fit ni chaud ni froid à Jeannette qui, de ce temps, dévorait un roman à l'eau de rose de Magali tout en écoutant *Rue Principale* à la radio. Le jour et la nuit, elle et son mari! Et ce, depuis longtemps, depuis toujours! La salle à manger d'un grand hôtel, voilà l'endroit qu'avait choisi Germain pour tenter, une fois pour toutes, de se débarrasser de sa femme. Installés à une petite table en retrait, Jeannette commanda un *gin tonic* en guise d'apéritif, alors qu'il se contenta d'une eau minérale pour ne rien perdre de sa verve. Madame Nevers mangea tout en plongeant dans le vin blanc, alors que lui y trempait à peine les lèvres, afin que rien n'entrave son vibrant plaidoyer. Puis vinrent les desserts, le café, un digestif pour elle, qu'une tasse de thé pour lui.

– Alors, que ma vaut cette invitation? questionna Jeannette d'un ton méfiant, tout en s'allumant une cigarette.

– Comme ta question est plus que directe, je n'irai pas par quatre chemins pour y répondre, ma femme. Mais, avant, je te demanderais d'être discrète, de ne pas élever la voix, de tenter de dialoguer calmement… Ici, du moins.

– Oui, oui, j'ai compris. Vas-y, mon mari, dépose ton problème sur la table.

– Notre problème, Jeannette, pas seulement le mien. Je ne t'apprendrai rien en te disant que nous ne sommes plus heureux ensemble.

– Sûrement pas! L'avons-nous déjà été, Germain? En trente ans?

– Non et je ne vais pas revenir sur tes torts ni sur les miens, ma femme. Tout ce que je veux, c'est un divorce, la fin de notre union.

– Ça, non! Jamais! N'y compte pas!

– Évidemment, je m'attendais à cette réponse. Mais si tu analysais davantage la situation, Jeannette? Luce a trente ans, Camille, vingt, elles ne sont plus des enfants, tu sais. Un jour, Camille va partir vivre sa vie et, tôt ou tard, toi et moi...

– Tu oublies Luce, Germain! Elle est là à vie, celle-là! Entre toi et moi!

– Non, je ne l'oublie pas et c'est pourquoi il faut en finir, nous deux. Pour elle, pour son avenir, son choix, pour ton bonheur et le mien.

– Parle pour toi, Germain! Parle pour ton Odile et toi! Je n'ai personne dans ma vie, moi! Et si cette garce pense que je vais céder...

– Jeannette, je t'ai demandé d'être discrète, on nous regarde...

– D'accord, je baisse le ton, mais je maintiens mon opinion. Je n'ai pas besoin d'être libre, moi, personne ne m'attend, je vis ma solitude...

– Dans l'alcool, ma femme, et j'en suis conscient depuis longtemps. Que cette clause, Jeannette, et c'est déjà en ma faveur dans une rupture. Tu bois, tu bois sans cesse, tu es alcoolique et tu te désistes ainsi de ton rôle d'épouse depuis longtemps. Je connais la loi...

– Ta loi, mon cher, pas celle du grand livre, car il serait assez difficile de faire avaler à un juge que sa femme boit, quand on la trompe avec une autre depuis des années. Assez difficile, d'autant plus que la cocufiée aurait toutes les raisons de boire. Un mari qui la trompe et qui la laisse avec une fille handicapée dont elle s'occupe...

– Jeannette! Ce n'était pas un reproche, ce n'était qu'un constat, l'interrompit l'avocat, quelque peu mal à l'aise devant ladite cause. Il avait sous-estimé Jeannette, elle était loin d'être bête, elle parlait peu, mais elle se renseignait. Et avec tous les «romans-savon» dramatiques qu'elle écoutait, nul doute qu'elle en avait appris sur les discordes et les ruptures.

– Alors, n'insiste pas, Germain, car devant un juge, c'est moi qui aurai ta peau, avocat ou pas! Et comme Camille est au courant de ta liaison…

– Quoi? Tu l'as renseignée? Comment as-tu pu…

– Non, je ne lui ai jamais rien dit, mais figure-toi donc que ton Odile est une amie de la tante de Marthe. Ai-je besoin d'aller plus loin? Le monde est petit, non? Et si, maintenant, Luce apprenait que tu veux me quitter pour une autre? De bons arguments devant un juge, n'est-ce pas?

– J'aviserai moi-même Luce, je n'ai plus rien à perdre, Jeannette. Il me faut en finir et comme tu sembles vouloir me combattre…

Elle le regarda, s'alluma une autre cigarette et, froidement, lui demanda:

– Combien?

– Combien… Combien quoi?

– Combien comptes-tu me donner si je t'accorde ta liberté?

Un tantinet soulagé par cette volte-face soudaine, confiant, n'osant lui demander les raisons de ce virement de situation, Germain Nevers balbutia:

– Heu…. À l'amiable? Vingt mille dollars, Jeannette! Toute une somme!

Elle aspira une bouffée de tabac, but une gorgée de son cognac et murmura:

– Tu veux rire ou quoi? Me prends-tu pour la dernière venue, Germain? Vingt mille dollars et le reste à dépenser avec elle?

– Je suis en difficulté financière, Jeannette. Sois raisonnable…

– En difficulté? Elle te coûte si cher, ta vieille maîtresse?

– Écoute, je pourrais monter jusqu'à trente, mais je serais dans l'embarras.

– Ah, vraiment! Dans la gêne! Toi! Avec ta parenté fortunée, tes amis les banquiers, ta haute société! Non, écoute-moi bien, mon mari, écoute ce que je veux pour te rendre à elle! Je veux la maison, Germain! La maison au complet pour les filles et moi et, de plus, je veux en argent sonnant, cinquante mille dollars pour y vivre.

– Tu… tu es folle ou quoi? Me prends-tu pour un millionnaire, Jeannette? Je ne suis qu'un avocat! Un avocat en panne à cause de cette maudite guerre!

– Désolée, mais c'est à prendre ou à laisser, Germain! De là, un divorce à l'amiable comme tu dis. Entre nous deux et la loi, sans alerter qui que ce soit.

– Aucun juge ne t'octroyera ce montant, ma femme! Aucun juge n'acceptera qu'une femme ruine son mari!

– Une femme trompée, oui! Une mère de fille handicapée, oui! Alors, aussi bien cesser la discussion et en rester où nous en sommes. Demain, je retrouverai ma chaise longue sur le quai et toi, tu pourras retourner dans les bras de ta maîtresse pour te consoler.

– Nous n'en resterons pas là! Telle n'est pas mon intention! Je n'en peux plus de vivre à tes côtés, je suis déprimé, malade, Jeannette! Mon médecin ne répond de rien…

– Pauvre lui! C'est bien simple, tu n'as qu'à me répondre oui, toi, et tout sera réglé. Tu la veux ta liberté, Germain? Payes-en le prix!

Elle se leva, il la suivit après avoir réglé et, à bord de la voiture, il osa:

– Je n'ai pas dit mon dernier mot! Tu ne m'auras pas comme ça, Jeannette!

– Alors, c'est bien simple, garde ton dernier mot pour demain, mais moi, c'est là mon dernier prix!

Le lendemain, en rogne plus que jamais, Germain Nevers tournait en rond dans son bureau, tentant de remettre les morceaux du casse-tête de la veille en place. En sourdine, il pouvait entendre Luce mettre au point sur son violon un adagio de Mendelssohn, alors que, de sa fenêtre, il pouvait apercevoir sa femme sur le quai, un livre dans une main, un verre dans l'autre. Déjà! À dix heures du matin! L'alcool auquel elle s'était accoutumée depuis que son mari avait décidé de la tromper, selon ce qu'elle dirait au juge. Exaspéré, au bout de sa corde, il la regardait de sa fenêtre et avant de la haïr et de la traîner dans la boue, il avait décidé d'en finir, de lui accorder tout ce qu'elle lui demandait quitte à repartir à zéro s'il le fallait, pour ne plus l'avoir devant les yeux, et pour qu'elle n'entrave pas la dernière partie de sa vie qu'il voulait finir avec Odile. Descendant l'escalier rapidement, il l'interpella sur le quai en lui disant de rentrer, que le moment était arrivé. Puis, réunissant ses filles dans le salon, il leur annonça solennellement:

– Votre mère et moi, nous nous quittons, nous allons divorcer. Voilà de ce que nous avons discuté hier soir. Je vais sans doute sortir sans le sou de ce mariage, votre mère ayant décidé de me ruiner, mais je vais me sentir délivré, heureux…

– Avec une autre! riposta sèchement Jeannette. Pour ensuite ajouter: Parce que votre père me trompe avec Odile depuis sept ans et que c'est pour aller vivre avec cette garce qu'il me quitte. Ce que tu sais déjà, Camille! Pour ce qui est de toi, Luce, je te l'apprends!

– Non, je quitte votre mère parce qu'elle n'est plus ma femme depuis longtemps et qu'elle boit! Oui, elle est alcoolique, Luce! Elle boit du matin jusqu'au soir, elle dissimule son gin dans ses breuvages inoffensifs. Quelle brave mère, n'est-ce pas?

— Ça aussi, je le savais, papa, lui répondit Camille, et je la comprends de s'être jetée dans cette dépendance. Vous l'aviez épousée de force en sachant qu'elle ne vous aimait pas. Vous l'avez, jadis, ravie à celui qu'elle aimait. Et son père, que Dieu ait son âme, a préféré qu'elle épouse un avocat. Voilà le drame, papa!

— Je te défends de me parler sur ce ton, Camille, et de toujours te ranger du côté de ta mère! Elle a ses torts, elle n'est pas exempte de tout reproche, tu sais! Amour ou pas, elle était ma femme...

— Et elle vous a donné deux enfants, papa! Elle a fait son devoir!

Luce qui, bouche bée, n'avait encore rien dit, s'emporta farouchement:

— Et moi? On ne m'a rien divulgué? Pourquoi? Je suis l'aînée et, à ce que je vois, c'est la cadette qui a reçu vos confidences? Parce que je suis dans un fauteuil roulant? C'est ignoble, papa! Et de votre part aussi, maman! Et là, d'un seul coup de masse, j'apprends tout!

— Nous avons toujours voulu t'épargner des soucis, mon enfant..., eut la maladresse de lui répondre son père.

— Mon enfant? J'ai trente ans, papa! Je n'ai peut-être plus mes jambes, mais j'ai toute ma tête, vous savez! M'épargner... m'épargner alors que ma petite sœur, elle, du haut de ses vingt ans est au courant de tous vos différends depuis longtemps. Et vous, vous buvez, maman! C'est du joli! Quel couple abject...

— Luce, tais-toi! Je te défends de nous juger! Retire tes paroles! lui rétorqua sa mère. Ton père et moi avons décidé d'en finir et il en sera ainsi. Il devra me laisser la maison et une somme de cinquante mille dollars pour que nous puissions y vivre. Dès lors, il pourra partir et tenter d'être heureux avec l'autre. C'est notre décision, pas la vôtre, et il est temps que cesse cette comédie entre votre père et moi. Nous n'avons qu'une vie…

– Qui me coûte cher! trancha le père. Votre mère a été exigeante en dépit de mes problèmes financiers; je traverse de durs moments…

Et Luce qui adorait pourtant son père, en profita pour lui dire brutalement:

– Dans ce cas-là, vous n'avez qu'à rester, papa! Ce n'est pas elle qui vous force à vous en aller, c'est vous qui la quittez! Restez et vous n'aurez pas à faire face à des difficultés! Parce qu'une autre femme ne va rien arranger, au contraire! Et moi qui croyais suffire à votre bonheur… Mon violon et moi! Et dire qu'alors que, pour vous plaire, j'étudiais de nouveaux concertos, vous partiez vous réfugier chez cette… cette Odile! C'est bien son nom, n'est-ce pas? Vous êtes indigne, papa! Vous me décevez jusqu'au fond de l'âme!

– C'est ça! Bûchez sur moi! Écrasez-moi! Et votre mère, elle?

– Elle boit, vous l'avez dit! répondit Luce. Elle boit, elle a peut-être toujours bu, mais elle est restée sur le quai, elle! Et elle n'a jamais cherché à vous tromper, elle! Ah! si j'avais su…

– Si tu avais su… Et tu m'accuses d'être indigne, Luce? Toi qui as fait souffrir ce pauvre Jérôme à deux reprises, toi qui as fait qu'il a perdu un bras…

Folle de rage, Luce cria de tous ses poumons:

– Taisez-vous, papa! Vous êtes monstrueux! Jérôme ne m'en tient pas responsable, lui! Comment pouvez-vous m'accabler de la sorte… Qui êtes-vous donc pour me juger?

– Ton père, Luce! Si seulement tu l'avais épousé! Si… si seulement tu nous avais délivrés, ta mère et moi!

– Germain! Tu perds la tête ou quoi? lui rétorqua Jeannette, alors que Luce, humiliée, se sentant rejetée, de trop, se dirigeait en larmes vers sa chambre. Sa mère, l'arrêtant d'un bras ferme, lui dit:

– Écoute Luce, je bois peut-être, je ne suis pas heureuse ici, je ne t'ai jamais sentie près de moi, mais je n'ai jamais espéré être délivrée de toi par un mariage auquel tu ne tenais pas. Pas plus que Camille avec le fils d'un sénateur! L'amour, ça ne se commande pas, ça se ressent, ça se vit à travers ses tripes. Je le sais, j'ai déjà aimé passionnément. Une fois seulement, mais le cœur n'oublie jamais de tels moments. Et je suis certaine que ton père n'a pas employé ce verbe dans le sens où tu l'as pris, Luce. Du moins, pas volontairement. Il s'est emporté, il est à bout…

– Oui, je suis à bout, ta mère a raison et je n'ai pas dit cela dans le but de t'offenser, Luce. Tu sais combien je t'aime… Je suis sur la défensive, je me bats pour ma survie, mais ce sera bientôt fini, je vais partir, quitter, tenter de tout rebâtir, tu comprends?

Camille qui s'était tue depuis un bon moment, émue par les yeux embués de son père, lui demanda timidement:

– C'est vrai que vous allez être ruiné, papa? Il ne vous restera plus rien…

– Non, non, puis, quelle importance… Ne t'en fais pas, ma fille, je vais remonter la pente, la guerre est finie, la roue va repartir… Et ta mère, aussi exigeante soit-elle, je le sais, a pensé plus à vous qu'à elle dans sa requête. Maintenant, c'est vous qui devrez veiller sur elle, la sortir de son marasme et de sa dépendance…

– N'insiste pas, Germain, pars et laisse-moi seule avec mes filles. Tu verras qu'il est facile de se relever et de regarder de nouveau devant soi, la tête haute, quand on n'a personne pour nous la rabaisser.

Luce, en larmes, avait regagné le boudoir et Camille, mal à l'aise quoique soulagée du dénouement, prit sa mère par le bras et l'entraîna dehors pour qu'elle puisse respirer un peu d'air frais. Germain Nevers, resté seul, plus que perdant dans ce procès qu'on venait de lui faire et dont il avait mal assumé sa propre défense, rajusta sa cravate et se jura d'être gagnant dès qu'il serait avec Odile, sans responsabilités, à nu, à neuf, dans son appartement.

L'automne qui suivit fut difficile pour les Nevers. De plus en plus absent, préparant sa «terre nouvelle» avec l'autre, Germain ne venait que de temps en temps, sans même demander à Luce de lui jouer une *Berceuse* sur son violon. Comme si tout s'était éteint pour lui, depuis que Jeannette avait accepté de refermer sur eux le livre du passé. Il signa pour la maison, la lui donna avec tout son contenu sauf les meubles de son bureau, sa bibliothèque et sa musique classique. Le jour de son départ définitif, alors que tous ses effets étaient rendus chez sa grassouillette Odile, il fit ses adieux à Camille, plutôt un au revoir, l'assurant qu'il serait toujours là si, en cas de besoin… Puis, sans regarder sa femme, il voulut parler à Luce, la consoler, lui dire des mots tendres, mais cette dernière, réfugiée dans sa chambre, son lourd fauteuil appuyé contre la porte, lui avait crié entre ses sanglots: «Partez papa, ne me rendez pas ce moment plus insupportable! Partez et ne revenez pas!» Germain Nevers, attristé, déçu de ce refus de le voir une dernière fois, passa la porte avec sa mallette et quelques derniers effets et, prenant place à bord de sa voiture, monta la côte sans même se retourner, alors que, de sa fenêtre, Luce, en larmes, aurait souhaité qu'il lui jette un dernier regard, alors que sa main, tout doucement, s'agitait.

Décembre était arrivé et personne, à ce jour, ne s'était in-quiété de l'absence prolongée de Germain Nevers. Pas même mademoiselle Cardinal qui, de son œil inquisiteur, qui voyait même pour celui de verre, avait demandé à Camille alors qu'elle remontait la côte à pied:

– Ça vous dirait de venir avec moi, après les fêtes, voir *Les enfants du paradis,* le plus récent film de Marcel Carné?

– Heu… oui, peut-être. Nous en reparlerons, voulez-vous?

Dans les magazines, on voyait la première coccinelle de Volkswagen, la «drôle de voiture» comme l'avait appelée Camille, puis on pouvait lire que le *White Christmas* de Bing Crosby, s'était vendu à un million de copies depuis sa sortie. Puis, rien d'autre, alors que Jeannette Nevers disait à Camille:

– Il faudrait bien que tu apprennes à conduire, ma fille. Il nous faut une voiture. Prends des cours au plus vite, Camille, et je l'achèterai.

Ce que la jeune fille se promit de faire après les festivités. Et Noël arriva, plus triste que joyeux, malgré la paix retrou-vée dans le monde. Germain Nevers n'avait pas donné signe de vie depuis son départ et Luce fut navrée, chagrinée, bles-sée de ne pas recevoir ses vœux au bout du fil ou dans une carte. Et, comble de malheur, comme si la vie voulait la punir davantage, elle sentit un autre dard lui transpercer le cœur lorsqu'elle apprit de la bouche de sa mère que Jérôme Ruest s'était fiancé à la messe de minuit avec une infirmière diplô-mée de Sainte-Agathe. Seule, abandonnée par son père, oubliée de celui qu'elle avait rejeté deux fois, alors que ses sentiments lui commandaient pourtant… Perdante, délaissée, abattue et consternée dans sa chaise roulante grinçante, elle demanda ce soir-là, dans son désarroi, au bon Dieu de venir la chercher.

Chapitre 4

Au printemps de 1946, alors que Jeannette Nevers avait pris les rênes de la maison, Camille, de son côté, avait suivi des cours de conduite, obtenu son permis, et sa mère avait fait l'acquisition d'une Ford de l'année qui devint la voiture familiale. Camille en était à sa dernière saison d'études et, en juin qui venait, elle allait obtenir son diplôme d'institutrice tout comme Marthe qui en avait assez de se partager entre ses cours et ses emplois de fins de semaine. Elle allait enfin pouvoir vivre de sa «vocation», disait-elle à Camille qui, elle, ne semblait pas si entichée d'être au service des enfants avec lesquels, elle le sentait, elle n'aurait guère de patience. Ce qui, selon mademoiselle Cardinal, était la vertu première d'une enseignante. Luce, hostile à sa mère et sa sœur depuis le départ de son père, leur menait la vie dure avec ses caprices et son vilain caractère. Mais, à force d'être ignorée de l'une comme de l'autre, de parler dans le vide bien souvent, de gesticuler sans qu'on la regarde, elle finit tant bien que mal par reprendre son violon et calmer ses rages sur une sonate de Gluck, ou *La sonate du printemps* de Beethoven.

Ces pures, ces merveilleuses interprétations de ses mains de musicienne accomplie, n'en finissaient plus de faire le ravissement de mademoiselle Cardinal qui, du haut de la côte, soupirait de chagrin de ne pouvoir assister à un concert privé de celle qu'elle avait aperçue une fois à peine, alors que son père l'installait dans la voiture pour une visite chez le médecin. Dans une ultime tentative, elle avait dit à Camille:

– Vous êtes certaine que votre sœur refuserait encore de me recevoir pour un petit récital intime? Ce serait une si grande joie pour moi!

– Je peux toujours essayer, mais je ne vous promets rien, Mademoiselle. Ma sœur se montre toujours aussi distante avec les étrangers…

– Mais, si vous lui disiez, Camille, que je ne suis qu'une voisine esseulée qui adore la musique classique? Je l'ai entendue jouer un adagio de Sibelius l'autre jour. Quel délice pour l'oreille et pour le cœur!

Camille avait usé de savoir-faire pour intéresser sa sœur à la visite de la vieille institutrice. Juste au cas où, avec le temps, ayant l'amour de la musique en commun, elles ne deviendraient pas amies. De prime abord, avant même d'écouter Camille jusqu'à la fin, elle avait répondu:

– Non! Je ne veux pas de cette vieille taupe chez moi! Avec son œil de vitre en plus… Il y a assez de moi, d'infirme ici!

– Luce! Pour l'amour du ciel! Écoute-moi jusqu'à la fin, au moins!

Et Camille de lui dire que mademoiselle Cardinal, avec un œil en moins, n'en avait pas moins ses deux oreilles pour apprécier sa dive musique. Elle lui répéta, avec éloquence, ce que la vieille demoiselle avait dit de son interprétation d'un adagio de Sibelius et, il fallait s'y attendre, Luce en fut flattée.

Camille, changeant de ton, doucereuse à souhait, lui narra la condition de la pauvre institutrice, sa solitude, ses bonnes manières, son dévouement pour les enfants, sa tristesse d'être seule entre ses murs, incomprise, sans famille, et son grand amour... de la musique classique! Luce était à deux mots près d'être convaincue de la recevoir, et ce qui la stimula davantage, c'est lorsque Camille lui raconta que la vieille demoiselle avait refusé d'épouser Honoré, le cordonnier, pour lui éviter d'aller à la guerre. Un fait que Luce avait oublié et dont elle se souvint; c'était cet idiot qui s'était tiré une balle dans le pied. Mais elle avait complètement passé outre au fait que c'était la vieille fille qui l'avait rejeté. Donc, la demoiselle était aussi coupable du pied déchiqueté du cordonnier, qu'elle pouvait l'être du bras amputé de Jérôme. Et c'est cette «culpabilité» quelle ressentait encore, qui lui fit accepter de recevoir mademoiselle Cardinal un certain soir. Pour voir si elle avait, gravé en plein cœur, le blâme du geste d'Honoré. Beaucoup plus que pour son amour de la musique.

Enchantée, sautant presque de joie, mademoiselle Cardinal, se préparant à se rendre chez les Nevers sur l'invitation de Luce, avait acheté quelques fleurs pour la mère, et un joli mouchoir de dentelle pour la violoniste. Madame Nevers la reçut cordialement, la remercia pour le bouquet et, lorsque l'institutrice, sans chercher à se montrer indiscrète, lui demanda:

– Monsieur Nevers va bien? Je ne le vois plus depuis un certain temps...

Jeannette, sans détourner la tête, lui répondit:

– Il est en voyage. En Europe! Mon mari s'occupe d'une cause importante reliant la France et le Canada.

Mensonge plus qu'habile, puisqu'avec une «telle cause», la vieille fille n'allait certes pas s'inquiéter de ne pas le voir dans les parages pour un sacré bout de temps. Au son des roues du fauteuil dans le salon, mademoiselle Cardinal, émue, avait jeté un regard de côté pour ensuite s'exclamer:

– Mademoiselle Nevers! Quelle gentillesse de votre part de m'avoir invitée! Je rêve de votre musique depuis les tout premiers jours où j'espérais ce moment avec... Vous voyez? Je suis toute mêlée! Je suis timide, vous savez, et vous avoir en face de moi, vous la grande artiste, me gêne comme ce n'est pas possible. Tenez, acceptez ce modeste présent en retour du merveilleux concert auquel je vais assister.

Luce, embarrassée, lui avait répondu:

– Il ne faudrait pas exagérer, je ne suis pas une grande artiste, je ne suis que l'amie de mon instrument.

Cela étant dit, elle invita la voisine à pénétrer dans le boudoir et à prendre place sur un moelleux divan près d'une fenêtre à rideaux opaques. Elle examina mademoiselle Cardinal des pieds à la tête et, intérieurement se dit: «Quelque chose chez elle me déplaît.» Déjà, sans même avoir causé avec elle, Luce l'avait jugée. Négativement, évidemment! «Comme de coutume», aurait ajouté Camille, puisque sa sœur s'était fait une loi de n'aimer personne depuis... sa maladie! Mademoiselle Cardinal, de son côté, trouva Luce fort jolie et distinguée avec son chignon tressé, sa blouse de soie noire, son châle beige sur les épaules, une courtepointe sur les genoux. Avec ce premier pas chez les Nevers, l'institutrice croyait que, désormais, leur demeure lui serait acquise. Elle se voyait chaque soir ou presque, discutant de Mozart ou Chopin avec Luce, après un récital privilégié, bien entendu. Luce, ne voulant rien savoir de la vieille demoiselle, ne lui posa pas la moindre question sur elle, pas même sur le pied d'Honoré afin de se «déculpabiliser». C'eut été en faire sa complice, ce qu'elle ne voulait plus depuis qu'elle l'avait aperçue. Pressée d'en finir, de voir la «vieille taupe» partir, elle lui demanda avec un semblant de sourire:

— Qu'aimeriez-vous entendre pour débuter, Mademoiselle?

— Oh! Ce que vous voulez! Je n'ai pas de préférence…

— Nous avons tous des préférences! trancha Luce d'un ton acerbe. Alors, comme le récital sera de courte durée, je vous prierais de suggérer.

— Alors, puisque vous insistez, j'aimerais beaucoup entendre ce que vous avez interprété de Gluck hier, puis le *Clair de lune* de Debussy qui me chavire. Et si ce n'est pas trop vous demander, j'adore aussi *Une petite musique de nuit* de Mozart qui m'est parvenue jusqu'en haut maintes fois.

Luce l'interrompit brusquement pour lui dire:

— Va pour Gluck et Debussy, mais ne comptez pas sur la sérénade de Mozart, je ne la joue plus depuis longtemps.

— Pourtant… Comme je suis désolée, vous l'interprétiez de façon divine, Luce. Oh! excusez-moi… Mais, au fait, vous permettez que j'utilise votre prénom?

La musicienne ne répondit pas à la question, ce qui signifiait clairement qu'elle ne désirait aucune familiarité avec cette voisine de passage.

— Je vais jouer Gluck et, ensuite, j'irai au gré de mes émotions, Mademoiselle Cardinal. C'est la meilleure façon pour moi de maîtriser l'archet.

— Faites donc! Surprenez-moi! Je ne demande qu'à être conquise!

Luce entama *Mélodie* de Gluck, ce qui força la vieille fille à se taire et à tremper ses lèvres dans la tasse de thé que madame Nevers lui avait offerte. Subjuguée, enfoncée dans le moelleux divan, l'institutrice savourait chaque note et chaque mimique de l'artiste. Enfin, elle l'avait devant elle cet ange du ciel, qui honorait des cordes de son violon, tous les regrettés maîtres de la grande musique. Luce, sans s'arrêter, interpréta le *Clair de lune* réclamé, l'*Ave Maria* de Schubert, *Sérénade* de Tosselli, *Méditation* de Massenet et *Salut d'amour* de Elgar. Sans interruption! Puis, elle s'arrêta net et lui dit poliment:

— Voilà pour le récital, Mademoiselle Cardinal. J'ai déposé l'archet.

— C'est déjà terminé? soupira la vieille fille. J'étais accrochée à vos cordes… Pas le moindre rappel? Vous êtes si merveilleuse!

— Je suis lasse, fatiguée, j'ai assez joué. Et, si vous partiez maintenant, j'aurais tout à loisir de me reposer. Ma journée a été épuisante…

Pas bête pour autant, l'institutrice avait compris que Luce lui indiquait gentiment la porte. Sans même lui dire qu'elle serait ravie de la revoir, qu'elle l'inviterait pour un autre récital. Non, elle s'en dégageait tout bonnement, poliment, sans même lui avoir joué la moindre petite sonate de Chopin, que «mademoiselle» lui avait dit affectionner. Conquise et désappointée à la fois, l'institutrice avala sa dernière gorgée de thé devenu froid et, remerciant Luce de tout son cœur, elle lui demanda avant de franchir la porte du boudoir:

— Vous êtes certaine de ne pas être capable de jouer en public, Mademoiselle Nevers? L'école organise une soirée au bénéfice des enfants sourds-muets et votre participation…

— Non, désolée, je ne sors jamais! Ne comptez pas sur moi! Et si je ne m'abuse, je crois que Camille vous a déjà fait part de mon refus.

— Oui, mais ce n'était pas pour la même chose, cette fois, c'est pour une bonne cause. Mais je n'insiste pas…

— Alors, bonne fin de soirée, Mademoiselle Cardinal, ma mère va vous raccompagner.

– J'ai été enchantée, vous savez. Est-ce que…

Stupéfaite, l'institutrice remarqua que Luce avait quitté la pièce, à son insu, par un autre couloir, et qu'elle n'était plus en vue. Amèrement déçue, elle le fut encore plus lorsque Jeannette Nevers la reconduisit jusqu'à la porte avec ces mots:

– Soyez prudente en remontant la côte, regardez où vous marchez, vous…

– Ne craignez rien, je vois clair, Madame Nevers.

Puis, faisant fi de la remarque quasi désobligeante, elle lui demanda d'un ton mielleux:

– Croyez-vous qu'il me sera possible de revenir l'entendre jouer?

Jeannette Nevers, sans même la regarder, lui répondit sans détour:

– Vous a-t-elle réinvitée, Mademoiselle Cardinal?

Outrée, mal à l'aise et chagrinée, l'institutrice venait de comprendre qu'elle ne descendrait plus la côte. Elle s'éloigna un tantinet amère quoique ravie par le concert et n'entendit pas Luce qui, plus bas, disait à sa mère:

– Elle a même eu l'audace de me demander d'aller jouer pour la soirée au profit des enfants sourds-muets! Parce que je suis handicapée, je suppose?

Camille fut désolée d'apprendre que Luce s'était vite «débarrassée» de la vieille enseignante, qu'elle avait trouvée affectée. Luce Nevers, sa jeune sœur ne le savait que trop, ne parviendrait jamais à aimer un homme, pas plus qu'à se lier d'amitié avec une femme. En rogne contre son invalidité depuis quinze ans, en colère contre son père qui l'avait désertée, elle était devenue plus aigrie que jamais. Sa mère, maîtresse des lieux depuis que Germain lui avait laissé la propriété, avait chambardé les meubles et changé le décor. De plus en plus dans la maison qu'elle modifiait à son image, on la voyait de moins en moins sur le quai avec un verre à la main. Non pas qu'elle avait cessé de boire depuis le départ de son mari, sa dépendance étant ancrée au plus profond d'elle-même, mais elle buvait moins et ne diluait plus son gin dans son *ginger ale*. Elle le prenait maintenant sur glace et ne se terrait pas pour se le verser, quand la soif la tenaillait. Devant Luce comme devant Camille auxquelles elle avait dit après le départ de leur père: «Dorénavant, je ne vous cacherai rien. Mes vices comme mes vertus, mes torts comme mes bons côtés. Vous allez me prendre comme je suis, mais rassurez-vous, vous n'aurez jamais à rougir de moi.»

Luce, altière, sans cesse à l'affût d'une altercation, avait répondu à sa mère d'un ton hautain:

– N'empêche que vous n'aurez jamais la classe de papa, maman!

Rouge de colère, se retenant pour ne pas la gifler malgré son état, elle répliqua par une tirade qui fit encore plus mal à sa fille:

– Sans doute, parce qu'avec sa classe, Luce, j'aurais été incapable de te torcher durant toutes ces années!

Et comme le verbe avait été employé au sens propre et non au figuré, la pauvre handicapée n'eut d'autre choix que de se taire, et d'aller pleurer sa misère dans sa chambre. Mais elle l'avait cherché! On n'insultait pas Jeannette Nevers à tort et à travers, sans écoper d'une répartie cinglante.

Camille, montant la côte avec la voiture, dut s'arrêter devant les signes désespérés de mademoiselle Cardinal. L'institutrice, heureuse de la revoir, commença par lui parler du «beau concert» dont elle avait eu le privilège, du bel accueil de sa mère, de l'amabilité de sa sœur Luce. De la diplomatie, quoi! Car Camille savait très bien que la demoiselle avait été reçue et renvoyée assez cavalièrement de la demeure du bas de la côte. Mais, faisant mine d'ignorer le dénouement, elle dit à la voisine:

– Je suis contente que Luce ait joué pour vous seule, Mademoiselle. C'est quelque chose qu'elle ne fait pas habituellement.

– Alors, pour qui joue-t-elle puisqu'elle ne le fait pas en public?

– Pour elle seule, Mademoiselle Cardinal. Que pour elle… égoïstement!

– Je ne sais trop si c'est là le terme qu'il faut employer, Camille, mais chose certaine, votre sœur n'est pas trop généreuse de son temps et de son talent, et peu encline à venir en aide aux bonnes causes.

– Que voulez-vous dire?

– Bien, j'ai tenté de l'amener à se produire pour la soirée au profit des enfants sourds-muets. J'ai plaidé la grandeur d'âme, le bien qu'elle en retirerait, mais elle a refusé catégoriquement. Et je crois que c'est là que la relation s'est gâtée entre nous. Elle a disparu comme par enchantement.

– La connaissant, le moment était sans doute mal choisi. Une première rencontre…

– Oui, je sais, j'ai été maladroite, j'aurais dû attendre, rien ne pressait, mais que voulez-vous, j'étais encore sous le charme de son violon. Et je vous le jure, Camille, votre sœur est une grande artiste qui s'ignore.

– Hélas, nous n'y pouvons rien, Mademoiselle Cardinal. Et là, je dois me sauver, poursuivre ma route, j'ai des provisions à prendre chez les Ruest.

– Oh! Attendez juste une minute de plus, Camille! J'avais peur de ne pas vous revoir, de ne pouvoir vous en parler…

– Allez-y, je vous écoute. Que puis-je faire?

– Vous savez, la soirée paroissiale dont je parle, à défaut de Luce, accepteriez-vous d'y exposer quelques-unes de vos toiles et de les vendre?

– Mes toiles? Mes oiseaux, vous voulez dire! Mais elles ne valent rien, ces toiles, et je n'ai jamais songé à les vendre.

– Que deux ou trois, Camille, que nous pourrons exposer avec celles des deux autres artistes-peintres, une dame de Papineauville qui a déjà habité par ici et un peintre, un Français d'origine, installé à Mont-Laurier, qui ont accepté d'exposer quelques tableaux pour le bien-être des enfants sourds-muets. Il n'y a que les profits qui iront à l'œuvre de charité, le reste vous reviendra, Camille, afin de compenser pour la toile, les huiles, le temps…

– Mais vous ne vendrez aucune de mes toiles, Mademoiselle Cardinal! Je ne suis pas une artiste comme ceux dont vous parlez!

– Permettez-moi de les exposer, Camille. Seulement celles que vous choisirez. Et si nous ne trouvons pas preneurs, vous pourrez les récupérer. Mais vous aurez au moins fait votre part pour nous venir en aide. Je vous en prie, ne me refusez pas cette joie.

Camille, peu intéressée, fut néanmoins incapable de lui refuser son apport. Pas après le coup que la pauvre femme avait encaissé de sa sœur et même de sa mère. Elle accepta donc et promit de lui remettre trois tableaux dans les jours qui suivraient, puisque la soirée tant attendue des paroissiens devait avoir lieu en juin, quelques jours avant la fin des classes. De retour chez elle, après sa course chez les Ruest, elle avisa sa sœur et sa mère de son implication dans cette œuvre de bienfaisance et Luce, toujours aussi vilaine, lui avait dit en riant:

– Elle t'a eue, la vieille fille! À défaut de la musique, la peinture, n'importe quoi!

– Non, elle ne m'a pas eue comme tu le dis, Luce. J'ai accepté d'emblée, parce que tous les profits iront à ces pauvres enfants atteints de surdité. On ne peut rester insensible à un tel appel.

– Non, mais insensible à moi, par exemple! Tu t'en fous de mon état!

– Non, Luce, mais je m'y suis habituée, tu es dans ce fauteuil depuis quinze ans. Et tu n'es plus une enfant, toi, quoique…

– C'est-à-dire?

– Que les enfants sourds-muets sont sans doute plus adultes que tu peux l'être face à leur état! Je ne suis pas insensible à toi pour autant, Luce, mais je suis devenue indifférente! Indifférente parce que j'entends la même complainte depuis quinze ans, et que la femme que tu es devenue est aussi vile et orgueilleuse que l'adolescente que tu étais. Vois! À trente ans, Luce, tu es encore incapable de te présenter devant ta petite sœur, sans un châle sur les genoux! Pire, même pas devant ta mère qui, pourtant, te donne ton bain chaque soir!

– Arrête ou je ne réponds de rien, Camille!

– Fais juste un examen de conscience, Luce, laisse ta petite personne et le violon de côté pour un moment et rends-toi jusqu'au fond de ton âme. Et si tu n'y trouves rien de bon, demande à la Sainte Vierge et au bon Dieu de te pardonner. Car il est impossible qu'une fille devenue femme, handicapée ou pas, ne trouve pas dans son cœur, un goût de vivre, une part de bonheur.

Luce, saisie, au bord des larmes, se retenant pour ne pas friser l'hystérie, cria à Camille:

– Va-t-en! Sors d'ici!

Puis, calmement, en s'essuyant les yeux du mouchoir de dentelle de la vieille demoiselle, elle ajouta:

145

– Laisse-moi! Tu ne comprends pas… Tu ne comprendras jamais, Camille.

La cadette sortit, laissant sa sœur en plein désarroi et sans en éprouver le moindre remords. Il était temps que Luce admette ses torts ou, du moins, qu'elle les… avale! Madame Nevers qui avait assisté discrètement à la scène entre ses deux filles sans intervenir, dit à Camille lorsque cette dernière revint à la cuisine:

– Tu ne penses pas être allée un peu loin, ma petite fille?

– Non, maman, et justement, je ne suis plus une petite fille. De plus, pardonnez-moi d'avoir à vous rappeler aussi à l'ordre malgré l'amour que je vous porte, mais on ne met pas cavalièrement une demoiselle Cardinal à la porte! C'est une institutrice, maman! Une femme de votre génération! Il n'est pas dans vos habitudes d'être sans éducation avec une femme de son rang. Et ce n'est pas parce que Luce manque de savoir-vivre qu'il vous est permis d'en faire autant!

– Camille! Mais c'est là un reproche, si je ne m'abuse? Depuis quand oses-tu?

– Je n'ose pas, maman, je vous en fais part! Ne croyez-vous pas qu'une seule personne mal éduquée et sans manières, c'est suffisant chez les Nevers?

Juin arriva avec ses jours ensoleillés et chauds. Camille avait remis les trois tableaux à mademoiselle Cardinal. Le premier représentait des goélands au-dessus d'un océan, le second illustrait des moineaux qui se chamaillaient pour un ver de terre et le troisième, une hirondelle perchée offrant son chant à une tortue dormant sous sa carapace. Mademoiselle Cardinal avait été enchantée et lui avait dit en regardant le second tableau: «Si les enchères ne montent pas trop, je vais l'acheter pour mon vestibule, celui-là. Il serait à sa place à côté de mon hibou empaillé que j'ai depuis des années. Il appartenait à mon défunt père.»

Camille attendait avec anxiété la soirée où, en plus d'un spectacle, ses tableaux seraient vendus aux enchères. Pour la partie musicale, à défaut de Luce, on avait eu recours à un enfant de la place, un garçon de onze ou douze ans qui jouait du piano à merveille. De plus, une très jolie jeune fille d'environ quinze ou seize ans viendrait se joindre au jeune prodige du clavier afin d'interpréter, de sa voix pure et claire, des chansons ou des extraits d'opérettes. Mais avant le jour tant attendu par les paroissiens, Camille terminait le dernier trimestre qui allait faire d'elle, dès septembre prochain, une maîtresse d'école diplômée. Le temps vint où elle affronta les derniers examens et obtint son certificat avec des notes plus élevées que celles de Marthe qui, de justesse, recevait également son brevet d'enseignante. Les deux amies avaient fêté l'événement; elles se promettaient même de s'appeler souvent, de se rencontrer, de ne jamais se quitter, bref, de ne jamais se perdre de vue. Marthe avait déjà un poste en vue dans une école du quartier Villeray. Au primaire, bien entendu. Une deuxième année de petites filles qui connaissaient déjà leur ABC, ce qui lui rendrait la tâche plus facile. Camille, de son côté, ne cherchait pas et n'inscrivait même pas son nom sur les listes à leur disposition. Mademoiselle Cardinal, ayant eu vent du diplôme de sa jeune voisine, lui annonça avec engouement un certain soir:

– Imaginez! Le destin vous sert bien, Camille! Il y aura un poste de libre dès septembre dans la première année des garçons! Ici même! L'institutrice en place vient d'apprendre qu'elle attend un troisième enfant. Si vous la voulez, sa classe est à vous! Je suis amie avec la directrice, je plaiderai en votre faveur!

Mais à sa grande surprise, mademoiselle Cardinal l'entendit répondre:

— N'en faites rien, je ne sais pas, je ne suis pas prête. Je veux prendre mon temps, enseigner l'an prochain seulement, réfléchir. Je suis indécise…

— Indécise? Après toutes ces études, Camille? Avez-vous la vocation ou non? Il y a des enfants qui attendent, qui ont besoin de gens comme vous pour les instruire.

— Oui, je sais et ce ne sont pas les professeurs qui manquent, vous savez.

— Peut-être, mais vous risquez de laisser passer votre chance, Camille. Le premier emploi est toujours le plus difficile à obtenir. Je sais de quoi je parle, j'ai eu votre âge et, autrefois, il m'a fallu aller enseigner dans une école du rang en Abitibi! Là, je vous offre un emploi sur un plateau d'argent! Il est vrai que vous avez les moyens de prendre votre temps, de mûrir votre décision, ce qui n'était pas mon cas, mais tout de même!

— Voilà, Mademoiselle Cardinal! Oui, j'ai les moyens, ma mère ne me presse pas, et qui sait si c'est vraiment ici que je désire enseigner?

— Et votre père, lui? Fier de sa fille, il doit être plus qu'impatient de vous voir prendre votre place, non? Au fait… son voyage se prolonge, on dirait. Est-il rendu aussi loin qu'en Russie avec sa cause internationale?

— Pas loin, en effet, il se déplace constamment, ses lettres nous parviennent de tous les continents. Et contrairement à ce que vous croyez, mon père me suggère de prendre mon temps, de me reposer, de me remettre de toutes ces années d'études.

— Dites donc! Vous êtes passablement gâtée, vous! Ce n'est pas à moi qu'une telle chose serait arrivée jadis. Faut dire que sans le sou…

– Oui, je sais, je suis privilégiée, choyée à outrance, mais si nous mettions ma «vocation» de côté pour le moment. Vous êtes prête, vous et vos collègues pour la soirée-bénéfice du 29 juin qui vient?

– Oui, personne ne s'est décommandé et ce sera un grand succès. Et les deux autres artistes-peintres ont hâte de faire votre connaissance, Camille. Vous allez être à leur table où les rafraîchissements seront gratuits dans votre cas. Et vous y serez à l'aise… Entre artistes, vous savez!

Entre-temps, Germain Nevers, installé avec Odile dans l'appartement de cette dernière, cumulait les procès criminels dont il défendait les auteurs. Bref, sa carrière avait repris de plus belle et il se targuait à sa bien-aimée de rembourser toutes ses dettes d'ici un an, même les milliers de dollars qu'il avait dû emprunter d'une banque avec l'endossement d'un ami juge, pour régler Jeannette et s'en défaire à tout jamais. Néanmoins, ses filles lui manquaient, Luce en particulier qui l'avait regardé partir, hébétée, les larmes aux yeux. Comme si c'était elle et non sa mère qu'il avait trompée avec Odile. Gardant ses distances un certain temps, souhaitant se faire oublier, c'était lui qui ne parvenait pas à oublier ses filles, sa maison du bord de l'eau, son oasis de paix à L'Abord-à-Plouffe, ainsi que son bureau dans lequel il aimait se retirer pour lire Camus ou écouter des arias d'opéras, lorsque Luce rangeait son violon. Malgré l'amour d'Odile, en dépit de sa tendresse, de ses petits soins et de ses nuits romantiques avec elle, Germain Nevers était nostalgique. Déjà! Des vagues de la rivière, de la quiétude des lieux qu'il avait quittés, de Luce, de Camille, et même de Jeannette qui, saoule sur le quai, indifférente, une étrangère ou presque, ne le dérangeait pas comme pouvait le faire Odile avec ses caresses, ses délicatesses, ses attentions constantes et... sa présence! Il l'aimait, bien sûr, mais pas autant qu'il l'aurait cru. Sans s'en rendre compte, Germain Nevers s'était habitué à s'appartenir au fil de toutes ces années. Libre comme l'air, il allait où bon lui semblait du temps de Jeannette. Il se réfugiait même, avec la bénédiction de sa femme, chez sa maîtresse les fins de semaine. Deux jours seulement! Chaque fois! Ce qui n'était plus le cas depuis qu'il partageait sa vie avec elle. Parce que, de maîtresse d'hier, elle était presque devenue «sa femme» depuis son arrivée chez elle. Envahissante au possible, lui demandant sans cesse où il allait, d'où il venait, elle avait fini par faire perdre patience à l'avocat qui lui scanda qu'il n'avait pas été accoutumé à rendre des comptes. Une comparaison qui blessa vivement Odile, sentant qu'il voulait dire qu'il n'avait jamais eu de comptes à rendre à... Jeannette! Elle qui, patiemment, avec amour et dévotion, en toute fidélité, avait attendu presque sept ans pour qu'il soit enfin à elle. Ce qui ne semblait guère se dessiner car, malgré ses revendications, son dévouement et l'amour qu'elle lui vouait, Germain Nevers, libre de son ex-femme, refusait de faire d'Odile... la prochaine!

Par un matin ensoleillé, juste avant l'heure du dîner, croyant sans doute que Camille était chez Marthe, il avait téléphoné et c'était la cadette qui avait répondu. Stupéfait, ne sachant que lui dire, il lui lança, sans même prendre de ses nouvelles:

– C'est moi, ton père, Camille. Luce est là?

– Oui, en train de terminer sa toilette. Je vous la passe, papa.

Camille n'avait pas cru bon de s'informer de lui, de sa santé. Une réciprocité qui allait de soi dans une telle situation. Luce, apprenant que son père désirait lui parler, laissa tomber sa brosse à cheveux, pour ensuite rouler son fauteuil jusqu'au boudoir et crier à Camille:

– Sors! Je veux être seule! Ne reste pas là!

Cela fait, elle poussa la porte qui se referma d'un coup sec et répondit mielleusement:

– Papa? C'est vous? Quelle belle surprise! Si vous saviez comme je pense à vous souvent…

– Moi aussi, Luce. Ta présence me manque, ta musique aussi. Je me sens bien seul sans toi. Tu as toujours été mon rayon de soleil, tu sais.

À ces mots, il crut percevoir dans la voix de sa fille des sanglots lorsqu'elle lui répliqua:

– Alors, pourquoi êtes-vous parti? C'est vous et moi que la vie a séparés, papa!

– Oui, je sais, je m'en rends compte… Tu n'es pas trop malheureuse, dis?

– Quelle question! Bien sûr que je le suis, papa! Plus que jamais! Comment pourrais-je être heureuse avec une mère qui me parle à peine, qui s'occupe de moi, bien sûr, mais qui me laisse ensuite avec mes sombres pensées? Et que dire de Camille, papa, qui a maintenant terminé ses études…

– Elle a reçu son certificat! Quelle joie! Elle est encore là? J'aimerais…

– Non, elle vient de partir, mentit-elle, et c'est de moi que nous parlions papa, pas d'elle. Et j'allais vous dire qu'elle se tenait loin de moi. Jamais un mot sur ma musique… Elle ne me parle même plus d'Errol Flynn!

– Avoue que tu l'as un peu cherché, Luce. Avec ta sœur, surtout. Tu ne voulais rien entendre de ses films, de ses sorties, de son amie Marthe. Quant à ta mère, tu as toujours été loin d'elle et là, je parierais que tu n'as encore rien fait pour t'en rapprocher.

– Bien sûr que non! Elle lit ses romans stupides, elle écoute ses programmes sans intérêt, elle fume et elle boit, papa! Et vous souhaitiez me voir me rapprocher d'elle? Il n'y a que vous…

— Ne sois pas trop dure avec ta mère, Luce. Je sais que vous n'avez rien en commun l'une et l'autre, que tu es plus à l'aise avec moi, mais c'est quand même elle qui a pris soin de toi depuis ton invalidité. Pense à son dévouement, à ses efforts quotidiens pour te garder altière dans ce fauteuil qui avait failli t'enlever tout amour-propre. Pense à tous les sacrifices qu'elle s'est imposés pour…

— Oui, je sais tout ça, n'allez pas plus loin, papa, mais c'était là son devoir de mère. Toute mère digne de ce nom aurait fait la même chose, papa. Mais entre le dévouement et l'affection, il y a une marge!

— Elle a maintes fois tenté de te prouver son amour, Luce, c'est toi qui l'as toujours repoussée. Voilà pourquoi elle a jeté son dévolu sur ta sœur quand elle est née.

— Voilà que vous la défendez, maintenant? Il n'y a pas si longtemps, vous la méprisiez de tout votre être, papa! C'est vous qui m'avez appris avec rage qu'elle était alcoolique, qu'elle buvait seule sur le quai!

— Oui, et je ne retire rien de ce que j'ai dit, Luce, mais ce n'était pas du mépris, c'était une façon d'avoir gain de cause sur elle que, finalement, je n'ai pas eu. Parce que ta mère a du cran, tu sais!

— Bon, assez parlé d'elle, papa! Quand allez-vous venir me voir?

— Te voir? Voilà qui serait difficile… Je suis sorti de cette maison, tu sais.

— Alors, quand allez-vous passer me prendre? Comme vous le faisiez lorsque nous allions chez le médecin? Vous savez, papa, un petit souper en tête-à-tête…

– Luce! Tu n'as jamais voulu sortir de la maison ni voir de monde!

– Avec vous, je le ferais, papa. Avec vous, j'irais n'importe où, même en voyage. Et j'ai appris qu'il y avait de plus en plus de services adaptés.

– Peut-être, mais le temps me fait défaut, j'ai des procès à perte de vue.

– Papa, ne vous désistez pas… Je suis prête à faire fi de ma fierté, à sortir en public dans ma chaise dans le seul but d'être avec vous. Ne me refusez pas cette joie, papa. Ne me laissez pas moisir dans cette maison dont les murs réclament encore votre présence. Même mon violon se meurt…

– Luce, voyons… ne deviens pas mélodramatique comme les actrices des feuilletons de ta mère. Sois forte, garde la tête haute. Tu es la plus Nevers des Nevers, tu sais. Je viendrai, n'en doute pas, et comme tu exprimes le désir de souper quelque part en ville, nous allons tout organiser, trouver un bon endroit, Odile et moi.

– Non! Pas elle! Que vous et moi, papa! Je ne veux pas d'une étrangère dans notre échange! Qu'elle vous laisse à moi seule pour un soir!

Consterné, Germain Nevers avait promis, puis raccroché. Il regrettait presque d'avoir téléphoné à Luce pour s'enquérir de son état, de son bien-être. Il se rendait compte que, quoi qu'il fasse, sa fille aînée serait toujours derrière lui à l'absoudre de tout. Et ça l'inquiétait… Ça lui faisait même peur!

Quelques jours plus tard, se remémorant que Camille avait été diplômée, Germain Nevers s'en montra soudainement ravi. Non pas pour elle et ses efforts, mais pour se vanter à ses confrères d'avoir une fille institutrice dans la famille. Mais, comment avait-il pu ne pas s'en informer alors qu'il l'avait au bout du fil avant de parler à Luce? Penaud, honteux, il s'en mordait les pouces. Et pour ne pas être en reste avec elle, il lui fit parvenir des roses de toutes les couleurs avec un petit carton sur lequel on pouvait lire: «Félicitations, Camille. Je savais que tu réussirais. Que l'avenir te comble. Papa.» Madame Nevers avait disposé les fleurs dans un vase de cristal, la carte en vue, et avait dit à Camille: «Au moins, il a pensé à toi!» Luce qui, de son fauteuil, avait vu les roses éblouir le cristal du vase, s'était approchée dès que sa mère fut sortie, pour lire le mot sur la carte. Voyant que son père semblait fier de sa cadette, qu'il la félicitait, elle en éprouva une jalousie indescriptible. Et c'est sans doute pour le punir d'avoir fait ce geste, qu'elle se jura, ce jour-là, de se l'approprier, de le distancer de Camille et de l'éloigner à tout jamais d'Odile. Et ce, par tous les moyens honorables ou pas. Ne lui avait-il pas dit quelques jours plus tôt, qu'elle était «la plus Nevers des Nevers»? Il ne perdait rien pour attendre! Il allait voir de ses yeux noirs, que son aînée, sans diplôme, sans avenir pour le combler, allait le traîner à ses pieds. Par envie, par jalousie, par méchanceté et... par vengeance de l'avoir fuie.

La soirée tant attendue des paroissiens arriva et Camille, joliment vêtue d'une robe de mousseline bleu pâle avec un petit pan de dentelle marine à la taille et aux poignets, était fort élégante. Ses cheveux remontés pour former un chignon, étaient retenus par un peigne de fantaisie chinois. Elle avait appliqué sur ses paupières une ombre bleue et, sur ses lèvres, un tantinet de rouge cerise, son préféré. Pour tout bijou, deux rosettes dentelées à ses lobes d'oreilles, et une bague ornée d'une grappe de perles à son auriculaire. Arrivée la première parmi les artistes invités et, croisant la jambe pour mettre en valeur ses escarpins de soie de deux teintes de bleu, elle vit mademoiselle Cardinal se précipiter vers elle pour lui dire:

– Camille! Comme vous êtes en beauté! On dirait la muse d'un peintre de renom!

La jeune fille éclata de rire, la remercia du compliment et rétorqua:

– Pourtant, c'est moi le peintre et non la muse! Et un peintre sans nom!

Les gens entraient de plus en plus nombreux et prenaient place autour des petites tables réservées. Sous les feux des projecteurs, on pouvait voir le piano à queue du jeune prodige, ainsi que le micro de la cantatrice en herbe. Puis, sur le mur, derrière le piano, sous un jet de lumière tamisé pour l'instant, neuf toiles étalées, dont les trois aux oiseaux de mademoiselle Nevers. Avant que les autres artistes n'arrivent, curieuse, Camille en profita pour se faufiler vers le petit escalier de côté et, debout sur la scène, dos à l'assistance, camouflée par le piano, elle regarda les toiles signées Agnès Arpin, sans doute un nom fictif, pensa-t-elle. Des tableaux évoquant des paysages, des bottes de foin, des granges, des écuries… Bref, la nature à l'état brut! Sans aucune recherche, selon elle, et sans grâce pour être signés de la main d'une femme. Puis, avançant de quelques pas, elle faillit tomber à la renverse devant les toiles de maître du dénommé Tristan Gayard. D'un réalisme à donner envie de prendre par la main l'enfant blond qui, près d'une fontaine, sans doute égaré, cherchait de ses yeux en larmes, sa mère. C'était de toute beauté! Puis l'autre, représentant une jolie fermière du siècle dernier, avec un panier d'osier rempli d'œufs qu'elle distribuait à des mendiants en haillons, assis par terre. Un tableau d'une grande générosité et, encore une fois, d'un pragmatisme saisissant. Puis le troisième sur lequel figurait un homme qui, le visage dans ses mains, assis sur un banc, semblait pleurer la femme qui s'en allait au loin. Une superbe toile, mais d'une tristesse attendrissante. Était-ce inspiré d'un fait vécu? C'était sublime et Tristan Gayard était certes un portraitiste chevronné pour immortaliser ainsi les traits et les expressions de ses modèles, sans doute contemporains. Mais la toile qui avait captivé son intérêt était celle de l'enfant blond en pleurs et elle se promettait bien, si personne de trop riche ne venait renchérir sur sa mise, de se l'approprier pour l'un des murs de sa chambre. Elle était encore en pâmoison devant la toile qui l'avait éblouie, lorsque derrière elle, une voix lui murmura:

— Ce tableau semble vous plaire, Mademoiselle. Ai-je tort?

Sortant de sa rêverie, elle se retourna vivement et ses yeux se posèrent sur le plus bel homme qu'elle avait vu de sa vie. Un homme aux épaules carrées, plus grand qu'elle sans être un géant, avec des yeux noisette, des cheveux châtains en broussaille, un nez droit, des lèvres parfaites, des dents blanches. Vêtu d'une chemise de chasseur à carreaux enfilée sur un chandail noir, et portant un pantalon de velours côtelé froissé, il avait aux pieds des bottines mal lacées et, au poignet, un bracelet de cuir noir surmonté d'une tête de cerf en argent terni. Dans la trentaine, elle en était sûre, il avait en plein le genre de l'amant de *Lady Chatterley* que Marthe s'était évertuée à lui décrire. Revenue de sa surprise, constatant qu'elle était face au public, que la salle était bondée, elle lui répondit après l'avoir promptement examiné:

— Heu... non! Je veux dire, non, vous n'avez pas tort. Ces toiles sont de toute beauté! Vous... vous en êtes l'auteur, n'est-ce pas?

— Oui, Mademoiselle Nevers. Mais j'ai aussi un faible pour les oiseaux, vous savez.

Il sourit et ajouta:

– C'est l'institutrice qui m'a dit qui vous étiez. Je n'ai pas eu votre flair, moi, je m'en excuse. Mais vos oiseaux sont d'un réalisme qui me subjugue. Je n'ai jamais été capable de peindre un chat ou un chien, vous n'en verrez jamais dans mes toiles. Et encore moins des oiseaux.

– Pourtant, ce que je fais comparé à vous, c'est vraiment…

– Non, non, je vous arrête, ne vous diminuez pas, il y a du talent dans chaque toile ici présente, même celles de madame Arpin qui semble affectionner les natures mortes. Et là, si vous m'offrez votre bras, j'aimerais bien vous conduire à notre table. Je crois que les notables n'attendent que cela pour ouvrir la cérémonie.

Camille, gracieuse, heureuse, sa main sous le bras de ce «chasseur» artiste, se rendit jusqu'à sa table pour y croiser le regard glacial d'Agnès Arpin, une femme d'environ soixante ans, qui ne lui avait pas rendu son sourire.

Le maire ouvrit la soirée en présentant un à un ses collègues et les invités de marque, sans oublier, bien sûr, mademoiselle Cardinal, l'instigatrice de cet événement qui avait réussi avec brio, à réunir des artistes de talent. Puis, peu après, un animateur émérite présenta le jeune pianiste de douze ans qu'on applaudit à tout rompre dans le *Concerto No 17* de Mozart, suivi de *La danse rituelle du feu* de Manuel de Falla. Puis, debout à côté de son piano, il attendit qu'on présente la jeune soprano, vêtue d'une longue robe de taffetas rose, un rang de perles dans ses cheveux bruns, qui interpréta avec un certain talent *Le ver luisant*, suivi en rappel de *C'est la saison d'amour* de l'opérette *Les trois valses*. Elle fut très applaudie, très appréciée, on en redemanda, mais la jeune cantatrice de seize ans fit sa révérence et ne revint pas. Elle n'avait répété que deux chansons, pas plus, et c'est le jeune virtuose du clavier qui clôtura la partie musicale en interprétant magnifiquement *Rêverie* de Claude Debussy.

Tout en applaudissant, Tristan Gayard regardait Camille qui se sentit rougir. Impressionnée par cet homme, attirée par son art, elle entendait son cœur battre un peu plus vite, dès qu'il posait les yeux sur elle avec un sourire irrésistible. Agnès Arpin parut fort offusquée lorsque Camille lui demanda naïvement si elle signait d'un nom d'artiste. «Mais non! Pour qui me prenez-vous? Je ne suis pas une actrice! Arpin est le nom de mon père, celui avec lequel j'ai toujours signé toutes mes toiles, même du temps où j'étais mariée avec un Américain. Dieu soit loué, il est mort!» Peu sympathique, pas tout à fait antipathique, elle trouva tout de même de bon goût de dire à la jeune fille que ses oiseaux étaient magnifiques. Et d'un compliment à un autre qu'on se rendait à tour de rôle, on finit par trouver la soirée agréable à la table des «maîtres». Le moment vint de mettre les toiles aux enchères et c'est l'une de Camille, les oiseaux se chamaillant pour un ver de terre, qui partit la première à très bon prix. Au grand désespoir de mademoiselle Cardinal qui la voulait pour son vestibule. Toutes se vendirent assez bien, quoique celles d'Agnès Arpin ne faisaient pas grimper autant les mises que les autres. Tristan vit «sa fermière» partir la première et «l'enfant blond» que Camille reluquait monta si rapidement aux enchères qu'elle ne pût se permettre la moindre mise. Déjà, un riche marchand du cœur de la ville l'avait en main contre une forte somme d'argent. La soirée fut un succès, le curé en était fort aise, le maire aussi, et les bénévoles au service des enfants sourds-muets, davantage. Quelle soirée rentable pour une œuvre de charité! D'autant plus que tous les gens avaient payé leur place et que les rafraîchissements, tout comme les croustilles et le chocolat, n'étaient pas des gratuités. On remercia les artistes de la musique, ceux de la peinture, les tout dévoués de la place dont mademoiselle Cardinal, et on s'apprêta à laisser sortir la foule lorsque Tristan Gayard, retenant Camille par le bras, lui demanda:

— Vous n'auriez pas envie d'aller prendre un café quelque part? D'une pointe de tarte? J'ai ma voiture, elle n'est pas neuve mais confortable.

Camille, déjà conquise ou presque, ne put lui refuser ce plaisir. D'ailleurs, avait-elle vraiment envie de le quitter si vite? N'avait-elle pas espéré, tout au long de la soirée, que l'entretien se poursuive?

— Moi aussi, j'ai ma voiture, lui dit-elle. Il faudra faire un choix.

— Je vous suggère la mienne, insista Tristan. Après, je vous ramènerai jusqu'ici et je vous suivrai jusque chez vous s'il fait trop noir.

— D'accord, mais j'aimerais aviser ma mère, je ne voudrais pas qu'elle s'inquiète. Je lui avais dit que je rentrerais tôt.

— Faites, je vous en prie, mais je trouve curieux qu'elle n'ait pas eu envie d'assister à cette soirée où vos toiles...

— Elle aurait certes aimé, je vous expliquerai plus tard.

Camille téléphona à sa mère de la salle paroissiale, elle lui fit part du succès de la soirée et la rassura sur sa petite sortie avec l'artiste-peintre de Mont-Laurier.

— Sois prudente, ma fille, tu ne le connais pas. Les coureurs de jupons...

— Maman! Je vous en prie! J'ai vingt et un ans, je suis majeure, je suis une femme et je vois clair! S'il vous plaît, n'ajoutez rien.

Madame Nevers, navrée, se confondit en excuses d'avoir seulement douté d'elle. Ayant raccroché et rejoint Tristan

Gayard qui l'attendait à la sortie, Camille lui dit en lui souriant:

— Allons-y! Ne perdons pas de temps! Les restaurants ferment tôt par ici.

Ils se rendirent au Lutin Vert qui, d'un coup d'œil, rappela moult souvenirs à Camille. Elle revoyait la table où, pour la première fois, avec Yvan Mirand... Que d'eau avait coulé sous les ponts depuis. Une tasse de thé, une pointe de tarte aux noix pour elle, aux pommes pour lui, et elle s'empressa de l'affranchir:

— Ma mère n'a pas pu venir parce qu'elle s'occupe de ma sœur aînée, handicapée, confinée dans un fauteuil roulant.

— Je suis désolé... Mais son état l'empêche totalement de se déplacer?

— Pas vraiment... Elle le pourrait, mais vous ne la connaissez pas, vous. Et puis, parlons d'autre chose, de peinture, de votre façon de vivre.

— J'aimerais qu'on parle d'abord de vous, Camille. Vous me permettez d'utiliser votre prénom, n'est-ce pas? Je sais que vous n'êtes pas mariée, vous ne portez pas d'alliance, mais êtes-vous engagée, fréquentée?

— Non, je suis libre, Tristan. Voyez! Je fais comme vous, j'y vais du prénom!

Il lui sourit et elle poursuivit:

— Je viens tout juste d'obtenir mon certificat d'enseignante. Dès l'an prochain, il me faudra trouver l'école qui m'acceptera.

— Institutrice? J'aurais pensé à tout sauf à cette profession pour vous.

— Et pourquoi donc?

— Parce que vous n'en avez pas l'allure, voyons! Vous êtes bien trop jolie! Non pas que les maîtresses d'école se doivent d'être sans charme, mais la plupart sont pincées, précieuses, un peu à l'image de mademoiselle Cardinal. Ce qui ne l'empêche pas d'être gentille.

— Tristan! Si elle vous entendait! Alors, vous ne pensiez pas qu'une jeune fille simple, sans prétention, soignée de sa personne puisse être enseignante.

— Heu… certes oui, mais belle comme vous l'êtes, c'est assez rare. De plus, avec cette main de fée qui peint si bien les oiseaux… Je ne sais pas pourquoi, je n'ai aucun conseil à vous donner, mais moi, à votre place, je vivrais de mon art, Camille.

— Ah, oui? Et vous le faites, vous?

— Sans fausse modestie, oui. Je ne fais pas de miracles, je ne vends pas tous les jours, mais je vis assez bien de mon talent. Au début, je survivais, mais avec le temps, le bouche à oreille et les vernissages, on finit par se bâtir un nom lentement.

— Êtes-vous connu, Tristan? Excusez mon ignorance, mais moi, avant ce soir, je n'avais jamais entendu votre nom.

— Pas connu au point qu'on parle de moi dans les journaux. D'ailleurs, les critiques ne sont pas favorables à mes œuvres. On me trouve trop réaliste, trop près des gens, pas assez mystique… Mais, peu m'importe, je vis de mes pinceaux, Camille, et c'est là ce qui compte pour moi. Je peins et je vends. Peu nombreux sont les artistes-peintres qui peuvent en dire autant. La plupart cherchent à épater la galerie ou les critiques d'art. On se compare à Gauguin, à Courbet, on s'inspire de Manet… Moi, je suis moi et je peins comme mon cœur me le dicte. Je m'inspire de Gayard et de mes couleurs, rien d'autre!

Il rit de bon cœur, Camille lui sourit et, gentiment, lui demanda:

— Vous êtes marié, Tristan? Vous avez une femme dans votre vie?

– Non, plus maintenant… Mais j'ai été marié à vingt ans, Camille, avec la fille d'un médecin de campagne que je ne nommerai pas. Notre union n'a duré que huit mois. Elle était distante et pourtant, un soir, rentrant plus tôt que prévu…

– Ne dites rien, je connais la chanson, vous l'avez surprise avec un autre homme!

– Non, vous vous trompez, avec une femme, Camille. Dans le lit conjugal.

Bouche bée, renversée, Camille n'osait rien ajouter lorsqu'il enchaîna:

– Dieu merci, nous n'avions pas d'enfant. Je n'en ai pas fait un drame, elle est partie et, avec sa bonne obligeance, nous avons réussi à faire annuler notre mariage. Avec l'aide de son père, le médecin, évidemment, et ses confrères qui ont signé le mariage blanc. Vous comprenez? Parce que ce n'était pas tout à fait le cas. Diane s'était donnée à moi une ou deux fois et, de plus, elle n'était pas vierge lorsqu'elle m'a épousé. Une drôle d'histoire… Cela fait, je suis retourné vivre chez mon père.

– Et aucune autre? Je veux dire, au fil des ans…

– Non, je me suis consacré à la peinture, je me suis jeté corps et âme dans mes huiles et mes pastels, je voulais renaître, vivre pour moi, ne plus jamais laisser personne entraver mon existence. Et cela a duré, duré Camille, jusqu'à ce soir…

Surprise, droite sur sa chaise, la tasse entre la table et les lèvres, elle le regarda stupéfaite et, avant qu'elle dise quoi que ce soit, il reprit la parole:

– Jusqu'à ce que je vous aperçoive devant mes toiles, Camille. Je ne vous voyais que de dos et déjà, sans savoir que vous étiez si belle, je sentais une douce chaleur monter en moi. Vous allez sûrement me dire qu'un tel aveu fait mièvre pour une première fois, mais je n'ai pas l'habitude de perdre de temps lorsque je sens le moment présent m'envahir de la sorte.

Émue quoique troublée, Camille, peu habituée aux discours, lui murmura:

– Moi aussi, j'ai senti… Je veux dire que vous m'avez plu dès le premier regard. Mais je ne sais même pas votre âge… Et puis, votre toile triste… Pourquoi l'homme sur le banc et la femme qui s'éloigne? Avez-vous peint votre chagrin, votre désespoir lors de votre rupture, Tristan?

Il sortit un paquet de cigarettes et lui en offrit une en souriant:

– Non merci, je ne fume pas. Et c'est étrange, c'est la première fois que vous allumez ce soir…

– Oui, parce que j'espérais que vous le fassiez avant moi! Mais là, voyant que ça ne venait pas, je ne pouvais plus attendre!

Ils pouffèrent de rire tous deux et, Tristan, retrouvant son air sérieux, lui dit:

– Pour répondre à vos questions, Camille, j'ai trente-deux ans. Je les ai eus le 6 juin, c'est encore tout frais, tout récent. Me trouvez-vous trop vieux maintenant?

Elle sourit, croisa les bras et ne répondit pas.

– Eh non, je n'ai pas peint ma rupture comme vous le pensiez. Parce que je n'en ai pas été affecté outre mesure, Camille. J'ai tout simplement peint la fin d'un amour, un thème qui pèse lourd dans le cœur des gens. Je peins la vie… Mais sans que ce soit un autoportrait, ça, non! Et depuis, comme je vous le disais, je vis avec mon père! Eh oui! Qu'avec lui puisque ma mère est morte en me donnant la vie. Dès lors, mon père n'a vécu que pour moi, son petit prince, comme il m'appelait. Mon père, pas fait de bois pour autant, a fréquenté des femmes dans sa vie, mais sans jamais s'engager ou en faire entrer une sous notre toit. Je suis resté fils unique; il ne s'est jamais remarié.

– Mais qui vous a élevé? Pas lui, tout de même!

– Oui, lui, avec tout ce qu'il savait faire et, quand il allait travailler, il me confiait à sa sœur, Thérèse, qui a pris soin de moi jusqu'à ce qu'elle parte pour un monde meilleur il y a treize ans. Une bonne vieille fille qui m'a élevé comme son propre fils et qui a rendu l'âme au moment où j'allais m'engager avec Diane dans une vie à deux. C'est comme si elle avait attendu que je me case pour s'en aller...

– Votre père est âgé, Tristan?

– Heu... oui et non, soixante-sept ans, mais jeune de cœur, vous verrez!

Elle avait tressailli. Il avait dit «vous verrez» comme s'il avait envie de la revoir, elle qui n'espérait que cela. Constatant que le restaurant allait fermer, qu'on attendait qu'il règle l'addition, elle se leva, il en fit autant et, après avoir payé à la caisse, ils sortirent et il lui ouvrit la portière de sa voiture quelque peu «maganée» et la reconduisit jusqu'à la sienne tout en lui parlant de l'été, du vent doux, de la mer qu'il aimait et de son retour à Mont-Laurier. Camille, le regardant de la tête aux pieds, lui demanda sans l'offenser:

– Vous aimez la chasse, n'est-ce pas? Si j'en juge par votre tenue...

– Non, pas vraiment, c'est plutôt là une allure de nomade. Je ne déteste pas la chasse, mais je ne suis pas un fervent. De temps en temps, pas souvent...

– En autant que ce ne soit pas la chasse aux perdrix ou aux canards! Parce que moi, les oiseaux, les volatiles... J'aime même les poules, Tristan!

– Ne craignez rien, Camille, jamais je n'oserais pointer mon fusil sur un oiseau, même si un aigle m'attaquait! Du moins, pas depuis ce soir, pas depuis que je vous connais.

Puis, la déposant, la regardant chercher ses clefs, il se risqua:

– Croyez-vous que nous pourrons nous revoir?

– Vous y tenez vraiment, Tristan? Ce n'est pas que par politesse…

– J'y tiens de tout mon être si vous, de votre côté…

– Bien sûr, j'en serais ravie. Puis-je vous laisser mon numéro de téléphone sur un bout de papier?

– Je n'en demande pas plus. Ou, si, j'en demande un peu plus. Crois-tu qu'on peut se dire tu dès maintenant, Camille?

– Oui, pourquoi «perdre du temps» comme tu le disais, quand vient le moment?

Il sourit. Elle était belle, intelligente, c'était la femme rêvée. Il allait repartir lorsque de sa fenêtre baissée, elle lui demanda:

– Dis-moi, Tristan… Gayard, c'est français?

– Oui, mais de vieille souche. Comme tu peux voir, je n'ai pas d'accent, mon père non plus. Il n'y avait que mon grand-père qui roulait encore les «r». De toute façon, ma mère était d'ici, une bonne petite fille de Val-Morin. Et mon prénom a été un choix de mon père. Il l'avait vu au générique d'un opéra et, aujourd'hui, plusieurs me demandent si c'est mon nom d'artiste. Comme tu l'as fait pour Agnès Arpin, Camille.

– J'ai été bête, je n'aurais pas dû, mais, en toute franchise, en regardant ses tableaux, j'ai cru que la signature était empruntée. Mais quel joli nom que le tien! Tristan Gayard! C'est phonétiquement poétique…

– Et que dire du tien, Camille Nevers! s'exclama-t-il en la laissant partir d'un signe de la main.

Et Camille, qui n'avait accepté l'offre de la vieille demoiselle que pour venir en aide aux enfants sourds-muets, venait, par cette générosité, de croiser sur son chemin l'homme de sa destinée.

Germain Nevers était passé prendre sa fille, Luce, un certain vendredi soir, afin de l'emmener souper dans un restaurant de la métropole. Personne n'avait vu, comme d'habitude, son père la descendre dans ses bras pour l'installer sur la banquette, et plier le fauteuil qu'il rangea dans le coffre. Madame Nevers, indisposée par la situation, consciente que son aînée lui préférait son père malgré son dévouement, s'était retirée dans sa chambre jusqu'à leur départ, pour ne pas croiser son ex-mari. Camille, pour sa part, n'avait pas évité cette rencontre; elle en avait même profité pour le remercier du bouquet de roses pour l'obtention de son diplôme. Elle voyait Luce s'agiter, elle n'en revenait pas. On aurait pu jurer que l'aînée, ravie, réjouie, partait pour la soirée avec un ami de cœur, tellement elle était excitée. Monsieur Nevers avait choisi la salle à manger d'un chic hôtel, pour que sa fille se remémore longtemps cette première sortie en public. Luce avait enfilé une longue jupe noire, pour ne pas avoir à traîner un châle avec elle pour camoufler ses jambes. Puis, une blouse de soie mauve avec un petit veston noir sur lequel elle avait épinglé un chat de nacre lilas qui se mariait avec les rangs de perles mauves, qu'elle avait enroulés autour de son chignon. Lui, élégant, vêtu dernier cri, avait réservé une table en retrait, pour que sa fille soit plus à l'aise dans son fauteuil roulant dissimulé contre le mur. Ils commandèrent de bons plats, se délectèrent d'un bon vin blanc et Luce, souriante, sûre d'elle, lui dit au milieu du repas:

– Papa, je vous l'annonce, je ne vous le demande même pas. Je vais aller vivre avec vous!

Stupéfait après avoir avalé de travers, le père, d'une voix à peine perceptible, lui demanda:

– Ai-je bien entendu? Tu plaisantes, sans doute…

– Non, papa, je suis sérieuse, reprit-elle avec encore plus d'assurance. Et si vous m'aimez comme vous le prétendez, vous ne me refuserez pas cette joie. Il n'y a qu'avec vous que j'arrive à être heureuse. Vous qui aimez ma musique, vous qui me comprenez…

– Luce! Pour l'amour du ciel! Raisonne, voyons! Ce que tu me demandes est du domaine de l'impossible! Je vis avec Odile, une étrangère pour toi. Et puis, il y a les soins, ta mère est la seule à pouvoir s'en charger. Tu le sais, depuis le temps…

– Tout peut s'arranger autrement, papa. Pour les soins, on peut avoir recours à une infirmière qui viendrait chaque jour. Vous voyez? Déjà là, nous avons fait un pas.

– Les services d'une infirmière privée sont très onéreux, Luce, je n'ai pas les moyens…

Ironiquement, elle lui répondit sans qu'il s'y attende:

– Allons donc, les procès ont repris le dessus, vous-même me l'avez dit. Et si vous avez les moyens de choyer cette femme, papa…

– Pas «cette femme», Odile est son nom, Luce. Et tu sembles oublier qu'elle partage ma vie. Nous n'avons qu'un modeste appartement…

– Papa! Je ne vous demande pas d'aller vivre chez elle, je vous demande de partager un autre appartement avec moi! Avec votre fille, cette fois! L'infirmière de façon régulière, vous et moi, papa! Et vous verrez que je peux faire la cuisine, je ne suis pas handicapée des bras, à ce que je sache. Nous pourrions être si bien tous les deux.

– Tu me demandes de quitter Odile pour toi, Luce? De laisser la femme que j'aime?

– Vous ne l'aimez plus, papa, je le sens! Il n'y a pas d'intonation lorsque vous prononcez son nom. C'est froid, c'est impersonnel et, depuis le temps, j'ai appris à vous connaître, vous savez. Vous êtes du genre à vous lasser de tout, papa, surtout lorsque la routine s'installe. Vous n'aimez vraiment que vos enfants…

Mal à l'aise, sidéré, de plus en plus ébranlé, l'avocat répondit:

– Heu… oui, c'est vrai. Je vous aime, Camille et toi, mais j'aurais voulu vous le prouver davantage. À cause de votre mère…

Ne voulant pas laisser passer le verbe qu'il venait d'échapper, Luce l'interrompit pour lui dire:

– Il en est encore temps! Alors, faites-le, prouvez-le, papa, cet amour de vos enfants! Prouvez-le d'abord avec moi, parce que, Camille à ce que j'entends, a rencontré un type qui semble l'avoir chavirée. Un artiste-peintre, paraît-il.

– Ah, oui? Tu l'as vu? Comment est-il?

– Non, papa, pas de divergence de la sorte, ne nous écartons pas du sujet. Nous en étions au point de vivre ensemble, de me rendre heureuse, de me prouver…

– Luce! C'est du chantage! Et tu devrais savoir, à ton âge, qu'on ne manipule pas ainsi son père. C'est un manque de respect!

Il s'arrêta, Luce le regardait, défaite, les yeux embués de larmes.

– Non, ne pleure pas, je n'ai pas voulu te brusquer, je t'aime trop pour te faire de la peine, ma petite fille, ma petite musicienne.

Que ces mots et les larmes de Luce, déjà séchées dans son mouchoir de dentelle, avaient fait place au plus joli sourire qui soit. Ce sourire qui la rendait si belle. Ce sourire duquel Jérôme Ruest s'était épris.

– Alors, papa, c'est oui? Vous voulez bien me prendre avec vous, mon violon, mon fauteuil…

– Comment le pourrais-je, Luce, il me faudrait être là tous les soirs, je ne peux te laisser seule, ta mère ne l'a jamais fait.

– Par habitude, par entêtement, papa, répondit celle qui savait qu'elle ne pouvait rester seule longtemps. Je suis très autonome, vous savez.

– Vraiment? Depuis quand, Luce? N'as-tu pas toujours été dépendante?

– Oui, parce qu'on ne m'a jamais fait confiance, mais croyez-moi, je le peux, papa, et l'infirmière n'aura pas à venir longtemps.

Soulagé quoique méfiant, Germain Nevers n'envisageait que le «bon côté» de cette soudaine «affaire». Dans le seul but de se défaire d'Odile, de la quitter, de ne plus être à sa merci et de trouver ailleurs une femme plus jeune, moins ronde et plus jolie, dont il pourrait faire sa maîtresse, sans avoir à vivre avec elle. À cause de Luce, bien entendu… Mais, songeur, il avait repris:

– Il y a aussi ta mère, Luce. Ce serait tout un choc pour elle de voir sa fille la rejeter pour aller vivre avec son père. Surtout après toutes ces années, son dévouement… Elle s'est même refusé des voyages pour toi. Souviens-toi…

– Voilà, papa! Il serait peut-être temps qu'elle pense à elle et qu'elle les fasse, ses voyages! Elle s'est donnée sans compter et vous pouvez vous fier à moi, je saurai lui expliquer tout doucement que ce n'est pas par préférence que je la quitte pour vous, mais par besoin de mobilité, par envie d'avancer, de vivre ma vie.

Pensif, encore appréhensif quoique presque gagné par le «plaidoyer» de sa fille, il lui dit comme pour s'accorder un sursis:

– Ce serait sans doute une solution à envisager, Luce. Peut-être que l'an prochain…

– Non, papa, le plus tôt possible! Ne me laissez pas languir davantage! Ça fait quinze ans que je croupis dans cette chaise... De grâce!

Ému, secoué par les larmes soudaines de sa fille, l'avocat la consola en lui disant tendrement:

– Ça va, Luce, quand tu voudras, quand tu seras prête, je te prends avec moi. Le temps de trouver un appartement, une infirmière, et de parler à Odile, tu comprends. On ne brise pas un lien du jour au lendemain.

– Si, papa, quand on le veut, et davantage lorsque le lien ne nous est pas bénéfique. Ce n'est pas rompre qui est pénible, c'est s'engager qui est terrible. J'en sais quelque chose, vous savez.

– Tu parles de Jérôme, n'est-ce pas?

– Oui, de lui qui n'a jamais voulu comprendre que je ne l'aimais pas, mentit-elle à son père; elle qui l'aimait encore et qui éprouvait déjà des regrets. Elle qui l'imaginait avec sa fiancée et qui fermait les yeux pour ne pas voir leur bonheur, elle qui, songeuse, sortit de ses pensées lorsque son père lui dit:

– Il faut rentrer, Luce, l'heure avance, on va bientôt fermer.

Elle poussa les roues de son fauteuil, releva la tête, regarda son père avec un sourire qu'elle savait vainqueur, et lui répondit:

– Merci, papa, merci d'avoir pitié de moi, de me prendre avec vous.

– Pas de la pitié, Luce, de la tendresse, de l'affection. Tu es ma fille, voyons!

Et elle sourit de nouveau sachant que la partie était gagnée. Elle allait, tout d'abord, libérer son père de l'emprise de cette gueuse d'Odile, tout en s'éloignant de sa mère qui en serait sans doute délivrée. Puis, faire le vide avec Camille dont elle saurait très bien se passer pour ensuite accaparer «l'avocat», son cher papa qui, avec elle, n'aurait même plus le temps de nouer sa cravate le soir, pour tenter de jouer les galants auprès d'une autre. À son âge, grisonnant, il était temps que Germain Nevers cesse de ne penser qu'à lui et qu'il se dévoue pour autrui. En l'occurrence, elle! Car Luce, dans sa possessivité, ne parlait sûrement pas d'un altruisme… au pluriel!

Le lendemain, alors que Jeannette Nevers s'apprêtait à se rendre sur le quai, un journal de fin de semaine sous le bras, son étui à cigarettes dans une main et un verre de gin *on the rocks* dans l'autre, Luce qui lui ouvrit la porte, lui demanda doucereusement:

— Puis-je vous accompagner, maman? J'aimerais m'entretenir avec vous.

— De ta sortie avec ton père? Je n'y tiens pas vraiment, tu sais.

— J'insiste, maman. Ce que j'ai à vous dire est de toute urgence.

La regardant, se demandant quelle idée folle avait pu germer dans la tête de sa fille aînée, la mère lui répondit:

— Alors, viens, Luce, et tiens bien la rampe en descendant avec ton fauteuil, il a plu cette nuit et la pente est glissante.

Luce suivit sa mère tant bien que mal dans ce petit sentier rocailleux et inégal et, de sa fenêtre, l'apercevant, Camille pensa: «Qu'est-ce qu'elle peut bien manigancer encore pour suivre maman sur le quai? Elle qui a horreur du bruit des vagues sur les roches, elle qui déteste le bord de l'eau et les épaves qui s'y ramassent. C'est sans doute à cause de papa. Bah! maman m'en fera sûrement part.»

Allongée dans sa chaise, le journal sur les genoux, un verre à la main, Jeannette Nevers qui s'attendait à tout de sa fille aînée, lui demanda:

– Bon, je t'écoute, Luce. Qu'est-ce qu'il y a encore?

Cette dernière, protégée du soleil sous le parasol, sentant l'indifférence et non l'inquiétude dans le ton de sa mère, lui annonça sans réserve:

– Je m'en vais vivre avec papa, maman. Il en a été décidé ainsi, hier soir.

Sans sourciller, même si elle en avait été profondément atteinte, madame Nevers lui demanda sur le même ton blasé, tout en portant son verre à ses lèvres:

– Ah! oui? C'est là ton désir et le sien, Luce? Alors, qu'il en soit ainsi.

Décontenancée, s'attendant au pire, Luce en fut soudainement choquée.

– Que ça! Vous n'avez rien d'autre à dire? Je vous aurais annoncé la fin de monde… Rien ne vous ébranle donc, maman?

– Ce n'est pas la fin du monde, Luce, ce n'est qu'un choix qui résulte en un déménagement. Et que veux-tu que je fasse? Que je m'emporte, que je te dises que tu as tort, que tu es…

Madame Nevers s'était arrêtée avant de la traiter d'ingrate et, retrouvant le calme qu'elle avait adopté, demanda à sa fille:

– Tu vas pouvoir t'arranger seule, Luce? Je veux dire sans soins?

– Papa va engager une infirmière qui viendra chaque jour à l'appartement qu'il va louer. De plus, comme il sera là le soir… Mais pour le reste, maman, je vais me prendre en charge. Il faut que j'avance, que je fasse preuve de bonne volonté. Ici, avec vous qui faites tout pour moi, je n'ai pas la moindre chance d'être autonome. Et puis, je m'ennuie ici, maman, j'ai horreur de cette campagne, de cette maison isolée, de cette rivière. Je ne veux pas passer le reste de ma vie à me consoler avec un violon.

– Tu as raison, tu es confinée, tu dois te sentir emprisonnée…

– J'étouffe, maman! Et je n'en peux plus de ne contempler que des arbres et en compter les insectes! J'en ai marre de voir de l'eau sans fin, les murs du boudoir et cette côte que je ne monterai jamais, moi! Camille, elle…

– Parlons de toi, veux-tu? Laisse Camille en dehors de la conversation, elle n'est pour rien dans ta décision. Causons entre nous, veux-tu?

– Bien sûr, et je ne voudrais pas que vous pensiez que je cherche à vous fuir, maman. Si je veux partir, c'est pour mon bien, pour mon moral, pour ne pas déprimer. Je vous aime, maman, vous le savez, mais je m'entends mieux avec papa. Il en a toujours été ainsi depuis ma maladie. Je me sens près de lui, complice même.

– Parce que tu lui ressembles, Luce, et que tu penses comme lui. C'est normal, on ne peut pas mettre sur le même pied son père et sa mère. Il y a de ces affinités… Mais puisque ça semble décidé et que ton père et toi n'avez pas perdu de temps hier, puis-je te demander où va se situer Odile dans vos projets?

– Il veut… Il va la quitter, maman, il ne l'aime plus, il ne se sent pas libre…

– Encore une fois! Désolée pour elle! Et dire qu'elle a attendu sept ans, le cœur en émoi, pour une vie à deux de quelques mois. Je reconnais ton père, va. Sa liberté, sa chère liberté! Ne risques-tu pas de l'entraver à ton tour, Luce? Toi aussi, tu vas prendre beaucoup de place.

– Oui, mais je suis sa fille, moi! Pas une vulgaire concubine! Sa fille à qui il doit son temps, son respect, son affection, maman!

À ces mots, madame Nevers avait détourné la tête pour légèrement sourire. Vraiment, Germain ne voyait pas clair! Se défaire de sa maîtresse pour s'embarrasser de sa fille qui allait enfoncer ses griffes en lui, telle une tigresse. Il la connaissait pourtant. Était-ce par lâcheté de ne pouvoir se délivrer d'Odile autrement, qu'il avait accepté le pacte de sa «diablesse» de fille? Ne savait-il pas qu'il allait devoir suer corps et âme pour cette ultime erreur? Luce, malveillante, accaparante, exigeante, soupe au lait, rarement souriante, allait certes faire vivre à son père un dur calvaire. Et lui, «l'avocat», à qui rien n'échappait lors de ses procès, n'avait même pas décelé les intrigues de son aînée! Pas plus qu'il n'avait su se défendre et sortir vainqueur, lors du divorce pour lequel Jeannette avait eu gain de cause. Pauvre Germain! Pauvre Nevers! Et c'était sans doute pour lui donner la leçon de sa vie, que la mère n'étala même pas le pour et le contre d'une telle décision à sa fille, car elle aussi risquait d'être prise au piège quelque part. Détendue, la regardant, elle lui demanda:

— Tu comptes partir quand t'installer avec ton père?

— Dès qu'il aura l'appartement et dès qu'il sera libéré de sa sangsue d'Odile. Ce qui ne devrait pas tarder, je lui ai donné deux semaines pour tout régler, il m'a promis de les respecter.

Elle lui avait «donné» deux semaines pour tout «régler». Un ordre formel! Déjà! Sans être encore installée avec lui, et il avait «promis» de s'y conformer. Pauvre lui! Jeannette n'en riait plus, elle le plaignait. Tout en soupirant d'aise, sachant que, désormais, elle n'aurait plus à endurer le vilain caractère de Luce. Du moins, jusqu'à ce que son père s'en lasse, ce qu'elle craignait. Se levant, elle regarda sa fille et lui dit:

— Je vais pousser ton fauteuil jusqu'à la maison, j'ai besoin d'un autre verre. Toi, trop de soleil… Je sais que tu préfères la véranda.

— Oui, en effet, mais pourquoi un autre verre, maman? Est-ce pour vous remettre du choc de l'annonce de mon départ?

— Non, Luce, j'ai soif!

De son côté, Germain Nevers, malgré l'indisposition qu'il éprouvait face à la situation, avait déniché un superbe appartement doté d'un ascenseur dans l'ouest de la ville, avec panorama à perte de vue et un immense balcon sur lequel Luce pourrait prendre l'air tout en cultivant des fleurs en pot, si l'envie lui en prenait. Un cinq pièces qu'il avait meublé avec élégance et confort, et ce, à l'insu d'Odile qui ne se doutait encore de rien. Pas plus qu'il ne se défiait, lui, de l'enfer dans lequel allait le plonger sa fille, dès son arrivée. Entre-temps, comme il recevait de plus en plus d'appels de Luce chez Odile, le «pressant d'agir», il n'eut d'autre choix que d'aviser sa concubine de son départ éventuel. Lui expliquant la gravité de la situation, de l'aide réclamée par sa fille, et allant jusqu'à lui dire que c'était son cœur de père qui lui dictait sa conduite, il fut si peu crédible qu'Odile explosa:

– C'est ça, Germain! Sept ans à t'attendre, à me priver de tout, à souhaiter qu'un jour tu m'appartiennes et, fait accompli, il n'aura suffi que d'un appel de ta fille pour que tout soit fini! Sept ans à t'espérer, à enfin te sentir à moi, dans mes bras, et il n'aura fallu que d'un seul repas avec elle pour que tu t'envoles comme si je t'avais gardé en cage! Sept ans, Germain…

– Arrête! Cesse ce manège, Odile, je te croyais plus avertie, plus consciente! C'est ma fille handicapée qui me réclame! Ma fille aînée et délaissée qui ne peut vivre sans moi à ses côtés!

– Elle te manipule, Germain! Elle l'a toujours fait! Et elle n'était pas délaissée, loin de là, elle avait sa mère et sa sœur à ses côtés! Elle t'a pris au piège; elle doit déjà en rire et tu vas payer cher le fait d'avoir cédé. Tu verras, Germain, ta fille sera ta perte! Elle est vilaine, tu sais!

– Je te défends de la juger, Odile! Luce est une incomprise…

– Non, une égoïste, une ingrate et une mal élevée, mon cher! Elle a téléphoné ici maintes fois sans jamais engager la moindre conversation avec moi. Et si, par malheur, tu n'étais pas là, elle raccrochait sans même un merci! Sans parler du ton de sa voix…

– Rien ne sert de t'acharner sur elle, Odile, elle n'est pas responsable de mon départ. Avec le temps, je serais parti. Je ne suis pas du genre à être soumis, à répondre aux inquisitions, à rendre des comptes. J'ai été habitué à être libre, Odile, et avec toi…

– Crois-tu que je ne l'ai pas senti, Germain? Penses-tu que je ne voyais pas venir le jour, comme tu dis? Je savais dès les premiers temps que, toi et moi, ça n'allait pas être pour la vie. Je te sentais sur tes gardes, je te voyais te distancier… Tu n'étais déjà plus le même, je ne ressentais plus de sentiments ni d'égards de ta part.

– Alors, pourquoi t'en prendre à Luce dans ce cas-là?

– Parce que tu t'en sers comme échappatoire, Germain! Trop lâche pour me dire en me regardant dans les yeux que tu ne m'aimes plus! Pas assez homme pour m'affronter avec intégrité! Le détour, sans cesse le détour… Comme tous les détours que tu as pris avec ta femme avant de la quitter. Lâche et avocat de la défense par-dessus le marché!

– Ça suffit, Odile, je t'interdis de me parler sur ce ton! Et qui crois-tu être pour me juger de la sorte? Avec ton degré d'instruction…

– Un degré qui n'entravait pas tes distractions, naguère. Tu t'en souviens? Avais-je besoin d'être instruite comme tu l'es, pour que tu viennes chaque fin de semaine ou presque, te jeter dans mon lit? Tu es immonde, Germain! Tu seras toujours incapable d'aimer qui que ce soit à long terme, même ta Luce adorée! Et s'il s'agit d'une conquête, d'une passion soudaine, toi, c'est ton plaisir, tes ébats, ta lassitude et puis après, un renouveau. Je ne serais pas surprise d'être déjà remplacée dans ton cœur de pierre. Avec une maîtresse de passage, bien entendu, car l'engagement pour toi, c'est la peste, un mal à fuir… Ah! si seulement j'avais su!

– Tu devais sûrement le savoir, Odile, vois le beau portrait que tu viens de peindre de moi, c'est réussi, tu sais. Et comme je n'ai pas l'intention de gaspiller ma salive, je ne coucherai pas ici ce soir et, demain, lorsque tu seras partie pour la journée, je reviendrai chercher mes effets et je te laisserai ma clef sur la commode antique. Et nous ne nous reverrons plus, Odile, ce sera mieux ainsi, ce fut une erreur de notre part.

– Non, de ma part, Germain! C'est moi qui t'ai attendu sept ans, pas toi! Et puis, qu'importe maintenant, pars, fais comme bon te semble et sois heureux avec ta fille. Je n'éprouve plus rien pour toi, Germain. Rien!

Le lendemain, c'était du bel appartement loué que Germain Nevers téléphonait à sa fille pour lui annoncer qu'il avait quitté Odile, meublé les pièces, engagé une infirmière à domicile et qu'il n'attendait plus qu'elle, son sourire et son violon, pour venir adoucir les durs moments qu'il venait de traverser. Luce, heureuse d'avoir gagné, jubilant d'avoir évincé l'autre, lui dit calmement:

– Si vous saviez comme j'ai hâte d'être avec vous, papa. Mon cœur se gonfle de bonheur juste à l'idée de ne plus avoir à broyer du noir. Et tout est prêt, papa, mes valises, mes effets personnels. Il ne me reste que mon archet à déposer dans l'étui de mon violon. Venez vite, je me languis d'attendre.

Deux jours plus tard, dans sa luxueuse voiture suivie d'un camion, l'avocat descendait la côte menant au bord de l'eau et là, aidant Luce à monter dans la voiture, il donnait des ordres aux déménageurs afin que rien ne soit oublié des meubles et du piano que Luce avait décidé d'emporter. Jeannette

Nevers, émue de voir partir sa fille dont elle avait pris soin durant toutes ces années, lui avait dit:

– J'ose espérer que ton choix est le bon, Luce, que tu ne fais pas fausse route, car il y a de ces départs qui, parfois, se veulent sans retour.

Ce à quoi, fièrement, la regardant presque de haut, sa fille lui avait répondu:

– Ne vous en faites pas, je ne reviendrai pas. Cet endroit ne m'a fait vivre que des tourments; je n'ai pas été heureuse ici, je pars sachant que le bonheur m'attend. Je veux vivre, maman.

Madame Nevers n'avait rien répondu. Sa fille n'avait même pas songé, dans son petit discours, à lui offrir le moindre mot de remerciement pour tout son dévouement. Quinze ans à la chérir, à l'entretenir, à lui passer tous ses caprices, à l'habiller le matin, la laver le soir, la mettre au lit avec, parfois, l'aide de Camille. Quinze ans à s'oublier pour elle, à se sacrifier, et pas un mot de gratitude, aucun signe d'appréciation. À l'instar de son père, Luce oubliait tout ce que les autres pouvaient faire pour elle. Tout comme lui, égoïste, insensible et ingrate, elle ne pensait qu'à elle. Ne venait-elle pas de dire à sa pauvre mère, «je veux vivre», comme si Jeannette Nevers, durant les quinze ans où elle lui avait prodigué des soins attentifs, l'en avait empêché? La voiture s'éloigna et Luce, qui n'avait rien dit à Camille, crut bon de lui faire un signe de la main que sa cadette lui rendit. Rien de plus, rien de moins, et de retour dans la véranda, la jeune fille quelque peu secouée par le départ de son aînée et le silence soudain qui témoignait de son absence, fut surprise d'y trouver sa mère, un verre à la main, une larme au coin de la paupière. Et du haut de la côte, mademoiselle Cardinal se demandait bien ce qui se passait en bas, jusqu'au moment où, se grattant la tête, elle aperçut le camion, la voiture, Luce aux côtés de son père et puis, plus rien, sauf un nuage de poussière.

Depuis trois jours, Luce vivait dans le luxueux appartement de son père. Trois jours durant lesquels elle s'était habituée aux bruits de la ville, au va-et-vient des autres locataires de l'immeuble, à son balcon et aux jardinières remplies de fleurs. Elle avait même repris son violon, assurée que les voisins ne s'en plaindraient pas, l'insonorisation étant adéquate. Germain partait, l'infirmière venait, et lorsqu'il rentrait, l'infirmière quittait les lieux. Mais comme Luce avait l'intention, lui avait-elle dit, de devenir de plus en plus autonome, il ne se gêna pas, le samedi venu, pour enfiler son plus beau complet, sa chemise de soie, et se diriger vers la porte tout en s'apprêtant à lui dire qu'il ne rentrerait pas tard. Mais avant même qu'il n'ouvre la bouche, l'apercevant dans son apparat, le parapluie à la main, elle déposa son violon et lui cria:

– Ah! non! Vous n'allez pas me laisser toute seule, papa! Je suis handicapée, confinée! Vous le savez pourtant! Vous n'allez pas sortir et me laisser dans l'insécurité ici, papa! Au risque de me retrouver baignant dans mon sang dans mon fauteuil roulant… Ah! non! pas ça! Vous n'allez pas recommencer avec moi ce que vous faisiez avec maman!

Abasourdi, complètement atterré, sachant qu'une «autre» l'attendait, il voulut protester, se défendre, tirer les choses au clair, mais avant qu'il ne puisse sortir le moindre argument valable de sa gorge, elle ajouta en sanglotant:

– Ne sortez pas, restez! J'ai peur de la noirceur… Jamais je ne m'habituerai à rester seule entre ces murs… Et je vous promets de jouer pour vous chaque soir, papa. Que pour vous seul!

Camille avait revu Tristan Gayard depuis le vernissage. Il lui avait téléphoné, elle avait accepté de le revoir, ils avaient pris un verre, causé de tout et de rien et, c'est main dans la main qu'ils avaient regagné la voiture après leur belle soirée. Ils avaient beaucoup ri ensemble puis, sérieusement, avaient parlé de peinture. Tristan préparait un autre petit vernissage à Mont-Laurier où il habitait et il aurait certes apprécié que Camille se joigne à lui avec quelques tableaux de ses plus beaux oiseaux. Camille en avait discuté avec sa mère qui lui avait répondu: «Tu n'as pas de permission à me demander, ma fille, tu es majeure. Mais je te remercie de me prévenir, ça va ma permettre d'organiser ma fin de semaine autrement. Il se peut que j'invite Cécile. Tu te rappelles cette amie avec qui je jouais souvent aux cartes? Nous avons renoué depuis le départ de ton père. Elle est veuve, elle habite seule, ça me fera de la compagnie.» Camille était on ne peut plus heureuse de ces «retrouvailles», car elle craignait que sa mère déprime peu à peu, seule avec elle, et encore plus seule lorsqu'elle sortirait avec Tristan. Cécile, c'était inespéré dans la vie de sa mère et Camille l'encouragea à l'inviter souvent, qu'elle soit présente ou non à la maison, tout comme à se rendre chez elle fréquemment pour briser la monotonie et profiter de la vie en compagnie d'une bonne amie.

C'était déjà octobre, le temps était frais et Camille s'apprêtait à se rendre à Mont-Laurier avec sa voiture et ses quelques tableaux, retrouver celui que, déjà, son cœur aimait. La route fut longue et pénible, il pleuvait à boire debout et Tristan, la voyant enfin arriver, s'excusa mille fois de ne pas être allé la chercher. Mais avec un café chaud dans l'atelier du peintre qui était dans un désordre indescriptible, elle oublia les inconvénients de la route, tellement il se dégageait un bien-être de ce lieu quasi ancestral. On aurait pu jurer qu'il s'agissait de l'atelier de Van Gogh. Des chevalets, des toiles éparpillées, de la peinture sur les meubles comme sur les murs, un lavabo multicolore, une toilette qui avait besoin d'un récurage et, juste au fond, un lit pour ne pas dire un grabat, aux draps froissés, l'oreiller et le couvre-lit par terre, là où couchait parfois Tristan quand il peignait la nuit. La maison adjacente à l'atelier était, cependant, de fort bon goût. Une maison de bois avec une galerie qui l'entourait des quatre côtés. Peinte en rouge et blanc, c'était propre, impeccable, et Camille comprit pourquoi lorsqu'elle fit la connaissance de monsieur Gayard, un homme distingué, tiré à quatre épingles. Poli, courtois, il avait accueilli Camille en lui disant: «J'espère que vous vous plairez ici. Et ne passez pas de remarques quant au laisser-aller de mon fils; il est comme son défunt grand-père maternel. Il a tout hérité de lui, sa désinvolture comme son talent!» ajouta-t-il en riant. Et Camille, de prime abord, l'avait trouvé tout à fait charmant. Moins bohème que son fils, bien sûr, mais avec le même regard sincère et la même séduction dans le sourire. Physiquement, Tristan était le portrait de son père. Ce n'était qu'intérieurement qu'il était, d'âme et d'esprit, comme son regretté grand-père qu'il n'avait pas connu. Ils soupèrent ensemble tous les trois; monsieur Gayard ayant le talent d'un chef cuisinier et, après, Tristan préparant ses toiles alors qu'elle déballait les siennes, ils discutèrent du vernissage qui devait avoir lieu le lendemain lorsque son hôte, la regardant, lui dit avec délicatesse:

– Tu sais, tu es très belle, très élégante, mais ce n'est pas là la tenue qui sied à une artiste-peintre. Tu n'as rien d'autre?

– Oui, un pantalon de velours côtelé, une blouse de coton, une veste de laine, des souliers de marche… J'avais prévu une promenade dans le bois ou en montagne.

– Alors, sans vouloir te déplaire et surtout ne rien t'impo-ser, Camille, j'aimerais que tu portes ces vêtements pour le vernissage de demain. Nous sommes à Mont-Laurier ici, pas à Montréal dans une galerie de la rue Sherbrooke. Une robe de soie, des souliers à talons hauts…

– J'ai compris, Tristan, je suivrai ton conseil. Je vais même éviter le maquillage, le rouge à lèvres, je serai le plus simple possible, les cheveux remontés en chignon, aucun bijou…

– Pour les cheveux, ne serait-ce que pour moi, j'aime quand tu les laisses tomber sur tes épaules, Camille. Aux quatre vents! Avec des mèches qui virevoltent de gauche à droite.

Elle éclata de rire et répliqua avec une certaine ironie:

– En serais-tu à songer à me peindre, toi? Avec cette mise en scène, cheveux épars, je vais finir par me prendre pour Lady Godiva sans son cheval!

– Oui, d'une certaine façon, mais plus divine qu'elle. Et si j'avais à te peindre, ce serait nue. Pas sur un cheval, mais sur un canapé noir pour faire ressortir ta peau blanche. Telle une déesse, Camille! Ce que tu es!

– Tristan! Si ton père t'entendait! Alors, on le prépare ce vernissage?

La première nuit à Mont-Laurier, c'est dans la chambre d'invités de la maison des Gayard, que Camille trouva le som-meil. Après un baiser sur le front, un autre sur les lèvres, de Tristan qui aurait certes aimé étirer… le temps! Mais elle lui avait signifié de se rendre à sa chambre, de ne pas insister par respect pour son père, du fait qu'elle était une jeune fille bien élevée. Mais elle mit du temps à s'endormir dans cette petite chambre dénuée de féminité. Le fait qu'aucune femme n'y ait mis la main depuis longtemps était d'une telle évi-dence… Une maison décorée par des hommes avec des tentures brunes, des rideaux ocre et prune, et au-dessus du lit, un tableau avec des barques ancrées au port, œuvre d'un inconnu, un buste en plâtre de Napoléon, un cendrier émaillé avec un coin brisé, et un oreiller passablement rude pour la peau fine d'une… déesse! Mais, souriante, à l'aise dans cette odeur de mâle, elle ne voyait entre les quatre murs de la chambre que le doux visage de Tristan qu'elle avait au fond du cœur. Un soupir, deux peut-être, et elle finit par fermer les yeux de fatigue après cette longue journée, tout en emportant dans ses rêves, l'homme qui la troublait ainsi que l'effluve de pin imprégné dans sa veste de chasse.

Après le charmant petit déjeuner que le père de Tristan avait préparé, Camille, voyant le soleil illuminer la cuisine, avait dit à monsieur Gayard:

– Enfin! Je verrai Mont-Laurier ensoleillée!

Le sexagénaire avait souri pour ensuite lui répondre:

– Vous verrez que c'est un très beau coin, Camille. L'air y est bon! De plus, belle journée pour un vernissage, n'est-ce pas, mon fils?

– Et comment donc! D'autant plus qu'on a toujours plus de succès lorsqu'on le fait à l'extérieur. Il y a les passants, les touristes…

Camille le regardait. Dieu qu'il était beau son amoureux avec sa barbe de deux jours non rasée, les cheveux en broussaille, son pantalon noir, fripé, taché de peinture grise au genou gauche, sa chemise noire de gros coton, un pull gris jeté, épars, sur les épaules. Rustre dans sa façon de se vêtir, mais beau, viril, séduisant… Bref, elle était conquise et lui, constatant qu'elle avait suivi ses conseils, qu'elle était naturelle, jolie, sans maquillage, serra sa main dans la sienne en guise de contentement. Le vernissage se révéla un succès. Quatre artistes se disputaient les acheteurs venus de loin, tout comme les passants et les habitués, collectionneurs des œuvres des artistes de la région. Tristan fut certes le plus vendeur des quatre avec huit toiles sur dix envolées en quelques heures. Une dame d'un certain âge faisant preuve d'un tantinet de talent, réussit à vendre à une passante l'un de ses tableaux représentant un jardin en fleurs, et Camille vendit deux de ses toiles d'oiseaux sur trois. Et, fait touchant, c'est un jeune autochtone d'une réserve des environs qui lui acheta ses colombes enlacées, pour offrir le tableau à sa fiancée du moment. Car ces nobles chasseurs à la peau bronzée et aux cheveux d'ébène, avaient parfois plus d'une femme à «honorer» sous leur tente ou… au pied d'un totem! Camille avait fait fureur, non seulement pour son talent, mais par cet art de plaire, son sourire engageant, ses blonds cheveux au vent, ses dents superbes. Tristan, voyant que plusieurs tournaient autour d'elle, le bel Amérindien inclus, s'en était approché pour lui dire:

– Viens, chérie, il faut maintenant rentrer, le soir va tomber.

Ils rentrèrent bras dessus, bras dessous et, lui ouvrant la porte de l'atelier, Tristan lui encercla la taille et effleura de ses lèvres, sa nuque et un début d'épaule à sa portée. Monsieur Gayard, ayant décidé d'aller chez des amis jusqu'au lendemain, Camille et Tristan optèrent pour un souper improvisé sur une table en coin. Avec une chandelle au centre, un plat vite fait, un pain croûté et un vin rouge que Tristan avait débouché. Il la regardait boire, manger, il lui souriait et elle, embarrassée, lui demanda:

– Qu'est-ce qu'il y a? Je bois trop vite?

– Non, je t'aime, ma déesse! Je t'aime comme un fou!

Elle rougit, avala une gorgée de vin, le regarda et lui répondit:

– Je t'aime aussi, Tristan, je t'aime infiniment.

– Alors, que dirais-tu de passer la nuit avec moi ici? Oui, dans mon atelier, sur mon grabat! Que toi et moi et la lueur de la lune. Ce n'est pas chaud comme la maison, mais nous n'aurons pas froid.

Enivrée de l'homme plus que du vin, amoureuse à en perdre la raison, Camille lui répondit en lui prenant la main:

– Oui, Tristan, j'accepte, ce sera merveilleux… Mais tu sais, moi, je n'ai pas… Je veux dire que ce sera la première fois.

– Tu veux dire que tu es vierge, Camille? Qu'aucun autre…

– Non, aucun autre, que des amours de jeunesse. Tu seras le premier, Tristan, à faire de moi une femme accomplie.

Il l'attira à lui, l'embrassa tout doucement et lui répondit:

– Tu n'as rien à craindre de moi, Camille, je saurai t'aimer avec délicatesse. Et, crois-le ou non, mais en dépit des ans, de mon mariage raté d'antan, je ne suis pas un homme souillé par les plaisirs charnels…

Elle lui mit la main sur la bouche et lui chuchota:

– Tais-toi, ne dis plus rien, et laisse l'amour que nous avons l'un pour l'autre décider de la couleur du lien. Ne peignons rien d'avance, Tristan.

Il sourit de l'allusion, de la toile de fond vide de tout portrait, et porta à ses lèvres le verre de vin qu'il venait de remplir de nouveau.

Quelque peu timide, elle se déshabilla dans la pénombre après avoir éloigné la chandelle du lit et tamisé la lumière en couvrant l'abat-jour de la lampe, de sa blouse de coton. Ce qui le fit sourire. Puis, presque nue sous le drap qu'elle avait replacé, elle le vit se dévêtir sans aucune gêne devant elle. La chemise, le pantalon, le sous-vêtement, et alors qu'il s'apprêtait à tout éteindre, elle put admirer en quelques brèves secondes, ce corps d'homme digne d'un sculpteur, dont elle avait soudainement envie. Il se glissa à ses côtés, elle sentit la chaleur de sa peau bronzée sur sa peau blanche et tiède, sa bouche près de la sienne, sa jambe velue sur sa cuisse rose, et ce fut l'extase. Il l'aima comme elle avait toujours rêvé d'être aimée… la première fois. Elle lui rendit ses caresses avec une certaine retenue, puis, dans un baiser plus prolongé, avec un peu plus d'ardeur. Et tels les amants des plus beaux tableaux de leurs ancêtres, ils s'endormirent dans les bras l'un de l'autre après des «je t'aime» et des «moi aussi» à n'en plus finir, et le serment de ne plus se quitter. Déjà!

Le lendemain, timidité dissipée, elle se leva et étira son corps de déesse devant lui telle une chatte. La voyant s'apprêter à entrer sous la douche, il lui dit: «Attends! Laisse-moi te regarder encore… Tu es divine, Camille! Tu as un corps comme jamais je n'ai pu en peindre un dans ma vie. Attends, j'arrive! Je ne laisserai pas l'eau glisser sur ta peau sans qu'elle éclabousse la mienne!» Et d'un bond, debout, aussi beau que la veille aux yeux de Camille, il trouva place à ses côtés dans cette petite cabine pour un qu'ils utilisaient à deux. L'un contre l'autre en laissant balader leurs mains d'un corps à l'autre, en s'embrassant fougueusement, presque noyés sous le jet d'eau de leur amour naissant. Un petit déjeuner en tête-à-tête, des confidences, des promesses et, avant qu'elle ne reprenne la route, il lui demanda sans la regarder:

— Pourquoi ne viendrais-tu pas vivre ici avec moi, Camille?

Ébahie, ayant espéré de tout son être que rien ne s'achève, elle répondit:

— Ce serait merveilleux, n'est-ce pas? Toi et moi, l'atelier, la vie simple, la peinture… C'est un rêve, Tristan, il y a tellement d'obstacles…

– Quels obstacles? Mon père? Il en serait ravi, il t'aime déjà et il ne cherche que mon bonheur. Ta mère? Dès qu'elle me connaîtra, je suis persuadé qu'elle ne s'y opposera pas. Et tu es en âge…

– Il y a ma carrière, Tristan, je suis enseignante, j'ai été diplômée…

– Oui, je sais, mais tiens-tu tellement à être institutrice toute ta vie, Camille? Est-ce vraiment là ta vocation? Rien ne t'y oblige, tu sais, et si jamais l'envie te prend, il y a des écoles partout, même ici.

– Mais de quoi allons-nous vivre?

– De notre art, de notre peinture, Camille. À nous deux, nous aurons toujours de quoi manger, boire et nous aimer. Rien de fastueux, un bonheur simple, mais avec de la poésie dans le cœur comme sur nos toiles.

La jeune femme était songeuse et, le constatant, Tristan ajouta:

– Mais rien ne t'y oblige, Camille, il se peut que je déraisonne. Tu as grandi dans un milieu différent, tu connais le confort, le luxe, l'aisance, moi, je n'ai rien de tout cela à t'offrir… Peut-être devrions-nous attendre? Je précipite les choses, je le sens, mais je t'aime, Camille. Je t'aime comme je n'ai jamais aimé.

– Je t'aime aussi, Tristan, et je suis prête à tous les sacrifices pour ne plus te quitter. Je veux vivre avec toi, partager tes jours, tes nuits, tes pensées… Oui, je peindrai et nous irons ensemble, comme des vagabonds, vendre nos tableaux d'un village à l'autre. Toi, tes chefs-d'œuvre et moi, mes oiseaux! Et si jamais le vent tourne, j'enseignerai pour assurer notre survie.

Il la prit dans ses bras, l'étreignit contre lui, l'embrassa tout en lui pressant la nuque, en glissant ses doigts dans ses cheveux et en lui demandant sur un ton de gamin, presque celui d'un enfant:

— Tu ne me trouves pas trop vieux? Tu es si jeune, toi…

Elle se blottit davantage contre lui et murmura:

— Non, mon amour, tu es dans la force de l'âge, c'est moi qui ne suis pas encore femme, mais je te rejoindrai à force de caresses et d'amour. Trente-deux ans, m'as-tu dit? C'est inouï comme c'est vieux cet âge-là! s'exclama-t-elle en riant.

— Camille! Sois sérieuse, penses-y! J'ai onze ans de plus que toi!

De retour chez elle, plus déterminée que jamais à aller vivre avec Tristan dans sa piaule à Mont-Laurier, Camille, nerveuse, arpentait le boudoir, tournait en rond dans le salon, et se demandait comment annoncer cette nouvelle à sa mère dès qu'elle serait levée. Buvant café sur café, elle attendit patiemment, car ce n'est qu'à onze heures que madame Nevers descendit prendre son petit déjeuner, après une grasse matinée due aux nombreux *gin & tonic* de la veille. Voyant que sa fille était encore à table, la cafetière vide ou presque, elle s'en étonna et lui demanda:

— Qu'est-ce qu'il y a? Je parierais n'importe quoi que tu as quelque chose à me dire, toi.

— Oui, maman, en effet, j'ai à vous parler, mais je préfère que vous preniez votre déjeuner avant. Notre entretien risque d'être long.

— Dans ce cas, fais d'autre café, ma fille, tu l'as quasiment tout bu! Nerveuse à ce que je vois… Où donc est passé le flacon d'aspirine? J'ai un mal de tête à en hurler.

— Vraiment? Vous n'avez pas digéré, maman? Votre foie, peut-être? À moins que…

– Oui, trop d'alcool, Camille! Quand je suis seule, j'ai moins de contrôle et comme tu le mentionnais, le foie n'apprécie guère les abus.

– Bien, avec cette migraine et l'humeur qu'elle provoque, il vaudrait peut-être mieux remettre cet entretien à demain, maman. Ce que j'ai à vous dire ne sera pas de tout repos.

– Qu'importe! Finissons-en! Je ne me sentirai pas mieux demain. Tu veux me parler de toi et de ton artiste-peintre, n'est-ce pas? Il t'a fait des propositions, des avances, il t'aime, tu l'aimes…

– Oui, maman, en quelque sorte, je parle de propositions, bien sûr, Tristan souhaiterait que j'aille vivre avec lui, que nous fassions de la peinture ensemble, que nous vendions nos tableaux à travers la province et, plus tard, le pays. Vous savez, ça marche déjà, j'ai vendu deux de mes toiles.

– Et tes études, Camille? Ton brevet d'enseignante? Ça n'aura donc servi à rien tous ces efforts, toutes ces années?

– Rien ne sera perdu, maman, j'aurai toujours mon diplôme entre les mains en cas de besoin. Et puis, comme nous habiterons chez son père, ça ne nous coûtera rien. D'ailleurs, ce sera beaucoup plus dans l'atelier de Tristan que notre vie va s'écouler.

– Votre vie? Il compte t'épouser, ce type-là? Il fallait le dire!

– Heu… non, pas exactement, maman. Nous ne songeons pas au mariage pour l'instant, nous préférons nous connaître davantage.

– Camille! Ce n'est pas que je sois scrupuleuse, tu me connais, mais vivre comme des concubins, ce n'est guère bien vu, tu sais. On les montre du doigt, on a l'impression qu'il s'agit d'un couple dont l'un est marié, le plus souvent, l'homme. Tu risques de passer pour une dévergondée, ma fille, penses-y! Mont-Laurier, ce n'est pas la grande ville.

– Oui, je sais, mais tôt ou tard, ça risque de se produire, maman.

– Alors, pourquoi ne pas le faire dès maintenant? Il est libre ou non, ton Tristan? Et puis, il est plus qu'en âge, non?

– Oui, il est libre et oui, il est en âge, il a trente-deux ans.

– Tant que ça? Bah… rien de grave, mais à ce que je vois, rien ne vous en empêche. Vous vous aimez ou pas?

– Bien sûr, maman, autant que vous avez aimé celui jadis qui…

– Qui voulait m'épouser, Camille, pas seulement vivre avec moi. Et tu vois? J'ai même épousé ton père sans l'aimer pour ne pas perdre ma réputation et ne pas le compromettre. Et ton roman d'amour, ma fille, n'est pas compliqué comme le mien l'a été. Aucun empêchement, l'amour des deux côtés… J'aimerais dire à Tristan que je serais heureuse de le voir t'épouser, et non faire de toi ce qu'a été Odile pour ton père, durant trop d'années.

– Non, ne lui dites rien, maman. Si l'idée vous déplaît, je n'irai pas, même si je suis en âge de le faire. Je ne veux vous causer aucun souci, aucun ennui, je vous aime trop pour vous contrarier. Et comme vous êtes large d'esprit, je me dois de vous croire et de m'incliner devant vos objections.

– Ce n'est pas le fait d'être large d'esprit qui me dicterait de laisser ma fille vivre en dehors des normes, Camille. Et son père, lui? Ça ne le dérange pas de voir son fils coucher avec une fille sous son toit sans les savoir mariés? Est-il dégénéré, cet homme-là?

– Non, monsieur Gayard est un homme charmant, maman, un sexagénaire bien éduqué, sauf qu'il est veuf depuis que Tristan est né et qu'il ne s'est jamais remarié. Tristan, lui, a déjà été marié et son union a été annulée par le clergé, sa femme était lesbienne. Alors, comme vous voyez, maman, le mariage n'a guère d'importance ni de valeur pour eux. Seul l'amour compte, seuls les sentiments ont leur raison d'être. Monsieur Gayard me considère déjà comme sa fille. Il n'a pas besoin de voir son fils me passer la bague au doigt.

– Et si vous avez des enfants, Camille?

– Nous verrons bien, maman, mais pour l'instant, Tristan et moi n'en voulons pas. La fibre n'est pas très forte d'un côté comme de l'autre, nous prendrons des précautions. Nous voulons vivre pour la peinture. Nous voulons nous épanouir, être heureux, mais sans votre consentement, je n'irai pas, maman. J'en ferai mon deuil…

– Non, pas ça, Camille! Il y a assez de moi qui ai dû enterrer un amour à cause de mon père… Tu comprends? Disons que j'aurais préféré qu'il t'épouse, mais je ne t'empêcherai pas d'être heureuse avec lui pour autant. D'un autre côté, si ça ne fonctionne pas, si un jour tout s'arrête, tu ne seras pas liée à lui. Mais ne vous arrangez pas pour faire des enfants dans un élan d'ardeur, Camille! Je veux bien respecter votre choix, mais je n'admettrais pas que mes petits-enfants soient des bâtards! Et puis, pense à ton père. Je sais qu'il n'a rien à dire, même s'il va gesticuler de vous savoir en couple sans être mariés, mais de là à en faire un grand-père de cette façon et de vous marier ensuite, obligés… Non! Pour lui comme pour moi, ce serait un affront!

– Ne craignez rien, maman, Tristan et moi avons tout prévu. Et l'idée de ne pas nous marier n'est pas coulée dans le béton, vous savez. Peut-être qu'un jour, après cette longue vie de nomades…

– Je te vois de plus en plus négligée, Camille. Tu délaisses tes robes et tes bijoux, tu ne te maquilles plus. Ta coquetterie s'étiole… Est-ce pour lui?

– Non, pour nous, maman, parce que les artistes-peintres, ça ne fait pas le tour du monde en robe du soir et en smoking.

Et ce qui compte, ce n'est pas ce que j'ai sur le dos, mais ce que j'ai dans le cœur. Vous ne croyez pas?

N'ayant rien ou presque à ajouter, heureuse au fond d'elle-même du bonheur soudain de sa fille adorée, misant sur le destin pour la combler, elle conclut:

— Oui, tu as raison, ça va… Présente-le-moi, ce garçon!

Dès que sa mère grimpa la côte pour se rendre à l'épicerie, Camille s'empressa de rejoindre Tristan au bout du fil pour lui dire:

— Viens vite, maman veut te connaître! Je lui ai tout dit pour nous. Elle a un peu rechigné à cause du concubinage, mais avec tact, je l'ai amenée à comprendre et à se ranger de notre côté.

— Écoute, Camille, si ta mère tient absolument à ce que je t'épouse, je vais le faire. Je ne laisserai pas la vie nous séparer pour un serment devant le prêtre, que je peux te jurer devant elle. Mais, dis-lui que son désir sera un ordre pour moi.

— Non, Tristan, et ne reviens pas sur le sujet. J'ai fini par lui faire accepter le bien-fondé de notre vie à deux sans le mariage; ne viens pas délier ce que j'ai si bien noué. Ne parle de rien, contente-toi d'être gentil, d'être aimable, d'être toi, quoi!

— Je ne voudrais pas pour autant mettre ta réputation en jeu, Camille. Je sais que nous ne sommes plus en 1926, mais vingt ans plus tard, ce n'est pas encore bien vu le concubinage. Surtout dans une famille comme la tienne. Tu es sûre de ne pas préférer que je t'épouse, Camille?

— Non, Tristan, pas pour l'instant, plus tard, peut-être, nous verrons… Et là, ne perds pas de temps, viens vite, mon chéri, avant que ma mère change d'avis.

Madame Nevers qui, de peine et de misère, avec deux sacs d'épicerie bien remplis redescendait la côte, vit venir Camille au devant d'elle pour la dégager et lui permettre de reprendre son souffle. La sentant contrariée, elle lui demanda:

– Quelque chose qui ne va pas, maman? Une mauvaise rencontre, peut-être?

– Non, non, ils sont toujours gentils les Ruest, mais la grande sœur, la Yolande, semble se douter de tout ce qui se passe de notre côté. Elle sait que Luce est partie vivre ailleurs; le livreur lui a dit qu'il ne la voyait plus, qu'il n'entendait plus sa musique. Ce que je n'ai pas nié sans ne rien lui confirmer, mais j'ai senti que Jérôme semblait peiné. Il me regardait, troublé, comme s'il avait voulu me dire qu'il ne l'avait pas oubliée. Mais ce qui m'a le plus choquée, c'est que Yolande semble être au courant que ton père et moi sommes divorcés. Ne me demande pas comment elle l'a appris, je n'en sais rien, mais elle s'est étiré le cou pour me regarder la main afin de voir si je portais encore mon alliance. C'est ce qui m'a mis la puce à l'oreille. Ah! ces gens de village! Le nez fourré dans tous les ménages!

Ce qui était curieux, quasi étrange, c'est qu'une jeune fille aussi romanesque que Camille, n'ait pas envie de la robe blanche, du voile et du bouquet, afin d'être au bras d'un homme beau comme un prince. Plus beau qu'Errol Flynn! Était-ce de la méfiance? De l'incertitude? Certes non, elle l'aimait à en vendre son âme! Alors, pourquoi ne pas devenir madame Tristan Gayard et ne pas avoir à vivre comme Odile? D'autant plus que «son homme» était libre. Mystère! Seule Camille savait pourquoi elle ne désirait pas, sur un coup de foudre, s'engager pour la vie. Elle avait sans doute peur que le mariage les plonge dans la routine. Elle craignait peut-être, par-dessus tout, qu'avec le temps, Tristan, à titre de mari, n'ait plus les doux élans et les sentiments d'un amant. Sans oublier qu'elle avait aussi, devant les yeux, le triste échec de l'union de ses parents. Rêveuse quoique sage, elle désirait que «le songe» persiste, que la terre s'arrête de tourner et qu'ils restent à tout jamais dans les bras l'un de l'autre. Inanimés! Figés! Comme la sculpture romaine qu'elle avait vue dans un livre d'art où, le mâle, beau et vainqueur, tenait sur sa poitrine, sa femelle, sa conquête. Amoureux pour l'éternité, gravés, sculptés dans la pierre. Sans aucune ride sur leur visage! Voilà où en était la romantique Camille dans ses pensées. Et qui sait si l'un des films d'amour d'Errol Flynn ne l'avait pas inspirée à être la maîtresse, plutôt que la femme de celui qu'elle aimait?

Quelques heures plus tard, alors qu'elle terminait un chapitre de la biographie de l'impératrice Joséphine et que sa mère, plongée dans un roman d'amour, écoutait en sourdine les valses de Strauss, le téléphone sonna de nouveau, et c'était Marthe dont Camille était sans nouvelles depuis des mois.

— Camille! Que fais-tu? Que deviens-tu? Je n'ai plus de tes nouvelles!

— Je pourrais te poser les mêmes questions, Marthe, mais je réalise et c'est normal, que depuis la fin des études, nos chemins se croisent moins.

— Peut-être, mais ce n'est pas correct! On s'est fait tant de confidences! Ta mère va bien? Ton père aussi? Et Luce, elle?

— Tous vont bien, Marthe, et toi, tu enseignes, tu aimes la profession?

— Oui, mais c'est assez éreintant, je l'avoue! On m'a finalement confié une première année de petites filles et elles sont exigeantes, pleurnichardes, braillardes! Des fois... Toi, que fais-tu?

— Je prends mon temps, je peins, je songe à d'autres voies.

– Mon Dieu que tu as l'air sérieuse! Je ne te reconnais plus! Tu as oublié le cinéma, nos potins, Errol Flynn, Bette Davis?

– Heu… j'ai gardé une part de mon cœur d'adolescente, je ne renie pas ce que j'ai aimé, Marthe, mais à vingt et un ans, majeure, j'ai mis ces chimères de côté, tu sais. Je peins beaucoup…

– Tu peins… tu peins, je le sais, mais ce n'est pas un gagne-pain! On sait bien, toi, avec une famille à l'aise!

– Non, tu te trompes, je vends mes toiles, Marthe, je fais des vernissages, j'ai des consœurs et des confrères dans le milieu, j'ai même un ami sérieux.

– Quoi? Tu es en amour et tu ne m'en disais rien? Qui est-ce? Un professeur? Un fils de juge? Un…

– Marthe! Vas-tu mûrir un jour? À t'entendre, j'ai l'impression d'avoir encore seize ans! Non, je fréquente un artiste-peintre de trente-deux ans. Au fait, nous projetons de vivre ensemble.

– Tu veux dire te marier, si je comprends bien.

– Non, vivre à deux, sans alliances, sans rien, juste en amour.

– Camille! Ça ne se fait pas! As-tu perdu la tête? Tu vas être montrée du doigt! C'est un drôle de milieu que celui-là! Les peintres sont des marginaux! Et ton père te laisse faire?

Impatiente, à bout de nerfs avec elle depuis quelque temps, Camille lui dit le plus calmement du monde pour ne pas la blesser:

– Écoute, Marthe, je me rends compte que nos destins ont emprunté des chemins différents. Je suis navrée d'avoir à te le dire, mais je crois qu'il serait préférable de faire le vide entre nous, de laisser chacune vivre sa vie. La longueur d'onde n'est plus la même, il serait bête de poursuivre…

– Tu veux dire que tu me plaques là après toutes ces années, Camille?

– Nos années d'études, Marthe, nos années échangées, mais là, avec le temps… Et «plaquer» est un verbe de très mauvais goût, je préférerais t'entendre dire que je te laisse à toi et que tu me laisses…

Camille n'alla pas plus loin. Marthe, se sentant insultée, rejetée, trahie et humiliée, avait brusquement raccroché. Et Camille, outrée de son impolitesse, s'abstint de la rappeler les jours, les semaines et les mois suivants. C'en était fait de cette amitié de parcours de collège, des échanges de potins, d'Errol Flynn et des films que Marthe avait vus comme caissière. Camille Nevers n'avait plus qu'une idée en tête, un désir au cœur, et c'était de rendre Tristan le plus heureux possible. Avec son amour, ses pinceaux, sans maquillage, sans bijoux, sans artifices. Avec ce naturel qu'il aimait d'elle et qu'il admirait de ses yeux d'artiste. Avec son corps de «déesse» dont il s'emparerait encore avec grâce, quand elle se glisserait langoureusement sous ses draps propres, mais… froissés!

Tristan Gayard, fidèle à lui-même, veste de chasse, chemise à carreaux, bottes aux pieds et bracelet de cuir au poignet, se présenta devant madame Nevers en déployant son charme et son savoir-vivre. Jeannette, plutôt méfiante, fut vite conquise par ce bel homme qui ferait de Camille, cela se voyait, une femme comblée. Parce que Tristan lui rappelait, sous certains aspects, celui qu'elle avait jadis aimé. C'est donc rassurée et avec joie, qu'elle lui confia sa fille bien-aimée, en lui disant qu'il avait une perle entre les mains. Ce à quoi, obligeant, il avait répondu qu'il deviendrait son plus précieux écrin. Il fut donc entendu que Camille irait s'installer à Mont-Laurier au début de décembre et qu'ils reviendraient fêter Noël avec elle. À ces mots, madame Nevers leur répondit:

— N'en faites rien, Cécile et moi allons passer les fêtes ensemble en Floride.

Camille en fut ravie. Sa mère allait enfin sortir de sa coquille et, qui sait, peut-être se départir d'une certaine dépendance. Ils soupèrent tous les trois et, au dessert, alors qu'elle acceptait la cigarette que Tristan lui offrait, Jeannette Nevers leur annonça solennellement:

— L'an prochain, je vends la maison, je quitte cet endroit et je m'en vais habiter avec Cécile dans sa vaste maison.

Camille, stupéfaite, lui demanda du bout des lèvres:

— Pourquoi? Cette maison, cette belle résidence, la vôtre, maman…

— Parce que je n'ai plus aucune raison de vivre ici, ma fille. Toi partie, je ne resterai pas seule dans cette grande maison, je vais dépérir, je ne conduis même pas…

— Ta mère a raison, murmura Tristan, vivre seule et isolée, c'est imprudent.

— Mais… vous allez être si loin de moi, maman… balbutia Camille d'une voix entrecoupée par les sanglots.

— Tu n'auras qu'à venir me visiter, ma fille, je ne serai pas si loin, je retourne juste d'où je viens. Et de Mont-Laurier à Montréal, ce n'est pas le bout du monde. Moi aussi, j'irai vous visiter avec Cécile. Elle a une voiture et elle conduit, elle. Et nous serons toujours près du cœur l'une de l'autre, tu verras, Camille.

Secouée, la jeune fille se lança dans les bras de sa mère et lui dit:

— Si vous saviez comme je vous aime! Vous allez me manquer…

— Toi aussi, Camille, mais ta vie, ton bonheur, c'est avec Tristan que tout cela t'attend. Nous avons eu nos joies et nos peines dans cette maison bâtie pour nous. Nous avons eu nos bonheurs… Allons, assez de sentiments pour ce soir, vous prendrez un digestif, Tristan? J'ai un bon vieux cognac qui frappe et qui remet le cœur en place. Et toi, Camille? Une crème de menthe, peut-être?

1947 venait de poindre tout comme le soleil à l'horizon et, depuis un mois, Camille filait le parfait amour avec Tristan, se partageant entre l'atelier et la maison où monsieur Gayard, discret, ne s'immisçait en rien dans leurs affaires. Jeannette Nevers était à Miami avec sa chère amie, Cécile, et Germain, malheureux, désemparé, désespéré, endurait les colères de Luce qui se transformaient en «scènes de ménage», lorsqu'il rentrait trop tard certains soirs. Elle avait même lancé son violon sur le mur un certain vendredi, parce que, le croyant de retour, elle s'apprêtait à l'accueillir avec une valse de Chopin, alors qu'il ne s'agissait que d'une livraison. De plus en plus acerbe, exigeant qu'il s'occupe d'elle, faisant fi des infirmières qui se succédaient, elle s'était juré que son père ne vivrait que pour elle, personne d'autre, pas même Camille dont elle était sans nouvelles. Traqué, pris au piège, Germain Nevers ne savait plus à quel saint se vouer, comment s'en sortir. Un certain dimanche de février, alors qu'il croyait qu'elle dormait, il s'empara du téléphone et, à voix basse, dit à son ex-femme dès qu'elle répondit:

– Jeannette, je t'en prie, il faut que tu la reprennes. Elle va me rendre fou!

Madame Nevers n'eut pas le temps de répondre, qu'elle entendit crier derrière lui:

– Non, jamais! Vous n'allez pas vous défaire de moi comme ça, papa! Jamais je ne retournerai avec elle! Je l'ai reniée, papa, est-ce clair?

Jeannette Nevers, indifférente aux méchancetés de son aînée avait répondu:

– Tu vois? Désolée, Germain, mais elle est à toi désormais. En passant, j'aimerais te dire que Camille est partie vivre avec un artiste-peintre et que je vends la maison. Je pars, je m'en vais m'installer chez Cécile. Tu te souviens d'elle, n'est-ce pas? Celle que tu n'aimais pas parce qu'elle fumait trop?

– Tu vends la maison, Jeannette? Tu oses vendre ma maison, mon petit univers? Je l'ai fait bâtir, je l'ai créée avec l'architecte, je l'ai meublée…

– Ma maison, Germain, et ne cherche plus à m'atteindre, à moins que Luce en vienne à réclamer sa mère. Et prends-en bien soin, elle est fragile, tu sais.

Plusieurs acheteurs s'étaient présentés, des gens sérieux, des curieux, et Jeannette, très avertie, ne perdait pas de temps avec les peu nantis et les indésirables. Et elle n'ouvrait pas à qui se disait intéressé dans le seul but de «visiter». Elle en vint à prendre un agent immobilier qui s'y présentait sur appel, avec des clients vivement intéressés. L'un d'entre eux, un homme dans la cinquantaine avancée, semblait plus obligeant que tous les autres. Il était revenu voir la maison à deux reprises. Une fois avec sa femme et ses deux filles, puis avec ses deux fils, dont l'un avait l'air d'un voyou. Madame Nevers se demandait bien où cet homme bien ordinaire, plombier de son métier, pourrait trouver la somme assez élevée demandée. Mais, selon l'agent, l'acheteur en question avait hérité d'un énorme montant d'argent d'une très vieille tante décédée, dont il était le seul parent. Et comme il ne semblait aucunement porté à marchander, madame Nevers lui céda la maison de fort bon gré. L'homme en question qui avait habité un quartier modeste du bas de la ville, sans pour autant le nommer, avait rêvé toute sa vie d'une maison au bord de l'eau. Et ce fut un coup de cœur pour lui comme pour ses enfants, lorsqu'ils visitèrent la «maison de riches» tout près de la rivière. Cette splendide maison bâtie selon les plans de l'avocat. Ils étaient prêts à acheter tous les meubles et madame Nevers accepta de leur vendre ce qui ne suivrait pas, sauf son mobilier de chambre, bien entendu, ses bibelots personnels et les toiles de Camille sur les murs. Et c'est ainsi que Médée Charette, plombier chevronné, devint maître des lieux, incluant la chaloupe et le quai!

1947, l'année qui annonçait la fin du règne des Nevers, et celle de tous les espoirs pour les Charette. L'année durant laquelle la princesse Elizabeth allait épouser le prince Philip et celle où Christian Dior allait révolutionner la mode avec les jupes portées à douze pouces du sol. En France, Albert Camus publiait *La Peste,* que Germain Nevers allait certes rajouter à sa collection, alors, qu'aux États-Unis, des chercheurs avaient réussi à isoler le virus de la polio. Ce qui avait fait dire à Luce: «Ça ne va rien changer pour moi, le mal est fait!» tout en reprenant son violon pour interpréter *Méditation de Thaïs* de Massenet pour son père qui, confiné sur un divan à ses côtés, ne pouvait guère honorer sa jeune maîtresse, qui s'en était lassé.

Madame Nevers, comme s'il s'agissait là d'un rituel, avait téléphoné à Camille pour lui annoncer que Lucille Dumont avait été couronnée Miss Radio, mais, hélas, avec le retrait de Marthe de son existence, la jeune artiste-peintre ne sut jamais que c'était Loretta Young qui avait remporté l'Oscar de la meilleure actrice cette année-là. Ce qui ne manquait guère à sa culture puisque, désormais, Camille ne se consacrait qu'à la peinture. Plus rien d'autre ne l'intéressait, ni la mode ni le cinéma. Que ses oiseaux de toutes les couleurs sur ses toiles et

Tristan Gayard dans son cœur. Jour et nuit! Jeannette Nevers avait délaissé Reda Caire au profit d'Yves Montand dont le succès était grandissant et, en haut de la côte, plus esseulée que jamais, mademoiselle Cardinal se morfondait pour aller voir le film *La Chartreuse de Parme* avec Gérard Philipe et Maria Casarès, mais avec qui? Camille n'était plus là, elle l'avait appris de Yolande Ruest en allant à l'épicerie et, pour s'en assurer davantage, elle avait osé questionner madame Nevers qui lui avait répondu: «En effet, il ne reste que moi, Mademoiselle, et pas pour longtemps, je vends!»

Jeannette n'avait pas à se hâter pour quitter L'Abord-à-Plouffe, Médée Charette devait, d'abord, régler ses dettes, se refaire un nom à la banque, renflouer son commerce et obtenir plus de crédit qu'il n'avait d'argent, héritage inclus. Ce qui n'était guère un risque pour l'institution bancaire, d'autant plus qu'avec la maison des Nevers en garantie, c'était pour le prêt hypothécaire, une affaire en or. Madame Nevers profita donc de l'été pour vendre toutes les babioles peu intéressantes pour les Charette, et qu'elle ne désirait pas emporter. Cela fait, elle fit parvenir une à une ses malles chez son amie, Cécile, puis ses boîtes empilées, pour ne garder que l'essentiel jusqu'à son départ. L'automne venu, elle téléphona à Cécile pour lui dire:

– Sors ton jeu de cartes, j'arrive bientôt!

L'autre, riant de bon cœur, lui avait rétorqué:

– Oui, mais que dirais-tu d'un voyage au Mexique avant d'endurer l'hiver?

Jeannette, quelque peu séduite, lui avait répondu:

– Le Mexique? C'est loin, je n'aime pas tellement l'avion…

– Allons, Jeannette, un petit effort… Je me suis laissé dire que les hommes étaient superbes dans ce coin-là!

Un tantinet riante, madame Nevers lui avait répliqué:

– Cécile! Voyons! À notre âge!

Et c'est finalement le vendredi 7 novembre que Jérôme Ruest vit passer le camion emportant les meubles de la femme de l'avocat, ainsi que cette dernière, suivant derrière dans un taxi. Triste et songeur, il voyait une partie de sa vie s'en aller avec elle. Les Nevers, Camille et son sourire, Luce et ses petits concerts, l'amour qu'il avait éprouvé pour elle... Triste et abattu au point que sa sœur, Yolande, devinant son trouble, lui avait dit:

– Allons mon p'tit frère, oublie-la, elle a juste su te faire souffrir, c'te fille-là! Pis là, comme tu t'maries dans un mois avec Marjolaine, une fille cent fois autrement qu'elle, fais-lui pas l'affront d'lui laisser voir ta peine. Tu méritais mieux qu'ça, pis là, tu l'as, Jérôme!

De son côté, mademoiselle Cardinal qui comptait les mois la séparant de sa retraite, avait sur les épaules trente petits «morveux» qui allaient sûrement avoir raison de sa santé avant la fin de l'année scolaire. Une quatrième année à l'école des garçons! Elle qui n'avait pourtant pas la «couenne dure» et qui préférait les petites filles sages, aux petits gars dissipés. Mais comme Camille avait refusé d'enseigner et qu'un poste était resté vacant, c'est elle qui avait écopé des gamins les plus turbulents. Laissant parfois échapper un soupir de soulagement en rentrant chez elle, il lui arrivait aussi de froncer les sourcils en regardant la grande maison vide au bas de la côte. Elle avait su qu'elle avait été achetée par un dénommé Charette dont les enfants étaient grands, ce qui la rassurait. Elle n'aurait pas de petits «monstres» à endurer dans la côte à longueur d'année. Quelques jours après le départ définitif de madame Nevers, l'institutrice aperçut une camionnette et deux hommes vêtus de salopettes, en train de repeindre l'extérieur de la maison jaune et verte, en… gris souris et violet! «Quel manque de goût!» s'était écriée l'enseignante. «Quelles drôles de couleurs pour une maison déjà camouflée par les arbres.» Puis, haussant les épaules, elle se dit: «En autant que les nouveaux arrivants soient aussi respectables que les Nevers.» Une pensée qui s'assombrit bien vite, lorsqu'elle entendit l'un des ouvriers dire à l'autre: «Calvaire! On dirait qu'a pogne pas, c'te peinture-là! Dis-moi pas que l'père a encore acheté les restes d'une ferronnerie en banqueroute! Baptême! Ça tient pas pantoute!»

Les vagues de la rivière, soulevées par les soubresauts du vent de la première neige, venaient déferler sur un quartier de roches et, en pleine nuit, la maison du bord de l'eau, vide de ceux qui l'avait habitée, dépossédée des meubles ou presque, mal chauffée, peu éclairée, dormait comme dans un lourd silence. Triste d'apparence avec ses couleurs sombres et effrayantes, elle ne suscitait plus l'envie des paroissiens qui, pourtant, lors de sa construction… Le vent fort sifflait à travers les fentes de quelques fenêtres et un rideau jauni par la nicotine, laissé en place dans la chambre de la mère, se battait contre la tringle courbée par le poids des tentures qu'elle avait supportées. Que de souvenirs, que de regrets, que de soupirs jaillissaient des murs de cette maison qui, délaissée, vendue, évanouie, allait se réanimer pour Médée Charette, sa femme et leurs enfants, dont l'un des gars, au grand désespoir de la vieille demoiselle à l'œil de verre, sacrait comme un charretier!

Deuxième partie

La famille Charette

Chapitre 5

Mademoiselle Cardinal les avait vus arriver en janvier 1948, en plein cœur de l'hiver. Derrière un camion chargé de meubles, deux voitures pleines suivaient dont l'une, rouillée, bosselée, était conduite par le fils «mal élevé» qui, en descendant de l'auto, avait dit à son père: «Calvaire! Y fait frette icitte! On a-tu acheté au pôle Nord? Gaétan! Grouille-toé l'cul! Viens m'aider! J'ai un coffre qui pèse pas loin d'une tonne dans' valise!» La vieille institutrice en avait assez entendu de sa fenêtre légèrement entrouverte, dans le but «d'écornifler». Elle l'avait refermée, avait même tiré le rideau pour se dire: «Belle famille! Les maisons chères ne sont pas que pour les avocats, à ce que je vois! Ça sort d'où, ce monde-là? L'une des filles a l'air d'une... Mon Dieu, pardonnez-moi! Je suis déjà en train de les noircir! Bonne sainte Anne, oubliez ma médisance!» Personne à L'Abord-à-Plouffe ne savait qui étaient ces gens qui avaient acheté, à gros prix, la résidence des Nevers. Jérôme Ruest avait seulement appris qu'il s'agissait d'un homme du bas de la ville, plombier de son métier, avec une femme et des enfants. De grands enfants! Deux filles et deux garçons, aucun de marié. Voilà tout ce qu'il avait pu soutirer de l'agent immobilier qui s'était arrêté pour un paquet de cigarettes, en passant. Il avait même dit à Jérôme et sa sœur: «Ça va vous faire de bons clients! Ça fume, ça boit d'la bière, pis ça mange en masse dans c'famille-là! Pis ça paye comptant! Vous allez voir, ça va augmenter vos revenus dans pas grand temps!» Et Yolande lui avait répondu: «Moi, en autant qu'ça paye *cash*, ça m'dérange pas d'où y viennent pis c'qu'y font! J'en peux plus des clients à crédit qui t'garrochent trois piastres par semaine, pour ensuite en rajouter quinze sur leur compte!»

Sans aller jusqu'à leur demander leurs certificats de naissance, le curé tenait évidemment à savoir qui étaient les nouveaux paroissiens, s'ils allaient à la messe, s'ils faisaient leurs dévotions. Médée Charette lui avait dit que sa femme et lui étaient de bons pratiquants ainsi que leur fille Noëlla et, de temps en temps, leur fils, Gaétan. Pour ce qui était du «plus vieux» pis de la «plus jeune», c'étaient des «brebis égarées», selon lui. Mais le curé n'avait pas à s'en faire, sa dîme allait être payée et, quatre à donner à la quête, c'était déjà pas mal pour la collecte du dimanche, tout en espérant que «madame», comme plusieurs autres «régulières», avait le culte… des lampions! Et c'est ainsi, tout bonnement, en causant avec Amédée Charette, qu'il apprit tout de la famille.

Amédée dit «Médée» avait soixante ans et sa femme, le même âge. C'est en 1913, à Montréal, qu'Amédée Charette avait pris pour épouse Blanche Blanchard, la fille aînée du boucher de son quartier. De leur union, quatre enfants virent le jour. Raynald dit «Ray» le 25 mars 1914, Noëlla, le 25 décembre 1916, d'où son prénom, Gaétan, le 27 janvier 1918 et la petite dernière, Mariette, le 29 juillet 1923. «Ma femme a toujours accouché les fins de mois. Faut croire qu'on les faisait la tête tranquille, juste avant d'payer le prochain loyer!» Il avait ri de ses dents jaunes du bas, et le curé se rendit compte que le sexagénaire avait omis de porter ses fausses dents du haut, à moins que l'inconfort... Toujours est-il que, Charette père, avait fait la première guerre et, Raynald, la deuxième. Et le fiston s'en était bien tiré, aucune blessure, d'un seul morceau. «C'est du béton, mon gars!» avait-il conclu en parlant de lui. Gaétan, plus fragile, moins «soldat», s'en était sauvé en se plaçant sous la protection du Frère Gédéon, son enseignant au temps du primaire, qui l'avait caché dans un monastère... avec lui! «Une chance!» avait ajouté le père. «Parce qu'y est pas fait fort, celui-là!» Noëlla, pas folle mais pas toute là, selon Amédée Charette, restait à la maison et aidait sa mère dans les corvées ménagères. «Une brave fille! Pas belle comme l'autre, mais plus serviable. A l'aurait pu faire une bonne femme pour un ouvrier, a fait ben à manger, mais a fuit les hommes comme la peste! Y'a juste son frère, Ray, qu'a l'admire depuis qu'est toute jeune. Pour elle, y'en a pas deux comme lui pis, pourtant, y'est loin d'être fin avec elle, y'est bête comme ses deux pieds, y'a bardasse, y'a traite comme une servante, pis a le r'garde encore avec les yeux dans' graisse de bines! Mais, comme j'vous l'disais, Noëlla, a l'a sa tête, sauf qu'a l'a queq' trous dans' cervelle, vous comprenez? Pis est mauvaise! Quand a s'pogne avec sa sœur, ça r'vole avec elle! A l'a presque déjà assommée avec son fer à r'passer, la p'tite Mariette!» Consterné, le curé n'osait plus rien demander, il se contentait d'écouter. «Ben là, j'pense que j'parle trop, ma femme aimerait pas ça! C'qui s'passe chez nous... Mais j'vous dis ça comme à confesse, ça va pas aller plus loin, hein?» Le brave curé le rassura et voulut le libérer, ayant d'autres âmes en peine à recevoir, mais Amédée, parti pour la gloire, lui dit: «Ray a jamais voulu être plombier! Y travaille dans une taverne! Avec les bras qu'y a… Pis la Mariette, ma p'tite dernière, a l'a fini par décrocher une job chez Wise Brothers. Vous savez, le magasin d'linge bon marché?» Le curé, acquiesçant de la tête lui demanda: «Comme caissière, je suppose?» Et Médée Charette de répondre: «Non, a corde du *stock*, a remplit les tablettes! A peut pas être caissière, a sait pas assez compter pour ça, a l'a fini en quatrième année, celle-là! Mais a l'a du cœur au ventre, a s'lève à sept heures chaque matin pis a saute dans l'tramway! Mais là, d'icitte, ça va lui faire plus loin pis c'est Ray qui va lui donner un *lift* le matin, y commence à huit heures lui, à servir des «draffes» aux ivrognes! Ben là, faut que j'parte, mais craignez pas, vous allez avoir de bons paroissiens avec ma femme pis moi. On s'est pas installés icitte pour faire honte aux gens d'L'Abord-à-Plouffe. Surtout pas avec la maison qu'on a! Aïe! On prend la place d'un avocat! Ça compte, ça!»

Yolande et Jérôme Ruest avaient vu la famille de «nouveaux riches» arriver les uns après les autres à l'épicerie. Le père leur avait semblé sympathique et la mère, tout à fait charmante. Mais cette dernière, habituée à la pauvreté, était encore près de ses sous, même si son mari roulait bon train dans les affaires, tout comme dans l'héritage de la vieille tante. Madame Charette regardait les prix, comparait, achetait les marques les moins chères et profitait de tous les rabais, la saucisse et le boudin inclus, que Jérôme offrait le lundi pour activer les affaires. Quand Raynald se présenta pour sa caisse de bière la première fois, il fit de la façon à Yolande, au point qu'elle en fût mal à l'aise. Et ce, sans s'informer si elle était mariée ou pas. Tombeur de femmes à n'en pas se tromper, il rejouait son manège avec elle, même si cette dernière était dans la quarantaine légèrement avancée. Mais, elle le remit vite à sa place, dès qu'il commença à la tutoyer. «Je regrette, mais moi, c'est au

"vous" avec les clients! Des deux côtés, Monsieur Charette!»
Il avait beau lui demander de l'appeler «Ray», tenter de lui
faire croire qu'ils étaient du même âge, Yolande, malgré le
compliment, garda ses distances. Raynald Charette, pas laid,
costaud, bien fait, ne l'avait pas fait tomber dans les pommes
pour autant. D'ailleurs, Yolande ne cherchait aucun homme
pour meubler sa vie. Célibataire endurcie, heureuse avec son
frère et sa femme, attendant avec autant d'anxiété qu'eux le
bébé qui venait; elle n'avait rien à foutre d'un gars de taverne
qui avait gardé les yeux rivés sur ses courbes, au détriment du
sourire poli qu'elle lui rendait. Quand madame Charette revint le lundi avec sa fille Noëlla, Jérôme et sa sœur se regardèrent de travers. Pas belle, plutôt laide avec son nez plat et
ses boutons rouges sur le visage, ils furent davantage surpris
lorsqu'elle prit la parole pour leur demander d'une «voix
d'homme» où se trouvait le fromage râpé. Une voix grave, le
sourire absent et, de temps en temps, agitée, au point que sa
mère la rappelait à l'ordre. Ils virent arriver Gaétan, beau garçon blond aux yeux verts, souriant, pimpant, poli, distingué,
qui se présenta en riant comme le «banquier» de la famille, et
qui plut à Yolande par son savoir-vivre. Ravie, elle avait dit à
Jérôme après son départ: «On dirait pas qu'y est du même
clan, celui-là! Y'a d'la classe, y'est beau en pas pour rire pis
y'a des manières…» Jérôme, ne la laissant pas terminer, lui
coupa le sifflet en ajoutant: «efféminées!» Sa sœur, la bouche
ouverte, tentait de s'en remettre, lorsqu'il ajouta: «Tu trouves
pas, toi? Pis, t'as-tu vu comment y m'a regardé travailler? Y
s'intéressait pas au quartier de bœuf que j'sciais d'une main,
le genou sur le morceau, y m'regardait les fesses, Yolande! J'te
l'jure! Ça l'empêche pas d'être un bon gars pis j'ai rien contre
ça, mais y'est pas prêt d'le marier celui-là, le père Charette!»
Yolande pouffa de rire et lui rétorqua: «Tout d'même! C'est

l'meilleur d'la famille, j'pense», tout en se rangeant du côté de son frère, quant au regard soutenu… sur son cul!

Mais c'est lorsque la petite dernière se présenta que Yolande resta bouche bée et que Jérôme faillit tomber par terre. Chaussée de bottes doublées, vêtue d'une jupe étroite, ajustée au possible, et d'un manteau trois-quarts en mouton noir, ouvert sur son chandail qui moulait sa superbe poitrine, Mariette Charette s'approcha de Jérôme et non de sa sœur pour lui demander en roulant des hanches: «Vous vendez des cigarettes? Ah! oui, j'les vois! Pis, vous avez du Coke froid?» Jérôme s'éloigna de son comptoir de viande pour la suivre et Yolande, qu'elle avait ignoré jusque-là, lui demanda:

— Vous êtes la fille de monsieur Charette si j'me trompe pas?

— Oui, la plus jeune, pis c'est moi qui travaille chez Wise Brothers…

— Je sais, votre mère me l'a dit, lui répliqua Yolande, pour tenter de l'arracher à Jérôme qu'elle dévorait des yeux.

— La mère a une grande gueule! Pas moyen d'annoncer rien avant elle!

Puis, détournant la tête, regardant Jérôme qui lui souriait de son air de séducteur, elle lui demanda en pointant son bras gauche:

— C'est-tu un accident d'boucherie qui vous a fait ça? J'm'excuse, c'est pas d'mes affaires, mais ça saute aux yeux! J'veux dire…

— Pas grave, soyez à l'aise, c'est un accident de la guerre. J'étais parti avec mes deux bras pis j'suis revenu juste avec un. On n'a pas tous eu la chance de vot' frère.

— Lui? J'pense que même un obus pourrait pas l'casser! On dirait qu'y est fait en fer, c'te verrat-là! Mais c'est vrai qu'y a aussi la chance… Y'en a qui sont même pas revenus d'là-bas!

– J'vous l'fais pas dire, Mademoiselle Charette, j'les ai vus mourir!

– Non, Mariette! Pas trop de politesse, ça m'énerve! Juste Mariette, ça va faire pis moi, j'vas vous appeler Jérôme. C'est vot' p'tit nom, pas vrai?

– Heu… oui, j'le renie pas! C'est comme vous voudrez, Mariette!

Yolande avait froncé les sourcils, remit les cigarettes et les six Coke à la jeune fille et, après l'avoir vue sortir, elle s'emporta contre son frère:

– Jérôme! Tu devrais pas t'familiariser avec elle! As-tu vu de quoi elle a l'air? Grimée jusqu'aux oreilles, les seins presque sortis d'son chandail! T'aurais pu l'affranchir, lui dire que t'étais marié pis qu't'allais être père! Pourquoi qu'tu l'as pas fait?

– Parce qu'a me l'a pas demandé! Pis juste un regard de travers, ça fait pas d'moi un infidèle! J'suis pas fait en bois, Yolande! Y'as-tu vu la croupe? Ça fait longtemps qu'on n'a pas vu un pétard pareil dans l'boutte!

Jérôme s'arrêta net et rougit jusqu'aux oreilles. Il n'avait pas entendu madame Dupéré entrer, une femme âgée qui, ayant écouté ses propos, semblait scandalisée au point de lui dire d'un ton sec: «Donnez-moi deux tranches de *steak* délicatisé, Jérôme, pis faites ça vite, j'ai un rendez-vous avec le curé!»

Le ménage, la peinture, tout semblait terminé dans la maison qui avait repris vie d'une drôle de façon. Raynald avait repeint toutes les pièces, sauf la chambre de Mariette. Devant l'étonnement de sa mère, il lui avait dit: «Bah, c'était pas nécessaire, c'était la chambre de la bonne femme pis a fumait elle aussi. Comme les murs sont déjà jaunis par la cigarette, j'les ai juste lavés pis ça va faire, Mariette fume comme une cheminée!» De nouveaux meubles, de nouvelles tentures, des tableaux de mauvais goût dans le salon, des bibelots bon marché, la maison avait perdu beaucoup de sa qualité. Et surtout de sa grâce, puisque Mariette avait collé, sur les murs de sa chambre, des affiches d'hommes à moitié nus que des gars du *stock room* lui avaient données, ainsi qu'une statue de plâtre d'Apollon de forte dimension, afin qu'elle puisse en apprécier… le moindre détail!

Gaétan avait choisi celle qui donnait sur la rivière. Il aimait contempler cette vaste étendue d'eau, givrée à quelques endroits. Il avait installé son *pick up* près de la fenêtre et rangé ses disques tout près, pour écouter à volonté les chansons de Doris Day, une vedette montante, quelques valses de Strauss et la musique de Chopin qu'il aimait bien. Sur l'un de ses murs, dans deux cadres distincts, il avait affiché les photos de Jean Cocteau et Jean Marais, deux autres, parmi ses préférés. Au-dessus de son lit, un crucifix, souvenir de sa première communion et, sur le mur en face de lui quand il se couchait, bien en évidence, une photo plus que dramatique de… Marlene Dietrich!

La chambre de Noëlla était la plus petite et située juste à côté de celle de ses parents à l'étage supérieur. Peu décorée, sans aucun bibelot, c'est Gaétan qui avait eu l'idée de lui accrocher, au-dessus de son lit, une reproduction des *Ballerines* de Degas. Que cela! Sur le mur du fond, elle avait elle-même installé le portrait de noces sépia de Blanche et Médée, et sur sa table de nuit, en-dessous de la vitre, une photo de Ray, torse nu, bûchant du bois, datant de plusieurs années, autour du chalet loué à Saint-Faustin pour une petite semaine d'été. Rien d'autre, des murs lilas, des rideaux roses et, de plus, avec vue dans le bois derrière, pas même sur la côte et encore moins sur un pan de la rivière.

Raynald Charette, pour ne pas être en reste, avait gardé pour lui la chambre du bas, celle de Luce, la plus près de la cuisine et à deux pas des toilettes luxueuses et marbrées, quasi privées, du premier étage. Ce qui lui permettrait de ne plus réveiller les autres après ses beuveries et ses rentrées tardives. Sa chambre, peu éclairée, repeinte en vert, avec une lampe torchère dans un coin, affichait sur ses murs des *pin up* de calendrier, des photos de bûcherons et un tableau illustrant un ours polaire très mal peint, cadeau d'une femme qu'il avait aimée le temps de se déshabiller et de se rhabiller. Puis, des cendriers partout et, fait curieux, au moins quatre oreillers dans son lit simple, sur lesquels il aimait se vautrer nu la nuit venue, la caisse de bière à ses pieds!

À la taverne où il travaillait, Ray Charette était respecté de tous, même du patron. Très honnête avec l'argent du «boss», il n'avait, par contre, aucun scrupule à receler des montres et des bagues volées et à les revendre avec profit aux clients éméchés. Il avait de bons bras, réglait vite les bagarres entre les réguliers de l'établissement et «barrait», pour un bout de temps, ceux qui se soûlaient à crédit et qui remboursaient au centime ce qu'ils buvaient au baril. Les mineurs n'étaient pas acceptés, même accompagnés d'un vieux «pédé» qui voulait leur payer la traite. Pour Ray Charette, la loi, c'était la loi! Pour les autres plus que pour lui-même, cependant. Et quand la femme d'un buveur excessif venait le supplier de ne plus laisser son mari «fripper» sa paye le vendredi, il l'envoyait paître, enfants ou pas. À moins qu'elle fût jolie et qu'il pût la consoler de son malheur dans la cave de la taverne, sur un matelas improvisé. Mais Ray Charette ne tombait en amour avec aucune femme, même les plus belles vendeuses des magasins pour dames des alentours. Il séduisait, il couchait, il délaissait. Et, quand l'une d'elles s'accrochait à lui, il s'en défaisait en lui disant qu'il avait déjà une femme dans sa vie. Ce qu'il disait à tous d'ailleurs, sans que personne ne l'ait vue. Et ce qui tracassait son père, c'était qu'il avait toujours les poches bourrées d'argent. Un peu trop de «foin» selon Médée, pour un simple *waiter* de taverne. Des montres, des bagues, des chaînes en or, des briquets, des boutons de manchettes, du *stock* qu'il achetait de quelques *bums* qui avaient les doigts longs dans les toilettes des clubs de nuit, ou sur les planchers de danse des cabarets. Mais, de plus, ce que Médée ignorait, c'était que trois filles travaillaient pour lui les fins de semaine. Trois filles de manufacture qui bouclaient leurs fins de mois avec les clients que Ray leur trouvait. Trois filles qui en arrachaient dans la vie et qui le respectaient comme s'il avait été un pacha, alors que Ray Charette n'était qu'un *pimp* de bas étage. Trop *cheap* même, pour donner un deux piastres à l'une comme à l'autre, quand elles venaient lui remettre sa *ristourne*, et qu'il les faisait descendre… dans la cave!

Le printemps avait refait surface, l'été avait pris la relève et mademoiselle Cardinal, heureuse de profiter enfin de sa retraite, comptait se payer du bon temps avec… Avec qui? Elle n'avait aucune amie, que des collègues, aucune parenté. Elle trouvait certes, de temps en temps, une ex-camarade de travail qui acceptait d'aller au cinéma avec elle, comme ce fut le cas pour le film *Hamlet* avec Laurence Olivier qu'elle avait tant apprécié, sa compagne, un peu moins. L'institutrice avait des goûts raffinés. Aussi bien en musique, qu'en littérature, théâtre ou cinéma. Ce qui limitait de beaucoup les personnes aptes à la suivre. Se tenant éloignée des Charette sur la recommandation de Yolande Ruest, elle n'en saluait pas moins monsieur ou madame, quand elle les croisait. Elle avait même commencé à converser avec Gaétan qu'elle trouvait bien éduqué, différent des autres membres de la famille. Elle l'avait même invité à prendre le thé, sachant que le garçon avait un faible pour Chopin qu'elle affectionnait tant. Elle avait vu Raynald, torse nu, vêtu d'une salopette déboutonnée, laver sa voiture, et elle s'était dissimulée derrière un coin de rideau pour le regarder travailler. C'était sans doute la première fois qu'elle voyait de si près une poitrine velue et un dos bien cambré. Sans être portée sur «la chose», dédaigneuse, scrupuleuse des quelques photos intimes qu'elle avait pu apercevoir dans un livre, il n'en demeurait pas moins que, devant un corps d'homme bien sculpté, sans être en pâmoison, mademoiselle Cardinal pouvait certes éprouver… quelques démangeaisons!

À la toute fin de l'été, Marjolaine Ruest, femme de Jérôme, infirmière de carrière, avait donné naissance à un beau garçon de neuf livres que l'on avait baptisé Luc. C'était là le choix du père et personne ne sut, pas même sa sœur Yolande, que Jérôme avait choisi «Luc», parce que c'était le pendant masculin de… Luce! Oui, de Luce qu'il aimait encore et à qui il songeait souvent. Sa peine d'amour persistait au-delà de sa joie d'être père, la plaie ne s'était pas cicatrisée. Et lorsque l'enfant pleurait, il lui arrivait de lui fredonner tout doucement *Une petite musique de nuit* de Mozart, que Luce Nevers lui avait, naguère, imprégnée au fond du cœur. Pourtant, Marjolaine, mignonne, aimable, posée, avait toutes les qualités d'une bonne épouse, mais sans l'avouer à quiconque, pas même à lui-même, Jérôme n'aimait pas sa femme comme il avait aimée Luce. Et comme il l'aurait sans doute aimée toute sa vie! C'est pourquoi il ne se choquait guère, se contentant d'en sourire, lorsque Mariette Charette, les yeux embués de volupté, lui disait quand elle était seule avec lui: «Toi, j'te ferais pas mal si t'étais pas marié!» Jérôme Ruest n'avait pas encore «mordu» à l'hameçon, mais on pouvait pressentir que le «poisson», taquiné, avait un tantinet envie de s'y «accrocher». Mais, comment faire quand il avait, à longueur de journée, sa sœur à l'épicerie, sa femme et son bébé juste en haut. Bref, sa famille, les yeux toujours tournés de son côté! Bien sûr qu'elle le tentait, la petite Charette! De plus en plus! Plus femme qu'elle, plus désirable, il fallait la chercher ailleurs qu'à L'Abord-à-Plouffe! Et plus garce surtout, puisqu'en quelques mois, elle avait réussi à faire recoller les talons de ses souliers et ressemeler ses bottes par Honoré, le cordonnier, celui qui s'était tiré une balle dans le pied, en le payant «nature» derrière une grosse tenture. Ce qui, de plus, démontrait que Mariette Charette n'éprouvait aucune répulsion face aux mutilés, puisque depuis son arrivée, son dévolu s'était jeté sur Honoré et son pied déchiqueté, ainsi que sur Jérôme et son bras amputé. En autant, pour elle, que «le reste» soit… fonctionnel!

Noëlla, de sa grosse voix, faisait peur aux oiseaux lorsqu'elle se rendait sur le quai. Il lui arrivait aussi de crier après les rameurs des embarcations qui longeaient la rivière: «C'est privé, icitte! Sacrez vot' camp ailleurs! Vous avez pas l'droit d'nous écœurer!» Et c'était sa mère qui, chaque fois, la rappelait à l'ordre en lui disant que l'eau était à tout le monde, en autant que l'on n'accostait pas à leur quai. Un jour, un garçon d'environ quinze ans, avec un ami dans sa chaloupe, avait baissé son costume de bain pour lui montrer son cul après qu'elle les eut insultés. Bouche bée, d'abord, elle lui avait ensuite crié: «Va t'faire pousser la graine avant d'la montrer! Pis, r'monte ton costume, t'as des fesses de bébé!»

Gaétan, profitant de deux semaines de vacances au mois d'août, avait décidé, par souci d'économie, de les passer à la maison, au bord de l'eau, avec le soleil, le quai, la chaloupe et les «baigneurs» qu'il croisait, en se laissant porter par les vagues jusqu'au pont Lachapelle. Il rencontrait, de cette façon, du «beau monde» avec qui il lui arrivait de causer, de parler de la pluie et du beau temps, et de chercher à savoir si l'un d'entre eux... En vain! Mais, ne voulant pas tuer le temps entre sa mère, toujours à ses chaudrons, et Noëlla qui passait la majeure partie du sien sur le quai avec un livre à colorier, il se lia de plus en plus avec mademoiselle Cardinal qui, le trouvant tout à fait charmant, l'invitait souvent à partager sa balançoire ou arroser son jardin avec elle. Elle lui avait fait visiter sa maison de fond en comble et il s'était arrêté devant la toile du très beau cardinal, signée Camille Nevers. L'enseignante, émue, lui avait dit: «C'était la plus jeune des deux filles de l'avocat qui habitait votre maison. Elle m'en avait fait cadeau en référence à mon nom. Quelle délicatesse! Une superbe jeune fille, Gaétan. Vous en seriez tombé amoureux!» Il avait ri pour ensuite lui répondre: «Vraiment?» voyant bien que l'institutrice n'avait rien décelé de ses penchants. Il l'avait même accompagnée, alors que l'on présentait gratuitement et en plein air, derrière la salle paroissiale, un film insipide avec Tino Rossi. Le soir venu, son père lui avait demandé:

– Coudon! Sors-tu avec la vieille d'en haut, toi?

Tous éclatèrent de rire, Noëlla incluse, alors qu'il se défendait en répondant:

– Voyons! Elle a cinquante-neuf ans! C'est juste une bonne amie. Elle est distinguée...

Ce à quoi, Raynald avait ajouté vulgairement:

– Pis y lui manque queq'chose entre les deux jambes!

Vexé, Gaétan se leva menaçant, se dirigea vers l'aîné comme pour le frapper, mais devant le regard dur de ce dernier, il baissa la main alors que Ray lui disait:

– Envoye! Essaye-toé, la tapette! Juste une fois pis j'te fais t'étouffer avec tes gosses!

Noëlla, hystérique, sautillant, s'approcha de Raynald pour lui dire de sa grosse voix:

– C'est ça, parles-y! Pis plante-le! Y'a une face à fesser d'dans, l'frais chié à Gaétan!

L'aîné, bourru, agacé, mécontent, la repoussa brutalement en lui disant:

– Toé, décolle, la folle! Débarrasse avant que j'te…

Médée Charette lui coupa net la parole pour lui crier:

– Pis toi, Raynald, lâche-la! Arrête de la bafouer! A fait tout c'qu'a peut pour que tu la r'marques, pis tu la traites comme d'la marde!

Noëlla, dans un coin, ne riait plus, Mariette non plus, et Gaétan, claquant la porte, grimpa la côte pour retrouver son calme chez la voisine. Face à ses parents et ses sœurs, Ray Charette libéra un rot, déboucha une autre grosse bière et dit à sa mère qui sourcillait encore:

– Qu'est-ce que t'as à m'regarder comme ça, la mère? Pis toé, l'père, penses-tu que tu m'fais peur? Un d'ces jours, j'vas partir de c'te chienne de maison, pis vous allez être mal pris en baptême avec les autres à qui y manque des vis dans' tête! Oui, un jour, tu vas voir la mère, j'vas décrisser d'icitte en calvaire!

Médée, le regardant de travers, lui lança:

– Avant, faudra qu'tu commences par apprendre à parler, Ray! Parce que, dans' vie, des «moé pis toé», ça mène pas loin! Pis toi aussi, Noëlla! Corrige-toi! Ça fait *cheap* comme ça s'peut pas! Mariette dit «toi pis moi», elle.

Ravie, la plus jeune de la famille ajouta, pompeuse:
– Ben moi, au magasin, j'vends…
– Tu vends pas, tu cordes! lui riposta sèchement Noëlla.

Septembre, la rentrée des classes, et mademoiselle Cardinal était plus qu'heureuse de se retrouver à la retraite, et de ne plus avoir à subir les mauvais coups des petits «monstres» de la paroisse. Mais, d'un autre côté, seule dans sa petite maison, elle s'ennuyait à en mourir. Pour tenter de meubler son temps, elle s'exhortait à écouter de la grande musique, à lire, à broder, à résoudre des mots croisés, à nourrir les écureuils et à ratisser son petit terrain des quelques feuilles tombées. Ses collègues, ses amies de parcours, tenues d'enseigner, s'en étaient vite éloignées depuis qu'elle était hors de l'école. Il lui arrivait de téléphoner à l'une comme à l'autre, de s'informer d'elles, de tenter de garder un lien, mais avec le surplus de travail à la maison qu'occasionnait l'enseignement, on n'avait guère de temps à lui consacrer. Elle aurait souhaité se rendre utile à la paroisse, organiser des soirées-bénéfice comme celle qu'elle avait si bien réussie pour les enfants sourds-muets, mais les bonnes œuvres se faisaient rares dans le coin. Elle se contenta donc d'un bénévolat auprès des personnes âgées qui avaient besoin de petits soins. Ce don d'elle-même, elle le faisait de connivence avec Marjolaine, la femme de Ruest qui, infirmière, donnait aussi de son temps aux aînés, sur l'aspect de leur santé. Mais, malgré tout, la vieille demoiselle s'embêtait et avait hâte de voir arriver les fins de semaine, alors que Gaétan Charette, isolé et esseulé, montait chez elle pour prendre le thé, jaser, écouter Chopin en sourdine et l'aider dans ses mots croisés. Un samedi pluvieux, en tête-à-tête avec elle, parlant de cinéma, de théâtre, de frais bancaires dont il avait les notions à cause de son emploi, elle en vint à lui dire:

– Parlant d'argent, Gaétan, vous devriez voir la collection de monsieur Verrière, un numismate invétéré qui, depuis la mort de sa femme, en a fait sa passion première. Il possède de l'argent rare de tous les pays et même d'ici. Il m'en a fait voir, mais comme je suis profane en la matière et que son passe-temps ne m'intéresse pas… Mais, pour vous qui êtes du milieu…

– Il habite au cœur de la ville, cet homme-là?

– Oui, pas loin du garage, à deux pas de l'église. Vous savez, la petite maison de pierre avec la Vierge dans une grotte sous l'immense sapin?

– Oui, oui, j'y suis… Ça m'a même frappé, tellement c'est joli.

– C'était son épouse qui était dévote à la Vierge Marie à ce point. Mais il ne changera rien tant qu'il habitera là. Il a un fils qui travaille et vit au Yukon. Imaginez! La visite se fait rare, vous comprenez?

– Donc, il vit seul et collectionne ses pièces de monnaie. Est-il aimable, cet homme-là? Je veux dire, pour me faire voir sa collection? Moi, vous savez, l'argent rare, ça m'impressionne, j'en cherche même dans les rouleaux que les vieux viennent encaisser à la banque.

– Je crois qu'il serait ravi de faire votre connaissance, Gaétan, car ici, personne ne s'intéresse à son passe-temps plus que sérieux, pourtant. On ne sait même pas ce qu'est un numismate! Mais avec quelqu'un de bien comme vous… Vous aimeriez que je vous le présente?

– Heu… Je ne dirais pas non! Est-il très âgé, ce monsieur-là?

– La soixantaine et un peu plus; soixante-sept, peut-être? Mais en forme et fort intelligent, vous verrez. Il a travaillé pour le gouvernement du Canada jusqu'à sa pension. C'est un homme bien éduqué.

De plus en plus intéressé à connaître quelqu'un d'autre que l'enseignante retraitée, Gaétan lui dit:

– Alors, ça va, parlez-lui de moi et s'il veut me recevoir, j'irai le visiter un de ces soirs, mais pas trop vite, j'ai du travail à tour de bras de ce temps-là. Je laisse le tout à votre bon vouloir.

– Comptez sur moi, quand viendra le moment, je saurai vous prévenir. Et vous, avant de vous ennuyer en ma compagnie, vous accepteriez un morceau de gâteau au fromage? Je l'ai cuit moi-même et je le réussis assez bien, m'a-t-on dit.

– Non, merci, une autre fois, peut-être, là, il faut que je me sauve, je dois aller à Montréal avec mon père en fin d'après-midi. Chez le tailleur. J'ai deux complets neufs que j'ai commandés à aller chercher.

Il se leva, se dirigea vers la sortie et, se retournant, il regarda mademoiselle Cardinal et lui demanda:

– Dites donc, ce n'est pas pour l'utiliser, je suis trop poli pour ça, mais vous avez sûrement un prénom. On peut savoir lequel?

La vieille demoiselle rougit et, détournant la tête, lui répondit:

– J'aime mieux pas, je ne le dis à personne, on ne me l'a jamais demandé…

– Excusez-moi, je ne voulais pas vous offenser, mais en regardant sans le vouloir sur l'enveloppe de votre compte de téléphone, j'ai pu lire Mlle I. Cardinal.

– Oui, c'est bien l'initiale, mais le prénom est si affreux, je n'ose pas.

– Pourtant, avec un «i», il n'y en a pas beaucoup… Irène? Inès? Irma?

– Non, pire que ça, Gaétan, mais comme vous êtes un ami, je vais vous le dire à la condition que vous ne le répétiez jamais. Promis?

– Juré, craché! À vous maintenant, vous me le dites, oui?

– Iphigénie.

Mariette Charette commençait à trouver le temps long dans cette vaste maison, aussi belle était-elle. Elle s'ennuyait de Montréal, du quartier Saint-Henri où elle avait grandi et de ses «chums» au pluriel, qu'elle avait laissés derrière elle. C'était bien beau le bord de l'eau, la «maison de riches», mais pour une fille de vingt-cinq ans, belle à croquer, langoureuse et sensuelle, c'était loin d'être le paradis sur terre, le «petit bled» de son père. Certes, quelques gars des alentours la reluquaient, mais ils étaient laids, sans intérêt, sans argent et peu invitants. Honoré, le cordonnier, c'était pour ses chaussures à réparer; elle n'avait qu'à relever sa jupe pour les payer. Mais pour rien au monde, elle n'aurait voulu le fréquenter. Elle le laissait à Yolande Ruest! Car, selon elle, il était juste bon pour une «vieille fille» sur ses «derniers milles»! Exactement comme l'était «la Ruest» qu'elle n'aimait pas, parce qu'elle la regardait de haut et qu'elle ne lâchait pas son frère d'un pouce. Mais, Jérôme, lui, l'intéressait au plus haut point. Bien bâti, des yeux à faire pâmer une femme, un seul bras qui semblait suffire pour deux… et des fesses rondes et fermes qu'elle convoitait!

C'était octobre, c'était déjà frisquet, le vent était plus rigoureux, mais ce brusque changement n'avait pas empêché Mariette, l'imperméable ouvert, le chandail noir moulant, la jupe serrée, les talons hauts, le mascara, l'ombre à paupières, les lèvres pourpres, les ongles vernis, les cheveux crêpés, le déhanchement parfait, de se rendre à l'épicerie pour ses cigarettes et ses six Coke habituels. Chanceuse pour une fois, Yolande n'était pas là. Un mardi, le jour le moins occupé.

Elle-même en congé, elle demanda à Jérôme qui se trouvait derrière la caisse:

— Ta sœur est pas là? A l'a-tu fait une crise cardiaque?

— Non, pis niaise-la pas! Elle est partie en ville avec ma femme pis le p'tit. Un vaccin pour lui, un examen pour Marjolaine. Son docteur est à Rosemont.

— Donc, t'es tout seul comme un grand! C'est rare en pas pour rire!

— Oui, pis là, j'ferme pour l'heure du dîner, j'monte prendre une bouchée. Alors, si tu veux bien m'payer, Mariette...

Elle recula vers la porte, tira le verrou, revint vers lui et le poussa gentiment jusque dans le petit entrepôt où s'alignaient des marchandises. Il voulut protester, mais son parfum, la chaleur de sa main sur son bras velu, ses seins contre sa poitrine, il sourit, recula, voulut s'en défaire avant de faiblir, mais elle l'accula au mur, l'encercla de ses bras et, le buste écrasé sur lui, elle l'embrassa comme jamais une femme ne l'avait embrassé. Goulûment et à maintes reprises! Puis, au dernier baiser prolongé, il sentit la main de la fille sur l'une de ses fesses dures. Une main qui tâtait, qui tapotait... Malgré sa «dignité» et sa bonne volonté, Jérôme Ruest ne put se retenir et plongea la main dans son chandail afin d'y empoigner un sein. Un sein si ferme, si chaud, qu'il ne put retirer sa main avant qu'elle le fasse elle-même, pour la diriger... sur l'autre! Et d'un baiser à une étreinte de lui, d'une poigne à une audace d'elle, ils se retrouvèrent sur des poches de sucre à faire l'amour comme des bêtes enragées. Parce que, dans l'acte, Mariette n'y allait pas avec le dos de la cuiller! Ébranlé, encore sous l'effet du choc, Jérôme releva son pantalon alors qu'elle renfilait sa jupe. Puis, s'allumant une cigarette, elle le regarda et lui demanda:

— Pis? T'as-tu déjà été servi comme ça, Jérôme?

— Heu... j'sais pas, non, t'es capable...

— Pis là, c'était juste le commencement. Attends, avec le temps…

Mal à l'aise, se sentant déjà coupable d'avoir cédé, il balbutia:

— Peut-être qu'on devrait en rester là, Mariette. J'suis marié, j'ai un enfant…

— Non, tu vas pas m'commencer ça, toi! J'la connais, c'te chanson-là!

— Ben, c'est vrai, tu l'sais! J'invente rien, j'suis pas libre!

— J'te d'mande-tu de l'être? J'veux pas t'marier, Jérôme! J'veux juste avoir du *fun* avec toi. Sans qu'personne le sache, pis ailleurs qu'icitte quand tu l'pourras! J'connais des places…

— Non, moi, j'vas pas plus loin! J'arrête ça là! Ç'a été bon, ça m'tentait pis toi aussi, mais ça va pas continuer!

— Tu penses ça, toi? Tu penses que tu vas m'fourrer comme tu viens de l'faire, pis qu'ça va s'arrêter drette-là? Moi, j't'aime si tu veux l'savoir! Ça m'a fait du bien d'faire l'amour avec toi, t'as c'qu'y faut, j'peux pas d'mander mieux.

— Écoute, Mariette! J'ai une femme, j'ai pas loin de quarante ans…

— J'm'en sacre! J'te trouve beau, j'te veux encore pis si tu t'entêtes pis qu'tu m'repousses, j'réponds de rien! Rends-moi pas méchante, Jérôme… T'as juste à m'sortir de temps en temps ou…

— Aïe! C'est du chantage ça, la Charette! Penses-tu que tu m'fais peur?

— La Charette, hein? Comme si tu parlais à une putain, hein? Ben, on va ben voir si t'as pas peur, j'vas attendre ta sœur pis ta femme icitte!

Constatant qu'elle n'avait pas froid aux yeux et qu'elle pouvait mettre sa menace à exécution, il se calma et lui dit doucereusement:

– Ça va, on s'reverra, mais pas un mot à personne d'ici là. Pis là, va-t-en, elles vont revenir… Maudit! Dans quoi j'me suis embarqué, moi?

Mariette sortit, le laissant pantois. Avec, sur les lèvres, un sourire diabolique, narquois, qui le glaça d'effroi.

Médée Charette s'était rendu chez le docteur le plus près et, de retour, il avait dit à Blanche qui le regardait avec appréhension:

– J'te dis que l'docteur de par ici, y'est mieux qu'celui que j'allais voir en ville. Y t'passe au peigne fin, lui, rien lui échappe.

– Y t'a-tu entendu tousser, Médée? Y t'a-tu vu cracher?

– Ben, voyons donc! J'suis pas allé là pour lui faire une démonstration! Mais y m'a entendu tousser pis y va m'faire passer un rayon X pour les poumons. Tu sais, plombier, dans les tuyaux encrassés tout l'temps… J'lui ai parlé d'mon métier, ça s'peut qu'ça soit ça, mais y veut être certain. J'vas passer l'examen la semaine prochaine pis après, on verra bien.

– Ça r'garde mal en tout cas! Tes pastilles te font plus rien, le sirop non plus! Tu tousses toute la nuit, tu grouilles, tu m'pousses dans l'dos, j'dors pas! Même Noëlla t'entend d'sa chambre!

– Ben, allez coucher ailleurs si j'vous dérange tant qu'ça! Prends la chambre de Ray, Blanche, pis ouvre un lit pliant pour Noëlla. Lui, y'a rien qui l'dérange, rien qui l'réveille, y'est toujours su'a brosse quand y rentre. Pis, pour les remèdes, c'est pas l'sirop Deux Sapins qui va m'arrêter d'tousser, c'est pas assez fort, faudrait que j'reprenne du jus d'oignon chaud avec des gouttes de citron. Mais là, j'aime mieux attendre pis m'faire soigner par le docteur. J'suis quand même pas à l'article de la mort!

La pauvre femme hocha la tête, éplucha ses patates et demanda à Noëlla de mettre de l'eau dans le «canard» pour se faire une tasse de thé. Médée Charette, encore dans les parages, lui demanda:

— Parlant de Ray, y'est pas dans l'coin, celui-là?

— Oui, pas loin, juste chez Ruest pour s'acheter deux ou trois bières.

— Pas deux ou trois, la caisse! Y boit comme un trou, Blanche!

À ces mots, Noëlla lui fit des gros yeux. Elle n'aimait pas que son père s'en prenne à son frère aîné qu'elle vénérait depuis toujours. L'ignorant, ne la regardant même pas, le père allait sortir lorsque sa femme lui demanda:

— Qu'est-ce que tu y veux à Ray? Y va rentrer, j'entends son char d'icitte…

— Ben, c'est pour la maîtresse d'école d'en haut. Elle a un tuyau de dévissé dans sa cave, pis comme y fait frette que l'diable là-dedans, j'ai pas envie d'pogner mon coup d'mort!

Au même moment, Raynald entra avec une caisse de Molson au bout du bras et le père, sans rien lui reprocher, lui demanda s'il irait à sa place chez mademoiselle Cardinal revisser un tuyau. Le fils, content d'être dans la manche de son père pour une fois, lui répondit:

— Ben certain! Pis si c'est juste un tuyau à r'visser, j'vas rien lui charger. Un service en attire un autre, pas vrai?

Le lendemain, après le déjeuner, comme il ne travaillait qu'en après-midi de ce temps-là, Ray Charette se rendit chez mademoiselle Cardinal, après lui avoir téléphoné. Empressée, elle lui ouvrit, l'invita à entrer, mais ne lui fit pas plus de façon qu'il fallait et lui indiqua la trappe du sous-sol. À ses yeux, Raynald était un voyou et elle en avait peur. Mais comme il s'agissait vraiment d'une réparation de quelques minutes, il remonta et lui dit avec un grand sourire:

– Ben c'est réparé, ça s'dévissera plus, j'l'ai serré au coton!

– Heu… merci bien. Combien vous dois-je?

– Rien, voyons! Ça m'a pris juste deux minutes!

Rassurée à cause du sourire, voulant compenser pour le travail gratuit, elle le remercia mille fois et lui demanda:

– J'ai du café chaud. Vous en prendriez une tasse, Monsieur Charette?

Peu habitué à se faire traiter avec respect, il répondit:

– Ben, peut-être, ça sent bon pis ça va m'réchauffer. Y'a pas à dire, r'gardez, j'ai du muscle, mais y fait frette en joual en bas!

Il avait fléchi le bras pour gonfler son biceps et la vieille fille, malgré elle, se le remémorait en maillot de bain sur le quai. Elle lui versa une tasse de café pendant qu'il examinait chaque recoin de la maison qu'il pouvait entrevoir. Puis, assis en face d'elle à la table de la cuisine, il lui dit:

– Tandis que j'y pense, si jamais vous avez des vieilles montres ou des bijoux à vendre, j'suis acheteur. J'fais ça comme *side line*.

– Je n'ai qu'une vieille montre de poche qui date de l'autre siècle et qui appartenait à mon père, et je la garde, vous comprenez, elle a une valeur sentimentale. Et je possède très peu de bijoux, je n'en porte jamais, pas même une épinglette, mais j'ai gardé les vieilles choses de ma mère. Ses bagues, ses chaînes en or, ses colliers de perles cultivées et ses alliances en or blanc. Mais, ça non plus, ce n'est pas à vendre. Des bijoux de famille, vous savez… Comme vous voyez, vous n'êtes pas à la bonne porte pour ce que vous cherchez, Monsieur Charette.

– On sait jamais, Madame… j'veux dire, Mademoiselle! Y'a rien comme demander, pas vrai? Pis là, faut que j'parte, ma p'tite amie m'attend pour l'avant-midi pis l'dîner. Avec un temps d'cochon comme y fait aujourd'hui, faut s'désennuyer comme on peut, pas vrai?

– Puisque vous le dites… Merci encore, Monsieur Charette, et si jamais je peux vous être utile… Saluez votre mère et dites à Gaétan que le vieux numismate a bien hâte de le rencontrer.

– J'y manquerai pas, comptez sur moi!

Raynald sortit et, redescendant la côte à pied avec son coffre à outils, il murmura: «Le vieux Matte? Le vieux nu… J'ai pas compris. De qui a parlait la vieille avec un nom comme ça? Ah! pis, d'la marde!»

Novembre 1949 se déploya et, enfin, par un dimanche passablement froid et pluvieux, Gaétan accepta de se rendre, avec mademoiselle Cardinal, chez monsieur Verrière qui était impatient de le connaître. En cours de route, alors qu'ils étaient cachés sous le même parapluie, elle avait dit à son protégé:

– Je vous présente à lui, Gaétan, et je repars, je mange avec une ex-compagne de travail ce soir. Vous devrez donc vous arranger pour revenir seul. Vous ne craignez pas la noirceur?

– Voyons donc! À mon âge! Et je ne vais pas m'éterniser là, Mademoiselle Cardinal. Après avoir vu sa collection, je reviens, j'ai du travail à faire à la maison. J'ai plein de documents à vérifier.

Ils arrivèrent devant la petite maison de pierre avec la grotte en évidence, et c'est la vieille fille qui, de son index enflé par l'arthrite, sonna à la porte. La lumière extérieure s'alluma, la porte s'ouvrit et Gaétan se trouva face à monsieur Verrière, un homme de taille moyenne, les cheveux gris, l'allure soignée, et de fort belle apparence pour son âge. Mademoiselle Cardinal fit les présentations d'usage et, malgré l'insistance du retraité à l'inviter à prendre le thé, elle s'éloigna en lui disant que Gaétan se mourait d'envie de voir sa collection. L'homme fit passer son invité au salon, le pria de s'asseoir et lui offrit un verre de scotch que Gaétan ne refusa pas, de peur d'avoir l'air mauviette en lui demandant, plutôt, un chocolat chaud. Monsieur Verrière prit place en face de lui et, lui souriant, lui dit:

— Comme ça, vous êtes l'un des garçons de la maison bâtie par l'avocat.

— Oui, si on peut dire… Mais je ne suis pas souvent là, je travaille.

— Je n'en doutais pas, quoique vous auriez pu être encore aux études.

— À mon âge? Voyons, Monsieur Verrière, j'ai trente ans bien sonnés!

— Bien, laissez-moi vous dire que vous ne les faites pas, mon jeune ami! Et puis, avec la tête d'un jeune acteur… On ne vous a jamais dit que vous pourriez faire du théâtre ou du cinéma?

Gaétan, embarrassé mais flatté, le remercia du compliment et se «vendit» ou presque sur ses «penchants» en répondant bêtement:

— Vous aussi, vous ne faites pas votre âge. À côté de ceux que je rencontre…

Monsieur Verrière, le sentant quelque peu gêné, s'empressa de lui montrer sa collection de pièces de monnaie, tout en prenant place à ses côtés.

— Je n'ai rien qui va vous faire tomber à la renverse si vous êtes un connaisseur, mais j'ai quelques pièces rares qui viennent d'Angleterre, de France et d'Allemagne. Mais, voyez, j'ai ici un vingt-cinq sous de papier qui date de 1900, mais ça ne vaut pas cher pour l'instant. J'ai aussi deux pièces de cinquante cents de 1934, mais c'est pas encore assez vieux. Ça vaudra sans doute plus cher en l'an 2000, mais je ne serai pas là pour en profiter. Tiens! Je pourrais peut-être vous les léguer?

Il avait ri de bon cœur et Gaétan l'avait trouvé fort sympathique. Riant à son tour, il avait répliqué:

– Moi aussi, je risque de ne plus être là, puis, si je résiste, ça ne me donnera pas grand-chose d'avoir des pièces rares dans mes quatre-vingts ans!

– Vous travaillez dans une banque? Vous aimez les chiffres?

– Pas tant que ça, mais faut bien que je gagne ma vie… Puis, avec le temps, je peux monter de grade. Et vous, Monsieur Verrière, vous étiez…

– Valère, Gaétan, pas «Monsieur Verrière». J'aime mieux qu'on m'appelle par mon prénom.

– C'est que… la politesse, vous savez, on n'est pas de la même génération.

– Et après? Ça te dérange vraiment, Gaétan? On a au moins les mêmes goûts… Tu veux encore un peu de scotch? Un petit gâteau, peut-être?

– Non, plus de scotch, j'ai déjà la tête qui tourne, je ne suis pas habitué, mais un petit gâteau avec du café… Est-ce possible?

– Bien sûr, donne-moi juste le temps et, en attendant, regarde ma collection de monnaie et fais le tour de la maison. C'est plein d'antiquités dans la salle à manger. À l'étage supérieur aussi. La chambre de mon fils, qui est restée telle qu'elle était, se trouve à droite. Tu verras même sa photo de jeunesse…

Valère Verrière se rendit à la cuisine pour faire le café et, resté seul au salon, Gaétan ressentait un étrange malaise l'envahir. Étrange et agréable à la fois. Se pouvait-il que monsieur Verrière, Valère de son prénom, ait deviné quelque peu ses préférences? Si tel était le cas, pourquoi tous ces égards, cette gentillesse, ces compliments? Il était veuf, il vivait seul, son fils était au loin. S'ennuyait-il à en mourir dans cette maison où tout reluisait comme un sou neuf? Était-ce pour cela qu'il était indulgent face aux manières que son invité affichait? Cherchait-il à meubler sa solitude au point de ne pas avoir de préjugés, lui, un retraité si distingué? Gaétan était songeur et heureux à la fois. Monsieur Verrière… Valère! l'avait reçu avec bienveillance, sans la moindre condescendance. Voyait-il en lui un autre fils pour pallier l'autre, si loin? Était-ce pour cela qu'il l'avait soudainement tutoyé? Gaétan s'étirait d'aise dans le divan moelleux, lorsque Valère revint avec les gâteaux et le café. Encore sous l'effet du verre de scotch, Gaétan parla de son emploi, de ses goûts en musique, en lecture et en cinéma, de Chopin et Jean-Paul Sartre et, fait surprenant, ses idoles étaient également celles de Valère! Cocteau et Jean Marais inclus! Vers onze heures, voulant partir, il tenta de s'extirper du divan dans lequel il était enfoncé en disant à son hôte: «Il est tard, je dois rentrer…» Valère Verrière lui mit une main sur l'épaule pour l'en empêcher et lui murmurer: «Déjà?»… tout en lui caressant la joue du bout des doigts.

Chapitre 6

Mariette, blasée dans cette maison de «riches», regrettait amèrement tout ce qu'elle avait laissé derrière elle. Un jour, elle avait demandé à sa mère:

– Tu trouves pas ça platte icitte, la mère? La ville te manque pas?

– Non, j'suis bien, on n'a jamais eu une aussi belle maison d'not vie! Ton père s'est fendu en quatre pour qu'on vive comme des gens respectables, tu devrais l'remercier à genoux, ma fille! Avant, en ville, c'était presque la misère. Pas nécessairement nous autres, on avait d'quoi manger, mais c'était pas l'cas de tout l'quartier. Les locataires des logis n'avaient même pas d'galerie, y s'assoyaient sur la p'tite marche de ciment d'la porte pour boire leur bière. T'as tout oublié ça, toi? Ben, pas moi, pis j'm'ennuie pas une miette icitte! Pas avec l'eau, le quai pis l'confort… Pis, j'suis respectée icitte, ma fille! On m'traite comme une dame! Chez Ruest, on m'appelle «Madame Charette»!

– Ben moi, j'trouve ça platte à mort! Y'a personne de mon âge, pas même un gars pour me sortir!

– Pour te tripoter, tu veux dire! C'est ça qui t'manque, hein? Les *bums* de Saint-Henri qui défilaient devant not' porte pis qui t'emmenaient dans leur *truck* pour te faire la job! Des jeunes, des plus vieux… C'est ton *fun* de guidoune qui t'manque, Mariette! Pis ça date pas d'hier, c'te mauvais penchant-là! Rappelle-toi, à p'tite école, quand t'as triplé ta quatrième année pis qu't'étais rendue à douze ans, les sœurs te débarbouillaient la face de ton rouge à lèvres pis d'ton *make up*! On t'avait même renvoyée parce que t'étais arrivée à l'école avec une jupe serrée, des bas d'nylon pis des talons hauts! T'as tout fait pour qu'on t'sacre dehors pis t'as lâché l'école! T'aurais pu t'instruire comme Gaétan, t'étais pas si niaiseuse que ça! Mais t'aimais mieux t'faire *flirter* par les chauffeurs d'autobus, les livreurs de glace pis j'sais pas combien d'autres, y'en avait tellement! T'avais juste douze ans pis y pensaient qu't'en avais dix-sept avec tes bourrures, tes accoutrements pis ta façon d'te déhancher. Toi, si tu m'es pas revenue en balloune, c'est parce que t'es stérile, Mariette! Parce qu'avec tous ceux qu't'as passés…

– Aïe! Ça va faire! J'suis-tu à confesse, la mère? Pis si c'est l'cas, c'est pas icitte que j'vas avoir l'absolution! Pis toi Noëlla, t'es là, t'écoutes, tu souris pis tu dis rien! T'es jalouse parce que j'suis belle…

– T'es pas belle, t'es juste *flashée,* Mariette! lui cria sa sœur de sa voix d'homme. Pis m'man a raison, t'aimes ça t'faire tâter!

Mariette se leva pour bousculer sa sœur, mais la mère, s'interposant, lui hurla:

– Touche pas à un ch'veu d'sa tête, toi, parce que t'es pas mieux qu'morte! Pis si tu trouves ça platte icitte, Mariette, r'tourne en ville, trouve-toi un cave pour te marier ou va vivre avec qui voudra d'toi! Tu t'en vas sur tes vingt-sept ans, j'vas-tu t'avoir sur les bras jusqu'à tes quarante ans, verrat? Attends pas d'plisser, Mariette, parce que là, tu trouveras plus personne qui va vouloir de toi su'l bras!

Humiliée une fois de plus, sentant que sa mère ne l'avait jamais aimée et qu'elle la traitait encore comme le mouton noir de la famille, elle préféra «prendre» la porte et aller fulminer sur le quai. Toujours elle! Encore elle que sa mère voulait caser avec n'importe qui! Pourtant, Raynald, la tête forte, le *bum* de la maison, elle le traitait aux p'tits oignons, celui-là! Tout comme Médée, parce qu'ils étaient des mâles et que, pour Blanche, c'était sécurisant pour son environnement. Gaétan? Plus ou moins dans sa manche. Elle admirait son degré d'instruction, mais côté protection… Elle l'avait déjà entendue dire à Noëlla en parlant de lui: «Ben oui, dis-le pas à personne, mais Gaétan, c'est pas tout à fait un homme.»

De temps en temps, Mariette se rendait seule en ville pour aller voir un film qui l'intéressait. La plupart du temps, ceux de Dean Martin et Jerry Lewis qui la faisaient rire aux éclats. Et souvent, dans le noir, quand un homme s'assoyait juste à côté d'elle, elle le regardait et changeait de rangée. À moins, bien sûr, que l'homme soit jeune et beau, qu'il sente bon, qu'il ait un beau sourire et qu'il lui prenne gentiment la main avant de glisser l'autre sous sa jupe. Peu friande de musique et de disques, elle avait quand même acheté le succès de Nat King Cole, *Mona Lisa,* parce que… tout le monde l'achetait! Puis, de retour, buvant un Coke et fouillant dans un journal sur la table de la cuisine, elle avait appris que Rita Hayworth filait le parfait bonheur avec le prince Ali Khan qu'elle avait épousé l'an dernier. S'exclamant, elle avait lancé:

– Aïe! C'est pas à moi qu'une chose comme ça s'rait arrivée! Es-tu assez chanceuse…

Ce à quoi, Noëlla, pas toujours folle, souvent maligne, lui avait répliqué:

– Les princes, ça marie pas des bonnes à rien!

Les vendredis soirs, après son travail, Mariette partait de temps à autre avec une vendeuse de chez Wise Brothers et, ensemble, elles se rendaient dans les clubs du bas de la ville voir des *Floor Shows* avec des artistes plutôt méconnus, souvent médiocres. Lors de ces sorties, elle téléphonait à l'un de ses anciens *chums* de Saint-Henri, lui demandant de la rejoindre et d'emmener un autre gars avec lui. Un autre *bum,* quoi! Elles se faisaient payer la bière par les *suckers* comme Mariette les appelait, mais à la fin de la soirée, elle et sa compagne remboursaient «nature», dans un *Tourist Room,* ce que les «caves» avaient dépensé pour elles. Et, la plupart du temps, Mariette écopait du plus beau des deux *bums*, étant la plus *sexy* des deux filles. Le samedi soir, c'était au parc Belmont qu'elle se rendait seule, «attriquée» comme une fille de joie, à partir des souliers à talons aiguilles en cuir rose, jusqu'aux énormes anneaux de gitane qu'elle posait sur ses lobes d'oreilles. Et ce, sans parler du décolleté, de la jupe fendue sur un côté, de ses paupières ombrées de mauve et du rouge épais dont elle enduisait ses lèvres pulpeuses. Mais, comme coup d'œil, c'était réussi! Il n'y avait pas un seul gars, marié ou pas, qui ne se retournait pas sur son passage. Et son malin plaisir était de faire languir ceux qui étaient libres, en ne leur distribuant que de vagues sourires. Un nouveau mâle à chaque fois, un nom de plus dans son carnet d'adresses, jusqu'au jour où elle tomba sur Fred pour Alfred, un rouquin costaud qui lui avait dit au bar du parc: «T'es ben trop belle pour être toute seule. Viens t'asseoir avec moé, j'te paye la bière!» Elle l'avait regardé, examiné de près et elle avait pris place à sa table. Fred portait un pantalon brun froissé, un chemise déboutonnée vert bouteille sur une camisole blanche... plutôt grisâtre. Il était court, trapu, avait un cou énorme, des bras comme ceux d'un bûcheron, des cuisses dures et bien remplies qui moulaient bien le pantalon. Bref, un pan d'homme! Avec un sourire moqueur, des yeux verts «pervers» et une main assez grosse qu'elle faillit avoir l'index écrasé lorsqu'il serra la sienne en lui disant: «Moé, c'est Fred, j'suis *trucker* pis j'ai d'l'argent à dépenser. Pis toé, t'es qui?» Mariette avait aimé la brusquerie et son manque d'éducation. Enfin! Un qui avait sûrement quitté l'école en quatrième année, comme elle! Ils «calèrent» plusieurs bières, il lui paya un hamburger, un casseau de frites, ils traversèrent le parc à travers les manèges en se tenant par la main et, lorsqu'ils furent sortis de ce lieu d'amusements, il lui dit:

– R'garde! C'est mon *truck* là! Le gris avec des bosses! Ça t'tente-tu d'faire une *ride* avec moé, astheure?

– J'sais pas… Où ça?

– Ben, dans l'boutte de Sainte-Geneviève, y'a un p'tit parc où y'a pas grand' monde. On peut s'*parquer* sans s'faire déranger.

Sous le charme de ce gars aux gros os, au gros cou, elle lui répondit:

– Ben, pourquoi pas… T'as l'air à savoir où tu t'en vas, toi!

Il ricana, lui tapota la cuisse, voulut glisser sa main sous sa jupe, mais elle le retint en lui disant:

– Pas icitte! Y'a du monde! Attends qu'on soit rendus là-bas.

– J'te fais pas peur, la p'tite? Tu sais, y'a pas ben des filles qui sont capables de m'prendre…

– Pourquoi?

– Ben… tu devines pas? Juste à r'garder… J'ai tout d'gros, moé, pis c'est pas une enfant d'école qui peut m'suivre jusqu'au boutte!

Tombant dans le piège, fière et altière, Mariette lui répondit:

– Ben, tu sauras qu'j'en ai vus d'autres avant toi, l'costaud! J'sors pas du pensionnat, moi! Pis, t'prendre, y'aura rien là!

À ces mots, Fred pour Alfred, aussi en rut qu'un étalon lui dit:

– On devrait pas aller si loin, j'connais un p'tit hôtel dans l'coin qui loue des chambres avec des lavabos. Qu'est-ce que t'en dis?

– Ben, j'sais pas, j'ai rien à dire, mais…

– Mais quoi?

Laissant échapper un soupir d'ardeur mêlé de crainte, elle marmonna:

– Ben… j'te suis.

Ils arrivèrent au petit hôtel de troisième ordre où une vieille femme leur remit, en entrant, moyennant trois piastres, une clef et deux serviettes blanches usées jusqu'à la corde. Mariette grimpa l'escalier suivie de Fred pour Alfred et, ce dernier, taquin, lui tapota les fesses.

– Aïe! Tu pourrais au moins attendre! T'es donc ben cochon, toi!

– T'as encore rien vu si t'aimes les gars qui ont d'la pogne!

Elle entra, il faisait chaud, le lit était minable, le lavabo lavé à la sauvette. Elle aperçut une chaise de bois pour se déshabiller et deux crochets au mur pour suspendre les vêtements. Elle n'eut pas à faire d'efforts, Fred pour Alfred lui arracha presque tout ce qu'elle avait sur le dos. Puis, la poussant sur le lit, il se déshabilla à son tour et Mariette, ahurie, comprit un peu tard… ce qu'il voulait dire! Il se glissa à ses côtés, la serra dans ses bras de lutteur, l'embrassa partout et, lui retenant les poignets de ses grosses mains, il monta sur elle jusqu'à l'oreiller où sa tête reposait, et Mariette comprit que la joute allait être très «sexuelle» avec lui. Puis, satisfait de la vive réponse à son premier fantasme, il redescendit la pente de ce corps encore intact, et la fille de Médée lui prouva qu'elle était capable de «prendre» ce que d'autres ne pouvaient pas.

Elle le revit deux autres fois au même endroit et s'en lassa. Fred pour Alfred n'avait qu'un scénario au lit, toujours le même. L'immobilisation, la fellation et la pénétration, jusqu'à ce que «sa proie» hurle de mal et de jouissance. Quand elle lui annonça après la troisième fois que c'en était fini, qu'il ne la reverrait plus, il se montra peiné pour ensuite lui dire:

— Pas grave, tu vas pas m'oublier pis moé, amanché comme t'as vu, j'en ai ben d'autres à grimper d'sus!

Mariette Charette, juchée sur ses talons hauts roses, le quitta sans même lui donner la riposte et revint chez elle en taxi. Assouvie certes, mais nullement amoureuse. De personne! De personne d'autre que de Jérôme Ruest qu'elle comptait bien mettre à sa main, malgré sa femme et son enfant. Malgré son bras… manquant!

Gaétan, pour sa part, n'était revenu qu'au petit matin de sa visite chez Valère Verrière. Seul Raynald l'avait entendu rentrer et, avant qu'il puisse lui dire quoi que ce soit, le cadet lui avait chuchoté:

— Réveille pas personne, j'ai passé la nuit chez un ami en ville pis ses parents viennent tout juste de me laisser en haut de la côte.

— À six heures du matin? Y s'en vont-tu traire les vaches?

— Non, ils s'en vont en Ontario, ils ont fait un détour pour me déposer ici. Ça m'a sauvé un taxi…

— Bon, ça va, ta gueule pis laisse-moé dormir, j'me suis couché à quatre heures du matin, moé! Pis j'ai l'foie en compote!

Monte pis fais pas d'bruit, j'ai pas envie que l'père se lève pour me d'mander d'aller faire une job à sa place. Pis ton ami, c'est-tu un autre comme toé, Gaétan? Une…

– Aïe! Recommence pas, Ray, sinon ça va mal tourner! Puis non, c'est pas le cas, il est fiancé, il va se marier. Il est comptable à la banque. Et là, Ray, pour la dernière fois, arrête de me juger et de me traiter de tapette! Est-ce que je te traite d'ivrogne, moi?

– Ta gueule pis monte, j't'ai assez vu! Décrisse que j'me rendorme!

La tête sur l'oreiller, les mains derrière la nuque, Gaétan se remémorait les dernières heures et il avait peine à en croire sa mémoire! Monsieur Verrière qui, après l'avoir fait boire, lui avait demandé de ne pas partir, de rester encore… Et Gaétan revoyait la scène où le sexagénaire, après lui avoir caressé la joue, avait délicatement posé ses lèvres sur les siennes. Abasourdi, Gaétan lui avait dit:

– Je ne comprends pas… Êtes-vous… Est-ce que je rêve?

Et Valère lui avait répondu:

– Non, j'ai des penchants, des fantasmes que j'ai toujours retenus, mais là, avec toi, seuls tous les deux, si tu veux, bien entendu…

– Vous voulez dire que ce serait la première fois?

– Heu… si on veut. En toute liberté, du moins. J'ai déjà fureté, osé un peu, mais je ne me suis jamais rendu très loin. J'étais marié, Gaétan, et puis, mon fils Paul vivait avec nous. Oui, ce serait la première fois si tu ne me trouves pas trop âgé pour toi…

Gaétan, qui attendait depuis longtemps le jour où il pourrait se laisser aller à ses pulsions dans le lit d'un homme, lui marmonna:

– J'ai envie de rester, de passer la nuit, de m'abandonner, Valère.

– Alors, dis-moi «tu», Gaétan. Je me vois mal avec un beau gars dans les bras qui me vouvoierait, tu comprends? Et si je ne te déplais pas…

– On pourra poursuivre… C'est ce que tu veux dire, non? Mais il y a aussi moi dans cette affaire. Ce n'est pas parce que je suis plus jeune que je vais nécessairement te plaire.

– C'est déjà fait. Dès que je t'ai vu entrer, Gaétan. Mais là, à parler comme on le fait… Serais-tu timide par hasard?

Gaétan, pour lui prouver le contraire, se permit le premier de lui déboutonner sa chemise. Ravi du geste, Valère dénoua le ceinturon du pantalon de son «protégé» et cinq minutes plus tard, la relation était entamée dans de virulents élans de volupté. Au petit matin, avant de le laisser partir, Valère lui avait demandé:

– Crois-tu que toi et moi… Penses-tu revenir?

– Toi et moi, c'est pour longtemps, Valère, mais il nous faudra être prudents. Les gens voient tout ici, mademoiselle Cardinal, la première.

– Oui, je sais, et prends garde en descendant la côte, ne la réveille surtout pas. Elle pourrait s'imaginer des choses…

Gaétan sourit et lui rétorqua ironiquement:

– Quelles choses? Celles qui viennent de se passer? Je serais fort surpris qu'elle sache ce que deux hommes peuvent faire ensemble.

Valère sourit à son tour et lui murmura à l'oreille tout en lui palpant le bras:

– Sauve-toi maintenant, mais appelle-moi le plus tôt possible. Et ne t'en fais pas, nous trouverons le moyen d'être heureux ensemble sans que ce soit toujours ici. Il y a les voyages, tu sais…

Et c'est à ces évasions probables que Gaétan songeait, les mains derrière la nuque, assouvi comme il avait rêvé de l'être, épris comme il l'avait toujours souhaité. Et soudainement, tout comme un «favori» d'antan, amoureux de celui qui l'avait habilement affranchi, il se permit de penser en son for intérieur: «Très expérimenté pour une première fois...» Tout en ajoutant dans sa naïveté: « C'est sans doute l'âge. Il a dû lire beaucoup sur le sujet...» Et il finit par fermer les yeux, le cou, le ventre et les cuisses imprégnés de l'eau de Cologne de l'autre, le bas du corps irrité, sensible, mais le cœur prêt à lui bondir de la poitrine.

Jérôme Ruest fronçait les sourcils chaque fois que Mariette entrait pour un paquet de cigarettes ou une boîte de Kleenex. Car il savait que tout était prétexte à le voir, à lui sourire et lui demander dès que sa sœur s'éloignait:

— C'est quand la prochaine fois? Tu vas-tu m'laisser poireauter bien longtemps, mon loup?

Ennuyé, il lui répondait:

— Appelle-moi pas comme ça, j'haïs ça, pis fais attention, Yolande nous guette!

Ce qui n'arrangeait pas Mariette qui revenait à la charge avec:

— Oui, mais ça m'dit pas quand, ça! R'garde! T'as pas hâte d'avoir encore ça dans l'creux d'la main? ajouta-t-elle en se penchant pour mettre en évidence ses seins.

Impatient quoique nerveux, il lui murmura tout en étouffant les mots avec le bruit de la scie:

— Jeudi soir à neuf heures. Attends-moi près du pont, j'te ramasse pis on descend en ville.

La jeune fille sourit, échappa un soupir et, hypocrite au possible, elle se dirigea vers Yolande pour lui demander:

– Vendez-vous ça, des bobépines? Y m'semble en avoir vues…

– Non, j'en n'ai pas, Mariette, c'est au magasin d'confection qu'on trouve ça! C'est une épicerie ici, pas un salon d'coiffure ni un bric-à-brac!

Le jeudi 10 août, habillée comme une «catin» et subissant les coups de klaxon de tous les automobilistes qui l'apercevaient, Mariette faisait les cent pas près du pont Lachapelle. On la «sifflait» de tous côtés, elle leur tournait le dos en leur souriant, dépendant s'ils étaient beaux ou laids, mais c'était Jérôme Ruest que «son cœur» attendait. Son Jérôme avec des yeux rieurs à la rendre folle, avec sa bouche sensuelle, avec un «corps» qui, sans qu'elle le sache, faisait rêver son frère Gaétan, quand il allait à l'épicerie. Son Jérôme qui, avec un seul bras, l'emprisonnait plus fermement qu'avait pu le faire le rouquin avec les deux siens. Le costaud rouquin qui la rappelait encore, mais qu'elle faisait «niaiser» comme elle le disait à ses compagnes de Wise Brothers, parce qu'elle en avait un autre plus «sérieux» en vue. Un autre qui, disait-elle, en ferait peut-être… sa femme! La veille, elle était allée voir avec Noëlla le film *Champion* avec Kirk Douglas dans un petit cinéma du nord de la métropole et sa sœur lui avait dit sur le chemin du retour:

– J'aime pas ça des films de boxe! La prochaine fois, emmène-moé voir un film d'amour!

Éclatant de rire, Mariette lui avait répondu:

– Pour c'que ça va t'donner! T'as jamais eu un seul gars dans ta vie!

Et, à sa grande surprise, Noëlla, moins «perdue» ce jour-là, lui avait répliqué:

– C'est ça qu'tu penses, hein, toé? Ben, tu sauras…

Elle s'était arrêtée et, devant sa stupeur, Mariette avait haussé les épaules pour finalement lui rétorquer:

– Tu peux toujours rêver! C'est pas défendu de s'faire des accroires!

La voiture de Jérôme s'immobilisa en bordure du trottoir et Mariette prit place à ses côtés avant même que le feu rouge ne passe au vert. Il la regarda, lui sourit, mais il paraissait mal à l'aise.

– Qu'est-ce que t'as? T'es pas content d'me voir? J'suis pas à ton goût?

– Non, c'est pas ça, t'es mauditement belle pis tu sens bon, mais j'ai pas la conscience claire... J'suis marié, y'a Marjolaine, le p'tit...

– Ah, non! R'commence pas avec la famille! Enlève-toi les d'la tête! On s'en va faire l'amour, mon loup! J'espère que t'as pas ta photo d'noces dans ta poche?

– Crains pas, j'vas être juste à toi, mais imagine-toi pas qu'c'est facile pour moi de m'pousser un jeudi soir! J'ai dit qu'j'allais voir un *truck* qui était à vendre pis ma femme voulait m'suivre! Ça m'a pris tout mon p'tit change pour lui faire avaler qu'c'était une affaire d'hommes. Elle, tout c'qu'a voulait, c'était d'faire un tour de machine avec le p'tit. Pis y'a ma sœur qui m'regarde d'un drôle d'air...

– Elle, j'm'en sacre! A l'nez fourré partout pis t'as pas d'comptes à lui rendre! Des fois, on dirait qu'c'est ta mère tellement a t'a à l'œil! Pis tu devrais y voir la face changer quand j'rentre pour des Kleenex ou d'la gomme. Pourtant, j'suis une cliente comme toutes les autres, non? A m'aime pas la face pis moi non plus, mais c'est l'dernier d'mes soucis! Moi, c'est toi qu'j'aime, juste toi, pas l'reste des Ruest.

Après avoir pris un verre dans un bar en attendant que la noirceur tombe, ils arrivèrent devant un petit motel connu… des maris infidèles! Jérôme craignait d'être vu, surpris avec elle, par un client, un livreur, un fournisseur… S'il fallait qu'on le voie entrer dans une petite chambre pour une «p'tite vite» comme on les appelait, sa réputation en prendrait certes un coup. Surtout avec une fille comme Mariette Charette qui affichait bien haut ses couleurs. Elle se déshabilla, il la contempla, elle était parfaite. De la tête aux pieds! Pas un seul défaut, un corps à faire rêver, des seins à faire damner… un saint! Puis, tout en le cajolant, elle le dévêtit lentement. Comme pour apprécier chaque geste indécent. Et, yeux rieurs, lèvres charnues, il se retrouva devant elle, nu, taillé au couteau, très bien conservé pour un homme de quarante et un ans ou presque. Pas une once de graisse, la poitrine légèrement velue, les jambes droites, solides, et les fesses si fermes… Et ce, sans parler du «reste», que contemplait avec ravissement… «mademoiselle» Charette. Ce qui voulait dire que, quoique manchot, Jérôme Ruest avait ce qu'il fallait pour attirer les plus belles femmes dans un lit froissé. N'était-ce pas, en quelque sorte le cas, avec Mariette que tous les mâles désiraient? Ils s'amusèrent sous la douche, ils débouchèrent deux bières froides au pied du lit et ils se donnèrent l'un à l'autre avec plus d'ardeur que la première fois. Tout simplement parce que, dans ce lieu pervers, Jérôme Ruest ne craignait pas les intrusions. Elle gémissait, elle l'appelait «mon loup», ce qui le faisait soupirer, elle donnait, prenait, comblant ainsi, tout comme lui, ses fantasmes. Puis, à bout de souffle, elle lui dit:

– J't'aime, tu peux pas savoir comment! Y'a pas un amant qui s'compare à toi, mon loup!

Ce qui flatta Jérôme à qui elle avait pourtant parlé, pour le rendre soucieux, du savoir-faire de Fred pour Alfred, le costaud rouquin du parc. Repu, rassasié des audaces de cette fille des plus «actives» sur un matelas, il lui demanda avant de s'allumer une cigarette:

— Tu sais, j'veux bien qu'ça continue, Mariette, mais juste avec moi, pas un autre!

— Tiens! jaloux astheure? T'as peur de quoi? D'la compétition? D'un conflit?

— Non, des maladies.

Mercredi 15 novembre 1950 et Gaétan, lisant *La Presse*, demanda à son frère Ray lors du souper:

— Tu savais que le Siam s'appelle maintenant la Thaïlande?

Raynald, le nez dans son pâté chinois lui répondit:

— Non, pis, qu'est-ce que tu veux qu'ça m'crisse?

— Aïe! saute pas dans les airs, Ray! Moi, je ne le savais pas...

— Alors, t'es en retard dans les nouvelles, mon gars, lui rétorqua le père, parce que c'est depuis l'année passée que le nom a changé.

— Dans ce cas-là, c'est sans doute un rappel, reprit Gaétan. Bon, comme j'ai fini de souper et que je suis en congé demain, je pense que je vais aller me payer un film quelque part en ville.

— Avec Montgomery Clift, j'suppose? lança ironiquement Raynald.

— Aïe! ça va faire! lança la mère. Y'a-tu moyen d'avoir un repas sans qu'la chicane pogne, verrat? Pis, c'est toujours toi, Ray...

— Non, c'est lui qui a commencé! hurla Noëlla en désignant Gaétan.

Voyant qu'elle prenait encore sa part, mal à l'aise, Ray lui cria:

— Toé, la folle, ta gueule! J'en ai ras l'bol de ta protection! Arrête de me r'garder comme si j'étais Joe Louis pis sors de table, j't'ai assez vu la face!

Éclatant en sanglots, Noëlla se précipita dans sa chambre et, une fois de plus, le père intervint.

– Là, ça va faire, Ray! Si tu y parles encore une fois comme ça, t'as ma main su'a gueule! Pis, r'garde-moi pas comme ça, même à ton âge, tu vas l'avoir! On traite pas sa sœur comme un chien, surtout pas Noëlla qui s'fend en quatre pour te faire plaisir. Fais-la pas chier, Ray, a va s'tanner!

– Ben, justement, j'veux qu'a s'tanne! J'en ai plein l'cul d'l'avoir à mes trousses! J'la veux pus derrière moé à m'guetter pis à m'servir!

– Si j'comprends bien, tu la veux juste comme servante sur commande, Ray! Quand ça t'tente qu'a t'ouvre une bière ou qu'a t'fasse une sandwiche pendant qu'tu t'écrases puis qu'tu lis tes p'tits romans policiers. C'est ça, hein? T'es juste un égoïste! Un profiteur! Un plein d'marde, Ray! C'est comme ça qu'ça s'appelle des gars comme toi! Pis, compte-toi chanceux qu'Noëlla a pas toute sa tête, parce que ça ferait longtemps… Pis, va au diable, mais traite-la plus jamais comme un torchon devant moi!

– O.K, j'ai compris, j'suis pas sourd, pis moé, les r'montrances…

– Ben, tant que j'serai en vie, c'est moi l'père! Pis toi, Ray, astheure comme plus tard, tu seras toujours le p'tit cul qu'ta mère a mal élevé!

Fatigué d'avoir son père sur le dos, las de ses réprimandes, écœuré d'être la «bête noire» de la famille, Raynald se leva, sortit, se rendit sur le quai et, faisant ricocher des cailloux sur l'eau, murmura: «Un jour, j'vas décrisser! Avec l'argent que j'fais, les combines qui m'rapportent, j'me demande ben pourquoi j'ai pas encore pris la porte, moé!»

Neuf ou dix jours plus tard, c'était la panique en haut de la côte. Plus précisément chez mademoiselle Cardinal qui avait alerté les policiers. Rentrant d'une visite chez une ex-collègue, quelle ne fut pas sa surprise de voir sa porte forcée, grande ouverte, et à l'intérieur, ses tiroirs à l'envers, son matelas par terre, et le petit coffre en métal, à l'abri de tous dans un placard, défoncé, vide de tout son contenu, de son argent et surtout de... ses bijoux! Elle en pleurait de désespoir, même la montre de poche de son défunt père avait disparu. Pas sotte, le cœur à l'envers, elle avait indiqué aux autorités la résidence des Charette en leur disant:

– C'est lui, personne d'autre! Le plus vieux! Raynald! il est venu faire une réparation il y a quelque temps et je lui ai parlé des bijoux de ma mère, de la montre de mon père. Il s'informait si j'avais de vieux bijoux à vendre... C'est lui! Allez l'arrêter! C'est un voyou, ce type-là! Quand je pense à ce que j'ai perdu... Je tenais à ces souvenirs comme un bébé à son biberon! Ne cherchez pas loin, monsieur l'agent, c'est lui, Raynald Charette! Juste en bas de la côte!

– Écoutez Mademoiselle, on ne peut l'accuser sans aucune preuve. Personne ne l'a vu. Il pourrait revenir contre vous, vous savez.

– Dans ce cas-là, descendez, enquêtez, fouillez, je suis certaine que vous allez trouver. C'est sans doute bien caché, mais avec votre expérience...

– Sans mandat de perquisition, nous n'avons pas le droit d'aller chez ces gens. Pas même pour les intimider. Nous allons rédiger notre rapport, ouvrir un dossier, le garder au poste, et si vous, de votre côté, vous pouvez nous fournir une preuve, une seule, nous irons l'enquêter. Mais, d'ici là...

Ils étaient repartis, les badauds aussi, et mademoiselle Cardinal, encore sous le choc de sa porte forcée et de ses tiroirs par terre, ne pouvait se résoudre à coucher seule dans sa petite maison où, pourtant, en vingt ans, il ne s'était rien produit d'anormal, pas même un raton laveur pour vider sa poubelle. Elle ferma à clef avec l'aide du serrurier, et y ajouta un cadenas pour plus de sécurité. S'apprêtant à emprunter le chemin, elle croisa Gaétan qui, rentrant du travail et la trouvant dans tous ses états, lui demanda:

— Quelque chose ne va pas? Puis-je vous aider? On dirait que…

— J'ai été volée! On m'a délestée de mon argent et de tous mes bijoux de famille, la montre de poche de mon père incluse! Et je connais le coupable, Gaétan!

— Ah, oui? Qui donc? L'avez-vous dénoncé?

— Qui donc? Votre frère! Raynald! Personne d'autre! Il était le seul à savoir que je possédais ces bijoux, il m'a même offert de les acheter lorsqu'il est venu réparer un tuyau. Bien sûr que je l'ai dénoncé à la police, mais ils ne peuvent rien faire parce que je n'ai pas de preuves! Mais je sais que c'est lui et, croyez-moi, je vais le cerner, le piéger! Un vrai bandit! Quelle famille!

— Je compatis, mais je vous prierais de retirer vos dernières paroles, Mademoiselle Cardinal. Ce n'est pas parce que vous voyez Ray d'un mauvais œil que nous sommes tous semblables à lui…

— À part vous, je ne donne pas cher des autres! Excusez-moi, mais à côté des Nevers… Et puis, mieux vaut ne plus nous parler, Gaétan! Non pas que je doute de vous, au contraire, vous êtes le plus sincère, mais si je vous avais évité, je n'aurais jamais connu votre frère aîné, ce voleur, ce brigand! Non, vraiment, mieux vaut ne plus nous fréquenter.

Gaétan, outré, insulté d'avoir à payer pour le «supposé crime» de l'autre, lui répondit sur le ton le plus glacial qui soit:

– Comme il vous plaira, Mademoiselle! Et je vous ferai remarquer que ce n'est pas moi qui me suis invité chez vous. C'est plutôt vous qui, à maintes reprises, me disiez avoir besoin d'un ami. Mais là, n'y comptez plus! Vous vous excuseriez que je ne reviendrais pas. Et ne m'en veuillez pas, Mademoiselle Cardinal, si je vous croise sans vous saluer. Vous désirez couper les ponts? Soit! C'est fait! Bonne décision!

Et Gaétan Charette, altier, descendit la côte en la laissant interloquée. Elle qui déjà regrettait d'avoir évincé de sa vie son seul et unique ami. Elle qui aurait voulu lui demander pardon, mais fière comme un paon, elle se rendit à la hâte chez une ex-compagne qui allait l'héberger pour la nuit. Gaétan, encore sous le choc, rentra chez lui et, devant tous, s'exclama:

– Vivez-vous dans un autre monde? Personne ne sait ce qui s'est passé en haut de la côte?

– Non, quoi? lui demanda la mère, alors que le père, occupé à souder, ajouta:

– On n'entend rien en bas. Y'a-tu eu un meurtre? T'es blanc comme un drap!

– Non, papa, mais un vol! On a défoncé chez mademoiselle Cardinal et on lui a dérobé tous ses bijoux de valeur qu'elle conservait précieusement. La police est venue, les gens des alentours aussi.

– Moé, j'ai rien vu, j'lavais le linge de Ray! lança Noëlla.

– Pis moi, j'écoutais des disques dans ma chambre, renchérit Mariette.

Raynald qui n'avait rien dit n'osait regarder Gaétan qui, l'apostrophant, lui cria:

– Et elle a dit aux policiers que c'était toi qui l'avais volée, Ray!

Sursautant, se levant d'un bond, il sourcilla et gesticula:

– La vieille crisse! M'accuser d'la sorte après l'service que j'lui ai rendu!

– Justement! Elle dit que c'est lorsque tu es allé chez elle qu'elle t'a parlé des vieux bijoux de famille qu'elle avait. Tu lui as même offert de les acheter, Ray! Elle a quand même pas inventé cela!

– C'est sûr que j'lui ai demandé si a l'avait du *stock* à vendre, j'le d'mande à tout l'monde, c'est mon *side line* à' taverne! Mais j'achète, j'vole pas, moé! Ça prend une vieille maudite pour m'accuser comme ça! Pis, tu vois? Y l'ont pas crue, y sont même pas venus!

– Ils attendent des preuves, Ray, et elle a juré qu'elle allait en trouver!

– Ben, elle, si c'était pas une femme… Ça s'peut-tu accuser comme ça?

Le père qui n'avait encore rien dit, regarda son fils aîné et lui demanda:

– T'es sûr d'être pour rien dans c't'affaire-là, toi? T'es sur et certain, Ray?

– Ça y est! Vargez sur moé! Pis toé, l'père, j'pensais jamais qu't'irais jusqu'à douter d'ton fils! J'ai jamais rien pris à personne, moé!

– Jure-le, Ray!

– Je l'jure sur la tête de Noëlla, l'père! C'est-tu assez?

– Non, jure-le sur la tête de ta mère, Ray! Pis en la regardant dans les yeux!

Mal à l'aise, tentant d'éviter le regard inquisiteur de sa mère, Raynald se déroba de toute perception et, visant le plafond, marmonna:

– Je l'jure sur la tête de la mère, p'pa!

La semaine suivante, le collet d'imperméable monté jusqu'aux oreilles, Raynald, caché derrière un arbre, attendait que mademoiselle Cardinal sorte de sa petite maison pour aller faire des courses. Il n'eut pas à patienter longtemps, l'institutrice retraitée avait justement besoin d'une chopine de lait de chez Ruest. Dès qu'elle l'aperçut, elle resta figée sur place, puis, voyant qu'elle voulait remettre sa clef dans la serrure, il lui dit:

– Quand on a peur du monde, c'est qu'on n'a pas la conscience claire!

– Vous, je n'ai rien à vous dire... Ou, plutôt oui, j'ai la conscience claire, Monsieur Charette, c'est plutôt la vôtre qui ne l'est pas!

– Qu'est-ce que vous voulez dire? Les menteries que vous avez crachées sur mon compte à la police? Me faire passer pour un voleur?

– Parce que vous l'êtes, Monsieur Charette! Et je me demande pourquoi je vous appelle encore «Monsieur»! Les bijoux de ma mère, la montre de...

Elle allait poursuivre lorsque Raynald, se rapprochant d'elle, lui dit nez à nez:

– Écoute-moé ben, la vieille! Pis j'te l'dirai pas deux fois! Un autre mot sur mon compte pis t'es dans ta tombe! Pis, dépose pas une plainte sur c'que j'te dis-là, parce que tu verras même pas Noël c't'année! Tu penses que tu vas m'faire chier, toé? Tu penses que pour une crisse de vieille montre que j'ai jamais vue, tu vas m'faire rentrer en taule? Ben là, j'te l'dis, si j'entends un mot d'plus sur c't'affaire-là, ça va commencer à jouer avec mes nerfs! T'aimerais-tu ça avoir un autre œil de vitre, la Cardinal? Pis, si c'est pas assez, t'aimerais-tu ça te r'trouver avec la langue arrachée? Alors, ta gueule, ta maison pis ton *blind* fermé! Pis là. tu m'as pas vu pis t'as rien entendu. Parce que si j'apprends… Mon pied est pas loin d'ton cul!

Voyant qu'elle tremblait, qu'elle risquait de s'évanouir, Raynald s'éloigna et mademoiselle Cardinal, dans tous ses états, rouvrit sa porte de peine et de misère. Regagnant le salon, elle se laissa choir sur le divan vert et reprit son souffle tout en retrouvant peu à peu ses esprits. Puis, craintive, elle n'en pensa pas moins: «Le mufle! Il m'a tutoyée! Il m'a menacée!» Mais elle ne se rendit pas chez les Ruest ce matin-là. Troublée, la toile baissée, elle ouvrit la radio et tomba sur une chanson de Line Renaud qui la calma quelque peu. De son côté, de retour chez lui, Ray n'avait parlé à personne de «la peur bleue» que venait de subir «la Cardinal». À personne d'autre que Noëlla qui, fière de son frère, avait ri à s'en rouler par terre. Jusqu'à ce qu'il lui crie: «Arrête, la folle, tu vas pisser dans tes culottes!» Noëlla s'était relevée et, soudainement calme parce qu'elle craignait les réactions de Ray, elle entendit Mariette lui crier d'en haut: «Qu'est-ce que t'as, t'es-tu tombée dans les confusions?». Agitée de nouveau, elle lui répondit qu'elle s'était juste «enfargée» dans ses lacets et que Ray et elle avaient trouvé ça drôle à en crever. En fin d'après-midi, alors que mademoiselle Cardinal se risquait à ranger ses râteaux et sortir sa pelle en fonction de l'hiver, elle eut la désagréable surprise d'arriver presque face à face avec Noëlla qui remontait la côte. Cette dernière, apercevant l'institutrice, s'arrêta, la regarda et lui murmura pour ne pas être entendue de quiconque: «Ray va vous arracher la langue… pis l'autre œil!»

Malgré ses craintes et ses nuits blanches à surveiller la maison des Charette de sa fenêtre, mademoiselle Cardinal avait fini par se confier à Yolande et lui faire part des menaces de Raynald à son endroit. Ébranlée par le récit de la pauvre institutrice, Yolande en informa Jérôme qui, outragé du ton employé envers la vieille demoiselle, avait promis à cette dernière qu'il allait finir par lui régler «son cas», à ce voyou de bas étage. Puis, prenant note de tout ce que la retraitée s'était fait voler, il lui avait dit: «N'ayez pas peur, je m'en charge! J'connais des gars en ville qui vont s'faire un plaisir d'aller prendre une bière à la taverne où y travaille et si y mettent la main sur l'un des bijoux volés, on l'fait coffrer, Mademoiselle Cardinal! Des *bums* de son espèce, on n'a pas besoin d'ça à L'Abord-à-Plouffe!» Yolande qui avait suivi la conversation avait ajouté narquoisement: «Pis des bonnes à rien comme sa p'tite sœur, non plus!»

Gaétan Charette, ayant oublié l'incident d'en haut de la côte, n'en évitait pas moins sa vieille amie qui l'avait injustement écarté de sa vie. Néanmoins, il se rendait régulièrement chez Valère Verrière qui le traitait avec tous les égards que lui octroyait son titre de… jeune amant! En début de décembre, alors que Gaétan était étendu sur le divan et que Valère, assis, collé à ses côtés, lui jouait dans la crinière, le sexagénaire lui demanda subitement:

– Ça te plairait de passer les fêtes au bord de la mer, mon homme?

Surpris, se levant d'un bond, Gaétan lui avait répondu en balbutiant:

– Au bord de… de la mer? C'est bien ce que tu as dit? Est-ce que ça voudrait dire que toi et moi…

– Oui, Gaétan, toi et moi à Miami! En avion à part ça! Si tu as des vacances, je t'invite. Tu peux en discuter avec ton patron…

— Pas nécessaire, je serai en vacances! Tout le temps des fêtes! Ah! Valère… Tu ne peux pas savoir le plaisir que tu me fais! J'ai rêvé de la Floride, j'ai vu des films qu'on a tournés là, j'ai vu les étendues d'eau, les couchers de soleil… Si tu savais comme je t'aime! s'exclama Gaétan tout en encerclant la taille de son vieil amant, de ses bras à peine velus.

Heureux de lui plaire à ce point, Valère n'en afficha pas moins un air soucieux. Le constatant, le jeune homme lui demanda:

— Qu'est-ce qu'il y a? Quelque chose qui cloche?

— Heu… non… Ou plutôt oui, tes parents, ta famille… Ils vont savoir que toi et moi… Comment leur cacher la vérité? Voilà ce qui me trouble…

— Ne t'en fais pas, je vais les affranchir, Valère. Il est temps qu'ils sachent ce que je fais de ma vie. Remarque qu'on s'en doute à la maison, Ray ne m'épargne pas de son sarcasme, mais je ne l'ai jamais avoué de vive voix. Mais là, avec le sérieux que prend notre relation, il me faut être franc et leur dire que je suis heureux. Je vais même leur parler de toi, Valère! Il en est temps, je m'en vais sur mes trente-trois ans.

— C'est le fait que tu leur parles de moi qui m'inquiète. C'est petit ici, tout le monde me connaît, j'y habite depuis si longtemps. Mademoiselle Cardinal, le curé, les autres…

Indisposé par cette crainte soudaine, Gaétan lui demanda:

— Alors, pourquoi m'inviter, Valère? Si tu ne peux pas faire face à la vérité, dis-le-moi, je comprendrai, mais ne me fais pas miroiter la Floride, nous deux, la plage… Si tu ne me veux que pour ton lit, à l'insu de tous, ta réputation sauvegardée, je veux bien, mais cesse de me choyer, de me promettre…

— Non, non, arrête, n'ajoute rien, mon homme. C'est moi qui n'suis pas correct avec toi. Tu acceptes de t'engager, de leur dire que tu es mon protégé…

– Non, ton amant, Valère!

– Alors, si tu as ce courage, je l'aurai aussi. Quitte à déménager si ça me cause des ennuis! Je t'aime trop pour risquer de te perdre, Gaétan. J'ai trop attendu ce bonheur pour, maintenant, en avoir peur. Vas-y, dis-leur, on s'en va à Miami!

Retrouvant le sourire, Gaétan entoura de ses bras le cou de son amant et, de sa bouche sensuelle, l'embrassa goulûment. Emporté, enivré, épris jusqu'à la moelle des os de «son homme», Valère le libéra de sa chemise qui tomba par terre et, lui dénouant le premier bouton de son pantalon, poussa tout doucement son jeune compagnon dans le creux du divan où, suant d'amour pour lui, il lui rendit ses baisers, ses caresses et ses audaces, de sa main veineuse.

Ils étaient tous au salon, un samedi soir, peu avant Noël, et Gaétan, se levant souvent, tournant en rond, sentant que Raynald s'apprêtait à sortir, les fit tous taire pour leur dire:

– Je m'en vais passer les fêtes en Floride avec Valère.

Intrigués, tous se regardèrent sauf la mère que plus rien ne surprenait, mais c'est le père qui, le premier, rompit le silence en lui demandant:

– En Floride? Avec quoi? Avec qui? T'as pas d'argent…

– C'est Valère Verrière qui m'invite. Je n'aurai rien à débourser.

– Mais c'est qui, lui? s'impatienta le père.

– Un veuf dans la soixantaine, un retraité que mademoiselle Cardinal m'a présenté. Il est numismate, il collectionne la monnaie ancienne, son fils vit au Yukon… Il cherchait un compagnon de voyage.

– Su'l bras? questionna Ray. Sais-tu c'que ça coûte un voyage comme ça? Pis ça m'revient, la Cardinal m'avait parlé d'lui pis j'ai jamais compris c'que ça voulait dire un nu… un numis... j'pensais qu'c'était son nom. Pis tu vois, j'ai encore d'la misère à l'prononcer. Mais dis-moi, ti-frère, le vieux, pour t'inviter, pour tout payer, y'est-tu...

– Recommence pas ça, Ray! s'emporta Gaétan. Je devine tes pensées, je connais tes termes grossiers... Monsieur Verrière a juste envie d'être accompagné.

– Par une tapette? Y'est-tu aveugle? Y'a pas vu qu't'avais souvent le p'tit doigt en l'air? À moins que... Oui, c'est sûrement ça, c'est une vieille moumoune c'bonhomme-là! On paye pas pour un p'tit jeune...

– Ta gueule, Ray! lui commanda le père. T'as pas à juger ton frère pis personne d'autre, toi! T'es loin d'nager dans un bénitier...

– Ça s'peut, l'père, mais j'couche pas avec les hommes, moé, pis j'fais pas cracher l'argent aux vieux...

– Non, t'aimes mieux voler les vieilles! lui darda Gaétan.

À ces mots, l'aîné se leva et, brusquement, saisit Gaétan à la gorge. Ce dernier, quasi étouffé, s'en dégagea en lui assénant un coup de genou dans les parties intimes. Plié en deux, se tenant à deux mains, Ray, enragé, lui lança dans un souffle entrecoupé:

– Chien sale! At.. attaquer son frère avec un coup raide dans les ch'nolles! Fais-tu ça avec ton vieux riche, le suceux d'...

Il allait être vulgaire devant sa mère et Médée, courroucé, l'arrêta en étouffant le dernier mot de sa voix forte:

– Ta langue, Ray! Respecte ta mère! Pis là, une fois pour toutes, lâche ton frère, laisse-le vivre en paix, pis toi, r'tourne à ta rapace! Gaétan est en âge de faire c'qu'y veut! Dégage, Ray! Sors, va prendre l'air pis si c'est pas assez, r'tourne à taverne vendre tes bijoux volés!

La cinglante réplique valut à Médée Charette un regard haineux de la part de son aîné. Ray sortit en claquant la porte et la mère, tendue, rouge, se laissa choir dans un fauteuil pour dire à son mari:

— T'es toujours sur son dos, Médée! Ray a pas juste des mauvais côtés...

— C'est vrai, p'pa! Tu l'écœures tout l'temps! ajouta Noëlla de sa grosse voix, pendant que Mariette, silencieuse, se limait les ongles en jouissant de la scène.

— Toi la femme, pis toi la fille, j'vous ai rien demandé! C'est moi l'père icitte! C'est moi qui décide de qui a tort pis de qui a raison! C'est moi qui rentre l'argent pis qui remplis la *pantry* d'manger! Pis toi Blanche, t'as pas d'quoi être fière des enfants qu'tu m'as donnés! Un voleur, un bum, un pimp pour commencer, une autre à moitié déréglée, pis une p'tite dernière qui marche plus avec son derrière qu'avec ses jambes! Finalement, y'a juste Gaétan qui m'console de ta progéniture, ma femme. Y'est instruit, y gagne bien sa vie pis y'a appris à bien parler, lui!

— Pis son derrière à lui sert aux hommes! lança Mariette qui n'avait pas digéré la remarque de son père.

— Ça, ma fille, c'est pas d'tes affaires! Pis moi, j'te l'dis, Gaétan, ça m'dérange pas qu'tu sois comme tu es! En autant qu't'es honnête, le reste, c'est ton choix pis j'te jetterai pas la pierre, moi!

Gaétan, touché, troublé, avait regardé tendrement son père comme pour le remercier de comprendre, d'accepter... D'autant plus que la plupart des homosexuels, il le savait, étaient souvent reniés de leur père et pointés du doigt par la parenté. Devant l'aveu sincère de Médée à l'égard de son fils cadet, la mère tout comme les sœurs resta bouche bée. Constatant leur trouble, le père se leva et regardant Mariette qu'il avait durement blessée, lui dit:

– Pis toi, la p'tite, si tu t'prenais en main pis qu'tu t'mariais avec un gars respectable… T'es la seule à pouvoir me rendre grand-père! Pense pas à Ray pour ça!

– Pis moé? lança, du bout de la table, Noëlla de sa voix grave.

– Pas moé, moi! lui cria Médée. Ça veut pas rentrer, hein? Comme Ray! Ben toi, j'te d'mande rien d'autre que d'prendre soin d'ta mère quand j'serai plus là. Dans chaque famille, y'a un bâton d'vieillesse, Noëlla. Icitte, c'est toi!

La plage était à perte de vue, le motel était superbe, la chambre, spacieuse avec un balcon donnant sur la mer, et Gaétan avait fait un très bon vol avec Valère qui, de temps à autre, à l'insu des passagers des bancs les plus près, serrait la main du jeune homme dans la sienne. À Miami, pour l'entourage, les gens qu'ils croisaient, on crut d'abord à un père en vacances avec son fils, mais pour les tenanciers, habitués à «flairer» d'un coup d'œil leurs clients «particuliers», il ne faisait aucun doute que l'homme âgé était l'amant du plus jeune. Valère ne laissait rien paraître, mais Gaétan, aussi beau, aussi blond et aussi svelte pouvait-il être, affichait certaines manières qui trahissaient ses penchants. D'autant plus que d'autres types de son âge avaient essayé en vain de s'en approcher et que des hommes plus mûrs, des «bedonnants» avec des montres en or, la Cadillac en vue, avaient vite tenté de le ravir à son «protecteur» plus vieux qu'eux. Mais Gaétan était fidèle. Et surtout amoureux! Valère représentait tout pour lui. C'était à cet homme qu'il devait sa première «véritable nuit», tout comme son baptême de l'air. Il avait certes bénéficié, par le passé, de quelques aventures rapides et incomplètes, mais c'était avec Valère qu'il avait enfin apprécié le fait d'être entier, détendu, épris, en «couple» quoi! Et ce, Dieu merci, avec la bénédiction de son père! Alors, au diable ceux qui, maintenant, le désiraient. C'était à Valère, à lui seul qu'il appartenait.

À L'Abord-à-Plouffe, chez les Charette, le temps des fêtes avait été on ne peut plus ordinaire. Un bref échange de cadeaux après la messe de minuit à laquelle avaient assisté Médée, sa femme et Noëlla, et ledit réveillon se termina après un verre ou deux et une pointe de tourtière. Ray n'était pas resté; il réveillonnait chez deux de «ses filles» qui habitaient ensemble et qui se reposaient de leurs «clients» avec leur «souteneur». Un Ray Charette qui, cette nuit-là, but comme un lavabo et s'endormit, malgré les efforts de ses «p'tites» pour le garder réveillé, en vue de festoyer… au lit! Noëlla, plus seule que jamais, était montée se coucher. Avec un seul «Bonne fête, ma chouette» de la part de sa mère. Sans rien de plus, comme de coutume, parce que, chaque année, en ce jour férié, son anniversaire passait quasi inaperçu. Sans même un souhait de la part de Mariette qu'elle regardait avec dégoût parce qu'elle était, hélas, plus jolie qu'elle. Et cette dernière, coiffée dernier cri, portant une robe très «sexy» de la rue Saint-Hubert, juchée sur des souliers de cuir vernis, maquillée comme une actrice de vaudeville, se rongeait les ongles juste à penser que Jérôme, en cette nuit, filait sans doute le bonheur avec sa sœur, sa femme et son petit. Mariette qui, à vingt-sept ans, pimpante, pulpeuse, taillée au couteau, se sentait aussi seule qu'une tortue sous sa carapace. Elle aurait certes pu se rendre en ville, contacter l'un de ses anciens *chums,* se retrouver avec des *bums,* mais dans sa naïveté, elle avait espéré que Jérôme l'invite à sortir la veille ou l'avant-veille de Noël, pour lui offrir ses vœux, son amour et un cadeau, dans le creux d'un matelas de motel. Mais il n'en fut rien, ni présent ni lit défait,

Jérôme Ruest avait choisi de consacrer ce beau Noël à sa famille, en les comblant d'affection et d'un pied de sapin bien garni. Seule dans sa chambre alors que toutes les belles filles de son âge dansaient quelque part, Mariette Charette fulminait. Elle se jurait de se venger de celui qu'elle aimait et qui l'ignorait comme si... «S'il pense que je vais me morfondre à l'attendre...» marmonna-t-elle. Et elle lui reprochait, au point de se venger, l'invitation à boire et à bouffer d'Honoré qu'elle avait déclinée, pour être à ses côtés.

L'année 1951 s'annonçait calme, dénuée de la moindre contrariété chez les Charette du bas de la côte. Comme si, soudain, tout était rentré dans l'ordre. Ce qui n'était pourtant guère le cas avec les malhonnêtetés de Ray et les odieuses machinations de Mariette. Médée se plaignait moins de ses maux et blâmait ses enfants pour la nervosité qui lui causait une toux persistante. Madame Charette cuisinait sans cesse, Noëlla la secondait dans les marinades, les beignes et les biscuits et Gaétan, de retour de son voyage de rêve, encore bronzé, avait fêté ses trente-trois ans dans les bras de Valère avec, à l'annulaire, une bague en or gravée de ses initiales, en guise de cadeau. Leur amour était d'une telle intensité qu'ils oubliaient qu'on les regardait de plus près, qu'on parlait d'eux, qu'on commençait à les juger. Compte tenu des ragots, mademoiselle Cardinal, d'habitude perspicace mais démunie de flair pour ce genre «d'irrégularités», avait tout de même fini par comprendre que le vieux numismate et le jeune commis de banque étaient plus que de simples... camarades. N'adressant plus la parole à Gaétan depuis le fâcheux incident, elle s'était également éloignée de Valère Verrière qui entretenait un lien serré avec son jeune voisin. Or, ayant appris que... elle avait dit à une ex-collègue: «Et dire que c'est moi qui les ai présentés l'un à l'autre! Que Dieu me pardonne d'avoir été l'instrument d'un lien aussi infâme!» Ce à quoi, sa compagne avait répondu: «Mais non, Mademoiselle Cardinal, il n'y a rien d'infâme dans cette relation. Il faut vivre et laisser vivre. Ces gens sont de bonne foi, ce sont de bonnes personnes…» Iphigénie Cardinal, croyant avoir le dernier mot lui répliqua: «Vous trouvez ça normal, vous, que deux hommes partagent… Ah! je préfère me taire!» pour entendre l'autre lui rétorquer: «Oui, taisez-vous, ne jugez pas et respectez leur choix. Mon frère aîné vit avec un homme, lui aussi. Depuis quinze ans! Et sans que le curé leur refuse la communion pour autant!»

En mars, alors que les dernières tempêtes faisaient rage, Jérôme Ruest avait prié mademoiselle Cardinal de venir le rencontrer à la maison et ce, sans s'inquiéter, sa sœur Yolande allait être présente. C'était un dimanche et son épouse, Marjolaine, ainsi que leur petit Luc étaient en visite chez ses beaux-parents pour la fin de semaine. Chaudement habillée, foulard de laine jusqu'au nez, bonnet de cachemire enfoncé jusqu'aux oreilles, la vieille institutrice se rendit chez les Ruest, bravant le vent glacial qui refusait de faire place à la brise du printemps. Saupoudrée de neige, les joues rouges, l'œil de verre givré, elle grelottait encore lorsqu'on la fit asseoir près du foyer où un bon feu mordait le bois, et que Yolande lui versa une tasse de chocolat chaud.

— Si je vous ai demandé de venir, Mademoiselle Cardinal, c'est que c'est sérieux et que j'ai grandement besoin de vous, lui dit Jérôme.

— Alors, parle, ne me fais pas languir comme lorsque je t'enseignais, Jérôme Ruest! Tu t'en souviens, Yolande? Tu étais là quand je le grondais…

Yolande souriait, Jérôme riait et, retrouvant son sérieux, il sortit un mouchoir de sa poche qu'il ouvrit sous l'œil ahuri de la vieille demoiselle.

– Quoi? La bague de ma mère? Où l'as-tu prise, Jérôme? Je... je...

– Ne vous énervez pas, restez calme. Vous la reconnaissez, n'est-ce pas?

– Bien sûr, c'est la bague d'argent que papa lui avait offerte alors qu'il la fréquentait! C'était le plus beau souvenir que j'avais d'elle! Regarde à l'endos, c'est sûrement gravé «À ma bien-aimée» à peine lisible.

– Oui, c'est exact, j'ai tout vu ça, Mademoiselle Cardinal, et si vous voulez savoir d'où elle vient, alors, tenez-vous bien! C'est l'un de mes amis en ville qui, sur investigation de ma part, l'a achetée à Raynald Charette dans le *back store* de la taverne pour dix piastres.

– Ah! le mufle! Je le savais! C'est lui qui a tout pris, tout volé!

– Ray avait bien d'autres choses à vendre: des montres, des épinglettes, des colliers, des bracelets...

– Pas la montre de poche de mon défunt père?

– Hélas non, elle avait sans doute été vendue. Mais avec cette seule bague, ce seul bijou retrouvé ainsi que le témoin que j'ai, vous avez tout en main pour le faire arrêter. La police n'attendait que des preuves? Les voilà!

– Heu... je crains, j'ai peur... Raynald m'a dit, vous le savez, que si je le faisais inculper de quoi que ce soit, il allait me faire tuer.

– Raison de plus, ça va s'ajouter à la charge qu'on a contre lui. On n'a pas une minute à perdre astheure!

– Non, Jérôme, attends! Je ne veux pas, je ne peux pas, je n'en dormirais plus. Et puis, moi, les procès... J'ai peur de lui à en mourir! Sa sœur, la folle, m'a aussi menacée! Cette famille est damnée! Sauf Gaétan, bien sûr... Mais je ne veux pas porter plainte. Ça ne me redonnerait pas mes bijoux, je n'ai que cette bague, le reste est sans doute écoulé...

— Mais on pourrait l'envoyer en prison, c'te malfaisant-là! clama Yolande.

— Non, pas toi aussi, comprends-moi, j'ai peur, c'est un fou, un tueur... Je n'ai pas le cœur fort, je vis seule...

Se rendant compte qu'elle vivait dans la terreur, les Ruest n'insistèrent plus et rendirent à mademoiselle Cardinal, la bague de sa regrettée maman. Voulant la leur rembourser, Jérôme refusa et lui dit:

— Ça va compenser pour tous les mauvais coups du temps d'ma p'tite école!

Elle protesta, mais Jérôme et Yolande lui firent comprendre que c'était là la seule consolation du larcin dont elle avait été victime. Yolande aurait tant voulu faire écrouer ce Ray damné, mais Jérôme, pour sa part, se montra plus compréhensif et calma l'ex-institutrice en lui disant:

— Personne n'en saura rien, comptez sur moi. Vous pouvez dormir en paix.

Il n'avait pas insisté davantage au grand dam de Yolande. Non, il n'avait pas vraiment «poussé», et ce, pas nécessairement par compassion pour la vieille demoiselle, mais parce qu'il redoutait, soudainement, par une telle action contre la famille Charette, la rage de Mariette et... sa dénonciation!

Gaétan et Valère filaient le parfait bonheur entre leurs petits déplacements de plus en plus fréquents et leur amour de plus en plus ardent. Plusieurs se demandaient pourquoi Gaétan, si beau, dans la force de la trentaine, s'était littéralement entiché de cet homme vieillissant qui avait deux fois son âge; un fait qui intriguait également Médée, aussi «compréhensif» pouvait-il être. Mais Gaétan n'avait pas à expliquer à qui que ce soit, son père inclus, que Valère était un homme tendre et affectueux, qu'il avait belle apparence, un corps bien conservé, et qu'il faisait l'amour comme… un dieu! Beaucoup plus charnel qu'il pouvait l'être lui-même. Beaucoup plus expérimenté, ce qui aurait dû… l'inquiéter. Mais ça «jasait» dans le coin, les commérages allaient bon train et leur étrange liaison n'était pas acceptée de tous. Depuis sa relation avec Gaétan, monsieur Verrière avait perdu la présidence de certaines œuvres, sa direction du chœur de chant, quelques amis de la fonction publique et une parcelle de sa parenté à laquelle il ne tenait pas vraiment. Parce que Valère Verrière vivait son petit «roman» un peu trop ouvertement. Mademoiselle Cardinal ne le saluait plus et monsieur le curé, plus indulgent, l'avait quand même sommé de ne pas venir à la messe avec son jeune ami. Ce dont il n'avait guère à s'inquiéter, Gaétan n'étant plus pratiquant. Chez les Ruest, on les recevait l'un comme l'autre, avec respect et entregent. Yolande aimait bien Gaétan Charette qu'elle trouvait distingué et ce dernier, aussi attaché à Valère pouvait-il être, ne s'empêchait pas de jeter un regard furtif sur l'avant-bras velu de Jérôme, pour ensuite porter son regard sur ses fesses bombées, lorsqu'il avait le dos tourné. Il savait, bien sûr, que l'épicier-boucher entretenait une liaison avec sa sœur, Mariette. Il s'était même surpris à «envier» sa sœurette d'une telle capture, avant de rencontrer Valère. Mais là, bouche cousue. L'infidélité du beau mâle comme les déshabillages de sa sœur, ne le regardaient pas. Qui donc était-il, lui, pour juger Mariette et ses agissements, alors qu'il se livrait lui-même à des jeux pervers et indécents? Le silence! Rien d'autre! Et les plaisirs des sens! Sans penser qu'une femme et un enfant souffraient peut-être des accaparements de sa sans-cœur de sœur!

Et sans songer encore, que lui-même pourrait être menacé dans son bonheur marginal.

Le 29 juillet 1951, alors que Mariette fêtait ses vingt-huit ans, elle aurait certes souhaité célébrer cet anniversaire dans un endroit discret avec Jérôme. Mais comme l'événement tombait un dimanche et qu'il ne pouvait s'éloigner de sa femme et de son fils sous aucun prétexte, il parvint à la convaincre de remettre au lendemain soir les ébats attendus ainsi que la remise de son présent. Tant bien que mal parce que Mariette, de plus en plus souvent au lit avec lui, sûre et certaine d'avoir détrôné sa femme, avait des exigences de plus en plus démesurées. À tel point qu'on aurait pu accorder à Jérôme, un trophée inédit dans l'art de mener... une double vie!

Et la belle Mariette Charette, jalousée par Noëlla, ignorée par Yolande, souligna, avec un jour de retard, son année de plus dans un hôtel. Dans une très jolie chambre cette fois, souper servi dans l'intimité, champagne, bœuf braisé au vin rouge, soufflé à la vanille et le *Irish Coffee* en guise de digestif. Comme une grande dame! Bien vêtue, soit, mais affichant quand même des allures de «traînée» avec son déhanchement, son maquillage trop lourd et ses bijoux clinquants. Lui, plus sobre, un bras en moins, avait un peu plus d'élégance, mais un certain maintien trahissait le gars du peuple qu'il était. Il lui offrit une montre en forme de marguerite, aux pétales blancs, sur un bracelet de cuir appareillé. Rien de trop dispendieux, une montre achetée chez Eaton dans les soldes de fin d'été. Mais Mariette était aux anges! C'était comme s'il lui avait attaché au poignet un bijou tel qu'aurait pu le faire Ali Khan pour Rita Hayworth. Mariette Charette, les yeux maquillés à outrance, les seins aussi en évidence que ceux d'une fille de rue, affichait, pour un instant, le sourire d'une débutante, à qui on aurait offert un bracelet de fleurs pour sa graduation. Parce qu'elle n'avait été gâtée par aucun homme, pas même son père, et que les seuls bijoux qu'elle possédait, étaient ceux qui venaient de Ray, son frère. Bijoux volés, évidemment, sans valeur, qu'il lui refilait parfois. La bouteille de champagne par terre, le soutien-gorge sur un fauteuil, le pantalon de Jérôme sur le tapis, ils se retrouvèrent dans ce grand lit plus que douillet, l'un sur l'autre, à s'embrasser, à faire l'amour, à s'aimer comme des animaux. Sans classe! Sans délicatesse! Sans ferveur! Du moins, de sa part à lui, en ce qui avait trait au dernier terme de la nomenclature! La cigarette au coin des lèvres, heureuse de l'avoir encore assouvi dans ses plus bas instincts, elle regarda Jérôme et lui demanda mielleusement:

– Penses-tu qu'tu vas finir par laisser ta femme pour moi, mon loup?

Se redressant d'un bond, la repoussant du bras, il pointa un doigt menaçant:

– Jamais! Jamais, t'entends? Avant toi, y'aura toujours ma femme pis mon enfant!

En septembre, alors que Gaétan s'apprêtait à partir pour Paris avec Valère, il eut le choc de sa vie lorsque le curé téléphona chez lui un soir, pour lui dire que monsieur Verrière venait d'être transporté de toute urgence à l'hôpital. Inquiet, angoissé, Gaétan voulut en apprendre davantage, mais tout ce que le brave curé put lui dire de plus, c'est que le sexagénaire était tombé par terre dans la salle de bains au moment où la femme de ménage allait partir. Fort heureusement pour lui car, dix minutes plus tard, seul et sans secours, le retraité serait mort au bout de son souffle. La dame avait avisé le curé qui, lui, avait appelé l'ambulance. Comme le presbytère était voisin de la maison de Verrière, le curé s'était empressé d'aller soutenir la pauvre femme qui était au bord de la panique et de donner tous les renseignements aux ambulanciers qui avaient transporté le pauvre homme inconscient à l'hôpital du Sacré-Cœur, de l'autre côté du pont. C'était on ne peut plus bref comme appel, mais comme le curé était aussi le «confesseur» du moribond, il était certes au courant de l'ampleur de leur liaison. Et ce n'est que beaucoup plus tard dans la soirée qu'il rappela Gaétan pour lui dire que Valère Verrière avait été victime d'une thrombose, qu'il était paralysé du côté droit, qu'il avait repris conscience mais qu'il avait perdu l'usage de la parole et que ses facultés étaient sans doute détériorées. Devant un tel diagnostic, Gaétan se réfugia dans sa chambre et pleura de tout son être. Son «Valère», l'homme qu'il aimait le plus au monde, risquait de partir. Sans le prévenir! Eux qui devaient tout prochainement s'envoler pour Paris, visiter Versailles et la Normandie, ainsi que d'autres régions de France. Le voyage rêvé de Gaétan! Un voyage inespéré pour un garçon qui, avec son maigre salaire, sa pension à payer, joignait à peine les deux bouts. Il pleura, maudit le sort qui leur était aussi cruel et attendit que le jour se lève pour se déclarer mal en point à son travail et se rendre au chevet de son bien-aimé protecteur. On lui refusa l'accès aux soins intensifs et lorsque Gaétan leur avoua qu'il n'était qu'un «ami» du patient, on le relégua au second plan attestant que son fils, du bout du fil, avait interdit toute visite outre la sienne. Il s'affairait à prendre le premier avion en partance du Yukon pour être au chevet de son père. On conseilla même à Gaétan de rentrer, lui confirmant que la seule personne autorisée à prendre des nouvelles du malade pour le moment, était monsieur le curé. Gaétan revint chez lui la mort dans l'âme et, passant devant la maison où la Vierge de sa petite grotte semblait le reconnaître, il l'implora en croisant les mains: «Sainte Marie, de grâce, ne me l'enlevez pas. Rendez-le-moi comme avant, je vous en supplie. Ma vie, sans lui… Vous comprenez?» Puis, de retour à la maison et donnant des nouvelles de monsieur Verrière à son père, ce dernier crut le réconforter en lui disant: «Tu sais, faut s'attendre à tout à c't'âge-là, mon gars!»

Le lendemain soir, c'était au tour de Raynald de rentrer à la maison le caquet bas. Apercevant sa mine défaite, son père lui demanda:

– Qu'est-ce que t'as? T'as ben l'air bête! T'as-tu *scrapé* ton char?

– Pire que ça, p'pa, j'ai perdu ma job! Le boss m'a crissé dehors pour mettre son gendre à ma place. Après tout c'que j'ai fait pour lui…

– T'es ben sûr que c'est seulement pour ça, Ray? T'as rien fait d'croche?

– Ben non, juste pour ça, pis même pas une semaine de notice, l'écœurant!

– Dans c'cas-là, change de branche pis deviens mon *helper,* Ray. Ça fait longtemps que j'ai besoin d'aide pis t'as l'talent qu'y faut.

– Ouais, j'sais, mais moé, la plomberie, les tuyaux, les mains sales…

– Si tu penses que tu les avais plus propres là où tu étais, avec c'que tu faisais!

– Qu'est-ce que tu veux dire par ça? Encore une claque…

– J'me comprends pis, comme t'es pas fou, force-moi pas à aller plus loin…

– Bon, correct, j'prends la relève, j'vas y aller dans la plomberie, j'vas l'sortir mon talent... Parce que l'bas d'la ville pis moé...

En soirée, pour être certain que Ray ne lui avait pas menti, Médée téléphona à la taverne de la cabine du coin et, demandant à parler à Raynald, un *waiter* qui avait répondu sans savoir à qui il s'adressait, lui avait débité d'un trait:

– Y travaille plus icitte, c'te pas bon-là! Le *boss* l'a sacré dehors! Des voleurs pis des *pimps,* le boss veut pas d'ça dans sa taverne!

– Y m'avait pourtant l'air d'un bon gars... osa Médée au bout du fil.

– Tu penses ça? Ben là, tu t'es fourré parce que Ray, c'qu'y vendait, c'était du stock volé! Pis faire marcher des filles avec des clients pis les tapocher quand ça rapporte pas, t'appelles ça comment, toé? Au fait, j'parle à qui, moé, là?

Médée Charette avait raccroché. Il s'était bien douté que son fils n'était pas honnête et, qu'en plus de receler, il pouvait avoir volé un peu partout comme il l'avait fait chez «la Cardinal». Mais de là à être souteneur et faire marcher de pauvres filles qu'il battait quand ça ne rapportait pas, c'était le comble et ça le dépassait. Amédée, soulagé que les filles en question soient délivrées de leur «bourreau», avait la conscience prise entre deux solutions. Soit l'affronter, le frapper et le mettre à la porte, ou fermer les yeux, le garder, l'employer et tenter de le remettre sur ses deux pieds. Comme sa santé chancelait et qu'il fallait assurer la survie de son commerce et de sa famille, il opta pour le silence, l'absolution partielle et la ferme intention de faire de ce *bum* un homme. Et lorsque Noëlla apprit que Ray allait travailler pour «p'pa», elle en sauta de joie.

Désormais, il serait presque toujours là, elle pourrait lui préparer ses repas, raccommoder ses bas, être sa dévouée servante, quitte à se faire «bardasser» plus souvent.

Les jours, les semaines s'écoulèrent et Valère Verrière, toujours gravement malade, n'était pas revenu chez lui. Transféré ailleurs, dans une maison de convalescence dont on taisait le nom, Gaétan n'avait guère de nouvelles de lui, sauf celles que le curé, en catimini, lui chuchotait de temps en temps. «Il ne va pas bien, il n'a plus sa raison, il ne reconnaît personne, pas même moi… Et encore moins son fils…» Son fils! Gaétan l'avait aperçu à quelques reprises en allant au cœur de la ville pour des emplettes ou rencontrer le curé. Son fils, Paul, un très bel homme d'environ quarante ans qui n'avait guère changé depuis ses photos de jeunesse, affichait, cependant, un air dur, peu aimable. Paul Verrière était certes au courant de leur liaison: les billets d'avion étaient restés en vue sur la table du salon. De plus, toutes ces photos de Miami dont quelques-unes assez révélatrices… Mais Paul Verrière, en dépit du désir de Gaétan, n'avait nullement cherché à faire sa connaissance ni à établir le moindre contact. Et, à son grand étonnement, même le curé n'avait pas été questionné sur le «Gaétan Charette» dont le nom s'étalait un peu partout dans la maison. La discrétion entière! L'indifférence totale! Ignoré comme s'il n'existait pas, Gaétan en fut profondément affecté. Devait-il confronter ce fils qui faisait fi de ce qu'il avait été pour son père? Se devait-il vraiment de forcer Paul Verrière à poser les yeux sur lui, à lui parler de Valère, lui dire qu'il l'avait aimé beaucoup plus que lui qui était de son sang? Il en parla quelque peu avec son père et, Médée, soucieux, lui avait dit: «Non, Gaétan, laisse aller ça comme ça va. Si l'fils pense qu'y

a des choses à te d'mander, y va s'manifester. Autrement...
T'étais juste... Tu sais c'que j'veux dire, hein? T'as droit à
rien, mon gars! Pousse pas, attends, tasse-toi!»

Novembre tirait à sa fin, quelques feuilles coriaces s'ac-
crochaient désespérément à leurs branches d'arbre et Gaétan,
sans nouvelles de Valère depuis son admission à la maison
de convalescence, se morfondait à savoir ce que devenait
celui qu'il aimait. Le fils repartait pour le Yukon, revenait, selon monsieur le curé, mais sans avoir cherché à connaître
l'homme dont son père avait la photo sur sa table de nuit.
Puis, à la toute fin du mois, alors que Gaétan remontait la côte
pour se rendre chez les Ruest, il vit mademoiselle Cardinal, à
qui il n'avait plus adressé la parole depuis le fâcheux incident,
sortir de chez elle et se diriger vers lui:

– Gaétan, excusez-moi, mais il faut que je vous parle.

Étonné, l'ami «d'hier» s'arrêta et, hautain, lui demanda:

– Si c'est pour avoir des nouvelles de Valère... je veux
dire, monsieur Verrière, je n'en ai pas. Monsieur le curé serait
mieux placé que moi...

– Gaétan, j'en ai, c'est pour cela... Valère Verrière est
mort hier.

Comme s'il avait reçu un couteau en plein cœur, le jeune
homme s'agrippa à un arbre puis, retrouvant son souffle après
l'avoir perdu, blanc comme un drap, balbutia:

– Mo... Mort? Non, c'est impossible... Je... je ne l'ai
même pas revu.

– Je viens tout juste de l'apprendre de la bouche de sa
femme de ménage qui, elle, l'a appris de Paul, le fils de... Je
pense que monsieur le curé l'ignore encore, il est en visite à
l'archevêché depuis deux jours. Je suis navrée pour vous,
Gaétan. Sincèrement. Je sais que vous l'aimiez beaucoup, que

vous vous prépariez un beau voyage ensemble… Oui, je suis désolée pour vous et j'en profite pour m'excuser de l'altercation…

Mademoiselle Cardinal n'eut pas le temps de poursuivre, Gaétan, les yeux embués de larmes, redescendait la côte en n'écoutant plus ce que sa vieille voisine tentait d'ajouter. Anéanti, les yeux dans le vide, il marchait sans regarder où il posait les pieds. Il trébucha, se maintint, reprit son souffle encore une fois et, rentré à la maison, il passa devant Noëlla sans même la regarder et se réfugia dans sa chambre pour pleurer de toute son âme la perte de son bien-aimé.

Gaétan n'eut pas l'audace de se rendre à la maison de feu Valère Verrière où le corps était exposé. Il craignait vraiment le fils, aussi froid qu'il pouvait être beau et, comme depuis deux jours, une femme et une fillette étaient aussi sur les lieux, il se demandait qui pouvaient être ces personnes dont Valère ne lui avait jamais parlé. Néanmoins, il assista au service funèbre en compagnie de Noëlla, pour ne pas être seul sur ce grand banc du côté gauche, à l'écart des autres. On rendit un vibrant hommage au paroissien disparu, on vanta ses mérites, on souligna sa générosité et, le curé, après avoir fait un éloge personnel du défunt, fit signe au sacristain de passer vite la quête, alors que les badauds étaient encore sous l'émotion du sermon et qu'il y avait, dans la petite église, des fonctionnaires fortunés venus de partout, ex-collègues du disparu, qui iraient certes creux dans leur poche pour s'épater les uns les autres. Retenant ses sanglots pour ne pas attirer l'attention, Gaétan n'en laissa pas moins couler quelques larmes sur ses joues. Des paroissiennes, au courant de l'étrange relation entre le défunt et le très beau garçon, le regardaient avec pitié, arrogance ou compassion. Gaétan vit Paul dans son habit noir, droit, solennel, sans aucune larme, de marbre ou presque, ainsi que la femme blonde qui l'accompagnait, aussi altière que lui, et la fillette qui, désintéressée, regardait les statues tout en les comptant du doigt pour tuer le temps. Les cloches n'avaient pas encore sonné que, Gaétan, déjà sur le parvis, s'apprêtait à retourner chez lui avec Noëlla. Ils pressèrent le pas sans même jeter un regard derrière eux, lorsqu'une voix de femme les fit se retourner.

– Vous êtes bien Gaétan Charette, n'est-ce pas?

– Heu… oui. Et vous, je vous connais, vous veniez faire le ménage…

– Oui, depuis dix ans, mais je ne vous ai jamais croisé, à peine entrevu… Écoutez, j'ai juste un petit message pour vous. Monsieur Paul, le fils de… Bien, il aimerait vous rencontrer. Il m'a chargée de vous demander si vous pouviez passer à la maison ce soir ou demain.

Gaétan avait frémi. Que pouvait donc lui vouloir celui qui l'avait ignoré jusqu'à ce jour? Lui faire des reproches? Le traiter de profiteur? Mal à l'aise, priant Noëlla de poursuivre sa route sans lui, il répondit à la dame qui, voulant suivre le groupe au cimetière, semblait s'impatienter:

– Je serais incapable de rentrer dans cette maison, de revoir les lieux, de ne plus le savoir là… Peut-être pourrions-nous? Et puis, non, dites-lui que je viendrai ce soir vers dix heures. Ce sera plus discret.

La dame s'éloigna et Gaétan, rejoignant Noëlla qui marchait à petits pas, lui dit:

– C'est le fils qui veut me voir… Je me demande bien ce qu'il…

Noëlla, pas toujours folle, lui répondit comme pour l'effrayer davantage:

– Y veut peut-être ravoir l'argent que l'vieux a dépensé pour toé!

Bien mis, soigné, l'imperméable beige sur le dos, Gaétan sonna à la porte de feu Valère, alors que sa montre indiquait dix heures pile. La jolie femme blonde lui ouvrit et, avant qu'il ne prononce un mot, lui dit:

– Entrez, Monsieur, passez au salon, vous connaissez les lieux, Paul sera avec vous dans quelques minutes.

Puis, sans le moindre sourire, elle tourna les talons et monta l'escalier d'où une voix de petite fille lui criait: «C'est qui, maman? De la visite?» Gaétan, assis sur le divan où, tant de fois il avait posé la tête sur les genoux de son amant, avait le cœur à l'envers. Rien n'avait été modifié, tout était resté en place, sauf une photo de Valère et lui en Floride, décrochée du mur, on y avait laissé le clou. Peu rassuré, craignant encore une semonce ou des reproches, il en suait. Redoutant surtout d'être traité comme le «gigolo» du regretté fonctionnaire, il était déjà sur la défensive. Non, on n'allait pas l'accuser à tort et à travers! Les deux portes s'ouvrirent et Paul Verrière, majestueux, élégant dans son pantalon noir et sa chemise de soie déboutonnée du haut, ressemblait en plus jeune, en plus beau, à Valère qu'il avait tant aimé. Gaétan s'était levé pour lui serrer la main, mais l'autre le pria de se rasseoir sans lui tendre la sienne, sans même lui sourire et sans rien lui offrir. Gaétan, se sentant devant un tribunal, fixa le fils qui, finalement, lui dit:

– Écoutez, je ne prendrai pas de détours, je sais qui vous êtes et je veux seulement savoir si mon père vous devait quelque chose.

– Heu… non. Pourquoi cette question? Nous n'étions que des amis…

– Oui, je sais, j'ai su, mais avant de vendre la maison, les meubles, y a-t-il des choses qui vous appartiennent ici?

– Non, rien de précis, quoique j'aurais aimé garder quelques photos…

– N'y comptez pas, elles sont toutes brûlées. Le passé de mon père n'est plus que cendres… Alors, dans ce cas, Monsieur, je…

– Je m'appelle Gaétan, vous n'avez pas encore prononcé mon nom.

– Est-ce nécessaire? La paroisse entière sait qui vous êtes! lui tonna Paul en sourcillant.

Puis, se ravisant, il lui demanda plus poliment:

– Mon père vous a-t-il déjà parlé de moi? De ma femme? De ma fille?

– Heu… de vous, oui, mais il ne m'a jamais dit que vous étiez…

– Marié et père de famille! Je m'en doutais bien! Pour mon père, être grand-père, c'était un sérieux coup de vieux auprès des jeunes.

– Je m'excuse, mais je ne vous suis pas bien… C'est comme si vous le jugiez…

– Je vous épargne le plaidoyer, Gaétan, car si vous croyez avoir été le premier et le seul dans la vie de mon père, il vous aura berné comme il l'a fait avec tant d'autres.

Surpris, agacé, se demandant s'il devait le croire ou non, Gaétan reprit:

– Pourtant, il m'avait juré… Nous étions fidèles l'un à l'autre…

– Bien sûr, je n'en doute pas, mais vous a-t-il déjà dit qu'il avait eu des amants toute sa vie? Sûrement pas! Il a dû vous murmurer qu'avec vous, c'était le premier pas… Vous a-t-il fait part des crises de ma mère alors qu'il la trompait avec

Armand? C'était au début de leur mariage, Armand et lui avaient le même âge, leur liaison a duré huit ans au grand désespoir de ma mère. Vous n'imaginez pas ce que j'ai pu voir et entendre étant enfant. Il a quitté Armand non pas pour s'amender, mais pour un jeune de vingt ans qu'il a entretenu quelque temps. Puis ce fut une longue relation avec René Du... Excusez-moi, j'allais vous dévoiler son nom, mais ça n'aurait pas été grave puisque ce dernier s'est suicidé lorsque mon père l'a quitté. Une balle entre les deux yeux!

Gaétan, debout, vacillait sur ses jambes. Tous ces détails... Il en frissonnait. Il n'osait croire que Valère qu'il avait tant aimé... Et pourtant...

– Puis, jusqu'à la mort de ma mère, il y a eu successivement Simon, Robert et Gabriel. Des amants qu'il rencontrait en ville, pas ici, bien sûr, pour protéger sa sacro-sainte réputation! Tous plus jeunes que lui, évidemment, et dont il s'était lassé avec le temps. Et, durant toutes ces années, j'ai grandi entre le malaise qui étouffait ma mère et les plaisirs corrompus de mon père. Dois-je continuer?

– Excusez-moi, mais je n'en savais rien... J'étais de bonne foi, moi...

– Ils l'ont tous été, Gaétan, ils ont tous cru en lui, ils ont tous voyagé, ils ont tous rêvé et ils l'ont tous aimé! Comme vous qui, avouez-le, avez profité de sa générosité et de ses largesses!

Se levant brusquement, Gaétan lui rétorqua d'un ton plus sec:

– Je regrette, mais je n'ai profité de rien, moi! Je l'aimais, il disait m'aimer, je ne lui ai jamais rien demandé, c'est lui qui a toujours insisté...

– Comme pour les autres, mon ami! Mais avec la mort de mon père, vous aurez au moins eu la chance de ne pas avoir souffert d'une brusque rupture. Il n'aura pas eu le temps de se désister au profit d'un autre après le temps réglementaire. Vous aurez donc été le dernier à avoir été dupé…

– Je vous trouve cruel, nous aurions pu… Il prenait de l'âge…

– Oui, mais il n'était pas plus sérieux pour autant. Volage, mon père! Sans-cœur, mon père! Sans pitié pour ma mère qui a tout enduré pour moi. Vous comprenez? Consolez-vous de sa perte, votre tour allait venir.

– Je n'en crois rien, vous n'êtes pas honnête, vous…

– Ah, oui? Vous connaissiez Mario? Nous avons trouvé une photo de lui dans le portefeuille de mon père qui datait de juillet. Un joli garçon d'environ vingt-trois ans. C'était le suivant, Gaétan, et votre voyage à Paris aurait été le chant du cygne de votre histoire.

Consterné, blessé, troublé, Gaétan et leva et lui dit d'un ton ferme:

– C'est assez! Si vous vouliez me faire mal, c'est fait! Maintenant, j'aime mieux partir. Je crois que vous n'avez rien d'autre à me dire…

– En effet, à moins que vous n'insistiez…

– Non, ce ne sera pas nécessaire, mais pourquoi tous ces aveux? Pourquoi ne pas m'avoir laissé avec ma peine et un doux souvenir dans le cœur?

– Parce que mon père ne mérite pas qu'on pense à lui, qu'on prie pour lui! Pas après avoir fait souffrir ma mère avec des amants auxquels il n'était même pas fidèle! Pas après que l'un d'entre eux se soit suicidé pour lui! Mon père a été malhonnête toute sa vie! Et pour répondre à l'une de vos remarques, oui je le juge. Je suis avocat et je connais très bien la cause. Et oui, je le hais! Même mort! Tout comme je l'ai haï toute ma vie! Parce que j'ai vu trop souvent ma mère pleurer alors qu'il riait de bon cœur au bout du fil avec un homme!

Quel être ignoble il a été! Et là, comme je n'ai plus rien à relater, je vous prierais de partir, Monsieur!

Sans ajouter quoi que ce soit, regardant ce fils à la lèvre dure, aux yeux sans expression, Gaétan enfila son imperméable, ouvrit lui-même la porte et disparut dans le noir, alors que Paul glissait le verrou. De retour, abasourdi par le récit, honteux d'avoir aimé celui qui allait le tromper, malheureux d'avoir été aussi naïf, il s'emporta et marmonna: «Que le diable t'emporte, Valère!» Pour ensuite se remémorer ses vacances à Miami, les mains brûlantes de son amant sur son corps, les siennes dans ses cheveux, les promesses, les serments… Désabusé, furieux et indulgent à la fois, il pleura de tout son cœur ce bonheur ébranlé, tout en se demandant s'il devait blâmer le ciel de l'avoir écourté, ou le remercier de l'avoir épargné. Deux jours plus tard, alors qu'il déjeunait seul avec son père, il lui confia:

— Tu sais, papa, j'en ai assez de la banque, je veux sortir de là, j'ai envie de suivre ma voie, d'être heureux.

— Ça veut dire quoi, mon gars, suivre ta voie?

— Je veux entrer en religion, m'isoler, devenir Frère. Je veux quitter le monde, m'enfermer, prier. Faire ce que font beaucoup de gars comme moi, papa.

Décembre venait de naître, la neige couvrait déjà les dernières feuilles tombées, les foulards étaient sortis des tiroirs, les gants de laine aussi, et sur la devanture de la maison de feu Valère Verrière, l'inscription «À vendre» bel et bien en évidence. Paul retournait au Yukon avec sa femme et sa fille, le notaire ayant été chargé de conclure ladite affaire. Médée Charette, depuis son tête-à-tête avec Gaétan, était resté songeur. Il le savait sérieux dans ses décisions, mais il avait peine à croire que pour vivre «heureux» dans «son cas», il se devait d'être en retrait, de tout quitter, de se cloisonner, de porter la bure et de prier à défaut d'aimer. Il en avait parlé à Blanche qui, étonnée, lui avait répondu: «Si c'est son choix, mon vieux, laisse-le faire. Tant qu'à être tout croche pis à voir tout en noir, y va peut-être être mieux chez les Frères.» Puis, un matin, alors qu'il en parlait à table avec les autres enfants, Raynald ne se fit pas prier pour «écraser» son cadet en disant à son père:

— Ben, moé, j'dis qu'c'est c'qu'y a d'mieux à faire! Tant qu'à être une…

— Ray! Ta gueule! Répète pas c'mot-là devant moi ou t'as pus une maudite dent! Compris? avait scandé Médée.

Noëlla, qui avait été témoin des funérailles, de la demande du fils, ajouta:

— Moé, j'pense qu'y fait ça parce que l'vieux est pus là pour le bourrer!

Médée Charette, découragé, baissa les bras et, la regardant, rétorqua:

— Tiens… Une vis de lousse à matin?

Mariette, voyant que les dialogues tournaient au vinaigre, préféra se taire. Sans être tout à fait instruite, elle ressentait le désarroi de son frère. Il devait être aussi déçu d'avoir tout perdu, qu'elle l'était de n'avoir encore rien eu de Jérôme. Dans les deux cas, c'était, selon elle, la même détresse. Gaétan, de plus en plus esseulé, ferme dans sa démarche, n'en parla à personne, pas même à mademoiselle Cardinal avec qui il avait un tantinet renoué. Sans doute parce qu'il sentait qu'elle était aussi malheureuse que lui. Aussi naïve, quoi!

Lundi 17 décembre et Gaétan était déjà en route pour la banque, Raynald, parti pour déboucher un lavabo, Mariette, déjà ou presque chez Wise Brothers, et Noëlla, dans la cuisine, chantonnait tout en roulant la pâte à tourtières. Madame

Charette, mettant de l'ordre un peu partout, termina la chambre de Gaétan pour s'attaquer à celle de Raynald, un vrai «bordel», les «couvertes» à terre, les sous-vêtements de la veille «garrochés» sur le bord de la fenêtre. Elle vociférait, se penchait, ramassait, jurait même. Puis, passant son balai sous le lit, elle le sentit s'accrocher à quelque chose. Tirant, ramenant avec lui ce que la paille traînait, le balai laissa à ses pieds, un morceau de linge qui la rendit perplexe. Puis, retrouvant ses sens, se demandant que faire, sachant que... Prenant son courage, aussi honnête pouvait-elle l'être, elle dissimula sa trouvaille dans la poche de son tablier et, rejoignant son mari qui s'apprêtait à aller mettre de l'huile à moteur dans son camion, elle s'en approcha et lui dit tout bas, de peur d'être entendue:

– Tu devineras jamais c'que j'ai trouvé en d'sous du lit d'Ray, Médée.

– Ben... quoi?

– La brassière de Noëlla!

Chapitre 7

médée Charette, soucieux, avait dit à Blanche: «Laisse passer le temps des fêtes, ma femme, pis après, on va tirer ça au clair. Mais si c'est c'que j'pense, y'est pas mieux qu'mort, c't'écœurant-là!» La mère s'était tue, mais elle craignait le pire. Elle connaissait les colères soudaines de son mari, elle le savait capable de tout, mais elle n'allait pas pour autant trahir sa confiance et aviser Raynald de ce qui se tramait. D'autant plus qu'elle était aussi effondrée que Médée, face à ce qu'ils soupçonnaient tous deux. Et Noëlla, simple d'esprit… Mieux valait ne pas y penser.

1952, ses joies, ses peines, et Gaétan qui allait fêter ses trente-quatre ans sans Valère, Mariette qui sentait que Jérôme peu à peu s'éloignait… Que de déboires! La pinte de lait était rendue à vingt sous au grand désespoir de madame Charette qui, de plus en plus, prenait un malin plaisir à «gratter ses cennes». Et Mariette qui avait dit à Yolande Ruest: «Dites-moi pas que l'paquet d'cigarettes va monter à trente-six cennes! Si ça continue, j'vas lâcher les *Sweet Caporal* pour me mettre à fumer des *rollings!*» Raynald travaillait pour son père qui le payait assez bien certes, mais pas au point de vivre dans l'aisance comme avec «ses filles» et ses *side lines*. Toujours bien campé, assez bel homme avec ses trente-huit ans du 25 mars approchant, célibataire de surcroît, Ray Charette en profitait pour, en plus d'effectuer des travaux chez quelques clientes plus âgées, leur extirper un surplus pour d'autres menus «services». Deux ou trois d'entre elles, veuves, la cinquantaine avancée, étaient à ce point «régulières» à son agenda, qu'il se faisait choyer, gâter, combler de cadeaux divers par chacune d'elles. À défaut d'avoir des filles qui se prostituaient pour lui, c'était maintenant lui qui le faisait... encore pour lui! Pour le plaisir et pour l'argent! Gratuitement lorsqu'elles étaient jeunes et jolies, et au tarif double des «régulières», quand certaines nouvelles venues avaient l'âge de... sa mère! Plus pourri que Ray Charette, il n'y avait que le cœur de pomme qu'un jeune enfant avait laissé tomber la veille de sa poussette.

Amédée, à cause d'un surplus de travail, attendit jusqu'en avril, alors que la *business* ralentissait, pour tenter de prendre son répugnant de fils en flagrant délit, si possible. Il prit son mal en patience et, un certain vendredi soir, alors que Mariette était allée au cinéma avec sa mère et que Gaétan passait la soirée chez mademoiselle Cardinal avec qui il avait renoué, Médée, supposément absent pour la soirée, était revenu sur la pointe des pieds se terrer près de la fenêtre de la chambre de Ray. Il attendit assez longtemps par ce soir plutôt frisquet, mais pas en vain. Raynald, ayant baissé la toile, ne savait pas que d'une toute petite fente, on pouvait discerner ce qui se passait dans sa chambre. Or, le voyant se déshabiller alors qu'il était trop tôt pour le faire, le père n'eut pas à patienter longtemps pour voir surgir Noëlla du néant qui, presque nue, les bas de soie roulés jusqu'aux chevilles, s'agenouillait telle une esclave devant son grand frère. Lui, appuyé au mur, la tête de son infortunée sœur entre les mains, lui facilitait avec une certaine démence le va-et-vient de ce qui le mettait en transe. Regardant le plafond, jouissant, la tirant par les cheveux, il l'entraîna ensuite sur son lit où, soumise, heureuse malgré quelques taloches, elle attendait «le plaisir» en dépit des injures de son frère. Et c'est au moment où, grimpant sur elle sans se soucier du poids qu'elle supportait, sans la moindre délicatesse, s'apprêtant à la rendre encore une fois «folle» de lui, qu'ils faillirent tomber tous deux en bas du lit à la suite du fracas de la vitre par une brique qui s'effrita contre le mur sous la violence du choc. Et de l'extérieur, une voix qui criait: «Salaud! Écœurant! Abuser de sa propre sœur!» Puis, poussant la toile déchirée, il hurla à Ray qui tentait de remettre son sous-vêtement: «Pis toi, ça va être la prison! Cochon! Dégénéré! Je m'attendais à tout de toi, Ray, sauf à l'inceste avec ta propre sœur! Une faible d'esprit sans défense! Une folle dont tu profites pis qu'tu maltraites en plus!» Raynald était encore bouche bée alors que Noëlla, affolée, recroquevillée par terre dans un coin, mordant dans l'oreiller, pleurait à fendre l'âme. «Toi, ma fille, dans ta chambre! Mais, toi, l'chien sale, attends-moi, j'vas rentrer par la porte pis t'régler ton cas! Moi, des ordures dans ma famille, j'en veux pas, ta mère non plus!»

Médée Charette entra par la porte arrière et ce fut à son tour d'apercevoir Ray de la fenêtre intérieure. Son fils maudit qui, habillé ou presque, avait crié à son père du chemin:

– Si tu penses que j'vas m'laisser assommer par toé, l'père, ben tu t'trompes! Tu m'haïs assez pour me tuer! Tu m'as toujours haï!

– Oui parce que t'es d'la vermine, Ray! Pis j'ai su pourquoi on t'avait crissé dehors d'la taverne! Des voleurs pis des *pimps,* le boss voulait pas d'ça! Pas vrai, Ray? T'aimais ça faire marcher les filles pis leur arracher leur argent? Les faire marcher avec n'importe qui, des gars plein d'poux, des vieux qui puaient, des *bums* qui s'lavaient pas… Pis, durant c'temps-là, tu profitais aussi d'ta sœur, une pauvre fille déréglée. T'en avais fait ta servante, elle était toujours à quatre pattes devant toi! C'est l'cas de l'dire, on l'sait maintenant! Mais ça, Ray, ça passe pas! Au point d'perdre ma réputation, j'vas t'faire jeter en prison! Coudon, ta mère a-tu accouché du diable quand a t'as eu? J'suis-tu vraiment l'père? Ça s'peut-tu qu'ma semence a servi à engendrer une charogne d'homme de ton espèce?

Ayant épuisé sa voix, sa force, son souffle en criant de la sorte, Médée Charette se tenait le cœur. Le voyant faiblir, son fils lui répliqua vertement à son tour:

— C'est ça, crève! C'est la meilleure chose qui pourrait m'arriver! Tu m'as toujours haï, tu l'as dit! Depuis que j'suis p'tit! Pour toé, y'a toujours eu juste ton Gaétan! Parce qu'y s'est instruit, lui! Pis, ça t'fait rien qui couche avec des gars, c'est normal ça, hein, p'pa? Avec un p'tit vieux en plus qui l'payait grassement! Mais moé…

— Toi, c'est ta sœur que t'as déshonorée, Ray! Ta sœur avec ton sang! Ta sœur qui vient des entrailles de ta propre mère! Plus bas qu'ça, ça s'peut pas! J'savais qu't'étais un *bum* pis c'que tu faisais en dehors, dans l'fond, j'm'en crissais, mais ta sœur, Ray, ta p'tite sœur qui a même pas toute sa tête… Maudit cochon! Pis l'pire, c'est qu'j'ai tout vu! Ça durait depuis quand ces saletés-là?

— D'la marde, le père, j'réponds plus à rien! J'ai mon portefeuille pis j'décrisse! J'veux plus t'voir! Ni la mère pis ni elle, la folle! Pis j'suis pas en peine, j'sais où aller… J'coucherai pas dans' rue… Mais tu m'dénonceras pas, oh, non! Tu mettras pas ton fils en prison, l'père! Pis tu pourras plus m'haïr, tu me r'verras même plus!

Au même moment, de retour du cinéma, Mariette et sa mère descendirent du taxi dans lequel Ray s'engouffra pour dire au chauffeur:

– Ça tombe bien! En bas d'la ville pis ça presse! R'prends l'pont!

Madame Charette, interloquée, ne sachant que penser, cria à son mari:

– Qu'est-ce qui s'passe, Médée? Tu t'es encore pogné avec lui?

– Pogné? C'est l'mot, j'l'ai pogné su'l'vif avec qui tu sais, ma femme, pis j'ai tout vu! Pis là, rends-toi utile pis va r'trouver Noëlla dans sa chambre avant qu'a s'crisse en bas du deuxième. Pis c'chien sale-là, oublie-le! Tu l'as jamais mis au monde, Blanche! Tu peux pas avoir accouché d'une vermine pareille!

Mariette, ne comprenant pas trop ce qui se passait, cria à son père:

– Aïe! J'suis là! J'peux-tu savoir c'qui est arrivé, moi?

Le père, se tenant toujours la poitrine, lui répondit en baissant le ton:

– Tu l'sauras ben assez vite, pis toi, la p'tite, j'te l'dis, mets-moi jamais dans' marde comme Ray l'a fait parce que…

Médée Charette, épuisé, n'avait pu terminer sa phrase. Il n'avait plus de salive, il était rouge, son pouls battait à tout rompre.

– Mariette, va voir ta sœur que j'm'occupe de ton père! Pis toi, arrête, Médée! T'es après t'faire crever! Tu r'sues d'la tête aux pieds!

On aurait pu croire qu'une telle altercation, de tels éclats de voix à l'extérieur d'une maison, auraient pu ameuter le voisinage, mais non. Pas avec le bruit des vagues sur les plus grosses roches. Même Gaétan et mademoiselle Cardinal, les fenêtres fermées, n'avaient rien entendu. Parce que la bouilloire sifflait pour le thé, et que la vieille institutrice faisait écouter à son invité de son *pick up* portatif, l'*Ouverture* de *Carmen* de Bizet, à volume élevé.

Gaétan n'était plus tout à fait le même depuis le décès de Valère et sa dure confrontation avec Paul, le fils de ce dernier. Malgré les mensonges de son vieil amant, en dépit du fait qu'il n'avait été qu'un parmi tant d'autres dans le lit du fonctionnaire, il était encore convaincu que c'était lui que Valère avait le plus aimé. Profondément aimé! Les autres, selon ses déductions, n'avaient été que des écarts de conduite de la part de Valère, marié au moment de ces aventures. Et ce, même si l'un d'eux, après une longue liaison, s'était enlevé la vie par amour pour lui. Pour Gaétan qui aimait encore cet homme avec ses tripes, même s'il reposait six pieds sous terre, il était indéniable qu'il avait été le seul à lui faire battre le cœur. D'amour pour lui! Comme jamais il ne l'avait fait pour les autres! Dans l'esprit de Gaétan, dans ses plus obscures pensées, Valère Verrière n'avait couché qu'avec lui. Du moins, comme deux hommes couchent ensemble jusqu'au faîte de la jouissance. Et rien, pas même les diffamations du fils, ne pouvaient l'en dissuader. Paul avait, sans doute, «inventé» Mario, le «p'tit nouveau», dans le seul but de le blesser. Il s'était certes emporté au moment des aveux, il s'était même révolté contre son vieil amant en lui criant de son âme: «Que le diable t'emporte!», mais il s'était ravisé depuis. Il avait même demandé pardon à Valère dans ses prières, de l'avoir ainsi renié. En plus d'implorer Dieu de l'absoudre de cette injure. Pour Gaétan Charette, c'en était fait, les dés étaient jetés. Jamais il n'allait aimer un autre homme comme il avait aimé Valère. Pire, jamais plus il n'allait aimer un homme! Du moins, l'espérait-il dans cet élan outrancier. Du moins, le croyait-il!

Après le départ définitif de Raynald qui n'avait affecté personne sauf Noëlla, la vie reprit peu à peu son cours dans la maison du bord de l'eau. Gaétan s'était emparé de la chambre de son frère qui lui semblait plus pratique, Mariette avait pris sa place à table malgré les grognements de celle qui préservait encore ce qui avait été à son «maître», et Blanche s'efforçait de ne plus penser à celui qu'elle n'avait pas «mis au monde», selon Médée, mais que son cœur de mère sentait encore dans ses entrailles. Le père, intransigeant, dur comme le fer dans ses décisions, maudissait encore ce fils rejeté qui avait osé agresser sa propre sœur. Noëlla, confrontée à sa mère, son père et sa sœur, avait fini par fondre en larmes et avouer que Ray couchait avec elle depuis plusieurs années. Il avait commencé, selon sa mémoire parfois fertile, à lui tâter les seins et les parties intimes alors qu'elle n'avait que seize ans et lui, dix-huit. Ce n'était qu'un jeu, affirmait-elle, jusqu'à ce qu'il en fasse son «esclave sexuelle», lui disait-il, et que, sa déficience aidant, elle en tombe amoureuse. Elle lui avait juré de n'être qu'à lui toute sa vie, d'obéir à tous ses ordres, de combler tous ses désirs et le servir sur commande, à l'insu de la famille, bien entendu. Et quoique dérangée et imprévisible, battue et bafouée par ce frère abusif, jamais Noëlla ne divulgua quoi que ce soit. Et jamais personne ne se douta que «la folle» couchait avec Ray depuis des années. Parce que, pour camoufler l'inceste aux yeux de tous, Ray bousculait et «bardassait» sa pauvre sœur sans cesse. Comme s'il la détestait! Pour que les autres le supplient de ne pas s'acharner sur elle, de la laisser tranquille, qu'elle n'était pas normale... Une odieuse dissimulation qui le servit durant plus de vingt ans, sans qu'on se doute que la «délaissée», encline à certaines privations, était «comblée» dès qu'elle et Ray en avaient l'occasion. À Saint-Henri, naguère, c'était dans un grenier ou un fond de ruelle, parfois dans un champ derrière un bosquet, dans le sous-sol d'une maison désaffectée, ou dans la chambre qu'elle partageait avec Mariette quand cette dernière n'était pas là. Des relations qui, avec le temps, se révélèrent intenses, mais sans amour. Du moins, de la part de son frère. Et dès lors, de plus en plus de courte durée, puisque Ray ne cherchait qu'à combler ses fantasmes et à s'assouvir, au détriment d'un brin de bonheur espéré de sa sœur. Elle qui l'aimait follement, lui qui la dédaignait et qui la repoussait du bras en la traitant de salope quand, au terme de l'orgasme, elle tentait de l'embrasser. Elle aurait pu, dans son ignorance, dans ses imprudences, «tomber enceinte» de ce frère incestueux, mais jamais le fait tant redouté ne survint. Ce qui avait rassuré Ray qui avait fini par croire que sa sœur «folle» était stérile. Jusqu'au jour où il se demanda si ce n'était pas plutôt lui… Ses «filles», bien nanties, dont l'une avait été mère à dix-sept ans, n'avaient jamais déploré la moindre grossesse. Et ce, malgré toutes les ardeurs qu'il déployait au lit. Malgré ses vices, en dépit de tous les risques, jamais l'une d'elles ne se trouva enceinte… de lui!

Le manège aurait certes pu continuer, perdurer, mais il n'avait suffi que d'un oubli, d'un soutien-gorge découvert sous un lit, pour que la dépravation prenne fin. Un oubli fâcheux de Noëlla qui pleura comme un veau toute la nuit de sa voix d'homme. Noëlla qui, sans Raynald, allait désormais voir se restreindre les plaisirs des sens, auxquels son corps s'était accoutumé. Noëlla qui, néanmoins, le soir du drame, ne s'était pas jetée du deuxième étage comme on le craignait. Mariette et Gaétan firent en sorte de ne pas la juger, d'ignorer l'incident, de ne plus en parler, comme si seul Ray était coupable de cet odieux délit. Ce qui n'était pas loin d'être la vérité puisque Noëlla, troublée, quelque peu démente, était par Médée exonérée de tout blâme. Elle aurait pu s'en plaindre, le dénoncer, selon sa mère, surtout lorsqu'elle affichait une lèvre coupée, un bleu à l'épaule, une rougeur au front. Il paraissait évident qu'elle était malmenée, mais comme elle s'en défendait pour ne pas être «privée» de ce qu'elle croyait un «bienfait», on finissait par cesser d'en parler avant qu'elle ne s'emporte et qu'elle se mette à tout casser. Mais là, Ray parti, la maison reprit vie, Blanche et Médée aussi.

Gaétan, dans sa tristesse et sa solitude, avait réussi à retracer le Frère Gédéon qui avait été son titulaire au primaire, et qui lui avait évité d'être appelé sous les drapeaux, en le cachant dans un monastère. Le bon vieux frère, qui avait maintenant tout près de soixante-dix ans, accepta de le recevoir dans le manoir des religieux retraités situé dans les Cantons-de-l'Est. Prenant congé de la banque un certain mardi, Gaétan s'y rendit en autobus et se retrouva, quelques heures plus tard, dans un petit parloir avec celui qui le «guidait» si bien. Après les douces souvenances, comme s'il avait été son confesseur, Gaétan dépouilla son cœur de tout ce qu'il contenait, dans l'oreille attentive du vieux religieux. Ses déboires, ses infortunes, sa liaison avec Valère, sa peine, son désir de se retirer du monde, de s'isoler, de prier… L'ayant écouté sans l'interrompre, le Frère Gédéon lui demanda:

– Est-ce seulement pour atténuer ta peine, Gaétan, que tu désires entrer en religion? Crois-tu vraiment avoir la vocation?

– Oui, de tout cœur, je me sens appelé… Mais pas chez les frères enseignants ni ceux qui œuvrent auprès des malades…

Je veux m'enfermer, méditer, ne plus voir personne et n'être qu'à Dieu. Voilà ma seule vocation.

– Tu es certain que ce n'est pas seulement une évasion à cause… Tu sais ce que je veux dire, n'est-ce pas?

– Heu… oui et non, mais si vous parlez de ce que j'ai vécu, de ce que je suis, non, ce n'est pas ce qui m'incite à me retirer du monde.

– Dans ce cas-là, Gaétan, je ne connais qu'un seul prieuré qui accueille des âmes vouées à Dieu, mais il est situé en Ontario, dans un petit bourg loin de toute civilisation. Mais je te préviens, c'est le strict nécessaire, le pain et l'eau souvent, le savon en menue quantité, les services religieux nombreux, les contemplations à en avoir les genoux usés… Je connais le Supérieur, je pourrais te présenter à lui, mais j'aimerais que tu y songes sérieusement avant. Tu es jeune, tu es beau, tu as la vie devant toi, ajouta le vieux religieux tout en lui massant «paternellement» le bras.

– Je n'ai pas besoin d'y réfléchir, j'y songe depuis longtemps… Ma décision a été mûrie. Et comme j'ai trente-quatre ans…

– Déjà? Je vois… Tu es en âge de savoir ce que ton cœur désire. Écoute, Gaétan, reprends ta route, prie le Seigneur pour qu'Il t'ouvre les bras et je m'occupe de postuler pour toi. Tu sais, bien d'autres jeunes empruntent cette voie et s'il y a place pour toi, tu y entreras en même temps que Jean-Jacques Fabre, un pieux jeune homme de vingt-huit ans qui attend, lui aussi, qu'on lui ouvre les grilles. Tu dois avoir faim? Tu aimerais souper avec nous? Il y a sûrement une place pour toi au réfectoire.

– Heu… oui, j'avoue que j'ai faim. Et comme mon autobus ne repart qu'à neuf heures ce soir, j'ai du temps… Et vous, votre santé?

Le Frère Gédéon l'entraîna par le bras tout en le rassurant sur sa bonne forme et, rendus au réfectoire où ils durent se taire pour le temps du repas, il lui fit signe de prendre place à ses côtés. Servis par un grassouillet jeune homme aux joues rouges, les frères se régalèrent de leur humble repas. Et Gaétan, mordant dans son pain, plongeant sa cuiller dans son bol de soupe au chou et humant d'un autre plat le boudin grillé, sentit plus d'un regard de ces vieux frères malades, usés, ridés, sur son beau visage de marbre, encore à l'abri du temps.

Mariette était de plus en plus hors d'elle. Depuis le début de l'année, elle n'avait réussi à sortir que deux fois avec Jérôme. Avec des ébats sexuels uniquement la première fois, puisque la seconde soirée n'avait consisté qu'en un repas au restaurant, rien d'autre. Jérôme avait regardé sa montre, sa sœur l'attendait pour terminer l'inventaire. En vérité, Jérôme Ruest tentait de s'éloigner de cette fille qu'il craignait, sans perdre une minute de plus. Il avait fini par avoir peur d'elle, de ses malveillances, de ses menaces de plus en plus fréquentes... Il redoutait qu'elle en arrive à briser son ménage. Et il sentait que Yolande se doutait de quelque chose. Plus ou moins discrète jusqu'à ce jour, elle lui avait lancé un certain soir:

– Arrange-toi pas pour faire d'la peine à Marjolaine, toi! Pis, r'garde-moi pas comme ça, tu sais c'que j'veux dire!

Mal à l'aise, il avait répliqué: «Voyons donc!» pour ensuite grommeler tout en coupant sa viande. De son côté, Mariette, plus gourmande que jamais, plus impatiente que naguère, lui avait dit lors de leur dernier souper au restaurant:

– Écoute-moi bien, Jérôme Ruest! J'vas avoir vingt-neuf ans c't'année! J'suis déjà vieille fille! Mais imagine-toi pas que j'vas pogner mes trente ans sans être mariée! Tu saisis?

Stupéfait, il avait hoché négativement la tête et elle avait ajouté:

— Ça veut dire, mon loup, que t'as encore un an ou à peu près, pour divorcer d'ta femme pis t'remarier avec moi!

Furieux, il avait vertement scandé:

— J't'ai dit jamais! T'es-tu sourde? Ma femme pis mon p'tit, c'est sacré! Pis, à ben y penser, aussi ben en finir drette-là, Mariette! Parce que plus ça dure, plus ça s'gâte, notre affaire! On peut rester des amis, tu peux t'trouver un autre gars... Tiens! ton rouquin d'l'année passée!

Plus que furieuse, elle l'avait regardé droit dans les yeux pour lui répliquer sèchement:

— Écoute-moi bien, toi! Tu penses que tu vas m'sacrer-là après m'avoir magané l'corps pendant tout c'temps-là?

Exaspéré, il rétorqua:

— Aïe! Magané l'corps! À d'autres, la Charette! Avant de m'rencontrer, t'avais passé tous les gars d'Saint-Henri pis d'autres de par ici! T'es connue comme Barabbas dans' Passion!

Gardant son air glacial, elle lui répondit:

— Si tu m'lâches, moi j'te lâche pas! Tu veux casser avec moi? Pas moi! Pis si tu l'fais pareil, j'te lâcherai plus, Jérôme Ruest! Si j'te perds, tu perds ta femme! Ça t'chicote-tu un peu un *deal* comme ça?

Sentant son sang bouillir dans ses veines, Jérôme lui cria devant tous les clients du restaurant de la rue Sainte-Catherine:

— Fais ça pis t'es morte, Mariette! J'vas t'égorger, j'te l'jure!

Souriante, elle s'alluma une cigarette et lui répliqua doucereusement:

— Avec juste un bras, mon loup?

Depuis cette grave altercation, Mariette n'avait plus eu de ses nouvelles. Furieuse, tournant en rond, elle s'était rendue à deux reprises à l'épicerie pour acheter des cigarettes mais, chaque fois, Jérôme brillait par son absence. Yolande, ennuyée de la voir surgir fréquemment par la suite, lui dit:

— Quand t'arrives, y s'en va, ma noire! Pis j'pense que tu perds ton temps! Pis, si ça t'fait rien, va donc acheter tes cigarettes pis tes Kleenex ailleurs. Ça nous intéresse plus de t'voir la face dans not' établissement!

L'été s'annonçait chaud et, par un soir du début de juillet, Noëlla, revenant du cœur de la ville où elle avait effectué quelques achats, rentra chez elle en chantonnant, alors que Médée, Blanche et Mariette, prenaient un peu d'air dans la véranda.

— Tu rentres ben tard, toi! lui reprocha son père.

— Tard? Y'est juste dix heures et demie, p'pa! Pis à trente-six ans, chus pus une enfant! répondit-elle dans un moment de lucidité.

— On l'sait, mais d'où c'que tu d'viens? lui riposta sa mère.

— Ben, figure-toi qu'j'ai un *chum,* m'man! Un bon gars, un veuf à part ça!

Mariette éclata de rire et lui répliqua en essuyant son mascara qui coulait:

— Oui, j't'ai vue avec! Le boiteux! Celui qui s'est tiré une balle dans l'pied! Ben, t'as l'cœur fort parce qu'y fait dur en chien, Honoré!

Noëlla, stoïque, raide comme une barre de fer, rétorqua à sa sœur:

— Tu disais pas ça, hein, quand tu couchais avec pour une paire de semelles?

Pâlissant puis rougissant, la cadette lui répondit:

— Dis-moi pas qu'y a osé t'dire ça... Pour t'avoir... L'écœurant!

Médée, impatienté, coupa net en demandant à son aînée:

– Les choses au clair! T'as-tu couché avec lui, Noëlla?

– J'ai rien à t'cacher, p'pa, mais c'est sérieux, y'est dans la quarantaine, y veut s'caser… Pis j'ai l'droit d'faire ma vie…

Surpris de constater que Noëlla semblait avoir les neurones en place, Médée en profita pour continuer:

– Pis, qu'est-ce qu'y t'a dit au juste au sujet d'Mariette?

– Juste la vérité! Y'a couché avec, mais ça, ça m'dérange pas. Y sait qu'c'est une traînée pis qu'a couchait avec lui pour un talon r'collé ou une ceinture de cuir. Pire que ça, p'pa, y paraît qu'a couche avec Ruest astheure! Un gars marié avec un p'tit! Pis Honoré m'a dit qu'Jérôme était pus capable de s'en débarrasser! A veut ruiner son ménage, a fait du chantage, pas vrai, la p'tite?

Mariette s'était sentie fondre sur sa chaise. Elle s'attendait à tout sauf à une telle dénonciation de la part de «la folle». Et répétée intelligemment, mot à mot, comme Honoré le lui avait dit. Furieuse de constater que Jérôme s'était confié au cordonnier, elle allait sourciller quand, Médée, pointant un doigt vers elle, lui demanda:

– C'est-tu vrai, Mariette? Tu couches avec Ruest? Tu l'menaces…

– C'est plutôt lui qui a abusé d'moi, p'pa! Y m'a fait accroire…

– Ta gueule, Mariette! T'es aussi maudite que ton frère était chien! Je l'sais depuis longtemps qu'tu fais marcher les hommes. Tous les apprentis plombiers d'Saint-Henri me l'ont dit! Le derrière comme du fumier, Mariette, c'est c'que t'as! Prête à l'donner à n'importe quel cochon! Ruest est tombé dans l'piège comme tous les autres, mais j'gagerais ma main qu'c'est toi qui l'a provoqué pis qu'y a fini par flancher! C'est un trop bon gars pour faire des avances, y s'est laissé enfirouaper…

– C'est ça, varge sur ta fille, le père, pis laisse les gars s'en tirer les quatre pieds blancs! Des saints Innocents! Le tabar…

– Sacre surtout pas d'vant moi ou t'as une taloche pis une maudite à part ça!

Madame Charette, qui n'avait encore rien dit, prit la parole:

– Ça s'fait à deux ces choses-là. Médée! Ton Ruest, c'est quand même pas un enfant d'chœur! Y'est marié, y'a un enfant… A l'a quand même pas violé, Mariette! Y'a aussi ses torts…

– J'veux ben l'croire, c'est un homme! Comme tous les autres! Pis comme y'est viril pis qu'ta fille est agace-pissette…

– Aïe! Ça va faire, le père! J'suis quand même pas une prostituée!

– Tout juste, Mariette, parce que si t'avais pas d'job, pas d'argent… Pis j'vas m'taire avant d'm'emporter, mais j't'avertis, si j'apprends que Ruest a des troubles avec toi, r'trouve-toi pas devant moi! Maudite famille! Tes enfants, Blanche…

– Nos enfants, Médée! Avec ton sang pis l'mien! Tu vas pas tout m'fourrer su'l dos comme ça, verrat! Y'ont la moitié d'toi pis…

– Ah, pis *shut up,* la femme! On r'parlera d'ça entre nous… Pis toi, Noëlla, oublie l'cordonnier, c'est un pas bon…

– Voyons, p'pa! Y'a dit qu'y finirait par me marier!

Mariette qui en voulait à sa sœur lui lança d'une voix âpre:

– Pis t'as cru ça, toi! T'es-tu seulement r'gardée? Y'a peut-être un pied croche pis bossé, mais c'est pas ça qui va l'faire se marier avec une moppe!

Noëlla s'avança avec l'intention de griffer le visage fardé de sa sœur, lorsque sa mère s'interposa en leur criant:

– Assez! Vous allez m'faire mourir! J'ai l'cœur au bord d'la gorge! Sors avec lui, Noëlla, rends-toi compte par toi-même, mais si ça marche pas, blâme pas personne. Honoré Poiron pis ses doigts longs...

– Pire que ça, la mère, rétorqua Mariette, paraît qu'pour pas aller à guerre, y voulait marier la Cardinal! Pis c'est quand a l'a r'viré qu'y s'est tiré une balle dans l'pied! Pis là, d'un coup sec, y t'marierait, Noëlla? Aïe! Réveille!

Noëlla voulut s'en prendre encore à Mariette lorsque la porte s'ouvrit et que Gaétan rentra, la chemise fripée, les cheveux épars, les yeux mi-clos...

– Heureusement qu'on t'a, toi! lui dit le père avec un regard bienveillant.

– Pis lui, tu lui d'mandes pas d'où y vient à c't'heure-là? hurla Noëlla.

Médée soupira, Mariette fit la moue, la mère baissa les yeux et, d'une voix faible:

– J'arrive d'une visite chez le Frère Gédéon, si tu tiens vraiment à le savoir, laissa tomber Gaétan... d'épuisement.

Gaétan était revenu des Cantons-de-l'Est en «état de grâce», mais pour aviver davantage son désir de se donner à Dieu, qu'à Lui, le Frère Gédéon lui avait suggéré de le revoir à deux reprises, avant de le guider avec l'autre postulant, au prieuré conventuel de la petite bourgade de l'Ontario. Deux fois, afin de purifier son âme comme son corps, de toutes les taches du passé. Le Frère Gédéon, pour éviter à Gaétan des déplacements coûteux, avait suggéré qu'ils se rencontrent dans un charmant petit hôtel du centre-ville, où le religieux retiendrait une chambre. Et c'est de cet endroit que revint tardivement deux fois, le «postulant» repu, à qui son père n'osait pas encore demander d'où il venait. Le lendemain de la seconde et dernière rencontre, alors que Mariette était à son travail et que Noëlla et sa mère étaient montées faire des courses au cœur de la ville, Gaétan prit place en face de son père à table pour lui dire:

– Papa, j'ai quitté mon emploi et, comme je te l'avais dit, je pars, j'entre en religion, je me retire du monde.

Médée, compréhensif quoique navré de la décision de son fils préféré, regarda le plafond pour éviter qu'une larme ne glisse et lui demanda:

– Est-ce vraiment la seule solution, Gaétan? Avec le temps, le progrès…

– Non, papa, ne parle pas du temps qui viendra… Il n'y a pas de place dans le monde actuel et borné pour des gars comme moi, ça, tu le sais. Et comme je n'ai pas envie de me marier, de faire semblant comme bien d'autres… Et puis, je ne serai pas malheureux, là où j'irai. Je vivrai en paix, je prierai pour le salut des autres et je vieillirai dans la sérénité, papa, et non dans l'angoisse.

– Ouais… Tant qu'à ça… Mais pourquoi aller si loin? Pourquoi t'isoler, te replier et t'enfermer? Y'a d'autres communautés… J'ai vu des frères dans les hôpitaux, dans les écoles…

– Non, je préfère partir, papa, ne plus côtoyer ce monde ingrat, me dévouer à Dieu. On m'a accepté, je serai novice et…

– Si vite que ça? Et c'est pour quand le grand départ?

– La semaine prochaine, papa, à la fin de juillet. Je partirai d'ici avec une seule valise, rien de plus. C'est ce qu'on exige de nous. Vous vous départirez de tout ce que j'ai, mes livres, mes disques, mes vêtements… Mariette prendra ce qu'elle voudra et pour le reste, donnez-le aux pauvres, aux démunis, aux œuvres de charité.

– Voilà qui risque de faire mourir ta mère, mon gars.

– Non, papa, maman a été beaucoup plus meurtrie par le départ de Ray et, vois, elle s'en remet. Non, pour maman, je ne suis pas tout à fait «un succès». Tu me comprends, n'est-ce pas? Il n'y a que toi que ça va peiner, papa, et ce sera réciproque, mais songe à mon avenir, à mon bonheur... Et crois-moi, tu vas beaucoup me manquer, toi seul me comprenais.

Le père serra son fils sur son cœur et lui murmura entre ses sanglots:

– T'es sûr que c'est pas à cause de Valère? J'veux dire, le vieux... C'est pas pour te r'mettre de sa mort pis d'ton chagrin?

– Non, papa, c'est oublié, les souvenirs, ça meurt aussi, tu sais. Je m'en vais là où je serai heureux. Ne pense qu'à ça, papa, et tu ne regretteras jamais de m'avoir perdu.

– Mais j'te reverrai plus, Gaétan.

– De toute façon, avec le temps... Mais nous nous reverrons tous un jour...

Au même moment, Noëlla et Blanche rentraient de leurs courses et cette dernière, voyant que son Médée avait les yeux embués, lui demanda:

– Qu'est-ce que t'as? Pas encore un autre qui t'fait brailler!

– D'émotion, ma femme, pas de rage c'te fois-là. Gaétan s'en va la semaine prochaine. Il entre en religion. On le reverra plus...

– Ben, depuis l'temps qu'y l'dit, on l'sait! répliqua la mère sans la moindre défaillance. Pis c'est son choix, Médée! Y'avait une bonne job à la banque! Y'aurait pu devenir directeur! Mais si y'aime mieux aller prier... Y'est en âge de faire c'qui lui chante! Prends Ray! Y doit s'débrouiller comme y peut...

Gaétan, regardant son père avec tendresse, lui murmura en souriant:

– Comme tu peux le constater, papa, maman n'en mourra pas, Noëlla non plus. Et Mariette a bien d'autres soucis en tête...

La semaine suivante, c'est Médée qui conduisit Gaétan jusqu'au terminus où le Frère Gédéon l'attendait avec un autre garçon. Les présentations d'usage effectuées, Gaétan pria son père de repartir, de le laisser à lui-même, l'invitant à prendre soin de sa santé, et le pauvre homme reprit la route sans même se retourner, une larme roulant sur sa joue. Seul avec sa petite valise, Gaétan sourit au Frère Gédéon qui lui dit en le serrant dans ses bras: «Toi, tu vas me manquer, mon garçon!» Puis, s'adressant aux deux postulants, il ajouta: «Toi, Gaétan, tu porteras le nom de Frère Gaétan de la Croix. Et toi, Jean-Jacques, celui de Frère Jean-Jacques du Rosaire. On vous attend sous ces appellations là-bas. Gaétan regarda Jean-Jacques Fabre qui le fixait depuis son arrivée, et remarqua qu'en plus d'être beau, le jeune homme avait un certain charisme… qui l'enchantait. À bord de l'autobus qui les emportait vers un destin qu'ils avaient choisi d'emblée, ils en vinrent à s'appeler par leur prénom, à se tutoyer et à comprendre qu'ils quittaient tous deux le monde… pour les mêmes raisons. Ce qui se révéla une vive consolation pour Gaétan. Et davantage en cours de route, lorsque la noirceur survint et que Jean-Jacques Fabre, discrètement, lui prit la main.

Mariette avait fêté son anniversaire seule. Le 29 juillet de ses 29 ans! Son année chanceuse! Sans même une carte ou une fleur de la part de Jérôme. Le croisant alors qu'il effectuait la livraison d'une commande au presbytère, elle sentit dans son regard la plus totale indifférence. Ne pouvant l'affronter devant les passants qui défilaient, elle lui lança l'un de ces coups d'œil qui voulait certes dire: «Toi, tu perds rien pour attendre! Tu vas l'payer cher.» Comme s'il avait saisi le message, il avait juste haussé les épaules. Médée aurait souhaité le rencontrer, le confronter, chercher à savoir comment il avait pu tomber entre «les pattes» de sa damnée fille, mais chaque fois qu'il se rendait à l'épicerie, c'était Yolande qui s'empressait de le servir tout en l'entretenant de la pluie et du beau temps. Parce que Jérôme sentait que le père Charette se doutait et que de connivence avec Yolande… Un jour, par contre, pour corroborer les dires de mademoiselle Cardinal, Jérôme servit le plombier et lui demanda des nouvelles de son fils Gaétan, et le père, ravi, lui apprit qu'il était entré en religion. Après son départ, Yolande avait dit à son frère: «Un si beau garçon! Quelle perte pour les femmes!» Et Jérôme, taquin, lui avait répondu sans détour: «Mais quel gain pour les hommes!»

Septembre, la rentrée des classes et, mademoiselle Cardinal, l'œil collé à la fenêtre, regardait avec une douce nostalgie, les enfants défiler avec le sac au dos ou la serviette à la main. Triste à en mourir depuis le départ de Gaétan, elle n'avait plus personne pour meubler sa solitude et apprécier avec elle, les œuvres de Brahms et de Chopin. Elle avait certes tenté de dissuader son «grand ami» de se retirer du monde. Égoïstement! Pour ne pas se retrouver seule dans ce néant des esseulés. Mais en vain. De toute façon, Gaétan avait renoué avec elle uniquement pour la forme, la politesse, et pour ne pas être seul à vivre sa quête. Mais le «grand ami» dont elle parlait n'était plus celui des premiers temps. Il n'avait jamais oublié le rejet qu'elle lui avait infligé, à la suite du vol de Ray. Comme si elle l'avait fait payer pour l'autre! Somme toute, Gaétan, lors de son plus cruel tourment, n'avait repris contact avec elle que pour diluer sa peine d'avoir perdu Valère. Mais, Iphigénie, de son prénom, n'avait jamais pu reprendre la place qu'elle occupait naguère dans ses pensées. Et encore moins dans ses sentiments, puisque c'est d'un léger signe de la main qu'il lui fit ses adieux alors que le camion montait la côte et que son père allait le «livrer» de son plein gré… au Frère Gédéon!

Mariette ne voyait plus Jérôme, elle attendait son heure. Elle n'allait plus chez les Ruest pour ses achats; elle se faisait discrète comme la chatte qui, durant des jours, revient faire le guet de… l'oiseau! Toujours à «corder» du «linge» sur les tablettes de Wise Brothers, elle se consolait de sa «rupture temporaire» dans les bras des truands rencontrés dans des bars. Il lui arrivait d'aller au cinéma avec une copine, notamment lorsque le plus récent film de Dean Martin et Jerry Lewis était arrivé au grand écran. De son côté, mademoiselle Cardinal avait convaincu une ex-collègue d'aller avec elle assister à la projection du film *Casque d'or* avec Simone Signoret dont on disait beaucoup de bien. Mais elle avait été scandalisée quand elle avait appris par les journaux qu'un Danois du nom de George Jorgensen avait changé de sexe pour devenir «Christine», ce qui constituait la première opération du genre dans les annales médicales. Néanmoins, elle était ravie qu'Elizabeth II, qu'elle trouvait jolie et distinguée, succède à son défunt père sur le trône d'Angleterre.

Mais ce mois qui annonçait l'automne, doux ou frisquet selon les jours, allait être témoin d'un terrible drame. Noëlla, qui fréquentait toujours Honoré Poiron, le cordonnier, commençait à déplorer ses frasques avec son frère aîné, si beau, lorsqu'elle se rendit compte que l'autre, si laid et boiteux, ne lui procurait pas «les plaisirs» de sa relation incestueuse et cachée. Ce qui la retenait à Honoré, c'était le fait qu'il lui avait promis de l'épouser. Disait-elle! Car jamais le cordonnier ne s'était avancé de la sorte. Jamais il n'avait promis à cette fille perturbée d'en faire un jour sa femme. C'était dans la tête malmenée de la pauvre Noëlla que l'image de la robe blanche, du voile et du bouquet, s'était dessinée. À l'insu du désigné futur «époux» qui, pour sa part, profitait des habiles caresses de la «déréglée» comme il l'appelait, sans avoir à lui recoller ses talons ou la fournir de lacets et de ceinturons. Or, un samedi soir, après la fermeture de la boutique, après avoir apaisé ses sens avec sa «dulcinée», il lui demanda de partir, de rentrer chez elle, l'une de ses cousines l'ayant invité à souper.

– Une cousine? J't'crois pas! Tu m'triches! Tu couches avec une autre!

– Voyons, Noëlla, qu'est-ce qui t'prend? Tu la connais, a vient icitte de temps en temps. C'est la veuve avec quatre enfants.

– Tu vois? Une veuve! Comme toé, Poiron! Prête pour la couchette!

– Coudon! Perds-tu la tête, toé? T'as-tu une vis de lousse?

– Dis jamais ça, toé! Y'a assez d'mon père! Écrase-moé pas…

– Noëlla! Syncope! Rentre chez vous, faut que j'parte… On r'parlera d'ça une autre fois! Dégage! Chus invité à souper, pas juste à veiller!

– Pis l'mariage, Poiron? C'est quand? Dans' semaine des quat' jeudis?

– Le mariage? Quel mariage? Tu penses-tu que toé pis moé…

– Tu m'l'as promis! Pis tu vas l'faire, j'l'ai dit à tout l'monde!

– J'm'en sacre que tu l'aies dit à tout l'monde pis même au pape! J'ai jamais dit qu'j'allais t'marier! J'me marie plus, moé, j'ai fait ça juste une fois pis chus ben comme j'suis là!

– T'es un chien sale comme les autres, hein? Tu prends tout d'moé, j'me laisse faire, tu m'promets, tu changes d'idée…

Pareil comme Ray! Mais c'te fois-là, j'me laisserai pas faire!
Toé, tu sors pas d'icitte, Honoré, avant de m'jurer…

– Aïe, la folle! J'te donne deux minutes pour t'ôter d'là ou
j'te passe à travers la vitre!

– Non, j'sors pas! Va falloir que tu m'passes su'l'corps!

– Pour la dernière fois, Noëlla, ôte-toé d'là, sacre ton camp
pis r'viens pas! J'veux pus te r'voir! T'as un trou dans' tête!

Folle de rage à ces mots et, voyant qu'il s'apprêtait à fon-
cer sur elle, Noëlla regarda vite autour d'elle, s'empara d'un
couteau pour tailler le cuir et, avant qu'il ne puisse lui saisir
le poignet, elle le lui enfonça en pleine poitrine. S'affaissant,
râlant, le couteau planté entre le cœur et les poumons, il voulut s'emparer du téléphone tombé par terre, mais elle arracha
le fil du mur et se sauva en laissant l'homme à l'agonie, les
vêtements et les mains maculés du sang du cordonnier. Un
passant qui la vit prendre la fuite derrière le commerce, s'empressa d'entrer et de porter secours à Honoré qui, encore
conscient, tentait de retirer le couteau bien ancré au thorax.
L'ambulance arriva à toute vitesse, sirène à l'appui, et on le
transporta avec précaution à l'hôpital de l'autre côté du pont.
Après plus de deux heures sur la table d'opération, on le
sauva de justesse d'une mort qui, de prime abord, semblait
inévitable. Fort comme un cheval, résistant comme un bœuf,
Honoré Poiron survécut à cette tentative de meurtre, tout
comme il s'était sorti du pétrin jadis, après s'être tiré une
balle dans le pied.

Médée fut rapidement averti de l'abominable attentat qui
avait été commis. Sa femme en fut sidérée et Mariette n'osa
pas se montrer, de peur qu'on la confonde avec celle qu'on
connaissait un peu moins… qu'elle! Les policiers aidés des

volontaires ainsi que de Médée, se mirent à la recherche de Noëlla, dite «la folle», qui s'était sans doute cachée dans le bois après son forfait. Et ce n'est que lorsque le jour se leva qu'on la retrouva recroquevillée au pied d'un arbre, derrière un muret de pierres, les deux mains sur le visage, le sang coagulé sur le front, les bras et les mollets, et tremblant de tous ses membres. Les policiers qui tentèrent de s'en emparer se butèrent à un cri d'hystérie de sa part, à des coups de pied, des crachats et des mots orduriers, et ce n'est que lorsqu'elle entendit: «Noëlla!», de la voix forte de son père, qu'elle se précipita sur lui pour se blottir dans ses bras. Il était évident pour tous que la pauvre fille n'était pas dans un état normal, qu'elle n'avait plus toute sa tête. Ce n'est qu'avec son père qu'elle accepta de monter à bord de l'auto-patrouille tout en lui disant: «C'est d'sa faute, p'pa! Y voulait plus m'marier!» Pour ensuite ajouter: «J'voulais pas l'tuer! J'voulais juste l'empêcher d'passer! Pis tant pis si j'l'ai eu, y soupera pas chez sa cousine! Une vache de veuve qui voulait me l'voler!» Son vieux père, les larmes aux yeux, anéanti une fois de plus, lui murmura: «Ça va, Noëlla, parle plus, calme-toi, ça va s'arranger, papa est là…» Et la fille de pleurer de plus belle lorsqu'elle entendit l'un des policiers dire à son père: «Elle va être accusée de tentative de meurtre. Vous allez avoir besoin d'un bon avocat…» Ce à quoi Médée avait répliqué: «Non, juste d'un bon médecin.»

On l'emprisonna, on voulut lui intenter un procès, mais sa pauvre mère, éplorée, abattue, avait dit aux autorités: «Quand je l'ai eue, j'étais juste enceinte de huit mois! Elle était coincée! On est venu la chercher avec des pinces! C'est pour ça qu'est pas fittée!» On la confia aux psychiatres qui, à l'unanimité, détectèrent chez la patiente, une espèce de psychose avancée, alliée à la folie, en proie à la violence. Tout ça, dans des termes longs comme le bras, que Médée et Blanche ne comprenaient pas. Puis, sur signature de papiers de la part du père, Noëlla Charette fut internée. On dut même lui enfiler la camisole de force les premiers jours, pour l'empêcher de tout casser. Blanche, qui ne parvenait pas à accepter le triste sort de sa fille bien-aimée, son aide-cuisinière, sa protégée, rageait contre Médée qui avait signé pour l'enfermer. Impatient, désespéré et à bout de souffle en se tenant le cœur, il lui avait dit: «Y vont la soigner, ma femme. Y vont au moins essayer…» Ce à quoi elle avait répondu: «Non, c'est pas une place pour elle! Y vont la maganer, la maltraiter!» Nerveux, agité, il lui avait rétorqué: «Aimerais-tu mieux la voir en prison pour vingt-cinq ans, ma femme? Pour tentative de meurtre? Ou au bout d'une corde si a l'avait réussi à l'tuer?»

Gaétan, averti par son père du triste sort de Noëlla par le biais d'une lettre, lui avait répondu avec la permission de son supérieur: «Nous allons prier pour elle.»

Le temps des fêtes s'écoula et, comme d'habitude, Noëlla ne reçut aucun vœu pour son anniversaire, le jour de Noël. Aux religieuses qui s'occupaient d'elle et à qui elle disait: «C'est ma fête! Chez nous, ma mère me souhaitait…» se fit interrompre pour s'entendre répondre: «Non, ma petite, c'est la fête de la Nativité.» Perplexe un instant, elle avait beau leur crier de sa voix d'homme: «Ben, voyons donc, j'm'appelle Noëlla!», que les sœurs s'éloignaient sans lui prêter la moindre attention. Mariette, toujours en rogne contre Jérôme qui ne la regardait même plus, avait festoyé à Montréal chez des compagnes de Wise Brothers, avec des gars du *stock room* et d'autres venus, elle ne savait d'où. Des jours et des nuits à boire, à manger, à coucher avec le premier qui lui enlevait sa culotte, ivre morte, sans même savoir son nom ni son lien de parenté avec quelqu'un de la *shop*, quand il s'agissait d'un étranger. Sans aucune jouissance et souvent sans s'en rendre compte, parce que Mariette Charette, avec son corps superbe et sa tête de «linotte» dans ses ébats successifs, ne ressentait rien pour ces mâles en chaleur. Mais, que d'amertume et de fiel dans son cœur pour «celui» qui, loin d'elle, allait peut-être en payer le prix.

Janvier, février et mars 1953 se succédèrent et c'était l'accalmie dans la maison du bord de l'eau. Mariette semblait avoir fait son deuil de Jérôme. C'est du moins ce que croyait ce dernier ainsi que Médée avec qui il avait fini par discuter de sa relation avec sa fille. En toute discrétion, avec la promesse formelle de la part du père, que sa femme et son fils n'allaient jamais en souffrir. Et avec l'absolution de Médée de s'être laissé prendre dans les filets de sa gueuse de fille malgré sa résistance, le pauvre gars. Noëlla, internée à vie, de plus en plus démente, victime des durs traitements de la science et de médicaments violents, ne recevait que la visite de sa mère que, parfois, elle ne reconnaissait pas. De plus, ce qui anéantissait Blanche, c'est qu'elle n'avait aucune nouvelle de Ray depuis son départ. Au point d'en arriver à le croire mort, ce que Médée, pour sa part, souhaitait parfois. De Gaétan, aucun signe de vie. Les grilles du prieuré s'étaient à tout jamais refermées sur lui et… Jean-Jacques! Un pieux bonheur comme l'un et l'autre n'avaient pu l'espérer, bure sur le dos, chacun dans sa petite cellule à un lit… pour deux!

Un mois d'avril pluvieux, peu ensoleillé, mais depuis peu, les Charette avaient la télévision. Ce qui permettait à Blanche, non seulement d'entendre, mais de voir ses «programmes». Médée, bilingue et fier de l'être, s'était entiché de Jackie Gleason et Mariette, peu intéressée à croupir dans le salon, favorisait encore le cinéma. Et pour cause! La veille encore, elle était allée voir le film *High Noon* mettant en vedette Gary Cooper, un western qu'elle avait plus ou moins apprécié, mais que son *chum* d'occasion lui avait suggéré pour «l'amadouer», avant de finir la soirée derrière la porte d'un vulgaire motel. En mai qui suivit, Médée, soixante-cinq ans bien sonnés, retraité ou presque, avait réduit de beaucoup ses activités et remercié quelques personnes de son entreprise. Muni d'un petit compte en banque, il rassurait Blanche qui sourcillait, en lui disant qu'il avait encore les moyens de joindre les deux bouts. Et ce, même si l'héritage perçu avait presque fondu avec les pertes matérielles, les saisons mortes et les difficultés de son commerce. Mais, au grand désespoir de sa femme, il toussait de plus en plus, crachait souvent et s'étouffait dans ses râles, ce qui donnait des haut-le-cœur à Mariette. Entêté, il ne prenait que du sirop, mais là, sur les supplications de sa femme, il s'était décidé à retourner chez le médecin. De là, une journée entière à subir une batterie de tests, des prises de sang, des tubes dans la gorge, des prélèvements ci et là et, de retour, affaibli, il avait dit à Blanche:

— Si j'ai rien, c'est eux-autres qui vont m'tuer! Ç'a pas d'bon sens de traiter l'monde comme ça! On n'est pas du bétail!

Trois jours plus tard, on le rappela et on lui demanda de revenir pour l'obtention des résultats. Blanche aurait voulu suivre, mais il lui avait dit:

— Reste là! J'ai pas besoin d'toi!

Il revint vers deux heures et sa femme, inquiète, lui demanda:

— Pis? Qu'est-ce que t'as? Y t'ont tu trouvé queq' chose?

— Le cancer du poumon, ma femme… J'suis cuit! Y'a rien à faire!

Blanche Blanchard, devenue dame Amédée Charette, faillit s'évanouir.

— Com… Comment ça, y'a rien à faire! Ça s'opère pas? Y'a pas…

— Non, c'est trop avancé! Y m'reste juste à crever, ma femme! Pis, comme j'en ai pour au moins six mois, j'vas avoir le temps d'tout mettre en ordre. J'te laisserai pas ça sur le dos…

— Médée! Voyons! Parle pas comme ça! Qu'est-ce que j'vas faire?

— Tu seras pas seule, Blanche, Mariette est là. Pis, peut-être que Ray…

— Ben, là! C'est pas lui qui va m'prendre en charge! Pis elle, a sait même pas compter! Tu peux pas partir avant moi, Médée!

— Prends pas panique, j'suis pas encore mort… J'ai des pilules à prendre, ça peut faire des miracles… Pis change d'air! J'suis pas encore au cimetière! Maudit qu't'as pas d'courage, ma femme!

Hélas, quinze jours plus tard, avant même que le cancer le ronge, Médée Charette était foudroyé par une crise cardiaque. Angoissé à l'idée de voir son commerce être dilapidé, déçu de n'avoir aucun fils sur lequel compter, donc sans lignée et avec de moins en moins d'argent, il était songeur en ce soir fatidique, alors que, dans sa chambre, Mariette faisait tourner *Botch-A-Me*, l'un des grands succès de Rosemary Clooney. Sa femme, affairée à peler des pommes pour en faire de la compote, se retourna et l'aperçut, se tenant le cœur, grimaçant de douleur. Son teint passa du rouge au blanc et, avant qu'elle puisse lui dire un mot, il s'effondra sur le tapis du boudoir, la tête contre la patte en fer forgé du socle du téléviseur. Un cri d'horreur! Un autre plus strident pour Mariette et, cette dernière, malgré le rythme endiablé de la chanson qu'elle écoutait, entendit l'appel de sa mère et descendit à toute vitesse. Puis, figée sur la dernière marche de l'escalier, elle regardait son père étendu sur le plancher, les yeux ouverts, la bouche crispée, sans en être remuée.

– Fais queq' chose, appelle la police! Ton père se meurt! Grouille!

Mariette composa le numéro de l'hôpital, les avisa très calmement que son père venait de s'écrouler. Ils arrivèrent en trombe, mais trop tard, Amédée Charette avait rendu l'âme. On le recouvrit d'un drap et on pria la veuve éplorée d'avoir recours aux services d'Urgel Bourgie ou de Magnus Poirier et ce, devant Mariette qui ne tressaillait même pas. Mariette qui, on aurait pu le jurer, semblait délivrée de celui qui l'avait toujours humiliée. Mariette Charette, débarrassée de ce père qui ne l'avait jamais aimée. Et lorsque le corps fut emporté à la morgue et, de là, au salon mortuaire pour y être embaumé, elle en soupira d'aise.

Très peu de gens se présentèrent au salon funéraire pour offrir leurs condoléances à la veuve et à sa fille. Les Ruest firent parvenir une gerbe de fleurs, Honoré fit déposer une carte par un badaud et mademoiselle Cardinal ne s'y aventura pas, de peur d'y rencontrer Raynald, pourtant évaporé de l'entourage. Seuls les employés de Médée vinrent s'agenouiller devant la dépouille de leur bien-aimé patron. Bien sûr, quelques paroissiens défilèrent, le garagiste Flibotte inclus, mais la plupart, fidèles à la mémoire de Médée, n'entretenaient aucun lien avec la famille du défunt. Mariette avait tenté de retracer Ray par ses ex-collègues de la taverne, mais on ne savait guère où il se trouvait, sauf le vieux balayeur qui avait eu vent qu'il était parti vivre au Nouveau-Brunswick avec une veuve de soixante ans, riche à craquer. Il avait même ajouté ironiquement avant de raccrocher: «Une autre qui va s'faire laver!» Noëlla, enfermée, n'avait même pas été informée du décès de son père. À quoi bon! Elle avait peine à reconnaître sa mère lors de brèves visites. Et Gaétan qui aurait pu obtenir une permission spéciale pour cause de mortalité, avait tout simplement fait parvenir à sa mère une carte dans laquelle on pouvait lire: «Nous allons prier pour lui.» La même formule que pour Noëlla lors de son internement. Parce que Gaétan, quoique très éprouvé par le décès de son père, avait préféré ne pas s'y rendre et éviter ainsi les autres membres de sa famille. Ce qui lui avait fait dire au Frère Jean-Jacques du Rosaire, après avoir mûrement réfléchi: «Tu sais, je n'aimais que lui, et Dieu me l'a repris. Mon père comprendra de l'au-delà pourquoi je ne suis pas là.» Ce à quoi Jean-Jacques avait répondu: «Désormais, nous n'avons plus de famille ni l'un ni l'autre...» tout en glissant sa main dans la manche ample de la bure de Gaétan, pour lui mignoter le poignet en guise d'appui.

Mademoiselle Cardinal se rendit à l'église pour le service religieux. Encore là, très peu de gens. Amédée Charette était pourtant un homme auquel plusieurs s'étaient attachés, mais en ce qui concernait les autres membres de la famille... Bref, on ne voulait pas les voir. Sa veuve incluse qui ne parlait à personne ou presque depuis son arrivée dans les parages. Un chantre entama le *Panis Angelicus*, l'organiste joua l'*Ave Maria* de Gounod, le curé fit un court éloge du disparu et un petit convoi composé d'employés et de quelques membres de la parenté éloignée, s'engouffrèrent dans des voitures pour suivre le corbillard et la limousine de madame Charette et de sa fille, jusqu'au cimetière de l'Est où, Blanche, de peine et de misère, avait acheté un petit terrain pour lui et... elle! Devant ce fait, Mariette avait demandé à sa mère après l'enterrement:

— Pis moi! Quand j'vas crever, où c'est que j'vas aller?

— Ben, d'ici c'temps-là, ma fille, ton père aura assez creusé pour qu'on t'mette par-dessus moi qui serai par-dessus lui.

— Ça, c'est si j'meurs vieille, la mère, mais si j'ai un accident? Si j'pète au frette avant que l'père creuse?

— Ben, si ça t'inquiète à c'point-là, Mariette, t'as juste à signer des papiers pis donner ton corps à l'université!

— Pis m'faire déchiqueter?

— Ça s'peut, j'sais pas, mais si c'est ça, ben, pour une fois, y va servir à queq'chose que l'bon Dieu pourra pas t'reprocher!

L'été s'écoula sans que rien ne survienne. Se croyant délivré de Mariette, Jérôme avait pris des vacances avec sa femme et son fils, alors que Yolande s'occupait seule du commerce. Ils s'étaient rendus dans le Maine où les plages avaient fait le bonheur du petit. Pour Marjolaine et lui, c'était comme un second voyage de noces et, profitant de cette accalmie dans sa vie, Jérôme la combla de tout ce qui pouvait lui plaire, en vertu d'un certain... repentir. Or, ayant appris par la coiffeuse que l'épicier était en voyage aux États-Unis avec sa femme et leur enfant, Mariette sentit son cœur ne faire qu'un bond dans sa poitrine. Un bond... de rage! Ah, non! il n'allait pas s'en tirer ainsi celui qui avait tout pris d'elle dans de minables petits motels! Il l'avait traitée comme une «traînée» alors que «l'autre», sa légitime qu'il n'aimait même pas, se pavanait sur le sable chaud pour ensuite dîner dans un hôtel de luxe. La cocufiée... dorlotée! Pour la première fois, Mariette voyait une femme trompée pour elle, l'emporter… sur elle! Mais l'écume de ses multiples jurons se déversait beaucoup plus sur Jérôme, qu'elle traitait intérieurement, dans sa méchanceté… de manchot, de moignon, de morpion!

Mariette prit son mal en patience, d'autant plus que sa mère commençait à l'énerver avec leur situation financière.

– Tu sais, ton père m'a pas laissé grand-chose, ma fille. Son argent hérité, il l'a placé dans son commerce qui a perdu ben des plumes depuis l'temps.

Mariette, sans savoir compter, lui répondit dans le but de la rassurer:

– Ben, au moins, la maison est payée. On sera jamais dans' rue.

Davantage inquiète, Blanche lui répondit:

– Tu t'trompes, Mariette, la maison est pus claire comme elle l'était. Ton père l'a hypothéquée jusqu'au quai pour sauver sa plomberie. On la doit encore au complet avec un paquet d'intérêts!

Anéantie, apeurée, Mariette, déposant sa pince à sourcil, lui demanda:

– Ça veux-tu dire qu'on va la perdre, m'man? On vaut plus rien?

– J'sais pas… Ça s'peut… Comment veux-tu qu'on paye tout ça, Mariette? Avec ta paye? Moi, j'ai pas une maudite cenne, j'rembourse même piastre par piastre le salon mortuaire pis l'cimetière!

– Pis sa *business*? Y'était quand même pas en banqueroute, le père?

– Non, mais pas loin! Y lui restait juste trois employés qu'y payait pas bien. Là, c'est fermé, mais ça vaut plus rien. La banque va la reprendre pis essayer d'la vendre. Tu vois pourquoi y'est mort, ton père? Y'avait tout ça dans' tête pis y m'en parlait pas, y voulait pas m'rendre malade avec ça. Pis à force de s'ronger les ongles, de jongler pis d's'arracher les cheveux d'la tête, y s'est développé un cancer! Pis, comme si c'était pas assez, comme y gardait tout en d'dans, l'cœur a fini par lui péter! C'était un brave homme mon Médée... Honnête, vaillant...

– Peut-être, mais pas d'affaires si on se r'trouve aussi tout nus qu'avant! On pourrait peut-être la vendre, la maudite maison?

– C'est pas l'temps, on ferait pas d'profits, on doit trop...

– Mais qui va payer les taxes pis l'chauffage, la mère?

– Ben, moi avec mes p'tites économies... pis toi avec tes payes.

– Moi? J'gagne à peine pour m'habiller pis m'acheter des cigarettes!

– Si on s'prive, Mariette, si on gratte un peu...

– D'la marde, la mère! J'commencerai pas à gratter à mon âge! J'ai l'goût d'vivre, moi! Vends-la, la maison! Donne-la! Mais j'ai pas une maudite cenne à mettre dessus, moi! J'suis pas gérante chez Wise, j'suis même pas caissière! C'est moi qui gagne le moins cher! Pis moi, r'tourner à Saint-Henri, ça m'dérange pas! C'était moins platte qu'icitte...

– Mariette! Parle pas comme ça! On s'est sorti du trou, c'est pas pour y r'tourner! Moi, en ville, dans un logis d'trois pièces avec des coquerelles, j'meurs, j'te l'dis! Pis après c'que j'ai vécu icitte... J'aimerais mieux crever drette-là!

Et Mariette, de plus en plus dure avec sa mère, lui avait répliqué:

– Ça s'rait trop beau... Ça arrivera pas! Pis, comme ta Noëlla est renfermée pour un maudit bout d'temps, compte pas sur moi pour être ton bâton d'vieillesse, m'man!

– Crains pas, j'vas m'laisser mourir avant de m'pendre après toi...

317

– Ben, moi, j'ai d'autres chats à fouetter! T'as jamais pensé que j'pourrais avoir le goût de m'marier? Avec le corps que j'ai…

– Ça prend pas rien qu'un corps pour ça, ma fille, ça prend aussi un cœur.

Septembre, octobre, début novembre, mois des morts, jours déprimants, les feuilles trempées au sol, le soleil trop souvent absent et Mariette, de plus en plus démoralisée dans cette maison où sa mère se plaignait sans cesse, se demandait comment contrer l'abattement qui se faisait déjà sentir. Elle pensait à son emploi qui ne la valorisait guère, la même routine, aucune augmentation de salaire, les vêtements à étiqueter, à «corder» sur les tablettes… Les gars du *back store* du magasin qui, la croisant quand elle s'y rendait prendre son *stock,* ne se gênaient pas pour lui pincer les fesses. Aucun respect de la part des hommes. Partout où elle passait, Mariette Charette n'attirait que les regards sur ses hanches, ses seins volumineux, sa taille parfaite, ses lèvres pulpeuses et ses yeux enjôleurs qui n'incitaient qu'aux plaisirs charnels. Aucun respect parce que personne, pas même les religieuses jadis, n'avait réussi à en faire une jeune fille distinguée. Pour les voyous de Saint-Henri, le rouquin du parc Belmont, Honoré le cordonnier et les autres salauds d'occasion, Mariette n'avait été qu'un jouet… jetable! Une fille facile qu'on se passait de l'un à l'autre après avoir «déballé» au suivant, son savoir-faire et ses… talents! Il n'y avait que Jérôme qui, selon elle, l'avait aimée. Autant qu'elle l'avait adoré! Jérôme Ruest qui avait aussi profité d'elle, mais qui, à cause de petits présents, n'était pas dans le cœur de la belle du même acabit que les autres. Pourtant! Jérôme qui, avec sa femme, son fils et sa sœur, avait tout en main pour profiter d'un doux bonheur. Ce que savait

Mariette, ce qu'elle n'acceptait pas et qu'elle lui reprochait dans son mutisme… temporaire. Et elle était outrée, choquée, la plus jeune des Charette, foncièrement irritée, insultée, parce que Jérôme, une fois de plus, s'était foutu de son anniversaire. De ses trente ans! Du sursis qu'elle lui avait accordé l'an dernier d'un ton impératif, avec moult menaces! Et comme il n'était même pas en vue pour qu'elle puisse le darder d'un regard foudroyant, elle avait marmonné entre ses dents: «Y va m'payer ça cher, l'moignon crotté!»

Loin d'elle, près de sa femme, Jérôme Ruest n'avait même plus à se cacher; Mariette ne venait plus au magasin. «Rayée de la liste» par Yolande, elle n'osait plus se présenter et avait même convaincu sa mère d'acheter ailleurs, même si l'autre boucher vendait plus cher. Économe, plus près de ses sous que jamais, Blanche lui avait dit: «Oui, mais mal pris, Jérôme va nous faire crédit, lui!» Ce à quoi Mariette avait répondu: «On sera jamais mal pris à c'point-là, m'man! Fie-toi sur moi! Quand t'en auras plus, j'vas en rentrer d'l'argent!» Et comme si de rien n'était, elle continuait d'aller au cinéma avec ses copines de travail. Elle avait vu *Come back, Little Sheba* avec Shirley Booth et *The Greatest Show on Earth* avec une pléiade de vedettes, dont Charlton Heston et Dorothy Lamour. Mais elle avait refusé d'aller voir le film *Macao* avec un «maquereau» de l'entrepôt, parce qu'elle savait que Jane Russell qui jouait dans ce film, allait être plus plantureuse, plus désirable qu'elle, aux yeux de son «cochon» de compagnon. Pour sa part, Blanche, seule et déprimée, pleurait encore Médée, n'allait plus voir Noëlla, cherchait encore Ray, avait oublié Gaétan, et passait ses longues soirées devant ce que la télévision lui offrait. En anglais comme en français, tout en flattant un chat qu'elle avait recueilli pour qu'il lui tienne compagnie.

La mi-novembre, encore de la pluie, et alors qu'elle se dirigeait chez la coiffeuse sous un parapluie, quelle ne fut pas la surprise de Mariette de voir sortir de chez un client, prêt à remonter dans son camion, nul autre que Jérôme Ruest.

– Tiens! On r'garde plus l'monde, mon loup?

Ahuri, mal à l'aise, pressé de s'en défaire, il lui dit, la main sur la portière:

– Excuse, j't'avais pas vue. Ça va? Y fait pas beau, hein?

– C'est tout c'que t'as à m'dire! Après tout c'temps-là! Pas même une carte de fête encore une fois! J't'avais pourtant averti qu'à trente ans… Pis quand mon père est mort, on t'a pas vu la fraise. Avais-tu peur que j'te mange?

– Commence pas ça, Mariette! Toi et moi, c'est fini, c'est chose du passé. Ça fait longtemps que j'ai mis une croix…

– Ben, pas moi! Pis, t'entends-tu parler? On dirait qu't'as fait des progrès! T'as-tu pris des cours de français chez la Cardinal?

– Non, j'suis en affaires, j'me suis amélioré. Pis là, faut que j'parte, j'ai trois autres commandes à livrer.

– J'm'en sacre! Comment va ta chienne de sœur? La vieille fille enragée?

– Aïe! Ça va faire, Mariette Charette! On s'est vus, on s'est salués, ça s'arrête là! Pis t'as pas à insulter ma sœur, j'te l'permets pas!

– Ben, r'garde donc ça! Comme si j'avais besoin d'ta permission pour dire c'que j'pense! A m'a barrée, la maudite! C'est à cause d'elle si on achète plus chez vous! A m'a barrée par jalousie!

– T'es-tu devenue cinglée? Jalouse de quoi?

– Parce que j'suis plus jeune qu'elle, mieux faite, r'garde, ça s'voit pas? Pis parce que j'lui volais son p'tit frère!

– Bon, on arrête ça là, Mariette, on va pas plus loin parce que ça va finir par se gâter. Tu r'prends ton chemin, moi, l'mien...

– Tu penses que ça va s'arrêter là, toi? Drette-là? Ben, tu m'connais pas, Jérôme Ruest! Si tu penses qu'après avoir couché avec moi comme tu l'as fait, j'vas l'oublier comme si y s'était rien passé, ben, t'as chié! J't'ai attendu, j't'ai donné la chance de m'reprendre, de r'continuer, pis t'as décidé d'm'ignorer, ben là, tu vas l'payer! Moi, j'ai plus rien à perdre!

– Ah, non? Pis ça cache quoi, ces menaces-là?

– Pas grand-chose, juste que ta femme va l'savoir... A va tout apprendre, mon loup, j'vas même te décrire des pieds jusqu'au menton. J'vas même lui parler d'la cicatrice en forme de serpent que t'as dans l'creux du moignon! À moins que tu m'reviennes...

Rouge de colère, furieux comme elle ne l'avait jamais vu, les yeux rieurs de Jérôme se transformèrent en charbons ardents, pour lui dire en rapprochant son visage du sien:

– Fais ça pis t'es morte, la Charette! T'entends? Fais ça pis tu vas aller r'joindre ton père en calvaire! Fais juste ça, Mariette, pis j't'e l'jure, j't'e tue d'ma seule main pis j't'écrase comme d'la vermine de mes deux pieds! Tu connais-tu mieux c'langage-là, ma p'tite saleté?

Apeurée, reculant de quelques pas, elle lui répondit doucereusement:

– C'est d'ta faute... Si tu voulais... Comme avant, juste ça, pas plus... R'garde-moi, j'suis encore attirante...

– Non, dégoûtante, pis j'veux plus jamais t'revoir sur ma route, Mariette Charette! Pis, j't'avertis encore une fois, fais c'que tu dis pis j't'e tue, parce que j'aurai plus rien à perdre moi non plus!

321

Il remonta dans son camion, la darda d'un dernier regard glacial et démarra en trombe. Restée seule sous la pluie, entre la peur et l'audace, Mariette, figée mais fulminant intérieurement, se demandait quelles allaient être ses impulsions quand le moment viendrait. Car, à son grand désespoir, elle venait de comprendre que c'en était fini entre elle et lui. Du moins… pour lui! Jérôme la détestait! Pire, il la méprisait! Elle avait même senti qu'il avait été à deux doigts de lui cracher au visage! Après avoir profité de sa jeunesse, de son corps de déesse, lui, l'amputé de guerre qui aurait fait reculer d'horreur plusieurs filles à la vue de son moignon, lui parlait maintenant de haut comme s'il avait été aussi beau que Charlton Heston dont elle avait encore l'image en tête. Mais pour qui se prenait-il donc ce petit épicier-boucher pour la menacer de la sorte? De la tuer d'une seule main comme si elle avait été une poule chambranlante et ratatinée! «Le salaud! Le chien sale!» Poursuivant sa route jusque chez la coiffeuse qui allait lui remonter le chignon et le fixer de *spray net* pour une semaine au moins, elle reprit son aplomb et se convainquit, qu'à l'instar de son père et de Ray, elle n'avait peur de personne, encore moins de… lui!

Novembre tirait à sa fin et, par magie, le soleil avait enfin évincé la pluie. C'était un dimanche, le jour du Seigneur, celui du repos. Mariette qui avait bamboché la veille avait la tête lourde, le ventre encore marqué du colosse qui s'était endormi sur elle, en plus du mascara qui avait coulé sur ses joues et qui s'était figé dans la crasse de son épais *make-up*. Une douche, un jus d'orange, deux cafés noirs, trois cigarettes, et elle dit à sa mère qui la regardait de travers:

— J'sors, j'vas prendre l'air, j'ai les jambes molles, la tête qui tourne…

322

– On sait ben! Avec la vie qu'tu mènes! Toi, tu vas sécher vite, Mariette! La boisson pis les hommes… Tu vas t'défraîchir dans l'temps de l'dire!

Ne l'écoutant pas, Mariette avala une dernière gorgée de café, enfila son imperméable, cacha ses yeux cernés sous des verres fumés, et remonta la côte de peine et de misère devant «la Cardinal» qui, de sa fenêtre, murmura: «Traînée!» pour ensuite regarder l'image de la Vierge et ajouter: «Pardonnez-moi, sainte mère de Dieu, j'voulais pas la calomnier.»

Elle emprunta la grande artère par laquelle les gens revenaient de la messe et, après la meute de badauds, elle reconnut au loin, Marjolaine, la femme de Jérôme, suivie de son petit Luc sur son tricycle. Découragée de la veille, désemparée, écœurée de sa vie, Mariette traversa la rue et se dit intérieurement: «C'est là ou jamais!» Marjolaine, son béret de laine sur le côté, était fort belle avec ce sourire qu'elle adressait à son enfant. Jolie, saine, débordante d'énergie. Et le petit garçon, suivant des yeux les feuilles qui s'envolaient, était beau comme son père, blond comme sa mère. S'assurant qu'elles seraient seules sur le trottoir quand elles arriveraient à proximité l'une de l'autre, sans personne en vue, Mariette pressa un peu le pas et, la croisant, lui demanda:

– Excuse-moi, mais tu dois savoir qui j'suis?

Marjolaine, quelque peu hautaine, lui répondit, indifférente:

– Oui, la fille de madame Charette. Je vous connais de vue…

– Juste de vue? Tiens donc! Pis tu peux m'dire tu, ça m'gêne pas! Ton mari, lui, me connaît un peu plus que juste de vue!

– Que voulez-vous dire? Pourquoi cette allusion? Je n'ai pas le temps…

– Ah, non? Ben, prends-le, Marjolaine Ruest, parce que ton mari t'a jamais aimée! Pis, au cas où tu l'saurais pas, ça fait depuis qu'y t'a mariée qu'on couche ensemble, lui pis moi!

Chapitre 8

Pressant le pas, encore sous le choc, Marjolaine fronçait tellement les sourcils que son petit Luc, pivotant sur lui-même pour la regarder, se mit à pleurer. La jeune femme le prit dans ses bras et, tirant le tricycle d'une main, se rendit jusque chez elle où, Yolande, l'apercevant en descendant l'escalier, lui demanda:

— Ben, qu'est-ce que t'as? Le p'tit est-tu malade?

— Non, il va bien et ce qui ne va pas, tu l'sauras assez vite! Jérôme est là?

— Y'a pas bougé, y lit sa *Presse* d'hier, y'est dans' cuisine…

Marjolaine grimpa l'escalier avec Luc dans les bras, laissant le tricycle sur le trottoir et Yolande comprit que quelque chose n'allait pas. Ce qui la fit remonter derrière elle, le tricycle à bout de bras. Foudroyant Jérôme du regard, Marjolaine dit à Yolande qui, essoufflée, l'avait suivie:

— Peux-tu redescendre avec le p'tit et l'emmener jusqu'au parc se balancer? J'veux pas qu'il soit là, j'ai à parler avec ton frère et, à quatre ans, comme il comprend, ça risque de l'perturber.

— Mon Dieu! C'est-tu si grave que ça, Marjolaine?

– Assez pour que j'sois seule avec Jérôme! Tu l'emmènes ou pas?

– Ben oui! Viens, Luc, ma tante va ramasser des feuilles mortes avec toi.

Yolande sortit avec l'enfant et, seule avec son mari qui, à son air inquiet, redoutait le pire, Marjolaine débita:

– J'prendrai pas quatre chemins, Jérôme. Dis-moi juste oui ou non, as-tu déjà couché avec Mariette Charette?

Blêmissant, mal à l'aise, ce qui l'incriminait davantage, Jérôme, pris au dépourvu, répondit à sa femme:

– Répète… Qu'est-ce que tu dis là? Pis avec un air comme ça?

– Tu m'as très bien entendue, Jérôme! Tu tentes d'éviter de répondre, mais j'te ferai remarquer que j'ai rien deviné! C'est elle, la Charette, qui vient de m'apostropher en pleine rue pour me le dire! Maintenant, joue pas à l'innocent et réponds!

Se sentant acculé au pied du mur, sachant qu'il lui serait impossible de se disculper, il détourna la tête et répondit en soupirant:

– Oui, Marjolaine… Mais c'est fini depuis longtemps…

– Combien de fois, Jérôme? Et depuis quand?

Agacé par le ton, sans peser sa réponse, il répliqua nerveusement:

– Penses-tu que j'les ai comptées? Pis… pis, j'sais pas depuis quand…

– Depuis qu'on est mariés ou presque, Jérôme! Depuis son arrivée! Depuis qu'tu l'as vue s'déhancher! lui cria Marjolaine à tue-tête.

– Aïe! Baisse le volume, y'a des voisins pis là, tu parles à ton mari, pas au p'tit, Marjolaine! J'ai eu des aventures avec la Charette, mais c'est elle qui m'a entraîné, c'est elle qui m'a pas lâché…

– Mon œil, Jérôme! Piège ou pas, t'étais marié, t'avais un enfant, pis moi durant c'temps-là, j'étais cocufiée. Et pas juste une fois, c'était sûrement pas assez pour toi! Tu n'les as même pas comptées, tu l'as avoué! On sait bien, taillée comme elle l'est, la p'tite Charette, personne va lui résister, surtout pas un mâle comme toi! Le pire, c'est que tu revenais coucher avec moi comme si de rien n'était. M'as-tu seulement aimée, Jérôme? Pour le peu de fois…

– Ben, là, charrie pas! Si j't'avais pas aimée, j't'aurais pas mariée! Pis, rappelle-toi comment on a fait ça vite! Ç'a pas traîné…

– Justement! Comme si tu cherchais à oublier, à enterrer ton passé! Tu vas peut-être dire que je vais loin, mais jure-moi sur la tête du p'tit que tu m'as aimée de tout ton cœur!

– Aïe! Pousse pas! J'suis pas devant l'juge, pis si tu m'crois pas sur parole, si t'as pas confiance en moi, la tête du p'tit, ça changera rien! Pis, la Charette, c'est une cinglée! Une faiseuse de troubles! Est jalouse parce qu'aucun homme a voulu d'elle, pas même Honoré! Pis c'est pas parce que j'ai fait un p'tit pas d'travers à moitié saoul, qu'on va gâter not' ménage, Marjolaine! Tu vois ben que c'est c'qu'a cherche, c'te maudite-là!

– Un p'tit pas d'travers! C'est comme ça qu'tu qualifies tes infidélités qu'tu peux même plus compter? Je regrette, Jérôme, mais c'est fini entre toi et moi. Je pars avec le p'tit, j'te quitte, je n'vivrai pas une minute de plus avec un homme qui m'a trompée et qui a pris le risque de me refiler des maladies! Avec une fille de rien qui m'donne pas l'impression de s'laver souvent et qui couche sans doute avec tout l'monde! Non, tu m'as déshonorée, Jérôme, et je m'en vais. Avec ma dignité, mon fils et mon diplôme qui va nous faire vivre. J'retourne à Sainte-Agathe.

Se levant, parvenant à lui saisir le bras, il lui dit:

– Prends pas ça comme ça, Marjolaine… Laisse-la pas gagner. Tu vois ben qu'a fait tout ça juste pour nous séparer…

Se dégageant brusquement, elle rétorqua:

– Ben, c'est réussi! Parce qu'elle n'a pas menti, parce que c'est la vérité et que je refuse d'avoir été une femme trompée! Comme si j'étais la dernière des niaiseuses… J'ai étudié, j'ai tout sacrifié pour t'épouser, te donner un enfant, t'être fidèle… Par amour, Jérôme! J'ai même accepté de partager notre vie avec ta sœur, de vivre dans le même logis, et toi, sans te rendre compte de mes compromis et de ma résignation, tu partais sur des mensonges coucher avec la pire des traînées. Non, c'est fini, Jérôme, j'me fais plus d'illusions, je pars, j'te quitte…

Au même moment, Yolande, ayant flairé le drame, revenait avec l'enfant. Ayant saisi l'écho des dernières paroles, elle demanda:

– Voyons! Qu'est-ce qui s'passe? Vous avez l'air tout à l'envers!

Marjolaine, essuyant une larme, lui répondit tout doucement pour ne pas effrayer l'enfant:

– Jérôme et moi, c'est terminé, Yolande. Je m'en vais avec le p'tit, j'retourne à Sainte-Agathe. Pis comme t'as pas trop l'air surprise, j'pense que tu sais pourquoi. Tu l'savais, non?

– Savoir quoi? Explique-toi, j'te suis pas…

– Que ton frère couchait avec Mariette Charette! Ben, si tu l'savais pas, t'avais pas l'œil ouvert, parce que c'est sûrement en bas qu'a venait l'racoler jusqu'à ce qu'il cède. Pis t'étais là, Yolande!

– Écoute, Marjolaine, j'travaille avec mon frère, c'est toujours plein d'clients, j'vois pas tout c'qui s'passe, moi! Pis j'suis pas sa mère, juste sa sœur!

— Parle pas si fort, le p'tit a peur. Pis, pas besoin d'aller plus loin, c'est elle qui me l'a dit pis Jérôme a fini par avouer. Pis là, Yolande, j'm'en vais, j'me sépare de ton frère, j'viens d'lui dire. J'retourne chez ma mère avec le p'tit.

Et le petit garçon qui avait saisi les derniers mots, s'emporta pour lui dire:

— Non, pas grand-maman! Avec Yoyo! Ici, maman! Au parc…

— Prends au moins l'temps d'réfléchir, pense au p'tit… Tu vois? Il se rend compte de quelque chose… lui chuchota Yolande, pour ménager l'enfant.

— C'est déjà tout pensé, avec moi, rien ne traîne. Écoute-moi bien, Jérôme, je vais passer les fêtes ici pour pas gâcher le Noël du p'tit, j'vais même rester jusqu'au jour de l'An pis juste après, j'm'en vais. Et je t'avertis, je n'reviendrai pas sur ma décision. Parce que c'est à mon tour de n'plus t'aimer. Toi, tu n'm'as jamais aimée? Ça va! Là, on sera deux à n'pas s'aimer. Et, dernière requête, ne cherche pas à me mettre des bâtons dans les roues parce que j'irai jusqu'en justice, s'il le faut!

— Non, non, j't'empêcherai pas, tu t'en iras quand tu voudras… Mais le p'tit, y'est à moi aussi… J'vas-tu l'perdre de vue?

— On s'arrangera avec ça, Jérôme. J'suis pas une sans-cœur! Et si Luc te réclame, Yolande pourra venir le prendre de temps en temps. Mais toi, aussi bien te l'dire, j'veux plus jamais t'revoir. Et là, jusqu'à mon départ, tu prends le sofa du salon, moi la chambre.

— T'es pas mal raide, Marjolaine, peut-être que demain ou d'ici les fêtes…

— Non, je n'changerai pas d'idée, Jérôme! Avec le temps, on va même divorcer… Pas juste pour le fait d'avoir couché avec la pute du quartier, mais parce que tu n'm'as jamais aimée.

Sur ces mots, Marjolaine voulut regagner la chambre avec l'enfant et Jérôme, prenant le bras du petit en passant, lui demanda:

– Tu donnes un gros bec à papa, mon p'tit gars?

– Non, pas toi, juste maman, répondit-il en bâillant.

Accroché aux jupes de sa mère, le petit la suivit sans s'occuper de son père et, resté seul avec Yolande qui le regardait d'un air bête, Jérôme chercha un quelconque réconfort de sa part.

– A l'exagère… J'suis quand même pas un chien qui a mordu pis qui mérite d'être battu! J'suis juste un homme, j'ai…. Pis toi, Yolande, tu dis rien? Tu l'savais-tu ou pas c'qui s'passait entre la Charette pis moi?

– Non, mais j'm'en doutais! J'ai même essayé d't'en parler… Mais, maudits hommes! Tous pareils quand une fille s'trémousse les fesses!

– A l'a réussi! J'l'avais pourtant avertie! C'est pour ça que j'voulais plus rien savoir d'elle! Tu l'sais, tu l'as même barrée d'not' commerce!

– C'est ben avant qu't'aurais dû t'en méfier, mon p'tit frère. Y'avait pas juste sa sœur qui est arrivée icitte avec une vis de lousse dans' tête! Pis, t'avais une bonne femme, un p'tit gars en or, qu'est-ce que tu voulais d'plus? T'as tout perdu juste pour des parties d'cul! Pis dire que Marjolaine t'a marié pas plus instruit qu't'étais, le bras coupé… A l'a même sacrifié sa carrière d'infirmière, pis toi…

– Rends-moi pas plus coupable que j'le suis… Ça va plus loin qu'ça…

– Oui, j'sais! Pis j'imagine que t'as même pas été capable d'y répondre «oui», quand a t'a demandé si tu l'avais déjà aimée.

– Oui, j'y ai répondu, mais vaguement, d'une façon détournée, j'voulais pas la blesser… Pis là, pas si fort… Parce que mon passé, l'autre…

– T'aurais pu l'enterrer, tête de mule! Ton handicapée…

– Pas un mot sur Luce, Yolande, ou j'm'emporte! Marjolaine veut s'en aller? Qu'a parte! J'la r'tiendrai pas! A r'fera sa vie avec qui a voudra, pis moi, j'vas essayer d'm'en remettre! Y'a juste le p'tit…

– J'ai rien à dire, j'veux pas qu'tu t'pompes, mais c'est pas toi qui l'a souvent caressé, c't'enfant-là. T'as vu? Y suit sa mère à la trace!

Jérôme, songeur, les yeux hagards, se remettant tant bien que mal de ce très «noir dimanche», enfila son coupe-vent et, regardant Yolande, lui dit:

– Dévisage-moi pas comme ça, j'ferai pas d'gaffes aujourd'hui, j'm'en vas juste prendre l'air. Mais j'te l'dis, a perd rien pour attendre, la Charette! Quand j'vas lui mettre la seule main qui m'reste dessus, y restera pus grand-chose d'elle!

Le temps des fêtes 1953-54, se déroula tel que convenu chez les Ruest. Marjolaine et Jérôme faisaient chambre à part depuis la fameuse altercation. Yolande, de son coté, voyait les jours se succéder avec un immense chagrin, sachant que, bientôt, elle n'allait plus pouvoir choyer son unique neveu auquel elle s'était attachée. Mais l'infirmière diplômée n'était pas revenue sur sa décision. Elle avait même prévenu ses parents de son éventuel retour avec son fils, ce qui les attrista face à la rupture mais qui, en même temps, les consola, sachant que le petit leur apporterait un lot de joies.

Jérôme avait tenté par tous les moyens de surprendre Mariette quelque part, mais peine perdue, on ne la voyait plus. Même Honoré, de sa cordonnerie située en plein cœur du quartier des affaires, ne l'avait pas vue passer depuis un «sapré bout d'temps!» Intrigué, Jérôme avait demandé à la nouvelle amie d'Honoré de téléphoner chez les Charette, de s'enquérir de Mariette, de tenter de lui parler. Lorsque le téléphone sonna à la mi-décembre, ce fut sa mère qui répondit et qui demanda à son interlocutrice:

— Vous êtes qui, vous, pour vouloir parler à ma fille?

— Une ancienne compagne de travail, j'étais avec elle chez Wise l'année dernière, a m'avait donné son numéro…

— Ben, dans c'cas-là, Mam'zelle, vous aurez pas d'misère à la r'trouver, parce que, justement, Mariette est en ville pour le temps des fêtes. Elle reste chez Loulou… J'sais même pas son vrai nom ni son nom d'famille, mais si vous connaissez l'*boss,* y pourrait peut-être vous l'dire.

— C'est c'que j'vais faire. Merci, Madame Charette et Joyeux Noël!

— À vous aussi… Mais c'est quoi vot' nom? Si jamais a m'appelle… Allô?

Mais la fille avait raccroché après ses bons vœux et Jérôme, déçu mais affranchi sur le sort de Mariette, allait attendre son retour après les fêtes pour lui régler son compte. Avec certes plus de latitude, puisque Marjolaine et son fils ne seraient plus là, quand la «traîtresse» reviendrait.

Lorsque janvier 1954 se leva, Marjolaine refusa les vœux du Nouvel An de son mari et davantage le baiser qu'il voulait déposer sur sa joue. Tout comme elle avait repoussé de la main le flacon de parfum qu'il voulut lui offrir à Noël et dont Yolande s'empara, non sans dissimuler sa joie. Le petit Luc semblait content du camion rouge que son père lui donna tout comme de la boîte à musique à manivelle que tante «Yoyo» avait déposée au pied du sapin, avec les autres présents du père Noël que Marjolaine avait achetés en assez grande quantité. Elle offrit ses vœux à sa belle sœur Yolande qui lui rendit les siens et, ensemble, dès le 3 janvier, alors que Jérôme s'apprêtait à rouvrir son commerce le lendemain, elles firent les valises, empilèrent les boîtes, vidèrent les tiroirs des commodes, ramassèrent tous les effets du petit Luc et n'attendaient plus que le lendemain pour que le camion du déménageur s'amène et que Marjolaine suive avec son fils dans la voiture de son père. Le soir venu, mal à l'aise, crispé, le cœur quand même gros à cause de cette rupture qui lui laisserait un vide, Jérôme s'approcha de sa femme et lui demanda:

— T'es certaine que tu peux pas changer d'idée? Ça pourrait peut-être s'arranger...

— Non, Jérôme, c'est terminé et n'insiste pas, ça n'en sera que plus pénible.

— J'suis quand même pas un rat... Y'a des choses qu'on peut pardonner...

— Comme avoir été trompée? Sûrement! Mais n'avoir jamais été aimée, non! C'est impardonnable parce que malhonnête... Et puis, assez discuté!

Constatant qu'elle avait le regard dur, qu'elle paraissait inébranlable, Jérôme haussa les épaules et descendit au magasin en se disant: «Ben, j'aurai tout essayé! Va m'falloir passer à aut' chose!»

À l'orée de ses quarante-quatre ans, toujours beau mâle avec ses yeux rieurs, ses quelques mèches grises dans ses cheveux noirs abondants, Jérôme Ruest, un bras en moins, possédait encore tout le charme requis pour séduire la plus jolie des femmes. Mais le coup avait été dur pour lui. Pas facile à encaisser. Et c'était avec difficulté qu'il tentait de faire le deuil de celle qu'il n'avait pas tout à fait aimée, mais qui lui avait donné un fils dont, il le savait, il n'entendrait guère parler. Mais, vaillant, courageux, il ne se laissa pas choir dans la boisson et la dépression pour autant. Il avait encore sa sœur, dévouée à outrance, qui avait repris son rôle d'antan en lui préparant ses repas, en faisant sa lessive, en lavant ses draps, en changeant sa literie… Bref, depuis qu'il était petit, Jérôme avait toujours eu des femmes pour prendre soin de lui. Sa mère, sa sœur, sa femme et encore… sa sœur! Mais, malgré tout, se remettant plus ou moins de sa rupture, il n'avait pas oublié qu'il avait un sérieux compte à régler avec celle qui en était responsable. Il l'avait prévenue, sérieusement avertie, et elle avait passé outre à ses menaces. Pire, après son forfait, trop lâche pour lui faire face, elle s'était enfuie en ville pour se donner à tous les mâles dans ses beuveries, alors que lui, par sa faute, perdait sa femme et son petit. Oh! non, elle n'allait pas s'en tirer sans la moindre égratignure, le mascara intact, les ongles bien vernis. Il en avait même glissé quelques mots à Honoré qui lui avait dit: «Fais pas l'fou, Ruest! La Charette est une femme pis si tu la bardasses trop, a peut t'faire rentrer à Bordeaux! Penses-y, mon vieux!»

Jérôme laissa s'écouler un mois et quelques jours avant de mettre son projet à exécution. Il savait que Mariette était de retour, elle était allée chez Honoré pour faire coudre une ceinture. Et comme Ruest avait chargé le cordonnier de l'aviser que Marjolaine l'avait quitté avec leur enfant et que depuis, il était désemparé, déprimé, il comptait sur l'éloquence d'Honoré pour que Mariette soit plus alarmée que jamais, se rappelant les viles menaces de son ex-amant. Un complot qui eut son effet, puisque Mariette ne sortait plus sans sa mère, surveillait tout le monde, et longeait les murs des coins de rue avec méfiance. Elle aurait pu demander à sa mère de s'enquérir de ce qui se passait chez les Ruest, mais comme elle l'avait convaincue d'acheter ailleurs, c'eut été lui mettre la puce à l'oreille sur ce qu'elle avait fait et ce qui, éventuellement, risquait de lui arriver. Avec le temps, n'ayant revu Jérôme nulle part, moins inquiète avec les fontes du printemps, elle parvint, peu à peu, à ne plus redouter la vengeance de celui qui avait sans doute oublié la femme qu'il n'avait jamais aimée. Elle laissa les bourgeons naître dans les arbres et, remettant ses jupes moulantes, ses chandails provocants et ses souliers roses à talons hauts, elle se mit en tête de trouver, en plein cœur de L'Abord-à-Plouffe, d'un restaurant à un bar, un autre gars qui pouvait avoir emménagé récemment et qu'elle ne connaissait pas. Car, plus que jamais, le cap de la trentaine franchi, Mariette voulait se marier, se caser, avoir un enfant ou deux, et se faire vivre par un bon salarié, pour ne pas finir ses jours chez Wise Brothers où «la paye» n'était guère élevée, pour une «cordeuse» de *stock*!

Début mai, toujours rien en vue et Mariette, de nouveau hasardeuse, empruntait maintenant, effrontément, la rue qui conduisait chez les Ruest. Du trottoir d'en face, bien entendu, ce qui n'empêcha pas Yolande, un jour, de l'apercevoir de la vitrine et de la regarder d'un air bête. Constatant qu'elle n'était pas la bienvenue dans les parages et que la vieille fille, la sœur du manchot, semblait avoir une «crotte sur le cœur», elle décida de ne plus s'y aventurer. Il lui fallait chercher ailleurs que dans le quartier pour un mari ou un amant, personne n'était arrivé, personne n'était parti depuis l'an dernier. Sauf Marjolaine avec le petit! Et comme sa mère lui disait de plus en plus: «On va pas *toffer* longtemps, ma fille. J'arrive au boutte d'la dernière cenne. Va falloir partir, r'tourner en ville… Va falloir vendre, sinon on va m'saisir pis ça, ce s'rait honteux pour la mémoire de ton père», Mariette haussa les épaules, se lima les ongles et lui répondit: «Vends, m'man! Vends au plus sacrant!

C'est toujours pas ben moi qui va t'sortir du trou avec mon salaire de crève-faim! Vends! Moi, r'tourner en ville, ça m'dérange pas une miette! Y'a du monde au moins, là! Icitte, c'est mort, y'a plus personne pis la maison s'détériore. R'garde! La peinture s'écale!»

La noirceur était déjà au rendez-vous en ce jeudi soir, 13 mai, alors que Mariette revenait de la ville où elle était allée boire quelques bières avec des *bums* de Saint-Henri. Le taxi l'avait laissée en haut de la côte, tel que demandé, et le chauffeur, un bel Italien, ne lui avait rien chargé pour la course, en échange de son numéro de téléphone. Allègrement, elle descendait la côte tout en souriant des «soubresauts» du beau Julio, qu'elle venait d'agacer brièvement de quelques touchers. Contente de sa soirée, encore sous l'effet de sa dernière consommation, elle était au milieu de la côte lorsque, surgissant elle ne savait d'où, elle eut à peine le temps de reconnaître Jérôme qui, la jetant par terre, lui mit la main sur la bouche et l'avant-bras sur le cou en lui disant: «Tu pensais que j't'avais oubliée, la traînée? Ben, tu vois, j'attendais juste mon heure! Pis, pour toi qui as brisé mon ménage, ça va être la dernière, ma p'tite truie!» Mariette se débattait, tentait de lui enlever le bras, de l'égratigner, mais Jérôme, fort et féroce, lui immobilisant les jambes de ses genoux, se protégeait en outre de tous ses coups de griffes avec son moignon. Elle suait, elle suffoquait avec l'avant-bras qui appuyait de plus en plus sur la gorge et, voyant qu'elle avait peur à en avoir «les yeux sortis de la tête», il ajouta: «C'est à soir que tu passes de l'aut' bord, la salope! Tu rendras plus jamais un homme malade à vouloir te tuer, ça va être fait! Chienne de laide! Écœurante! T'as même pas pensé au p'tit! Charogne! P'tite vache! C'est à p'tit feu que j'vas t'égorger!» Jérôme, qui n'était pourtant pas parti avec l'intention de mettre sa menace à exécution, mais plutôt pour lui donner la «frousse» de sa vie, se sentit devenir violent, hors de contrôle, avec ce visage crispé au bout du bras. Sans s'en rendre compte, il allait vraiment la tuer lorsque Mariette, dans un ultime effort, réussit à lui mordre la main jusqu'au sang. Lâchant prise sous la douleur et le choc, retrouvant quelque peu sa raison, il ne put empêcher Mariette d'hurler, d'appeler à l'aide de toutes ses forces. Et, fort heureusement pour elle, le petit globe s'alluma sur le perron de mademoiselle Cardinal. Effrayée de sortir mais ayant reconnu la voix rauque de Mariette, elle ouvrit sa fenêtre et demanda d'un ton à peine perceptible: «Qu'est-ce qui se passe? Avez-vous besoin de moi, Mariette? Votre mère est-elle malade?» Jérôme, avant d'être reconnu par la vieille institutrice, préféra déguerpir pendant que, dans un râle, Mariette criait: «Appelez la police! Y'a essayé de m'tuer! Pis, venez, sortez, laissez-moi pas toute seule! Allez sonner chez ma mère! Aidez-moi, chus pus capable de m'relever...» Et mademoiselle Cardinal, énervée, sortit avec sa lampe de poche pour apercevoir sur le chemin rocailleux, Mariette Charette assise par terre, les bas déchirés, le visage rouge, le souffle court, un bras presque bleu, le mascara jusqu'au front, ses souliers roses éparpillés, dont l'un avait le talon aiguille arraché.

Affolée à la vue de sa fille soutenue par l'ex-institutrice, madame Charette appela la police, ce que la vieille demoiselle avait pourtant fait. Ils arrivèrent, ils reconnurent la maison et davantage la fille qui avait tout fait naguère pour les séduire. Elle accusa formellement Jérôme Ruest de l'avoir attaquée, d'avoir voulu la tuer. Elle leur montra les traces de ses doigts sur son cou, les bleus sur ses bras, ses mollets écorchés, mais les deux hommes, prenant des notes, ne regardaient que ses seins qui pointaient vers eux.

– Si c'est lui, faut l'rapporter! cria la mère. Pour ensuite ajouter: Mais pourquoi y t'aurait fait ça, Mariette? Ç'a toujours été un bon gars…

– Parce qu'on sortait ensemble, la mère, pis que j'voulais plus d'lui! Y'était jaloux! C'est un fou, c'manchot-là! J'veux qu'on l'arrête!

– Comme ça, vous portez plainte.

– Heu… oui… Avec un avocat en plus!

– Oubliez-ça, on n'a pas une maudite cenne! scanda la mère.

– Vous n'avez pas besoin d'avocat, c'est la Justice qui poursuit. Mais, écoutez, sans témoins… On peut quand même pas l'accuser à tort…

– Ben, voyons donc, vous autres! Allez voir, j'lui ai mordu la main! Ça saignait quand y m'a lâché l'cou!

– Ben, une main qui saigne… C'est un boucher, c'gars-là, pis un boucher, ça s'coupe tous les jours. Surtout avec juste un bras…

– Ben, ça, c'est l'bout d'la marde! J'manque de m'faire tuer pis l'chien qui a fait ça va s'en tirer! Pis, j'y pense! Vous l'avez l'témoin! Mademoiselle Cardinal m'a entendue crier! C'est elle qui m'a sauvée! J'ai quand même pas inventé ça!

L'un des policiers, se tournant vers l'enseignante, lui demanda:

– Vous avez vu Jérôme Ruest tenter d'étrangler votre voisine?

– Heu… non. Je l'ai entendue crier, mais lorsque je suis arrivée, il n'y avait personne.

– Voyons donc, vous! Quand vous avez allumé vot' lumière, vous avez dû l'voir assis sur moi, y venait à peine de m'lâcher l'cou!

– Non, je ne l'ai pas vu, je n'ai vu personne, pas même un homme. Je vous le répète, Mariette, je n'ai aperçu que vous avec ma lampe de poche.

– Oui, mais avant, de vot' chassis? Coudon! Êtes-vous aveugle, vous?

Et la vieille demoiselle, de répondre à Mariette devant sa mère et les policiers:

– Non, mais dois-je vous rappeler que je n'ai qu'un œil, Mademoiselle Charette? Un œil qui perd de plus en plus de force et un autre de vitre?

La bouche ouverte, regrettant d'avoir semoncé sa voisine de la sorte, Mariette resta muette. D'autant plus que c'était «la Cardinal», comme elle l'appelait, qui lui avait sauvé la vie. Les policiers, mal à l'aise, compatissants à l'égard de la vieille demoiselle, se levèrent pour dire à Mariette:

– Écoute… Pardon, écoutez, si vous tenez absolument à l'accuser sans témoins… Parce que là…

– C'est ça! Laissez les femmes manquer de s'faire tuer pis cherchez même pas à r'trouver l'meurtrier! Ça sert à quoi la police si y'a même plus d'justice?

– Mariette, ça va faire! lui cria sa mère. Arrête de fumer, va t'laver, on r'parlera d'ça demain. Vous pouvez partir vous autres pis oublier l'rapport! Y'a assez d'mes dettes qui m'font jongler! Vous, Mademoiselle Cardinal, vous pouvez r'monter la côte, on vous a assez dérangée. Pis toi, Mariette, tu pourrais au moins la r'mercier d'avoir allumé sa pochette et d't'avoir sauvée du pas bon… Pis laisse faire!

Les policiers regagnèrent leur voiture, Iphigénie Cardinal reprit le chemin de sa maison et, remontant la côte, elle pouvait entendre madame Charette s'emporter:

– Avec qui t'es revenue, toi? Un *bum*? Un taxi qu't'as payé comme d'habitude? Pis là, t'accuses un honnête homme parce que t'as dû l'faire marcher pis qui t'a laissée tomber! P'tite vlimeuse! T'as pas d'cervelle, t'as juste d'la crasse à place! Ton pauvre père…

– Aïe! Ça va faire! Y m'a presque tuée, c't'écœurant-là!

– Ben là, j'te r'garde, t'as pas l'air d'une morte! Mais tu sens la bière à plein nez, par exemple! Pis là, l'trouble, c'est fini avec toi! On vend, Mariette, on s'fait saisir, on fait n'importe quoi, mais on s'en va d'icitte! Pis moi, en ville, j'me prends un tout p'tit logement! J'te veux plus avec moi, t'iras où tu voudras! T'iras vivre avec un d'tes *chums*, t'iras… t'iras au diable!

Regardant sa mère, s'allumant une autre cigarette, Mariette lui répliqua:

– T'as pas besoin d'crier, la mère! J'suis pas en peine, moi! C'est toi qui vas tomber toute seule! Pas d'Ray, pas d'Noëlla…

– J'm'en sacre, Mariette! En autant que j't'aurai pas, toi!

Jérôme était revenu chez lui en longeant de petits sentiers. Yolande, l'apercevant, constatant son piètre état, lui demanda:

– Pour l'amour du ciel, qu'est-ce qui t'est arrivé? T'as-tu eu un accident?

Le pantalon gris de poussière, la chemise déchirée, la main ensanglantée qu'il lavait sous le robinet de l'évier, il lui répondit:

– J'ai failli la tuer, Yolande! J'ai passé à un pouce de l'égorger!

– Qui ça? Tu parles de qui? Pas d'elle…

– Oui, d'elle! Celle qui m'a fait perdre Marjolaine pis le p'tit! J'voulais juste lui faire peur, j'voulais plus qu'un autre homme passe par là. J'voulais qu'a chie dans ses culottes, pas plus, j'te l'jure!

– J'te crois, mais qu'est-ce qui s'est passé?

– J'me suis senti devenir violent, j'ai vu sa face, ses yeux de vache, sa bouche, son cou, pis tout m'est revenu d'un seul coup! J'l'ai regardée, a s'débattait et j'me suis mis à la haïr pour la tuer! J'étais un autre, j'me possédais plus, j'la tenais, pis d'mon pouce, j'pesais... J'te l'dis, sans ses cris après sa morsure et mademoiselle Cardinal qui a ouvert sa lumière, j'pense que j'serais en droite ligne pour le nœud d'la corde! J'sais pas c'qui m'a pris, Yolande!

– Mais tu l'as pas fait, hein? Est correcte?

– Oui, mais j'suis sûr que la maîtresse d'école m'a vu! Si a m'dénonce, si a s'range du bord d'la Charette, j'risque la prison.

– Ben non, a peut pas t'avoir vu pis encore moins reconnu, y faisait noir et avec juste un œil pas fort...

– Je l'souhaite, Yolande, pis là, r'tiens-moi, garde-moi loin d'la Charette!

– J'veux ben, mais enlève-toi la d'la tête, Jérôme! Oublie-la, pense plus à t'venger... Mais c'qui m'surprend et que j'savais pas, c'est qu't'aimais ta femme à c'point-là.

– C'est pas l'cas, Yolande! C'est juste que j'l'avais avertie que si a brisait mon ménage, j'étais pour la tuer! Pis comme j'suis un homme qui r'vient pas sur c'qui est dit... Mais j'voulais juste lui faire peur! C'est peut-être parce qu'a sentait la bière et qu'j'ai pensé qu'y en avait un autre de mal pris comme moi qu'j'ai pesé... Mais là, si la police vient, faudra leur dire que j'suis pas sorti! Tu veux mentir pour moi, Yolande?

– Oui, j'veux bien, mais si mademoiselle Cardinal a eu l'temps d'mettre ses lunettes... Et si sa mère t'a aperçu... Mais qui c'est qui t'dit qu'a va porter plainte, la p'tite?

– J'sais pas, mais j'suis sûr que quelqu'un a appelé la police! Pis là, j'me couche! Si on vient, j'dors depuis huit heures, j'couve une diarrhée!

Le lendemain, comme personne n'était venu et que Jérôme ne voulait courir aucun risque, il resta au lit, priant sa sœur de

La maison des regrets

dire aux clients qu'il avait des poussées de fièvre depuis tôt, la veille. Les policiers qui, mine de rien, entrèrent à l'épicerie pour s'acheter des cigarettes, eurent droit à la même version de la part de Yolande qui avait ajouté en riant: «En autant que vous ayez pas besoin d'viande, j'peux vous servir tout l'reste.» Ce qui rassura les policiers qui n'avaient pas douté un seul instant que le supposé assaillant de «la Charette» était sûrement un *bum,* parmi tant d'autres, qui était venu la reconduire sans rien obtenir, parce qu'elle était trop saoule. Sa réputation la précédait au point qu'on l'aurait trouvée morte et qu'on aurait cherché le meurtrier en bas de la ville, dans le coin de la rue Sainte-Catherine. En fin d'après-midi, Jérôme, de sa fenêtre, vit mademoiselle Cardinal qui se dirigeait vers le magasin. Devenant soudain nerveux, agité, il voulut prévenir sa sœur mais n'en eut pas le temps, l'institutrice était déjà entrée. Yolande, l'apercevant, garda son calme et la servit avec courtoisie. Une chopine de lait, un demiard de crème, un carré de fromage, une livre de sucre, rien de plus. Puis, ayant réglé, s'assurant que l'autre cliente était sortie, elle dit à Yolande:

– J'aimerais voir Jérôme, il faut que je lui parle, c'est urgent.

– Ben, c'est qu'il est malade. Il a de la fièvre, il est au lit…

Yolande n'eut pas à mentir davantage, Jérôme, ayant emprunté l'escalier intérieur, l'avait interrompue:

– Ça va, Yolande, montez Mademoiselle Cardinal. J'me doute de c'qui vous amène.

Iphigénie monta derrière son élève d'antan et, rendue en haut, assise dans le vivoir, elle lui dit:

– Tu sais pourquoi je suis ici, n'est-ce pas? Ça ne te surprend pas…

– Non, vous m'avez vu, vous avez eu le temps de m'reconnaître. J'y ai pensé, vous êtes vigilante, rien ne vous échappe.

342

– Sauf ma mémoire, quand je le veux bien… Mais détends-toi, Jérôme, je ne leur ai rien dit. Plutôt oui, j'ai dit que je n'avais vu personne, qu'avec mon œil de vitre et l'autre sans force… Tu comprends? Je n'ai pas été franche, j'ai menti, mais je suis certaine que le bon Dieu va me le pardonner. Parce que cette fille est vilaine, malsaine, prête à tout pour briser la vie des hommes, comme elle l'a fait de la tienne. Je ne suis pas dupe, tu sais. Je me doutais, mais la chair est faible… Et je ne suis pas ici pour te juger, mais pour te rassurer, Jérôme. Personne ne t'a vu, personne ne saura et, sans témoins, Mariette ne pourra pas porter plainte. D'ailleurs, les policiers ne semblaient pas la prendre au sérieux… De toute façon, d'ici peu, je crois qu'elles partiront, qu'elles vendront ou qu'elles perdront la maison. Dans son énervement, madame Charette a dévoilé qu'elle était dans les dettes. Et, en remontant, je l'entendais encore crier son mépris à sa fille.

– Merci, Mademoiselle Cardinal, merci de me protéger… Mais, est-ce que je le mérite? J'ai tenté de la tuer, vous savez! Je n'savais plus c'que je faisais… Vous lui avez sauvé la vie.

– Sans doute, Jérôme, mais ce qui m'honore davantage, c'est d'avoir sauvé la tienne car, cinq minutes plus tard… C'est la bonne sainte Anne qui a permis que j'entende ses cris.

Jérôme, ému, la larme à l'œil, lui prit les mains dans la sienne et, les serrant affectueusement, lui dit:

– Je ne sais pas comment vous remercier… Vous, depuis que je suis tout petit, c'est comme si vous m'aviez adopté.

– Tu as toujours été mon préféré, Jérôme. Tu as tout partagé avec moi: tes joies, tes peines, tes déceptions… J'ai même pleuré quand j'ai appris que Marjolaine… Je l'aimais bien, tu sais, nous avions fait du bénévolat ensemble. Et tu crois que j'aurais pu appuyer Mariette? Une fille damnée? Une âme vouée… Dieu me pardonne! Mais là, reprends-toi, dors en paix, travaille bien, prends soin de ta sœur et, un jour, un autre bonheur… Qui sait? Moi, je repars la conscience en paix, j'ai fait ce qu'il fallait et je suis heureuse d'avoir été désignée par le ciel pour te disculper de toute accusation. Tu sais, je te disais tantôt que tu avais toujours été mon préféré, mais davantage après la fin de la guerre lorsque tu es revenu éclopé. Je me suis sentie moins seule avec mon œil de vitre quand j'ai vu…

Elle sourit, il la serra sur son cœur et l'aida à descendre en disant à Yolande:

– Désolé pour toi, ma sœur, mais je serai toujours son préféré!

Ayant compris, Yolande s'empressa d'ouvrir la porte à la vieille demoiselle, non sans avoir glissé dans son sac, à son insu, un gros bonhomme en pain d'épice pour lui sucrer le bec.

La pancarte MAISON À VENDRE fut installée dès le début de l'été et Blanche avait dit à sa fille: «Gardons nos doigts croisés, parce que si on vend pas, y vont la r'prendre, Mariette.» Cette dernière, peu intéressée par le sort de la maison délabrée, pas plus que par le bien-être de sa mère, ne pensait qu'à son propre avenir. Parce que madame Charette lui avait dit formellement une seconde fois: «T'es mieux de t'caser d'avance queq' part, ma fille, parce que moi, j'ai déjà un p'tit logement qui m'attend dans l'nord d'la ville sur la rue Guizot. C'est la cousine de ton père qui me l'réserve, c'est elle la propriétaire. Pis comme la vieille qui habite là va être placée en septembre, a va me l'garder, quitte à perdre un mois ou deux d'loyer pour avoir une bonne locataire. Pis, comme y'a juste une chambre, une cuisine et un p'tit vivoir, c'est fait pour une personne seule.» Mariette avait saisi le message et, dès lors, elle dut se mettre en quête d'un abri. N'importe où avec n'importe qui!

Jérôme Ruest avait fini par se remettre de l'agitation qui le minait depuis son attentat contre Mariette. Comme aucune accusation ne lui parvenait, Yolande avait fini par lui dire: «Pas d'nouvelles, bonnes nouvelles.» Et ce, avec raison, puisque Mariette, qui avait senti sa dernière heure arriver, n'avait tenté d'aucune façon de se venger de celui qui avait failli l'égorger. Pas même à lui faire «casser la gueule» par des *bums* du bas de la ville. Parce qu'elle avait peur de Jérôme qu'elle croyait devenu fou ou presque. Et, comme elle savait que c'était à cause d'elle qu'il avait perdu sa femme et son fils, elle craignait qu'aidé d'Honoré Poiron et de tous les autres qu'elle avait «passés», on se ligue contre elle pour la faire arrêter comme «nuisance publique». Un terme que sa mère lui avait sorti tout droit de *La Presse* pour que «la p'tite» se tienne loin du boucher, du cordonnier, du barbier et même… du garagiste Flibotte! Un terme qui incita Mariette à quitter L'Abord-à-Plouffe au plus vite, quitte à laisser sa mère se débrouiller avec le reste. À la fin d'août, voyant que la maison ne se vendait pas malgré les visiteurs intéressés, elle poussa plus loin sa démarche et rentra un soir pour dire à sa mère avec un grand sourire suivi d'un soupir de soulagement:

— Ça y est, la mère! J'pars! J'ai trouvé! J'déménage en fin d'semaine!

Surprise, méfiante, surtout contrariée de la voir partir avant elle, Blanche lui demanda:

— Avec qui? Pis où? Un *bum* du *back store,* j'suppose?

— Ben, tu t'trompes! Y'a pas juste d'la rapace dans mon entourage! Y'a aussi des bons gars, m'man! Pis celui avec qui j'm'en vas vivre, y risque de m'marier, y'est célibataire pis y'est d'mon âge ou à peu près!

— Ouais… Tu l'as rencontré où, c't'agrès-là?

– La première fois, y'a une couple d'années, au parc Belmont. Pis là, j'l'ai r'trouvé par hasard en prenant un *drink* queq' part. C'est un *trucker*, y travaille pour une grosse compagnie, y va même jusqu'aux États-Unis! Y'a son logement à Montréal-Nord dans un bloc pis y vit tout seul. Y m'a offert d'aller m'installer avec lui!

– Aïe! Tu l'connais même pas, Mariette! Tu l'as juste vu…

– Ben non, je l'connais! Dans l'temps, on a sorti ensemble.

– Tu veux plutôt dire que t'as couché avec, c'est ça, hein? Parce que toi, sortir avec quelqu'un, ça va jamais plus loin qu'la couchette!

– R'commence pas, m'man! Tu voulais que j'me case, que j'sois pus dans tes jambes? Ben, c'est fait! Astheure, questionne-moi plus!

– Y doit au moins avoir un nom, ton «futur mari»?

– Oui, y s'appelle Fred! Un rouquin assez costaud, pas beau à s'pâmer devant, mais bâti, bien fait, viril pis amanch… j'veux dire, attirant!

– Fred… ça m'dit pas grand-chose, ça.

– Fred pour Alfred, la mère!

– Ben, encore là, y'a-tu un nom d'famille, c'gars-là?

– Heu… c'est sûr… mais c'est-tu assez bête, je l'sais pas!

Mariette était partie depuis une semaine avec ses valises d'effets personnels, ses vêtements et son maquillage, rejoindre le rouquin en taxi à Montréal-Nord. Ce dernier, de peur de trop s'engager, avait refusé de la déménager, de rencontrer sa mère, de passer pour le «futur», alors que son intention n'était que de «tenter» un concubinage à l'essai avec cette fille au corps parfait. Pour satisfaire aussi ses fantasmes que Mariette connaissaient d'avance et qu'elle comptait contrer en lui imposant… les siens! Seule dans sa grande maison, tout comme madame Nevers avant elle, madame Charette déprimait et avait bien hâte qu'un acheteur se manifeste, d'autant plus que le prix avait été révisé en vertu des rénovations à effectuer. Mais elle n'eut pas à attendre trop longtemps pour laisser échapper un soupir de soulagement et se défaire de son chat de gouttière. La banque, ne pouvant lui accorder un plus long sursis, reprit possession de la demeure, la priant de partir avec ses meubles et ses affaires. Ce qui n'avait guère l'attrait du départ honorable de madame Nevers! Blanche se hâta de tout vendre ou presque, ne gardant que ce qui lui servirait, rue Guizot, signa les papiers requis, remit les clefs à qui de droit, et quitta, la mort dans l'âme, la maison que feu Médée avait tant aimée. Non pas par désir de la garder, mais au nom de tous les souvenirs, les bons comme les mauvais, dont son cœur avait joui ou souffert durant ces années. Elle la regarda une dernière fois, sentit une boule lui entraver la gorge, et montant dans le taxi qui suivrait le petit camion du déménageur, elle passa devant la petite maison de mademoiselle Cardinal qui, de son perron, eut la décence de lui faire un signe de la main. Pour ensuite marmonner entre ses dents: «Enfin! J'espère que la prochaine famille aura plus de classe, sinon, c'est moi qui vends!» Jérôme Ruest, ayant appris que les Charette étaient partis et que la maison était vide, descendit la côte pour voir, de ses yeux, la décadence des lieux. La peinture écaillée, une ou deux colonnes déclouées, l'escalier extérieur avec une marche en moins, la toiture usée, on pouvait facilement se rendre compte que la demeure n'avait pas été entretenue. Et l'intérieur devait être aussi malmené, puisque même le quai, dont la peinture avait craquelé, retenait, d'un crochet rouillé, la chaloupe souillée. Une si belle résidence négligée à ce point! C'était invraisemblable, indélicat pour celui qui, se souvenant de Luce et son violon, regardait, anéanti, les moustiquaires déchirées de la «romantique véranda» d'*Une petite musique de nuit*.

La maison fut rénovée au point de lui donner un style plus particulier, plus ancestral, tout en respectant son allure première. Repeinte en gris et beige foncé, le mariage des teintes s'amalgamait aux remous de la rivière les jours de pluie. L'intérieur fut aménagé avec goût et la véranda reprit son allure classique. Une fois les travaux terminés à la fin octobre, on l'annonça dans un quotidien des affaires de la grande métropole. Quinze jours plus tard, sans cesse à l'affût de ce qui se passait en bas de la côte, mademoiselle Cardinal se rendit chez les Ruest pour leur annoncer à bout de souffle:

– C'est fait! C'est vendu, Jérôme! J'ai parlé avec l'agent d'immeuble.

– Ah, oui? Et qui allez-vous avoir comme voisins, c'te fois-là?

– Je ne connais pas leur nom, mais je les ai vus. Lui m'apparaît assez excentrique avec son foulard de soie blanc et ses souliers de cuir vernis. On dirait un artiste, mais il est propriétaire d'une agence de voyages, paraît-il. Un homme tout près de la quarantaine avec une femme et deux enfants d'âge scolaire, un garçon et une fille.

– Donc, c'est plus prometteur, plus rassurant, lança Yolande.

– Oui, et vous devriez voir sa femme! Une beauté rare, Yolande! On dirait qu'elle sort tout droit du cinéma français. Plus belle que Danielle Darrieux! Une femme dans la trentaine, habillée comme une comtesse, mais qui me donne l'impression d'être hautaine. Remarquez que je préfère cela à une fille comme Mariette! Oh! Excuse-moi, Jérôme, je ne voulais pas...

– Y'a pas d'offense, Mademoiselle Cardinal, c'est passé, c'est oublié. Tout c'qui compte, pour vous comme pour nous, c'est qu'les nouveaux soient du bon monde!

Troisième partie

La famille Vilard

Chapitre 9

Janvier 1955 et les Vilard n'avaient toujours pas emménagé dans leur maison de L'Abord-à-Plouffe, pourtant prête à les recevoir. Jean-Marie Vilard, le nouveau propriétaire, peu pressé à cause d'une surcharge de travail en décembre, avait dit à l'agent immobilier: «Nous ne l'habiterons qu'au printemps. Ma femme préfère passer le temps des fêtes ici et, de toute façon, un déménagement en plein hiver, ce n'est guère invitant. De plus, mon agence de voyages fonctionne au maximum durant l'hiver, et m'éloigner de mon bureau risquerait de me faire perdre un gros chiffre d'affaires.» L'agent, peu intéressé par les balivernes de son client, acquiesçait tout en pensant intérieurement: «Fais donc ce que tu voudras! Moi, ma vente est faite, ma commission est empochée et j'ai d'autres chats à fouetter!»

Jérôme Ruest, pour sa part, avait vu l'année se lever avec difficulté. Il avait été morose, songeur, en ce temps des festivités, seul avec sa sœur, sans nouvelles de Marjolaine ni de son fils depuis plusieurs mois. Il sentait que, de plus en plus, sa femme, dont il n'était pas encore divorcé, s'éloignait de lui comme de Yolande. Il avait tenté d'aller chercher le petit une fois en compagnie de sa sœur. L'enfant, heureux de revoir sa tante «Yoyo», changea vite d'attitude lorsqu'il vit son père au volant de la voiture. Piquant une crise, il délaissa la main de sa tante et se réfugia dans les bras de sa mère. Et comme Marjolaine ne voulait plus revoir Jérôme, lui interdisant même l'accès à la demeure de ses parents, c'est Yolande qui se chargea de dire à son frère en ouvrant la portière de l'auto:

– Y'a rien à faire, y veut pas t'voir! On dirait qu'y a peur de toi, c't'enfant-là!

– Ben, coudon! J'l'ai toujours ben pas battu, non? J'l'ai même jamais chicané! C'est-tu elle qui l'monte contre moi? Elle pis sa mère?

– J'sais pas, mais j'pense qu'on est mieux d'virer d'bord pis l'oublier pour c'te fois-là! Moi, un enfant en crise d'hystérie…

– T'as raison, pis si c'est pour être comme ça, Yolande, qu'a l'garde pour elle toute seule, le p'tit! Y veut pas m'voir? Ben, y r'viendra voir son père plus tard quand y sera un adulte. Tant pis! J'l'aurais gâté…

– C'est d'ta faute! Tu te tenais trop loin d'lui dans l'temps! Un enfant, ça veut pas juste être gâté, Jérôme! Ça veut être cajolé, aimé, embrassé, pis ça, c'était pas dans tes cordes, le frère!

– T'aurais pu me l'dire avant, Yolande! Quand y'était temps!

– Non, ça, on l'a ou on l'a pas! Pis toi, les caresses…

– Faut dire que c'est pas moi qui en ai eu l'plus quand j'étais p'tit! Même toi, Yolande, on t'a pas minouchée…

– Oui, c'est vrai, pis j'suis encore debout, j'ai jamais déprimé… Pis ça, même si jamais personne m'a aimée, moi!

Mais c'était tout de même dans la mélancolie et la tristesse que Jérôme avait traversé le temps des fêtes. Ressassant sa vie, il s'était rendu compte que rien ne lui avait réussi sur le plan de l'amour. Sa première fiancée, Aline, emportée par une pneumonie avant de devenir sa femme. Un chagrin qu'il mit du temps à surmonter. Puis Luce Nevers, celle qu'il avait sans doute le plus aimée et qui l'avait rejeté alors qu'il désirait l'épouser. Luce et son violon! Luce et ses cheveux blonds! Luce Nevers qui, handicapée, avait refusé de partager sa vie avec un… handicapé! Par orgueil! Pour ne pas attirer la compassion des gens sur eux. Luce qui l'avait quitté tout en l'aimant encore, il en était sûr. De là, sa consolation dans les bras de Marjolaine qu'il aimait moins, qu'il n'aimait presque pas, mais qui lui avait donné un fils dont il aurait dû être fier. Un fils qu'il prénomma Luc en souvenir de… Luce. Marjolaine qui était maintenant partie avec le petit pour sortir à tout jamais de sa vie. À cause d'une autre histoire d'amour. Que physique cette fois! Avec Mariette Charette qui, après lui avoir donné son corps, ne lui avait causé que des ennuis. Mariette qu'il avait failli étrangler après l'avoir aimée, tel un animal, sur plusieurs oreillers, au détriment de sa femme qui avait fini par apprendre de «l'autre» qu'elle était trompée. Quel triste portrait que le sien, songeait-il, alors que Yolande avait tenté de combler sa solitude et contrer son désarroi d'un bon souper arrosé de vin. Sans succès puisqu'il lui avait dit sous l'effet de la boisson: «J'suis un raté! J'ai tout perdu, Yolande! Même un bras!» Et la grande sœur de tout faire pour le consoler en lui répondant: «Ben non, on a l'commerce, on a d'l'argent, j'suis là…» Alors que, ivre du vin, il s'endormait, la tête enfouie dans son moignon sur le coin de la table. Mais le dur hiver, les commandes, le travail, le succès lui firent graduellement oublier ses déboires et son passé mal luné. Et ce, même si Marjolaine lui avait fait parvenir les papiers en vertu d'un divorce réclamé.

Et c'est seulement le samedi 7 mai 1955 que mademoiselle Cardinal vit un gros camion de déménagement descendre la côte du bord de l'eau, avec tous les meubles et les effets de la famille Vilard. Elle avait certes vu «monsieur» et «madame» maintes fois au cours de l'hiver. Cette dernière sans cesse accompagnée d'une autre dame d'environ quarante ans, sans doute une parente, croyait-elle, alors qu'il s'agissait de la bonne à tout faire de la maison, Annie Naud, au service des Vilard depuis près de dix ans. Le trio était revenu à plusieurs reprises et, par la suite, des menuisiers, des peintres, des bricoleurs s'étaient succédé dans la maison qui semblait vouloir reprendre «un coup de jeune». Or, en ce samedi de la grande «installation», la vieille institutrice vit de son œil faible aidé d'une lunette d'approche, une luxueuse voiture arriver quinze minutes après le camion. Et, d'une fenêtre du grenier de sa petite maison, elle put distinguer le couple qui, vêtus tous deux comme pour une sortie, n'allaient certes pas mettre la main à la pâte ce jour-là. Surtout pas «madame» qui, avec son pantalon beige, son veston de velours vert, coiffée et maquillée, avait l'air d'une vedette avec ses verres fumés, ses longues boucles d'oreilles et ses multiples bagues aux doigts. Par contre, l'autre femme, vêtue d'une robe quasi usée et d'une veste de laine, sans maquillage, les cheveux noirs et courts, le toupet carré sur le front, n'avait plus du tout l'air d'une personne de la parenté. Ce qui fit se demander à l'enseignante: «Dis-moi pas qu'ils ont une servante? Cette femme en a, du moins, l'apparence!» Mais, Iphigénie, l'œil de verre exposé au soleil, fermait l'autre pour reposer sa vue. Et, le rouvrant une dernière fois, elle fut surprise de constater que les enfants n'étaient pas là. C'était pourtant jour de congé... Décidément, perplexe, mademoiselle Cardinal se promettait bien d'en apprendre davantage sur ses nouveaux voisins. Elle voulait être «celle» qui renseignerait les Ruest et le curé sur la nouvelle famille d'à côté. Du moins, l'espérait-elle.

Jean-Marie Vilard, trente-neuf ans, fils de feu Adrien Vilard, avait encore sa mère, Eugénie, âgée de soixante-sept ans, qui vivait avec sa fille cadette, Arielle, une célibataire de trente-trois ans. Bibliothécaire depuis la fin de ses études universitaires, elle n'avait jamais trouvé, en dépit de sa forte personnalité et un tantinet de beauté, l'homme qui la ferait succomber. Elle n'avait connu qu'un seul flirt du temps de l'université et, courtes fréquentations rompues, elle ne s'était plus intéressée à la gent masculine, consacrant tout son temps à son travail riche en lecture. Arielle Vilard, solitaire et débordant d'égards envers sa mère, avait dévoré en entier l'œuvre d'Émile Zola, toutes les biographies historiques de l'histoire de France et d'Angleterre, ainsi que plusieurs romans et essais pigés dans la littérature québécoise. Habitant encore la maison familiale d'Outremont, elle était demeurée très près de son frère unique, adorait son neveu et sa nièce, mais ne s'entendait pas à merveille avec sa belle-sœur qu'elle trouvait légère et dépensière. Jean-Marie pour sa part, bel homme, cheveux noirs, petite moustache, complets griffés, un côté dandy, porté sur les femmes et les spiritueux, avait pris la relève de son père à l'agence de voyages Neptune, spécialisée dans les croisières les plus inimaginables et, de fait, les plus coûteuses. Une agence qui fonctionnait rondement, la clientèle étant recrutée parmi les hommes d'affaires, les politiciens, les professionnels et… les hauts dignitaires du clergé! Des croisières de luxe dans les Caraïbes tout comme dans les Îles grecques. Partout où il y avait de l'eau à perte de vue, l'agence Neptune avait la clientèle pour faire lever l'ancre des plus luxueux paquebots. Mais la relève du paternel n'avait pas été facile à prendre. Peu crédible en vertu de son jeune âge, il parvint à impressionner avec les ans et, surtout, lorsqu'il épousa Reine Augier, la fille la plus belle et la plus sophistiquée du quartier Villeray. Parce que, dès lors, madame Reine Vilard, allait en imposer à tous par sa seule présence.

Belle à outrance, taillée au couteau, habillée de la tête aux pieds dans une harmonie parfaite, elle n'avait qu'à paraître quelque part pour que toutes les têtes se tournent sur son passage. Cheveux châtains, yeux verts, bouche parfaite, les jambes droites, la cheville fine, les seins ni petits ni gros, on la comparait souvent aux plus élégantes actrices de cinéma. Plus d'un homme lui avait fait la cour dès sa sortie du *Business College*, études terminées. Et c'est à peine si elle eut le temps d'accepter un premier emploi chez Bell Canada que, déjà, Jean-Marie, épris, fou d'elle, l'invita à sortir et ensuite, à se joindre à lui dans son entreprise. Ce que la très jolie jeune femme accepta, voyant déjà en ce bel homme, un futur mari assez nanti pour lui garnir sa… garde-robe! Reine Augier, la benjamine d'une famille de trois enfants. Le «bébé gâté» de son père, Adolphe, un ex-policier à la retraite, et fille bien-aimée de sa mère, Clothilde qui, pourtant, avait souvent ajouté de l'eau dans ses sauces, faute de rentrées d'argent, alors qu'au temps de la Seconde Guerre mondiale, la «mode» était au… rationnement! Mais, margarine ou beurre, cela n'empêchait pas la petite fille «comblée» d'avoir trois paires de souliers vernis, des robes, des crinolines, des bijoux et des parfums… que papa payait de ses dures économies! Et ce, au détriment de son frère aîné Hervé, qui, lui, devait se serrer la ceinture, ainsi que de sa sœur Christine, qui devait souvent se priver pour que «la petite dernière» obtienne, pour son anniversaire, le manchon de vison réclamé, tout comme la bague en or sertie d'améthystes… dernier cri! Hervé se maria relativement jeune avec Laurette, une fille bien en chair de la paroisse, et Christine convola à son tour avec un huissier, pas beau, quasi chauve, mais charmant, laissant ainsi toute la place à Reine que son père allait certes choyer jusqu'à ses... trente derniers deniers! Mais, à vingt-trois ans, quoique gâtée par son père, Reine accepta, sans prendre vraiment le temps d'y penser, de devenir la femme de Jean-Marie Vilard, un beau gars de vingt-sept ans, héritier de son regretté père, déjà à l'aise et... en affaires! Et Reine Augier, telle une «reine», fit un mariage éblouissant. Un mariage si coûteux que son père s'endetta jusqu'au cou pour que son «bébé gâté» soit la plus belle mariée de *La Presse* lors de la publication de la photo. Et Reine Augier, devenue madame Jean-Marie Vilard, déploya tant de magnificence aux yeux des convives, que ceux qui connaissaient seulement le marié, crurent qu'elle était la fille d'un juge ou d'un ministre, et non d'un... policier retraité.

Beaucoup plus portée sur les toilettes que sur les maisons, elle accepta volontiers de partager le très bel appartement de son mari, rue Sherbrooke Ouest. Du moins, jusqu'à ce qu'ils aient des enfants, lui avait-il dit. Mariée, jouissant d'un confort et d'un bien-être, Reine délaissa vite l'agence pour se consacrer entièrement à son... foyer! Ce qui voulait dire sa garde-robe, ses souliers en cuir d'Italie comme ses escarpins de soie de Paris, ses bijoux, ses fourrures, ses rendez-vous chez le coiffeur et le savant maquillage qu'elle appliquait sur son beau visage, dès le lever, avant même de déjeuner. Car, Jean-Marie s'en rendit vite compte, Reine était beaucoup plus une femme à habiller qu'à... déshabiller! Peu portée sur la chose, dédaigneuse des rapports sexuels, elle avait fermé les yeux et était restée passive dès les premiers attouchements de son mari. Et, lorsqu'il avait tenté de lui ravir sa virginité, elle l'avait gentiment repoussé en lui disant: «Non, je ne suis pas prête. Pas encore, pas tout de suite, je t'en prie…» Et Jean-Marie, épris, attendit cinq mois avant qu'elle se dise «prête» pour, au moment de la pénétration, avant même de la déflorer, se sentir repoussé et l'entendre lui crier: «Ça fait mal! C'est trop dur… C'est trop gros!» Découragé, il avait patienté pendant au moins deux autres mois avant de se risquer une seconde fois et l'entendre à mi-chemin lui dire: «Arrête, ne va pas plus loin, c'est douloureux…» Il eut beau lui murmurer: «Voyons, ma chérie, ce n'est que la première fois. Après, tu ne t'en plaindras plus.» Mais elle s'était levée, avait brossé ses cheveux décoiffés, remonté la manche de son pyjama de satin blanc et lui avait répondu: «Non, ça ne fonctionnera pas, Jean-Marie. J'en ai parlé à mon médecin, je lui ai expliqué, il a compris. Il n'y a qu'une chose à faire si tu veux bien…» Amoureux, il s'empressa de lui répondre: «Oui, je veux bien! Qu'est-ce qu'il faut que je fasse?» Regardant le collet de son pyjama, hélas froissé, elle lui avait calmement répondu: «Te faire circoncire.»

Follement épris de celle qu'il appelait «la plus belle femme du monde», Jean-Marie Vilard se livra au bistouri non sans en avoir éprouvé des frissons. Une circoncision, à son âge, n'allait pas se révéler comme celle d'un nourrisson. Sa mère, outrée, lui avait dit: «Ta femme est une capricieuse! Moi aussi, je suis passée par là, sans ne rien exiger de la sorte de ton père! Sa sœur, Christine, a aussi accompli son devoir d'épouse…» Mais Jean-Marie l'avait fait taire tout en la priant de n'en rien dire à personne, ce qu'elle promit sans pour autant s'abstenir de divulguer à Arielle, le supplice qu'allait endurer son frère pour plaire à la… dépensière! Arielle n'avait haussé que les épaules, se contentant de répondre évasivement: «Que veux-tu, maman, moi, je ne sais pas ce dont elle parle. Aurait-elle tort

ou raison que, que… Je n'ai pas eu d'homme dans ma vie, moi!»
Reine, qui s'était confiée à son père dans l'espoir d'être com-
prise, s'était vue rabrouée avec fermeté par ce dernier qui lui
dit: «Tu n'peux pas lui demander ça, ma p'tite! C'est douloureux, ça peut le dérégler, c'est pas normal, cette opération-là!
J'suis sûr qu'avec un peu d'patience…» Mais Reine, choquée,
était sortie avant qu'il termine sa phrase. C'était la première
fois que son père n'était pas de «son bord» dans l'une de ses
décisions. Contrariée, elle venait de se rendre compte que, mariée, elle n'était plus tout à fait le «bébé gâté» de l'ex-policier.
Et c'est sans sursis, sans que sa femme ne change d'idée, que
Jean-Marie passa sous le bistouri pour se retrouver psycholo-
giquement déboussolé pendant au moins un an, avec ce qu'il
sentait ne pas lui «appartenir». Et ce, sans parler de la douleur
persistante des premières semaines et de quelques complica-
tions qui le firent souffrir durant des mois. Ce qui permit à sa
jeune et jolie femme de s'habiller à en défoncer ses placards,
sans avoir à se déshabiller pour… son devoir! Patient, toujours
épris de celle que tous les hommes convoitaient, Jean-Marie
vit enfin venir le jour où son «nouveau membre» était prêt à
déflorer ce qu'il n'avait qu'effleuré. Et, comble de malheur,
Reine le repoussa gentiment en lui disant: «Ça fait encore mal…
C'est peut-être moi…» Irrité, hors de lui, il la saisit par les
poignets, la retint sur le dos, l'embrassa goulûment pour l'empêcher de se plaindre ou de crier, et honora enfin sa femme de
son «avoir». Se plaignant, bien sûr, pleurnichant même, elle
parvint à lui marmonner: «Tu as été brutal, tu m'as…» L'interrompant, il lui répliqua: «C'est fait, Reine! Te voilà femme
et tu ne t'en plaindras plus désormais! Pense à tout ce que j'ai
enduré…» Le sentant contrarié, craignant de voir ses rêves
s'effondrer, elle lui répondit doucereusement: «Ne t'en fais
pas, ça va passer, il le fallait, je t'aime, tu sais…» La prenant

dans ses bras, la serrant contre sa poitrine, il lui murmura: «Que dirais-tu d'une magnifique croisière quelque part? Un second voyage de noces, quoi?» Croyant qu'elle allait sauter de joie, Jean-Marie l'entendit plutôt lui répondre sans sourciller: «Heu... non, pas vraiment, mais j'ai vu une de ces robes perlées avec un sac à main appareillé. Une importation d'Italie de toute beauté! Tu veux bien, dis?»

Un an plus tard, en 1945, Reine Vilard mettait au monde un beau garçon de huit livres qu'on baptisa Félix et, deux ans après, en 1947, elle accoucha d'une fille qu'on prénomma Isabelle. Deux enfants et non sans peine! Non pas que ses grossesses tout comme ses accouchements furent pénibles, mais «plaignarde», fragile, on aurait pu jurer qu'elle avait plus souffert que toutes les mères de la terre. Ce qui lui avait fait dire à son mari: «Nous avons le couple, ça devrait suffire... Je ne tiens pas à perdre ma taille, mon maintien, mon élégance.» Et Jean-Marie, déjà moins amoureux de sa femme peu portée sur «la chose», passive à chaque fois, pressée d'en finir, lui avait répondu: «Oui, tu as raison, nous n'aurons plus d'autres enfants, ma chérie. De toute façon, ma mère vieillit et elle ne pourra pas s'occuper d'Isabelle comme elle l'a fait pour Félix depuis qu'il est né.» Se maquillant, recoiffant une mèche, Reine lui avait répondu: «Ah, oui? Alors, c'est simple, trouvons une bonne, une femme qui viendra s'occuper des enfants et du ménage. Nous avons maintenant de la place dans ce nouvel appartement, nous avons même une chambre d'invités.» Et c'est ainsi qu'Annie Naud était entrée dans la vie des Vilard pour ne plus en sortir. Logée, nourrie, bien payée, elle n'avait qu'à entretenir les lieux et s'occuper des deux enfants pendant que «madame» se maquillait, se vernissait les ongles, s'habillait et sautait ensuite dans un taxi pour aller fureter dans les boutiques de la rue Saint-Hubert, là où les vêtements dernier cri s'offraient à perte de vue. Au désespoir de sa sœur, Christine, qui lui disait: «Arrête! Tu vas finir par le ruiner!» Ce qui lui avait valu d'être boudée pendant trois jours par celle qui n'acceptait pas les remarques. Et durant ce temps, peu à peu, Jean-Marie s'entichait d'autres femmes avec lesquelles il trompait la sienne. De moins en moins entreprenant, peu attiré parce que rassasié ailleurs, il craignait que Reine ne se doute de quelque chose alors que, le nez dans les magazines de mode, elle reluquait les nouveautés. Sans même se rendre compte que son mari la délaissait physiquement. Parce que Reine Vilard jouissait beaucoup plus en s'habillant qu'en se... déshabillant! Au point d'en arriver à se douter qu'il avait des aventures ailleurs, tout en fermant les yeux... d'aise. Que son attachement excessif à elle-même, à sa beauté, ses robes, ses souliers, ses bijoux! Sans fibre maternelle pour ses enfants, sans désir sexuel pour son mari. Son pauvre mari qui, avec le temps, se rapprochait dangereusement de sa jeune assistante prénommée Mélodie. Le temps passa, les enfants allèrent à l'école, Félix au collège, Isabelle au pensionnat, pour que leur mère puisse surmonter le stress qu'ils lui causaient. Et ce, tout en gardant Annie Naud comme bonne à tout faire. Quelques années plus tard, alors que Jean-Marie rêvait de quitter la ville afin de jouir d'une résidence où l'air serait pur, elle s'objecta, s'opposa, jusqu'à ce qu'il lui fasse miroiter la superbe maison dénichée à L'Abord-à-Plouffe, au bord de l'eau. Hésitante, ne voulant pas quitter la ville, elle avait fait la moue et il lui avait dit: «Ne me dis pas que tu n'as pas envie d'une belle et grande maison?» Légère, elle avait répondu: «J'aimerais mieux un vison!» Décidé, de fort mauvaise humeur, il lui avait répliqué: «Pense aux enfants, Reine! Cesse de ne penser qu'à toi, d'être égoïste... Pense aussi à moi!» Stupéfaite, craignant de tout perdre, elle accepta une fois de plus, contre son gré, de le «suivre» là où il irait, sans s'objecter. Et c'est ainsi que Jean-Marie Vilard put respirer «l'air pur» dont il avait envie avec ses enfants qui, éblouis, Félix par la chaloupe, le quai, l'eau, Isabelle par la balançoire, partageaient sa joie, alors que sa femme, contrariée, ennuyée, sans rien dire… rechignait!

Mademoiselle Cardinal se promettait bien, cette fois, de ne pas se sentir isolée de ses voisins. Elle voulait s'immiscer, partager leur joie de vivre et se sentir un peu… de la famille! Ignorée ou presque par les Nevers, évincée par les Charette, il lui fallait à tout prix conquérir les Vilard, ce qui lui semblait déjà plus facile avec deux enfants d'âge scolaire. À force de sortir dès qu'elle entendait un bruit quelconque venant d'en bas, elle finit par se trouver face à face avec Annie qui montait la côte en vue de calculer la distance à pied du cœur des affaires. Faisant mine d'être concentrée sur un arbuste qui fleurissait, l'institutrice avait vu la femme monter la côte et, la sentant à proximité d'elle, elle s'écarta des branches pour lui dire:
– Bonjour Madame. Permettez-moi de me présenter, je suis mademoiselle Cardinal, votre seule et unique voisine. Belle journée, n'est-ce pas?
– En effet, répondit l'autre, ça nous promet peut-être un bel été.
– Sûrement! Vous êtes une parente des Vilard, si je ne m'abuse?
– Non, je suis la bonne, je travaille pour eux depuis que les enfants sont petits. Pis là, j'ai suivi, bien entendu. Ça va être plus agréable de travailler ici, au bord de l'eau, qu'en ville.
– Heu… oui, bien sûr, répondit la vieille demoiselle, surprise de constater que ses voisins étaient riches au point de se payer une bonne à longueur d'année.

Puis, mine de rien, elle lui sourit pour ajouter:

– Mais je n'ai pas encore un nom à mettre en mémoire…

– Excusez-moi! Mon Dieu que je suis bête! J'me suis même pas présentée! Mon nom, c'est Annie Naud et, tout comme vous, j'suis vieille fille! s'exclama-t-elle en riant.

Ce qui n'eut pas l'heur de plaire à l'enseignante qui n'avait jamais prisé le sobriquet dont on coiffait les célibataires.

– Je préfère dire «non mariée»… Surtout dans votre cas, Mademoiselle Naud, parce qu'à votre âge, tout est encore possible.

– J'en doute… J'ai déjà trente-sept ans, vous savez. Pis, si vous voulez m'faire plaisir, appelez-moi Annie comme on l'fait chez les Vilard. J'suis juste la bonne, pas la dame de la maison.

– Ce qui vous donne droit à autant de respect, croyez-moi. Mais je vais utiliser votre prénom tel que permis. Annie, c'est si joli, si mignon. Mais, dites-moi, les enfants ne sont pas là? À cause de l'école…

– Non, ils sont pensionnaires tous les deux. Félix, dans un collège de Trois-Rivières et Isabelle, dans un pensionnat de Montréal. Mais vous les verrez cet été. Ils sont déjà venus, ils ont vu l'endroit et ils sont emballés! Mais ils sont bien élevés, polis, pas bruyants.

– Voilà qui va me reposer de mes petits démons d'antan! Vous savez, j'ai été institutrice ici durant un bon nombre d'années. J'ai même enseigné à Jérôme Ruest et à sa sœur, Yolande, qui tiennent aujourd'hui l'épicerie.

Et d'une confidence à une autre, Iphigénie Cardinal apprit ce que faisait monsieur Vilard dans la vie, le nom de son agence de voyages, une entreprise héritée de son père, etc. Annie la renseigna aussi sur sa patronne qui était belle comme une souveraine pour ajouter en riant:

– Pas surprenant, elle s'appelle Reine!

– Quel prénom rare! C'est très joli et ça lui convient. Mais, n'est-elle pas un peu hautaine?

– Madame Vilard? Pas du tout! Elle est belle, elle est chic, elle en donne l'impression, mais avec moi, c'est une soie. Elle me laisse l'entière liberté avec les enfants. Elle me fait confiance, elle m'aime beaucoup et, au temps des fêtes, elle est très généreuse.

– Je vois… Aime-t-elle la musique, la lecture, les arts, cette dame?

– Les arts et la lecture, j'dirais pas, mais elle aime la musique. Surtout c'qui vient de l'Amérique du Sud! Elle a tous les disques du chanteur Carlos Ramirez et ceux de Perez Prado et son orchestre. Parce qu'elle danse à merveille, madame Vilard! Le mambo, le tango, la samba… Et monsieur danse aussi bien. Ils vont souvent à la Casa Loma, au Mocambo et à d'autres endroits où l'on danse entre les *shows.* Ils aiment aussi les bons restaurants.

Déçue, ne connaissant rien de ce que la bonne venait de lui énumérer, mademoiselle Cardinal fit la moue et rétorqua:

– Oui, je vois… Et vous, Annie, la grande musique…

– Non, j'm'y connais pas. J'aime bien les valses, pas plus. Non, moi, j'écoute la radio dans ma chambre. J'suis folle des programmes de variétés. J'aime entendre chanter les vedettes françaises comme Georges Guétary et Lys Gauty. J'aime aussi les chansons drôles de Bourvil, mais y'a des artistes d'ici qu'j'aime aussi, comme Alys Robi pis Fernand Robidoux.

– Bon, grand bien vous fasse, Annie, et je ne voudrais pas vous retenir plus longtemps, vous avez sûrement des courses à faire.

– Plus ou moins, j'm'en vais étudier les alentours, compter mes pas, parce que c'est moi qui vais faire les commissions après que madame Vilard aura donné ses instructions là où elle va acheter. Elle ne conduit pas, moi non plus.

– Vraiment? Alors, comment fait-elle pour ses déplacements?

– Ben, les taxis, c't'affaire! Ils font une fortune avec elle!

– J'aurais dû y penser… En effet… Alors, au plaisir, Annie, et bonne promenade. Vous verrez, c'est très joli L'Abord-à-Plouffe.

– Merci Mademoiselle Cardinal, bonne journée à vous. J'suis enchantée d'vous connaître.

Annie s'éloigna et l'ex-institutrice restée seule marmonna entre ses dents: «Une autre famille moderne! Sans grande culture! J'aurais dû y penser juste à voir les toilettes de madame. Les femmes cultivées sont beaucoup plus sobres qu'elle dans leur tenue vestimentaire! » Puis, rentrant dans sa petite maison, accablée par ses soixante-cinq ans qui venaient de lui faire don d'un surplus d'arthrite, l'enseignante se consolait de sa déception en se disant: «Bien, au moins, c'est nettement supérieur aux Charette! Il n'y aura pas de voleur dans les environs, pas de jurons et pas de petite traînée pour faire du trouble aux hommes! Et comme les enfants sont pensionnaires, ils doivent être bien éduqués. Sans doute plus que leur mère! Ce n'est pas parce qu'on s'appelle Reine qu'on est la reine d'Angleterre!» Puis, se rendant compte de ses médisances, Iphigénie tomba à genoux devant la statue de la Vierge pour s'écrier: «Mais qu'est-ce que j'ai à être si méchante? Pardonnez-moi, sainte mère de Dieu! Je vous promets de retenir ma langue et d'être plus charitable dans mes pensées. Que voulez-vous, je vieillis, j'ai maintenant des maladies, je suis souffrante, donc moins tolérante. Mais je m'en excuse de toute mon âme, Vierge Marie!»

Ce qui n'empêcha pas mademoiselle Cardinal de se rendre chez les Ruest l'après-midi même et leur déverser lentement, tel un entonnoir, tout ce qu'elle avait appris de la bonne le matin même.

– Elle, Annie, c'est une bonne personne. Pas trop instruite, mais bien élevée. C'est d'ailleurs elle qui va venir ici souvent, elle fait les commissions, elle semble tout faire dans cette maison, elle élève même les enfants!

– Pis la mère, elle? A fait quoi d'ses journées? demanda Yolande.

– Tu sais, d'après moi, madame Vilard ne vit que pour elle-même. Elle magasine, elle se maquille, elle ne pense qu'à sa personne. Et la bonne m'a dit que sa patronne raffolait de la danse! À mon avis, c'est une femme superficielle!

– Ça veut-tu dire pas naturelle, ça? questionna Jérôme.

– Non, pas tout à fait, c'est dans sa nature, selon moi. Une femme légère, frivole, futile, avec rien de profond en elle. Remarquez que ça n'en fait pas une mauvaise personne pour autant!

– Mais vous disiez qu'elle avait l'air fraîche! ajouta Yolande.

– Heu… plutôt altière, orgueilleuse, un peu hautaine. Mais avec le prénom qu'elle a, c'est peut-être de mise, elle s'appelle Reine!

– Ben, coudon, c'est-tu la fille d'un roi d'France, c'te femme-là?

– Non, Yolande, et je ne voudrais pas médire sur elle, je ne la connais pas. Chose certaine, ce n'est pas à L'Abord-à-Plouffe qu'elle va s'habiller celle-là! Vous devriez la voir! Même pour se rendre au quai, elle portait un pantalon de je ne sais quel prix et un gilet de cachemire de luxe. Sans parler de ses bijoux et de sa coiffure impeccable! On aurait pu jurer qu'elle avait dormi debout, Yolande! Élégante au possible à neuf heures du matin!

– Pis, paraît qu'elle est pas laide? risqua Jérôme.

– Non, belle, très belle même! Elle n'a rien à envier aux vedettes, certes non! Mais je crains que ce soit une femme égoïste... Quant à lui, tiré à quatre épingles aussi, mais avec le sourire plus franc.

– C'est pas encore là que vous allez mettre les pieds, Mademoiselle Cardinal! Y sont peut-être riches, mais ça, vous...

– Tu as raison, Jérôme, la richesse des gens ne m'impressionne pas! Moi, ce qui me séduit, c'est leur culture. Et la grande musique n'est pas à l'horaire de cette maison si j'en crois Annie. Même elle ne s'intéresse qu'à quelques valses! Imaginez! Mademoiselle Naud, la bonne, est une fervente des chansons de Bourvil!

– Ben, y'en faut pour tous les goûts! s'exclama Jérôme. Même moi, avant la musique de Luce...

Il s'était arrêté, il était confus, gêné d'avoir ainsi sorti de son cœur le souvenir de celle qu'il n'oubliait pas. Le sentant mal à l'aise, voyant que Yolande avait sourcillé, elle s'empressa de leur dire:

– Bon, donnez-moi une chopine de lait, un pain aux raisins et des petits poissons rouges à la cannelle. Il faut que je me sauve, j'ai le salon à épousseter et, de toute façon, comme les Vilard vont sûrement acheter ici, c'est plutôt vous qui allez m'en apprendre sur eux.

Quelques jours plus tard, alors que mademoiselle Cardinal déposait des lilas dans un vase de porcelaine, elle vit un taxi descendre la côte et madame Vilard y prendre place en compagnie d'Annie. Le taxi remonta et elle put apercevoir Reine Vilard, la tête haute, arborant des boucles d'oreilles en cristal de roche… en plein jour! Elle voulut marmonner quelque chose mais, regardant l'image de sainte Anne, elle se retint, tout en laissant échapper un soupir… d'incompréhension! Le chauffeur de taxi qui allait faire des affaires d'or avec cette seule cliente, immobilisa sa voiture devant l'épicerie des Ruest et madame Vilard de lui dire: «Attendez-nous, laissez le compteur en marche, nous en avons pour quinze minutes.» Suivie d'Annie Naud, Reine Vilard fit une entrée princière dans le magasin où, l'apercevant avant de remarquer Annie, Yolande et son frère restèrent bouche bée. Jérôme déposa sa scie et s'avança pour épauler sa sœur dans les présentations. Fort heureusement, il n'y avait aucun autre client à l'intérieur de l'épicerie. Yolande, la première, brisa la glace:

– Vous êtes bien Madame Vilard, si j'me trompe pas? Vous savez, on a déjà entendu parler d'vous. C'est pas trop peuplé par ici!

À leur grande surprise, Reine Vilard leur offrit son plus beau sourire avant de leur répondre:

– Oui, je suis madame Vilard et je vous présente Annie qui habite avec nous. C'est d'ailleurs elle qui viendra ici chaque semaine.

Jérôme était conquis. La nouvelle cliente lui semblait déjà moins hautaine que le croyait l'ex-enseignante. De plus, elle n'avait pas présenté Annie Naud en disant «la bonne» ou «la servante». Elle avait usé de beaucoup de tact et semblait vraiment la considérer comme un membre de la famille… ou presque! Yolande la regardait des pieds à la tête. Il était vrai qu'elle était belle; elle était même superbe, cette femme dans la force de l'âge. Vêtue d'une jolie robe de mousseline marine à pois blancs, elle portait des sandales blanches à talons hauts et arborait un joli sac à main en cuir blanc, ainsi que deux bracelets et trois bagues en or serties de pierreries s'harmonisant.

Très bien coiffée, les cheveux aux épaules, maquillée avec art, elle avait, dans le regard, la grâce d'une femme distinguée. Yolande avait remarqué que Reine Vilard avait d'abord regardé Jérôme avec amabilité pour se rendre compte qu'il n'avait qu'un bras, ne pas en tenir compte et redoubler d'affabilité à son égard. Comme toutes les femmes, madame Vilard avait été quelque peu sous l'emprise des yeux noirs et rieurs du beau ténébreux qu'était encore Jérôme Ruest. Lui, par contre, malgré la beauté et la grâce de la «souveraine», regardait de plus près Annie Naud avec ses cheveux courts, son toupet sur le front, ses fossettes au creux des joues, sa taille bien conservée et sa tenue modeste, mais de bon goût.

– Qu'est-ce qu'on peut faire pour vous, Madame? de s'enquérir Yolande.

– Rien pour aujourd'hui, mais vous seriez aimable de noter ce que je vais vous dire. Nous avons des habitudes d'achats et j'aimerais, si possible, pouvoir les poursuivre ici. Quelques spécifications…

– Allez-y, gênez-vous pas, Madame, on est icitte pour ça! lança Jérôme.

– Alors, voilà! En premier lieu, je n'achète que du bœuf, Monsieur Ruest. Mais que le filet mignon, rien d'autre. Tâchez de ne pas en manquer. Pour le bœuf haché, je demande à ce qu'on prenne des tranches de surlonge, qu'on en enlève le rebord et qu'on les passe dans le hachoir. Est-ce compliqué?

– Pantoute! Tu notes tout ça, Yolande? Continuez, j'vous écoute!

– Comme tous les enfants, les miens adorent le jambon. Mais je le veux à la livre, tranché mince et sans le moindre sillon de gras. De plus, j'achète régulièrement des œufs, mais de calibre petit seulement, ce sont les plus frais. Vous en tenez, j'espère?

– Pour vous, nous en aurons, Madame, craignez pas! lui répondit Jérôme.

– Voilà pour moi, mais il faut que je vous parle de mon mari maintenant. Jean-Marie est végétarien.

– Végé… C'est-tu quelque chose de spécial, ça? questionna Yolande.

Et c'est Annie qui, pour la sortir d'embarras, lui répondit:

– Non, ça veut dire que monsieur Vilard ne mange pas de viande. Aucune! Mais il n'est pas végétarien à outrance. Il aime les œufs, les fromages, les produits laitiers…

– Et surtout les légumes et les fruits, d'ajouter madame Vilard. Je vois que vous avez ce qu'il faut pour le satisfaire, mais mon mari consomme beaucoup d'amandes fraîches et je n'en vois nulle part…

– Craignez pas, nous en aurons, on trouve de tout en ville pis j'prends tout en note! s'exclama Yolande.

– Il préfère la salade frisée ou, quand elle est belle, la Boston. Les radis doivent être gros et frais, le brocoli bien vert et les épinards croustillants, pas trop mous. Pour les fromages, il viendra lui-même vous indiquer ses préférences. Tout comme pour le café et le sucre brun… Ça vous permettra de le connaître.

– Ben, on va l'recevoir avec plaisir, Madame! la rassura Jérôme. Vous avez sans doute des desserts préférés?

– Non, j'en mange très peu, je surveille ma ligne. Pour les enfants, c'est Annie qui s'en charge. Ils raffolent de ses carrés aux dattes et de son gâteau aux biscuits Village.

Annie, après avoir rougi du compliment, sourit à Jérôme.

– Comme ça, bonne cuisinière, Mademoiselle… J'ai pas saisi vot' nom d'famille, j'm'excuse…

– Vous m'appellerez Annie, ce sera plus simple. Et comme j'aurai à venir souvent ici, nous allons faire plus ample connaissance avec le temps.

Jérôme, ravi de la tournure des événements, demanda à sa nouvelle cliente:

– Autre chose dont vous aimeriez qu'on s'occupe, Madame Vilard?

Regardant Yolande, la jolie dame lui dit avec douceur:

– C'est sans doute vous qui vous occupez des bagatelles, n'est-ce pas?

– Ben, si on veut, le reste, tout c'qu'y a sur les *racks*, oui!

– Alors, j'aimerais que vous me mettiez de côté les magazines américains comme le *Modern Screen* et tous les autres. Ainsi que le *Paris-Match* que j'aime beaucoup. Ah, oui! J'allais l'oublier! Réservez-moi aussi une pinte de lait au chocolat le samedi. Même si mon mari est contre un tel breuvage, les enfants adorent ça!

Après vingt minutes, alors que le compteur du taxi tournait toujours, madame Vilard prit enfin congé du boucher et de sa sœur en les assurant de son éventuelle fidélité. Annie sourit à Jérôme, madame remercia Yolande et son frère, et elles sortirent juste au moment où une cliente entrait pour une livre de foie de porc. Dès le départ de la vieille dame, Jérôme, regardant sa sœur, lui demanda:

– Pis, qu'est-ce que t'en penses de la future cliente?

– Madame Vilard? Assez aimable, souriante, belle, ça c'est vrai, mais juste un p'tit peu fraîche. Pas dans sa façon d'parler, mais dans sa façon d'marcher pis d'reculer pour qu'on voie tout c'qu'a porte d'la tête aux pieds. J'pense que c'est une femme qui s'habille pour se montrer!

– Ben, avoue qu'c'est pas laid à r'garder! C'est une maudite belle femme! Pis faite comme ça après avoir eu deux enfants…

– Ça veut rien dire, ça, Jérôme. Quand une femme fait attention… Mais l'autre, la bonne, a m'a l'air fine en pas pour rire.

– Oui, une fille charmante pis pas laide à part ça! Pis j'suis content qu'ça soit elle qui vienne faire la commande, ça va être moins gênant. Pis, dans l'fond, Yolande, qu'y soient comme y voudront les Vilard, c'est quand même chez nous qu'y vont laisser leurs piastres. Pis ça, c'est tout c'qui compte!

– Oui, pis Dieu sait qu'on a d'besoin d'clients comme ça! Parce que, comme c'est là, on a plus d'notes de crédit que d'*cash* dans la caisse!

Le curé, plus discret quoique inquiet, avait attendu quelques jours avant d'approcher Annie qui s'était aventurée dans les parages de l'église. Il lui réserva un accueil charmant et, une fois les présentations faites, il s'était vite informé de la ferveur de ces nouvelles âmes de la paroisse. Annie Naud, entichée de ses maîtres, s'était empressée d'apprendre au digne représentant de Dieu, que ses patrons étaient enclins à une vive spiritualité. Monsieur, madame, ainsi que les enfants, assistaient à tous les offices religieux. «Moi aussi!» ajouta-t-elle, ce qui n'avait pas fait broncher le curé sachant d'avance, que les «dix cennes» de la bonne allaient retentir dans l'assiette, tandis que les offrandes du couple, il l'espérait, risquaient de faire moins de bruit. Heureux d'avoir une famille pratiquante et «aisée» dans sa paroisse, il pria Annie de les saluer de sa part. Reprenant sa route, contente d'avoir fait part de la piété de ses maîtres au curé, Annie ignorait encore à ce jour, que Reine Vilard n'allait à la messe et à tous les offices que pour faire «chier» le monde… avec ses toilettes!

La fin des classes avait provoqué un tumulte dans le cœur de la ville de L'Abord-à-Plouffe. Comme chaque année, d'ailleurs. Mais, vivant plus à l'est, mademoiselle Cardinal n'était pas incommodée par le tapage plus que normal des enfants en vacances. Par contre, tout près de chez elle, juste en bas de la côte, deux enfants de dix et huit ans s'étaient enfin retrouvés après avoir été trop longtemps séparés. Heureux de vivre au bord de l'eau, Félix avait vite entrepris de faire du quai son petit monde à lui. Et ce, sans opposition de la part de sa sœur cadette Isabelle, puisque cette dernière, guindée comme sa mère, pas portée sur les baignades, préférait se promener dans des robes à crinoline et s'inventer des scénarios avec ses cahiers de poupées à découper. Telle mère, telle fille, c'était le cas! Sauf que madame Vilard, trop axée sur son apparence, n'avait guère de temps pour brosser les longs cheveux de sa fille, qu'elle laissait aux bons soins d'Annie. Iphigénie qui cachait encore son prénom à qui le lui demandait, avait causé avec le petit garçon qu'elle avait trouvé charmant, bien élevé, poli, discret. Tout le portrait de son père, quoi! Pour ce qui était de la petite, elle l'avait trouvée moins studieuse, plus distante, frivole comme sa mère et un tantinet sans manières lorsqu'elle lui avait demandé: «Pourquoi vous n'avez qu'un seul œil qui bouge?» Tout de même compréhensive étant donné le jeune âge de la fillette, la vieille institutrice lui avait répondu: «Parce que celui qui est immobile est de vitre.» Éblouie, ravie par cet œil qui la fixait sans remuer, la petite lui rétorqua: «Il est pareil comme ceux de ma poupée, mais moins beau, plus usé.»

Jean-Marie Vilard, fier de sa grande maison, de son jardin de fleurs, de ses haies, du quai, des chaloupes neuves et du yacht qu'il avait déjà en tête, s'en donnait à cœur joie à en mettre plein la vue aux confrères qui se succédaient dans les visites. Et ce, avec l'aide de Reine qui, habillée comme une étoile de cinéma, incitait à observer le décorum de cette maison de... millionnaire! Jean-Marie, vêtu également avec classe, grâce au savoir-faire de son tailleur, ne se promenait pas «décontracté» dans ce L'Abord-à-Plouffe qu'il voulait impressionner. D'autant plus qu'au volant d'une Mercedes noire, il était apte à faire plus d'un envieux. Il était, disait-il, le «fondateur» de la plus huppée agence de croisières de luxe. Ses clients venaient de partout! De Los Angeles comme de Paris, de l'Angleterre comme du Pérou, ajoutait-il. L'actrice Ava Gardner avait été l'une de ses passagères, mentait-il, ainsi que Maurice Chevalier lors d'une escale, ce qui était véridique. Et de là, le respect s'imposait! Ayant eu vent de ces «sornettes», Yolande Ruest avait dit à son frère:

– J'le pensais pas si riche que ça, Jean-Marie Vilard! Pas surprenant qu'sa Reine se promène avec le nez en l'air! Mais faudra les servir royalement si on veut les garder, le frère! Faudrait pas qu'y s'en aillent ailleurs avec les commandes que j'reçois de «madame» au téléphone ou par Annie.

– Ben quoi? On fait d'not' mieux, y s'plaignent pas…

– Non, j'sais, mais va falloir les traiter aux p'tits oignons, parce que là, avec de la compétition jusque l'autre bord du pont…

– Ben là, à chacun sa chance, Yolande! Pis j'pense qu'Annie aime bien venir icitte. A s'est habituée, j'suis poli, j'la sers comme si c'était elle qui payait. Faut dire qu'elle en rajoute dans la commande… Ça s'arrête pas toujours au bas d'la liste!

– Pis lui, l'gars riche, le mari millionnaire, on va-tu finir par y voir la fraise? Y'est pas venu une seule fois nous rendre visite!

– Y'a sans doute d'autres choses à faire… Y brasse des affaires, c'gars-là! Y roulent pas sur l'or pour rien, les Vilard!

Entre-temps, revenant de la ville en taxi, Reine Vilard avait demandé au chauffeur d'arrêter chez le cordonnier pour deux ou trois minutes. Honoré Poiron faillit tomber à la renverse quand il la vit entrer. Madame Vilard elle-même! Dans toute sa beauté et dégageant un parfum à le clouer sur place. Embarrassé, il s'était essuyé les mains avec son tablier avant de s'avancer et de lui demander:

– J'peux… j'peux vous aider, Madame?

– Oui, ce sac à main dont la ganse s'est décousue. Vous croyez que ça peut se réparer? Il est unique, je l'aime bien…

– Certain, Madame! Vous allez l'ravoir comme neuf si vous m'donnez cinq minutes!

– Je ne peux pas, je vous le laisse, mon taxi m'attend. J'enverrai la bonne le prendre demain.

– Comme vous voudrez… Attendez que je vous donne un coupon…

– Non, non, je vous fais confiance, Monsieur. Mais, dites-moi, on ne verra pas la couture, n'est-ce pas? Ça ne paraîtra pas?

– J'allais vous l'dire! Vous allez l'ravoir comme vous l'avez acheté, fiez-vous sur moé!

Elle lui sourit, sortit, remonta dans la voiture et, resté seul, Honoré s'empressa d'appeler Jérôme pour lui dire:

– Tu l'croiras pas, mais a sort d'icitte! Elle-même en personne!

– Qui ça? Martine Carol? Sophia Loren?

– Mieux qu'ça, Jérôme, madame Vilard! La plus belle femme que j'ai vue d'ma vie!

Yolande était en train de refaire sa vitrine juste avant la fête du Travail lorsqu'elle s'exclama à son frère:

– Ah, ben! R'garde qui *parke* son char devant la porte! Enfin, on va l'connaître, le millionnaire! Mais ça m'gêne, j'saurai pas quoi lui dire, ajouta-t-elle en replaçant de sa main quelques mèches.

Jérôme, moins intimidé que sa sœur, ne demandait qu'à faire bonne impression sur ce type qui avait certes fait rouler son commerce depuis son arrivée dans le voisinage. Jean-Marie Vilard entra et se dirigea tout droit vers Yolande qui l'attendait... chancelante! Mais son sourire la rassura et c'est avec aplomb qu'elle l'accueillit en lui disant:

— Monsieur Vilard, je crois! Nous avions hâte de vous connaître, mon frère pis... mon frère et moi.

Elle s'efforçait de mieux parler, d'être un peu plus à la hauteur et, Jean-Marie, s'en rendant compte et la voyant rougir, lui répondit avec empressement:

— Restez vous-même, ne faites pas de courbettes, je ne suis qu'un client, rien de plus, et je suis enchanté de vous connaître, votre frère et vous.

Sur ce, il tendit la main à Jérôme qui lui refusa la sienne en lui disant:

— Vous savez, une main de boucher, le sang, le gras... Et comme j'en ai rien qu'une... ajouta-t-il en riant. Jean-Marie s'esclaffa de bon cœur et les remercia tous deux de si bien les servir, sa femme et lui. Puis, après quelques propos anodins, Yolande lui demanda par stricte curiosité:

— On ne vous vend pas de cigarettes, Monsieur Vilard. Personne ne fume chez vous?

— Non, ma femme et moi sommes contre ce poison et Annie ne fume pas. C'est là une condition lorsque nous engageons. Et comme nous ne buvons pas de bière... Vous savez, nous, les vices du menu peuple...

— Ça n'fait rien, j'demandais ça juste en passant et ça n'vous empêche pas d'être de très bons clients. Mais vous, végétarien... C'est d'famille, ça?

Jean-Marie éclata de rire et lui répondit d'un ton aimable:

— Non, Mademoiselle Ruest, je suis le seul à être végétarien dans ma famille. Ma mère et ma sœur consomment de la viande. Moi, ça remonte à loin. J'ai commencé par avoir un profond dégoût…

– Pourquoi? l'interrompit Yolande.

– Parce que la viande, c'est le cadavre d'un animal mort! Une carcasse que votre frère découpe en pièces… Je suis incapable de voir un morceau de pourriture dans mon assiette!

– Pis d'un autre côté, vous mangez des œufs, du fromage et vous buvez du lait! Ça vient pourtant des animaux ces produits-là, non?

– Oui, mais attention! Ces produits dont vous parlez viennent des animaux de leur vivant, pas après les avoir abattus. Je n'ai pas dédain de ce que les animaux nous offrent selon la nature. Mais de là à manger la chair de l'animal mort, non! Je ne suis pas un charognard, moi!

Mal à l'aise, voyant qu'il s'emportait quelque peu, Yolande n'ajouta rien et c'est Jérôme qui la tira d'un mauvais pas en disant au «précieux» végétarien:

– En autant qu'on vous serve bien dans c'que vous aimez, Monsieur Vilard. À chacun sa façon de vivre, pas vrai?

– Vous avez tout à fait raison, Monsieur Ruest, et je suis satisfait de tout ce que vous gardez en réserve pour moi. Vos amandes sont les meilleures qui soient, les radis sont toujours frais… Vraiment, je suis ravi et là, je me sauve, je voulais juste me présenter. Ma femme tenait à ce que je vous rencontre. Et comme Annie n'a que des louanges pour votre dévouement, vous nous aurez longtemps, comptez sur moi!

– Merci, Monsieur Vilard, le plaisir est pour nous, conclut Yolande.

Il remonta dans sa luxueuse voiture, pesa sur l'accélérateur et se dirigea vers le pont. L'ayant perdu de vue, Jérôme regarda sa sœur et lui demanda:

– Pis? Comment tu l'trouves, c'te bonhomme-là?

– Ben, assez excentrique, pas mal raffiné, mais moins gênant qu'sa femme. Pis comme c'est not' meilleur client…

– Oui, t'as raison pour ça, mais n'empêche que moi, j'aime mieux elle que lui! Même si tu la trouves fraîche, Yolande!

– On sait ben! C'est une femme pis t'es un homme! Pis, tel que j'te connais…

Mademoiselle Cardinal, insatisfaite de ne s'entretenir qu'avec la bonne, voulait à tout prix adresser la parole à madame Vilard qui l'avait à peine saluée depuis son arrivée. Et comme la vieille demoiselle savait que «madame» avait causé avec le cordonnier, elle était davantage en furie. Elle! Une institutrice diplômée! Une proche voisine de qualité! Regardée de haut par cette femme qui n'était certes pas issue d'un milieu bourgeois avec sa passion pour la danse populaire et son manque d'intérêt pour la grande musique. «Une parvenue!» clamait-elle en son for intérieur. Mais il lui fallait la connaître pour ne pas être en reste avec les Ruest et… Honoré! Ayant déjà parlé aux enfants, ayant obtenu un sourire et un signe de la main de «monsieur», s'entretenant régulièrement avec Annie, il lui fallait rompre la glace et trouver le moyen de plonger son œil de plus en plus faible dans les yeux verts de celle dont elle avait été la première à vanter la beauté. Mais comment faire? Madame ne montait jamais la côte à pied, les taxis allaient la quérir à sa porte. Comment s'y prendre, sinon descendre, elle, et frapper à sa porte. Mais pour quel motif? La chance lui sourit lorsque, par mégarde, le facteur laissa dans sa boîte, une lettre adressée à… Reine Vilard! Quel bonheur! Elle aurait certes pu la remettre à Annie, mais elle se jurait bien de la livrer en main propre, même si l'enveloppe indiquait qu'il s'agissait plutôt d'une réclame publicitaire que d'une missive. Elle attendit son jour, son heure. Elle surveillait de près et, un matin, alors qu'Annie était montée pour se rendre chez Ruest et que le jeune Félix était sur le quai, elle se hâta de descendre et de frapper discrètement à la porte d'entrée, entendant en sourdine, une chansonnette espagnole sur un rythme latin. C'est la petite Isabelle qui lui ouvrit et, la félicitant sur sa jolie robe, elle demanda à voir sa maman. Et, enfin, Reine Vilard se présenta à la porte, souriante, bien mise, maquillée, lui demandant:

– Vous désirez me voir? La petite m'a dit...

– Tout d'abord, permettez-moi de me présenter, je suis...

– Mademoiselle Cardinal, je sais, Annie m'a souvent parlé de vous.

– J'en suis flattée, Madame, mais avouez qu'il était temps que nous fassions connaissance, je suis votre seule voisine et si jamais je peux vous être utile...

– Vous êtes gentille... Qui sait? Peut-être bien...

Malgré le pied que la vieille fille avait dans l'embrasure de la porte, madame Vilard ne l'invita pas à entrer, se contentant de la regarder. Mal à l'aise, se sentant de trop, l'enseignante lui tendit l'enveloppe.

– On l'a laissée chez moi par erreur. Je tenais à vous la remettre en main propre.

– C'est très aimable à vous, merci de votre bonne obligeance.

Constatant que sa voisine se montrait de plus en plus expéditive, mademoiselle Cardinal osa lui demander d'une voix faible:

– C'est de la musique d'ailleurs? Je ne la connais pas... Est-ce populaire?

– C'est de la musique de danse, celle de l'orchestre de Xavier Cugat avec quelques couplets chantés.

– Ah, bon! Vous m'en apprenez, je ne connais que la musique classique. Les grands compositeurs vous intéressent, Madame Vilard?

– Non, je ne les connais pas, mais vous seriez bien servie avec la sœur de mon mari. Arielle n'écoute que de la musique classique. Tiens! lorsqu'elle viendra nous visiter, je me ferai un plaisir de vous la présenter. Ma belle-sœur est une personne très cultivée.

– Est-elle mariée? Des enfants?

– Non, elle est célibataire. Sa passion, c'est voyager, faire de belles croisières. Je suis certaine que vous allez bien vous entendre avec elle.

– Puisque vous le dites, j'en serai ravie, Madame Vilard. Vous savez, je me sens bien seule. Je prends de l'âge, je n'ai aucune parenté…

– Dommage, je vous comprends, mais là, il va me falloir vous laisser, j'ai beaucoup de préparatifs à terminer pour la rentrée des enfants au collège. Il ne me reste que trois jours pour tout régler… Et comme ce soir, je dois assister à un défilé de mode… Vous m'excusez?

– Bien sûr, Madame Vilard, et juste un dernier mot, vos enfants sont charmants, bien élevés… J'aurais aimé leur enseigner…

– Oui, sûrement, mais j'entends la petite qui me réclame…

Un dernier sourire de part et d'autre, plus impatient que cordial venant de Reine Vilard, et la vieille demoiselle remonta la côte, enfin heureuse d'avoir fait la connaissance de cette femme très belle, polie, mais sans aucune culture. Elle n'aimait que la danse! À trente-cinq ans avec deux enfants à élever! Que la danse! Comme une gamine de seize ans qui chercherait à conquérir un garçon! Heureusement, il y avait l'autre, Arielle, la belle-sœur éduquée que la «frivole» allait lui présenter. Ce qui la changerait des propos et sujets, on ne peut plus limités, qu'elle pouvait échanger avec Annie.

Les enfants avaient regagné leur collège, Reine se sentait déjà plus libre, délivrée de son «léger» fardeau de mère, ce qui lui donnerait le temps de se consacrer davantage à ses vêtements et ses sorties mondaines, dont les nombreux défilés de mode de l'automne auxquels elle comptait bien assister avec sa sœur Christine qui, pour lui faire plaisir, l'accompagnait sans rien acheter. Car, autant Reine était somptueuse et dépensière, autant Christine était sobre et raisonnable. Or, tout était planifié de ce côté, mais par un matin d'octobre, alors que Jean-Marie s'apprêtait à se rendre à son bureau en taxi, il dit à sa femme:

— Le garagiste Flibotte va rapporter la voiture cet après-midi. Un changement d'huile... Tu n'auras qu'à signer la facture et je lui ferai parvenir un chèque.

— Ah, non! Moi, les garagistes! Je vais laisser Annie s'en occuper.

— Non, toi seule peux signer, Reine. De plus, une facture, c'est personnel.

— Bon, bon, ça va... Tu me laisses me maquiller maintenant?

— Oui, mais juste avant, j'aimerais te dire que j'accompagne des clients en croisière, en novembre. Les Antilles, l'Amérique du Sud... Tu veux venir?

— Non, pas vraiment, moi, les croisières, l'eau à perte de vue...

— C'eut pourtant été le moment de leur en mettre plein la vue. Avec les comptes que je viens de signer, ta garde-robe doit déborder.

– Tu crois? Ça ne fait que commencer! Je n'ai pas vu le défilé du Salon Maude ni celui de la Maison Dumontier. Il paraît qu'ils ont des collections à faire rêver! Non, vas-y seul, Jean-Marie, ou emmène quelqu'un d'autre, un agent, un ami... Moi, le soleil, la mer, tu sais...

– Bon, ça va, j'irai seul, mais j'aurai au moins eu l'amabilité de t'inviter. Je savais que tu refuserais.

– Dans ce cas, n'aie plus ce genre de prévenances et ne compte plus sur moi pour les croisières. Je déteste les paquebots, j'ai même le mal de mer...

– Si tu le dis, Reine. D'ailleurs, ne suis-je pas attentif à tout ce que tu me dis? Le taxi m'attend, je pars, bonne journée. Et je ne t'embrasse pas, je risquerais de te démaquiller.

Sans même relever la remarque, Reine, se poudrant le nez, ajouta:

– Ce soir, soupe en ville si tu ne veux pas t'ennuyer. Je ne serai pas là, je sors avec Christine. Le restaurant, un défilé de mode...

Mais Jean-Marie était sorti. Il en avait assez saisi pour s'offrir un sourire. L'indifférence de sa femme, son aversion pour les croisières, son détachement émotif, ses privations charnelles, que de raisons pour se tenir éloigné d'elle et se rapprocher de... l'autre!

En ce même après-midi, alors que Reine rangeait de la lingerie fine dans ses tiroirs, elle entendit le moteur d'une voiture dans la côte et, regardant par la fenêtre, elle vit la Mercedes de son mari s'immobiliser dans l'entrée et un homme en descendre. Sidérée, madame Vilard ne pouvait faire autrement que de fixer du coin de la fenêtre, l'inconnu qui marchait en direction de l'entrée principale. Si c'était cela un «garagiste», elle aurait aimé en connaître plus d'un, car sans être portée sur la chose, elle n'était pas indifférente aux beaux hommes quand elle en croisait un. Annie s'empressa d'aller ouvrir, de prendre les clefs et la facture, et de monter voir sa patronne pour qu'elle signe. Reine, retouchant son ombre à paupières, lui dit:

— Dépose la facture et demande au type d'attendre, je vais descendre la lui remettre en main propre.

Ce qui surprit Annie. Elle aurait certes pu se charger de cette «petite corvée». Majestueuse, belle comme pour un soir de gala, Reine Vilard descendit, s'approcha de l'homme avec un sourire et lui dit:

— Je regrette de vous avoir fait attendre, j'ai signé. Tout est en ordre?

L'inconnu, lui rendant son sourire, la dévisagea de haut en bas pour lui dire:

— Pas d'offense, Madame Vilard. Et, croyez-moi, on n's'était pas trompé!

— Que voulez-vous dire?

— Ben... tous ceux qui m'ont dit que vous étiez très belle. Vous êtes, vous êtes... élégante... superbe! Vous acceptez les compliments?

Plus que fière, ravie, conquise, madame Vilard lui répondit:

— Bien sûr, Monsieur, et je vous en remercie. Donc, c'est vous le garagiste dont mon mari vante les mérites?

— Non, l'expert, c'est mon frère. Remarquez que j'suis un Flibotte moi aussi, mais le plus jeune de la famille et, comme vous voyez, j'ai pas les mains sales, j'suis comptable.

— Ah, bon, c'est donc pour ça... Et vous travaillez pour votre frère?

— Non, j'suis juste de passage, j'suis venu mettre ses livres à jour. Mon frère est bon dans la mécanique, mais pour les chiffres, c'est pas fort. J'habite Montréal, mais comme j'suis dans les parages pour quelques jours et que personne ne pouvait se déplacer, j'me suis offert pour vous livrer l'auto.

— C'est gentil à vous, Monsieur Flibotte, mais là, comment allez-vous faire pour retourner au travail? Je ne conduis pas…

— Oui, je sais, et ne vous en faites pas, j'vais remonter au garage à pied. Ça va m'dégourdir, Madame Vilard. Un comptable, ça travaille toujours assis. Alors, faut s'tenir en forme comme on peut. La marche, le gymnase, la danse…

— Vous aimez la danse? s'exclama Reine avec les yeux grands ouverts.

— Oui, beaucoup et j'me débrouille pas mal. Vous aussi, pas vrai?

— J'en raffole! Il m'arrive d'aller danser avec mon mari et, de temps en temps, avec ma sœur Christine, je me rends sur la rue Lajeunesse…

— Chez Maximilien? C'est là, non?

— Heu…oui. Comment avez-vous deviné?

— Parce que j'vous ai vue sortir un soir que j'entrais. C'est à peine si j'vous ai aperçue, mais vous m'avez fait regarder derrière moi. Vot' sœur est blonde, plus grande?

— Oui, Christine est plus grande, plus mince…

— Non, Madame Vilard, plus maigre, parce que vous, c'est la perfection.

De plus en plus flattée, Reine ne savait plus comment se libérer de cet homme qui commençait à la troubler.

— Alors, un de ces jours, si jamais nous nous croisons…

— Moi, c'est le vendredi soir que j'y vais l'plus souvent. Et vous?

— Quand je le peux, quand ma sœur veut bien m'accompagner. Mais votre femme…

– Aucun problème, j'suis pas marié, Madame Vilard! répondit-il en riant.

Pour ensuite ajouter en la regardant dans les yeux et en lui tendant la main:

– J'ai trente-trois ans pis j'm'appelle François, Frank pour les intimes.

Reine lui tendit sa main blanche aux ongles perlés et, au contact de ses doigts entrelaçant les siens, elle le sentit frémir. Elle le regarda, lui sourit une dernière fois et François s'éloigna alors que d'un coin de fenêtre, elle le regardait gravir la côte d'une démarche décontractée, quasi suave. Et pour la première fois depuis longtemps, Reine Vilard laissa échapper un soupir apaisant. Comme une couventine! Non pas parce qu'elle se voyait déjà dans les bras de ce Prince Charmant, mais parce qu'il était beau. Aussi beau qu'elle pouvait être belle et, tout comme elle, vêtu du dernier cri. Les cheveux bruns au vent, les yeux pers, un corps souple, les jambes droites, les bras velus et les dents blanches. Un homme superbe de deux ans plus jeune qu'elle! Séduite, se supposant déjà dans une nouvelle robe de soie verte, elle s'imaginait sur une piste de danse dans les bras de ce superbe mâle à faire pâmer les femmes. Elle se voyait même, comme dans un film, cambrant le dos dans un tango, alors que toute l'assistance aurait les yeux levés sur eux… sur elle!

Chapitre 10

Une fin d'été à rénover, à décorer, septembre, le retour des enfants à l'école et, pour Reine, libre comme le vent, ce fut la course contre la montre pour ne pas rater un seul des défilés de mode de l'automne. Elle avait acheté, acheté… et Jean-Marie avait, comme de coutume, tout réglé. Puis, les premiers flocons, le retour de Félix et Isabelle pour les vacances de Noël, et la pauvre Annie qui s'était épuisée à tasser dans les placards les nouvelles robes de sa patronne. Le temps des fêtes s'était écoulé dans le faste chez les Vilard. Surtout au jour de l'An où Jean-Marie avait invité les familles des deux côtés à venir accueillir 1956 avec eux. Il va sans dire que Reine avait tout commandé d'un traiteur pour le réveillon et que c'était Annie qui avait monté la table, disposé les chandeliers, bref tout mis en place pour permettre à madame quatre heures de liberté… pour faire sa toilette! C'est même elle qui eut la tâche d'habiller Félix et Isabelle de vêtements neufs achetés pour la circonstance. Dans son complet brun avec nœud papillon sur chemise à col de dentelle, Félix avait l'air d'un page et, Isabelle, robe de soie rose sur une large crinoline, souliers vernis, cheveux bouclés retenus de rubans de velours, avait l'allure de… Shirley Temple! Jean-Marie se présenta devant la bonne dans une tenue vestimentaire digne de son rang. Tout de noir vêtu, souliers suédés inclus, il arborait le nœud papillon gris sur une chemise de soie blanche à poignets doubles, afin de mettre en évidence ses boutons de manchettes en or sertis de parcelles de diamant. Mais le clou de la soirée fut certes l'apparition de Reine Vilard lorsqu'elle se décida enfin à descendre, suscitant l'admiration de ses enfants et, quelque peu, l'envie d'Annie. Robe longue et ajustée d'un beige chair tendre, des paillettes de cristal brillaient de mille feux du corsage jusqu'à la petite traîne. Des escarpins de soie de même teinte importés de Milan chaussaient ses pieds gracieux. Maquillée comme pour se présenter sous les projecteurs, aucune faille dans l'amalgame des couleurs allant de l'orangé pour les lèvres jusqu'au vert océan pour l'ombre à paupières. À son poignet, un énorme bracelet serti de perles de cristal surmontées de petites marquises ambrées et, à ses jolis lobes, de longs pendants s'y mariant qui lui donnaient ainsi un port de princesse. Pour ne pas dire un port de... Reine! Coiffée de main de maître, une aile de cygne se dégageait du côté droit, alors qu'une vague de mer lui effleurait le cou du côté gauche. Belle, captivante, séduisante à outrance! Si belle que Jean-Marie, la regardant, en fut si ébloui, qu'il oublia momentanément la fraîcheur des vingt-six ans de... Mélodie!

Les invités arrivèrent, quelques-uns tôt, et d'autres, comme madame Vilard mère et sa fille Arielle, après une petite visite à l'église afin d'allumer quelques lampions pour les âmes des fidèles défunts. Mais, déjà installés dans le grand divan du salon, assis côte à côte, Clothilde Augier et son époux, Adolphe, ce dernier toujours aussi fier de son «bébé gâté» qu'il trouva fort en beauté. Hervé Augier, le fils aîné, était aussi du réveillon avec sa femme, Laurette, et leurs cinq enfants. Sa femme qui n'aimait pas sa belle-sœur qu'elle trouvait *stuck up* et les enfants qui regardaient Félix et Isabelle avec un sourire en coin, les trouvant légèrement… empesés! Reine brilla de tous ses feux au grand déplaisir de sa belle-mère qui lui avait dit à haute voix: «Vous êtes d'un chic, ça se voit, mais comme vous êtes dépensière! Ne ruinez pas votre mari, ma chère!» Ce qui fit pouffer de rire la femme d'Hervé que Reine darda d'un regard sévère. Somme toute, malgré ce léger accrochage, le réveillon se déroula assez bien. Il n'y eut pas d'échange de cadeaux tel que convenu, mais Arielle avait trouvé de bon goût d'arriver avec une bouteille de vin d'un grand cru. On fit tourner des disques, les jeunes optèrent pour les succès de Bill Haley et, lorsqu'ils furent à bout de souffle, Reine en profita pour épater la parenté en se lançant avec Jean-Marie dans un tango très bien exécuté. Que le «paraître» pour cette «poupée de porcelaine» qui trouvait, tout en s'exhibant, le moyen de murmurer à son mari: «Fais attention, ne sois pas trop brusque dans tes mouvements, tu froisses ma robe!» Christine, avec qui elle se rendait chez Maximilien parfois, n'osait pas s'aventurer dans une samba endiablée avec son mari, gauche de ses pieds, huissier de son métier. Elle préférait de beaucoup le faire avec des danseurs de calibre sur la piste de danse de leur club de nuit préféré. Et fort souvent, vu qu'elle n'avait pas d'enfants, suivre le type qui l'avait si bien fait danser, dans un endroit discret et fort approprié. À l'insu de Reine, bien entendu, déjà sur le chemin du retour dans un taxi. Car, contrairement à sa jeune sœur, Christine Augier à l'aube de ses trente-neuf ans, ne dédaignait pas se… déshabiller!

Adolphe Augier, septuagénaire, en proie à une soudaine fatigue, avait été le premier à quitter les lieux en compagnie de son épouse. Puis, madame Eugénie Vilard et sa fille Arielle suivirent de près, non sans avoir remercié mademoiselle Naud, la bonne à tout faire, de sa belle table et de son dévouement. Les enfants d'Hervé dévorèrent tout ce qui restait dans les plats divers et, à un certain moment, leur mère leur cria: «C'est assez! On dirait qu'vous avez jamais rien mangé, bande de cochons!» Ce qui fit s'esclaffer la mignonne Isabelle qui reçut, en retour, une grimace de l'un de ses cousins. Reine avait senti qu'Hervé et sa femme les enviaient d'avoir une telle maison, de l'argent, une Mercedes et des enfants… pensionnaires! C'était même évident! Hervé regardait partout, les meubles comme les tableaux et les tapis, et sa grosse femme, les joues pendantes, l'œil mesquin, examinait encore Reine de la tête aux pieds. Au point de ne plus se retenir et lui dire: «Ben, on voit qui c'est qui fait du foin dans la famille!» Leurs hôtes ne les retinrent pas et lorsqu'ils s'engouffrèrent dans leur vieille Pontiac avec la marmaille, Reine dit à son mari:

— Eux autres, c'est fini, Jean-Marie! Je ne veux plus les revoir ici! Hervé est peut-être mon frère, mais jaloux à en baver, non, merci pour moi! Et elle, sa grosse, dans sa robe de chez Greenberg, qu'il la garde chez lui! Tu as entendu sa remarque? Non, Jean-Marie, c'est peut-être de mon côté ce monde-là, mais moi, des gens sans classe… Tu as vu comme Christine a été discrète? Elle partageait notre réussite, son mari tout autant. Et ta sœur Arielle est une perle! Tu as vu sa jolie robe de taffetas mauve? C'est quand même de bon goût même si ça date de l'an dernier. Mais ta mère, Jean-Marie! Ta mère! Je l'aime bien, je sais qu'elle a pris grand soin de Félix, mais s'il te plaît, avertis-la de ne plus passer de remarques comme elle l'a fait à haute voix ce soir. Aller dire que j'allais te ruiner! Devant tous les invités!

— Bah, elle est comme ça, elle dit ce qu'elle pense, Reine. Mais elle t'aime bien, tu sais, et comme elle adore les enfants…

– Oui, je sais et je lui en suis reconnaissante, mais si seulement elle tenait sa langue!

– Ne t'en fais pas, je vais demander à Arielle de lui parler. Et là, avec le café en grande quantité, je me sens tout à fait réveillé.

S'approchant, l'enlaçant, il l'embrassa sur les lèvres et lui murmura:

– Bonne année, ma chérie. Reste toujours ainsi, belle, désirable…

– Meilleurs vœux à toi aussi, Jean-Marie, répliqua-t-elle.

– Les enfants sont déjà couchés… Que dirais-tu de débuter l'année dans l'amour et le partage? J'ai envie de toi, ma femme…

– Bien, c'est que… J'en ai pour au moins une heure à me démaquiller, je dois ensuite ranger mes bijoux, plier ma robe longue, protéger ma coiffure pour un jour ou deux… Et puis…

Elle n'avait pas eu à poursuivre. Jean-Marie était monté sur la pointe des pieds pour tenter de trouver le sommeil malgré le café. Seul, sans plus avoir envie de… Et, regrettant en regardant la faible neige soufflée par le vent, d'être si loin de… Mélodie Jolin!

Plus femme que jamais, la frivole Reine Vilard avait fêté ses trente-six ans le 28 février 1956, en compagnie de Christine et son époux, ainsi que Jean-Marie, dans un chic restaurant de l'ouest de Montréal. Généreux à n'en pas douter, son mari lui avait offert dans un petit écrin de velours rouge, une énorme bague en or sertie de perles de culture, entourées de quatre gros diamants. «Une fortune!» se serait écriée madame Vilard mère, si elle avait vu le joyau que sa bru, altière, glissait à l'annulaire de sa main droite, sous les yeux ébahis de Christine. Et pour qu'elle soit encore plus heureuse et que son anniversaire soit mémorable, Jean-Marie l'avait emmenée danser dans une boîte de nuit où les rythmes latins étaient à l'honneur. Comme de coutume, l'éblouissante madame Vilard, dans sa robe de satin noir, avait fait tourner bien des têtes. De retour chez elle, épuisée d'avoir dansé et faisant miroiter sa bague aux yeux de la pauvre Annie qui tenait à peine debout, elle s'apprêtait ensuite à monter lorsque la bonne lui dit: «Vous avez du courrier, il est sur la table près du téléphone. Je crois même qu'il y a des cartes de souhaits de vos enfants, Madame Vilard.» Et, cette dernière, ne voulant redescendre les quelques marches gravies, enlevant déjà ses boucles d'oreilles et ses souliers, lui répondit: «Je suis repue, j'ai trop mangé, j'ai trop dansé, je les ouvrirai demain. Va dormir, Annie.» C'était là, hélas, ce qui émanait de son supposé cœur de mère. Jean-Marie, chagriné de la voir agir ainsi, n'osa toutefois rien lui reprocher car, dès le lendemain, il prenait l'avion afin de se rendre vers le paquebot qui l'emmènerait pour cette croisière de haute qualité. Avec, dans le creux de la main, un cœur en or pour Mélodie Jolin qui serait du voyage et avec qui il appréhendait plus d'un naufrage, au creux d'un lit... en première classe!

Seule, Reine en avait profité pour inviter sa belle-sœur Arielle pour le week-end. Non pas qu'elle fût de son genre, loin de là, mais comme elle était célibataire, il lui arrivait d'accepter de suivre sa «capricieuse» belle-sœur dans les boutiques. Ce qu'elles firent du matin jusqu'au soir, le samedi venu, au grand désespoir d'Arielle qui aimait plus ou moins Reine et qui la subissait par sympathie pour son frère. Elle n'avait, bien sûr, rien acheté, étant plus que sobre dans sa tenue, ce qui n'était pas le cas de Reine qui revint les deux bras chargés de boîtes à chapeaux, de robes et de chaussures. Elles passèrent ensuite la soirée à causer. Arielle tentait de lui parler des plus récents livres reçus à la bibliothèque, alors que sa belle-sœur, ne connaissant rien aux auteurs, l'entraîna plutôt côté cinéma en lui narrant le film *The King and I* dans lequel Deborah Kerr portait de somptueuses… robes! Le lendemain, comme il avait été convenu, Arielle devait faire la connaissance de mademoiselle Cardinal qui l'attendait, fébrile, avec une mise en scène spectaculaire. Les hors-d'œuvre, le vin blanc, les viandes froides, les desserts, le thé, tout était en place sur la jolie nappe brodée de la table rehaussée d'un chandelier. Sur son tourne-disque, les compositions de Chopin se succédaient déjà. Iphigénie avait même revêtu pour l'occasion une jolie robe mauve à collet rose, sans négliger d'appliquer un tantinet de rose sur ses lèvres. C'est Annie qui eut le privilège de les présenter l'une à l'autre et, chose faite, elle s'empressa de redescendre la côte, alors que l'enseignante disait à Arielle:

– Entrez, je vous prie, si vous saviez quel honneur vous me faites!

– Allons, n'exagérez pas, je ne suis qu'une bibliothécaire et l'honneur dont vous parlez me revient puisque c'est vous qui m'invitez.

Elles passèrent au salon et mademoiselle Cardinal, ne sachant que dire pour meubler la conversation, lui demanda:

– Vous aimez Frédéric Chopin? Je ne voudrais pas vous l'imposer…

– Ne craignez rien, j'aime beaucoup sa musique; il figure parmi mes préférés après Mozart et Beethoven, bien entendu.

L'enseignante regarda de plus près sa visiteuse pour se rendre compte qu'elle était jolie, mais d'une telle modestie, que rien chez elle n'était mis en valeur. Pas même son abondante chevelure aux reflets roux qu'elle avait remontée pour en faire un chignon plus ou moins réussi. Aucun maquillage, aucun bijou sauf une petite croix dissimulée sous le collet de sa blouse blanche, une jupe noire et des souliers lacés à talons plats. Mais, fait étrange, ses ongles étaient enduits d'un vernis écarlate. Ce qui jurait avec sa tenue vestimentaire, tenant compte aussi des petites lunettes rondes d'un style trop vieillot pour son âge. Parce que, quoique n'ayant qu'un œil, mademoiselle Cardinal avait la cornée encore capable de discerner l'habillement comme le comportement d'une personne. Mais le sourire franc d'Arielle lui plut et, s'enquérant de sa profession, mademoiselle Vilard lui répondit:

— Vous savez, c'est moi qui achète pour les bibliothèques qui sont sous ma tutelle. C'est donc moi qui accepte ou refuse certains auteurs. J'ai étudié la littérature au point de vous décrire le style de tous les auteurs français comme ceux d'ici. Vous avez lu le roman *Louise Genest* de Bertrand Vac? Un vrai bijou!

— Heu… à vrai dire, vous savez, moi, la lecture… Je fais des efforts, mais comme je n'ai qu'un œil…

— Désolée, excusez-moi, Mademoiselle Cardinal! Et vous qui, en tant qu'institutrice avez eu à lire et écrire toute votre vie… Je suis confuse.

— Aucune offense, Mademoiselle Vilard, mon handicap est si peu visible.

— Soyez gentille, appelez-moi Arielle. Comme c'est là, avec deux «mademoiselle»…

Elles pouffèrent de rire, mais l'enseignante ne lui demanda pas pour autant de faire de même avec elle. Pour tout l'or du monde, elle ne voulait lui révéler son prénom. Et comme elle était la plus âgée des deux… Arielle, voulant tout savoir, comme s'il s'agissait d'un livre ouvert, lui demanda:

— Vous venez d'une grosse famille? Vous avez de la parenté? Vous n'avez jamais songé à vous marier? Vous avez sans doute eu des amoureux…

Mitraillée de questions quasi indiscrètes, mademoiselle Cardinal, gênée, abasourdie, lui répondit furtivement:

— Non, je n'ai plus de parenté et non, je n'ai jamais songé à me marier.

Puis, se ravisant, ayant envie de s'ouvrir un peu plus, elle ajouta:

— J'ai été aimée, courtisée jadis, j'ai même pensé que ça pourrait évoluer, mais mon père avait mis un frein aux élans de mon prétendant. Selon lui, il était trop âgé. J'avais vingt ans, lui, quarante-deux et veuf de surcroît, avec deux enfants. Avec le recul, mon père avait certes raison. Ce type ne cherchait qu'une mère pour ses enfants, pas nécessairement une épouse. Et de là, plus rien. L'enseignement a été toute ma vie. Mais non, j'y pense! J'ai reçu une deuxième offre, une demande en mariage pure et simple de la part d'Honoré Poiron, le cordonnier d'ici. Pour échapper à la conscription! J'ai refusé, bien entendu. J'étais déjà dans la cinquantaine et lui beaucoup plus jeune. Puis, désespéré, pour éviter d'être appelé sous les drapeaux, il s'est tiré une balle dans le pied!

— Oh! quelle horreur! Pauvre homme! Vous ne vous êtes pas sentie…

— Coupable? Absolument pas, Arielle, j'étais la cinquième ou la sixième qu'il demandait en mariage! J'étais même la dernière sur sa liste! Il avait eu la malencontreuse franchise de me l'avouer!

Arielle sourit, se retenant pour ne pas rire et, mademoiselle Cardinal, l'invitant à passer à la salle à manger, lui demanda tout en lui versant du vin blanc:

— Et vous, Arielle? Si je vous posais la même question? Si jeune encore, jolie, intelligente, de bonne famille…

— Non, moi, c'est par choix! Je n'ai eu qu'un seul ami à l'âge de seize ans et je l'avais laissé tomber après deux mois. Ma vie, c'est la lecture, le travail, la bibliothèque… Je n'ai jamais eu envie d'être mère. Par conséquent, encore moins l'épouse d'un homme qui aurait fait de moi une ménagère. Vous comprenez?

— Tout dépend de l'homme, je dirais, car votre belle-sœur n'a pas l'allure d'une ménagère. Je dirais même qu'avec une bonne à tout faire…

— Reine est un cas unique, Mademoiselle Cardinal! Et mon frère est un homme différent des autres. Il lui passe tous ses caprices, elle en fait ce qu'elle veut. Mais ne tentez pas de parler de musique ou de littérature avec elle, c'est peine perdue! Par contre, elle sait qui est Christian Dior, elle connaît tous les parfums, les pierres précieuses… Pas vilaine pour autant, ma belle-sœur n'a même pas l'instinct maternel. C'est incroyable, elle a deux enfants et on pourrait jurer qu'ils ne sont pas à elle! C'est ma mère qui a pris soin de Félix en bas âge et, maintenant, en dehors du pensionnat, c'est Annie qui s'occupe d'eux. Reine ne voit qu'à leurs vêtements, leur apparence… Mais je ne devrais peut-être pas parler de la sorte contre elle; ma belle-sœur a toujours été aimable envers moi. Je crains d'avoir dépassé les bornes…

— Mais non, pas du tout! s'exclama la vieille fille qui salivait juste à entendre, pour une fois, des calomnies qui ne venaient pas d'elle.

Mademoiselle Cardinal passa un après-midi charmant avec Arielle Vilard qui, selon elle, deviendrait sa plus chère amie. Elles écoutèrent de la musique classique et l'institutrice lui fit admirer le joli tableau que Camille Nevers lui avait offert. Elles causèrent de musique, de littérature, d'enseignement, de la retraite, des voyages et, constatant que la vieille demoiselle ne mordait pas dans ce dernier sujet, Arielle lui demanda:

— Vous avez beaucoup voyagé, Mademoiselle Cardinal?

– Heu… non. À vrai dire, avec ma carrière d'enseignante, il ne me restait que l'été… Pour être franche, Arielle, je ne suis allée qu'à Sainte-Anne-de-Beaupré pour un pèlerinage, à Québec avec un groupe et à Ottawa pour visiter le Parlement. Comme vous voyez…

– Incroyable! Vous n'êtes jamais sortie du pays! À peine de la province…

– Oui et je m'en porte bien. J'ai lu et j'ai acheté tant de livres de gravures et d'images, que c'est ainsi que j'ai visité Paris et Versailles.

– Oui, mais là, à la retraite… Il vous serait si facile, si agréable de voir autre chose que votre petit patelin. Vous avez une bonne santé?

– Oui, passablement bonne, un peu d'angine, rien de sérieux.

– Alors, pourquoi ne pas m'accompagner dès cet automne dans une magnifique croisière dont je rêve?

– Une… une croisière? Pour aller où? J'ai peu de sous…

– Allons donc, avec votre pension, vos économies… Le coffre-fort ne suit pas le corbillard, vous savez! De plus, avec les prix dérisoires que j'obtiens de mon frère, vous pourriez vous offrir cette croisière.

– Heu… qu'en sais-je? Mais où, Arielle?

– Une croisière sur le Nil! En Égypte, Mademoiselle Cardinal! Ce qui veut dire l'avion et, de là, le paquebot. On dit que le soleil…

– Je vous arrête! L'Égypte? L'avion? Le Nil? Mais c'est le bout du monde tout ça pour moi! Je n'ai voyagé qu'en automobile…

– Voilà pourquoi il faut aller de l'avant! Imaginez! Le Nil, le soleil ardent qui donne au fleuve des reflets orangés les jours d'accalmie. Une longue et belle croisière!

– Arrêtez! J'en ai des vertiges! C'est trop, Arielle, vous me prenez par surprise, vous me saisissez, je ne suis jamais sortie de chez moi. Et comme je vous le disais, j'ai peu d'avoir, je vis modestement…

– Qu'à cela ne tienne, Jean-Marie nous aura cette croisière pour une bouchée de pain! Si je vous revenais avec un prix minime, vous auriez encore une objection?

Mademoiselle Cardinal, rouge de confusion, se ventilait le visage avec un coin de la nappe. Sans même se rendre compte que c'était le vin fruité ajouté au projet d'Arielle qui lui donnait de telles chaleurs. Ce qui lui fit répondre spontanément:

– Non, je vous suivrais! Comme vous dites, il faut que j'aille de l'avant! Avec vous, Arielle, sous votre aile protectrice, j'irais peut-être… Sûrement!

Elles bavardèrent encore longtemps et, de part et d'autre, une amitié était née entre les deux femmes. Heureuse de sentir qu'elle ne serait plus seule désormais, mademoiselle Cardinal demanda à Arielle:

– Vous êtes certaine que la différence d'âge ne vous gêne pas? Vous savez, en voyage avec une vieille demoiselle quand on a à peine… Vous l'avouez?

– Trente-quatre ans, Mademoiselle Cardinal! Et l'amitié ne se calcule pas au nombre des années. De toute façon, je m'entends beaucoup mieux avec les gens d'expérience qu'avec les personnes de mon âge. Et vos petits fours à la crème sont succulents!

Elle rirent de bon cœur et, au moment de se quitter, Arielle, le vin aidant, demanda à l'ex-institutrice:

– Écoutez, qu'importe l'âge en amitié, il faut savoir se rapprocher… Vous permettez que je vous appelle par votre prénom?

Mademoiselle Cardinal, titubant ou presque, se voyait confrontée pour la seconde fois, à la demande de son prénom qu'elle tenait à dissimuler.

– C'est qu'il n'est pas gracieux… Il est ancien… J'en suis gênée… Il n'y a que le boucher, sa sœur, le cordonnier et le curé qui ont fini par le connaître.

– Voyons donc! Un prénom est le choix de nos parents, pas le nôtre! Et puis ce serait plus charmant, plus amical, vous ne trouvez pas? ajouta-t-elle en lui serrant les deux mains.

– Dans ce cas-là, je vais faire une autre exception, mais c'est si peu joli…

– Allons, dites-le-moi, j'en serais si ravie.

Et tout comme avec Gaétan en d'autres temps, elle répondit timidement:

– Iphigénie.

Le mois de mai s'amena en douceur, laissant définitivement toute trace de givre dans le néant. Les arbres étaient en fleurs, les lilas dans des vases et Reine, soulagée d'entreposer ses fourrures qu'elle avait abondamment exposées à la vue des gens, s'apprêtait à changer de garde-robe en étalant sur des cintres en bois, des robes plus printanières, des blouses aux tons pastel et des souliers de cuir plus souple à côté des sandales estivales à talons aiguilles, qui allaient galber de féminité les mollets de ses jolies jambes. Jean-Marie était revenu de sa croisière aux Antilles, bronzé à souhait, le cœur léger, amoureux de sa jeune assistante qu'il avait comblée de présents lors des escales. Reine se doutait de quelque chose, elle sentait de son intuition ultra-féminine qu'une autre femme occupait les pensées de son mari. Mais laquelle? Jean-Marie était entouré de femmes dans le cadre de son travail. Et comme il ne l'approchait plus ou presque, Reine savait que ce «chaud la-pin» avait certes une ou des maîtresses pour prendre la relève. Un doute qu'elle reléguait au second plan dès que son riche mari lui disait: «Tu sais, chérie, j'ai vu chez mon joaillier un bracelet d'émeraudes et de diamants qui va te faire tomber à la renverse!» En plein ce qu'il fallait pour que sa femme qui, depuis son retour, le regardait de travers, se remette à lui sou-rire de ses lèvres parfaites et de ses doux yeux verts.

Entre-temps, chez les Ruest, les affaires avaient pris un cer-tain essor. Non pas à cause des Vilard, mais parce que l'un des concurrents avait fermé ses portes à la suite du décès de son épouse. Dès lors, il ne restait que lui à l'est de la ville et un autre, plus petit, pas loin de l'église. Madame Vilard réservait toujours ses filets mignons, et monsieur, ses amandes, sa lai-tue, ses légumes rares, ses fromages, bref, son végétarisme! Jérôme Ruest, quarante-six ans révolus, pouvait compter par douzaines les cheveux gris qui ornaient ses tempes tout comme les boucles noires de son front. Yolande, à quelques mois de la cinquantaine, avait toujours la même allure, la même fierté et, quoique jolie sans être une beauté, elle colorait ses che-veux blancs d'un roux très scintillant. On lui faisait encore la cour, Honoré Poiron inclus, mais c'était sans cesse le rejet. Enracinée dans ce commerce légué par le père, elle épaulait Jérôme de son savoir-faire et passait ses soirées devant le télé-viseur, fervente assidue des téléromans de l'époque. Toujours d'humeur égale, elle se voyait vieillir tout doucement et le seul regret qu'elle cachait à son frère, c'était que Marjolaine et Luc ne soient plus là pour égayer cette maison de plus en plus austère. Non, elle n'avait pas revu sa belle-sœur, l'ex-femme de son frère qui, après son divorce, s'était remariée avec un médecin de son patelin. Et non, elle n'avait pas revu le «p'tit» qui n'avait jamais réclamé, selon la grand-mère à qui elle avait téléphoné, ni son père ni sa tante Yoyo. Il s'était même attaché au «docteur», son beau-père, qui le gâtait comme s'il était de lui. D'autant plus qu'une petite sœur était venue s'ajouter aux plaisirs du «p'tit»! Jérôme, ayant appris tout cela avait baissé la tête et dit à sa sœur qui, bouche bée, attendait sa réplique: «Qu'est-ce que tu veux que j'fasse! A m'a jamais rien demandé, pas même une cenne pour le p'tit. A l'a refait sa vie, Luc aime le docteur, y'a une p'tite sœur… Qu'est-ce que tu veux que j'fasse, à part de r'faire ma vie, moi aussi?» Stupéfaite, Yolande lui avait rétorqué: «Avec qui?» Et Jérôme était descendu à la boucherie en haussant les épaules.

L'été arriva, les enfants revinrent à la maison au grand dam de Reine qui les aurait sur les bras pour deux mois. De son côté, Annie, heureuse, se disait: «Au moins, avec eux, j'mourrai pas d'ennui!» Les enfants adoraient Annie Naud, le fiston surtout qui la considérait comme une amie quand elle faisait des longueurs dans la rivière avec lui. Isabelle ne dédaignait pas la bonne pour autant, mais avec elle, les activités s'avéraient moins sportives. À l'instar de sa mère, la petite se changeait trois fois par jour, fuyait le quai, aimait qu'Annie lui brosse les cheveux, tout en la tenaillant pour qu'elle joue avec elle et ses poupées à habiller, à longueur de journée. Tandis que Félix, en maillot de bain, en chaloupe, les pieds nus sur les roches, lui proposait des distractions plein air dont la «servante», peu coquette, s'accommodait. Surtout quand ils s'embarquaient tous deux pour longer le bord de la rivière. Mais Reine, trouvant le temps long dans ce coin perdu, talonnait sa sœur Christine pour qu'elle laisse parfois son huissier de mari de côté, afin de s'évader avec elle sur des pistes de danse. Ce qu'elles firent, enfin, un certain vendredi de juillet alors qu'il faisait chaud et que le club Maximilien, rempli à craquer, était climatisé. Reine Vilard, robe de nylon ceinturée à la taille, coiffée dernier cri, juchée sur des sandales blanches, pastilles jaunes à ses lobes pour se marier aux pois de sa robe, était suivie de Christine qui, jupe marine, blouse blanche, talons plats, peu maquillée, avait plus envie d'un *Singapore Sling* sur glace que d'une samba. Regardant Reine, elle lui dit:

— Tu sais, ça commence drôlement à me gêner d'être ici.

— Pourquoi?

— Reine! Regarde! La majorité des filles ont à peine vingt-cinq ans! J'en ai quarante, toi, trente-six! Tu ne penses pas...

— Non, je ne pense pas, parce que ce ne sont pas ces petites jeunes que les hommes regardent, mais moi! Vois, il y en a déjà un qui...

— Vous m'accordez cette danse, Mademoiselle?

Il n'était pas beau, pas bon danseur, mais il était poli et c'était sur elle qu'il avait jeté son dévolu. Un gars d'environ vingt-sept ans! Un gars qui lui disait en dansant qu'elle avait sans doute le même âge... que lui! Elle! Qu'elle! Reine avait bien dit à sa sœur: «C'est moi qu'on regarde.» Pas Christine, pas une autre, elle! Parce qu'après Reine Vilard sur terre, selon elle... Découragée, Christine refusa les offres à danser. Elle n'en avait plus envie. Il faisait chaud malgré l'air climatisé; il y avait trop de monde. Reine revint à la table après deux ou trois danses et, sirotant son *Pink Lady*, retouchant une mèche rebelle, elle entendit sa sœur lui dire à travers le tumulte:

— Moi, je m'en vais! J'étouffe ici, Reine! Et je n'ai plus l'âge...

L'autre, déçue, ne voulant pas rester seule allait la supplier de prolonger sa présence d'au moins une danse ou deux, lorsqu'une voix derrière elle lui clama:

– Bonsoir, Madame Vilard! J'suis content d'vous trouver ici!

Se retournant, elle reconnut en ce bel homme vêtu tel un prince, François Flibotte, le frère du garagiste. Lui serrant la main, il prit place à leur table sans y être invité et Reine le présenta gentiment à Christine en ajoutant:

– C'est le frère du garagiste, il est déjà venu à la maison, il a rapporté la voiture.

Christine regarda l'homme, le trouva séduisant, poli, bien mis, mais quelque chose lui disait qu'il pourrait devenir entreprenant. Quoique, connaissant sa sœur, le pauvre type allait certes frapper… un mur!

– Vos verres sont vides. Vous permettez? Qu'est-ce que vous buvez?

– Un *Pink Lady*, murmura Reine.

– Rien pour moi, je pars dans cinq minutes, trancha Christine.

– Pas déjà? La soirée est jeune, il fait si chaud dehors…

– Mon mari m'attend, Monsieur, je ne suis ici que pour accompagner ma sœur.

Et comme pour la piquer sans le vouloir, Reine ajouta:

– Vous savez, à quarante ans, on perd des plumes!

Riant de bon cœur avec François, elle ne vit pas Christine blêmir lorsque celle-ci lui répondit:

– En effet! J'ai fait mon temps! Et toi, comme tu es jeune, comme tu as envie de danser, peut-être que monsieur pourrait te raccompagner.

– Pas «monsieur», François, Frank pour les intimes.

– C'est sérieux, tu veux vraiment partir, Christine? Alors, si vous ne me laissez pas seule, Franç… Frank, je vais rester, mais je rentre en taxi.

– Comme il vous plaira, Madame Vilard! Moi, j'ai envie de danser!

Christine partit, non sans avoir dardé un regard réprobateur sur sa frivole sœurette qui, restée seule avec François et sentant qu'il tentait de lui prendre la main, esquiva le geste en lui disant:

– Allons voir si nous sommes faits pour nous entendre dans une danse. Voilà un tango qui commence.

Reine monta sur la piste suivie de «Frank» que plusieurs jeunes filles reluquaient et, blottie contre lui, elle ferma les yeux et se laissa emporter par le *Tango des Roses* qu'il dansait… à merveille! De là, une samba, une rumba, quelques valses, un autre tango, et le couple resta enlacé durant une heure sur la piste… enflammée! Puis, comme pour laisser respirer ce beau monde, l'orchestre entama un *slow*. Reine voulut descendre, mais François la retint en lui disant: «Ça va m'permettre de m'enivrer de ton parfum.» Il l'avait tutoyée. Sans le lui demander. Elle l'appelait «Frank», il avait répondu avec «Reine». Et elle le tutoya dès le propos suivant. Il lui disait qu'elle était belle, qu'elle sentait bon, qu'il aimait la tenir dans ses bras, qu'elle était sublime et qu'il en était déjà amoureux. Elle s'esclaffa, le regarda avec un sourire et il lui murmura: «Pas toi?» Et, sans être portée sur la chose, attirée par ce bel homme qui la serrait contre lui tout en suivant le mouvement de *As time goes by*, elle répondit subtilement: «Peut-être, mais je suis mariée.» Il sourit, la serra contre lui, approcha ses lèvres des siennes et, Reine détournant la tête, il hérita de sa joue. Puis de son cou, d'un bout d'épaule et, madame Vilard, flairant le danger lui murmura:

– Il faut que je rentre Frank, il est tard…

– Je te ramène, je ne veux pas que tu sautes dans un taxi. C'est imprudent…

Elle accepta le *lift* en question et, juste avant d'emprunter le pont, il immobilisa sa Buick pour lui prendre la main et lui dire:

– J'ai envie de t'revoir, Reine, j't'aime, j'suis fou de toi, et ça date pas d'hier, j't'ai aimée dès que je t'ai vue.

– Allons, sois sérieux, sois sage; j'ai un mari, des enfants, je n'ai pas ton âge…

– Fais-moi pas rire avec tes deux ans d'plus! T'as vu comme on nous regardait au club? On fait sensation ensemble.

Il se rapprocha, elle le repoussa et lui dit:

– Tu me ramènes chez moi, François. Reprends la route.

Il traversa le pont alors que, un œil sur le petit miroir, elle essuyait un brin de mascara sur son nez. Puis, à proximité, refusant qu'il descende la côte, elle insista pour qu'il poursuive son chemin. Il la prit dans ses bras, força sa main dans la sienne puis, fou d'elle, il se mit à l'embrasser dans le cou, sur le front, sur les joues. Il cherchait désespérément ses lèvres, elle tournait la tête, tentait de s'éloigner en lui disant: «Non, François, je ne peux pas» jusqu'à ce que, dans un moment d'inattention, il pose ses lèvres sur les siennes. Elle tenta de se dégager, mais sous l'emprise de sa main virile dans son dos, elle lui rendit légèrement son baiser. Puis, avidement, comme il le désirait. Et d'un baiser charmant à un autre brûlant, c'était Reine Vilard qui ne voulait plus se dégager de l'emprise de ce superbe amant. Privée depuis longtemps, éloignée de Jean-Marie à tout jamais, elle venait de trouver, dans les bras de ce beau ténébreux, une ivresse mêlée à l'envie en laquelle elle ne croyait plus.

– On va s'revoir, tu veux? J'vais m'faire discret.

– Il le faut Frank… Chez Maximilien vendredi prochain, ça te va?

– Pas avant? J't'aime, Reine, j't'aime sérieusement.

Elle lui mit l'index sur la bouche, sortit de la voiture et descendit la côte en tentant de ne pas faire de bruit, ce qui n'était guère possible avec les talons aiguilles sur le gravier.

Réveillée en sursaut, mademoiselle Cardinal jeta «son œil» par la fenêtre et reconnut l'élégante madame Vilard dans sa robe qui virevoltait. Surprise, ne comprenant pas ce qui se passait, elle se dit: «Mais, d'où peut-elle bien venir à une heure aussi tardive? Et depuis quand les taxis la laissent-elle en haut de la côte? À moins qu'elle craignait de me réveiller… Mais là, c'est fait! Moi, des pas dans la roche, ça me fait bien plus peur que le bruit d'un moteur!» Et la vieille demoiselle se recoucha en s'angoissant avec l'Égypte et le Nil pendant que Reine, rentrée sur la pointe des pieds, se démaquillait, encore troublée par sa soirée. Et c'est sans réveiller Jean-Marie qui ronflait, qu'elle se glissa telle une couleuvre à ses côtés.

La fin d'août arriva, les enfants allaient retourner au collège, et Reine, libérée de Félix et Isabelle, allait pouvoir se permettre du bon temps avec François qu'elle avait revu deux fois chez Maximilien depuis leur dernière rencontre. Admiré de tous, le couple qu'ils formaient sur la piste de danse leur valait tous les regards, autant dans un mambo qu'une samba, mais c'était dans le tango que Reine et Frank ensorcelaient l'assistance. On aurait pu jurer qu'il s'agissait de Pola Negri dans les bras de Valentino. À deux reprises, «spectacle terminé», Reine était rentrée chez elle en taxi. Elle ne voulait plus que Frank la raccompagne, cela risquait de devenir compromettant. D'autant plus qu'elle devait être avec Christine chaque fois, ce qui n'était pas le cas, mais comme cette dernière avait accepté de servir d'alibi à sa folâtre sœur, Jean-Marie n'avait guère à se méfier des sorties de sa femme. D'autant plus que, lui-même, certains vendredis, se retrouvait dans un endroit discret avec Mélodie. François dit «Frank» ne s'étouffait qu'avec les baisers de Reine. À ce jour, pas la moindre approche, pas un seul toucher. Car danser, et non se déshabiller, était la seule passion de la dame. Il disait l'aimer à la folie, vouloir la posséder. Il avait tout pour lui: il était sensuel, séduisant, charnel, mais Reine Vilard, cheveux bien en place, robe à crinoline au vent, ne rentrait jamais d'une soirée, ne serait-ce qu'avec le jupon froissé. Frank se mourait d'amour et d'envie au gré de ses pulsions, mais Reine, vêtue comme une «reine», relevant son collier, lui offrait son cou pour qu'il l'effleure, puis sa bouche qu'il voulait dévorer de sa langue, mais qu'elle gardait souvent close, ne lui offrant que le parfum de ses lèvres. Plus désespéré que François Flibotte, il n'y avait que «Frank», celui qui avait misé sur cette petite familiarité ayant trait à son prénom, pour se jeter corps et âme dans un lit avec elle. En vain!

Mais dans un autre décor de plus en plus sentimental, se tramait une belle idylle entre Jérôme Ruest et… Annie Naud! En effet, à force d'aller quérir les denrées, à force de rencontrer Yolande et son frère, un solide lien d'amitié s'était tissé. Entre eux trois d'abord, puis entre elle et lui par la suite. Ils en étaient venus à se tutoyer tous les trois, à plaisanter, à rire ensemble et, Jérôme, constatant qu'Annie débordait d'une certaine joie de vivre, ne la regardait plus comme une simple cliente. Un soir, alors qu'il s'apprêtait à fermer, il lui avait demandé: «Ça te plairait d'aller au Lutin Vert pour un dessert et un café?» Mais ce n'était pas, hélas, un soir de congé pour elle. Il attendit que le jour vienne et, prétextant se rendre au cinéma pour ne pas qu'on l'attende trop tôt, l'heure venue, elle se rendit avec Jérôme à bord de son camion dans un petit restaurant des Laurentides. Et, sans trop le laisser paraître, elle s'était coiffée, légèrement maquillée, et s'était esquivée avant que sa patronne la remarque. Ils mangèrent, ils causèrent et il lui raconta sa vie jusqu'à ce jour. Il lui parla de sa première fiancée décédée d'une pneumonie à l'âge de dix-neuf ans, il lui narra son mariage avec Marjolaine, il fit état de leur fils, de leur divorce sans lui en préciser la cause, mais il avait sauté le chapitre de Luce Nevers, son plus bel amour, tout comme celui de Mariette Charette qui aurait pu le conduire à l'échafaud. Il parla de sa sœur Yolande, de son grand dévouement; il lui retraça ses années dans la Marine, l'amputation de son bras et, quand vint le moment de l'entendre parler d'elle, Annie lui dit: «Je n'ai rien à dire, j'ai un passé simple, un passé vierge; je suis avec les Vilard depuis dix ans et je n'ai rien fait d'autre qui vaille avant.» S'enquérant d'où elle venait, si elle avait de la famille, Annie lui avoua en soupirant: «Je suis orpheline, Jérôme, je n'ai jamais connu mes parents; j'ai été élevée par les religieuses et j'ai travaillé un peu partout pour survivre, dès qu'on m'a libérée de leur tutelle. J'ai été serveuse, femme de ménage, vendeuse chez Woolworth; j'ai même travaillé comme fille d'ascenseur dans un grand magasin. Puis, les Vilard!» Il avait souri, elle était seule. Comme lui! Mais plus libre puisqu'elle n'avait aucune attache, pas le moindre lien, rien… derrière elle. Et c'est en ce premier soir de sortie qu'il la trouva plus belle. De cœur surtout! Ils causèrent longuement, il lui prit la main, elle lui souriait, elle semblait encline à… Et il l'embrassa.

Depuis, ils s'étaient revus à plusieurs reprises et ce, à l'insu de madame Vilard qui, pourtant, n'aurait pas désapprouvé qu'Annie se trouve un prétendant. Mais, déformation personnelle, Annie tenait à ce que sa vie soit un jardin secret. Comme jadis à l'orphelinat, puis dans les mille et un métiers qu'elle avait exercés. Réservée et discrète au point que Jérôme lui dise un soir: «Tu sais, on n'a pas à s'cacher, Annie. On est libres tous les deux, j't'aime pis toi aussi.» Elle avait agréé de la tête, mais lui avait quand même répondu: «Attends encore un peu, laisse-moi faire, j'veux pas que ma patronne craigne de me perdre. J'pense qu'elle traverse un mauvais moment…» «J'veux bien, lui avait répondu Jérôme, mais a va finir par te perdre, Annie. Parce que j't'aime en maudit pis qu'j'ai envie qu'ça devienne de plus en plus sérieux, toi pis moi!»

Début octobre et le téléphone avait sonné un dimanche matin chez mademoiselle Cardinal. Soucieuse, elle répondit pour entendre:

– Iphigénie? C'est vous? Ici Arielle. Comment allez-vous?

– Oh, très bien, Arielle, assez bien plutôt. Et vous?

– Je me porte comme un charme, mais pourquoi le «assez bien»?

– C'est que… Je ne rajeunis pas, vous savez, j'ai vu le médecin et il s'inquiète de mon hypertension. De plus, mon angine progresse. Rien de trop grave pour l'instant, mais je devrai me surveiller.

– C'est parce que vous vous ennuyez, mon amie! Voilà le drame! Mais j'ai de bonnes nouvelles; j'ai négocié avec mon frère et nous pourrions être de la croisière en février prochain pour presque rien!

Mademoiselle Cardinal avait tressailli. Heureuse d'avoir une amie, elle ne désirait pas pour autant faire la croisière. Très économe, souffrant d'insécurité, elle préférait de beaucoup laisser ses sous à la banque que de les éparpiller pour un voyage dont elle n'avait pas «rêvé», elle!

– Vous êtes là? Vous ne dites rien! Vous êtes ravie, n'est-ce pas?

– Heu… oui, c'est la surprise… Vous savez, le docteur…

– Oubliez-le, Iphigénie, et croyez-moi, le remède à vos maux, c'est le Nil! Vous allez retrouver vos vingt ans face au soleil, au fleuve, au…

– Je ne sais pas si je pourrai effectuer cette croisière, Arielle. J'ai fait mes comptes, je ne suis pas riche, vous savez…

– Allons donc! Vous pouvez sûrement disposer de trois cents dollars, c'est tout ce qu'il vous en coûtera. Le reste nous est gracieusement offert.

– Trois cents… oui, je crois, mais ça couvre tous les frais?

– Puisque je vous le dis! Vous n'avez qu'à préparer lentement vos bagages, chère amie. Ce voyage vous incitera à en effectuer plusieurs autres. L'important, c'est de sortir de votre coquille! Bon, je vous laisse, j'ai plusieurs livres, des nouveautés à ranger. Je vous rappellerai mais, dès maintenant, répandez la nouvelle! Tous les paroissiens vont vous envier!

Arielle avait raccroché et la vieille enseignante, perplexe, se demandait comment sortir de ce mauvais pas. Elle n'avait nulle envie de voir l'Égypte ni le Nil. Bien sûr qu'elle avait les trois cents dollars requis, mais les sortir de son compte en banque lui fendait le cœur. Elle qui ne dépensait que chez Ruest, elle qui achetait les biscuits à rabais, le boudin de la veille, le pain d'il y a deux jours… Par souci d'économie et insécurité. Trois cents dollars! Toute une somme! Ses denrées pour un an ou presque! Elle qui se mordait encore les lèvres d'avoir trop dépensé pour recevoir Arielle, lorsqu'elle lui fut présentée. Mais elle ne pouvait plus se désister, craignant de perdre, par ce geste, sa seule amie.

Reine Vilard allait encore danser. Chez Maximilien ou ailleurs, mais toujours avec François qui s'était dangereusement amouraché d'elle. Il voulut lui offrir de somptueux cadeaux, mais elle l'en empêcha: «Ne me donne rien, ça pourrait nous compromettre. Ta présence me suffit.» Elle aurait pu ajouter: «sur une piste de danse», car c'était là, pas ailleurs, qu'elle lui murmurait à l'oreille qu'il était beau, qu'il sentait bon, que son complet était soyeux, que sa cravate de prix était superbe. Que le tape-à-l'œil! Que l'apparence! Sans même se l'imaginer dévêtu, nu, avec son corps d'athlète. Sans même s'attarder au contact de la peau lorsqu'il lui glissait la main dans le cou. Elle s'arrêtait plutôt sur la bague en or qu'il portait et qu'elle n'avait pas encore vue. François Flibotte n'était qu'un beau joujou pour elle. Un homme-jouet qui dansait comme un dieu et que tout le monde regardait. Surtout lorsqu'il lui cambrait le dos dans un sensuel tango.

La fin de l'année approchait, Jérôme souhaitait qu'Annie passe les fêtes avec eux, ce qu'elle envisageait de faire sans pour autant déplaire à «madame». Les enfants allaient bientôt revenir à la maison. Reine songeait déjà au réveillon, à ses cadeaux au pied de l'arbre, à ceux qu'elle offrirait à Félix et Isabelle, au menu qu'elle allait faire préparer et à la robe de velours rouge qu'elle avait vue dans un défilé de mode. Sans même songer à François qui, dans son coin, allait rêver d'elle sans se permettre une danse avec une autre. Christine et son mari s'en allaient en Floride pour les fêtes. Ils en avaient assez d'être sans cesse les invités de Reine et Jean-Marie, un couple artificiel, sans profondeur, selon l'huissier. Novembre tirait à sa fin, Reine avait déjà sa garde-robe neuve sous la main quand, un certain matin, le téléphone sonna dans la maison du bord de l'eau. «C'est pour vous, Madame Vilard» lui avait dit Annie après avoir pris l'appel. S'emparant du récepteur, Reine répondit sans même savoir à qui elle parlait:

— Oui, je vous écoute.

— Madame Vilard? J'veux juste vous dire que vot' mari vous trompe! Y couche avec sa secrétaire, la p'tite blonde avec le nez r'troussé! J'les ai vus sortir d'un motel! J'les ai vus ensemble au restaurant. J'les ai suivis partout!

La voix était voilée comme si l'interlocutrice avait mis un mouchoir sur le combiné. Mais, par le franc-parler, Reine était presque convaincue qu'il s'agissait de sa belle-sœur, la femme d'Hervé, qui ne pouvait pas la sentir.

— Pourquoi me dire tout cela, Madame? Êtes-vous vous aussi une femme trompée par mon mari? Vous aurait-il délaissée pour une autre?

— Aïe! C'est toi la cocufiée, pas moi! J'te décris même la fille!

Par le tutoiement soudain, par le mouchoir quelque peu écarté de l'acoustique, Laurette, la femme d'Hervé venait de se dévoiler. Sûre et certaine qu'il s'agissait de sa belle-sœur, Reine lança à la dérobée:

— Et à part ça, Hervé va bien, Laurette?

Un «heu…» un souffle coupé et la coupable avait raccroché.

Malgré tout, Reine savait que Laurette n'avait pas menti et que Jean-Marie la trompait. Elle avait même reconnu Mélodie Jolin par la description. Et dire que c'était elle qui l'avait embauchée pour ce poste, alors qu'elle songeait à quitter l'entreprise de son mari. Une fille dans la vingtaine! Voilà ce qui choquait madame Vilard, beaucoup plus que l'infidélité de son époux. Car, de son côté, ne serait-ce que par vengeance, elle pouvait d'un seul coup de fil, lui rendre la pareille avec François. Elle attendit donc que Jean-Marie rentre, qu'il avale son repas et qu'Annie parte pour la soirée avant de lui dire:

— Hervé et sa femme ne seront pas des nôtres pour le réveillon.

— Ah, non? Pourquoi?

— Parce que je viens de décider de ne pas les inviter cette année. Je ne veux plus jamais revoir Laurette! C'est une jalouse, une vilaine!

– Bon, qu'a-t-elle fait encore? demanda Jean-Marie impatienté.

– Rien d'autre que de m'appeler pour me dire que tu me trompais!

Il crut défaillir. Se ressaisissant, tentant d'être naturel, il répliqua:

– Tu plaisantes, n'est-ce pas? J'ai eu une dure journée, tu sais…

– Ah, oui? Avec Mélodie? Une fille de vingt-six ou vingt-sept ans, si je ne m'abuse? Elle aime les bons restaurants, n'est-ce pas? Et toi, ta salade verte… De toute façon, qu'importe les plats après le motel! La petite garce! Et ne sue surtout pas, Jean-Marie, Laurette t'a vu, elle t'a suivi, elle me l'a décrite et je l'ai reconnue. À bien y penser, serait-elle celle qui est allée aux Antilles avec toi? C'était ça ton fameux voyage avec des clients huppés? Une cabine avec hublot, une gueuse, un lit, des saletés… Et tu crois que tu pourras m'approcher maintenant?

Exaspéré, pris au piège, Jean-Marie avoua tout en attaquant à son tour:

– Oui, j'ai une maîtresse! Tu n'avais pas besoin de Laurette pour le savoir, Reine, ça fait deux ans que tu ne me donnes rien! Deux ans que tu t'habilles, que tu dépenses, sans même te glisser contre moi quand vient la nuit. Me crois-tu fait de bois? Oui, je fréquente Mélodie et, avant elle, il y en a eu d'autres! Parce que tu n'as jamais vraiment été ma femme, Reine!

– Monstre que tu es! Je t'ai donné deux enfants, j'ai souffert…

– Pas autant que moi lorsque tu m'as forcé à me faire circoncire, ma femme! Sais-tu ce que c'est qu'une telle opération pour un homme accompli? Es-tu seulement au courant du traumatisme qui en résulte, Reine? Et tu ne m'as laissé te faire l'amour que cinq ou six fois par la suite, d'où nos deux enfants! Passivement! Parce que tu es une femme frigide, Reine! Le sexe t'horripile et, d'aussi loin que je me souvienne, tu n'as jamais été capable de prendre mon pénis dans tes mains! Sais-tu seulement quelles humiliations j'ai pu vivre avec de tels rejets? Tu faisais l'amour en fermant les yeux, en te crispant, avec un soupir de soulagement quand, enfin, je me retirais, n'ayant plus envie d'éjaculer. Parce que tu me faisais...

— Je t'en prie, ne sois pas vulgaire, change de vocabulaire!

— Je n'irai pas plus loin, Reine. Libre à toi si tu veux me quitter, je ne m'en plaindrai pas. Ma mère te l'a dit, tu me ruines à petit feu! Tu dépenses, je reçois des factures extravagantes...

— Je m'habille pour combler un vide, Jean-Marie!

— Un vide? Lequel? Pas de relations sexuelles, j'espère?

— Cesse de me tourner en ridicule, il y a aussi l'affection...

— Ça, j'en ai pour ma mère, Reine, pas pour ma femme! Je ne t'ai pas épousée que pour te donner de l'affection! Tu devrais consulter un psychiatre, il n'est pas normal d'agir comme tu le fais. Tu n'aimes même pas tes enfants...

— Et toi? Tu les cajoles, je suppose? Tu les ignores quand ils sont là!

— C'est toi qui m'as éloigné d'eux, Reine. J'étais contre le collège et le pensionnat. J'aurais voulu les suivre des yeux, mais tu as insisté et tu as gagné. C'est toi qui as fait de moi un homme dépourvu de tous sentiments. Je n'ai pas été élevé de cette façon, moi! Je n'étais pas le «bébé gâté» de la famille, moi! Somme toute, depuis le premier jour, tu as gâché ma vie, Reine! Et je t'aimais, Dieu le sait! C'est à cause de toi que d'autres... Qu'importe! Et là, fais ce que tu voudras, plus rien n'existe entre nous sauf les enfants. Si tu veux que je parte avec elle, dis-le, si tu veux partir, fais-le, mais plus personne ne va entraver ma vie désormais. Surtout pas toi, Reine!

Perdante, constatant que son mari n'éprouvait plus rien pour elle et qu'il était même prêt à s'en défaire, elle rajusta son tir pour lui dire:

– Arrêtons là, n'ajoutons rien et poursuis-la, ta relation, Jean-Marie. Mais ayons la décence de continuer à vivre ensemble pour les enfants.

– Si tel est ton désir, il en sera ainsi, mais je te préviens, ma vie...

– Ta vie, ta vie... Fais-en ce que tu voudras, Jean-Marie! J'ai la mienne à prendre en main. Je vis moi aussi!

– Non, tu existes, Reine! Tu respires, tu dépenses, tu danses, tu vas dans tes défilés... Tu n'as aucune passion, que des futilités!

Voyant qu'elle se forçait pour pleurer et tenter de l'amadouer, il lui dit:

– Surtout pas de larmes, ça ne te ressemble pas! Et là, sujet clos, ma femme!

Il s'éloigna et elle respira d'aise. Elle était passée à deux doigts de tout perdre. Elle qui avait tant de mises de côté dans les boutiques des couturiers! Des robes et des tailleurs à faire pâmer d'admiration François dit «Frank», quand ils iraient danser.

Chapitre 11

L'année 1957 venait à peine d'être entamée et, repue par le temps des fêtes, Reine Vilard mettait de l'ordre dans ses produits de beauté, jetant au panier ce qui n'était plus à la mode. Les enfants, en vacances, étaient encore à la maison. Ils avaient été comblés tous deux de jouets, de livres et de… vêtements! Jean-Marie, de plus en plus distant, ne se gênait plus pour sauter dans sa Mercedes et aller retrouver Mélodie dans son coquet appartement de la rue Saint-Denis. Le réveillon de la veille de Noël avait été plus que calme, contrairement à celui du premier de l'An de l'année précédente. Christine et son mari, absents, Hervé et sa grosse Laurette, «barrés» de la liste, il ne restait plus que les parents de Reine ainsi que madame Vilard mère et Arielle, qui étaient tous arrivés après la messe, les bras chargés de présents. Comme la nuit risquait d'être longue et monotone, Arielle avait suggéré à sa belle-sœur d'inviter la pauvre mademoiselle Cardinal qui, seule en cette nuit solennelle, allait certes briller au salon par son maintien et ses vives connaissances. Et, du moins, selon Reine, qui était d'accord avec elle, l'enseignante allait meubler un vide par sa présence. Cette dernière, heureuse d'être invitée, était arrivée chez les Vilard avec un gâteau aux fruits qu'elle avait cuit elle-même. Gênée par tant d'apparat, elle avait vite remarqué que la maison s'était «modernisée» depuis les Nevers. C'était beau, c'était grandiose, mais le cachet d'antan n'y était plus. La très jolie véranda où Luce jouait de son violon n'était plus qu'une salle à débarras où les boîtes s'empilaient. Toutefois, gracieuse et fort polie, elle félicita monsieur Vilard pour son bon goût dans l'art de rénover et complimenta madame avec éloquence, pour sa jolie toilette et sa taille de guêpe. Ce qui ravit, on ne peut plus, Reine, qui, altière, regardait son mari avec un certain mépris. Il l'avait comblée d'un collier de perles mêlées de saphirs, mais le cœur n'y était plus, on le sentait. Et madame Vilard mère, Eugénie de son prénom, se complaisait encore une fois à lui reprocher d'être dépensière et de «garrocher» l'argent de son mari par les fenêtres. Reine aurait voulu hurler, lui dire devant tout le monde que Mélodie Jolin lui coûtait sans doute plus cher qu'elle, mais devant le visage crispé de Jean-Marie, elle se retint. Pour les enfants! Et pour Arielle qui ne savait encore rien de la double vie de son frère. Somme toute, un réveillon de Noël sans étincelles, sans magie, sans amour. Même la musique s'était tue, parce que la «belle-mère» se plaignait des rythmes cubains. Et Reine se jura, qu'à l'avenir, elle allait toujours faire son réveillon la veille du jour de l'An. Parce que la fête de la Nativité était trop empreinte de piété pour qu'on puisse s'amuser.

De son côté, Annie s'était rendue chez les Ruest pour réveillonner avec Yolande et Jérôme après, bien sûr, être allée à la messe avec eux. Ils jacassèrent une partie de la nuit tout en buvant un peu de bière, du vin rouge et quelques digestifs, après les viandes, les œufs cuits dur et la tourtière. En sourdine, on pouvait entendre des cantiques de Noël de Raoul

Jobin, suivis de chansons plus animées, interprétées par des artistes de variétés. Peu avant, elle s'était confiée à sa patronne sur la nature de sa relation avec Jérôme Ruest. Elle lui avait avoué l'aimer et le fréquenter assidûment. Contente pour elle, Reine l'avait tout de même interrogée.

— N'est-il pas marié cet homme, Annie?

— Non, plus maintenant. Il est divorcé et son ex-femme a refait sa vie avec un médecin de son patelin. Parce qu'elle était infirmière... Et c'est elle qui a la garde du fiston qu'ils ont eu ensemble, mais le p'tit ne veut plus voir son père. Pourtant, Jérôme, un si bon gars...

— Oui, en effet, il est très plaisant, cet homme. Et beau en plus, Annie! Quand on voit ses yeux, on oublie son infirmité.

— Ce n'est pas une infirmité, Madame, mais un accident de guerre. Jérôme a perdu un bras en défendant sa patrie.

— Oui, je sais, mais un bras en moins, ça fait de lui un infirme quand même! riposta Reine qui n'aimait pas qu'on la reprenne.

— Heu... si on veut. Mais là, lui et moi, ça devient de plus en plus sérieux. Vous savez que c'est le premier homme qui entre dans ma vie?

— N'est-ce pas plutôt toi qui entres dans la sienne?

— Non, j'ai rien fait pour ça, moi! J'y pensais même pas! C'est lui qui m'a courtisée et, à la longue, j'ai senti que je l'aimais.

— Tant mieux pour toi, mais est-ce à dire que je risque de te perdre, Annie? Après dix ans de loyaux services? Je me demande ce que deviendraient les enfants sans toi... Ils t'aiment tant!

— Bien sûr et moi de même, Madame, mais ils vont grandir, faire leur vie... Et comme Jérôme me disait: «Quand le bonheur nous fait signe...»

Reine Vilard, qui n'avait rien à foutre du «bonheur» de sa bonne, ne se rendait même pas compte des «signes» de François depuis la première danse. Elle y pensait si peu lorsqu'elle était chez elle, qu'elle enviait presque la pauvre Annie d'être amoureuse. Comme s'il était impossible qu'une telle chose lui arrive! Mais, comment pouvait-il en être autrement avec une femme qui préférait les produits de beauté à la peau chaude et velue d'un bel homme? Ils avaient tous été amoureux d'elle! De Jean-Marie jusqu'à François, sans parler de tous les hommes d'affaires de l'entourage de son mari et même d'Honoré, qui aurait vendu son commerce pour une nuit avec elle. C'était elle qui n'avait jamais été amoureuse de personne. Pas même de Jean-Marie qu'elle avait épousé pour son argent afin de rester le «bébé gâté» qu'elle était avant. Et nullement de François dit «Frank», qu'elle attisait de quelques menus baisers dans le but de danser dans ses bras et d'être enviée de toutes les femmes, à partir de vingt ans jusqu'à... et cetera! Que sa beauté, son savoir-faire sur une piste de danse, et un sourire par-ci, par-là, aux hommes qui l'admiraient. Des hommes de tous les âges qui auraient donné une fortune pour la tenir dans leurs bras. Mais c'était François Flibotte qui, chaque fois, héritait de ses lèvres vermeilles alors qu'il espérait ce corps superbe dont il enlaçait la taille lors de leurs danses. Ce corps qui se refusait, pire, qui ne s'exposait à qui que ce soit, pas même à lui qui en avait follement envie. De temps à autre, elle lui jouait dans les cheveux, replaçait une boucle sur son front en sueur, ajustait sa cravate, frôlait sa main de la sienne, mais dès qu'il s'aventurait à effleurer des doigts l'un de ses genoux sous la table, elle le repoussait en lui disant: «Ça manque de distinction. Nous sommes en public, ne l'oublie pas.» Ce qu'il n'obtenait guère plus dans sa voiture, sans témoins, alors qu'elle lui disait: «Frank... tu risques de déchirer mes bas... Sois sage, peut-être qu'un jour viendra…» Irrité, il lui avait répondu: «Quand, Reine? Quand tu vas venir un jour chez moi pis qu'j'aurai enfin la chance de t'voir sortir du bain? Déshabillée pour une fois?» Faisant la moue, le regardant d'un air réprobateur, elle lui répondit: «Et moi qui pensais que tu m'aimais parce que j'étais ravissante, distinguée, différente des autres comme tu disais.» Penaud, plus amoureux que jamais, il s'était excusé en lui disant: «T'as raison, j'suis pourtant pas du genre à juste vouloir ça, Reine. J't'en parlerai plus, j'te l'promets! J'vais attendre que ça vienne de toi.» Ce qui risquait de se produire, pitié pour le pauvre homme, le jour où l'on cueillerait les pommes en février!

Annie et Jérôme avaient passé un beau réveillon. La regardant se préparer, madame Vilard lui avait dit: «Sois un peu plus coquette, Annie. Laisse-moi t'aider, Jérôme en sera ébahi!» Pourtant, Jérôme semblait l'aimer telle qu'elle était, mais comme c'était le temps des fêtes et que sa patronne s'intéressait à elle, Annie lui permit de la conseiller tout en la surveillant de près. Elle ne voulait pas avoir l'air de la poupée que Reine était du matin jusqu'au soir. Mais, Reine Vilard, consciente de la ligne de démarcation entre le bon goût et le ridicule, ne fit pas d'Annie une femme «déguisée» par les artifices. Premièrement, parce qu'elle n'était pas belle à outrance et qu'il ne lui suffirait que d'un peu plus d'élégance et de coquetterie pour mieux paraître. Reine avait remarqué qu'Annie avait acheté de jolis souliers noirs en peau de soie avec de mignons talons ni hauts ni bas. Ce qui lui donnait une démarche féminine. Mais pour le reste, c'était un gâchis. Reine lui laissa sa jupe noire, mais réussit à la convaincre de se départir de sa blouse de coton blanc. «Désolée, Annie, mais c'est là la tenue d'une serveuse.» Regardant dans ses placards, elle lui offrit une blouse de soie verte avec collet et poignets de dentelle. Ce qui fit dire à Annie: «Mais c'est bien trop chic pour moi!» pour ensuite s'admirer dans la glace. Comme elle portait les cheveux courts avec un toupet sur le front, madame réussit à lui dégager les yeux en repoussant la frange d'un seul côté, et à tout faire tenir en place avec un fixatif durable. Déjà, Annie avait embelli de trois crans. Puis, la maquillant légèrement, elle lui suggéra un rouge à lèvres plus orangé, ce qui lui donna un air distingué. Et, pour tout bijou, de jolies perles en forme de poire en guise de pendants d'oreilles. Non, vraiment, madame Vilard n'avait pas exagéré. Elle n'avait qu'amélioré l'apparence de sa bonne qui avait une fort jolie taille. Annie se regarda et la remercia. Arrivée chez les Ruest un peu plus tard, elle entendit Yolande lui dire: «Mon Dieu qu't'es belle! C'est Jérôme qui va être content!» En effet, lorsqu'il l'aperçut, Jérôme Ruest ne put s'empêcher de lui dire: «Aïe! Quand tu t'en donnes la peine, t'as rien à envier à ta patronne, toi! J'te trouve superbe, Annie! Frappante même!» Ce qui allait inciter mademoiselle Naud à être plus coquette avec le temps. D'autant plus qu'elle ignorait que son Jérôme était impressionné par l'apparence. Surtout depuis son coup de foudre pour Luce Nevers!

Pingre, ne voulant vider son pécule, mademoiselle Cardinal avait emprunté deux valises d'une ex-collègue pour effectuer son voyage. Nerveuse, voyant le temps venir, elle dormait mal. L'anxiété la minait, l'angine aussi, mais elle se disait qu'Arielle avait sans doute raison et qu'il était grand temps qu'elle sorte de sa bulle. À peu de jours près du départ, Arielle lui avait téléphoné pour lui demander:

– Êtes-vous prête, Iphigénie? Vos bagages sont-ils faits?

– Heu… peu à peu, je ne veux rien oublier. Mais mon Dieu que ça m'énerve!

– Allons, du calme, c'est le paradis sur terre qui vous attend. Au fait, vous n'aurez pas à apporter de caméra, j'ai la mienne.

– Ça tombe bien, je n'en ai pas. Je ne prends jamais de photos…

– Je voulais aussi vous dire, qu'en plus des trois cents dollars pour le voyage, il faudrait apporter un peu d'argent. J'imagine que vous n'arriverez pas la sacoche vide…

– Je croyais que tout était compris… N'est-ce pas ce que vous m'aviez dit?

– Oui, bien sûr, pour le gîte, les repas, l'avion, le bateau, mais si vous désirez des souvenirs… Et puis, pour une consommation au bar.

– Je bois très peu, bref, je ne bois pas! Et je n'ai guère besoin de souvenirs. Pour qui? Je n'ai pas de famille.

– Mais pour vous, chère amie! Un signet pour l'un de vos livres, un napperon d'Égypte, une assiette murale, un disque de la musique de ces pays… On ne voyage pas qu'avec un mouchoir de dentelle dans son sac à main. Il y a des imprévus…

Mademoiselle Cardinal coupa court aux recommandations d'Arielle en lui disant:

– Très bien, j'apporterai cinquante dollars, mais pas un sou de plus. Et je compte bien les économiser! Vous savez, moi, les napperons, leur musique… Je n'aime que Chopin et quelques autres. J'ai des signets…

– Bon, bon, ça va, mais ce sera en guise de précaution. Dormez bien d'ici là, Iphigénie, soyez calme, détendez-vous. Ce n'est que notre premier voyage ensemble et j'ai la nette impression que vous aurez envie de voir le monde par la suite. Avec moi, bien entendu!

L'avant-veille de leur départ, dernière semaine de février, Arielle, voulant donner quelques conseils utiles à mademoiselle Cardinal, téléphona chez elle dès neuf heures du matin. Curieusement, la vieille demoiselle n'était pas là. Sans doute des courses de dernière heure dès l'ouverture des magasins. Arielle laissa l'avant-midi s'écouler et, vers une heure de l'après-midi, essaya de nouveau sans obtenir de réponse. Inquiète, elle ne pouvait concevoir que l'institutrice se promène d'un commerce à l'autre par un froid pareil. Soucieuse, nerveuse, elle téléphona à Reine pour lui faire part de son inquiétude et sa belle-sœur la rassura, lui promettant d'envoyer Annie vérifier dès qu'elle reviendrait de chez Ruest. Ce qui fut dit fut fait et, Annie, mal à l'aise à son tour, fit part de ses appréhensions à sa patronne:

— J'comprends pas! Elle ne répond pas! Pis les toiles sont toutes baissées. J'suis certaine qu'elle n'a pas mis les pieds dehors ce matin.

— Peut-être est-elle malade? Téléphone, insiste, laisse sonner!

— Votre belle-sœur l'a fait à deux reprises. Non, c'est pas normal, Madame Vilard. J'vais appeler Jérôme, il va pouvoir nous aider.

Étonné à son tour, Jérôme ne se fit pas prier pour arriver en trombe à bord de son camion. Saluant poliment Reine Vilard, il dit à Annie:

— Viens avec moi. Si y faut que j'force la porte, c'est toi qui vas entrer. Moi, j'suis un homme, tu comprends…

Ils montèrent la côte et, rendus à la maisonnette, frappant à la porte sans obtenir de réponse, Jérôme força la serrure à l'aide d'un outil qu'il avait dans son camion et, au troisième coup, la serrure céda et la porte s'ouvrit. Il entra mais ne s'aventura pas plus loin que le portique. Annie, plus morte que vive, avançait en faisant de la lumière partout où elle croisait un commutateur. Rien dans le salon, rien dans la cuisine, personne dans la salle de bains. Tout était en ordre, rien n'avait été dérangé. Puis, devant la chambre où la porte était entrebâillée, elle la poussa et crut percevoir une forme dans le lit. Allumant, elle s'avança et reconnut mademoiselle Cardinal, couchée sur le dos, la couverture de laine jusqu'au cou, la bouche ouverte, l'œil fixant le plafond, l'autre de verre dans un petit bol sur sa table de nuit. Ce qui donna l'image d'un œil qui regardait dans le néant et l'autre, ouvert aussi, ne laissait voir qu'un trou béant. Figée, muette de stupeur, Annie s'appuya contre le cadre de la porte et, reculant, cria à Jérôme:

– Viens… viens vite, j'pense qu'elle est morte!

Jérôme arriva juste à temps pour retenir Annie qui allait s'effondrer. Une seconde de plus et elle se serait évanouie. Le choc avait été brutal, la vision, davantage. Jamais Annie n'allait oublier l'orbite d'un rose chair mêlé de sang. Une telle cavité… Elle préférait ne plus y penser. Jérôme, décrochant le récepteur, s'empressa d'appeler la police, le médecin, bref, tous les gens concernés dans de telles circonstances, le curé inclus. Annie, tremblant de tous ses membres, avait redescendu la côte en courant et, rentrant, face à madame, elle lui annonça sans ménagement:

– Elle est morte! Elle est encore dans son lit, l'œil ouvert, l'autre sur la table!

Reine Vilard faillit défaillir. Tirant une chaise, elle y prit place et, regardant Annie, lui dit en se tenant la poitrine:

– Tu aurais pu m'annoncer ça autrement… Et m'épargner les détails…

Mais encore sous le choc, ayant peine à maîtriser sa main qui tremblait, Annie se mit à pleurer en proie à de violentes secousses. Ne sachant que faire, Reine Vilard humecta une débarbouillette, lui épongea le front, mais Annie ne se contenant plus, la repoussait. Sortant sur la galerie, madame Vilard, aussi nerveuse que la bonne, cria:

– Jérôme! Venez vite! Annie est en train de faire une syncope! Laissez la morte en paix et arrivez, j'ai besoin de votre aide!

Il descendit la côte en courant et, le voyant, Annie, encore sous le choc, se leva pour se blottir contre lui. Puis, peu à peu, avec des mots d'encouragement, il parvint à la maîtriser, à la calmer et à l'entendre tout doucement pleurer. Reine Vilard, secouée, énervée, ne sachant trop que faire pour aider, s'empara du téléphone et s'empressa de dire à sa belle-sœur dès qu'elle eut décroché:

– Arielle? Ton voyage avec elle, n'y pense plus, mademoiselle Cardinal est morte! On vient de la trouver inerte dans son lit! C'est Annie qui a fait la macabre découverte!

Au bout du fil, aucun son, aucun bruit. Inquiète, Reine insista:

– Es-tu là? As-tu entendu ce que j'ai dit?

Et Arielle, d'une voix faible et étouffée, lui répondit:

– Oui, Reine, mais tu as failli m'arrêter le cœur! On annonce pas un tel drame de cette façon… Ah, toi! Elle est vraiment… Ne bouge pas, j'arrive!

Selon le médecin qui la traitait, mademoiselle Cardinal avait été victime d'un foudroyant infarctus à la suite d'une sévère crise d'angine. Et c'était d'un coup sec que le cœur avait cessé de battre au milieu de la nuit. La pauvre n'avait pas souffert, selon lui, c'est à peine si elle s'était rendu compte qu'elle perdait la vie. On transporta la dépouille chez Magnus Poirier où tout avait été planifié selon ses dernières volontés. On l'exposerait trois jours, on lui ferait un service religieux et on la mettrait en terre au cimetière, là où elle avait acheté, tout près d'un arbre, un petit carré d'une seule place. Et c'était le curé qui devait s'occuper de faire graver sa pierre tombale s'il lui survivait. Autrement, la tâche revenait à son ex-élève, Jérôme Ruest.

Arielle était arrivée en pleurs chez sa «maladroite» belle-sœur. Non seulement sa croisière était compromise, mais la mort d'Iphigénie la bouleversait de tout son être. On aurait pu jurer qu'elle perdait plus… qu'une amie. La voyant dans cet état, Reine lui marmonna:

— Voyons, tu la connaissais à peine… C'est quand même pas ta mère…

— Toi, Reine, tu ne comprendras jamais! De toute façon, tu ne comprends rien. Si tu avais lu au lieu de danser, tu serais peut-être en mesure de t'interroger face aux sentiments des autres. Iphigénie était une grande amie et, avec le temps, nous aurions beaucoup voyagé, elle et moi.

Insultée d'être quasi traitée d'ignorante, Reine s'emporta:

— Une grande amie? Voyons donc! Elle venait tout juste d'arriver dans ta vie! Et tu t'y intéressais dans le seul but de ne pas voyager seule, Arielle! Ne me parle pas de sentiments pour l'amour du bon Dieu! Elle avait l'âge de ta mère! Une vieille fille affectée! Une bonne personne, je l'admets, mais une maîtresse d'école qui n'a jamais bougé d'ici! Avec un œil de vitre! J'ai de la sympathie, je l'aimais bien, je l'ai même invitée, mais de là à la pleurer comme si elle était de la famille…

— Vois comme tu es dure et égoïste, Reine! En autant que tu sois vivante, toi, que t'importe qu'elle soit morte! Elle ou une autre!

– Quand même! Elle était sexagénaire, elle était malade, elle ne voyait presque plus clair… Ne viens pas la comparer aux femmes de mon âge! Moi, rendue là, j'espère qu'on ne va pas trop pleurer sur moi si…

– Personne ne va pleurer, Reine! Pas même tes enfants! Parce que tu n'as pas de cœur, pas de tripes, pas d'émotions…

– Ne te gêne pas, continue, vas-y, fais comme ton frère! Et à t'entendre, on pourrait jurer que tu l'aimais plus que ta mère, cette bonne femme-là!

Arielle, reprenant son sac à main, se leva et répéta à sa belle-sœur:

– Tiens! Tu comprends au moins ça! Tu fais des progrès, Reine, mais là, n'ajoute rien et appelle un taxi, je rentre chez moi.

Toute la paroisse fut consternée d'apprendre le décès subit de mademoiselle Cardinal. Elle qui, durant trente ans et plus, avait enseigné à tous les enfants de L'Abord-à-Plouffe et des alentours. Elle était, selon certains, la doyenne des institutrices de l'école. Ses ex-collègues, jeunes et moins jeunes, déplorèrent sa perte. Seule de son vivant, sans visite ou presque, le salon mortuaire était bondé lors des trois jours de l'exposition du corps. On l'avait vêtue d'une jolie robe de crêpe grise avec un collet blanc. Elle reposait en paix comme si elle dormait et Jérôme Ruest avait insisté pour qu'on lui glisse à l'auriculaire la bague retrouvée de sa défunte mère. Celle que Raynald Charette lui avait volée. Le seul bijou de famille qu'elle avait réussi à récupérer. Yolande Ruest pleura à chaudes larmes la perte de cette brave enseignante et Jérôme, agenouillé les trois jours d'affilée, avait laissé couler quelques larmes sur son col de chemise blanc. Il y avait des fleurs partout, des bouquets venus de loin. Il y en avait même un de Marjolaine avec qui elle avait fait naguère du bénévolat. Marjolaine qui avait appris la nouvelle dans les pages nécrologiques de *La Presse*. Jérôme avait déposé au pied de son cercueil une gerbe de lys. Une fleur aussi pure que son âme avait pu l'être. Annie, pour sa part, avait tout doucement poussé de la main un croissant d'œillets blancs près du coussin de satin. Un hommage à la hauteur de ses menus moyens, alors que monsieur et madame Jean-Marie Vilard avaient fait parvenir, pour épater la galerie, une énorme croix de roses rouges. Ce qu'il y avait de plus cher, de plus somptueux. Arielle était venue se recueillir sur la tombe de sa «chère amie» de laquelle elle avait tant espéré. L'amie en devenir, partie avant même de savoir… Iphigénie qui, finalement, au lieu de la croisière, avait opté pour le très long voyage. Arielle, en signe «d'amitié», avait laissé choir discrètement, non loin du doux visage de la défunte, un cœur rempli de roses… roses! Avec une carte que personne ne lirait et dans laquelle elle exposait toute sa tendresse et son respect. Le service funèbre fut digne d'une personne de haut rang. Le curé lui rendit un vibrant hommage et, chœur de chant éteint, l'organiste joua *Tristesse éternelle* de Chopin, à la demande… d'Arielle. Le cortège, un court périple jusqu'au cimetière et, pendant que les cloches sonnaient, on descendait le cercueil lentement dans la terre froide. La pierre tombale ne vint que plus tard s'ajouter à la sépulture et, discrètement, brièvement, on pouvait y lire. *Ici repose Iphigénie Cardinal, institutrice, née le 7 janvier 1890, décédée le 24 février 1957. Dieu ait son âme.*

Mais il n'avait été dit nulle part, ni songé de personne, sauf d'Arielle, que mademoiselle Cardinal avait fait une crise cardiaque en proie aux terribles angoisses que lui occasionnait sa prochaine croisière sur le Nil. Près de ses sous, vivant dans l'insécurité, l'angine la minait depuis qu'elle avait accepté ce voyage auquel elle ne pouvait plus se soustraire. Elle comptait même mettre un frein à son amitié avec Arielle, de peur qu'elle l'entraîne à nouveau vers une destination… onéreuse! Elle anticipait déjà son retour. Nerveusement! Fébrilement! Afin de ne vivre que pour la paroisse, sa petite maison, quelques invitations… Mais Iphigénie, ce que ne saurait jamais Arielle, n'éprouvait aucun sentiment pour elle. Chaste et peu instruite des choses de l'amour sous toutes ses formes, elle ne s'était même pas rendu compte que l'autre… Du moins, pas encore. Car, heureuse dans sa solitude, elle ne souhaitait que la retrouver ainsi que Chopin, son petit livre de chevet, le joli tableau de Camille… Et c'est l'intense anxiété de revenir avant même de partir qui l'avait brusquement… emportée.

Le curé eut pour mission de vendre tout ce qu'elle possédait et de remettre la somme entière aux enfants sourds-muets, une cause qui lui était chère. Pour ce qui était du terrain et de la maisonnette, un entrepreneur fit une offre valable dans le but de la démolir, mais Jean-Marie, le voyant venir, surenchérit et se l'octroya pour, lui aussi, la faire démolir. De cette façon, le haut comme le bas de la côte lui appartiendrait. Sans aucun voisin, sans qu'aucune voiture ne s'aventure sur le chemin de gravier, qu'il s'empressa de faire paver.

Honoré Poiron, dont on parlait peu avec la venue de nouveaux commerçants, songeait à fermer sa cordonnerie pour aller vivre à Rimouski, où il lui restait un brin de parenté. Mais Jérôme l'en dissuada en le persuadant qu'un jour ou l'autre, il allait trouver, tout comme lui, une gentille personne à aimer. Car la relation entre Jérôme Ruest et Annie Naud s'intensifiait au point où Reine Vilard était certaine de perdre sa bonne à tout faire dans peu de temps. En mai 1957, un mois plutôt

frisquet, le couple était parvenu à faire l'amour à deux reprises à l'insu de Yolande qui, de temps en temps, se rendait
en ville pour des achats. Et Annie, encore vierge, était enfin
devenue femme à trente-neuf ans, dans le lit d'un homme de
quarante-six ans. Moins scrupuleuse qu'elle l'aurait cru, elle
avait adoré sa première expérience et davantage celui qui, la
prenant avec douceur, lui avait dit: «Je t'aime, Annie! J'aimerais que tu deviennes ma femme!» Une demande qui la fit sur-
sauter, mais comment épouser un divorcé dont l'ex-femme
était remariée? Jérôme lui expliqua qu'il était possible de se
marier légalement, sans que ce soit devant Dieu et la sainte
Trinité. Elle semblait méfiante, il la rassura en lui disant:
«T'as rien à craindre, tu seras madame Jérôme Ruest exactement comme l'autre l'était.» Rassurée, elle en parla avec sa
patronne qui ne tenta pas de l'en dissuader, mais qui lui fit comprendre avec des trémolos sur commande, qu'il lui était pénible
de la perdre après tant d'années. «Tu es un membre de la famille, tu sais!» avait-elle ajouté en pleurnichant. Mais Annie,
moins bête que l'autre ne le pensait, lui avait répondu: «Bien
quoi, Madame? Votre fils et votre fille aussi vont partir un jour!
On ne garde rien à vie, vous savez!» Reine s'était tue, blâmant
le destin d'avoir mis un homme sur la route de sa «servante»
et espérant en trouver une autre aussi dévouée, mais archi-laide,
cette fois, pour que personne ne la regarde. À moins qu'un
homme comme Honoré… Non, elle allait la choisir vieille ou
disons, entre deux âges, et bien portante. Pour être sûre de ne
pas la perdre, celle-là!

Il était entendu que l'union d'Annie et Jérôme ne ferait pas
de bruit. On ne voulait personne ou presque dans le décor. Jean-
Marie Vilard avait accepté d'être le témoin d'Annie, Honoré
Poiron, celui de Jérôme. «Belles noces en perspective!» s'était

écriée Reine à son mari. Toi et moi, le couple, la sœur de Jérôme et le cordonnier! Dans un restaurant quelconque pour fêter!» Ce à quoi Jean-Marie avait répondu: «Peut-être, mais c'est un mariage d'amour, Reine. Et comme tu peux le voir, les vrais sentiments n'ont pas besoin d'ampleur pour être soulignés. Tu comprends?» Et c'est en un clin d'œil ou presque qu'Annie Naud devint, devant les hommes et selon la loi, la femme légitime de Jérôme Ruest. La réception fut on ne peut plus simple et, cette fois, sachant qu'elle n'allait pas s'éterniser avec ces gens-là, Reine n'avait pas poussé la note pour épater qui que ce soit. Belle, bien sûr, élégante, ça allait de soi, mais pas «éblouissante» comme sur les pistes de danse. Ce qui n'avait pas empêché Honoré, même s'il accompagnait Yolande, de la dévorer des yeux. Pour lui, madame Vilard était la plus belle femme du monde! Il aurait même commis un crime, il l'avait dit à Jérôme, pour qu'elle daigne seulement lui sourire et le faire… languir! Sortie du restaurant, après avoir tendu sa joue à Annie et effleuré celle de Jérôme du bout des lèvres, Reine s'empressa de rentrer en compagnie de Jean-Marie qui, plutôt pompette avec le vin de piètre qualité qu'on leur avait servi, disait à sa femme: «Tu vois? C'est ça le bonheur! Ça ne coûte presque rien, mais c'est sincère en chien!» Le regardant de haut, elle lui répondit: «Surveille ton langage! Toi, quand tu bois…» Ce à quoi il rétorqua: «C'est vrai, Reine, et peut-être que si tu avais bu un peu plus au lieu de toujours tremper tes lèvres dans les *Pink Lady* depuis qu'on est mariés, peut-être que ça t'aurait réchauffé le sang et, peut-être que tu aurais pu apprécier le sexe!» Le toisant, elle lui cria: «Vil animal! Toi comme les autres! Mais qu'as-tu donc à te plaindre à présent? Elle n'est déjà plus à la hauteur, la petite Jolin?»

Le lendemain, alors que Jean-Marie prenait son déjeuner et qu'elle se refaisait une beauté, Reine laissa tomber:

— Il nous faudra faire vite, nous avons besoin d'une bonne. Tu t'occupes de placer une annonce?

Il avala son café, releva la tête et lui répondit:

— Non, Reine, plus de bonne, plus d'étrangère dans la maison! Annie aura été la seule et la dernière. À partir de maintenant, tu feras comme toutes les femmes. Tu ne travailles pas, non? Alors, tu deviendras comme tant d'autres, une femme de maison.

— Quoi? Tu crois que je vais me mettre à faire la lessive, les repas…

— Pas que cela, Reine, mais les enfants n'iront plus au collège ni au pensionnat. Félix veut aller à l'école comme tout le monde et vivre dans sa maison. Isabelle en a assez des religieuses… C'est à ma mère qu'ils se sont confiés, pas à nous.

— Ta mère? Elle me déteste! Elle fait tout pour me perdre! Elle invente!

— Non, Reine, j'ai vérifié auprès des enfants et j'ai eu droit à la même version. Dans ma tête, c'est réglé, tu restes à la maison, tu deviens celle que tu aurais toujours dû être, tu redeviens une mère, une vraie cette fois, ou…

— Ou quoi?

— Ou nous divorçons, Reine, et je te retourne chez ton père! C'est aussi simple que cela. C'est la maison, les enfants, le luxe dont tu jouis ou la porte!

— C'est toi qui me parles de divorce, Jean-Marie? Et sur ce ton? Toi qui me trompes?

— Oui, mais c'est toi qui me ruines, Reine! Et dans une cause, l'une des raisons vaut l'autre. Je dirais même qu'avec mes avocats…

– Tu es immonde! Tu n'as pas de cœur, Jean-Marie! Me demander de mettre la main à la pâte, alors que j'ai toujours eu une servante…

– Oui, à la pâte comme tu dis! Ça te changera de ton vernis à ongles! Et ces enfants, c'est toi qui les as mis au monde! Une mère se doit de poursuivre sa mission…

– Et un père, Jean-Marie?

– Un père, c'est un pourvoyeur, Reine! Celui qui travaille jour et nuit pour te permettre ainsi qu'aux enfants, ce train de vie!

– Jour et nuit? Tu la vois quand alors, ta Mélodie?

– Ne la mets pas en cause, ça ne t'a jamais dérangé que j'aie une maîtresse. Mieux encore, ça t'arrangeait! Tu n'avais plus à repousser mes avances. Alors, je te le redis, plus de bonne, les enfants à la maison, à l'école par ici et, quand tu voudras sortir, tu feras comme toutes les mères, tu auras recours à une gardienne.

Reine aurait voulu lui crier sa haine dans sa rage intérieure, mais elle se contint. Elle sentait qu'il n'attendait qu'une objection pour mettre le divorce en branle, Elle n'allait pas lui donner cette joie. Non pas qu'elle fût jalouse, loin de là, Mélodie Jolin dans le portrait, ça l'arrangeait. Elle ravala donc sa salive à défaut de la lui cracher au visage pour, enfin, lui lancer:

– Très bien, il en sera comme tu le veux. Que les enfants reviennent, je m'en occuperai. Mais toi et moi, c'est chambre à part à tout jamais!

– Bien sûr, j'allais te le suggérer. Transforme celle d'Annie à ton goût et fais-en ton petit univers, Reine. Moi, je n'ai rien à foutre d'une épouse dans mon lit qui… De toute façon, tu te souviens de la dernière fois où toi et moi? Moi, pas!

Il était vilain, voire méchant, parce qu'il avait espéré de tout son cœur qu'elle préfère une rupture à cet acharnement.

Mais Reine, ayant fait des mises de côté dans les boutiques les plus huppées, comptait bien mettre toutes ses factures sur le bureau de son mari. Pour ensuite poursuivre le manège, dépenser à s'habiller, le faire payer sans avoir à lui rembourser quoi que ce soit en «nature», et s'arranger pour continuer à bien paraître, sortir et aller danser chez Maximilien dans les bras de François… qui se morfondait!

Félix Vilard, qui venait de terminer sa septième année, allait poursuivre ses études à L'Abord-à-Plouffe. Sa sœurette également. Ce qui allait donner beaucoup de travail à leur mère qui «s'arrachait» déjà les cheveux juste à l'idée de les avoir à longueur d'année avec elle. Surtout Isabelle qui, gâtée et ayant le même caractère qu'elle, lui donnait déjà du fil à retordre. Sans bonne à tout faire avec deux enfants à s'occuper, il était évident que la maison était de plus en plus «délabrée». Car, madame Vilard, portée sur sa personne, n'ayant pas dérogé à la coquetterie, s'installait devant sa petite commode à grand miroir dès que les enfants étaient loin de sa vue. Ce qui voulait dire que l'époussetage était négligé, que la lessive s'empilait, que le repassage s'accumulait. Sans parler de l'aspirateur qui n'avait pas été passé depuis le départ d'Annie. Constatant que sa femme n'était pas douée pour les tâches ménagères, voyant qu'elle s'occupait au moins des enfants à plein temps, Jean-Marie lui engagea une femme de ménage qui, deux fois par semaine, venait chez les Vilard pour les corvées dont madame ne savait pas s'accommoder. Ce qui la détendit et lui permit de retrouver sa table à maquillage tôt le matin, afin d'aller magasiner, laissant les enfants aux bons soins de la femme de ménage et de trouver, avec le temps, une jeune gardienne du quartier. Ce qui lui accorda, enfin, le privilège de retourner danser chez Maximilien après avoir pris un taxi jusqu'au pont de fer, pour ensuite sauter dans la voiture de François «Frank» Flibotte qui l'attendait, le cœur à l'envers.

Jean-Marie était de plus en plus absent. Brassant de bonnes affaires, il était rarement à la maison et plus souvent chez Mélodie quand la ferveur du boulot lui faisait faux bond. Ce qui avait fait dire à Reine en s'adressant à Jérôme: «Ne faites plus venir d'amandes pour mon mari et ne gardez plus de légumes frais spécialement pour lui, il n'est jamais ici. Il fera ses commandes lui-même si l'idée lui prend de revenir de temps en temps profiter de son quai!» Étonné, Jérôme avait fait part à Annie de sa conversation avec madame Vilard et cette dernière lui avait dit: «Je pense que ça marche de moins en moins dans ce couple-là. Monsieur est un grand amateur de femmes... Il en a sûrement d'autres.» Jérôme, songeur, lui avait répliqué: «Pourtant, avec une belle femme comme la sienne! J'me d'mande c'qu'y pourrait trouver d'mieux!» Et Annie, souriante sans être narquoise, lui avait répondu: «Il n'y a pas que la beauté qui compte, Jérôme. Être belle et ignorer son mari sur le plan personnel... Tu sais ce que j'veux dire, n'est-ce pas?» Bien sûr qu'il le savait, mais il ne pouvait pas s'imaginer qu'une aussi belle femme que Reine Vilard, puisse «survivre» sans chercher à combler les besoins de... son corps! Parce que, depuis Mariette Charette, pour Jérôme, toutes les femmes taillées au couteau avaient des tendances... nymphomanes! C'était vraiment mal connaître Reine Vilard sur le plan sexuel. Un certain soir, se sentant seule, Reine réussit à convaincre sa belle-sœur, Arielle, d'aller au cinéma avec elle. On présentait le film *Peyton Place* qu'elle tenait à voir. Arielle se plia de bonne grâce pour se rendre compte, lorsqu'elles furent rendues au cinéma, que sa belle-sœur se fichait du procès et du fond de l'histoire. Elle n'avait eu d'yeux tout au long de la projection que pour les très belles toilettes de Lana Turner. Une fois de plus! Et quand elle regardait la télévision, ce n'était pas pour s'instruire, pas même pour se divertir, mais pour s'éblouir. Chaque semaine, religieusement, elle suivait l'émission de la chanteuse Juliette qu'on présentait de Toronto. Pas pour ses chansons ou ses invités, mais parce que la vedette changeait trois fois de robe par émission. Voilà où était l'intérêt de la charmante madame Vilard qui, à trente-sept ans révolus, se souciait peu du temps qui s'écoulait. Parce que, pour elle, chaque jour n'était que le lendemain de la veille et qu'elle n'avait qu'à se recoiffer, se maquiller et s'habiller pour être toujours… la même! Et ce, encouragée par les compliments de François dit «Frank», qui n'avait de cesse de lui dire qu'elle paraissait avoir à peine… trente ans!

En dépit de la distance entre elle et son mari, Reine parvenait à être heureuse, bien dans sa peau, et à accumuler les factures de salons de robes et de chapeaux, qu'elle empilait sous le carnet de chèques de Jean-Marie dans son bureau. Des factures onéreuses qu'il réglait sans rien dire. Parce que les extravagances de sa femme lui permettaient d'honorer Mélodie en toute liberté. Ils étaient même allés à New York quatre jours ensemble, sans que Reine s'en rende compte, occupée par quatre défilés de mode. Mais le 15 juillet de la même année, alors qu'elle s'apprêtait à planifier sa semaine, la vie de Reine bascula. À dix heures du matin, Christine l'appela pour lui annoncer sans réserve que leur père avait succombé au cours de la nuit. Un arrêt du cœur! Pur et simple! Sans merci! Elle avait laissé tomber le récepteur et, tremblante, s'était mise à pleurer devant les enfants qui, se regardant, s'interrogeaient. Adolphe Augier, soixante-douze ans, ex-policier, papa bien-aimé de son «bébé gâté», avait rendu l'âme sans s'en rendre compte ou presque. Malgré les cris de sa femme, Clothilde, qui avait eu du mal à composer le numéro de téléphone de l'ambulance. Hélas, trop tard! Monsieur Augier était bel et bien mort lorsqu'ils tentèrent de le réanimer. Subitement! Comme la vieille enseignante en début d'année. Mort sans avoir souffert, mais mort sans avoir dit adieu à qui que ce soit, pas même à sa femme et, fait impardonnable, à son... «bébé». Jean-Marie s'empressa de venir la soutenir, sachant que Reine adorait son père et qu'elle n'avait grandi en beauté que pour lui, par lui. Adolphe qui l'aimait plus qu'Hervé et Christine, et qui l'avait donnée à reculons en mariage à Jean-Marie en lui disant: «Toi, prends-en bien soin, sinon...»

Adolphe Augier parti, sa femme était désemparée dans cette maison trop grande pour elle. Christine lui suggéra de vendre, de se louer un bel appartement, mais Reine, plus subtile, lui avait dit: «Pourquoi ne pas te départir de tout, maman, ne garder que les souvenirs et venir habiter avec nous? La maison est grande, les enfants t'adorent, l'air est frais... Toi qui aimes la campagne...» Clothilde Augier, quoique peu près de sa benjamine, s'était laissé séduire à l'idée de ne pas vivre seule, de se sentir protégée, de jouir du bord de l'eau. Jean-Marie n'eut d'autre choix que d'accepter, sachant fort bien, connaissant sa belle-mère, que Reine ne faisait pas un geste de générosité en l'invitant de la sorte. Vaillante et en santé, «grand-maman» serait toute dévouée à ses petits-enfants et, avec elle, au diable la femme de ménage tout comme la gardienne. Reine venait de trouver, et elle en était fière, une autre «bonne à tout faire». Sa propre mère! Ce qui irrita fortement Christine qui l'appela un certain soir pour lui dire:

– Alors, on se paye une bonne sans la payer, petite sœur? Une servante fortunée que tu n'auras qu'à nourrir?

– Voyons! Qu'est-ce qui te prend, Christine? Depuis un certain temps, tu m'as prise en grippe. Que t'ai-je donc fait? Nous étions inséparables…

– Non, Reine, je t'étais indispensable pour tes sorties, rien de plus! Nécessaire à tes caprices! Surtout pour aller danser avec ton garagiste!

– Alors, là tu pousses un peu fort, ma chère! Et François est un comptable, pas un garagiste! Serais-tu jalouse, Christine? Est-ce de ma faute si c'est moi qu'on regarde?

– Parce que tu t'arranges pour qu'on le fasse, Reine! Tu fais tout pour attirer les regards, séduire les hommes et les laisser tomber! Tu ne vis que pour toi! Maladroitement! Tu n'as même pas réussi à garder ton mari!

– Écoute-moi bien, toi! J'ai toujours su que tu me jalousais, papa me le disait! Et tu faisais semblant d'être plus qu'une sœur pour moi… Je dirais même une amie! Tu m'as toujours enviée parce que je n'ai jamais manqué d'argent et que j'ai eu deux enfants! Tu n'avais qu'à en faire, Christine! Avec ton huissier de mari qui te gardait à la maison, prétextant pouvoir te faire vivre, alors qu'il n'avait pas un rond! Et vois ce que tu es devenue! Rien, Christine! Rien que la femme d'un petit huissier chiche qui a peur des chiens qui jappent quand il livre une sommation! Tu m'as suivie, tu as espéré vivre comme moi, tu as essayé de danser et tu n'as jamais pu le faire avec tes grands pieds plats! Tu veux que je poursuive, Christine?

– Si tu veux, mais sache que je reste indifférente à toutes tes insultes. Parce que je sais ce que je vaux, moi, et que ma tête ne me sert pas qu'à porter des chapeaux du Salon Martine!

Mais là n'est pas la question, je veux savoir comment maman s'est retrouvée dans ta maison.

— Demande-le-lui, je ne l'ai pas forcée, ce fut son choix…

— Je te connais, va! Une servante, son argent, tes comptes à payer…

— Merde! Tu as fini, toi? Tu sais très bien que, mes comptes, j'ai un mari pour les payer! Et l'argent de maman, je n'en ai pas besoin! Autre chose, Christine?

— Oui, qu'est devenu l'argent de notre père, Reine?

— Je n'en sais rien, il avait un testament, personne n'a été convoqué. Et pour ton information, l'argent de la maison est dans le compte de maman! D'autres insinuations avant que je raccroche?

— Hervé a cinq enfants! En es-tu seulement consciente?

— Bien sûr, je sais compter, mais que veux-tu que je fasse? Papa a sûrement songé à lui… Pourquoi t'en prendre à moi, Christine?

— Parce que… Parce que tu es une garce, Reine! Parce que tu pourrais t'emparer de tout! Parce que tu fais marcher le frère du garagiste et que tu t'es arrangée pour être une femme trompée! Une garce égoïste!

— Je te savais jalouse, envieuse, mais pas méchante à ce point, Christine. Faut-il seulement que tu sois frustrée pour parler de la sorte. Je te plains… Mais là, c'est fini toi et moi! Je ne veux plus jamais t'entendre ni te revoir! Et ces mêmes mots s'adressent à Hervé et à sa vache de femme! Je ne veux plus rien savoir de la famille, est-ce clair? Allez tous au diable! Toi et ton huissier les premiers!

Puis, avant que Christine puisse ajouter quoi que ce soit, Reine avait raccroché. Le même soir, faisant état de la situation à son mari, ce dernier lui avait dit: «Tu as bien fait, je n'ai jamais aimé ta sœur ni son huissier. Ils nous ont toujours enviés. Pour ce qui est de ton frère, ce pauvre idiot, laisse-le aux bons soins de sa grosse femme mal éduquée. Concentre-toi sur les enfants, Reine, et sur ta mère, c'est là ta seule parenté.»

On convia la famille pour la lecture du testament, mais ni Christine ni Reine ne s'y présentèrent. Madame Augier y était avec Hervé, sa femme, et deux témoins pour représenter les absents. Adolphe Augier avait presque tout laissé à son épouse, mais il avait gratifié ses enfants de certains montants d'argent. Sans être riche, il avait accumulé quelques économies. Il laissa donc à Hervé et sa marmaille, la somme de vingt mille dollars, à Christine qu'il voyait rarement, la somme de dix mille dollars. Parce qu'elle n'avait pas d'enfants, spécifiait le testament. Et finalement, pour toutes les joies reçues, l'amour dont elle l'avait comblé, la somme de trente mille dollars à son «bébé adoré». Ce qui fit maugréer la grosse Laurette qui avait dit à son Hervé dès qu'ils furent rentrés:

– Si tu l'avais invité plus souvent, aussi! C'est d'ta faute! Tu t'en es toujours sacré!

Christine, apprenant que Reine avait été favorisée et elle, défavorisée, avait dit à son mari:

– J'espère qu'il y a une justice de l'autre côté. Quand je pense qu'elle a encore tout raflé! La garce! En plus d'avoir la mère pour la bourrer! Pis un gars pour aller danser!

Son époux, petit huissier, lui avait répondu en levant le nez de ses papiers:

– Arrête, Christine, sinon je vais finir par croire que c'est vrai que tu l'as toujours enviée. Va pour l'argent, tu as raison, mais de là à t'en prendre à sa vie privée… Son danseur, ce n'était pas dans le testament, ma femme. Allons, calme-toi, prends un scotch, bois un café, mais ne me parle plus d'elle. Nous avons notre maison, je te fais vivre, nous sommes en santé, nous sommes heureux...

Et dans une sainte colère, pour la première fois, Christine lui cria:

– C'est ce que tu penses, toi? Heureux? Commence par me regarder dans les yeux, mon vieux! Voilà d'où vient le malaise! Ce n'est pas elle que j'envie, c'est sa vie! Oui, sa vie, sa désinvolture, son égoïsme, son argent, son élégance, sa beauté et ses amants!

Déboussolé, l'huissier se leva de son fauteuil pour lui rétorquer:

– Je me doutais que tu n'étais pas heureuse avec moi, Christine, mais c'est là ton problème. Je fais ce que je peux... Et je ne veux rien de ton héritage. Mais comment peux-tu prêter à ta sœur des amants? Tu la connais pourtant... Je ne comprends pas...

– Je parle des amants qu'elle pourrait avoir si elle le voulait et que je n'aurai jamais, moi! Comprends-tu maintenant?

Reine Vilard, ayant fait le «grand ménage» dans sa famille et dans sa vie, voyait les choses se replacer à son profit. Avec sa mère qui se dévouait sans cesse pour elle, avec toute la liberté qu'elle lui laissait, sa futile existence avait repris son cours d'antan. L'année 1957 lui avait apporté des joies et des déboires, mais voyant l'hiver venir et, faisant le bilan des douze derniers mois, elle en sortait quasi... radieuse! Le mariage d'Annie, deux décès, celui de l'enseignante et celui de son père, le retour de ses enfants, l'éloignement de son mari, sa distance avec Hervé par le biais de sa femme, sa rupture avec Christine, l'arrivée inespérée de sa mère. Et, furtivement, ce qui s'était passé dans le monde: la mort de Christian Dior l'avait affligée, le spectacle d'Elvis Presley à Ottawa ne l'avait pas attirée, elle n'aimait pas danser le rock, mais elle avait acheté le dernier disque de Pat Boone qu'elle trouvait racé et élégant. La mort d'Humphrey Bogart l'avait laissée indifférente, mais elle s'était fait un devoir d'aller voir le film *The Prince and the Showgirl* pour admirer les somptueuses robes de bal de Marilyn Monroe. Mais peu lui importait que le Canadien ait remporté la coupe Stanley et que la pinte de lait soit grimpée à vingt-deux sous. Reine Vilard n'était que superficielle et légère, et la beauté de Brigitte Bardot que l'on voyait dans tous les magazines la tenaillait beaucoup. Mais sans Jean-Marie pour admirer ses robes et ses bijoux, sans Christine pour en être jalouse, sans Annie pour lui dire chaque jour qu'elle la trouvait jolie, il ne lui restait plus qu'Arielle, sa belle-sœur, qui, consolée de la perte d'Iphigénie, avait fini par faire sa croisière sur le Nil en compagnie d'une collègue bibliothécaire, célibataire tout comme elle, vivant seule et âgée de soixante ans, avec laquelle elle s'était liée… d'affection. Mais, par-dessus tout, pour lui dire qu'elle était superbe, qu'elle était unique, madame Vilard avait «Frank» qui, chaque jour, attendait un coup de fil de sa part. Frank ou plutôt François comme elle préférait désormais l'appeler, qui attendait avec fébrilité le prochain vendredi de novembre pour l'emmener danser et séduire l'assistance. François Flibotte qui, beau comme un dieu dans la force de ses trente-cinq ans, s'était juré d'en faire sa maîtresse. Un jour ou l'autre! Après un mambo ou un sensuel tango! Quelque part, tous les deux, enivrés, amoureux!

Il pleuvait, c'était normal en ce «mois des morts», lui avait dit sa mère lorsque, prétextant un défilé de mode, Reine enfila son imperméable et s'empara de son parapluie afin de sauter dans un taxi. François, au volant de sa voiture, radio en marche,

445

l'attendait patiemment de l'autre côté du pont Lachapelle. Ravi de la voir descendre du taxi, excité juste à la vue de sa jolie silhouette, il se hâta de lui ouvrir la portière pour qu'elle s'engouffre et se colle contre lui. Ce qu'elle ne fit pas, même s'il voulait l'attirer, s'empressant de lui dire:

– François! Je suis trempée! Ton habit de soie…

– Pas d'importance, ça va sécher, j't'aime, Reine, tu sens bon, tu m'chavires, j'pense à toi jour et nuit!

Et à ces mots s'ajouta le baiser qu'il déposa sur ses lèvres. Un baiser plus fort, plus prolongé, qui fit sourciller d'agacement sa très jolie conquête:

– Fais attention! Tu vas me démaquiller! Enlève ton bras! Ma coiffure!

François Flibotte sourit et, reprenant le volant, se dirigea chez Maximilien où un chasseur se chargea de garer sa voiture, alors qu'un portier escortait «madame» sous un gros parapluie. Ils prirent place à leur table, toujours la même, juste en retrait de la piste de danse, et Reine, déjà conquise par l'orchestre qui jouait *Tico Tico*, commandait un *Pink Lady* alors que lui, comme d'habitude, y allait d'une bière accompagnée d'un scotch. Ayant eu le temps de retoucher sa coiffure, son ombre à paupières et son rimmel, elle revint et, la voyant debout, alors que tous la regardaient, les jeunes filles envieuses aussi, François lui dit:

– Maudit qu't'es belle! Où c'est qu'tu prends tout c't'argent-là pour jamais avoir deux fois la même chose sur le dos?

– J'ai des comptes à payer par-dessus la tête! lui répondit-elle en riant.

– C'est vrai? J'aimerais ça t'les régler, Reine! Laisse-moi faire…

– Mais non, grand fou, je plaisantais. Tu oublies que j'ai un mari qui règle toutes les factures. Ça te plaît ce que je porte ce soir?

– Oui, j'adore le vert, surtout le satin vert, et ajustée comme elle l'est… Sais-tu que ça sera pas facile de danser un mambo avec une robe comme ça?

– Tant pis, nous danserons un *slow*… lui murmura-t-elle à l'oreille.

Et pour la première fois, François «Frank» Flibotte sentit que la femme de sa vie pouvait être… sensuelle! Jamais elle n'avait tenu un tel propos. Surtout d'un ton langoureux. Rêvait-il? Se pouvait-il que Reine, enfin, accepte de se rendre plus loin que la piste de danse? Il n'osait le croire ni se faire des idées et, pourtant, il avait tout pour conquérir la plus réservée des femmes. Déjà, de tous côtés, on lui souriait. Des femmes d'âge mûr tout comme des filles de vingt-cinq ans. Lui, avec ses trente-cinq ans, sa carrure, son sourire, sa façon provocante de porter un pantalon gris perle moulant et, affichant au poignet droit une gourmette en or que Reine lui avait fait parvenir pour sa fête, le 30 juin, quelques jours après la fin des classes. Il la regardait, il en était profondément amoureux et il aurait tout donné pour passer le reste de sa vie avec elle. Parce qu'elle était féminine, distinguée, regardée, enviée, ce qui comblait la fierté dont il était doté. Ils dansèrent jusqu'à en perdre le souffle et furent admirés des habitués comme des clients de passage qui les voyaient pour la première fois. Les femmes n'avaient d'yeux que pour lui, tout en visant parfois de l'œil, les escarpins perlés dont sa partenaire était chaussée. Et les hommes ne pouvaient dégager leur regard de la très jolie femme qui, habilement, se déhanchait dans une samba. D'autant plus que sa robe, fendue sur un côté, laissait entrevoir un peu plus que le genou. Ils dansèrent jusqu'à épuisement et, lors d'un dernier *slow,* le succès *Love Letter in the Sand* de Pat Boone, elle rapprocha ses lèvres de son oreille et lui murmura: «Je t'aime». Il faillit… défaillir! Jamais Reine Vilard n'avait été aussi affectueuse, aussi entreprenante, et son étonnement s'amplifia lorsqu'elle lui joua dans les cheveux de la nuque, pour ensuite s'approcher et déposer un doux baiser dans le creux de son cou.

— Tu veux un autre *drink*, Reine?

— Non, pas même un digestif… Tu devrais le savoir, pourtant.

— Des mets italiens quelque part? Chez Renaldo, peut-être?

— Non, je n'ai pas faim et comme il se fait tard…

Ils sortirent, on leur ramena la voiture et, à bord, en cours de route, il lui dit:

— Je t'ai sentie plus sensible dans mes bras… Tu m'aimes, c'est vrai, Reine?

Elle lui sourit, serra sa main dans la sienne et lui répondit:

— Oui, je t'aime, François. Ma vie a changé depuis que je suis avec toi.

— En quel sens? On s'voit si peu souvent… Pis, pour danser, rien d'autre.

— Est-ce un reproche? Je viens de te dire que je suis heureuse avec toi.

— Et moi? M'as-tu seulement demandé si je l'étais avec toi?

— L'es-tu, François?

— Heu… c'est sûr, mais je pourrais l'être encore plus si ça nous menait plus loin… Tu m'saisis?

— Oui, je ne suis pas dupe, mais je croyais que ma seule présence…

— Reine! J't'aime! Ta présence, oui, mais j'suis un homme aussi, un vrai!

Ce disant, il se rapprocha d'elle et, cette fois, força ses lèvres afin de parcourir de sa langue, la bouche entière dont il rêvait. Reine, étonnée d'abord, ne résista pas et prit même plaisir à sentir une fièvre monter en elle. Il l'embrassa à maintes reprises comme jamais elle n'avait été embrassée et, discrètement, laissa ses doigts se faufiler dans son corsage. Elle, troublée par ce préambule, le décoiffa de sa main gauche tout en glissant la droite sur sa poitrine, sous sa chemise de soie. En chaleur, grisé jusqu'au cœur, François, sans même la prévenir, engagea sa voiture quelques minutes plus tard, dans l'entrée d'un luxueux motel du nord de la ville.

Il s'était inscrit en toute discrétion, laissant Reine l'attendre dans la voiture à l'abri des regards. Et comme il pleuvait encore, c'est sous son parapluie, sans risquer d'être vue, qu'elle entra dans l'unité numéro 20 que François avait déjà intégrée. Embarrassée, mal à l'aise de se retrouver dans un tel endroit, elle remarqua néanmoins que c'était propre, assez grand, avec un lit, un petit divan, une salle de bains, et des miroirs partout, ce qui lui plut, adorant s'admirer sans cesse. La lumière était tamisée, une autre petite lampe diffusait quelques jets rouges et, à la radio que François avait ouverte, on pouvait entendre la chanson *Maladie d'amour* interprétée par Les Maniboulas. Reine fureta sur l'appareil et arrêta son choix sur une chaîne anglaise où l'on jouait de la musique… sud-américaine! Comme pour rester dans l'ambiance, quoi! François n'osa pas ouvrir le téléviseur de peur de tomber sur un film quelque peu sensuel conçu pour le décor. Mais il ne savait sur quel pied danser car, depuis leur entrée, Reine n'avait retiré que son imperméable avant de s'asseoir sur le divan. Elle le regardait et elle attendait comme s'il s'était agi d'une visite médicale. Visiblement incommodé, François dénoua sa cravate, la laissa tomber par terre puis, défaisant les trois premiers boutons de sa chemise, il prit place à côté d'elle, l'enlaça, l'embrassa à bouche que veux-tu et glissa sa main dans son décolleté pour lui palper un sein. Reine se risqua à frôler de ses doigts la toison de sa poitrine. D'une main habile, François dégrafa sa robe, descendit la fermeture à glissière et, d'un coup d'index, fit tomber le soutien-gorge de «madame» sur ses genoux. Elle tamisa davantage l'éclairage et, dans ses bras, quelque peu enivrée par l'odeur de la peau de l'homme mêlée à son eau de Cologne, elle le laissa la dévêtir entièrement et la déposer sur le lit, nue, où elle se faufila sous le drap de satin qui lui servit de cache-seins, dans une soudaine pudeur.

Souriant, séduit par le corps de déesse de sa magnifique maîtresse, François Flibotte, gêne de côté, retira son pantalon, sa camisole, son caleçon dernier cri et, nu devant elle, il remarqua qu'elle le regardait sans broncher. Comme si elle était au musée devant une statue de cire! Elle ne souriait plus, elle paraissait plutôt soucieuse. Par délicatesse, il se glissa sous le drap à côté d'elle, l'embrassa sur les lèvres, sur les seins et, voulant descendre plus bas, elle lui releva la tête en lui disant: «Non, François, pas ça!» De sa main ferme, il lui palpa les seins, les hanches, les cuisses, les fesses, et se risqua d'un doigt qu'elle retint en l'embrassant sur l'épaule. Couchée sur le dos, Reine Vilard semblait nerveuse. D'autant plus que la relation se déroulait dans le plus parfait silence. Par gêne! De part et d'autre! Seule la musique de la radio enterrait par moments, le souffle entrecoupé du bel amant. Sans vouloir être brusque et lui déplaire, François opta pour la relation sexuelle la plus simple qui soit. Du moins, pour cette première fois. Il la sentait tendue. Comme une proie sur la défensive, quoi! Or, comme il s'allongeait sur elle, l'embrassant pour la décontracter, Reine sentit le membre de son amant se raidir et grossir sur son ventre. Au moment où il tenta de l'introduire, elle le repoussa violemment en lui disant: «Non, François, je regrette, mais je ne peux pas!» Abasourdi, n'en croyant pas ses oreilles ni ses yeux, il la vit se lever, enfiler ses vêtements un à un, pour ensuite lui dire:

– Désolée, mais je veux rentrer! Il est tard, je ne me sens pas à l'aise.

– Non, Reine, c'est pas l'cas! On s'rend pas aussi loin pour, d'un coup sec, laisser son partenaire de côté! Qu'est-ce qui t'arrive? J'suis pas comme tu m'imaginais? Y'a quelque chose en moi qui t'déplaît? Qu'est-ce que j'ai fait? Parle! J'me sens comme un déchet!

– Non, ce n'est pas toi, François, tu es beau, tu es superbe, aucune femme ne te résisterait. C'est plutôt moi… J'ai un blocage…

– Qu'est-ce que tu veux dire, Reine? T'aimes pas les hommes?

– Mais non, je les aime bien, je t'aime… C'est que face au sexe…

– Voyons donc! T'as eu deux enfants! T'as encore un mari!

– Un mari qui ne m'approche plus depuis longtemps, François. Un mari qui se console avec sa jeune maîtresse et je le comprends. Et pour ce qui est de mes deux enfants, il me les a faits alors que j'avais les yeux fermés et que j'étais cris-pée. Je n'y peux rien, François, je n'aime pas le sexe, je trouve ça animal, je n'ai aucune attirance pour les rapproche-ments des corps. Peux-tu comprendre ça? ajouta-t-elle, en es-suyant une larme de son auriculaire.

Il se rhabilla, rassuré et déçu à la fois. Rassuré du fait qu'elle ne lui avait rien trouvé «d'anormal» ou de «répugnant», mais déçu de ne pouvoir en faire sa maîtresse accomplie, lui qui l'aimait tant. Ne saisissant pas trop «son cas», il lui demanda:

– T'as jamais vu un spécialiste pour ça, Reine?

– Non, pourquoi? Je ne considère pas avoir un problème, moi. Je ne suis que désintéressée, c'est tout. Pas attirée, si tu préfères. Ce qui ne m'empêche pas d'avoir ma vie, d'élever mes enfants…

– Et de gâcher la vie des autres! ajouta-t-il avec véhémence.

– Pourquoi dis-tu cela? N'est-ce pas un peu méchant que…

– Reine! Maudit! J't'aime comme un fou depuis le premier jour, j'ai attendu, j'ai patienté, j'ai dansé, dansé… pour chaque fois me coucher d'sus! Pis là, d'un coup d'coude après m'avoir allumé à m'en damner, tu m'repousses pis tu t'relèves pour me dire: «J'peux pas, j'ai un blocage.» Penses-tu qu'c'est pas s'foutre d'la gueule des autres ça, Reine Vilard? Parce que si toi t'es pas attirée, ça veut pas dire qu'on est tous comme toi, gelés pis raides comme une barre dès l'premier toucher! Pis, pourquoi qu'tu l'as pas dit avant? Tu l'savais que j'voulais en arriver là! Pourquoi qu'tu m'as fait poireauter comme ça? Pour que j'continue à danser avec toi? C'est ça, hein? Tu voulais juste te montrer, t'faire admirer, t'faire désirer par tous les hommes, t'faire jalouser par toutes les femmes, pis en t'servant d'moi comme laisser-passer! Pas trop honnête, ton affaire, Reine! J'comprends même ton mari!

Voyant qu'elle pleurait à chaudes larmes, il s'excusa quelque peu et lui murmura encore amoureusement:

– Avoue qu'j'ai raison, Reine. Tu t'es juste servi d'moi…

Et, entre deux sanglots, elle parvint à lui dire:

– Non, François! Non, ce n'est pas le cas! Je t'aime, toi, j'ai appris à t'aimer de plus en plus avec le temps. Je savais que je n'étais pas attirée par le lit et je sentais que tu voulais te rendre là. Ce soir, François, crois-le ou pas, j'étais sincère. Je me disais qu'avec toi, ce serait différent. Je croyais même que ça allait marcher quitte à être passive. Mais le silence, cette chambre étrange, ces reflets rouges… Je me suis sentie tendue de plus en plus… Et au moment, je n'ai même plus été capable de feindre, je tremblais intérieurement. Ce fut trop long, trop préparé…

– T'aurais-tu préféré que j'te viole, Reine? Que j'te prenne de force?

– Non! C'est ce que mon mari a fait pour me ravir ma virginité et, depuis, je hais le sexe de tout mon être! Remarque qu'il m'a forcée parce que je me refusais encore à lui après l'avoir convaincu de se faire circoncire… Toute une histoire!

François «Frank» Flibotte, rhabillé, l'imperméable à portée de la main, se demandait si Reine Vilard avait vraiment toute ses facultés après la confidence de la dernière phrase qui lui résonnait encore dans la tête. Qui sait si son état psychologique n'allait pas plus loin qu'un… blocage! Soucieux, ayant peur d'en arriver à la craindre, il sentit son amour pour elle fondre à vue d'œil. Il lui semblait percevoir quelque chose de «fou» dans ses yeux verts. Aussi belle était-elle, aussi racée, aussi spectaculaire, il en vint à croire que cette femme n'avait pas toute sa tête. La ramenant chez elle sans trop engager la conversation, il la voyait replacer ses cheveux et ajuster son collier dans le petit miroir de la voiture. Il s'immobilisa en haut de la côte et sortit pour lui ouvrir la portière. Elle descendit, la pluie avait cessé et, timidement, elle lui dit:

– Je suis navrée, François… Mais comme tout est réglé, puis-je compter sur toi pour certains vendredis? En amis, quoi!

Ayant repris le volant, la clef dans le démarreur, sans même la regarder, il lui répondit brusquement:

– Non, c'est fini Reine! J'danse plus! J'viens d'bloquer moi aussi!

Chapitre 12

L'année 1958 laissait présager des jours fades. Du moins, pour Reine Vilard qui, ayant perdu François pour la distraire, ne savait plus vers qui se tourner pour tenter de jouir de quelques menus plaisirs. Heureusement, elle avait sa mère avec qui discuter, plutôt «jaser», car cette dernière, très dévouée à ses petits-enfants, passait le reste de son temps à faire des casse-tête de plus de mille morceaux tout en regardant la télévision. Or Reine, qui ne s'intéressait qu'à la chanteuse Juliette et à ses toilettes, traînait Arielle de force dans les défilés de mode, surtout quand la sublime Élaine Bédard, mannequin de réputation qu'elle adulait, en était la vedette. Arielle, enivrée de bouquins, avait tenté d'intéresser sa belle-sœur à la lecture en lui parlant d'Albert Camus et de Boris Pasternak, ce qui était du «chinois» pour la frivole madame Vilard qui ne lisait que les magazines américains sur les vedettes et les revues françaises dans lesquelles on retrouvait les dernières créations de Coco Chanel. Jalousant Brigitte Bardot pour sa taille de guêpe et ses moues d'enfant gâtée, elle enviait aussi le sex-appeal de Marilyn Monroe et la grâce d'Elizabeth Taylor. Mais, n'étant pas distante au point de fermer les yeux sur les hommes, elle trouvait que Tab Hunter était le plus

455

séduisant blond des films de plage et qu'en France, Gérard Blain, jeune premier, était d'une remarquable beauté. Arielle, peu intéressée par les goûts superficiels de Reine, venait quand même la visiter, la sachant seule et… trompée! Elle était même venue veiller chez elle en compagnie de sa grande amie Réjane, la bibliothécaire sexagénaire qui, après la soirée, en cours de route, avait dit à Arielle: «Peu profonde, ta belle-sœur, mais je n'ai jamais vu une femme aussi belle!» Ce qui avait fait sourciller Arielle de… déplaisir!

Malgré tout, Reine s'ennuyait de plus en plus au bord de l'eau. La maison était belle, vaste, l'environnement plaisant, l'air était pur, l'eau était claire, mais «femme de cité», madame Vilard n'avait pas le cœur d'une «campagnarde» ou d'une «fermière» comme elle qualifiait les résidentes de L'Abord-à-Plouffe. Un potager, une haie de fleurs, pas pour elle, à moins qu'un jardinier s'en charge, car sa mère, souffrant d'arthrose, ne pouvait guère se pencher pour s'adonner à l'horticulture. Les lilas refleurissaient à peine lorsque Jean-Marie, parti en voyage avec Mélodie depuis un mois, revint dans les parages afin de régler tous les comptes à payer de la maison, ainsi que ceux de Reine, moins nombreux cette fois, n'ayant personne avec qui aller magasiner depuis qu'elle avait fait le vide autour d'elle. Il y avait, bien sûr, Arielle, mais cette dernière, de plus en plus accaparée par sa copine âgée, n'avait guère de temps à consacrer à sa belle-sœur. Peu portée sur «l'habillement», le tour des magasins avec Reine était, pour elle, une perte de temps. Jean-Marie avait depuis longtemps remarqué que sa sœur adoptait une allure plutôt «masculine» et que, maintenant, avec ses cheveux courts, ses lunettes trop grosses pour son visage, sa peau blanche, sa tenue vestimentaire plus que sobre, privilégiant le pantalon plus souvent que la robe, elle s'affirmait de plus en plus dans ce qu'il considérait comme un opprobre. D'autant plus qu'avec l'autre, «la vieille» qui avait l'air d'un «vieux», Arielle ne faisait rien, en sorte, pour camoufler son amitié… particulière! Au grand désespoir de sa mère, Eugénie, qui lui disait en la voyant partir retrouver «l'autre»: «Pour l'amour du ciel, Arielle, change d'allure, prends-toi en main, tu as l'air d'une maîtresse d'école des années de la Première Guerre!» Insultée, cette dernière lui avait répondu: «Tu aimerais mieux que je sois comme Reine, maman? Dépensière? Sans rien de côté? Juste du genre à être regardée?» Échappant un soupir, sa mère lui répondit: «Non, pas tout à fait, mais entre les deux, c'est-tu possible d'être une femme équilibrée? Et ta vieille amie, ma fille, je ne la blaire pas! Je ne l'aime pas! Tu devrais fréquenter des gens de ton âge! Tu es jolie pourtant, tu pourrais plaire, te trouver un cavalier. Mais change de tenue…» Arielle était partie. Tout comme sa belle-sœur, sa mère n'avait rien compris, selon elle, quoique Reine avait fini par «comprendre» que sa belle-sœur n'aurait jamais… d'amant!

Soucieux, réfléchissant, Jean-Marie s'était levé un matin de juin en demandant à sa femme dès qu'il la croisa près de la salle de bains:

— Ta mère sort-elle aujourd'hui? Et les enfants vont à l'école?

— Évidemment, c'est vendredi! Et pour ton information, ce n'est qu'à la fin de juin que les classes se terminent. Comme tu peux voir, ce n'est pas toi qui es le plus renseigné. Pour un père de famille…

— Ça va, ne me cherche pas noise et réponds à ma première question.

— Concernant maman? Je ne sais pas, je ne crois pas… Pourquoi voudrais-tu qu'elle sorte? Elle te dérange?

– Non, Reine, et tu le sais, je l'aime bien, mais j'aurais à te parler.

– Alors, c'est simple, invite-moi à souper quelque part, Jean-Marie!

– Non, c'est ce matin que je veux te parler, pas ce soir. Nous pourrions peut-être aller nous asseoir sur le quai.

– Voyons! Je n'y vais jamais! Que penserait ma mère? Imagine! Toi et moi en tête-à-tête sur le quai! Et ce n'est pas si chaud... Mais qu'as-tu donc à me dire de si urgent?

– Alors, c'est simple, ta mère est en bas, elle écoute une émission, je vois déjà les enfants en route pour l'école, viens dans ma chambre et nous pourrons fermer la porte. Je n'en ai que pour cinq minutes.

Reine, refermant son déshabillé de dentelle jaune, le suivit tout en apportant sa brosse à cheveux pour démêler, en cours de route, quelques mèches nouées. Elle prit place sur un tabouret et, le regardant, lui demanda:

– Bon, qu'as-tu donc à me dire de si pressé? Je suis à peine réveillée...

– C'est simple, Reine, je veux divorcer! Je veux reprendre ma liberté!

Surprise, mais feignant de ne pas l'être, gardant même son calme, elle lui répondit nonchalamment:

– Pour aller vivre avec Mélodie Jolin? Pour la gâter encore plus?

– Non, Reine, pour éventuellement l'épouser. Parce que je l'aime et qu'elle m'aime, et qu'il est grand temps que je songe à ma vie. À refaire ma vie! Parce que j'ai droit au bonheur, que je suis un homme de bonne foi et que je n'ai été que rejeté par toi! Tu ne m'aimes pas, ça va! Tu ne m'as jamais aimé, ça va aussi! Mais là, à quarante-deux ans ou presque, je n'ai plus de temps à perdre. J'ai envie d'une vie à deux saine et remplie d'amour. Tu… tu ne dis rien?

Reine, démêlant ses cheveux, se tourna de son côté pour lui répondre:

– Non! N'y compte pas, je ne t'accorderai jamais ta liberté! Pas pour entraver ton amour pour elle, tu peux la garder comme maîtresse jusqu'à la fin de tes jours, Jean-Marie! Mais c'est non parce que tu as des enfants et que tu vas assumer ton rôle de père!

– Mais j'y tiens, voyons! Les enfants ne manqueront jamais de rien!

– Ah, non? Et ta présence, Jean-Marie? Ton aide «précieuse» dans leur éducation? Et tu sais ce que ça veut dire, un divorce? Je vais te le dire, moi! Quand un couple se sépare et que l'homme assume ses responsabilités, c'est la femme, la mère qui reste prise avec les petits! Lui s'en va, verse une pension, demeure un pourvoyeur, et elle, maison payée, argent sur la table, reste seule à élever les enfants! En deux mots, lui se libère et elle, s'encabane! Je suis peut-être frivole comme ta mère le dit, mais je ne suis pas folle, Jean-Marie! Ah, non! Tu ne t'en iras pas «refaire» ta vie avec elle et me laisser ici avec ma mère et les deux enfants sur les bras!

– Ça changerait quoi, Reine? Je ne suis presque jamais là…

– Oui, mais tu n'es pas libre et tu as souvent des remords lorsque Félix te regarde avec des reproches dans les yeux! Tu as sur la conscience de ne pas être souvent là, et ne compte pas sur moi pour te délivrer de ce poids! Nous sommes mariés à tout jamais, pour le meilleur et pour le pire! Et si «le pire» c'est moi, gave-toi du «meilleur» avec elle! Et comme je ne t'empêche pas…

– Tu es odieuse, Reine, tu n'as pas de cœur, pas d'âme!

– Tiens! Encore la même chanson! Trouve autre chose, ça ne prend plus cette semonce-là! Comme si tu avais un cœur de père, toi! Va, continue à jouer les parvenus, les millionnaires! Continue à faire tes croisières avec ta petite gueuse, continue à en vendre à crédit à ta clientèle dite «huppée» et à prétendre que tu as eu comme passagère Ava Gardner! Continue tout ça, Jean-Marie, mais ne viens rien déranger de ce qui est établi ici, entre nous et les enfants. Jamais je ne divorcerai, tu m'entends? Alors, n'insiste pas et dis à la petite Jolin de faire son deuil du mariage qu'elle espère. Dis-lui qu'elle ne sera qu'une éternelle maîtresse à moins que, plus brillante que je ne le crois, elle finisse par regarder ailleurs et offrir son gentil petit cul à un autre! Elle est encore jeune, elle, tu sais!

Jean-Marie, la bouche ouverte, ayant échoué sur toute la ligne, sortit en claquant la porte violemment. Reine suivit pour retourner à la salle de bains et entendre d'en bas, sa mère lui crier:

– As-tu échappé quelque chose de lourd, Reine? C'est pas des farces, les murs en ont tremblé!

La fin des classes arriva enfin, les enfants étaient heureux de retrouver leurs jeux et Reine, plus seule que jamais, s'arrangeait pour aller, parfois, au cinéma avec sa mère, ou magasiner avec… sa fille! Car, faire la tournée des magasins avec Clothilde, sa mère, n'était pas de tout repos. Cette dernière, pas plus coquette que Christine, se lassait vite des trottoirs de ciment de la rue Saint-Hubert qui lui donnaient mal aux pieds. Pour, un peu plus loin, dans un magasin de robes, demander à la vendeuse une chaise, parce qu'elle avait mal dans le dos. «Mon arthrose, vous comprenez», lui disait-elle. Avec Isabelle, ce n'était guère plus agréable car, la petite, ennuyée de voir sa mère essayer des robes et des souliers, lui disait: «Pas toujours toi, maman! Moi aussi, je veux m'habiller! Changeons de magasin, emmène-moi chez les enfants!» Ce qui fit qu'à la longue, Reine dut se résoudre à sortir seule et à se laisser influencer par les vendeuses, elle qui, sans cesse indécise, avait toujours eu besoin de Christine, Arielle et même sa mère, pour lui dire que telle robe lui allait à ravir. De plus en plus esseulée, s'occupant malgré elle des enfants, jouant avec eux parce qu'elle n'avait rien d'autre à faire, elle regrettait amèrement de n'avoir pas été capable de se donner à… François! Non pour l'amour qu'il lui vouait, mais, parce que depuis ce jour, elle avait forcément arrêté de danser. Lorsqu'elle voyait des couples de danseurs à la télévision, elle changeait de station au grand dam de sa mère qui lui disait: «Aïe! J'aime ça, moi, la danse! Tu viens de m'fermer au nez le beau programme de Lawrence Welk!» Et Reine quittait le salon, laissant sa mère avec l'appareil. Sa mère qui s'était pâmée devant Béatrice Picard quand elle avait été couronnée Miss Télévision. Reine n'avait jeté qu'un regard sur sa robe, pas plus. Elle l'avait trouvée quelconque et loin de celles de la chanteuse Juliette, dont elle enviait encore les toilettes à chaque apparition.

En juillet, une triste nouvelle. Honoré Poiron qui avait été hospitalisé et qui avait dû fermer boutique, avait rendu l'âme à la suite d'un cancer du poumon. À l'âge de quarante-neuf ans! La paroisse entière lui rendit un vibrant hommage, Jérôme et Annie lui avaient fait don d'une gerbe de fleurs, et Yolande avait déposé sa carte de condoléances dans l'assiette. Pour qui? Pour une seule parente, une cousine venue de Rimouski à qui Honoré léguait les quelques biens qu'il possédait. Reine ne s'était pas manifestée. Pas d'envoi de fleurs, pas de présence au service. Après tout, Poiron n'était que le cordonnier qu'elle n'avait vu qu'une fois ou deux. Sans avoir jamais su qu'Honoré avait passé des nuits blanches à rêver d'elle. L'aurait-elle su que… Honoré Poiron, ce n'était guère François! Et ce, après avoir appris que le cordonnier, tout comme Jean-Marie naguère, disait à qui voulait l'entendre qu'elle était «la plus belle femme du monde». Ce qui l'avait un tantinet flattée, mais venant de lui… Aurait-il été riche que… Allons donc! Un vulgaire cordonnier boiteux! Alors que, Jean-Marie, nanti à souhait, réglait encore toutes ses factures. Fait curieux, on enterra Honoré tout près de la sépulture de mademoiselle Cardinal. Il reposerait donc à tout jamais à quelques pas de celle qui avait refusé de l'épouser… juste avant qu'il se tire une balle dans le pied!

Mais de la tristesse, on passa à la joie, puisque la nouvelle madame Ruest, Annie de son prénom, vint annoncer à son ex-patronne qu'elle était enceinte et que l'enfant verrait le jour en décembre. Heureuse pour elle, Reine lui avait tout de même dit:

– Tu sais, être mère à quarante ans, c'est un risque. As-tu un bon spécialiste? Jérôme n'est plus très jeune, je ne voudrais pas te faire peur…

Annie était revenue inquiète se blottir contre Jérôme et, ce dernier, lui massant le dos, lui avait dit:

– Ben non, a t'a énervée pour rien, j'ai juste quarante-sept ans, pas encore quarante-huit… Pis ma grand-mère a eu ma mère à l'âge de quarante-six ans. Pas vrai, Yolande?

– Oui, mais c'était sa p'tite dernière! C'était d'la quatorzième qu'elle accouchait! C'est pas que j'suis du bord de madame Vilard, mais Annie devrait s'faire suivre par un bon docteur. C'est son premier! Faudrait rien négliger!

– Bah, vous autres, les femmes… C'est l'bon Dieu qui décide de ça! rétorqua Jérôme, dans un poussée… de foi!

Arielle Vilard, ayant eu vent que sa belle-sœur était délaissée de son frère, avait dit à sa mère:

— Je sais que tu ne l'aimes pas, maman, mais Jean-Marie a sûrement ses torts! Elle est dépensière, je te l'accorde, mais elle ne va nulle part, elle reste à la maison, elle s'occupe des enfants...

— Allons donc! C'est sa mère qui fait tout! répliqua Eugénie.

— Peut-être, mais Reine est tout de même là quand les enfants la réclament. Ce qui n'est pas le cas de son mari! Tu savais que Jean-Marie avait une maîtresse, maman?

— Oui, je m'en doutais! Et il a dû en avoir plus d'une avec une femme comme ça! Une figurine de porcelaine! Elle n'accomplit même pas son devoir conjugal! Ton frère n'a jamais pu l'approcher!

— Tout de même, maman! Ils ont eu deux enfants! Ce n'est pas que je veuille la défendre, je la sais artificielle, mais elle est quand même de bonne foi, pas méchante. Et on ne sait pas ce qui se passe dans le lit, maman. Jean-Marie est peut-être...

— Normal! N'ajoute rien de plus, Arielle! C'est elle qui est folle! De plus, elle a un beau mari... Ton frère a fière allure, non?

— Il n'y a pas que l'allure qui compte, maman, il y a l'approche, les sentiments.

— Qu'en sais-tu, toi? Tu n'as jamais eu d'homme, Arielle, que des amies de femme! Et là, la vieille demoiselle... Comment s'appelle-t-elle déjà?

— Réjane. Je te l'ai dit cent fois!

— Bien, ta Réjane, tu devrais la mettre de côté, ma fille! On commence à jaser! Et prends-moi pas pour une arriérée de ce côté-là, je vois clair, moi!

— Nous parlions de Reine, maman, pas de moi.

– Je sais, mais de l'une à l'autre, c'est pareil! Je me demande ce que j'ai fait au ciel pour avoir une famille si déréglée! Une bru frigide comme un bloc de glace, puis une fille… Il n'y a que Jean-Marie qui ne me déçois pas! Sa maîtresse incluse!

– Qu'allais-tu dire par «puis une fille…» Tu t'es arrêtée…

– Fais-moi pas parler, Arielle, tu pourrais le regretter. Et comme tu as toujours la larme à l'œil… Bon, assez discuté, j'ai un livre à terminer! Ah, Seigneur! Si seulement ton père était encore là!

Arielle, pourtant sensible, surtout respectueuse, ne put se contenir:

– Merci à Dieu d'avoir repris son âme! Parce qu'avec une femme comme toi, maman, il était plus à plaindre que Jean-Marie! Pas surprenant qu'il soit mort à cinquante ans!

– Quoi? Qu'est-ce que tu insinues-là, ma fille? Répète!

Mais Arielle avait quitté le salon, laissant sa mère pantoise derrière elle.

Le lendemain, par sympathie, Arielle téléphona à Reine pour lui demander, après avoir pris de ses nouvelles:

– Dis… ça te tenterait d'aller voir le dernier film de Simone Signoret?

– Heu… pas vraiment, je ne l'aime pas cette actrice-là, elle ne me dit rien. Et moi, les films français, tu sais…

– Oui, je sais, mais comme Réjane n'aime pas les films américains…

– Pourquoi ne pas venir souper avec elle, samedi, Arielle? Les enfants seraient ravis de te voir, ma mère aussi.

– Avec elle? Tu es certaine que…

– Que quoi?

– Que ça ne te gêne pas? Tu sais, Réjane et moi, aussi bien te le dire…

– Tu n'as rien à me dire, Arielle, je le sais et ça ne me dérange pas. Pour ce qui est de ma mère, elle ne voit qu'une amitié et comme les enfants sont encore jeunes… Non, non, venez et sois à l'aise, ne laisse rien paraître. Surtout pas un embarras! Maman va mijoter un poulet à sa manière, j'ouvrirai une bouteille de vin blanc et nous allons passer une belle soirée à bavarder. Viens, Arielle! Avec Réjane! Si tu savais comme je me sens seule de ce temps-là. Jean-Marie est reparti en croisière. Avec… elle.

– Oui, je sais, maman aussi, mais moi, je suis de ton côté, Reine! Les hommes n'apportent que des déceptions. Bon, pas tous, mais la plupart. Alors, on se voit samedi? Ça te convient vraiment?

– Puisque je t'invite! Et n'apporte rien, j'ai tout ce qu'il faut!

Arielle arriva néanmoins avec une bouteille de Crème de menthe verte, le digestif que prenait Reine de temps en temps, et Réjane, avec quelques fleurs que grand-maman Augier déposa dans l'eau fraîche d'un vase. Les enfants, contents de voir leur tante Arielle avec qui ils s'amusaient beaucoup, surtout à des jeux de société, regardaient sa vieille compagne en se demandant qui elle pouvait bien être. Mais Réjane, en bonne bibliothécaire, se fit vite accepter d'eux en leur remettant des livres de leur âge. Madame Augier avait réussi un très bon souper et les deux invitées n'en finissaient plus de la féliciter. Au moment du café et des digestifs, Reine invita sa belle-sœur et sa compagne à passer au salon, priant les enfants de laisser les adultes entre eux et d'aller s'amuser ailleurs. Madame Augier, invitée à se joindre à elles, préféra se retirer et s'affairer à tout ranger dans la cuisine comme dans la salle à manger. Reine, toujours aussi somptueuse, avait revêtu une superbe robe de soie dans les tons de lilas et d'un mauve plus franc. Elle était maquillée, bien coiffée, bijoux aux poignets, au cou et aux lobes d'oreilles et elle dégageait un parfum si doux, si captivant, que la vieille demoiselle en fut enivrée sur-le-champ. Une eau de toilette de Guerlain que François adorait... naguère! Les deux bibliothécaires parlèrent de livres, de biographies, de romans et, surtout, de nouveautés sur la mode, ce qui intéressa soudainement Reine. Elle, de son côté, leur parlait de chiffons, de chaussures importées, des défilés de mode du printemps, de ceux à venir, de cinéma, de Rock Hudson qu'elle trouvait séduisant et de June Allyson qu'elle trouvait amusante, mais pas du tout jolie. La soirée se poursuivit et Arielle se rendit compte qu'elle était au bout du rouleau dans les sujets qu'elle pouvait aborder avec Reine. D'autant plus que Réjane la dévorait des yeux. Elle fit part à sa belle-sœur de la croisière qu'elle et sa vieille amie allaient effectuer l'hiver prochain. Du côté de la Grèce cette fois. Pendant ce temps, madame Augier s'était occupée des enfants maintenant au lit et, après avoir salué les visiteuses, regagna sa chambre pour lire le *Paris-Match* que Reine venait de recevoir. Arielle embrassa sa belle-sœur, lui promettant de revenir et Réjane la remercia de l'invitation tout en effleurant, de ses lèvres fendillées, la joue de Reine qui l'enivrait encore de son parfum si bien choisi. En route, à bord de la voiture de Réjane, cette dernière laissait échapper des soupirs. L'autre, la regardant lui dit:

– Si c'est pour elle que tu soupires, Réjane, reviens-en, car Reine n'est pas une femme qui s'arrête aux délicatesses... des femmes! Elle aime les compliments, bien entendu, et elle adore en mettre plein la vue! Sa plus grande passion, c'est de charmer! Mais tu as sans doute remarqué, par ses conversations, qu'elle est du genre «sois belle et tais-toi».

Réjane, les yeux ailleurs, les pensées remplies de rêves impossibles, lui répondit:

– Non, moi, je l'écouterais parler durant des heures juste pour la regarder! De toute ma vie, je n'ai jamais vu une femme plus séduisante qu'elle!

L'été s'était rapidement écoulé, Félix s'en était donné à cœur joie avec des amis dans la chaloupe, le quai, sa ligne à pêche pour la barbotte et, comme il nageait comme un poisson, sa mère n'avait pas trop à s'inquiéter. Pour sa part, Isabelle préférait la balançoire, la solitude, des livres de contes et... ses poupées! À onze ans, elle avait gardé ses jeux enfantins et ne s'était fait aucune copine à l'école. Et comme elle n'aimait pas l'eau, elle n'était guère portée sur les maillots de bain. C'était maintenant grand-maman qui lui brossait sa longue chevelure et c'était encore cette dernière qui jouait avec elle au bingo, comme le faisait Annie. L'ex-bonne de la famille descendait la côte de temps à autre, mais pour Isabelle, l'engouement n'était plus le même. Annie, mariée, était maintenant une femme au même titre que sa mère, et non plus une servante. Et depuis qu'elle avait appris de grand-maman qu'elle allait avoir un enfant, elle était devenue maussade, distante avec elle, comme pour lui démontrer sa jalousie.

Début septembre, alors que les classes allaient reprendre, Félix s'était levé un matin et, titubant, s'était vite rendu auprès de sa grand-mère pour lui dire: «Je pense que je suis malade...» et s'écrouler à ses pieds. Alarmée, la pauvre grand-maman lui épongeait le front d'une serviette humide alors que Reine, en robe de chambre, descendait l'escalier pour le prendre dans ses bras, le secouer légèrement et lui crier: «Félix! Voyons! Qu'est-ce que tu as? Reviens à toi!» et ensuite dire à sa mère: «Appelle Jean-Marie! Trouve-le où qu'il soit! Dis-lui que son fils est blanc comme un drap!» Mais peu à peu, Félix revint à lui sous les yeux de sa petite sœur qui pleurait. Apercevant sa mère, il lui sourit et cette dernière, le serrant contre elle, tremblant de tous ses membres, lui demanda: «Peux-tu te lever et marcher, Félix? Au moins jusqu'à ta chambre?» Il essaya, retomba, tenta de nouveau et, debout mais trop faible pour se soutenir, il allait encore défaillir lorsque Reine le prit dans ses bras pour le transporter jusqu'à son lit. Avec une force qu'elle ignorait, elle, si fragile… Avec une force de mère qui sommeillait en elle! Entre-temps, madame Augier avait retracé son gendre en passant par l'agence et, sans savoir où elle l'avait joint, lui dit: «Viens vite, Jean-Marie, le petit n'est pas bien! Il a perdu connaissance! Le médecin s'en vient!» Jean-Marie, s'habillant en vitesse, avait dit à Mélodie: «Je pars, mon fils est malade, je reviendrai je ne sais quand. Occupe-toi de l'agence. À moins que ce ne soit rien de grave et que Reine… Je t'appellerai!» Et il était sorti en trombe de l'appartement de la rue Saint-Denis pour sauter dans sa Mercedes, sans même avoir déposé un baiser sur le front de Mélodie. Parce qu'elle lui était acquise et qu'il n'avait plus à jouer les prétendants avec elle. Parce qu'elle était la maîtresse en titre d'une liaison… routinière! Mélodie Jolin, faisant fi des «terribles» ravages du tabac, selon son amant, s'alluma une cigarette, poudra son joli nez retroussé et sauta dans sa petite voiture sport, cadeau de Jean-Marie, pour se diriger vers l'agence. Et y faire son entrée, bien sûr, comme si elle était la patronne de l'entreprise, étant la maîtresse du… patron!

Jean-Marie était arrivé quelques minutes après que le médecin de la place eut terminé son bref examen. Reine, nerveuse, regardait à peine son mari, afin qu'il se sente coupable de n'avoir pas été là au moment requis.

– Qu'a-t-il, docteur? s'informa vivement Jean-Marie.

– Je ne sais trop, Monsieur Vilard. Votre fils a eu une faiblesse, mais je me demande ce qui a pu la causer. De plus, il ne semble pas reprendre de forces… Tu te sens fatigué, mon petit gars?

Félix fit signe que oui de la tête, cherchant à fermer les yeux pour dormir. Tentant de poser un diagnostic, le médecin regarda Reine et lui demanda:

– Est-ce soudain? Vous a-t-il paru fatigué ces derniers jours? Rien pour me donner un indice, pour me mettre sur la piste?

– Non, je n'ai rien remarqué d'anormal. Félix est sportif, vigoureux…

– Pas dernièrement, trancha la grand-mère. Il n'a pas nagé ces derniers temps, ses amis ne sont pas venus et, à deux reprises, je l'ai surpris endormi dans la chaise longue sur le quai. Et hier, en plein cœur de l'après-midi, il est allé s'étendre sur son lit pour faire une sieste.

– Maman! Pourquoi ne pas m'en avoir avertie? s'écria Reine.

– Bien, parce que tu n'étais pas là, ma fille. Tu as été absente chaque jour depuis le début de la semaine et hier, tu es allée à un défilé de mode d'automne. Et comme il semblait vouloir se reposer avant la rentrée des classes, je ne me suis pas inquiétée outre mesure.

– Vous auriez pu vous rendre compte que ce n'était pas normal! lança Jean-Marie. Un garçon débordant d'énergie qui se met à dormir en plein jour!

Madame Augier, brusquée par le ton, saisie, se mit à pleurer et lui répondit:

– Écoute, Jean-Marie, je fais mon possible, mais je ne suis que la grand-mère, moi! C'est à Reine et à toi de voir aux enfants! À Reine qui sort trop et à toi qui n'es jamais là! Je n'ai pas à subir…

– Ne vous en faites pas, Madame, lui dit le docteur, personne n'aurait pu prévenir ce qui se tramait depuis un certain temps.

Puis, regardant Reine en fronçant les sourcils, il lui demanda:

– Il a quel âge votre fils, Madame?

– Douze ans, il en aura treize en octobre.

Puis, levant les yeux sur Jean-Marie, il lui annonça solennellement:

– Comme je ne peux pas me prononcer sur son cas, comme je n'ai rien sur quoi m'appuyer, nous allons faire venir une ambulance et le faire transporter à l'Hôpital Sainte-Justine. Là, entre les mains de spécialistes…

L'enfant qui avait tout entendu, murmura faiblement:

– J'veux pas aller à l'hôpital, maman.

Isabelle se mit à pleurer, Jean-Marie tournait en rond, grand-maman avait regagné le salon et Reine, décidée, dit au médecin:

– Comme vous voudrez, docteur, mais faites vite! Ne sachant pas ce qu'il a, chaque minute compte! Je m'habille en vitesse et je vais avec lui.

– Non, c'est plutôt à moi de le faire, Reine, répliqua Jean-Marie.

– Non, toi, va plutôt t'excuser auprès de ma mère et, ensuite, occupe-toi de ta fille avec elle pendant que je serai avec Félix. Et pas un mot de plus, Jean-Marie, c'est de notre fils qu'il s'agit! Sans tarder!

Félix, docile et doux, se laissa conduire à l'hôpital en ambulance avec sa mère à ses côtés qui, cette fois, n'avait pas eu le temps de se maquiller. Voyant monter l'ambulance, les copains qui descendaient la côte la remontèrent aussitôt pour aller dire à Annie en haut de l'épicerie: «C'est Félix! Il est malade! C'est grave! On a même mis les sirènes, vous les avez entendues?» Annie s'empressa de téléphoner chez les Vilard et, ayant la grand-mère au bout du fil, cette dernière lui expliqua dans des sanglots entrecoupés, que le «p'tit» était faible, qu'il avait eu une syncope et qu'on allait trouver ce qu'il avait. Peu rassurée, Annie avait ajouté: «Dites à votre fille de m'appeler si elle a besoin de moi! Je pourrais m'occuper d'Isabelle ou aller voir Félix à l'hôpital avec elle…» Et madame Augier de lui répondre: «Non, ça va aller, Annie. Surtout dans votre état! Ménagez-vous! Mon gendre est ici pour prendre la relève.» Et Clothilde regagna sa chambre suivie d'Isabelle qui voulait, malgré tout, jouer au jeu de billes avec elle. Madame Augier était montée en prenant Isabelle par la main, sans jeter un regard sur son gendre qui cherchait par tous les moyens… à s'excuser!

Reine Vilard avait passé la nuit auprès de son fils, en dépit de son mari qui se morfondait et qu'elle n'appela qu'une seule fois pour lui dire: «On se penche sur son cas, mais c'est demain qu'on va peut-être trouver ce qu'il a. Après une batterie de tests et d'examens. Je retourne auprès de lui et toi, si tu veux venir me rejoindre demain, laisse Isabelle aux bons soins de maman.» Jean-Marie lui rétorqua: «Mais tu vas être épuisée…» En vain! Reine avait raccroché sans même entendre ces quelques mots… d'apitoiement!

Le lendemain, après des examens poussés, alors que Jean-Marie était auprès de sa femme, le plus âgé des spécialistes revint pour leur dire:

– Votre fils souffre d'anémie, d'où ses vertiges, sa pâleur.

– Pouvez-vous être plus précis? Est-ce grave, docteur?

– Écoutez, Madame, l'anémie est causée par une diminution des globules rouges du sang et de leur teneur en hémoglobine. Félix en a tous les symptômes. La fatigue, l'accélération du pouls, l'essoufflement... Il a même dû ressentir des troubles digestifs dont il ne s'est pas plaint.

– Pourtant, il mange bien! lança le père. Peut-être trop de viande... Vous savez, docteur, je suis végétarien. Les légumes verts...

– Grand bien vous fasse, Monsieur, mais votre fils a besoin d'une alimentation complète. Du fer, bien sûr, mais on n'est pas un sportif en ne mangeant que des épinards et des branches de céleri. Les protéines...

– Oui, je sais, mais les enfants, ça mange plutôt mal. Moi, vous savez, le lait au chocolat...

– On s'égare, Monsieur, votre fils est anémique, il n'a pas été empoisonné par le lait au chocolat à ce que je sache.

– Écoutez, docteur, reprit Reine, vous avez sans doute raison et je vous crois, même si je n'ai rien saisi de votre diagnostic, mais je vous répète ma question: est-ce grave?

– Je ne peux répondre de rien, Madame, pas encore, mais on n'en est pas à l'hémolyse, ce qui est plus rare chez un enfant.

– Je ne comprends rien à ces termes, mon mari non plus! Pouvez-vous être plus clair, docteur? Nous n'avons pas étudié la médecine, nous!

– Ne devenez pas nerveuse ni agitée, Madame. Je tente d'être le plus simple possible. Je parlais d'anémie pernicieuse qu'on peut développer par une intoxication. Et je ne vous parlerai pas de chlorose.

Reine, impatientée, tentant de garder son calme, lui demanda:

– Mon fils n'est pas en danger de mort, au moins? Vous allez le guérir?

– Nous allons mettre notre science à son service, Madame Vilard, et le suivre de près. Mais je ne peux répondre de rien, je ne suis pas le bon Dieu! lui répondit l'étrange petit docteur aux cheveux blancs, au bedon rond.

Il partit, d'autres se succédèrent, Félix était faible, mais souriant et courageux face à toutes les seringues qui défilaient. L'un des autres médecins, plus jeune, moins «universitaire» dans son langage, se donna la peine de bien expliquer aux parents inquiets la maladie dont leur fils souffrait. En ajoutant, au grand bonheur de Reine: «C'est quand même un costaud, ce p'tit gars-là. Ça peut être long, mais il va s'en sortir. Il vous faudra être aussi patients que lui. Pas vrai, mon gars?» Félix, timide, hocha la tête alors que sa mère lui serrait les mains. Derrière elle, Jean-Marie aurait voulu dire au jeune médecin qu'il était végétarien, mais il se retint. Pour ne pas se faire narguer une fois de plus avec... les épinards et les branches de céleri!

Félix prenait du mieux certains jours, en perdait par la suite, et ses parents vivaient dans la constante inquiétude, gardant l'espoir certes, mais ne pouvant encore compter sur une guérison complète. Toujours à l'hôpital, bien traité, dans une chambre privée grâce à l'avoir de son père, Félix avait ses hauts et ses bas non seulement physiquement, mais moralement. Le fait de n'avoir pu reprendre ses classes, retrouver ses amis; le fait aussi de peut-être fêter ses treize ans dans un lit blanc, tout cela était démoralisant. Mais Reine était là chaque jour, l'entourant d'affection, de tendresse, l'encourageant sans cesse. Mère comme elle ne l'avait jamais été jusqu'à ce jour. Comme si ses entrailles s'étaient ouvertes telles des fleurs, pour que sa fibre maternelle puisse en jaillir. Ce qui avait agréablement surpris Arielle et rassuré Eugénie, sa belle-mère, qui avait dit à sa fille: «Au moins, elle a le cœur à la bonne place quand il le faut!» Jean-Marie, moins habile qu'elle dans l'art d'entourer son fils d'amour, ne laissait pas pour autant un seul jour s'écouler sans venir retrouver Reine, regarder leur fils se battre contre la faiblesse avec quelques forces passagères, et rentrer à la maison avec sa femme pour se pencher sur sa fille et lui raconter des histoires. Comme pour se rattraper! Alors que Reine lui brossait ses longs cheveux, tout en lui caressant l'épaule, pour que la petite ne se sente pas mise de côté pour son frère. Grand-maman avait accepté les excuses de son gendre et continué de se dévouer corps et âme pour sa petite-fille, afin que Reine, le temps d'une pause, puisse sommeiller, manger un peu et repartir. Reine qui, depuis la maladie de Félix, avait perdu près de dix livres. Les yeux cernés, les joues plus creuses, les traits tirés, elle n'était plus l'éblouissante madame Vilard d'hier, surtout quand elle omettait de se maquiller. Ce qu'elle faisait cependant, avant de regagner l'hôpital pour que son fiston la trouve toujours aussi radieuse et pour que les médecins traitants continuent de la regarder… d'une certaine façon. Ce qui ne pouvait que rapporter davantage à son fiston. Or, chaque jour, alors que Jean-Marie passait «sa vie» auprès de son fils, de sa fille et de sa femme, Mélodie fulminait. Elle avait beau comprendre «le drame», sympathiser, elle n'en sentait pas moins s'éloigner celui qui lui tenait à cœur. Car, sans même s'en rendre compte, dans ce juste partage de l'épreuve, Jean-Marie s'était drôlement rapproché de sa femme.

Ayant appris le mal dont Félix souffrait, Christine avait téléphoné à deux reprises. Elle comptait sur cette épreuve pour ramener Reine à de meilleurs sentiments envers elle. Elle avait même dit à sa mère: «Dis-lui que j'aimerais aller le voir à l'hôpital si elle y consent.» Reine avait reçu les doléances de sa sœur par l'entremise de sa mère, mais elle leur avait fait la sourde oreille. Au point que Clothilde lui dise un certain matin alors qu'elle faisait sa toilette:

– Écoute, Reine, c'est ta sœur, pas une étrangère. Et c'est aussi ma fille. Elle est remplie de bonne volonté, elle voudrait s'excuser, se réconcilier.

– Non, maman, je me sens si bien depuis qu'elle n'est plus là à m'envier et à m'invectiver. Il fallait que je m'en éloigne pour me rendre compte à quel point sa présence m'était néfaste. N'insiste pas!

– Tu es dure, Reine! Tu vas laisser ta pauvre mère mourir sans avoir vu ses trois enfants réunis? Ah! si seulement ton pauvre père vivait...

– Je ne suis pas dure, maman, je suis juste! Je ne lui ai jamais fait de mal, moi! Pas plus qu'à Hervé et à son horrible femme! Ce sont eux qui m'ont matraquée sans arrêt! Hervé et Laurette, directement, et Christine et son mari, hypocritement! Même Jean-Marie comprend mon éloignement! Et je suis certaine que papa, de là-haut, ne m'en veut pas. Il a toujours su que j'étais la proie des autres. Voilà pourquoi il m'a gâtée, maman! Il savait que Christine était vilaine, il me l'avait même dit... Il n'y a que toi qui ne voyais rien de tout cela! Toi qui avais peur d'elle dès qu'elle élevait la voix et toi qui donnais de l'argent en cachette à Hervé que sa grosse femme allait dépenser! Pas pour ses enfants, pour elle, maman! Pour se bourrer la panse dans les bons restaurants! Pas même avec Hervé, avec ses sœurs aussi méprisables qu'elle! J'ai tout su de papa qui, lui, savait qu'on t'exploitait, mais qui ne s'y opposait pas et me disait: «Un cœur de mère, ma petite, ça ne se contrarie pas!» Et là, c'est à mon tour de vivre pour mes enfants. Pour Félix qui, sans la médecine d'aujourd'hui, aurait pu partir, nous quitter, s'envoler comme une feuille au vent. Je l'avais presque confié à papa…

À ces mots, Reine, émue, épuisée, se mit à pleurer et Jean-Marie qui avait tout entendu, vint la prendre dans ses bras pour la réconforter et dire à sa belle-mère:

– Elle est fatiguée, elle s'est beaucoup donnée, de grâce, ne la tourmentez pas avec Christine et Hervé. Elle a choisi de ne plus les revoir.

– Je veux bien, Jean-Marie, mais je ne sais plus quoi lui dire, moi, quand elle appelle! Christine est aussi ma fille! Elle va encore téléphoner…

– S'il en est ainsi, c'est simple, vous me la passerez, Madame Augier. Je vais tenter, sans la brusquer, de lui faire comprendre le bon sens.

– Alors, fais-le! Parce que moi, j'suis pas capable! Elle s'emporte…

– Vous voyez! Laissez-la-moi, même pas à Reine, à moi. Et je vous assure qu'elle ne rappellera plus. Ce qui ne vous empêchera pas de rester en contact avec elle, Madame Augier. Vos enfants sont vos enfants, je le sais.

Le soir même, après une journée mouvementée à l'hôpital où Félix subissait les effets secondaires de certains médicaments, Reine et Jean-Marie étaient revenus inquiets, troublés et quelque peu apeurés. Leur fils avait perdu trois livres en deux jours, ce qui les terrorisait. Affectée, exténuée, souliers par terre, Reine cherchait ses pantoufles qu'Isabelle s'empressa d'aller quérir pour elle, alors que, Jean-Marie, un café chaud sur la table, retirait ses boutons de manchettes au moment où le téléphone sonna. Madame Augier, sourcils froncés, regarda son gendre pour lui dire: «C'est elle! J'en suis sûre!» Jean-Marie se rendit dans son bureau, laissa sonner deux autres coups et, soulevant le récepteur, répondit:

– Oui, allô?

– Heu... Jean-Marie? C'est Christine! Je voudrais des nouvelles de Félix!

– Il va mieux. De toute façon, ta mère t'en donne à longueur de journée.

– Heureusement! Car, si j'attendais après ma petite sœur...

– Écoute, Christine, je vais tenter d'être poli, mais je devrai être assez bref. Reine et moi avons des journées épuisantes.

– Alors, sois bref si je dérange! lui lança sa belle-sœur.

– Reine ne veut plus entretenir de lien avec toi, Christine, ni avec Hervé. C'est là son choix et je le respecte. Depuis ce long silence entre vous deux, sa vie a pris un autre cours, elle se sent libre, heureuse.

– Ah, oui? Et éprouvée! Tu vois? Quand on renie la famille...

– Je t'arrête et je te prie de retirer ces paroles, Christine, car c'est toi qui risques d'être éprouvée un jour à être si odieuse! Je ne veux pas d'affrontement, je n'en cherche pas, je tiens à être bref, je te l'ai dit. Reine n'a plus envie de te revoir ainsi que ton mari et il en va de même pour moi. Et le mot peut être passé à ton frère et sa femme, le lien est rompu avec eux également. Tout ce que nous voulons, Reine et moi, c'est retrouver Félix tel qu'il était et vivre en fonction de nos enfants désormais.

– Ah, oui? Attends qu'il soit sur pied! Ta femme va recommencer à te ruiner!

– J'y compte bien, j'aime que ma femme soit élégante, bien dans sa peau, sophistiquée. Elle est ma fierté et non ma ruine, Christine! Et sur ce, je n'ai rien d'autre à ajouter, sauf que ta mère sera toujours ta mère...

– Alors, puisque c'est comme ça, dis à ma très chère mère que je me ferai une joie de la revoir, le jour où elle sortira de votre maudite maison!

Et Jean-Marie l'interrompit pour lui dire avant de raccrocher:

– Ton père avait raison, Christine! Tu es vilaine! Et j'ajouterais... ignoble!

Christine était tellement en furie, qu'après avoir raccroché, elle souhaitait presque que le petit... Pour ensuite se dire: «Non, pas lui! Mon Dieu, arrêtez-moi! Je ne voulais pas penser de la sorte, c'est de la folie!» Puis, encore enragée contre sa sœur et Jean-Marie, elle ne perdit pas une seconde et appela Hervé pour le «poignarder» de tout ce que le «riche» beau-frère avait «craché»! Avec éloquence, bien sûr! Pour tenter de le mettre en colère, le faire sortir de ses gonds, l'entendre sacrer. Mais, Hervé, fatigué, pas trop en bonne santé, lui avait répondu:

– Ben, si c'est comme ça, on n'insistera pas! Y'a-tu aut' chose à faire que ça?

– Tu pourrais peut-être le rappeler et lui dire ce que tu penses de lui!

– Non, pas de temps à perdre! Leur vie, la mienne! Chacun ses affaires!

Christine avait raccroché encore plus outrée face au désintéressement de son frère qui, malgré tout, blessé, avait dit à sa femme qui le questionnait:

– Ma sœur pis son mari, les riches, y veulent plus rien savoir de nous.

– Pis ça t'surprend? Peut-être parce que j'suis pas d'leur rang?

– T'as même pas appelé pour prendre des nouvelles du p'tit, Laurette.

– Une folle! Pour qu'a m'casse les oreilles avec un tas d'bêtises?

– Mais, qu'est-ce que t'as pu lui faire pour parler comme ça? Tu l'aurais-tu apostrophée comme t'en as l'habitude, toi?

– Pantoute! A m'haït! J'sais pas pourquoi, mais a m'blaire pas, ta sœur! Maudite snob! A s'prend pour une autre, celle-là! A m'fait penser à ton père qui était juste une police pis qui s'prenait pour un ministre! Pis a parle comme si a venait de Paris! Pas comme nous autres, Hervé, comme les fraîches d'Outremont! Comme ton père qui s'mettait la bouche en cœur... Pis ça venait juste de Villeray!

– Ta gueule, Laurette, ta gueule une fois pour toutes! C'est d'ta faute si la famille veut plus rien savoir de nous autres! Même la mère se montre rarement! Mais j'm'aperçois qu'c'est toi qu'on peut pas sentir, pas moi! Ben sûr que j'suis rendu dans l'même plat, tu m'as pompé, tu m'as monté contre eux autres! Pis Reine t'a pas barrée juste parce que tu t'informes pas du p'tit! T'as dû faire aut' chose de croche, toi! Pis là, j'te l'dis pour la dernière fois, Laurette, ta gueule! Parce que si j'avais pas tant d'enfants... T'es juste une grosse *trouble maker*!

C'est en octobre seulement, à quelques jours de son treizième anniversaire, que Félix Vilard obtint son congé de l'hôpital où on était venu à bout de son anémie... ou presque. Comme on craignait encore que le malaise ait pu être causé par un microbe ou une intoxication, on recommanda au médecin de famille de l'avoir à l'œil. Sans dire à ses parents que, selon eux, Félix allait souffrir d'anémie pour un assez bon bout de temps. Il survivrait certes, mais il allait être dépourvu de fermeté et de force désormais. L'important pour la famille, c'était qu'il soit là! Dans sa chambre, dans son décor, dans son lit, avec sa mère pour le caresser, son père pour le choyer et sa grand-mère pour lui être dévouée. Des attentions qui profitaient également à Isabelle qui, jouant les délaissées, obtenait tout ce qu'elle désirait. Mais l'épreuve avait rapproché le couple. Jean-Marie regardait Reine d'une autre façon et elle, de son côté, voyait en lui un homme de cœur. Un soir, soulagée de savoir son fils hors de danger, elle se rapprocha de lui sur le divan, lui prit la main et lui murmura:

– Merci d'avoir été à mes côtés. J'aurais été incapable de tout traverser seule.

– Mais voyons, Reine, tu es ma femme, Félix est notre fils! Crois-tu un seul instant que j'aurais pu me distancier de cette épreuve que nous avons surmontée à deux? Parce que sans toi…

Elle avait les larmes aux yeux, lui, le cœur au bord des lèvres, et cette nuit-là, guidés par des sentiments qui venaient on ne savait d'où, ils se retrouvèrent dans la même chambre, dans le même lit. Et, à la grande surprise de Jean-Marie, sa femme se laissa prendre comme jamais elle ne l'avait fait depuis le début de leur union. Pour la première fois, elle se donna tout entière. Avec amour, avec passion. Sans le savoir, Reine Vilard venait d'avoir raison de son «blocage». Comme si le fait d'être devenue plus humaine dans l'épreuve lui avait insufflé les désirs de la chair et ravivé les bouleversements du cœur.

On avait choyé Félix pour son anniversaire. Sachant qu'il ne pourrait plus être aussi sportif qu'avant, son père lui avait offert une machine à écrire et sa mère, une paire de jumelles de qualité, car le garçon voulait voir de sa chambre, de l'autre côté de la rivière, les cimes des arbres, et observer ainsi les oiseaux que Camille Nevers peignait si joliment naguère. Annie se déplaça pour venir goûter son gâteau de fête et lui offrit des gants de cuir doublés de laine. Isabelle lui avait enveloppé une boîte de chocolats aux noix et sa grand-mère, à sa demande, lui avait acheté la plus récente version du dictionnaire Larousse. Mais son plus beau cadeau fut de voir son père et sa mère réunis, main dans la main, beaux tous les deux, heureux. Car, depuis le soir où Reine s'était abandonnée, elle avait repris la chambre des maîtres avec son mari qui, retrouvant celle dont il avait toujours rêvé, en tomba, pour la seconde fois, follement amoureux. Parce qu'elle était plus belle que jamais et que l'amour qu'elle lui manifestait lui donnait envie de n'être qu'à elle. Était-elle vraiment sincère? Il était évident qu'il en doutait après toutes ces volte-face de sa part, mais le voyant soucieux, elle le rassura lors d'un devoir plus que conjugal: «Je t'aime, Jean-Marie, n'en doute pas. C'est Félix qui, avec l'aide de mon père et de Dieu, a fait surgir cet amour emprisonné en moi. Je t'aime sûrement puisque je n'ai jamais aimé personne d'autre. Et je t'aimerai toujours.» Comblé, ému, étreignant sur sa poitrine, sur son cœur, sa superbe femme qui avait retrouvé ses formes, sa grâce et sa beauté, il lui murmura: «Je sais que tu ne t'informes pas, que tu ne t'imposes pas, Reine, mais je t'aime autant que tu peux m'aimer. Et je n'aimerai que toi désormais. Tu comprends? Tu ne me demandes rien, mais je veux que tu saches qu'aucune autre femme ne fera partie de ma vie. Je ne serai qu'à toi, Reine, à toi seule.» Et c'est à la suite de cet aveu que Jean-Marie Vilard annonça à Mélodie Jolin que tout était fini entre eux. Sans trop s'en offusquer, l'ayant depuis quelque temps présagé, elle lui répondit:

– Tu es fait pour elle et elle pour toi! Il en a toujours été ainsi et je m'en vais, Jean-Marie. Je quitte mon poste, d'autres défis m'attendent ailleurs.

– Mais il n'était pas question de congédiement, Mélodie, juste une mise au point…

– Que je respecte, comme tu vois, mais qui m'incite à d'autres choix. Tu comprends? Ma vie commence à peine et je ne tiens pas à la gâcher. Alors, si ton bonheur me permet de trouver le mien… C'est mieux ainsi, crois-moi.

«Allez, un dernier effort Madame Ruest, poussez encore, je vois la tête qui vient!» lui scandait le médecin qui l'accouchait à l'hôpital du Sacré-Cœur, en ce jeudi 11 décembre 1958. Annie, entrée la veille, avait passé la nuit à se tordre de douleur. Yolande lui épongeait le front quand l'infirmière s'absentait et Jérôme, nerveux, allait du fumoir jusqu'à la petite chambre où trois futures mères criaient, pour repartir en disant à sa sœur: «Moi, j'suis plus capable de la voir souffrir comme ça! Pis quand a s'calme, c'est l'autre à côté qui s'tord de douleur. Ça s'était pas passé comme ça pour Luc…» Yolande lui avait mis un doigt sur la bouche, l'heure n'était pas aux comparaisons. Mais anxieux, fébrile, Jérôme ne savait plus quoi faire pour que sa femme finisse par accoucher. Il passa la nuit à fumer, à marcher de long en large, et un autre futur père, beaucoup plus jeune que lui et moins agité lui demanda: «C'est-tu vot' premier? Vous avez commencé tard!» Jérôme le regarda et lui répondit: «Non, c'est le deuxième, mais l'autre, c'était avec ma première femme, pis ç'avait pas été dur comme ça! Pis toi, jeune comme tu es, tu commences? Pis t'es même pas nerveux?» Le jeune homme d'environ vingt-quatre ans lui répondit: «Non, c'est not' quatrième, j'commence à être habitué! Pis, de toute façon, ma femme crie à l'année après les trois autres!» Il s'éclata de rire et Jérôme parvint à peine à lui sourire. Pas plus, car les douleurs d'Annie le rendaient hors de lui. Il aurait donné le seul bras qu'il lui restait pour qu'elle arrête de souffrir. Et c'est à ce moment que Yolande était venue le retrouver au fumoir pour lui dire: «On l'a rentrée dans la salle d'accouchement, Jérôme, ça devrait plus être ben long.» Et alors qu'ils attendaient, anxieux, la longue délivrance, un médecin était venu dire au jeune père qui patientait avec eux: «Félicitations, mon vieux, un beau garçon de huit livres!» Et le jeune «mâle» de répondre: «Non! Pas encore un gars? Ça nous en fait quatre!» Resté seul au fumoir avec Yolande, Jérôme sentit le calme du jour qui se levait l'envahir, lorsque de la salle d'accouchement, il entendit un cri de femme suivi de pleurs d'enfant. C'était Annie, il en était sûr! Et, se précipitant, frappant dans la porte à carreaux vitrés, il vit le médecin s'avancer vers lui pour lui dire: «Soyez heureux, Monsieur, vous êtes le père d'une belle grosse fille de neuf livres!» Fou de joie, regardant Yolande, Jérôme avait les larmes aux yeux. Il se hâta pour retrouver Annie, et Yolande, lui prenant le bras, l'arrêta et lui dit: «T'as besoin d'la caresser fort, celle-là! J'te l'dis d'avance, c'te fois-là!» Annie, sueur au front, se souleva quelque peu pour qu'il la serre contre lui et, souriante, elle lui dit: «Ça n'a pas été facile, mais c'est fait, Jérôme! Et vois comme elle est belle! Elle va avoir tes yeux rieurs!» Comblé, amoureux, il l'étreignit davantage et s'exclama: «Merci, Annie! C'est un trésor que tu viens de m'donner!»

Non, Jérôme n'avait pas songé cette fois à l'appeler… Luce! Cet amour d'antan avait fini pas se consumer, s'éteindre de lui-même. Annie, ses fossettes, son toupet carré, son sourire, lui avait redonné une agréable joie de vivre. Une semaine plus tard, l'enfant était baptisée et comme Yolande était la marraine, elle portait les prénoms de Marie, Yolande, Sylvie. Oui, Sylvie! Un prénom qu'Annie adorait et que Jérôme trouvait fort joli. Sylvie Ruest! Une charmante petite fille qui allait être choyée par sa mère et gâtée… par son père! Car, cette fois, Jérôme se jurait que l'enfant de sa chair n'allait pas lui échapper. À défaut d'Honoré, mort et enterré, c'est le garagiste Flibotte qui accepta d'être le parrain de la petite Ruest. Parce qu'il était allé à l'école avec Jérôme dans le temps et qu'ils étaient restés amis, chacun à son commerce, dans le même patelin. Annie supplia madame Vilard, son ex-patronne, d'être la porteuse et Reine accepta de bon cœur, même si elle craignait de se retrouver face à face avec François, le frère du parrain. Ce qui ne fut pas le cas. François Flibotte, quoique invité, prétexta un retour à Montréal après une courte présence à l'église. Juste le temps d'apercevoir Reine, de frémir encore d'amour pour elle, de ressasser des souvenirs… Mais lorsqu'elle sortit avec l'enfant dans les bras, son mari à ses côtés et qu'elle vit François non loin d'eux, elle lui jeta un regard si tendre, si bon, si décent que, dans un élan, il allongea presque le bras pour lui saisir la main, mais se ravisa. Voyant qu'elle avait baissé les yeux sur l'enfant et qu'elle remontait son collet de fourrure pour se protéger du vent, il disparut de son côté sans même se retourner, emportant dans son cœur d'amant, la femme qu'il avait le plus aimée. Et la fête se poursuivit chez les Ruest jusqu'à ce que Reine dise à Annie: «Je suis heureuse pour toi. C'est une vraie poupée! Aime-la beaucoup, Annie. Maintenant, je dois rentrer, Félix m'attend. Ce n'est pas qu'il ne va pas bien, mais je n'aime pas le laisser seul avec ma mère et sa petite sœur trop longtemps.» Et monsieur et madame Vilard reprirent la route dans leur Mercedes de l'année, non sans avoir offert à la mignonne Sylvie fraîchement baptisée, une médaille au bout d'une chaîne en or, estampillée 18 carats… avec des parcelles de diamant pour former l'auréole de la Vierge!

Félix avait vraiment repris du poil de la bête. Avec la croissance, un supplément de fer, les «légumes verts» de son père, un suivi médical régulier, on aurait pu jurer qu'il n'avait pas souffert de la fameuse anémie aux multiples adjectifs du spécialiste au bedon rond. Vêtu tel un jeune homme en ce 24 décembre au soir, il attendait, tout en regardant la télévision avec Isabelle, la messe de minuit et le réveillon qui allait suivre à la maison. Un gentil réveillon avec ses parents, sa sœur, ses deux grands-mères, sa tante Arielle, son amie Réjane, personne d'autre. Aucun invité du côté de sa mère. Et, depuis la dernière altercation, comme pour la punir de vivre avec Reine et Jean-Marie, Christine ne parlait plus à sa mère. Un énorme chagrin pour la pauvre femme qui avait dit à sa benjamine: «Pourtant, c'est pas de ma faute ce qui s'est passé. Je n'ai pas à payer pour les chicanes entre les enfants. Ça va être un bien triste Noël.» Mais Reine l'avait vite consolée en lui répondant: «Ne t'en fais pas, maman, elle se punit elle-même. Sans toi, sans personne à qui se confier, pas même à Laurette qu'elle déteste autant que moi, il ne lui reste que son petit huissier de mari.» La mère, néanmoins encline à l'harmonie, ajouta: «Je vais quand même l'appeler au jour de l'An, quand je serai chez Hervé où je suis invitée à souper. Et elle n'aura pas le choix que d'accepter mes vœux et m'offrir les siens ainsi qu'à son frère. Ah! mon Dieu! Si ton père voit tout ça de l'autre côté…»

Après la messe de minuit où Reine avait été plus que généreuse dans le tronc de saint Jude, patron des causes désespérées, alors que son mari garnissait l'assiette du bedeau de billets de banque, la petite famille revint à la maison et Reine s'empressa de retoucher sa coiffure, son rouge à lèvres, un ongle dont le vernis s'était écaillé et, alors qu'elle descendait l'escalier pour attendre les invités, Jean-Marie lui dit: «Plus belle que toi, Reine, il n'en existe pas!» Elle sourit tout en admirant dans un miroir sur pied sa jolie robe ample d'un beige tendre dont le corsage était garni d'innombrables topazes. De longs pendants d'oreilles scintillant des mêmes tons, un bracelet appareillé, deux bagues dans la main droite, ses alliances, les sandales de soie d'un brun ambré et une coiffure haute à chignon entrecroisé par les mains de son coiffeur à prix élevés. Jean-Marie l'admirait, l'aimait, la désirait. Surtout que Reine acceptait ses avances avec moins d'audace que la nuit des «retrouvailles», mais du moins, avec obligeance. Et ce, moins souvent, de temps en temps. Car, sans «blocage» depuis qu'elle s'était jetée dans son lit et pour cause, Reine Vilard n'en était pas moins peu portée… sur la chose! Ce que Jean-Marie acceptait en autant qu'une fois par semaine, par quinzaine ou par mois, elle le laisse s'allonger sur son corps dénué de sensualité, mais dégageant les arômes des parfums… les plus exagérés!

Sa mère avait tout mis en place et la table était magnifique. Comme celle d'Annie au temps de son service. Jean-Marie avait sorti de sa réserve des vins hors de prix et les enfants, le nez collé à la fenêtre, attendaient que grand-mère Vilard et tante Arielle arrivent dans la grosse bagnole usagée de Réjane. Le réveillon fut réussi. Madame Augier fut complimentée par madame Vilard mère qui avait ajouté: «Vous avez bien du courage! Toutes ces corvées, tout cet ouvrage à votre âge!» Ce qui avait fait sourciller Reine qui trouvait que sa belle-mère n'avait pas changé à son égard, malgré l'épreuve qu'elle et Jean-Marie venaient de traverser. Les enfants furent comblés de présents. Isabelle reçut même un petit cadeau de Réjane: des chocolats en forme de sapin. Jean-Marie offrit à sa femme une superbe broche en cuivre ornée d'une libellule taillée à la main, qu'elle aima plus ou moins. Pour elle, les œuvres sculptées des artisans, c'était loin... des diamants taillés des orfèvres-joailliers! Arielle était vêtue si modestement qu'Isabelle lui en fit la remarque: «Pourquoi t'es jamais chic, ma tante? Pourquoi tu mets pas du rouge à lèvres et du vert sur tes paupières comme maman?» Ce qui embarrassa tout le monde, grand-maman Vilard la première, et Réjane qui, pas maquillée, ça allait de soi, cheveux courts et gris, aucun bijou, des souliers plats, se sentait aussi dévisagée par la fillette qui, dans son cas, gênée, n'osa lui dire quoi que ce soit. Mais, les yeux avaient... parlé! D'autant plus qu'en regardant les deux femmes, Isabelle jouait avec le rebord de sa robe de velours rouge, comme pour leur démontrer qu'il existait d'autres tissus que... le coton! Grand-maman Vilard était très élégante dans sa robe de dentelle grise, joliment coiffée, bijoux en évidence. Grand-maman Augier, moins coquette, avait quand même suivi les conseils de Reine et enfilé une jolie robe de soie d'un vert tendre, qu'elle n'avait portée qu'une seule fois lors d'un banquet. Pas démodée pour autant, Reine l'avait rehaussée d'un collier de perles à cinq rangs et de boucles d'oreilles s'y mariant. Puis, coiffée par sa fille, légèrement maquillée, Clothilde Augier n'avait rien à envier à Eugénie Vilard. Pour plaire à sa belle-sœur, Reine fit tourner en sourdine de la musique classique. Et, alors qu'elle se dandinait du tourne-disques à son fauteuil, elle ne voyait pas Réjane qui, dans un coin, la suivait des yeux... la bouche ouverte! Cette vieille demoiselle dans la soixantaine à laquelle Reine s'intéressait à peine, sauf au moment de son arrivée alors qu'elle lui avait dit: «Vous êtes très en beauté, Reine» tout en lui remettant une bûche en fleurs en guise de centre de table. Elles partirent aux petites heures et, à bord de la voiture, madame Vilard avait dit à sa fille: «T'as vu? Encore aussi dépensière ta belle-sœur! Une fortune, ce qu'elle avait sur le dos!» Ce à quoi Arielle répondit: «Arrête de toujours la vilipender, maman, Jean-Marie l'encourage à s'habiller comme elle le fait. Il aime les femmes élégantes, voyantes! Et comme ça semble aller si bien entre eux maintenant... Elle fait tout pour lui plaire!» Sans la regarder, le «bec pincé», Arielle reçut comme réponse de sa mère: «C'est temporaire!»

Et l'année en cours se termina sur quelques notes de gaieté. Annie et Jérôme étaient venus rendre visite à la famille Vilard avec leur petite Sylvie de quelques semaines qui devint, en peu de temps, la poupée d'Isabelle. Jean-Marie avait offert un scotch à Jérôme qui avait préféré une bière et, Annie, allaitant son enfant, avait opté pour une tasse de thé sans sucre ni lait. Félix, content de la revoir, lui avait dit: «Tu pourras revenir te baigner au quai, tu sais. On pourra même refaire des longueurs ensemble!» Malgré ses multiples amis, malgré l'anémie qui le tenaillait encore sans l'aliter, Félix n'avait pas oublié son bon temps avec elle. Parce que lors de leurs escapades en longeant la rive, il s'en souvenait encore, il débordait d'énergie. Et dans son cœur d'adolescent, il s'imaginait sans doute, qu'en reculant dans le temps avec Annie, il éviterait, cette fois, l'anémie!

L'année touchait à sa fin dans le vent froid du 31 décembre et Reine, aux côtés de Jean-Marie dans le lit de leur «réconciliation», lui dit:

– C'est incroyable ce que nous avons vécu... Qu'elle parte vite cette année de malheur et qu'elle fasse place à la suivante! Celle où enfin, le bonheur...

La serrant contre lui, son mari tendrement lui répondit:

– Nous avons eu nos épreuves, Reine, mais aussi de grandes joies. Pense à ce que devient notre vie, notre union. Pense à ce qui grandit, à notre amour à nous... C'est à la maladie de Félix que nous devons cette renaissance. C'est lui qui, sans le vouloir, a fait de sa mère la femme de son père.

L'attirant contre lui, glissant une main sur ses seins, humant son parfum tout en lui caressant des lèvres le cou, il la sentit légèrement se distancier pour, ensuite, l'entendre lui dire:

– Pas ce soir, tu veux bien? Je suis épuisée, je ne suis pas encline... Attendons que la prochaine année se lève. J'aurais peur que cette dernière soirée...

Déçu, faisant mine d'être compréhensif, Jean-Marie lui souhaita une bonne nuit, se tourna de l'autre côté et espéra de tout son être que sa femme adorée ne «redevienne» pas celle qui l'avait tant de fois... contrarié!

1959! Pour Reine Vilard, la promesse de jours meilleurs! Avec l'apport des prières et des nombreux lampions destinés à son défunt père, Félix était guéri. Il avait réussi à vaincre, selon les spécialistes, l'anémie qui l'avait affaibli. Une anémie provoquée par «un microbe» selon le médecin de famille, mais malgré tout, l'adolescent effréné et sportif allait devoir faire son deuil d'un trop plein d'activités et se pencher davantage sur les études et la lecture. Car, pour rien au monde, Reine n'aurait voulu... d'une récidive! Elle s'était épuisée à se donner jour et nuit pour lui, elle s'était angoissée à le suivre des yeux depuis son retour à la maison, et ce, en plus d'un surplus d'attention que lui réclamait Isabelle. Elle avait certes retrouvé son mari, son affection, sa tendresse… son amour! Mais elle se devait d'en payer le prix, elle qui, sans contredit, l'aimait un peu moins que lui. Jean-Marie la comblait: un long manteau de vison blanc avait suivi le renard bleu, et un gros diamant taillé en forme d'étoile, s'était ajouté à ses pierreries. Mélodie n'était plus du décor et aucune autre n'avait pris la relève. Son mari n'avait «d'yeux» et d'égards que pour elle! Bien sûr qu'elle accomplissait son devoir conjugal sans «blocage» maintenant, mais cette guérison n'avait pas fait d'elle une louve pour autant. De temps à autre, Jean-Marie recevait ses faveurs avec un tantinet d'ardeur, mais sans voir dans le noir que, Reine, serrant les dents, se laissait prendre les yeux fermés. Et sa belle-mère, qui avait encore eu vent de la «bonne foi» de sa bru de la bouche même de son fils, n'avait rien dit, se contentant de hausser les épaules, pour ensuite déblatérer sur «la dépensière» en disant à Arielle: «Je persiste à dire que c'est juste temporaire! Et ton frère qui pense qu'elle vient de se découvrir une seconde nature! Facile à faire, après avoir reçu deux manteaux de fourrure!»

Arielle, plus indulgente que sa mère, avait appelé sa belle-sœur pour s'informer des enfants, de son frère, d'elle, et lui dire:
– Je suis en train de lire *Mémoires d'une jeune fille rangée* de Simone de Beauvoir qui vient à peine de paraître et, de son côté, Réjane s'est plongée dans *Moderato Cantabile* de Marguerite Duras. Tu connais ces noms-là, Reine?
– Heu… non. J'ai entendu parler de Françoise Sagan parce qu'elle s'est mariée, mais moi, les écrivains, surtout en France… Non, moi, je suis plutôt en train de suivre le drame de Lana Turner dont l'amant a été poignardé par sa fille. C'est bouleversant, Arielle! Elle est tellement troublée, la pauvre femme,

qu'elle est en train de perdre sa beauté. Imagine! Sa fille de quatorze ans qui la délivre d'un profiteur à l'aide d'un couteau! J'en ai des frissons! Quand on est mère, tu sais… Puis, il y a aussi la princesse Margaret qui doit sacrifier son beau colonel, Peter Townsend, si elle veut garder sa petite couronne. Elle a choisi la monarchie au détriment de son amour! C'est triste, mais à sa place, j'aurais fait le même choix! Puis, j'ai lu dans *Paris-Match* que Brigitte Bardot allait se marier avec Jacques Charrier. Pas mal ce type-là, pas laid, mais pas riche et, d'après moi, elle aurait pu trouver mieux. Elle est si belle!

Arielle, indisposée par toutes ces futilités, l'interrompit pour lui dire:

– Toi, le cinéma, les vedettes, les princesses, le rêve, c'est ta vie, Reine! Ce qui se passe de sérieux dans le monde ne semble pas trop te déranger.

– Heureusement! Car s'il fallait que je m'angoisse avec tout ce que Jean-Marie écoute à la télévision, je serais en dépression, ma chère! N'oublie pas que j'ai eu ma part de tourments avec Félix. Or, lire sur ce qui se passe à Hollywood ou chez les vedettes d'ailleurs, ça me divertit, ça me détend, Arielle. Remarque que je ne devrais pas dire ça pour le procès de la fille de Lana Turner, mais dans l'ensemble, c'est plus léger que lourd et ça m'apaise. S'il fallait que je me mette à lire des romans sombres et dramatiques…

Arielle, discernant tout de même la pertinence de cet aveu, lui répondit:

– Oui, tu as sans doute raison, Reine, ça aide à tempérer. Dis donc, Réjane aimerait que tu viennes souper chez elle un de ces soirs. Elle fait de la bonne cuisine, tu sais, et elle t'aime beaucoup. De plus, comme tu ne sors pas tellement de ce temps…

– Heu… oui, c'est vrai, et remercie-la d'avoir pensé à moi, mais Jean-Marie projette une croisière à laquelle il m'invite en mars prochain. Et comme j'ai accepté, il me faut aller magasiner, je n'ai rien pour les pays chauds. Je n'ai même pas de maillot de bain. Récent, évidemment!

— Une croisière? Chanceuse! Voilà qui va te faire grand bien, Reine!

— Oui, je pense, et comme maman va s'occuper des enfants... De plus, Annie m'a dit qu'elle viendrait chaque jour s'enquérir d'eux. Elle les connaît tellement et comme elle n'a que sa petite Sylvie de qui prendre soin, ça va lui permettre de faire des marches de santé avec l'enfant.

— Bon, alors, ce sera pour une autre fois le souper à trois. Réjane comprendra.

— Tu n'invites jamais ta mère chez elle, Arielle?

— Non, ma mère, tu sais... Avec son caractère! Ne t'imagine pas qu'elle voie d'un bon œil cette relation entre deux femmes. Tu la connais, n'est-ce pas? Mais il faudra quelle s'y fasse, Reine, et je me demande déjà laquelle de ses amies va accepter de venir habiter avec elle.

— Habiter? Je ne comprends pas. Que veux-tu dire?

— Que Réjane et moi planifions l'achat d'une petite maison à la campagne. Nous allons vivre ensemble, Reine. Enfin! Et ma mère s'en arrache les cheveux. Mais, tant pis! Qu'elle pleure, qu'elle crie, c'est ma vie!

Janvier ne semblait pas vouloir prendre fin. Il neigeait abondamment, le temps était froid, la rivière gelée, le quai englouti, givré sous les derniers flocons durcis. Jean-Marie, devant le téléviseur, regardait pour la cinquième fois les images de la prise de la Havane par Fidel Castro et Che Guevara, la fuite de Batista...

— Viens voir, Reine! On va nous montrer encore une fois Che Guevara entrant triomphalement, hissé sur un mulet!

Reine s'approcha pour lui faire plaisir et, voyant le révolutionnaire, béret sur la tête, cigare aux lèvres, elle dit à son mari:

– C'est épouvantable! On l'accueille comme s'il était une vedette!

– Bien sûr, et regarde toutes ces femmes qui s'approchent pour le toucher ou lui décocher un sourire. Ce révolutionnaire est un grand séducteur!

– Bien, en ce qui me concerne, il lui faudrait se lever de bonne heure, se raser, se laver et se débarrasser de ses poux!

Jean-Marie éclata de rire et, pour la taquiner, lui demanda:

– Et si tu étais sa prisonnière, Reine? S'il t'avait prise en otage?

– Je préférerais mourir plutôt que de me donner à lui! Non, je ferais un compromis! Je le forcerais à prendre un bain et puis, peut-être… Parce que c'est vrai qu'il n'est pas laid, ce guerrier-là!

Jean-Marie avait souri. Au moins, Reine n'était pas indifférente aux hommes. De Louis Jourdan jusqu'à Che Guevara! Ce qui laissait entrevoir pour lui, des nuits plutôt charnelles, là où il voulait en venir avec elle. Ou, du moins, sans opposition ou… lassitude!

Le 28 février 1959, en grandes pompes, Reine Vilard célébrait ses trente-neuf ans dans un luxueux restaurant en compagnie de Jean-Marie, de sa mère et de ses deux enfants. Heureux de la voir si belle, si étincelante, son mari lui avait dit avant de partir:

– Crois-moi, Reine, tu es plus ravissante qu'à vingt-cinq ans! Tu es majestueuse! Il faudrait que le temps s'arrête pour te garder à tout jamais telle que je te vois! Dieu que le ciel t'a fait belle!

Avec de tels compliments, il était évident que l'orgueil puéril montait de trois crans dans le cerveau inconstant de la dame. Robe noire garnie de paillettes scintillantes, coiffée à la Jeanne Moreau, longs pendants d'oreilles à tiges d'or ciselées de sillons noirs, elle arborait en plus de ses alliances, une superbe bague sertie de sept gros diamants surplombés d'un véritable onyx. Et sur ses épaules, sans l'enfiler, comme les actrices, elle avait laissé choir... son vison blanc! Sa mère, plus modeste, avait dit à son gendre:

– Je ne sais pas de qui elle retient pour avoir des goûts comme ça, on est tous très discrets dans la famille.

Et Jean-Marie de lui répondre:

– Alors, merci de l'avoir faite telle qu'elle est, Madame Augier! C'est en plein le genre de femme qui pouvait me faire chavirer!

Les enfants étaient on ne peut plus élégants et Isabelle, dans sa robe de velours champagne, regardait sa mère comme une rivale. Parce qu'elle n'aimait pas, lorsqu'elle sortait avec elle, qu'on la remarque plus... qu'elle! Et la petite, pour attirer l'attention, la précédait dans sa petite mante de vison beige, que son père avait fait dessiner pour elle. Le souper fut somptueux, le pianiste joua pour elle *Tenderly* après le rituel du gâteau de fête et du *Happy Birthday*, et Reine, ravie d'être la «reine» de ce banquet, dansa ce *slow* à la mode dans les bras de Jean-Marie, pour que tous les clients de la salle à manger puissent admirer ses jolies jambes moulées dans des bas de soie noirs, ainsi que les escarpins de satin parsemés de tiges dorées, qu'elle avait dans ses jolis pieds. On brava le vent froid à la sortie pour s'engouffrer dans la Mercedes au préalable réchauffée, et tous revinrent à la maison, éblouis par la soirée. Reine, ayant fait honneur au vin blanc un peu plus que de coutume, se sentait légèrement ivre. Surtout lorsqu'elle regardait la bague reçue en cadeau, qu'elle avait remise dans son écrin.

Et, ce soir-là, le vin tout comme le luxe aidant, elle se donna avec un peu plus d'ardeur à son mari, sachant qu'il en était fou et qu'il la trouvait plus belle qu'à… vingt-cinq ans! Sans même sourciller ni se rendre compte que, dès le lendemain, elle allait se lever aux premières lueurs de sa… quarantième année! Comme si l'inexorable fuite du temps n'allait épargner… qu'elle!

Chez les Ruest tout était au beau fixe. Une harmonie parfaite régnait entre Yolande et Annie qui jouaient aux cartes ensemble, tricotaient à deux, écoutaient les mêmes émissions et s'occupaient de la petite Sylvie, un ange de douceur, à tour de rôle. Et dès que Jérôme montait, il soulevait sa petite de son bras ferme, la cajolait et lui posait la tête au creux de son moignon où, bien souvent, elle s'endormait. Une enfant sage, un bébé sans problème. Annie, toujours amoureuse de son mari, se plaisait à le lui dire souvent. Et ce, réciproquement. Jérôme adorait sa femme. Elle avait été créée pour lui, s'appliquait-il à dire à qui lui parlait d'elle. Il avait oublié, avec elle, la trame de ses souvenirs, ses joies comme ses déboires. Sauf, peut-être, un violon et *Une petite musique de nuit* qui remontait parfois à la surface de son passé englouti. Les affaires marchaient rondement et depuis le décès d'Honoré, il s'était rapproché de Flibotte, le garagiste, l'ami d'enfance avec lequel il regardait souvent le hockey ou les combats de boxe à la télévision. Il lui était arrivé de croiser François chez son frère et ce dernier, sachant que Reine était sa cliente, lui avait demandé:

– Elle est-tu toujours aussi belle, Jérôme?

– Qui ça? Ah! j'sais de qui tu parles, Frank! Oui, belle comme une actrice, mais précieuse! Yolande a pour son dire que c'est une statue de marbre!

– Aïe! Oublie pas que j'l'ai aimée pis que j'l'aime encore!

– Frank! Arrête ça pis oublie-la! A vient d'traverser une dure épreuve pis a s'est rapprochée d'son mari. T'as pas l'intention d'gâcher ça?

– Ben non, j'lui ferais pas d'mal pis encore moins d'tort! C'est juste entre nous que j'parle comme ça, Jérôme, j'le crierais pas sur les toits!

– Ben, j'aime mieux ça, parce qu'en plus d'être une cliente, madame Vilard est restée très amie avec ma femme. Pis toi, François? Pourquoi qu'tu t'pendrais encore après elle? Avec ton apparence pis ton physique, tu pourrais avoir toutes les femmes que tu veux, mon vieux!

– J'les ai, Jérôme! Une après l'autre! J'couche avec toutes, mais c'est elle que j'aime! J'en ferai pas un drame, mais j'sens que j'pourrai jamais en aimer une autre comme j'ai aimé Reine.

– Voyons donc, p'tit frère, lança le garagiste, a t'a sacré là, t'as même pas été capable de l'avoir pour une nuit!

– Presque! Un peu plus… Pis, oublions ça, t'as raison Jérôme, faut que j'l'oublie! J'me r'garde pis j'm'aperçois que l'temps passe vite en maudit!

Reine et Jean-Marie étaient partis en croisière. Pas tellement loin, juste au Mexique après une courte escale en Californie, où la jolie dame que l'on admirait à bord du paquebot était descendue pour effectuer des achats dans les boutiques les plus huppées de San Diego. Et le soir, à chaque souper, les yeux étaient tournés vers leur table afin de la voir arriver. Majestueuse à chaque fois, robes du soir incomparables, diamants, émeraudes, mais avant tout, son beau visage, sa grâce, sa démarche altière. Jean-Marie était également regardé par plusieurs femmes. Pas laid avec sa petite moustache, sa bouche charnue, ses yeux enjôleurs. Pas laid et bon danseur sur la piste illuminée, dans un tango avec sa femme, qui se sentait plus ou moins à l'aise dans ses bras. Admirée certes, mais pas aussi enviée que lorsqu'elle dansait avec… François! Parce que ce dernier, plus athlétique, plus souple, plus beau que son mari, rendait toutes les femmes jalouses… d'elle! Mais, souliers de peau de soie retirés, longs gants noirs sur sa commode, elle redevenait mère et appelait à la maison chaque soir pour prendre des nouvelles des enfants. Surtout de Félix qui la tourmentait et envers lequel elle ne voulait rien avoir à se reprocher. À des lieues de lui sur une mer houleuse, tout comme à ses côtés. Mais tout allait bien, sa mère l'en assurait, et Annie venait chaque jour avec sa petite lui tenir compagnie. Ce qui laissait Reine respirer d'aise. Ce qui lui permettait de s'abandonner à son mari dans leur luxueuse cabine et, fait étrange, comme elle le prétendait naguère, elle n'avait pas… le mal de mer!

L'avant-veille du retour, lors d'un grand souper d'apparat, Reine était arrivée dans une robe lamée pêche qui moulait si bien son corps que plusieurs mâles faillirent tomber à la renverse. Au bras de Jean-Marie qui, dans un smoking brun avec nœud papillon beige, avait, hélas, plus l'allure d'un «marié» que d'un élégant mondain. Lors de la soirée, une dame aux cheveux gris s'approcha de Reine pour lui dire à l'insu de son mari:

— Vous voyez le jeune homme là-bas? Il ne vous quitte pas des yeux, Madame. Il est une vedette montante du cinéma. Il a obtenu son premier rôle dans le film Ben *Hur* qu'on voit encore sur nos écrans.

Reine regarda le jeune homme blond qui lui souriait tout en levant sa coupe de champagne et, sans lui rendre son sourire, elle détourna les yeux pour dire à la dame:

– Il est bien jeune, ce garçon. À peine vingt ou vingt-deux ans… Je l'ai d'ailleurs déjà aperçu sur le pont, je crois. Et vous savez, il y avait tellement de figurants dans *Ben Hur*, un film que j'ai vu avec mon mari, que j'aurais peine à le reconnaître. Son premier rôle, dites-vous? Sa première apparition, Madame! J'aurais préféré me faire remarquer par Charlton Heston; ajouta-t-elle en riant.

– Tout de même, insista la dame, soyez indulgente, ne le décevez pas, acceptez au moins une danse. James est mon neveu!

– Alors, dites-lui, Madame, pour ne pas le décevoir, que je le trouve beau garçon et que je lui souhaite beaucoup de succès au cinéma, tout en lui murmurant gentiment… que je ne danse pas avec les enfants!

La croisière se termina enfin, et Reine et Jean-Marie étaient plus qu'impatients de reprendre l'avion à New York pour regagner Montréal et retrouver leurs enfants dans leur paisible résidence de L'Abord-à-Plouffe. Fait cocasse qui fit sourire Reine, la «vedette montante», le James en question, neveu de la passagère aux cheveux gris, n'avait certes pas eu un bon «contact» à Hollywood, puisqu'elle les vit tous deux prendre la correspondance pour… Charlottetown! Avec sans doute, dans ses bagages, le bout de film dans lequel on le voyait peut-être tirer un âne et qu'on lui avait offert sur une bobine. L'avion se posa à Dorval, Jean-Marie récupéra sa Mercedes et, avec Reine à bord, ils rentrèrent à la maison à la grande joie des enfants qui, après les effusions, reçurent des souvenirs de leurs parents. Reine avait même rapporté un joli sac à main en paille de qualité pour sa mère. Un sac qui servirait pour l'été qui viendrait. Arielle s'empressa de téléphoner pour s'informer de la croisière et, ensuite, ajouter à voix

basse: «C'est fait, Reine! Je vis avec Réjane! Nous avons déniché une jolie petite maison à Varennes, pas loin de Montréal.
Il faudra que tu viennes… Mais ne parle de rien à Jean-Marie
pour le moment, il en serait contrarié. Et, crains pas, ma mère
va vite se charger de lui en rebattre les oreilles et me diminuer
à ses yeux!»

Septembre s'amena avec ses premières feuilles au sol, ses
gels de nuit sur les plantes qui tentaient de survivre et, le 15
du mois, Reine apprenait par la télévision le décès de l'acteur
Errol Flynn. Une nouvelle qui l'avait laissée indifférente, ayant
vu très peu de ses films. Mais ce qu'elle ignorait, c'est que
sous ce même toit, jadis, une belle jeune fille de quinze ans en
était amoureuse. C'était à se demander si, en apprenant la nouvelle, là où elle se trouvait avec son Tristan, Camille Nevers
avait eu le cœur gros. Le sublime comte d'Essex du film qu'elle
avait vu tant de fois. Celui dont elle parlait sans cesse avec
Marthe, naguère. Son beau Robin Hood… Autres temps…

Félix avait demandé à son père d'aller dans un collège
privé de Montréal. Pas pour y être pensionnaire, mais pour y
étudier et rentrer chaque soir à la maison. On en discutait et
Reine, d'abord inquiète, céda. Parce que le garçon qui allait
avoir quatorze ans et qui envisageait la médecine comme profession, voulait avoir quelques longueurs d'avance en fré-
quentant un collège de réputation. Isabelle, pour sa part, avait
repris ses études à l'école de l'endroit, n'aspirant pour l'instant, elle l'avait dit à sa mère, qu'à devenir aussi belle qu'elle
et se marier avec un beau garçon qui aurait beaucoup… beaucoup d'argent! Ce que son père promit de lui trouver, évidemment! Madame Vilard mère avait averti son fils du geste
d'Arielle, de son «concubinage» avec «la vieille» comme elle

l'appelait et, contrairement à l'effet souhaité, elle entendit Jean-Marie lui répondre: «Que veux-tu qu'on y fasse, maman? Arielle n'est plus une enfant, elle est en droit de faire ce qu'elle veut de sa vie. Et en ce qui concerne son concubinage que je qualifierais plutôt de vie à deux, libre à elle! Tu sais, dans les pages de l'Histoire, on trouve ce genre de liaison. On a souvent prétendu que George Sand... On parle même de Greta Garbo! Laisse-la vivre sa vie, maman. En autant qu'elle soit heureuse...» Eugénie Vilard avait raccroché brusquement, furieuse de constater que son fils protégeait maintenant sa petite sœur de toute attaque! Même celles de sa mère! Et qu'il fermait bêtement les yeux sur les exhortations... du diable!

Octobre s'était mis en place et, chez les Vilard, c'était le calme plat. Madame Augier vaquait à ses tâches, s'occupait d'Isabelle, du ménage, de la cuisine, bref, de tout ce qui pouvait libérer Reine. Travaillant le jour, rentrant le soir, Jean-Marie se sentait peu à peu sombrer dans la déprime près de cette rivière qui ne l'attirait plus. Loin de la ville quoique suffisamment près, devant le téléviseur ou dans l'un de ses bouquins, il avait l'impression de se regarder vieillir. À quarante-trois ans! Peu d'amis, beaucoup de connaissances, mais n'ayant personne avec qui se lier dans les parages, il devait faire appel, parfois, à des collègues ou des employés, pour tuer la monotonie. Amateur de jolies femmes, fidèle à la sienne depuis qu'ils s'étaient rapprochés, ce n'était certes pas avec Reine qu'il pouvait meubler ses phases intellectuelles, tout comme son verbiage... sensuel! Car, sans faire le moindre effort pour tenter de lui plaire dans la conversation, Reine déployait tout son talent à dépenser, acheter et venir parader devant lui, le sachant esthète et en adulation devant elle. Que cela! Bien sûr que Jean-Marie la voulait belle et désirable à longueur de journée, mais il n'aurait pas détesté que, de temps en temps, elle vienne prendre place à ses côtés et regarder un bulletin de nouvelles, pour ensuite la mettre en appétit par un court entretien... charnel! Mais non, c'était avec Clothilde, sa belle-mère, que Jean-Marie discutait de l'inflation et de ce qui se tramait aux États-Unis comme en Russie. Avec Clothilde qui avait appris de son défunt mari à s'intéresser à la politique tout comme à faire des mots croisés. Un soir que madame Augier était allée rendre visite à Hervé et sa famille, alors que Félix étudiait dans sa chambre et qu'Isabelle dormait, Jean-Marie invita sa femme à s'asseoir et lui demanda sans détour:

— Que dirais-tu de retourner vivre en ville, Reine?

Surprise mais non mécontente, elle lui demanda à son tour:

— Tu veux dire vendre ici, aller habiter à Montréal? Acheter ailleurs?

— Oui, mais à Outremont, là d'où je viens. Il y a de superbes maisons, Reine, presque des palais. Et comme j'ai les moyens... Tu sais, ici, c'était pour le calme, l'eau, la détente, mais là, je m'aperçois que l'inertie m'ennuie. Et toi aussi. Félix ne s'approche plus du quai, Isabelle ne va pas plus loin que la balançoire. Elle n'a pas d'amies, Félix s'est éloigné des siens depuis qu'il est au collège, et toi, à part Annie... Mais elle n'est plus à nous, elle est mariée, elle a sa vie et ce n'est pas avec elle que tu vas faire le tour des défilés. De toute façon, Reine, on ne fait pas d'une ex-bonne à tout faire, une amie. Elle n'a pas ta classe et, sans la dénigrer, les Ruest lui conviennent mieux.

— Tu as raison, mais elle est serviable, affable et gentille. Je ne la renie pas pour autant, tu sais. Et comme maman n'est pas du genre à aimer magasiner... Il est vrai que je me sens seule, Jean-Marie, mais vendre... L'automne est là, l'hiver va suivre... Est-ce le bon moment?

– Peut-être pas, mais le fait d'en parler… Que dirais-tu de commencer dès maintenant à visiter des maisons avec moi? Si nous avons la main heureuse, Reine, nous pourrions partir en janvier même si c'est l'hiver, faire tout déménager sans avoir à rien emballer et, une fois installés, vendre cette maison qui ne nous a pas été favorable.

– Oui… hélas! Que de déboires depuis que nous sommes ici… C'est comme si elle avait été bâtie pour que personne ne s'y attache. Tu te souviens de ce que mademoiselle Cardinal m'avait dit?: «Cette demeure, Madame, se meurt dans les regrets. Elle n'a rendu personne heureux.» Puis elle s'était excusée de peur qu'elle nous éprouve à notre tour. Et depuis, Félix…

– Et elle n'en a jamais rien su, elle est morte avant, la pauvre femme. Mais, nonobstant ses dires tout comme ses appréhensions, Reine, moi, j'en ai assez du bruit des vagues sur les roches, du souffle du vent dans les arbres, de l'éloignement, de la solitude… Je sais que c'était là mon choix et que je l'ai imposé, mais là, j'ai envie de retourner dans le monde des vivants. Alors, qu'en dis-tu?

– Je te le répète, Jean-Marie, quand tu voudras! Tu sais, moi, j'étais aussi heureuse dans un appartement. Mais si tu veux revivre dans le quartier de ton enfance, acheter une belle résidence, je te suivrai de bon cœur, c'est évident, mais cette fois, sans maman.

– Que veux-tu dire? Tu ne la veux plus avec nous? Et les enfants?

– Je m'occuperai d'eux, je le fais déjà d'ailleurs, et nous aurons une femme de ménage. Ce n'est pas que je ne l'aime pas, Jean-Marie, elle est discrète et adorable, mais il est temps que nous formions une famille tous les quatre. Et comme maman ne rajeunit pas, les corvées, le ménage, les enfants…

Non, il est temps qu'elle se repose dans un appartement bien à elle et qu'elle poursuive sa vie avec des gens de son âge. Elle est emprisonnée avec nous, elle ne sort pas ou presque. Et seule, elle pourrait recevoir Christine, Hervé et sa famille. Je suis certaine qu'elle y pense parfois, mais qu'elle n'en parlera jamais.

— Donc, si tout s'arrange, Reine, peut-être verrons-nous enfin la lueur d'un grand bonheur. Avec les enfants, toi et moi… Que nous, quoi!

Ce disant, il attira sa femme contre lui, tenta de la séduire d'un toucher du revers de la main, puis d'un baiser sur un sein, mais elle se releva pour lui dire:

— Sois raisonnable, Félix peut redescendre, il n'est pas encore couché…

Pour ensuite ajouter, le regard égaré dans une rêverie:

— Et, à bien y penser, retourner vivre en ville serait la solution à l'un de mes problèmes ici… C'est à Montréal que se déroulent tous les défilés de mode!

Dernière semaine d'octobre, par un matin gris de pluie, de vent et d'un léger brouillard, Jean-Marie, mallette à la main, embrassait Reine avant de se rendre au bureau. S'adressant à sa belle-mère, il lui demanda:

— Alors, Félix, encore un peu de fièvre? Et la toux se manifeste?

— Oui, un rhume, la grippe peut-être, mais en ce qui a trait à ses cours…

— Non, non, pas de collège pour lui aujourd'hui, qu'il se repose! trancha Reine qui craignait toujours le pire dès que Félix ressentait le moindre malaise.

Grand-maman préparait les vêtements d'Isabelle quand Reine lui dit:

– Non, maman, je la garde elle aussi! Elle ne va pas marcher seule jusqu'à l'école par un temps pareil! Pas ce matin, du moins. On verra en après-midi...

– J'aurais pu la déposer en passant, lui suggéra Jean-Marie.

– Non, non, l'école n'est pas dans ta direction et, à bien y penser, si Félix a contracté un petit virus qui le tenaille, je ne voudrais pas que la petite le répande à l'école. Il faut penser aux autres enfants. Et puis, si le rhume sommeille en elle, ce n'est pas avec ce temps de chien qu'elle va s'en départir.

– Comme tu voudras, Reine. De toute façon, pour ce qu'elle va manquer... La petite école, ce n'est pas l'université.

– Voilà! Alors, va-t-en seul pour une fois et ne t'inquiète pas des enfants. Je suis là, maman aussi. Mais relève ton collet, Jean-Marie, les rhumes ne sont pas que pour les petits!

Il l'embrassa une seconde fois, salua belle-maman, déposa un baiser sur la joue d'Isabelle et cria à Félix du bas de l'escalier: «Salut, mon grand!» avant de se diriger vers la porte. Puis, se retournant, faisant signe à Reine de s'approcher, il lui murmura:

– Je pense que j'ai trouvé la maison idéale à Outremont. C'est un château, Reine! Il y a même une piscine intérieure! Les enfants seront fous de joie, mais ne leur en parle surtout pas. S'il fallait que l'offre soit rejetée...

Elle écarquilla les yeux, lui sourit, lui mit l'index sur la bouche et lui marmonna à son tour:

– Tu me la décriras ce soir! Sauve-toi! Il pleut, il fait froid, je sens un courant d'air!

Il était environ onze heures lorsque madame Augier, occupée à cuisiner pendant que Reine terminait son maquillage, entendit sonner à la porte d'entrée. Apercevant deux silhouettes d'hommes, elle entrouvrit la porte sans retirer la chaîne de sûreté pour leur demander:

– Oui, vous désirez?

– Nous aimerions parler à madame Vilard, elle est là?

– Juste un moment, elle est en haut, je monte la chercher.

Reine, étonnée, se demandant à qui elle avait affaire, descendit et, ouvrant la porte, n'eut rien à dire, l'un des hommes la précédant:

– Vous êtes Madame Vilard, l'épouse de Jean-Marie Vilard?

– Qui êtes-vous? Que voulez-vous? Mon mari n'est pas là…

Ils se présentèrent, un sergent-détective de la sûreté de Montréal et un jeune policier en civil qui l'accompagnait. Reine, inquiète, s'empressa de les laisser entrer. Elle les pria de passer au salon et les deux hommes se rendirent compte que la dame âgée de même qu'une petite fille se trouvaient sur le seuil de la porte. Embarrassés, ils s'adressèrent à Reine:

– Pouvons-nous vous parler seule, Madame? La petite…

– Heu… oui, c'est ma fille. Monte avec elle, maman, je vous ferai signe.

Assise devant eux, nerveuse, inquiète, elle leur demanda:

– Mon mari a-t-il fait quelque chose? Est-il…

– Votre mari a eu un accident, Madame. Une collision de plein fouet avec un camion-remorque juste à la sortie du pont Lachapelle.

Reine blêmit, saisit le bras de son fauteuil et leur demanda en tremblant:

– Un accident? Comment est-il? À quel hôpital a-t-il été conduit?

Les deux hommes se regardèrent, baissèrent la tête, le plus âgé des deux répondit en se levant et en s'approchant d'elle:

– Il va vous falloir être forte, Madame Vilard.

À ces mots, Reine vit la pièce tourner, les murs se dissoudre. Elle allait s'évanouir quand le sergent la prit dans ses bras pour lui redire calmement:

– Soyez forte, Madame, ne criez pas, pensez à la petite et...

Blanche comme un suaire, regardant l'homme dans les yeux, elle balbutia:

– Il est... Il est mort?

– Hélas, Madame, sur le coup. Sans souffrir. Sans même s'en apercevoir. Il n'a pas été nécessaire de le transporter à l'hôpital, on a constaté son décès sur place. Et nous sommes là pour vous aider.

Se levant, titubant, s'accrochant au bras du sergent tout comme au cadre de la porte, Reine cria du peu de force qu'elle avait:

– Maman, descends! Maman...

Puis, le visage ruisselant de larmes, elle se laissa choir dans le grand divan pendant que le jeune policier tentait de retracer, dans l'index près du téléphone, le numéro de son médecin.

Ce fut catastrophique! Pour tous! Jamais on n'avait reçu un tel choc en plein cœur! De sa vieille mère jusqu'aux Ruest! Partout, on ne parlait que de cette mort tragique, de ce bête accident qui avait pris la vie d'un homme d'affaires, un père aimant. Reine était dévastée! Malgré les piqûres, les calmants, le médecin traitant n'en venait guère à bout. Madame Augier se remettait d'un choc nerveux et les enfants, impuissants, pleuraient abondamment. Quelle triste fin d'octobre! Quelle horrible fin de vie pour celui qui espérait renaître dans le château de ses rêves. Avec sa... Reine! Avec les enfants, le bonheur, les plus belles années à l'horizon, la vie devant eux. Avec de l'argent plein les poches et le luxe à sa portée. Pour le plus grand bien de celle qu'il venait à peine de reconquérir.

Pour celle qui, enfin… l'aimait! Parti! D'un coup sec! comme l'avait décrit le sergent-détective. À l'âge de quarante-trois ans. Madame Vilard mère faillit en mourir et Arielle, très près de son frère, pleura de tout son être cette perte inestimable. Dans les bras de Réjane! Puis, dès le lendemain soir, tenant la main de ses enfants, suivie de sa mère et de sa belle-sœur, Reine franchissait le seuil du salon funéraire d'Outremont où, à cercueil fermé, sa plus belle photo sur un coussin de fleurs, Jean-Marie était exposé… sans l'être.

Il n'avait eu aucune chance. Le lourd camion, manquant de freins et glissant sur les feuilles mortes trempées, avait percuté la Mercedes de Jean-Marie Vilard de toute sa puissance sur le côté du conducteur, alors que ce dernier tournait sur un feu vert. On se demandait même s'il avait vu venir le coup puisque le chauffeur du camion, souffrant de quelques contusions et d'un violent choc nerveux, avait fini par dire aux policiers: «Dans ma peur, j'ai même pas pensé à klaxonner!» Pour ajouter plus tard: «Quand j'suis rentré dedans, le type regardait à droite, j'm'en rappelle, y'a rien vu venir!» Et la voiture, un amas de ferraille, fut remorquée et jetée à la fourrière. L'on trouva sur le siège arrière la photo d'une maison de pierre et le numéro de téléphone d'un agent immobilier. Dans le compartiment à gants, de la paperasse et une photo de sa femme et de ses enfants. Mais ce qui avait fait frémir Reine de tout son être, c'était que Jean-Marie aurait pu déposer Isabelle à l'école ce matin-là, et que Félix, à bord de la voiture avec son père… Juste à y penser, elle en avait le cœur à l'envers. Discrètement, elle en fit part à sa mère, alléguant que son fils aussi aurait perdu la vie, que Jean-Marie l'aurait entraîné avec lui, que c'eût été horrible. Mais la grand-mère, avec toute la sagesse acquise, répondit à sa fille: «Mais non, au contraire, si Isabelle et Félix étaient allés à l'école ce matin-là, ils se-raient partis plus tard tous les trois. Et c'est plutôt ce retard qui lui aurait sauvé la vie. Mais le destin ne prévient pas, tu sais. Et cesse de t'en faire avec des "si", Reine, c'est le bon Dieu qui vient nous chercher quand notre heure a sonné.»

L'agence de voyages Neptune, par respect, avait fermé ses portes le temps des funérailles. Tous se demandaient ce qu'ils allaient devenir sans leur patron, plusieurs contrats étant si-gnés. Mais là n'était pas la préoccupation de Reine. Elle se re-trouvait seule, elle qui n'avait toujours fonctionné que par lui. C'est sur les instances de sa belle-mère, Eugénie Vilard, que Jean-Marie fut exposé à Outremont et que son service fut chanté en l'église où on l'avait baptisé. À la grande déception du curé de L'Abord-à-Plouffe, bien entendu! Les gens affluaient de partout et, Reine, soutenue par sa mère, les accueillaient avec tendresse dans une robe noire de prix, perles de deuil en jais au cou, maquillée, coiffée. Parce que Jean-Marie aurait certes souhaité qu'elle soit belle jusque dans son trépas. Ce qu'elle fit pour... lui! Pour que, de l'au-delà, il soit fier... d'elle! Les fleurs s'étalaient à perte de vue, Reine n'avait même pas le temps de les voir, de lire les cartes, et c'était sa mère qui, discrètement, prenait des notes pour plus tard. Christine et son mari se présentèrent et, en un moment pareil, alors que les enfants tour à tour pleuraient, il était évident que Reine n'al-lait pas être distante avec sa sœur. Elles se jetèrent dans les bras l'une de l'autre en pleurant et, gémissant, Christine lui avait dit: «Pardonne-moi, Reine, et demande à Jean-Marie de me pardonner lui aussi. Je t'aime, je ne te quitterai plus, tu es ma petite sœur...» Et son mari, l'huissier, avait ajouté timide-ment: «Et je serai là pour te conseiller si tu as besoin de moi. Ne t'en fais surtout pas.» Hervé arriva avec sa grosse femme et sa marmaille et, serrant Reine sur son cœur, il lui dit: «C'est épouvantable! J'ai pas dormi depuis deux jours! Tu vois comme la vie est sournoise? Il faut s'aimer, Reine, c'est trop court...» Laurette, visiblement émue, intimidée, lui avait donné l'accolade en lui disant: «Mes sympathies». Ce à quoi Reine avait répondu: «Merci». La vieille madame Vilard pleurait et disait à qui l'approchait: «Fallait que le bon Dieu me le reprenne! Avant moi! C'est injuste! Et là, ses pauvres enfants...» Sans même s'attendrir sur sa bru qui souffrait autant qu'elle de la perte de Jean-Marie. Les Ruest vinrent offrir leurs condoléances et Annie, apercevant son ex-patronne, se jeta dans ses bras en pleurant et en lui disant: «Oh! Madame, quel malheur! Un homme si jeune, si fort... Et les petits! Mais je suis là, Madame Vilard, si vous avez besoin de moi.» Reine l'étreignit sur son cœur en versant des larmes sur son épaule et, voyant le geste, Jérôme sentit l'émotion l'étrangler, alors que Yolande, bouleversée jusqu'au plus profond de son être, avait les yeux embués et la voix secouée de trémolos au moment d'offrir ses condoléances. Le garagiste Flibotte vint aussi offrir ses respects, mais sans son frère François qui, ne voulant pas troubler Reine, fit parvenir une couronne avec, sur une petite carte, comme pour camoufler ses sentiments: *Avec toute ma tristesse. François Flibotte, comptable.* Une précision qui venait clore toute supposition de la part de qui que ce soit tellement c'était «d'affaires», sauf pour Christine, Annie, Jérôme et Yolande, qui avaient tous eu vent... évidemment! Le service funèbre fut digne de l'homme qu'il était et, après l'enterrement aux côtés de son défunt père selon le désir de sa mère, les gens se dispersèrent. De retour dans la limousine noire avec sa mère et ses enfants, Reine vit Christine et son mari s'éloigner, Arielle et sa mère monter à bord de l'autre limousine, Réjane se diriger vers sa bagnole et Annie, Jérôme et Yolande, dans une voiture empruntée sans doute pour l'occasion. Parmi les autres véhicules en marche, elle reconnut la Buick de François avec nul autre que lui au volant. Elle ne l'avait vu que de profil, un court instant, mais son cœur avait frémi tout doucement. Non d'amour, mais de regret pour le mal qu'elle lui avait fait.

Peu à peu, malgré l'enquête à la suite de l'accident, malgré les ennuis avec les assureurs, malgré le désarroi des employés, la vie tentait de reprendre son cours pour Reine et les enfants. Sa mère, constamment avec elle, la soutenait de son appui et de sa tendresse, mais Reine, se sentant démunie, téléphona à Christine pour lui dire: «Dis à ton mari que j'aurais besoin de lui. Il me faut être appuyée, conseillée. De toi aussi, Christine.» Et c'est cette dernière et son mari, au grand bonheur de sa mère, qui vinrent tout mettre en ordre selon les dernières volontés de Jean-Marie et les désirs de Reine. L'entreprise si florissante fut cédée à un concurrent qui en paya le gros prix pour s'emparer de la vaste clientèle et des employés les plus fidèles. Reine obtint finalement une forte somme de la compagnie d'assurances et son beau-frère, bien intentionné, lui faisait investir ce qu'elle recevait en toute sécurité. Sans la moindre faille, lui qui, avare pour lui, se voulait pingre au nom des autres. En décembre, lorsque tout fut réglé ou presque, Reine décida de partir en croisière avec Arielle, Réjane et les enfants. Et ce, sans nuire aux études de Félix puisque le long congé des fêtes le libérait du collège. Tout comme Isabelle de la petite école. Reine partait pour oublier, pour effacer de sa mémoire l'effroyable drame qu'elle venait de vivre. Une croisière dans les Antilles, loin de tout souvenir, avec Jean-Marie dans son cœur, le passé hors de sa tête, et l'avenir ancré au paquebot qui la conduirait vers le soleil réparateur. Madame Augier, pour ne pas être seule à la maison, avait demandé à

Eugénie Vilard de venir partager sa solitude le temps de ce voyage. Ce que l'autre avait accepté à la grande surprise d'Arielle qui se disait: «Maman le fait sans doute pour "lui" et les petits... pas pour elle!» Et c'est pendant que Reine, Arielle, Réjane et les enfants étaient en pleine mer, palmiers en vue, que le Nouvel An se leva... flambant nu! 1960! Une autre décennie à venir, l'incertitude, le hasard, au gré du destin. Les deux grands-mères, transies de froid dès qu'elles ouvraient la porte, accueillirent avec joie Annie, Jérôme et Yolande, qui vinrent s'unir à elles pour le souper traditionnel. Avec les cris de joie de la petite Sylvie qui, choyée par toutes ces femmes, n'en jetait pas moins son dévolu sur son papa, quand Jérôme lui tendait... le bras!

De retour de cette magnifique croisière, Reine retrouva sa demeure avec un pincement au cœur. Les enfants semblaient se remettre, la vie continuait, mais elle, c'était le quai, la rivière, tout ce que Jean-Marie avait aimé pour ensuite s'en lasser, qu'elle ne pouvait plus supporter. Et lorsque les taxis empruntaient le pont, elle fermait les yeux à l'endroit précis où son mari avait perdu la vie. Un long frisson la parcourait chaque fois. Si bien, qu'un jour, elle dit à son chauffeur quasi régulier: «Allez prendre le pont Viau, je ne suis plus capable de traverser celui-là!» Et le chauffeur, au courant du terrible accident, comprenant son désarroi, fila vers l'autre pont sans lui demander plus cher pour autant. À maintes reprises, elle avait vu la voiture de François dans les parages. Ennuyée puis inquiète, elle avait averti discrètement Jérôme un certain jour:

– Pouvez-vous lui demander de ne plus chercher à me revoir? Je sais que vous savez, Jérôme, et comme tout ça est loin derrière moi...

– J'ai compris, j'vais lui parler, n'vous en faites pas, Madame Vilard.

– Merci et dites-lui que le temps a passé, que beaucoup d'eau a coulé sous les ponts et que je ne danse plus. Il comprendra.

François Flibotte, peiné d'apprendre de la bouche de Jérôme ce qu'il aurait préféré entendre de celle de Reine, retrouva sa fierté et, évincé, ne revint plus dans les parages. Pire, il avait dit à son frère:

– Je ne reviendrai plus. Du moins, tant qu'elle sera là... Je l'aime trop pour me faire mal comme ça.

Et ce sublime aveu que le garagiste répéta à Jérôme ne parvint pas aux oreilles de Reine qui n'aurait pu croire qu'un homme ait pu l'aimer à en avoir marre... d'avoir mal!

Reine Vilard venait de fêter ses quarante ans et, soudainement, un sursaut. Sans Jean-Marie, sans François, sans homme derrière elle pour lui dire qu'elle était belle, elle remarqua que son miroir ne lui rendait plus l'éclat de ses trente ans. Jolie certes, encore séduisante, elle avait quand même perçu dans la glace une maturité qu'elle ignorait jusqu'à ce jour. Et sur son beau faciès, elle avait noté quelques légers sillons aux coins des lèvres, d'autres sur le front et, glissant une bague à son auriculaire, elle remarqua que la peau de ses mains devenait plus flasque. Étrange... Déjà! s'exclama-t-elle, avec à peine le bout du pied sur le long chemin du déclin. Ce qui ne lui fit qu'amplifier la teneur de ses crèmes, changer de fond de teint, utiliser des ombres à paupières plus consistantes et laisser allonger ses cheveux jusqu'aux épaules, adoptant les coiffures de Raquel Welch. Belle elle était, belle elle allait rester. Parce qu'aucune femme autre que Reine Vilard n'avait l'art et le savoir-faire des... camouflages! Un soir de mars, se rendant chez Christine et son mari, elle mit cartes sur table:

– Je vends la maison et je repars à neuf avec les enfants. Je reviens en ville!

Son beau-frère, au courant des projets de Jean-Marie par le biais de papiers retrouvés, lui dit:

– Ton mari avait l'œil sur une maison à Outremont.

– Oui, je sais, mais je n'en veux pas! Elle va me porter malheur encore une fois! Et c'est trop grand, ça demande trop d'entretien. Non, je veux trouver une maison plus simple, jolie, mais moins grande.

– Avec tout ton argent? lui lança Christine.

– Tu sais, moi les maisons... En autant que les enfants aient un toit décent et maman, sa chambre, parce qu'elle compte venir habiter avec nous.

– Je la comprends! Que ferait-elle seule, de toute façon?

– Tu as raison et j'ai besoin d'elle. Et pour l'argent, ne t'en fais pas, j'en ferai bon usage autrement. Mais, trouvez-moi une maison confortable au plus vite! Je n'en peux plus de ce bord de l'eau ennuyant pour mourir!

Et le petit huissier près de ses sous, parcimonieux avec l'argent d'autrui, lui dénicha un magnifique cottage dans le quartier Villeray, là où elle était née, pour un prix qu'il avait fait baisser au possible. Madame Augier, folle de joie à l'idée de retrouver son quartier d'antan, avait dit à sa fille après qu'elle eut décidé de l'acheter:

– C'est le plus grand bonheur de ma vie, Reine! Pas loin d'où j'ai vécu avec ton père, tout près d'où vous êtes nés...

Et Reine, émue par le ton défaillant de sa mère, lui avait répondu:

– C'est papa qui nous l'a indiquée, maman. J'en suis sûre! Il voulait que l'on revienne là où il a laissé son cœur. Et moi, sans voiture, je serai encore à quelques pas des rues où les magasins sont à perte de vue. Oui, c'est papa...

– Sans doute, Reine, pour son «bébé gâté», ajouta sa mère en souriant.

La maison du bord de l'eau fut mise en vente et, quelques jours plus tard, un promoteur s'engagea à la payer à un prix plus fort que demandé pour l'obtenir. Voyant cela, l'huissier le fit encore monter d'un cran pour que sa belle-sœur soit bien rémunérée. Elle voulait vendre les meubles, acheter du neuf, mais sa mère réussit à la convaincre de n'en rien faire, de les garder, que les enfants y étaient habitués et qu'ils allaient être de toute beauté dans la maison unifamiliale du quartier Ville-ray. Reine céda, comptant bien mettre tout cet argent sur... des vêtements! Le promoteur, signant les papiers en présence de l'huissier chez le notaire, dit à Reine:

– J'espère que vous n'avez pas le cœur trop sensible, Madame. Nous autres, on l'achète pour la démolir. On veut bâtir autre chose.

Sans même songer à quelques bons souvenirs, Reine lui déclara:

– Allez! Démolissez! C'est ce qui peut lui arriver de mieux! Cette maison est la cause de tous mes malheurs! Si vous sa-viez... De toute façon, mon mari avait acheté la petite maison de l'enseignante en haut de la côte pour la faire démolir. Ce qui veut dire que celle-ci ira rejoindre l'autre! On entre dans une nouvelle décennie...

– Voilà, Madame, bien dit! Celle du progrès! Celle des bé-néfices! Il n'y a plus de place à L'Abord-à-Plouffe pour des terrains vacants. On veut aller de l'avant, faire une cité de ce qui n'était qu'un patelin autrefois. Et avec la rivière juste en face, imaginez ce qui s'en vient!

– Je ne le sais pas et comme je retourne à Montréal…

– Des blocs à appartements, Madame! C'est ça l'avenir!

– Vous voulez dire des édifices à logements? Ici? Au bord de l'eau?

– Oui, Madame, pour le bien-être des vieux qui ont de l'argent et pour la joie des enfants des familles à l'aise. Parce que ça risque de coûter cher, l'air frais de la rivière!

Les Ruest, Yolande incluse, avaient vu le camion partir avec tous les meubles de madame Vilard. Les enfants étaient chez leur tante Christine le temps du déménagement, madame Augier dans le cottage, attendant les déménageurs et Reine, faisant la navette entre L'Abord-à-Plouffe et le quartier Villeray, avec son beau-frère l'huissier qui, à ce jour, avait été grassement dédommagé pour l'aide apportée. Le mois de mai venait de se lever, les arbres étaient en fleurs, les tulipes s'ouvraient et les bourgeons de roses s'épanouissaient encore, là où étaient jadis les buissons de mademoiselle Cardinal. Ayant fermé à clef, jetant un dernier regard derrière elle, Reine vit la maison se cacher derrière les arbres au fur et à mesure que la voiture montait la côte. Un court arrêt chez les Ruest, l'huissier ne descendit même pas, et Reine embrassa sa chère Annie, lui promettant de revenir la visiter, de l'inviter, de ne pas la perdre de vue. Puis, serrant la petite Sylvie dans ses bras, elle embrassa ensuite Yolande et Jérôme en disant à ce dernier:

– Merci beaucoup pour tout ce que vous avez fait pour moi.

Lui, gêné, ne sachant trop comment réagir, eut une réponse de génie:

– C'est moi qui vous remercie, Madame Vilard. Sans vous, j'aurais jamais connu Annie pis on n'aurait pas eu Sylvie.

J'vous dois ben plus que vous m'devez! Moi, j'ai été juste vot' boucher, pis vous, mon ange gardien avec c'que j'ai dans l'creux d'la main!

Yolande avait la larme à l'œil, Annie était émue et Reine, fort attendrie, partit non sans essuyer de son petit gant de dentelle une larme qui risquait de diluer son rimmel.

La maison était vide depuis quinze jours, inhabitée, inerte, laissée aux quatre vents, ce qui permettait à quelques garnements, le soir venu, de venir briser des carreaux, sachant que l'on allait bientôt la démolir. Une maison qui, depuis sa construction, avait changé d'âme trois fois pour... trois familles! Une maison de laquelle émanaient par les pores de son bois si peu de joies, tant de regrets. Dans ses murs dépouillés de tableaux, de photos, de bibelots, on pouvait entendre geindre le cœur des éprouvés de ces longues années, morts ou vivants, emportés par le vent, baignés par la rivière, chavirés par les vagues et propulsés sur les rochers. Que d'afflictions, de déboires, de sanglots, dans cette maison du bord de l'eau. Des adieux, des souvenirs, puis... rien! Plus rien sauf les regrets coincés dans chaque pièce où l'on pouvait encore en humer la détresse. Et le regret amer, de la charpente jusqu'au toit, de cette maison érigée dans le bonheur et qui allait sombrer dans la honte. Elle n'avait rien donné ou si peu, mais tout repris. Sauf deux espoirs engendrés: celui de Camille, celui d'Annie, qui avaient survécu... ailleurs! Et de là ses regrets au moment d'être violentée par la grue, tout comme ceux des âmes qui, l'ayant habitée, pleuraient sans doute encore, tous ces coches ratés: le regret de Luce d'avoir refusé sa seule chance de bonheur... Jérôme! celui de Germain Nevers d'avoir quitté sa femme pour en payer le prix, le triste regret de Gaétan Charette d'avoir perdu Valère, l'homme de sa vie, son grand amour… interdit! Celui de Mariette d'avoir causé le divorce de Jérôme sans pour autant réussir à se l'attacher, alors qu'elle avait le cœur rempli d'amour, d'amertume et de haine. Peut-être celui de Ray d'avoir fait mourir son vieux père d'angoisse doublée d'angine… Et sans pouvoir l'admettre dans sa démence, celui de Noëlla qui avait failli prendre la vie d'Honoré d'un coup de couteau en pleine poitrine. Puis le remords de Reine d'avoir brusquement écarté de sa vie François, l'homme qui l'avait profondément aimée alors qu'elle ne voulait que… danser! Sa désolation face à son fils qu'elle avait failli perdre. Dans cette maison! Dans cette demeure qu'elle n'avait pas choisie et qu'elle avait haïe dès son arrivée. Puis, son plus grand regret, son plus vif repentir, le fait d'avoir été incapable d'aimer Jean-Marie et d'être une mère accomplie entre ces murs de l'ennui, jusqu'à ce que l'épreuve s'en charge. Et de là, après l'espoir, le bonheur en émergence, la dure punition, le terrible châtiment de perdre son mari au moment où la vie leur promettait… Était-elle damnée cette maison pour suavement donner et sauvagement reprendre? Quelle terre la soutenait? Avait-elle été bâtie sur les cendres froides… d'un enfer? N'ayant plus à changer d'âme désormais, la maison s'en défendait, s'en accusait, implorant de son socle crevassé un soupçon de pardon. Mais à quoi bon la contrition, à quelques jours de la… démolition!

Juin 1960, les enfants en étaient à leurs derniers jours de classe; ça sentait les vacances, la liberté, les baignades, les cris de joie. En bas de la côte, au bord de l'eau, la maison dont la peinture verte s'écaillait, alors que quelques marches s'affaissaient à la suite du passage des garnements, n'attendait plus que le coup de grâce. C'était le matin des premières secousses, de la grue, des pelles mécaniques, des lourds camions, d'ouvriers comblés de ces travaux inespérés, alors que le promoteur, les mains dans les poches, regardait en souriant ces grands espaces qu'il allait comprimer de complexes à logis multiples, sans se soucier de l'environnement, ne voyant que les vastes profits à venir de sa mesquine entreprise. Les notables de la mairie étaient venus jeter un coup d'œil, pas mécontents du tout de la tournure des événements. Tout comme le curé qui lui, avec plus de familles, plus de paroissiens, allait voir tomber plus d'argent dans l'assiette! Le garagiste ne savait trop que penser de cette destruction suivie d'une éventuelle invasion. Sa clientèle allait certes augmenter, mais après toutes ces années, Flibotte n'avait guère besoin de plus que ce qu'il avait. Et lorsque François venait mettre son nez dans sa comptabilité, il disait à son frère aîné: «Vends donc avant qu'y soit trop tard! Avec le progrès, avec c'qui s'en vient, des plus gros qu'toi vont arriver pour te réduire en miettes!» Mais l'aîné, têtu, bourru, refusait ses conseils pour ne pas déplaire aux «vieux» de la place qui venaient encore faire poser leurs chaînes en hiver. Yolande était au magasin, Jérôme avait pris congé pour assister de près à la démolition de la spacieuse maison. Avec une certaine rage au cœur, avec le regret de ne plus jamais voir une famille s'y installer et venir se présenter. Le promoteur lui disait: «T'en fais pas, Ruest, tu vas être r'gagnant, ta clientèle va quadrupler en moins d'un an!» Mais Jérôme savait, sentait, qu'avec une telle évolution dans le voisinage, un gros marché d'alimentation à la chaîne allait certes venir s'y installer. C'était comme si, lui aussi, après les Vilard, voyait venir la fin de son histoire.

La masse dans les murs, le gros maillet d'acier dans le toit, un autre avec des pointes pour le sol cimenté et les coins résistants, les pioches, les pelles, les camions, les jurons…

Tout était de la partie! On piétinait les vivaces dont Annie avait pris soin, on écrasait les arbustes, on couperait sûrement les arbres. Bref, du matin jusqu'au soir avec reprise le lendemain, pour voir enfin s'écrouler le dernier mur du côté de la rivière et respirer de ces décombres, la poussière du tas de gravats. La maison jadis sublime n'était plus que décombres! Et ce qui avait fait le plus mal à Jérôme, c'est lorsque la grosse boule à pointes avait fracassé les fenêtres et les murs de la véranda. Cette chère véranda où, naguère, un violon avait joué pour lui. Mélancolique, Jérôme remonta la côte à pied tout en regardant les débris s'enfouir dans un camion, afin d'aller rejoindre, quelque part, dans un vidoir, les restes en cendres de la maisonnette de mademoiselle Cardinal. La maison était morte! Ses sentiments broyés dans le passé des pensées. Trois familles l'avaient habitée. Vingt ans fut son règne. Jérôme Ruest, mal à l'aise devant le vide, le néant de cette côte descendue tant de fois, avait peine à refouler ses larmes. Sensible, il songeait aux malheurs ensevelis, aux joies entrecoupées, aux espoirs interrompus, aux écorchés, aux rescapés… Mais, fermant les yeux, essuyant de son moignon la sueur de son cou, il vit, comme à travers un nuage, des têtes d'anges bouclées lui sourire, de jolies mamans comme Annie, des bébés ronds et dodus comme Sylvie… Puis, il entendit, comme venant du ciel, des voix d'enfants qui, se rapprochant, enjouées, nombreuses, tentaient d'étouffer de leurs cris… tous les sanglots des cœurs inassouvis.

Épilogue

L'Abord-à-Plouffe en était à ses derniers soubresauts car, l'année suivante, en 1961, son nom s'éteignait pour céder sa place à Chomedey lors d'une fusion avec Ville Renaud. Tout comme la maison du bord de l'eau, la municipalité avait perdu son âme. Le promoteur avait tenu promesse puisque l'on vit surgir, quelques années après, longeant la rivière, des édifices à logements et, plus tard, des tours très hautes à condominiums, que seuls les mieux nantis s'arrachaient à gros prix. Mais tournant une à une les pages du passé, qu'étaient donc devenus tous ceux et celles dont la maison du bas de la côte avait été la demeure? Car, si leur histoire a été interrompue lors des déménagements, leur cœur n'a pas cessé de battre pour autant. De Germain Nevers à Reine Vilard, que d'émotions, que de partages, que de regrets d'une âme à l'autre! Mais qui sait si, loin de la maison de leurs espoirs, ces êtres en quête de bonheur n'ont pas trouvé la paix et le bien-être? À moins d'avoir, dans certains cas, couru en droite ligne vers… leur perte!

Les Nevers

De cette famille liminaire, c'est la mère, Jeannette, que le ciel rappela la première, un soir d'automne de 1965. N'ayant jamais réussi à surmonter son penchant pour l'alcool et sa dépendance à la cigarette, elle s'y adonna davantage en habitant avec son amie, Cécile, qui, désespérée de la voir dépérir, implorait Camille de la prendre avec elle. Mais Jeannette refusa, blâmant son mari pour tous les malheurs de sa vie, elle s'éteignit d'une cirrhose du foie, alors qu'elle venait de célébrer ses soixante-quatorze ans. Elle était partie dans les bras de Camille, sans n'avoir jamais revu Luce qui l'avait reniée, ni son mari. Germain la suivit de près, soit un an plus tard, victime d'un infarctus. Esclave de sa fille aînée depuis le faux pas qu'il avait commis en la prenant avec lui, il n'avait jamais pu, par la suite, la retourner à sa mère ni même la placer dans une résidence pour handicapés. Malade, vieillissant, exténué, il avait été accaparé sans cesse par Luce qui lui jouait de son violon, alors qu'il se plaignait de violents maux de tête. Et comme pour se venger de l'avoir un jour temporairement abandonnée, Luce en était venue avec le temps à en faire aussi son «infirmier». Ce fut dès lors lui qui, fier, noble et altier, dut se résoudre chaque jour à… la torcher! Ce que la pauvre Jeannette avait fait des années durant. Et Germain Nevers n'en fut délivré qu'au moment où il rendit l'âme, dans sa… soixante-seizième année! Un terrible et long calvaire pour celui qui, on s'en souvient, l'avait ravie à sa mère. Sans trop d'argent, ayant pris une retraite prématurée à cause «d'elle», il parvint tout juste à payer l'appartement et à acheter les denrées et les médicaments. Avec comme seuls passe-temps, des livres provenant de la bibliothèque et des sonates sempiternelles du violon à l'archet usé… de Luce! À la mort de son père, perdue, noyée dans son chagrin et dans sa solitude, implorant Camille de venir s'occuper d'elle, Luce Nevers se retrouva dans une institution. Non seulement parce qu'elle était en fauteuil roulant, mais parce que sa santé se détériorait. Toutefois, c'est en côtoyant d'autres handicapés comme elle, en s'acceptant enfin, qu'elle retrouva peu à peu une raison de vivre et qu'elle en vint à recevoir les visites de Camille et Tristan avec joie et appréhension. Elle leur disait regretter la belle maison du bord de l'eau où elle aurait pu être si heureuse si elle n'avait pas été troublée. Elle regrettait amèrement d'avoir refusé d'épouser Jérôme, le seul homme qu'elle ait aimé, disait-elle, les yeux embués. Elle regrettait aussi d'avoir chagriné sa mère et de s'être abstenue de la revoir, alors que celle-ci était à l'article de la mort. Elle lui demandait chaque jour de lui pardonner cet affront, espérant que du haut du ciel, sa mère comprendrait qu'elle n'avait pas, en ce temps, toute sa tête. En institution, elle avait déposé son violon, elle ne jouait presque plus, sauf quand on le lui demandait. Alors, sortant l'archet réparé de sa boîte, fière comme naguère, elle leur jouait une *Berceuse* de Brahms et *Une petite musique de nuit* de Mozart qu'elle dédiait chaque fois à... Jérôme! La vie la laissait respirer librement, Camille payait pour ses soins et, un jour, à l'âge de cinquante-quatre ans, le cœur céda. Sa mère était sans doute venue la chercher. Ou son père... Camille la pleura et, sans que Jérôme ne l'apprenne jamais, Luce Nevers reposait dans la fosse familiale, aux côtés de ses parents.

Pour sa part, Camille, l'artiste-peintre des oiseaux, la dulcinée de Tristan Gayard, son bel amoureux, peintre également, coula des jours heureux avec lui dans la demeure de ce dernier, mais plus souvent à l'atelier, vivant de la vente de leurs toiles à travers le pays. Après la mort du paternel, Tristan hérita de la maison de Mont-Laurier qu'il transforma avec Camille en galerie d'art pour les peintres et sculpteurs de la région. Habitant modestement l'étage supérieur qu'ils avaient rendu fonctionnel, ils devinrent les mentors de jeunes artisans, leur ouvrant leur atelier et leur cœur, et leur inculquant l'art de peindre des oiseaux ou… une jolie fermière avec un panier d'osier rempli d'œufs. C'est ainsi, finalement, que Camille Nevers, munie d'un diplôme d'institutrice, enseigna la peinture. Mais elle ne redevint jamais la jeune fille guindée qu'elle était avant sa rencontre avec Tristan. Toujours belle, encore blonde, cheveux épars, teint naturel, foulard enroulé autour du cou, elle se promenait encore main dans la main avec l'homme de ses rêves. Il ne l'épousa jamais, elle ne voulait pas, et il ne lui fit pas d'enfant, elle n'en désirait pas. Une vie à deux, tout simplement. Égoïstement, l'avouait-elle, en se disant que deux artistes n'allaient pas être de bons parents. Et ils se promenèrent encore, âgés, cheveux gris, presque blancs, en se remémorant, dans leur maison de Mont-Laurier, leurs plus beaux souvenirs d'antan. Elle n'avait jamais revu Marthe, son amie d'enfance, elle ne savait pas ce qu'elle était devenue. Eh non, elle n'avait pas pleuré en apprenant la mort d'Errol Flynn. Elle en avait été néanmoins peinée en disant à Tristan: «Tu sais, cet acteur, c'était l'idole de mes quinze ans!»

Camille n'avait jamais su ce qu'il était advenu d'Yvan Mirand, son premier amour, celui qui, en canot, lors de ses années à L'Abord-à-Plouffe, la courtisait avec ses yeux sensuels et sa lèvre dure. Yvan, parti pour Montréal avec Éléonore, écopa de quatre enfants avec elle. D'un minable emploi à un autre, sans ne jamais réussir à s'offrir une maison, il partait d'un logis à un autre, laissant derrière lui des loyers impayés. Il vécut avec Éléonore, éleva les enfants au gré de ses maigres salaires et, malgré tout, trouvait le moyen de tromper sa femme avec d'autres. Avec les mêmes yeux «pervers», crâne dégarni au fil des ans. Et, à plus de cinquante ans, cuvant sa bière, vivant de la charité d'autrui et d'une minable assistance sociale avec sa grosse Éléonore, qui la plupart du temps dormait, il voyait ses enfants partir l'un après l'autre, tenter de faire leur vie. Et seul sur sa galerie, suivant encore de ses yeux gris les filles aux déhanchements provocants, Yvan Mirand, gros, presque chauve, mal rasé, plus ou moins propre, se grattant le cou, les reluquaient encore… en se mangeant le creux des joues!

Les Charette

Blanche Blanchard, épouse bien-aimée du regretté Médée Charette, avait pris possession de son petit logement de la rue Guizot, débarrassée enfin de Mariette et cherchant encore en vain «Ray», son préféré! Mais sa quête ne fut pas longue, deux ans à peine, car, sans le revoir, le sachant avec une femme quelque part, Blanche rendit son dernier souffle sur le balcon, comme un petit poulet, dans un hoquet. La tête penchée sur son épaule, voilà comment on retrouva celle qui n'avait vécu que pour ses enfants, le buste toujours penché dans son four et ses chaudrons. On l'enterra avec Médée, mais seule Mariette la veilla. On ne trouva aucune trace de «Ray», et Gaétan, de son lieu austère, la main de Jean-Jacques sur son épaule, avait écrit sur un bout de carton: «Nous allons prier pour elle.» La pauvre femme était partie si vite qu'elle n'avait pas eu le temps de dire à Mariette: «Prends au moins des nouvelles de Noëlla.» Tout doucement, avec peu de monde à l'église, peu de gens pour suivre jusqu'au cimetière, Blanche descendit sans faire de bruit, par-dessus son défunt mari, dans ce petit bout de terre acheté… pour deux!

Noëlla, internée depuis sa tentative de meurtre sur Honoré Poiron, n'avait reçu de visite de personne sauf de sa mère qu'elle ne reconnaissait plus et qui avait fini par ne s'informer d'elle que par téléphone. Puis, après la mort de Blanche, plus rien, pas le moindre coup de fil de qui que ce soit. Néanmoins, quoique folle selon les papiers, Noëlla s'entêtait chaque année à dire aux religieuses qu'à Noël, c'était sa fête, d'où son prénom. Et on finit par y porter attention. On vérifia sur son baptistère et, constatant qu'elle avait raison, on lui offrait désormais un morceau de gâteau avec une chandelle lors du souper de Noël. Ce qui la rendit joyeuse puis, peu à peu… soucieuse. Et ce qui l'avait poussée à dire tout haut de sa voix d'homme la dernière fois: «Merci, ma sœur! Y'est bon l'gâteau! Mais pourquoi juste un morceau pis juste une chandelle? J'ai pas un an… sacrement!» Le juron horripila les religieuses qui avaient remarqué que, depuis un certain temps, en observant les autres malades qui sacraient quand ils se fâchaient, Noëlla s'était mise à en faire tout autant. Un certain soir, dans un moment de mélancolie, elle demanda à la surveillante: «Y va-tu v'nir, Ray?» La religieuse, étonnée, leva la tête pour répliquer: «Qui? Ray? Mais c'est qui, lui, Noëlla?» Et la pauvre fille de répondre: «C'est mon amant! Y fait bien l'amour! Y m'fait mettre à genoux!» Cet aveu scandalisa la sœur qui, sourcillant, entendit par la suite: «Pis Ray, c'est aussi mon frère, le plus vieux d'la famille!» La supérieure, ayant eu vent de cet écho, dit aux religieuses: «Vous voyez bien qu'elle n'a pas toute sa tête!» Pour ensuite s'approcher de Noëlla qui se gavait du même sujet le lendemain, allant jusqu'à ajouter: «Mon autre frère, c'est une tapette, pis ma sœur, c'est une guidoune! A marche avec tout l'monde, même le boucher!» et lui dire: «Bon, c'est assez les insanités! Va te coucher, Noëlla, et demande au bon Dieu de te pardonner!» Mais deux ans après sa mère, Noëlla Charette, quarante-deux ans, quittait l'asile pour… un monde meilleur. À bout de souffle et de force! À bout de… traitements! Le cœur avait flanché! Sans revoir Ray! Et comme Mariette n'avait pas les moyens d'endosser sa sépulture, les sœurs la firent enterrer dans une fosse qu'elles possédaient, avec tous les malades mentaux… non réclamés!

Raynald «Ray» Charette, parti vivre aux crochets d'une femme de soixante ans à Moncton au Nouveau-Brunswick, n'avait plus donné signe de vie depuis. Il savait que sa mère le cherchait; il savait même qu'elle risquait de le retrouver, mais il ne tenait plus à revoir qui que ce soit de sa famille… damnée! Selon lui! Constatant qu'il vidait peu à peu son compte en banque, la samaritaine qui l'hébergeait en échange de ses «faveurs» s'en lassa et, prenant peur en le foutant à la porte un jour, le menaça d'appeler la police et de l'accuser de vol s'il revenait. Sans le sou, Ray trouva le moyen, par l'intermédiaire d'une fille de rue, de se lier à un gang de bons à rien, proxénètes pour la plupart, un métier qu'il connaissait bien. Mais, malhonnête comme d'habitude, volant ses confrères, abusant des filles, semant la pagaille dans le clan, on le retrouva par un matin de printemps, la tête trouée de balles dans un champ tout près de la frontière. À quarante-huit ans! On avait quand même pris soin de laisser sur lui son nom et une adresse, celle de la taverne où il travaillait naguère à Montréal. On tenta de retrouver sa famille. En vain! On finit par retracer son frère Gaétan qui, de son prieuré en Ontario, leur avait répondu: «Nous allons prier pour lui.» Puis, comme Ray était mort sans ressources, sans argent, le corps congelé à la morgue finit par être enterré dans le fond d'un cimetière de Moncton. Sans même son nom sur une croix de bois, par-dessus deux clochards... non identifiés!

Gaétan, mieux connu sous le nom de Frère Gaétan de la Croix, avait revêtu la soutane pour ne plus s'en départir. Beau comme un jeune premier au temps de ses amours avec Valère Verrière, il avait peu à peu perdu de son irrésistible «charisme», malgré les attentions particulières de Jean-Jacques Fabre dit Frère Jean-Jacques du Rosaire. À l'écart de la vie extérieure, loin des siens à tout jamais, Gaétan Charette n'avait pas oublié Valère Verrière, l'homme qu'il avait aimé. Il lui arrivait même, durant de longues prosternations en prières, de penser à leur voyage en Floride, de se revoir au lit avec lui, de lui sourire et d'entendre Valère lui avouer: «Je t'aime, mon homme.» Pour ensuite faire un acte de contrition, quand le film «indécent» se déroulait dans sa mémoire. Choyé tout de même en dépit de son isolement, Jean-Jacques le suivant pas à pas, le comblait d'attentions et de... menus bienfaits! Mais ce garçon plus jeune que lui, assez joli, plutôt niais, n'était qu'une piètre consolation pour celui qui avait été épris d'un homme d'âge mûr, sexagénaire, avec de l'amour plein le cœur et des idées folles... au bout des doigts! Et Gaétan Charette pleura dans son âme, tout le temps de sa réclusion, son bonheur inachevé... avec Valère! Puis, repu, les poumons engorgés, il s'éteignit dans les bras du Frère Jean-Jacques du Rosaire, au seuil de ses cinquante-deux ans. Enterré dans la communauté, Gaétan, les yeux clos pour l'éternité, ne voyait pas sur sa croix de granit, le genou usé de Jean-Jacques Fabre, priant et pleurant chaque jour. Plus jeune que ne l'était celui qu'il vénérait, au mitan de la quarantaine, Jean-Jacques avait songé à quitter le prieuré, à rompre ses vœux, à remettre sa bure. Il était à quelques jours d'en parler avec son supérieur quand, venant il ne savait d'où, on lui présenta un jeune postulant de vingt-six ans qui, souriant, beau, intéressant, lui avait dit: «Je suis le Frère Thomas des Oliviers.» Ce qui fit de Jean-Jacques Fabre, un «frère» jusqu'à la fin des temps, ayant, dès ce jour, enterré dans son cœur... Gaétan!

Mariette Charette, sculptée au couteau, aguichante, voluptueuse, était allée vivre avec Fred pour Alfred, le rouquin *trucker* du parc Belmont. Celui qu'elle avait «pris» parce que les autres filles, selon lui, étaient incapables de le «prendre». À trente ans, bien roulée, la «croupe» appétissante, comme le lui disait son mâle, elle s'était vite habituée au rituel de son homme dans ce petit logement de Montréal-Nord. Laissant de côté les *bums* de Saint-Henri pour lui, elle repoussa même les avances des gars de l'entrepôt de Wise Brothers, quand elle allait chercher son *stock* pour le «corder». Et violemment quand on tentait de la tâter en leur disant: «Aïe! tes mains! J'suis mariée!» Et ses collègues, se foutant d'elle, continuèrent de la «tripoter» jusqu'à ce qu'ils aperçoivent son homme, le rouquin, avec des mains de lutteur et des biceps de boxeur. Avec Fred qu'elle était capable de «prendre», elle était du moins à l'abri des lendemains. Bien sûr qu'il ne serait jamais Jérôme Ruest pour elle. Seule dans la pénombre, il lui arrivait de penser à son «boucher», à leur liaison «cochonne», à ses yeux rieurs, et elle en soupirait encore de désir, même s'il avait failli l'étrangler. Son plus grand regret de sa dernière année à L'Abord-à-Plouffe, c'était d'avoir dénoncé Jérôme à sa femme. Si seulement elle s'était fermée, retenue, elle était certaine qu'avec le temps, Jérôme lui serait revenu. Il se serait lassé de cette infirmière sans *sex appeal...* comme elle seule en avait! Il aurait, tôt ou tard, eut envie de ses caresses, de ses gestes obscènes, de leurs relations impudiques. Oui, elle regrettait, mais là, plus tard, avec le rouquin qui lui disait: «J'te garde mais trompe-moi pas, parce que si j'l'apprends...» Et Mariette lui resta fidèle en lui donnant trois enfants, un gros garçon comme lui, deux filles... comme elle! Et il finit par la marier dix ans après son arrivée, alors que la belle d'autrefois, défraîchie, enveloppée, les seins plus que volumineux, fêtait ses quarante ans! Elle ne travaillait plus chez Wise Brothers, il la faisait vivre ainsi que les enfants dans un plus grand logement du Plateau Mont-Royal, rue Gauthier où, selon son *feeling*, la plèbe pullulait et où elle était à l'aise, ravie de retrouver l'ambiance de son quartier *cheap* d'antan. Mais là où elle devait aussi compter ses «cennes» pour joindre les deux bouts. Parce que Fred pour Alfred ne lui donnait que le strict nécessaire, gardant le reste pour sa bière et les «nombreuses» filles qui, tout comme Mariette naguère, se sentaient «capables» de... le prendre! Aurait-elle voulu lui rendre la pareille qu'elle ne le pouvait plus. On ne se retournait plus sur son passage, elle était ravagée, démodée avec un faux cil décollé et son fard à joues rose... par-dessus ses pustules séchées! Elle aurait certes aimé, par curiosité, avoir des nouvelles de Jérôme, mais personne de ses connaissances n'habitait L'Abord-à-Plouffe et comme elle avait su qu'Honoré était décédé... Elle apprit finalement, par une commère du quartier qui avait eu un beau-frère dans le coin de Jérôme pour un bout de temps, que le boucher s'était remarié, mais Mariette n'en crut rien. Pas de cette mégère, du moins, qui colportait des «menteries» à propos de tout et de rien. Et, pendant que son mari rouquin s'envoyait en l'air avec des «catins» ramassées dans un *Grill, beer and wine* de la rue Mont-Royal, Mariette, seule ou avec une voisine, allait au cinéma Passe-Temps où l'on présentait l'après-midi trois films pour le prix de deux. Surtout quand on remettait à l'affiche ceux de Dean Martin et Jerry Lewis! Mal nourrie, de plus en plus en chair et essoufflée, Mariette Charette, la femme de Fred pour Alfred, se rendit jusqu'au milieu de la soixantaine avant d'aller retrouver… le reste de la famille! Usée, «maganée» de partout, on n'avait même pas tenté de l'opérer lorsqu'elle avait clamé avoir des troubles d'estomac, du foie «pis d'la vessie». Les enfants devenus grands, «tournèrent», le fils comme lui, les filles comme elle. Un *bum* qui devint à son tour *trucker* et deux… «guidounes»! Et le rouquin ne «leva les pattes» que beaucoup plus tard, après avoir brûlé la chandelle par les deux bouts!

Les Vilard

Confortablement installée avec sa mère et ses enfants dans son charmant cottage du quartier Villeray, Reine Vilard s'apprêtait à vivre les plus belles années de sa vie. Non pas qu'elle ne fût plus traumatisée par la mort violente de son mari; elle y pensait souvent, se questionnait et vivait dans le regret de ne pas avoir été à la hauteur de ses attentes, dans cette maison où il avait fondé tant d'espoirs. Fort heureusement, il n'était pas mort sans avoir bénéficié de l'amour de sa femme. Elle croyait, non, elle était certaine que ces quelques relations intenses après dix années de rejet, avaient suffi à lui faire oublier leur mariage raté. Sans l'anémie de Félix… Elle n'osait y penser car, sans cette épreuve, Jean-Marie serait parti, lui laissant sur la conscience le déshonneur de n'avoir pas été… sa femme! Or, de retour dans ce quartier de son enfance, riche à craquer, Reine se devait de fréquenter les salons de mode les plus huppés de la rue Saint-Denis, tout comme les boutiques haut de gamme de la rue Beaubien et dépenser en une seule année, ce que, naguère, Jean-Marie lui octroyait en deux ou trois ans. Son beau-frère, le petit huissier, ayant à gérer son avoir, fronçait les sourcils de son avarice ancrée, mais Christine lui disait: «Laisse-la faire, c'est son argent et, un jour, elle s'apercevra bien qu'elle n'a plus un seul tiroir qui ne soit pas plein. Laisse-la, c'est sa dépendance, sa vie quoi!» Peu à peu, au cours des défilés, Reine s'entoura d'amies fort opulentes qui formèrent un cercle. Des épouses d'hommes fortunés et quelques riches veuves… dont elle! Des femmes entre trente-cinq et soixante ans. C'était pour Reine le temps des restaurants cinq étoiles, des endroits chics, des réceptions chez l'une, chez l'autre, auxquelles elle était invitée et où des hommes d'affaires bien nantis voulaient en faire leur maîtresse. Alors que d'autres, veufs ou célibataires de trente à soixante ans, lui proposaient de l'épouser… les yeux fermés! Mais Reine, peu portée sur la chose, dédaignait même les plus beaux hommes qui lui semblaient «charnels», s'amusant à les allumer pour vite les éteindre, une fois… enflammés!

Les années se succédèrent et, en compagnie de sa mère, de ses enfants, de Christine et son mari, et de quelques amis, elle recevait pour l'un des réveillons. C'était pour elle un rituel. En invitant, bien sûr et de tout cœur, Arielle et sa compagne Réjane et, de très mauvais gré, madame Vilard mère qui insistait pour s'ajouter. Mais Hervé et sa femme n'étaient plus de ses invités. Elle avait certes de l'affection pour son unique frère, mais il lui était impossible de composer avec Laurette et les enfants. Cette horrible belle-sœur qui l'enviait davantage d'avoir la fortune à elle, alors que ses enfants jalousaient Félix et Isabelle, même s'ils avaient perdu leur père.

Reine Vilard franchit le cap de la cinquantaine au moment où, Félix, dans la vingtaine, entrait en faculté de médecine à l'université où son destin allait se jouer. Un beau jeune homme, tendre, humain et d'une grande simplicité. On aurait pu jurer qu'il avait hérité de la modestie de sa grand-mère Clothilde avec qui il s'entendait à merveille. Isabelle, grande, svelte, belle mais pas aussi éblouissante que l'avait été sa mère, s'était contentée de cours de secrétariat et avait vite accepté un emploi que Reine lui avait déniché dans un bureau d'avocats. Car Isabelle, coquette et «dispendieuse», cherchait à rencontrer un homme riche. Beau ou laid, qu'importe, mais riche! Et son vœu s'exauça lorsqu'elle fit la connaissance d'un avocat très à l'aise et de fière allure, divorcé à deux reprises, coureur de jupons, âgé de quarante ans. Malgré les oppositions de sa mère, majeure, elle quitta le toit familial et alla épouser son avocat aux Bahamas. Ils revinrent au pays, s'installèrent à Ville Mont-Royal dans une superbe maison et le bellâtre, en quête de nouvelles proies, la trompa plus d'une fois. Ce qu'elle lui rendit avec des types de son âge car, contrairement à sa mère, Isabelle était portée sur «la chose». Son mari, séducteur invétéré, lui avait gentiment… tout appris! D'où l'appétit! Et, de là pour la petite «précieuse» d'antan, une vie inutile. Vide de sens, dénuée d'intérêt pour qui que ce soit. D'un premier divorce à un second mari, d'un autre divorce à un troisième mari, elle trimballa ainsi les échecs jusqu'à ce que, flétrie, elle se cloisonne et devienne le bâton de vieillesse de sa mère. Seule avec elle, parce que sans enfants, Isabelle Vilard, à l'instar de son père, n'avait pas eu… la main heureuse!

Félix, vingt-neuf ans, devenu médecin, se spécialisa en pédiatrie. Il avait, ancré au fond du cœur, le culte des enfants.

Beau comme sa mère, sage comme sa grand-mère Augier, il croisa sur sa route une très charmante institutrice qui se dévouait auprès des enfants hospitalisés. Et c'est, d'un regard à un autre, d'une invitation à sortir à l'autre, que le dernier des Vilard épousa dans la plus stricte intimité sa très jolie Marie-Douce qui lui donna deux filles.

Christine, toujours envieuse de sa sœur sans le laisser paraître, eut le bonheur d'enterrer son «huissier» avant d'être vieille. Héritière de l'argent de son pingre de mari, elle se rapprocha de Reine, devint plus coquette, suivit ses conseils, se fit remarquer d'un homme bien et se remaria pour vivre à son tour dans l'aisance. Sa vie fut longue, elle allait voir la fin du siècle. Sa mère, madame Augier, grand-maman Clothilde comme Félix l'appelait devenu grand, eut le temps de voir son petit-fils devenir médecin, avant d'aller retrouver son regretté mari qui l'attendait dans le caveau familial. Reine la pleura beaucoup, Christine toussotait, mais c'est Félix qui la regrettait le plus sincèrement. Grand-maman Augier, du temps du bord de l'eau, avait été pour lui une deuxième mère, depuis son... anémie!

Eugénie Vilard, mère de Jean-Marie, belle-mère de Reine, rendit son dernier soupir à l'âge de soixante-dix-sept ans. En rouspétant encore sur son lit de mort que sa bru était trop dépensière et en reprochant à Arielle sa liaison avec Réjane, en âge d'être... sa mère!

Hervé Augier, quasi obèse, le souffle court, ne résista pas longtemps... au temps! En 1967, à l'âge de cinquante-deux ans, il succomba à une hémorragie cérébrale, laissant Laurette et les enfants avec une police d'assurances... modeste. Reine s'était déplacée, mais tout comme Laurette lors du décès de son mari, elle lui avait donné la main pour lui dire: «Mes sympathies», rien d'autre. Et, par la suite, elle ne la revit plus ainsi que ses enfants. Et personne ne sut jamais ce qu'elle était devenue. Pas même Christine qui, âgée, avait tenté un rapprochement avec les enfants, dont l'un était son filleul. En vain!

Arielle eut la triste tâche d'enterrer Réjane qui fut victime, à l'âge de soixante-dix ans, d'une embolie pulmonaire. Elle menait au cimetière sa douce amie, sa compagne de vie, celle qui avait pris la relève, tel que «préconçu» par Arielle, de la pauvre... Iphigénie. Réjane qui avait fait des croisières avec elle et qui avait appris à la jeune bibliothécaire tout le sens du verbe aimer. Arielle, encore jeune, quarante-sept ans à peine, s'en consola avec le temps, mais s'éloigna de Reine et de ses enfants, étant la seule Vilard de la première dynastie encore en vie. Puis, prenant son baluchon, elle partit vivre au Manitoba où elle trouva le même genre d'emploi, en ne donnant plus signe de vie à ceux qu'elle avait laissés derrière elle. Ce qui chagrina Félix qui portait avec fierté le même nom qu'elle. Reine tenta à maintes reprises de l'atteindre, mais sans recevoir de réponse. On la relégua donc aux oubliettes et la chère Arielle, seule, libre de toute entrave, fit la connaissance d'une avocate de son âge. Elles vécurent heureuses, à deux, loin de tout, surtout du passé, et c'est dans les bras de sa nouvelle compagne que mademoiselle Vilard expira à l'âge de soixante-deux ans, sans que personne ne le sache.

Reine Vilard, fière de son fils, beaucoup moins de sa fille, poursuivait, en dépit de ses joies et de ses déboires, une vie mouvementée et fort coûteuse. À la suite du décès de son beau-frère qui contrôlait ses dépenses comme ses investissements, elle se mit à dépenser de plus belle ce qu'elle avait à sa portée, sans se préoccuper de ses placements qui chutaient beaucoup plus qu'ils ne rapportaient. Et c'est son fils qui, avant d'être reçu médecin, lui avait dit: «Arrête, maman, tu vas te ruiner!» Reconnaissant le ton de Jean-Marie, elle s'en montra fort offusquée, mais Félix, calme et modéré, avait ajouté: «Trouve-toi un conseiller, ce n'est pas ce que tu dépenses qui m'inquiète, c'est ce que tu perds sans t'en rendre compte.» Elle trouva l'homme en question qui remit ses finances sur pied et, à la suite des avertissements de son fils, se mit à moins dépenser, à surveiller son avoir, à évaluer sa garde-robe avant de la renflouer. Et ce qui l'avait convaincue de laisser les grands couturiers de côté, c'est lorsque son fils lui avait dit: «Tu n'as pas besoin de dépenser une fortune, maman. Belle comme tu l'es, un rien t'habille!» Figée, puis éblouie par la remarque, elle se rendit compte que ce qui faisait que l'on se retournait sur son passage, c'était beaucoup plus son doux visage, son maquillage et sa coiffure, que les tailleurs griffés qu'on ne distinguait même pas de ceux des magasins de la rue Saint-Hubert. Or, avec ce qu'elle possédait comme bijoux, avec ses crèmes, ses fonds de teint, ses ombres à paupières de toutes les couleurs et ses cinquante tubes de rouge à lèvres, elle n'avait besoin de rien ou presque pour au moins trois ans! Elle pouvait épater, séduire et en mettre plein la vue avec tout ce qu'elle possédait et que l'on n'avait jamais vu! Elle changea de cercle, laissa tomber les prétentieuses, se trouva quelques amies dans le quartier et consacra la plupart de ses temps libres à Christine, sa sœur aînée, qui, sans le savoir encore, allait tous les enterrer. Toujours belle et attirante à soixante ans, malgré les signes avant-coureurs de la vieillesse, Reine Vilard n'avait eu aucun homme dans son lit depuis la mort de Jean-Marie. Pas même un pour lui ravir un baiser! Car, madame Vilard, aussi séduisante était-elle, n'aimait pas qu'on la décoiffe et encore moins qu'on la... déshabille! Ce qu'aucun homme ne savait, ce qu'aucune femme ne pouvait imaginer, sauf Christine qui, depuis toujours, la connaissait. Elle vécut jusqu'à l'âge vénérable de soixante-quinze ans et ferma les yeux à tout jamais dans les bras de sa fille, sous les yeux de Félix et assistée de sa sœur, Christine, qui lui survivrait encore quelques années. Sans n'avoir jamais remplacé Jean-Marie et sans n'avoir dansé, depuis ses langoureux tangos dans les bras de François. Ayant perdu le contact avec Annie depuis belle lurette, malgré les promesses, elle fut emportée tout doucement dans un dernier battement de cœur, chez elle, dans son lit rose, maquillée et parée de perles. Ainsi s'éteignit «la plus belle femme du monde» selon son regretté mari et feu Honoré Poiron. Sophistiquée, enjolivée telle une «reine» dans son cercueil, Reine Augier-Vilard quittait la vie... en souveraine!

Les Ruest et les autres

L'Abord-à-Plouffe devint Chomedey, et plusieurs gratte-ciel avec le temps s'élevèrent. Les riches se mirent à acheter, alors que les moins nantis se terraient dans les vieilles paroisses des alentours. Tel que prévu, deux ans plus tard, Flibotte fermait son petit garage pour laisser toute la place à deux gros concurrents de raffineries. Le curé finit par céder son presbytère à un autre, l'église resta intacte, florissante de paroissiens, et les écoles se décuplèrent au rythme des enfants qui se multipliaient. Ce qui aurait certes fait vaciller... mademoiselle Cardinal! La maison de Valère Verrière passa aux mains d'un riche industriel qui, la rénovant de nouveau, se départit de la grotte avec la statue de la Vierge devant laquelle, jadis, Gaétan Charette avait prié pour la guérison de… son vieil amant! La cordonnerie d'Honoré Poiron avait fait place à une boutique de fleurs et le marché du cœur de la ville avait cédé sa place et sa clientèle à une chaîne alimentaire. Yolande et Jérôme Ruest persistèrent, tinrent le coup pendant quelque temps, mais qu'avec les clients à crédit, les pauvres qui payaient très peu et qui rachetaient beaucoup trop. Harcelés de tous côtés par une grosse chaîne qui voulait leur emplacement pour faire concurrence à l'autre, ils finirent par céder avant de faire faillite. Et c'est ainsi que l'héritage de père en fils devint un supermarché qui ne vendait plus de poissons rouges à la cannelle en vrac, pas plus que les amandes fraîches pour les végétariens. Du moins, pas pour l'instant! Le retour aux sources était encore loin.

Flibotte, le garagiste, ne survécut pas à la fermeture de sa raison d'être. On le trouva mort dans son lit. Subitement! Pas vieux, quarante-neuf ans. François Flibotte, «Frank» pour les intimes, le merveilleux danseur, le magnifique tombeur de femmes, revint à L'Abord-à-Plouffe devenue Chomedey, jusqu'à ce que son frère rende l'âme. Puis, en pleine force de la quarantaine, toujours aussi mâle, n'ayant jamais oublié Reine dont il avait tenté de faire son deuil, il se trouva un emploi comme comptable dans une entreprise de comptoirs réfrigérés et, du jour au lendemain, fit défaillir d'un sourire la fille du président, une belle jeune femme de vingt-huit ans. Aimant la danse et les bons restaurants tout comme «l'autre», François l'entraîna sur les pistes les plus en vogue des années 60 et, d'un tango à une samba, il la renversa dans ses draps, elle qui ne se refusa pas, et il devint en peu de temps le gendre du président, l'époux de la superbe Emmanuelle. Et c'est elle qui lui fit oublier Reine avec sa beauté, sa jeunesse, son corps de déesse, ses toilettes somptueuses et ses plaisirs… démentiels! Car, contrairement à Reine jadis, Emmanuelle n'avait pas peur d'un… membre viril! Bon amant un jour, François «Frank» Flibotte le resta toujours. Avec Emmanuelle qu'il aima de tout son être et à qui il fit un enfant, une fille aussi belle qu'elle… et lui! Jérôme le perdit de vue et on ne sut jamais ce qu'il advint de celui qui avait aimé une femme au point d'en avoir mal, et de tout doucement s'en guérir avec une autre. Plus jeune, plus ardente et plus belle… que l'autre! Mais, à un âge plus avancé, au seuil de la sérénité, sans que personne ne le sache, François Flibotte, heureux avec sa femme, fier de sa fille, songeait parfois en souriant à Reine qui, certaines nuits, venait encore le «hanter» pour un tango, le dos cambré, repoussant de la main… ses lèvres sur un sein.

Yolande Ruest, une fois le commerce fermé, ne sachant plus à quel saint se vouer, se demandait ce qu'elle allait faire de sa peau, elle qui, dans le ménage de son frère, se sentait maintenant de trop. Jérôme lui avait dit ainsi qu'à Annie: «Qu'est-ce qui nous r'tient ici? On pourrait aller vivre à Montréal…» Yolande, apeurée, lui avait dit ainsi qu'à Annie: «Jérôme! On est venus au monde ici! Viens pas m'dire qu'on va aller mourir en terrain étranger?» Ce à quoi Annie avait ajouté: «Elle a raison, mon chéri, votre cœur est ici, votre vie aussi. Pourquoi ne pas poursuivre? Moi, j'aime bien cet endroit, Sylvie y a vu le jour… » Et Jérôme, se grattant la tête, lui avait répondu: «Mais à faire quoi, Annie? J'ai plus d'commerce, Yolande a plus d'job pis on roule pas sur l'or.» Et c'est Annie qui, de sa sagesse avait suggéré: «Pourquoi ne pas travailler pour les autres, Jérôme? On cherche déjà un boucher au cœur de la ville et les bonnes caissières se font rares… Pour une fois que vous pourriez travailler dans votre domaine sans le faire sept jours par semaine! Et puis, comme le temps passe, viendra le temps où avec un peu d'économies… Là, on a au moins les moyens pour une maison pas trop chère; il y en a justement une à vendre au fond d'une petite rue. Pas loin de l'église, près du magasin.»

Yolande, émue, lui avait répondu: «C'est bien beau, Annie, mais j'vas être encore dans vos jambes! J'veux pas nuire, moi!» Et c'est Jérôme qui la rassura en lui disant: «Voyons, la sœur, Annie te l'dit, a t'aime pis la p'tite aussi! Sylvie réclame sans arrêt sa tante Yoyo! Tu vas voir, ça va marcher si t'as encore du souffle, Yolande!» Et ce qui fut planifié se concrétisa. Le supermarché du cœur de la ville engagea le meilleur boucher qui soit, connu de tous ou presque, en plus d'une caissière qui savait compter et qui devint vite l'assistante-gérante du commerce. Au grand bonheur d'Annie qui, dans la maison en vue qu'ils avaient acquise, prévoyait des jours heureux… sous les mêmes cieux!

Mais la santé de Yolande se détériora. Dans la cinquantaine et ayant donné tout ce qu'elle avait dans le commerce de son père depuis l'âge de seize ans, elle arrivait au bout du rouleau. D'autant plus qu'elle travaillait d'arrache-pied dans une épicerie qui n'était pas la sienne, la leur, à Jérôme et à elle. C'est sans doute ce qui la tua à petit feu car, du temps où elle œuvrait pour «eux», elle avait la force d'un cheval et la résistance d'un bœuf! Mais là, au service des autres, anxieuse, habituée à n'en faire qu'à sa tête et devant dorénavant se rapporter… En plein hiver de la fin des années 60, elle fit une pneumonie puis… une autre! Et c'est cette dernière qui l'emporta vivement alors qu'elle venait d'avoir cinquante-neuf ans. Sans n'avoir jamais revu son neveu Luc qu'elle avait tant aimé, enfant, ni Marjolaine qu'elle avait appuyée jadis de tout son cœur. Personne de cette famille reconstituée ne vint à ses funérailles. L'avait-on seulement appris? Mais Annie pleurait tout doucement, alors que Jérôme pleurait à chaudes larmes, tenant la main de Sylvie qui, d'âge scolaire, avait peur de s'approcher du cercueil dans lequel dormait dans sa plus jolie robe blanche sa tante Yoyo. Les mains croisées sur un chapelet, coiffée ainsi qu'elle l'aimait, légèrement poudrée, les yeux clos à tout jamais, Yolande Ruest venait de disparaître dans le premier et dernier… voyage de sa vie.

Annie Naud devenue madame Jérôme Ruest précéda, à la grande stupeur de ce dernier, son mari dans l'au-delà. Plus tard, beaucoup plus tard, septuagénaire, sa fille Sylvie, mariée, lui ayant donné deux petits-fils. Elle s'éteignit à la suite d'une longue maladie qui ne pardonnait pas. Un cancer des os dont elle endura les terribles souffrances jusqu'à son dernier souffle. Avec la main de Jérôme dans la sienne, l'autre lui caressant le moignon dans lequel sa petite, jadis, s'était endormie tant de fois. Elle regardait son mari, lui disait: «Je t'aime», alors, qu'essuyant ses larmes de sa manche vide, Jérôme la suppliait: «T'en va pas, Annie… Qu'est-ce que j'vas faire sans toi? Laisse-moi pas tout seul… J'ai juste un bras.» Et c'est en le consolant d'un sourire empreint de douceur qu'elle expira, après avoir vécu un grand bonheur. Orpheline, puis bonne à tout faire, elle n'en voulait pas à Reine Vilard de s'être graduellement éloignée. Parce que sa patronne, sans le savoir, lui avait offert «une vie» en la mettant face à Jérôme, lors de leur première visite à l'épicerie. Et puis, «chacun son destin» se disait-elle, même si elle aurait souhaité savoir ce qu'étaient devenus les enfants qu'elle aimait tant. Reine tout comme Annie moururent l'une sans l'autre. Au même âge ou presque, à peu de temps près. Sans que personne ne le sache, pas même Félix et Isabelle en ce qui concernait Annie. Ah! qu'il était loin le temps du quai, de la chaloupe, des baignades avec le petit, tout comme celui des poupées à découper d'Isabelle... Et sans que Jérôme apprenne que la belle madame Vilard d'antan reposait six pieds sous terre. Qu'il était loin le temps où «madame», tout comme sa bonne à tout faire Annie, ne voyaient encore... rien venir.

Jérôme Ruest, pionnier après son père de L'Abord-à-Plouffe et dernier survivant d'une longue épopée, venait d'atteindre ses quatre-vingts ans, lorsque sa fille et son mari le confièrent à une résidence pour personnes âgées. Parce qu'à son âge, avec un seul bras, vacillant sur ses jambes, il n'était plus possible de le garder à la maison. Et c'est avec sa tête et sa raison qu'il avait dit à sa fille: «Sylvie, place-moi, le temps est venu, t'en as assez fait, ton mari aussi.» On l'accueillit avec respect dans cette résidence où l'on pouvait compter plus de femmes que d'hommes. Et dès les premiers jours, une dame d'à peu près son âge vint lui chuchoter: «J'fais du bon sucre à' crème, vous savez.» Puis, le regardant: «Vous avez juste un bras? La guerre, n'est-ce pas?» Étonné, il lui demanda: «Comment avez-vous fait pour savoir ça?» Et elle lui répondit sans sourciller: «Mon mari, Dieu ait son âme, c'est avec une jambe en moins qu'il était revenu, lui.» Pour ensuite lui murmurer: «En passant, j'm'appelle Graziella.»

Mais, aussi gentille était-elle, la petite Graziella, de ses cinq pieds et ses quatre-vingt-cinq livres, n'allait pas lui faire oublier sa douce Annie. L'automne venait et, ne se mêlant pas aux autres, préférant lire dans sa chambre, Jérôme Ruest se remémorait les plus grands moments de sa vie, les agréables comme les abominables. Il se revoyait, jeune, alors que son père «débarrait» le cadenas du commerce et qu'il le suivait avec le tiroir de la caisse. Puis souriant, fermant son livre, il entrevoyait dans ce passé Yolande qui fulminait parce qu'il l'avait devancée ce matin-là, parce que sa mère, furieuse, lui avait désigné l'évier avec la vaisselle à laver. Puis ses années à l'école où, mademoiselle Cardinal, avec sa petite claquette, les rappelait à l'ordre, Flibotte, Poiron et lui. Pour, de temps à autre, se servir de sa règle et leur taper sur les doigts. Surtout quand Honoré avait le majeur… dans le nez! De là, la mort de son père, la relève, Yolande à ses côtés, sa mère en haut, les repas préparés. Lui, vieux garçon, Yolande, vieille fille. Soudain, du petit miroir de sa triste chambre, il aperçut, d'un œil humide, Aline, sa petite fiancée que le ciel lui avait enlevée, puis le visage de Luce, ses cheveux blonds, son violon, sa petite musique… Tiens! Il ne se rappelait plus du titre! Un trou de mémoire! Mais, c'était de Chopin…. Non, de Mozart! Luce Nevers qu'il avait souhaité épouser et qui l'avait rejeté deux fois! Parce qu'il était handicapé tout comme elle! Parce qu'elle ne voulait pas qu'ils fassent… pitié! Luce qui était partie sans un adieu et qui ne lui avait jamais écrit… Luce qui était devenue… Il ne le savait plus. Soudain, Marjolaine! Celle qu'il avait mariée sans trop l'aimer, celle à qui il avait fait de la peine. Celle que Mariette, ah! la damnée, avait apostrophée! Marjolaine qui lui avait donné son Luc… pour Luce! Un petit garçon qui ne l'avait jamais aimé et qui était parti avec sa mère sans l'embrasser. Un enfant qu'il avait tenté de revoir, mais qui en avait eu peur. Un fils qui, devenu grand, n'était venu qu'une seule fois le saluer en passant. Pour lui dire en repartant: «Je pense qu'on n'a rien en commun, vous et moi.» «Vous»! Comme à un étranger! Un fils dont il ne s'était jamais vraiment senti le père. Qu'était-il devenu depuis? Il n'en savait rien. Et elle, Marjolaine? Était-elle morte? Vivante? Malade? Ah, bon et puis… Il ne l'avait jamais revue.

Prenant son livre de sa seule main et retrouvant le fil de sa mémoire, il revit Mariette. Oui, la Charette! Taillée au couteau dans des jupes moulantes et des chandails provocants! Toute nue dans un motel, sexuelle, abjecte, se jetant sur lui en lui disant: «T'es un cochon, Jérôme!» Que de plaisir avec cette fille à tout le monde! À Honoré pour un talon de soulier, au garagiste pour une bière dans son *back store,* à d'autres en ville, et à lui parce qu'il était le «meilleur», selon elle. Mariette Charette qui, descendant la côte dans le noir, ne se doutait pas qu'il allait sauter sur elle pour… l'égorger! Comme une poule! Parce qu'elle avait brisé son ménage! Ah, la… Mais l'octogénaire se retint. Il ne voulait pas sortir de ses gonds et, de cette famille-là, il préférait ne garder que l'image de la mère qui achetait à rabais et celle de Gaétan, beau et distingué, qui faisait mine de lui regarder le bras pour mieux lui reluquer… les fesses! Les yeux plissés, les dents cariées, il riait en se rappelant du jour où Yolande lui avait dit: «Y t'mange des yeux, le p'tit verrat!»

Puis, dans ce miroir qu'il fixait d'un regard atténué, il revit mademoiselle Cardinal, sa chopine de lait, son pain de la veille, sa radinerie, son insécurité. Iphigénie qui avait horreur de dévoiler son prénom qu'il n'avait, d'ailleurs jamais su, du temps qu'il était son élève. Cette ancienne maîtresse d'école qui, dans sa petite maison du haut de la côte, écoutait de la musique classique en admirant sans cesse le tableau de Camille, le seul cadeau qu'elle ait jamais reçu. Celle qui avait pleuré quand il était revenu de la guerre, amputé, après la mort de sa mère. Celle qui avait menti pour lui, lors de l'enquête sur l'agression de Mariette, de peur qu'il écope de la prison. La bonne vieille institutrice qui rapportait tout à Yolande. La vérité